U0692374

谨 以 此 书 献 给 伟 大 的 祖 国

# 东方

——大型史诗巨作——

刘星 著

ZHEJIANG UNIVERSITY PRESS
浙江大学出版社

杭州汉书数字出版传播有限公司

<剧照>

女兵雪地行军前往新疆建设

王震带着妻儿在新疆祭奠战友赵长龙

毛泽东和斯大林会谈

毛泽东与周恩来

毛泽东与宋庆龄

毛泽东一家的天伦之乐

老年蒋介石站在台湾海边岩石上眺望大陆

抗美援朝游行

进军西藏

班禅一行启程前往北京参加首届全国人大会议

库尔班大叔骑着毛驴上北京

第一届全国人民代表大会第一次会议

周恩来登机前往参加万隆会议

1955年9月27日，中国人民解放军将官授衔仪式和中华人民共和国元帅授衔仪式在北京举行

# 第一章

1949年10月1日

风卷云动，大野苍茫。

浊浪拍天，其声动地。

**台湾花莲机场**

凄悲的战斗警报响彻机场上空。

一批批国民党空军飞行员冲出营房，向停机坪跑去。

急促的脚步……

**北京中央军委作战室所在地**

几辆汽车急速相继驶进。

几名高级军官下车。

关门声，脚步声。

**台北机场**

列队的飞机。

飞行员整齐地拉上舷窗。

一张张紧张而凝重的脸……

**台湾高雄机场**

轰炸机机群。

一只手拧动点火开关。

引擎开始发动。

几十架飞机发动。

震天动地的响声。

## 广州蒋介石住处

蒋介石背身而站。

(蒋介石　一级上将　国民政府军事委员会委员长)

他后边是阎锡山、顾祝同、钱大钧、王叔铭、俞济时、蒋经国、毛人凤等人。

阎锡山走前一步。

(阎锡山　国民政府"行政院"院长兼"国防部"部长)

阎锡山:"一切都准备好了,一百架轰炸机,一百架战斗机。"

蒋介石不语。

顾祝同向前走了一步。

(顾祝同　"国防部"参谋总长)

顾祝同声音不大,但语气坚定:"共产党打错了算盘,以为下午搞开国大典,会因为从台湾起飞的飞机没有续航能力,北平就平安无事了,白日做梦!"

蒋介石还是不语。

顾祝同:"美国人不帮忙,韩国人又不让我们使用他们的机场,为了党国的生死存亡,我们背水一战!"

众人:"背水一战!"

蒋介石仍然没有说话。

阎锡山见蒋介石不语,也没再说什么。

又是一阵沉默,

只有摆在客厅里的落地钟在有节奏地走动着。

## 北京中央军委作战室

背身而站的聂荣臻一言不发。

(聂荣臻　华北军区司令员)

薄一波看着聂荣臻。

(薄一波　华北军区政治委员)

聂荣臻:"国庆阅兵,是华北军区党委向中央最早提出的方案,如果不能保证阅兵的安全,不能保护毛主席的安全,我和薄政委将是千古罪人。"

薄一波:"个人罪过事小,国家事大……今天下午就是有一架飞机溜进来,那也不得了。"

刘亚楼用拳头重重地打了一下头怒吼道:"刘亚楼,空军司令,空名!"

(刘亚楼　中国人民解放军空军司令员)

聂荣臻:"你已经尽力了,能用的空军和高炮部队都摆在第一线了。"

一个参谋进来对聂荣臻耳语一句。

聂荣臻脸色紧张:"前线发来电报,国民党二十几个机场进入一级备战。"

李克农:"我们得到情报,他们的飞行员一个星期前就在机场值勤,不得回家。看来要动真格的了。"

罗瑞卿:"如果天安门广场的安全不能保证,我们向中央提出建议……"

聂荣臻:"不,尽管我还不知道你的建议什么,但是我不同意,中央也不会同意,宣布中央人民政府建立后的阅兵,是8月份就定了的。毛泽东性格我了解,不会改……"

## 台北机场

待命的机群。

神情紧张的飞行员。

## 北京中南海毛泽东住处

毛泽东正背着女儿,在玩坐飞机的游戏。

江青站在一边,安静地看着父女俩,若有心事……

女儿:“我也想上天安城楼。”

毛泽东:“好,只是站不下你。”

女儿:“我就站在你背上。”

毛泽东:“不行,爸爸奋斗了这么年,就等这一天了,从这一天起谁也不许压迫我了……包括你。”

女儿:“那我就站你身边。”

毛泽东神往地说:“站不下,今天有 662 名从全国各地来的代表,还有五湖四海来的 800 万先烈……”

女儿:“有那么多人,我不去了。”

孩子走了。

江青走近了几步:“主席,有句话我不知当说不当说?”

毛泽东:“得当就当说,不得当就不当说。”

江青:“住在城南庄时,蒋介石都派飞机来炸,这一次……”

毛泽东:“我毛泽东相信,没有什么力量能挡住四万万五千万人民站起来!”

## 台湾花莲机场

机舱里一张张凝重的脸……

## 北京天安门

毛泽东和他战友们及他的人民迈着坚定脚步前行……

攀登……

## 广州蒋介石住处

那架落地钟在摆动。

蒋介石转过身来。

身后的一干人仍站在那里。

蒋介石走到一架美式的落地收音机前。

一只手打开开关。

收音机里在广播着北京开国大典的盛况……

毛泽东的声音:“中华人民共和国,中央人民政府于今日……”

蒋介石身后有人喊了一句:“奇耻大辱!”

“是可忍,孰不可忍!”

有人要去关收音机。

蒋介石轻声说:“别动……让他说……”

## 北京天安门城楼上

1949年10月1日晚,

一个巨大的礼花在空中绽开,无比绚丽,无比壮观。

开国大典的盛大场面还没有散去,人们沉浸在幸福和欢乐之中。

毛泽东看着天空,看着天空绽放的礼花,看得出他心绪难平。

(毛泽东　中国共产党中央委员会主席　中央军事委员会主席　中央人民政府主席)

赛福鼎站在毛主席身边。

宋庆龄走了过来:“主席。”

(宋庆龄　中央人民政府副主席)

毛泽东热情地说:“你好呀,宋先生。”

宋庆龄点点头,深情地说:“你们成功了。”

毛泽东也有些激动地说:“是我们成功了。”

宋庆龄笑了:“对,是我们,中山先生搞了那么多年,他的愿望在你们身上实现了。”

毛泽东沉浸在追思之中:“中国共产党走的是他没走完的路,我们还要走下去。但是路不会是直的,国是开了,但是……”

宋庆龄见毛泽东话没说完,不解地问:“主席担心什么?是蒋介石?”

毛泽东:“宋先生,请允许我说一句大话,我已经不把他当最主要的对手了。”

宋庆龄点头:“我明白了。”

毛泽东看了一下周围,说:“建国前中央就制定了和平外交政策三条:一是另起炉灶,不承认国民党政府同各国建立的外交关系,而要在新的基础上同各国建交,对于驻旧中国的各国使节我们只是把他们当一般侨民对待,而不是外交使节。二是我们明确站在以苏联为首的社会主义阵营之内。三是打扫干净房子再请客,这就是对于帝国主义总想保留的一些特权,对于帝国主义同中国建交问题,我们的方针是宁愿等一等。等我们把帝国主义的残余势力清扫一下,再谈建立外交关系问题。”

宋庆龄赞赏道:“这三条很英明呀,原则明确,又很生动,像你的语言风格。”

毛泽东:“国是开了,能不能得到国际社会的承认,还不敢太乐观……”

## 北京天安门城楼的另一个地方

周恩来走到苏联顾问柯瓦廖夫跟前停下了,他没有说话,眼睛盯着天空的礼花。

(周恩来　中华人民共和国政务院总理)

柯瓦廖夫先开口了:“周先生,你们希望得到苏联承认的电报,我已经发出两个小时了。你不要急,斯大林同志很快就会有消息的。”

(柯瓦廖夫　苏联中长铁路代表)

周恩来幽默地问:“我急了吗?”

## 北京天安门城楼中央

毛泽东还在继续着同宋庆龄的交谈:“帝国主义不会甘心他们在中国的失败,他们不会承认我们。而那些小的国家虽抱同情,但无能为力。而斯大林对我一直是有怀疑的……如果建国后三天里,世界上主要国家还不承认,那就有问题了。”

宋庆龄不相信:“斯大林同志会有问题吗?”

## 苏联莫斯科克里姆林宫

一辆小汽车急速地驶向克里姆林宫。

一道道哨兵致持枪礼。

一道道大门打开。

(葛罗米柯　苏维埃社会主义共和国联盟外交部副部长)

葛罗米柯把一份电报交给斯大林。

斯大林认真地看着,神情凝重。

(斯大林　苏维埃社会主义共和国联盟主席)

不一会儿,斯大林读出声来:“本政府为代表中华人民共和国全国人民的唯一合法政府,凡遵守平等互利及互相尊重领土主权等项原则的任何外国政府,本政府愿与之建立外交关系。中华人民共和国外交部部长周恩来。”

葛罗米柯:“朝鲜发来通报,他们也要与中国建交,征求您的意见。”

斯大林:“当然可以建交,越快越好。”

葛罗米柯:“捷克斯洛伐克也表示了与新中国建交的愿望。”

斯大林:“他们与新中国建交当然可以,但是,只有我们同新中国的建交公报见报之后,他们才可以见报。”

葛罗米柯:“是,斯大林同志。”

## 北京天安门

一辆小汽车在城楼下停下。

一位外交部的工作人员下车,急步向城楼的电梯走去。

周恩来从人群中挤了过来,走向毛主席身边。

毛泽东早就注意到了他,还没等周恩来开口,他问了一句:“来了?”

周恩来郑重地点头:“他们拍来了电报。”

宋庆龄有些激动:“太好了。”

周恩来如释重负:“苏维埃社会主义共和国联盟热烈祝贺中华人民共和国成立,并正式承认中华人民共和国中央人民政府。”

话音刚落,一个外交部的工作人员把另几份电报递了过来。

周恩来看了一眼,欣喜地:“主席,宋副主席,保加利亚、罗马尼亚、朝鲜民主主义共和国的电报都到了。”

毛泽东没说什么,他把脸转了过去,他的眼睛湿润了……

天空一朵特大的礼花绽开,占据了半个天空。

**北京东交民巷中央外事组办公地点**

周恩来的汽车刚一停下。

中央外事组副组长王炳南急忙走了上来："部长。"

周恩来："王炳南同志，都准备好了吗？"

王炳南："部长，新中国主席公告和新中国外交部长公告都准备好了，还有送达公告的人。"说着他指了一下院子里。

院子里站满了推着自行车等待出发的人。

周恩来笑了："新中国的首创，骑自行车送外交公文。"

周恩来走进办公室，开始签署公告。

签好一份，一辆自行车骑出大院。

一辆辆自行车从这个大院出发。

**美国领事馆**

大门被敲开了，里边的人从门缝里问了一句："干什么的？"

来人："送中华人民共和国公告。"

里边的人没听清，打开大门，走出一个美国人。他四下看了看，可能在寻找汽车。

送公告的人按了一下自行车铃："这儿呢。"

美国人耸耸肩膀："你干什么？"

来人一字一句地说："送中华人民共和国主席公告。"

美国人一脸茫然："哪个中国？"

来人："在你们看来，是不是有八个中国？"

**广州蒋介石住处**

一本打开的日记本。

纸上只有两个字：本日。

一个人站起，他是蒋经国，他长长地出了口气，向另一个房间走去，在一个房间前停下，他犹豫了一会儿，最终还是没有进去，他一直看着父亲的背影……

蒋介石正在和阎锡山谈话。

蒋介石自语："道人卓锡问名山，路绝岩头未面攀……这个名字谁给你起的。"

阎锡山："七岁时，上私塾，一个秀才给取得。"

蒋介石："好，一生都在思索人生。伯川呀，其实你是很有学问的，为什么，人家总认为你土呢。"

阎锡山淡淡一笑："山西话害了我，我要是会讲江浙话，我比鲁迅强多了。"

蒋介石也笑了，反问："我不让他们派飞机轰炸北京，你怎么看？"

阎锡山："那我可要在委员长面前掉书袋子了。"

蒋介石："说，用地道的山西话说。"

阎锡山："智不难于知人，是难于自知；仁不难于爱人，是难于自爱；勇不难于管人，是难于自管。培植智、仁、勇，应从自知、自爱、自管上努力。"

蒋介石看了阎锡山一眼。

阎锡山知道蒋介石没明白他的意思,但是他还是继续讲着:“处事必须得中,宇宙间的万物、人间的万事,均是得中即成,失中即毁。得中须不偏、不过、不不及,横不碍其他,竖不碍将来。”

蒋介石还是不语。

阎锡山:“委员长刚才说,我的名字起得好,其实你的名字才叫好,中正。”

蒋介石仍是不语。

阎锡山:“战争是流血的政治,政治是不流血的战争,这好像是列宁的话。两百架飞机能炸死很多在天安门城楼上的人,但是又会激怒很多普通的老百姓。其实你是等美国人的态度,看苏联人的脸色,我们不用着急,急的是毛泽东。再说了,不就是成立什么国,别太在意,他们 1931 年不是成立过苏维埃嘛?几天后,不就在湘江淹死了。现在有一句话我还是要说,你该出来视事了。”

蒋介石慢慢站起,走到收音机旁边把声音调大……

从里边传出朱德发出向全国进军的演讲。

**美国加州帕萨迪纳**

这是一个美丽的文化小城

远远望去,白墙红顶,掩映在玫瑰和棕榈之中。

海滩上一个男人正在晨练。

(钱学森　加州理工学院教授)

一个女人的喊叫让他停下了脚步。

“学森,你看谁来了……”,女人是蒋英。

钱学森向他们的别墅跑去。

冯·卡门依在他的那辆白色的汽车边。

(冯·卡门　美国政府空军科学顾问)

钱学森热情地迎上来:“冯·卡门教授,一大早就来看我们,您一定有事?”

冯·卡门向前走了几步,用手搭在钱学森的肩上:“我们走走。”

两个人向大海走去。

钱学森的妻子蒋英莫名其妙地看着两个人向大海边走去。

两个男人的背影。

翻腾的大海。

过了好久,他们显然是谈完了,冯·卡门说了一句:“好了,我走了。”说完转身,向他的汽车走去。走了几步又停下了,回头说了一句:“钱,也许我不该把这个消息告诉你。”

钱学森显然很兴奋:“教授,我感谢你第一时间把这么重要的消息告诉了我。”

冯·卡门:“可是我觉得第二时间,你会想到离开我……”

钱学森笑了,不语。

冯·卡门走了,他急步地走向汽车走去,车子急速离去,传出刺耳的叫声。

蒋英一直站在那里。

钱学森下意识地向汽车招手。

蒋英感觉到了什么:“学森,发生了什么事?”

钱学森没有回答,急忙跑回屋里,打开收音机,急速地调着台。

蒋英:“学森,到底怎么了,出了什么事。”

频道没有找到,钱学森失望地站起身。

蒋英追问着:“学森……”

钱学森一字一句地说:“中华人民共和国成立了。”

蒋英愣在了那里。

少顷,她一下子抱住了丈夫,一行眼泪顺腮而下。

“我们回祖国?”

“我们回祖国……”

**英国博恩默思海滨公寓李四光家**

电话铃声急促地响了起来。

一个人拿起电话。

(李四光　地质学家,时任国民政府“中央”地质调查所理事长)

李四光:“哪位? 是陈源兄,有事吗?”

话筒里:“……国民党驻英国大使郑天锡接到国民党外交部密电,要你立即发表声明,拒绝中共领导的全国政协职务。不然就把你扣留在英国。”

李四光不语……

电话里:“你听明白了吗?”

过了好一会儿,李四光说了一句:“谢谢。”

李四光原地站在那里,想了一会儿后,他来到了夫人的房间。

李四光:“淑彬,商量个事……”

**英国博恩默思海滨公寓李四光家**

两个陌生人在敲门。

李四光夫人许淑彬打开门。

来人:“我们是国民政府驻英国大使馆的,我们找李四光。”

许淑彬客气地说:“快请进吧。”

两个人跟了进来:“快请李四光,我们有话和他说。”

许淑彬一边倒着茶一边说:“他外出考察去了,不过他说一个星期就回来。”

来人相互看了一眼,

又向房子的四周看了看。

两个人走到了门口,其中一个人问了一句:“李先生没说去哪?”

许淑彬淡淡一笑:“先生的事,我从不问……”

**瑞士巴赛尔**

这是一个与德国相邻的小城。

走在路上的李四光,少顷,他停了下来,把一封信放进了邮箱。

## 北京中南海勤政殿

王稼祥走进来。

（王稼祥　中华人民共和国第一任驻苏联大使）

毛泽东见王稼祥满脸笑容，便说："听听你带来了什么好消息。"

王稼祥把手里的文件扬了一下："苏联外交部副部长葛罗米柯受苏联政府委托，照会周恩来外长。"

毛泽东："照会？新词！听听。"

王稼祥读文件："苏维埃社会主义共和国联盟政协委员政府业已收到中国中央人民政府10月1日之公告，其中建议中华人民共和国与苏联建立外交关系。苏联政府研究了中国中央人民政府的建议之后，出于力求与中国人民建立真正友好关系的始终不渝的意愿，并确信中国中央人民政协委员会是绝大多数中国人民的意志的代表者，故特通知阁下：苏联政府决定建立苏联与中华人民共和国之间的外交关系，并互派大使。"

毛泽东没有说话，可能他真的是激动了。

王稼祥又补充了一句："主席，还有一个重要的事情……"

毛泽东还是没有说话，只是看着王稼祥。

## 广州蒋介石住所

蒋经国站在蒋介石面前一言不发……

蒋介石面无表情地看着儿子："怎么了？"

蒋经国像是在念诵经文："苏联葛罗米柯副外长照会广州政府驻莫斯科的代办处：断绝与广州的外交关系，并自广州召回代表。"

蒋介石站了起来，一声不吭，只是来回踱步……

蒋经国："怎么会这样？"

蒋介石停住，背对着儿子，仰起脸："俄国佬承认中共政权，是既定之事，也是必然会发生的事，只是没有想到他们办得这样快，我们在联大上和苏俄的不同态度已经种下了仇恨的种子，是种子总是要发芽的，这样……没什么大不了的，五个常任理事国起作用的是美英法。"

阎锡山走了进来，手里拿个东西："朝鲜、保加利亚也同共产党建交。"

蒋介石不语。

蒋经国："父亲，还有一个情况，汤恩伯从厦门打来电话，李宗仁'代总统'不同意他出任福建省主席，他说他在军中失去了威信，他不想再驻厦门作战。"

蒋介石："完全可以理解，告诉他，这不是我的本意，因为'总统'是李宗仁……"

蒋经国："是呀，所以现在党内很多人希望父亲您复职……"

蒋介石一摆手："不，现在不谈这个……给汤恩伯打个电话就说是我说的，让他好好作战，过两天我去看他。"

## 广州国民党中央政府"外交部"

"外交部"的牌子十分醒目

（10月3日，国民政府"外交部"发表正式声明，断绝与苏联的外交关系，并向全世界发出呼吁，警惕苏俄帝国侵略中国，并威胁远东之行为。）

## 美国白宫

南草坪。

（美国国务院发表声明：继续承认“中华民国”政府。）

## 北京中南海

毛泽东坐了下来，还是一言不发，显然他没有徜徉于喜悦中。

王稼祥：“恩来同志起草了一份回电，请主席审定。”

说着他把一份东西递了过来。

毛泽东没有接：“你念吧。”

王稼祥念：“苏维埃社会主义共和国联盟外交部葛罗米柯副部长：中华人民共和国中央人民政府，深信苏联政府具有对中国人民的深厚友谊，今天又成为承认中华人民共和国的第一个友邦，中国政府和中国人民对此感到无比欢欣。我现在通知阁下，中华人民共和国中央人民政府热烈欢迎立即建立中华人民共和国与苏联之间的外交关系，并互派大使。”

毛泽东一边好像听着电报，一边又像有点游离状态：“稼祥呀，你说我想到了什么？”

王稼祥笑了笑，没有回答。

毛泽东：“我想到了遵义会议那间房子，没有那次争吵，没有你的支持，历史也许会重写。”

王稼祥：“不，是历史选择了我们。”

毛泽东：“我是人民创造历史论者，但我不否定英雄在历史中的作用。我坚信我毛泽东，你王稼祥，他周恩来，还有在前边打仗的林彪、刘伯承……是不可替代的，也可以说没有我们就不会有眼前这个局面。蒋介石总说天无二日，我非要给他挂另一个太阳，是因为他不行。抗战不能说他是没功的，但是在对待人民方面他丢了分儿，也丢了江山。”

少顷，毛泽东终于从历史回到眼前的事情上来：“稼祥啊，中苏建交固然可喜可贺，但是马上要和你分别了，从北京到莫斯科——历史上张骞出使恐怕也没有你远哩！和仲丽说，我要给你们送行。”

王稼祥觉得过于隆重，有些不安：“谢谢主席！开国伊始，百业待兴，您？”

毛泽东：“不，你是新中国派出的第一位使节，你的使命很重要。古人讲，有朋自远方来，不亦乐乎。你王稼祥是我毛泽东的朋友，要到远方去，岂有不送之理。”

王稼祥笑了，他依了毛泽东的盛意。

毛泽东送王稼祥出门，两人默默地走了一段儿。

王稼祥：“主席不要送了。”

毛泽东：“要送，今天是送你出家门，明天你就要出国门呢！”

王稼祥：“主席，我会干好。”

毛泽东：“我不怀疑。我也会干好。”

王稼祥：“我也不怀疑。”

毛泽东：“刚才我有一大阵子没说话，你知道我在想什么？——我们在天安门上一喊，我们的国就算开了，十几个国家一承认，这个江山就算坐上了，心里着实有点紧张呀，比我长征那阵子躺在担架上还紧张……”

王稼祥：“主席，我们能够干好，干不好，大不了重来，我还陪你长征！”

毛泽东停住脚步，他拉着王稼祥的手："我们争取干好……"

## 广州机场

蒋介石正在上飞机。

顾祝同站在送行的人群中。

一个空军参谋人员走来，向顾祝同低语："顾长官，空军气象局报告，台北一个小时内有台风经过。"

顾祝同不知听到没有，他的嘴角动了一下，脸还是朝着蒋介石远去的背影，手不停地在空中挥着，一片真情。

飞机起飞了，

在空中盘旋。

顾祝同有意无意地对那个空军参谋说了一句："你刚才说什么？"

那个参谋很机灵："我刚才说，祝委员长平安……"

顾祝同："好。"

说完，扬长而去。

那个参谋看着天空……

## 台北某军用机场

机场上站了好多接机的人，

其中有台湾省省长吴国祯及"行政院长"陈诚等高级将领。

人们焦急地看着天空，

乌云滚滚而来。

有人看表，

有人发出叹息。

一架飞机冲出云雾，平稳地降在了跑道上。

吴国祯长出了口气……

蒋介石第一个走出机舱，他向人们招手，脸上神情淡定。

机场上的风向标急速地转了起来，

树木开始摇动。

陈诚上前："委员长，来台风了，要是晚一点……"

蒋介石看了看天空。

陈诚："按道理，墨三那边该知道有台风呀？"

蒋介石："这话是怎么说的？顾祝同会害我？"

陈诚连忙更正："我不是这个意思，委员长回来就好。"

蒋介石又一次看看天空："天不灭蒋！"

狂风大作……

人们护着蒋介石走进机场休息室。

## 北京中南海

周恩来带着一批客人走进了毛泽东的住处，他们是应邀参加了开国大典的苏联作家协会代表团。

毛泽东早早地站在了院子里。

周恩来指着毛泽东对大家说："这是中央人民政府主席毛泽东同志。"

毛泽东风趣地说："才上任第二天。"

听了女翻译翻译之后，大家都笑了。

周恩来介绍道："这是苏联作家协会总书记，著名作家法捷耶夫同志。"

毛泽东马上伸出手："我们见过面。"

法捷耶夫一怔，不解地问道："我们见过吗？"

毛泽东笑着说道："中国人写信常用一句老话，叫见字如面。我读过你的《青年近卫军》，而且受益匪浅，还不算见过吗？"

法捷耶夫笑了："毛泽东主席过奖。"

周恩来继续介绍："这是副总书记、著名作家西蒙诺夫。"

毛泽东："看过你编剧的电影。你们都是中国人民的良师益友。"

周恩来介绍一位女性："主席，这是俄罗斯社会主义共和国联盟人民教育部副部长杜布罗维娜。"

毛泽东："女部长，我们也有一位，她不是教育家，是法律专家。"

大家落座。

毛泽东十分开心："欢迎你们来参加我们的开国大典，要谢谢你们。你们是给我们捧场来了。"

孙维世为毛泽东做翻译，这是一个有着超凡气质的女人。

杜布罗维娜："毛泽东主席，你太客气了，我们都是同志。"

毛主席："谢谢你女部长同志，谢谢你称我为同志。人家一直叫我'土匪'，前一个时期才不这么叫了。我这个'土匪'的桂冠丢的时间并不长。"

众人笑了。

毛泽东："昨天建立新中国，是中国人民的大事。中国的劳动大众近百年来走过了艰苦的道路，进行过前仆后继、顽强不屈、轰轰烈烈的革命斗争。"

杜布罗维娜认真地听着。

法捷耶夫在记着笔记。

毛泽东："中国人走的这条路，是一条坎坷不平、曲曲折折的道路，自第一次鸦片战争到1949年的解放，走了一百多年。中国的劳动人民、革命的进步分子、先驱者，抛头颅、洒热血，终于找到了真正有力的战斗武器——马列主义，吸取了十月革命的经验，推翻了压在自己头上的三座大山：帝国主义、封建主义、官僚资本主义。中国人民在解放斗争中所遇到的既有中国统治者，也有外来侵略者。"

毛泽东点了一支烟："20世纪以来世界爆发的革命事件很多，几乎是一波未平，一波又起。但最重要的、震撼世界的大事件：一是1917年的十月社会主义革命，二是1949年的中国革命胜利。后者解放了五亿人民，并与两亿起先锋队作用的苏联人民相结合，使世界两个阵营的力量对比发生了很大变化。我这样说，不知你们同意不同意呀？"

法捷耶夫:“完全同意,毛泽东同志。”

毛泽东:“那就好啊。20世纪初年在我国发生的革命事件——辛亥革命,推翻了清王朝的统治,但民族未获得解放,未摆脱外国帝国主义的侵略、奴役和压迫,国内的封建势力、官僚豪绅、地主恶霸、买办阶层,仍然爬在人民头上为所欲为、作威作福。中国人民为了摆脱帝国主义的侵略、压迫,在20年代初期,进行了轰轰烈烈的解放运动,即1924至1927年的大革命,取得了很大的胜利。但是资产阶级买办阶层、土豪劣绅不喜欢,他们同帝国主义勾结起来,把革命人民一巴掌打倒在地,使人民浸泡在血泊中。千千万万的人牺牲了,留在人间的同志从地上爬起来,除去自己身上的泥土和血污,擦干脸上的血泪,埋葬了牺牲的同志和亲人,又重整旗鼓,找寻、联合自己的同志,建立自己的立足之地,这就是上山,建立革命根据地。经过数年的浴血奋战,走了二万五千里,爬雪山、过草地,冲出层层围困,进行了无数次的战斗,终于又找到了立足之点。这前后共历时十年。”

杜布罗维娜带头鼓起掌来。

“谢谢你,女部长。”毛泽东向杜布罗维娜点点头,接着说:“我们终于学会了战略战术。紧接着就是抗击外来侵略者,进行了八年的全面抗战。须知,这是在只有部分外援、主要依靠自力更生的环境坚持下来的。外国侵略者被打倒了,人民还未得到喘息,甚至还未来得及伸伸腰,蒋介石国民党又在美帝国主义的怂恿和支持下,打响了内战,企图一举消灭人民革命力量,竭力设法巩固反动统治、独霸中国。可是这回,人民已经有了以往数十年的多次经验和教训,绝不再受敌人的欺骗、愚弄、出卖,决心依靠自己的力量,自力更生,独立自主,坚定不移地与敌人作一次你死我活的决战,把革命进行到底。这是共产党人的决心,也是全国广大劳动人民的意志和决心。”

全体代表们给毛泽东鼓掌。

毛泽东站起来给大家鞠躬,之后说:“这个坚定不移的决心实现了,中国革命胜利了,才有了今天的中国。但这仅仅是我国人民在长征路上迈出的第一步,摆在我们面前的任务、应做的事情还很多。只要不骄傲自满,不丧失信心,集中精力,团结一致,努力前进,为共同目标而奋斗,中国的发展进步将会是较快的。中国具有的优势之一,就是它有一个好近邻,所以中国不是孤立无援的。”

杜布罗维娜激动得哭了。

毛泽东:“你们来,我很高兴,多讲了一些。我有个建议,你们要多住些日子,多去些地方,到工人农民中去,也可以到部队中去。”

法捷耶夫:“毛泽东同志,我们有这个打算,西蒙诺夫同志准备到部队去。”

西蒙诺夫:“毛泽东同志,把我派到你们最好的部队去。”

毛泽东:“我的部队都是最好的……看,我是王婆卖瓜,自卖自夸。”

人们笑了。

毛泽东对周恩来:“让西蒙诺夫同志去第四野战军吧,他们还在进行战争。”

西蒙诺夫一听有仗打,高兴地说:“这太好了。”

周恩来:“还有大仗打,说不定还可以碰上几场硬仗呢!”

法捷耶夫:“可惜,我要赶回莫斯科,没这福分了。”

毛泽东对周恩来:“告诉林彪,要接待好、保护好,就像保护他自己那样。”

说完,他自己也笑了。之后他对西蒙诺夫说:“中国革命经历了数不清的日日夜夜,革命最后胜利还要经过无数个日日夜夜——希望西蒙诺夫同志写出中国版的《日日夜夜》。你还有一首诗我也很喜欢，诗的名字叫《等着我吧，我会回来》。”

这首诗写于苏联卫国战争初期。1942年1月，许多文学家和音乐家准备撤往大后方，暂住莫斯科旅馆，西蒙诺夫把他的诗集送给了作曲家M.勃兰切尔，勃兰切尔被此诗感动，随后即谱了曲。

当时苏联面临德国法西斯军队进攻，国家处在艰难之中，这首诗描写了战士的希望和妻子对丈夫忠贞不渝的爱和信念，一经发表，战士们争相传抄，给了战士们极大的鼓舞。有的战士特意把此诗抄在信中，寄给妻子。有位战士在战后写信给西蒙诺夫说："您的诗，以及您在诗中所表达的对亲人深切的爱，支持我们度过了战争岁月。"

周恩来："你们都要回国了，西蒙诺夫也要去前线，毛主席说到了刚才那首诗，我想用西蒙诺夫的诗来表达我的心情：

只是要你苦苦地等待，
等到那愁煞人的阴雨
勾起你的忧伤的满怀，
等到那大雪纷飞，
等到那酷暑难挨，
等到别人不再把亲人盼望，
往昔的一切，一股脑儿抛开。
等到那遥远的他乡
不再有家书传来，
等到一起等待的人
心灰意懒——都已倦怠。

等着我吧——我会回来的，
不要祝福那些人平安：
他们口口声声地说——
算了吧，等下去也是枉然！
纵然爱子和慈母认为——
我已不在人间。
纵然朋友们等得厌倦，
在炉火旁围坐，
啜饮苦酒，把亡魂追荐……
你可要等下去啊！
千万不要同他们一起，
忙着举起酒盏。

等着我吧——我会回来的：
死神一次次被我挫败！
就让那不曾等待我的人

说我侥幸——感到意外！
那没有等下去的人不会理解——
亏了你的苦苦等待，
在炮火连天的战场上，
从死神手中，是你把我拯救出来。
我是怎样在死里逃生的，
只有你和我两个人明白——
只因为你同别人不一样，
你善于苦苦地等待。”

诗读完了，
客厅里静极了，
人们被感动了。
毛泽东带头鼓起掌来，
为西蒙诺夫热烈鼓掌。
在周恩来朗读时，翻译孙维世用俄文朗读：
ЖДИ МЕНЯ Жди Меня, и я вернусь,
Только очень жди,
Жди, когда наводят грусть,
Жёлтые дожди,
Жди, когда снега метут,
Жди, когда жара,
Жди, когда других не ждут,
Позабыв вчера.
Жди, когда из дальних мест
Писем не придёт,
Жди, когда уж не надоест
Всем, кто вместе ждёт. /
Жди меня, и я вернусь,
Не желай дорба
Всем, кто знает наизусть,
Что забыть пора.
Пусть поверят сын и мать,
В то, что нет меня,
Пусть друзья устанут ждать,
Сядут у огня,
В ыпьют горькое вино
На помин души,
Жди. И с ними заодно

Выпить не спеши. /
Жди меня, и я вернусь
Всем смертям назло,
Кто не ждал меня, тот пусть
Скажет:——повезло.
Не понять не ждавшим, им,
Как среди огня
Ожиданием своим
Ты спасла меня.
Как я выжил, будем знать
Только мы с тобой
Просто: ты умела ждать,
Как никто другой.

(西蒙诺夫随第四野战军南下。毛泽东为此专门作了安排。西蒙诺夫回国后,完成了作品《战斗着的中国》。)

## 台北蒋介石住所

蒋介石正在看一份报纸,他被一个消息吸引了,他的眉头拧了一下。

(1949年10月5日,国民政府"外交部"宣布与波兰、捷克斯洛伐克断交。)

不一会儿,蒋经国带着毛人凤走了进来。

毛人凤给蒋介石敬了个礼:"总裁好。"

蒋介石:"查一个事。"

毛人凤:"委员长,谁?"

蒋介石不动声色:"天……"

毛人凤:"天……你是说那天从广州飞台湾时的天气。"

蒋介石没有说话。

阎锡山走了进来。

蒋介石客气地问:"伯川有事?"

阎锡山:"马鸿逵发来电报,他要一架专机飞台湾。"

蒋介石:"伯川,这是小事,你就定了吧。"

阎锡山淡淡一笑:"这个'宁夏王'的事,可不是小事,还是请委员长定。"

毛人凤:"说到马鸿逵要飞机,有一个事还要向委员长报告,马鸿逵从专机组要了一架飞机去银川接家属,飞机一落地就被解放军……"

蒋介石:"这是大事吗?"

毛人凤:"可是机长……"

蒋介石:"谁?"

毛人凤："空军司令毛邦初的侄儿，也是……"

蒋介石马上说出那个人的名字："毛昭宇！"

毛人凤："是。"

蒋介石："他落到了共军手里了？"

毛人凤："是……"

**银川机场**

小雨一直下着。

一架涂有国民党空军军徽的飞机，孤独地停在那里。

机场休息的一个房间里坐着这架飞机的机组人员。

有的在睡觉，有的在打牌，有的在吃东西。

门口站着两个士兵和一个值班的排长。

毛昭宇看了一眼值班的士兵和干部，自语道："这雨不能再下了。这样下，飞机会浇坏的。"

说者也许无心，听者有意，值班的干部感觉到了什么，他对士兵说了句什么，便走出了房间。

**机场值班室**

那个排长在打电话："是我亲耳听到的，国民党飞行员都担心把飞机浇坏了，咱们可不能大意呀。好不容易搞了一架飞机，军首长还要给我们立大功，咱可不能让飞机给浇坏了。"

电话里好半天没动静。

打电话的排长："连长，你说话呀。"

电话里："这样吧，雨一停，马上让他们擦飞机，我们一定要保护好这个东西，听说王震司令员还要来看呢！"

打电话的排长十分兴奋："是。"

**机场停机坪**

毛昭宇带着机组人员来到飞机旁边，站住了。

飞机被一道道麻绳子拉着，一头系在飞机轮子上，一头系在远远的木柱子上，旁边站着一个排的战士，荷枪实弹。

毛昭宇故意拉拉绳子："这很好，不然大风会把飞机吹跑，长官叫我们来有任务吗？"

值班排长："当然，你们擦飞机。"

毛昭宇拉近乎地说道："长官，你是学机械的吧，你懂。飞机这样浇，几天就不能飞了。"

值班排长不置可否地说道："噢，你们擦吧。"

毛昭宇给几个人使了个眼色。

机组人员在擦拭飞机外表。

不一会儿，一个人说了一句："机长，飞机好几天没试机了，我怕内部也漏雨了。"

有一个人帮腔地说："不试一下，那可就报废了。"

又有人说了一句："你们可真会操心，我们都不知是死是活呢，你还惦记飞机呢！"

值班排长听到了这些话。

不一会儿，毛昭宇来到值班排长面前："这位长官，也许我多管闲事了，说实话，外边没问题了，不等于内部没问题，正常情况下两三天都要试一下飞机，更何况是雨天。"

值班排长："好，你去试一下。"

毛昭宇："飞机我一个人可试不了，得各部门配合。你是学工程的，你一定知道。"

值班排长被忽悠晕了，一时不知道怎么是好。

毛昭宇："你是不是怕我们飞跑了？你看你们拴得那么牢，谁飞得了，不放心，你派几个弟兄上来。"

排长对队伍中喊着："一班长，你带三个人上飞机。"

几个战士上了飞机。

毛昭宇坐在驾驶舱里，发动飞机，然后又跑了下来，煞有介事地走到飞机尾部听着什么。

值班排长也跟了过来。

毛昭宇一边听着一边摇头。

排长着急地问："不会坏了吧？"

毛昭宇没有回答，又回到驾驶舱，他回头看了看，几个机组人员向他发出信号手势。

几个解放军战士好奇地在下面看着。

毛昭宇驾着飞机来回滑动了几下。

他突然加大油门，向前窜去，横七竖八的麻绳刹那间被拉断。飞机滑行一会儿，突然拉起机头，飞向天空。

这时，解放军战士才明白了是怎么回事。

可是已经来不及了，飞机钻入了云霄。

飞机上天后，毛昭宇做了几个特技动作，后舱里的几个战士被转晕了。

毛昭宇对机组说："下了枪就行了，不要伤害他们，他们在空中已没有战斗力了。"

### 台北蒋介石住处

蒋介石笑了，笑得十分开心："胆识过人，智逃虎口，要嘉奖。"

毛人凤："是。"

阎锡山："那马鸿逵的飞机。"

蒋介石："让他坐两航的飞机，不要坐陈纳德的飞机，毛人凤安排吧。"

阎锡山："委座，为什么不让'宁马'坐陈纳德的飞机呢？"

蒋介石："陈纳德沾过腥……"

毛人凤刚要走，

蒋介石叫住了他："等等，广州早做安排吧，该拿的都拿走，该炸的都炸了。"

毛人凤："好。"他下去了。

### 广州"总统府"

10月12日，

"行政院"、"国防部"、"外交部"等高官均在"总统府"等候。

阎锡山站在其中。

少顷，李宗仁走了进来，站定后他面无表情地说："我宣布，国府从今天起迁往重庆。"

没人有任何反应。

李宗仁一一和各位握手，走到阎锡山面前："有劳伯川，你先行一步。"

阎锡山："'总统'，有事我往哪儿打电话？"

李宗仁："桂林。"他说完走了。

（李宗仁 12 日飞住桂林，13 日广州解放，14 日阎锡山带着"行政院"飞往重庆。）

## 银川机场

几辆吉普车开来，停在飞机场。

那里只有几根麻绳横七竖八地放着。

王震从车上走下。

他走了一圈："飞机呢？！"

在场的人不语。

王震："这就叫抓鸡不成反丢把米，还搭上了几个战士！"

一个军官："司令员，我们愿意接受处分。"

王震："张副军长，怎么处分？我撤了你们，一级一级地撤。"

张副军长："首长定……"

王震不语，一个人向前走着，走了好久又回来了，从口袋里掏出一个油印小本子。"这是三月五日毛泽东主席在七届二中全会上的讲话，我学了很多遍，今天咱们再学一遍。我念一句，你们念一句。一遍以后，你们军团以上干部集体在这里念三遍，搞清楚，毛主席在说什么！这就是我给你开出的处分。"

无垠的机场上，回响着男人们的朗读。

王震："辽沈、淮海、平津三战役以后，国民党军队的主力已被消灭。国民党的作战部队仅仅剩下一百多万人……"

男人们："我们不但要破坏一个旧世界，我们还将建设一个新世界，中国人民不但可以不要向帝国主义者讨乞也能活下去，而且还要比帝国主义国家活得要好些。"

声震大地。

# 第二章

**北京中南海**

毛泽东和彭德怀从曲径中走来。

毛泽东："你们进新疆的报告我看了，我看关键的是今年进还是明年进，这是个决心。"

彭德怀口气十分肯定地说："今年进。"

毛泽东："今年进，我也想了，今年进比明年进好，但是现在是十月，你们最快什么时候能动身呢？"

彭德怀："我们的意见是月中。"

毛泽东语气中带着一种犹疑："我有一种感觉，那里和平了，是包尔汉、陶峙岳的功劳。那里和平，但是不会太平。"

彭德怀："这一点主席的分析是对的，我们也想到了。有情报说美国的一个什么人到了那里，在哈密的起义部队抢了银行、商店，全省的其他地方也发生过这样的事情，所以我们还是要早一点进疆。"

毛泽东加重了语气："想打那里主意的人不会少啊，什么美国人、英国人，还有什么人，反正一切不愿意新中国强大起来的人都要在那里表演的。所以要早一点去，那是中国版图的六分之一，太重要了。"

彭德怀感觉到了这位战略家的担心："主席你放心，我们今年年底前一定到新疆。"

毛泽东："我知道你们是困难重重。你报告里说，要 4000 辆汽车，现在看来只能给你 400 辆了。但是也有一个好消息，苏联方面答应给 40 架飞机帮助你们进疆。这也是不得了的，他王胡子阔起来了，我们的部队还是第一次用飞机调动。他王胡子现在还是要和第二军一起行动。"

他们回到了毛主席的书房。

彭德怀走到一张地图前，他用手指给毛泽东："按一野的部署，第二军是进入北疆，就是哈密、奇台，从迪化打通和苏联的通道；第六军是进吐鲁番库尔勒、阿克苏、和阗、于阗。"

毛泽东俯下身子："是的，迪化是要先进，第二军有飞机、汽车，可能要快一点，但是第六军除了先头部队可以乘车，大部分要徒步？"

彭德怀："是这样的。"

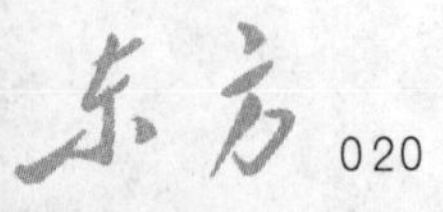

毛泽东用铅笔敲打着地图:“他们要走塔克拉玛干……你知道这句维吾尔语是什么意思吗?”

彭德怀:“知道……”

毛泽东背着手在屋里转着圈子,半天后说了一句:“有人说那里进去可以,出来不容易。”

彭德怀:“主席,有多少号称出不来的地方,咱们不都出来了吗?五次反围剿,国民党几十万大军,飞机大炮,不是也有人说我们出不来,我们不是出来了吗?到了大渡河,又有人说我们是‘石达开第二’,出不来,我们不也是出来了吗?到了草地,有人说那里是无人区,我们走不出草地,我们还是出来了……今天,新中国都成立了,我不信我们就过不了塔克拉玛干。”

毛泽东:“新中国成立了,对我们很多人是个鼓舞,但是有没有人认为这是到站了,有没有人想歇一会儿?这样的话,我在七届二中全会上说过了,我不是杞人忧天。你们进了新疆是一回事,还要建设好新疆,保卫好新疆。跟王震同志说,进疆的准备要细一点,思想工作也要细,要和地方的同志搞好关系。昨天我和赛福鼎说,新疆要有少数民族党员,我看有一万个党员也不算多。告诉我们的部队,新中国的建立真的只是万里长征才走了第一步,这不,刚刚建国就让他们走第二步了。我算了一下,从酒泉到迪化是2506里,迪化到伊宁是1396里,酒泉到喀什是5094里,这还不是一个长征么?”

## 重庆杨森家

阎锡山正在和杨森谈话。

杨森举起手里的一本稿子。

(杨森　国民政府重庆市市长)

杨森:“‘院长’向‘行政院’提出的《作战时期加大地方权责争取胜利案》和《财政部委托各省市收支赋税的暂行办法案》我都看了,用心良苦,要是放在两年前是个绝好的方案,但是现在……有用吗?请问阎‘院长’,你现在还管几个省、几个市?这些省、这些市还有多少税,就是有税,它们又怎么会把这些交到院长手上。”

阎锡山:“国家危难之际,理当同舟共济。”

杨森:“可是我们上的究竟是谁的舟?一个舟上要是两个掌舵的,这舟不就只会打圈子吗?”

阎锡山不语。

杨森:“当然我是忠于蒋委员长,可是他得出来视事呀,总不能有权力的没名分,有名分的没权力。”

阎锡山:“我们各尽其职,看好自己的门。”

## 北京毛泽东书房

毛泽东和彭德怀还在交谈着。

毛泽东听到外边有动静,就喊了一声:“恩来,是不是刘亚楼同志来了?”

周恩来、刘亚楼走了进来。

刘亚楼:“报告主席!”

毛泽东指了一下座位:“你们先坐,在你们说话之前,有个事情要征求你们意见:我们建国了，把土匪帽子扔给蒋介石先生了，我们这支军队也不再当‘匪军’了，我们应当建设成一支现代化的人民军队。我想到了一个问题，这个问题我们想了几次都没搞成——三七年全国抗战爆发就想过，后来让蒋介石给耽搁了。抗战胜利后又想过，又让蒋介石给耽搁了。这一次一定要搞成，今天要提上议事日程，什么问题呢？就是我们的军队也要实行军衔制。这也是现代化的标志。你们赞成吗？”

彭德怀："要得。”

刘亚楼："主席想得很远。”

毛泽东："搞几个元帅、几个大将，你们也威风一下。”

刘亚楼："主席就是大元帅。”

毛泽东："当不当大元帅，可不是你们说了算。”

刘亚楼："那谁说了算？”

毛泽东："我说了算。好了，我的问题问完了，恩来，我们听亚楼说吧。”

周恩来："好呀。”

毛泽东："刘亚楼，你和张学思一行收获很大呀，签订了 434 架飞机的合同，还有 878 个专家。”

刘亚楼："回来的前一天，华西列夫元帅接见了我和吕黎平，转达了斯大林同志和苏共批准援建中国空军的协议，派往中国组建航校的第一批专家 23 人，已经集中。”

周恩来："中央认为你们在苏联签订的援建计划很好，空军领导班子的任命马上也要下达。中央考虑优先安排办六个航校的经费，选调干部和航空学员的命令军委也已经发出，下面就看你怎么唱好这台戏了。”

毛泽东："要紧锣密鼓。我们这边建国，蒋先生不会坐视不动，他们的轰炸可能比以前更多，我们不能总受欺侮。同时伞兵部队也要组建，这是解放台湾的需要。我们的空军起步晚，没有底子，当务之急是办好航校。办校需要人，选人最重要。我和恩来给你撑腰，有事可以来找我。”

刘亚楼："请主席、周副主席放心。”

毛泽东："我放什么心？空军空军，现在还是空的，哪天成军我就放心了。”

刘亚楼："我会给主席一个满意的时间表。”

毛泽东："有时间去看看你们林总，把你调来，他是老大不高兴。这可以理解，你是他的爱将。但是不要忘记，谁的爱将都是我的爱将。”

刘亚楼："我们听主席的。”

毛泽东："怎么样，就在我这里过个中秋节吧？”

彭德怀："主席，节我就不过了，我回西北了。”

毛泽东："好，我等你们进军新疆的好消息。”

彭德怀给毛主席敬了个礼。

### 重庆阎锡山住处

阎锡山在写日记。

心声：历代国家危急之际，有六种现象：一个是甘心灭亡，甘心灭亡有二义：一是幸其灭亡，一是利其消灭，总之一切所为皆为敌人所希求者，当然灭亡。一个是束手无策，坐以待毙，虽不甘心灭亡，但亦无法不灭亡。一个是一筹莫展，有计划打不开环境，这也是免不了灭亡。一个是知其不可为而为之，在无可奈何的情势下，了自己责任的做法。一个是尽人事听天命，这也不是成与败，总能交代了历史而已。一个是人定胜天，即是旋转乾坤的做法，旋转即旋转甘心灭亡的危势，而转为万众一心的挽救危亡……

合上日记，他长出了一口气。

## 重庆“总统府”

一行标语十分醒目：“庆祝政府迁渝暨欢迎李‘代总统’大会”。

与会的有国民党西南军政长官张群、重庆市长杨森、四川省主席王陵基、“行政院”副院长朱家骅、秘书长贾景德、政务委员徐永昌等。

阎锡山在讲话：“伯川不才，承蒙李‘代总统’之爱戴，履职四月，没有能挽回时局，反失掉了许多土地，实在觉得对不起‘代总统’，对不起‘立法院’，对不起国人，对不起自己。这次政府迁渝，我相信在李‘代总统’的领导下，确定以寸土必争为目标，实行总动员，完成总体战。我们还有大半河山，单就四川一省，就有人口七千万之众，如同法国一样人口，再加上云南、贵州、西康、广西及鄂西、湘西、陕西，只要大家努力，一定大有可为。”

李宗仁带头鼓掌。

舞会开始。

人们跳舞去了，阎锡山的老部下徐永昌拿着酒杯走到阎锡山面前：“说一句让伯川不悦的话，你是知其不可为而为之，其愚不可及也。”

阎锡山：“我的愚，正与宁武子的愚相反，他的愚是假愚，我是真愚。”

徐永昌：“我向来主进不主退，院长知其不可为而为是仁的道理，行其所可也，佛说，我不入地狱，应无不安。”

阎锡山：“入地狱，只好安于入地狱，只怕是到时候共产党连地狱都不让你入，还让你留在人间，永远做他们的奴隶，做共产主义者的奴隶。”

## 大海上

一艘军舰“华联号”在海面上行驶。

一轮明月挂在天上，月影倒映在海面上。

甲板上，蒋介石在蒋经国的陪同下正在赏月。

父子俩没有说话，甲板上也没有其他声音，只有海浪拍打船舷发出的声响。

过了好久，蒋介石：“月亮真圆……”

蒋经国：“是的，父亲。”

蒋介石：“其实圆和不圆，要看你看月亮时的心情……‘将军营外月轮高，猎猎西风吹战袍……’这是一种心情。‘关山夜月明，秋色照孤城。影亏同汉阵，轮满逐胡兵。天寒光转白，风多晕欲生。寄言亭上吏，游客解鸡鸣。’这又是一种心情……”

蒋介石：“不好意思，大过节的还让你陪着我出来。”

蒋经国：“父亲，这话说反了，你今年都六十有二了，还让你为国家操劳，是儿辈无能。”

蒋介石：“马上快六十三岁了，虚活呀……”

蒋经国：“我和姆妈商量了，今年的六十三大寿，我们想了一个新过法……”

蒋介石："难得我儿和美龄一片心意。东南确保，不过生日也快活；东南再丢了，到月亮上去过，吴刚也没有酒招待……"

月亮躲进了云里……

## 厦门某军事码头

一排将军列队，欢迎蒋介石父子的到来。

其中有新任福建省主席的汤恩伯上将，第八兵团司令刘汝明上将，第二十二兵团司令李良荣中将及福建各界绅士乡里。

蒋介石没有同他们握手，

来欢迎的人感到了气氛非同寻常。

作战室里早已坐满了人，

一个个惶恐不安。

在汤恩伯的陪同下，蒋介石和蒋经国走了进来。

全体起立。

蒋介石没有和大家打招呼，他自己先坐了下来。

将领们没人敢坐。

蒋经国："大家坐吧。"

有人刚要落座……

蒋介石大声地说了一句："站着！"

没人敢动了。

蒋介石开腔了："诸位，我有两个没想到：一是我们在这里见面是我没有想到的；二是我们还能见面，也是我没有想到的。长江防线，我们花了那么多钱，你们说固若金汤，什么汤？白开水！共军二十日渡江，二十三日首都南京就丢了，接着一个月零四天上海又丢了，杭州是几号丢的？"

没人敢回答。

蒋介石越骂越起劲："你们是一路溃退，那时候陈毅主力在攻上海，只有刘伯承的部队跟着你们，所幸的是他们还没有摸清你们的底细，所以没有长驱直入。如果刘伯承知道你们的狼狈样子，他的一个团就可以占领福州，不会让你们在福州待到了八月十七日。你们任兵团、绥区司令的只顾逃命，丢盔弃甲，沿途扰民来到福建。我姑念前劳，未令'国防部'严加追究。我现在来厦门，就一件事：诸位上将军兵团司令官，你们能不能告诉我，厦门什么时候丢？你们告诉我一个日子。"

将军们站得更直了。

蒋介石："有没有人回答我，这是为什么？"

汤恩伯终于忍不下去了，他斗胆说了一句："是我们无能。"

蒋介石："好，这句话回答得好，我们无能，我也在内……"

汤恩伯刚要解释……

蒋介石："不用解释，我就是无能，不无能能下野吗？"

汤恩伯："是李'代总统'失职，当他听到江阴要塞失守后，他到了南京在机场没有停留就回广西了，这是失职。委员长，力挽狂澜只有委员长重新视事。”

会场的气氛一下子变了。

“委员长复位。”

“李宗仁必须下台。”

蒋介石挥了一下手：“大家坐下吧。”

不知是谁说了一句：“委员长不复职，我们不坐下。”

蒋介石：“你们的好意我领了，可是我的好意你们也要知道。我今年六十二了，还有几天就是六十三了，是一个土埋到脖子的人了。江山是你们的，今后的日子是你们的。”

汤恩伯又说了一句：“委员长必须复职。”

蒋介石：“好，你汤恩伯答应我，你守住厦门我就复职。”

汤恩伯：“我们一定守住厦门，委员长一定复职。”

蒋介石站起：“复职？就是还要和毛泽东再打交道，我们打了二十多年了，正如汤恩伯说的一样。我不如毛泽东，打仗我不如他，抗战胜利时他有军队130万，我500万，现在他500万，我140万；写诗我不如他，一首《沁园春·雪》，遍数三皇五帝；但有一样他不如我，他不如我累……”

## 北京中南海

微风习习。

毛泽东和宋庆龄在小路上边散步边交谈。

毛泽东：“宋先生，有个消息要通告一下：在少奇同志今年六月份访苏期间，斯大林说过，只要中国人民一建国，我就可以到苏联访问。我准备去一下，算了一下时间，正好可以赶上斯大林同志七十大寿，一是给他祝寿，二是把中苏两党、两国政府的事情定一下。”

宋庆龄感到由衷的高兴：“好呀。主席是第一次出国吧？”

毛泽东颇有感慨：“是呀，大姑娘坐轿头一回。出去走一走、看一看，可以学到一些东西，这是一个目的。还有一个目的，也让苏联人了解一下中国，告诉他们苏联革命是一种样式，中国革命也是一种样式。”

宋庆龄深表赞同：“对，如果中山先生还在，他一定会说，我们归根到底还是走出了一条自己的路，毛泽东之路。”

毛泽东更正：“应该说，是新中国之路。”

## 厦门鼓浪屿

蒋介石和刘汝明散步。

蒋介石：“厦门是台湾的门户，这里要是打开了，台湾就很难说了。”

刘汝明：“职部明白。”

蒋介石：“我对你是信任的，我听说了，冯玉祥、李德全多次劝你起义，但是你都初衷不改，我十分感动。”

刘汝明：“我不会投奔共产党，他们在闹土改，把我的一家人杀了一半，我们不共戴天。”

蒋介石：“对呀，要是台湾丢了，你家那一半也会被杀。”

刘汝明：“职部明白。”

蒋介石："好。"

刘汝明："委员长如果没有其他事儿，我就回漳州前线了。"

蒋介石："回去吧，我再补上一句，漳州又是厦门的门户……"

刘汝明点头……

## 厦门鼓浪屿日光岩

蒋介石又在和汤恩伯散步。

同样的地方，只是又从终点返回到起点。

蒋介石对汤恩伯："刘汝明靠不住，听说他已经把后方机关撤到厦门了。"

汤恩伯："委员长也知道了？"

蒋介石："哼……"

汤恩伯："是呀，要想人不知，除非己不为。"

蒋介石："怎么样，骂了你们，不恨我吧？"

汤恩伯："不恨。"

蒋介石："这就对了，我骂的，是我爱的。杨虎城我一句也没骂过他，但是我记恨他两辈子。"

汤恩伯一怔……

（1949 年月 10 月 15 日，第三野战军第十兵团进攻厦门。）

## 台北草山蒋介石住处

蒋经国走了进来。

蒋介石没等蒋经国说话："厦门开始了？"

蒋经国："是的。"

蒋介石："先在哪里打响的？"

蒋经国："汤恩伯报告：在鼓浪屿，共军投入四个营的兵力，向滩头阵地发起攻击，他们已经顶了几个小时了。"

蒋介石："我和汤恩伯说过，叶飞可能会直取厦门本岛。"

## 厦门东南军政长官公署

汤恩伯对着电话大吼着："什么！共军用重炮轰击厦门本岛？步兵有没有动静？"

（汤恩伯　厦门绥靖总司令）

汤恩伯身边站着一个人，他叫根本博，日本人，是汤恩伯的顾问。

（根本博　日本投降前，时任华北方面军司令官）

根本博用熟练的中文说道："司令官，正如我估计的一样，共军来势很猛，他们很可能同时在几个方向进攻厦门。"

汤恩伯抓起另一部电话："是毛森吗？你怎么提供的情报？你不是说除了鼓浪屿，别处没有共军吗？"

根本博小声地提示："不要和他说了，让他把特务团派出去。我们也立即回防本岛。"

### 台北蒋介石办公室

蒋介石："周司令吗？立即派空军支援厦门，狠狠地炸。"

### 厦门

批次的轰炸机向厦门飞来。

少顷，这里成了火海。

### 北京中南海

毛泽东一边打着电话，一边看着地图："叶飞同志，你们的进展很好，祝贺你们。有一件事情提醒你注意，告诉攻击集美部队的第二十九军八十五师二五三团的全体同志，集美学校是陈嘉庚先生用在海外打工的血汗钱修起来的一座美丽的学校，我们宁愿付出一些牺牲，也要保护这个学校，上要对得起陈嘉庚老人，下要对得起集美村的孩子……"

### 厦门集美

一排排大炮停止了轰鸣。

战士把腰间的手榴弹也取了下来。

他们端着步枪在冲锋。

敌人顽固地抵抗着。

机枪喷出火焰。

一排排战士倒下……

### 北京北海

一艘艘小船上坐着少先队员。

笑脸……

飞歌……

荡桨……

叠印着战士们一批批倒下的身影……

(1949 年 10 月 17 日，厦门解放。)

### 台北蒋介石办公室

沉默了许久的蒋介石开口了："汤恩伯呢？"

蒋经国："已撤到金门了。"

蒋介石："让他把金门的防务抓起来，戴罪立功。"

蒋经国："是。"

蒋介石："刘汝明呢？"

蒋经国："到了金门。"

蒋介石走到电话机旁边，拿起电话："陈诚吗？帮我办个事……"

蒋经国："父亲，也给刘汝明一个立功的机会吧。"

蒋介石冷笑："我把立功的机会都留给了罪人，好人怎么办？"

## 金门滩头

一支疲惫、溃不成军的队伍从大海里走来，这是从厦门逃出的国民党军第八兵团的部队。

刘汝明走在最前边。

几十挺机枪架在了那里，挡住了去路。

大喇叭里传出喊话声：

"第八兵团第五十五军的官兵请注意，连以上军官就地革职，排以下士兵等候整编，请所有人放下武器。"

海滩上的人一下子傻了，

人们不知所措。

刘汝明大声地喊了一句："谁的命令？"

"蒋委员长。"说着从前方的人群中站出一个人，他是东南军政长官陈诚。

刘汝明先是一怔，然后无可奈何地掏出手枪，把枪口向太阳穴指去，在场的人并没有劝阻。

陈诚一言不发地站在那里。

刘汝明没趣地把左轮手枪扔在了沙滩上。

一支支枪落下……

## 北京中南海菊香书屋

毛泽东心情不错，他伏在地图前。

周恩来走了进来："主席。"

毛泽东："恩来，厦门的情况知道了吧？"

周恩来："第十兵团打得不错。主席呀，还有一个好消息，已经证明国民政府从广州搬到了重庆。"

毛泽东："这是何苦？光复后，从重庆到南京，现在又从广州搬回重庆。当初不搬不就得了。"

周恩来："中国有一句老话：穷搬家，富置地。再说了，老蒋打定主意在台湾，从广州到台湾又近，何苦又绕回到重庆。"

毛泽东："他有三个打算：一通过搬家扔破烂，他是想把清一色的人带到台湾，李宗仁，他绝不会要；二他自我感觉良好，以为和重庆人民感情深厚；第三嘛，不甘心失败。"

周恩来："主席说得对。"

毛泽东："好呀，他不甘心失败，还要和我们过招，我们总得接呀。我想了一下，在人民解放军 1949 年战略部署中，第二野战军和第三野战军防备美国武力干涉中国，现在看来这种可能性暂时小了，我们可以着手解决大西南问题了，把第二野战军调过去，把胡宗南那 50 万部队处理掉。"

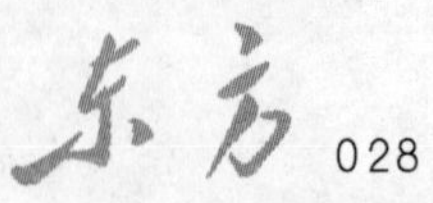

周恩来："是的，最近我们得到一个情报，是有关胡宗南和宋希濂的。"

毛泽东："好呀，讲来听听……"

## 川陕甘边绥靖公署胡宗南行营

一辆军用吉普停在了川陕甘边绥靖公署胡宗南行营前，

宋希濂走下车。

（宋希濂 上将，川湘鄂边区绥靖公署主任）

胡宗南把宋希濂迎进了客厅。

两人一言不发。

卫兵为他们倒好茶以后，便轻轻地出去了。

两个人开始讲话。

宋希濂开门见山："琴斋兄，不知你对今后做何打算呀？"

胡宗南："你说呢？"

宋希濂："你真想听我的？"

胡宗南："你大老远从成都来汉中，不就想来说话的吗？你放开说，我放开听。"

宋希濂："你说这仗还能打下去吗？应了那句话，兵败如山倒。现在是一点士气也没有了，打一仗败一败，我以为放在我们面前的路只有两条：一条路是做杜聿明，被俘；第二条路是做邱清泉，被毙。"

胡宗南："你说怎么办？"

宋希濂："你出陕，我出川。"

胡宗南："去哪？"

宋希濂："入滇。"

胡宗南："哎……"

宋希濂："我可早就听说你向委员长进言，弃川入滇。"

胡宗南："委员长不同意。"

宋希濂："可以再谏。"

胡宗南："后来我也想了一下，我的部下多半是西北人，对那里地形不熟，水土不服。"

宋希濂："有一个地方的水土你更不服。"

胡宗南："哪？"

宋希濂："共产党的集中营。"

胡宗南："我不信，我们就一定会彻底失败。"

宋希濂："你不信，老蒋也不信，但是有一个人信。"

胡宗南："谁？"

宋希濂："毛泽东。"

胡宗南："……"

宋希濂："云南你是不熟，可是我熟，抗战时我带第十一集团军在那里待了几年。一山一水我和摸自己鼻子眼睛一样熟。云南好地方，四季如春。实话告诉你，现在我们还有一个团和一个野战医院在那里。"

胡宗南："是吗，那我再谏委员长。"

## 北京中南海菊香书屋

毛泽东把烟放了下来："后来，他找老蒋了吗？"

周恩来："谈了，8月时，我不和你说蒋介石又回重庆了吗？"

毛泽东："是呀……"

## 重庆山洞林园

胡宗南、宋希濂坐在蒋介石的对面。

后边站着蒋经国。

蒋介石脸色十分难看："你们说完了？"

胡宗南："校长，说完了。"

蒋介石："听了你们的话，我想起中国的一个成语，叫拱手相让。"

胡宗南："这不是拱手相让，这是战略撤退。"

蒋介石淡淡一笑："国民党里懂战略的怎么这么多？我相信刘伯承、林彪、粟裕在毛泽东面前不敢轻言战略，你们那全是战略，所以谁都重要，就我这儿成战役了。"

胡宗南再也不吱声了……

蒋介石突然站起："这就是我们屡战屡败的原因。"

胡宗南、宋希濂面如土色……

## 川陕甘边绥靖公署胡宗南行营

胡宗南的副官站在门口。

一个将军来到门口。

副官："今天胡长官不见人。"

将军："怎么了？"

副官："快回吧……"

将军走了。

屋子里，

窗帘都已拉了。

胡宗南自拉自唱："我在城楼观山景，听得城下乱纷纷……旌旗招展……"

他的眼睛湿了……

## 北京中南海

毛泽东笑了："你还别说，老蒋说得有道理，我们战胜老蒋的一大法宝，就是下级服从上级，全党服从中央，我们的几个野战军无论在什么艰难困苦的时候都是以大局为重。1947年刘邓大军挺进中原，那是冒着全军覆灭的危险，但是他们还是逐鹿中原、千里跃进，在国民党中心地带撕开一个大口子，打开了解放战争的局面。"

周恩来："后来淮海战役时，小平同志那句话说得好，就是把中原野战军拼光了，只要给后来的部队，为解放全中国铺平了道路，值得。就是东北野战军，我们让他们打锦州，他们有顾虑，我们一坚持，他们还是执行了。现在，当我们取得今天这样胜利的时候，我们真的很感激他们。”

毛泽东：“所以，我说老蒋说得对，他们的部队永远是以自己的利益为重，而我们的军队永远是想着他人，想着别人。前几天彭老总和我说，王胡子的第一兵团第二军第六军进新疆，有400辆汽车，他坚持让第六军坐车，自己的老部队第二军走路；后来又有了苏联的运输飞机，他又让第六军坐飞机，而我们的三五九旅坐汽车、走路……”

毛泽东有些动情了。

周恩来有意拉开话题：“主席呀，胡宗南撤退云南的想法是不会轻易改变的。”

毛泽东：“是呀，一旦胡宗南的50万大军进了云南，加上宋希濂的十几万，他们以缅甸为依托，和我们捉迷藏，那问题可就大了，得想个办法。”

周恩来：“能够阻止胡宗南进云南的，只有蒋介石。”

毛泽东：“是呀，蒋介石不让他们动，胡宗南是不敢动的。但是谗言三至，慈母不亲，就怕胡宗南总在蒋面前唠叨，蒋介石又那么信任这个胡儿子。”

周恩来：“所以，我们要有意地透一点风给他们。”

毛泽东：“噢！”

## 北京中南海勤政殿

1949年11月6日，

周恩来在这里举行一个招待会。

周恩来在门口招呼着。

张治中走来。

（张治中　国民党和谈代表）

邵力子走来。

（邵力子　国民党和谈代表）

相继走来的还有刘斐等人。

周恩来不经意地看了一下手表。

他招呼大家入座。

这时走进一个人来，英俊潇洒。

张治中第一个发现了他，他吃惊地对邵力子说：“他怎么来了？”

邵力子没发现。

张治中向门口一指：“这不是胡宗南的副官兼秘书吗？”

邵力子：“我不认识。”

张治中：“我去过西北，他到机场接过我。”

周恩来拉着熊向晖走来：“治中呀，他你认识吧？”

张治中：“认识，胡宗南的秘书。”

周恩来：“力子老认识吗？”

邵力子：“不认识。”

周恩来：“这是胡宗南的副官兼秘书。”

张治中：“他也起义了？”

周恩来："他不是起义，他是归队。"

张治中："归队……"

## 北京东单张治中家

张治中一个人坐在客厅里，一言不发。

夫人走了进来小声地提醒着："吃晚饭了……"

张治中不动。

外边传来脚步声。

夫人向外边看去："哎呀，是恩来。"

张治中睁开眼。

周恩来走了进来："治中呀，来看看你。"

张治中忙站起。

周恩来："吃晚饭了吗？"

夫人："没吃，恩来呀，一起吃吧。"

周恩来："我吃过了，治中你先吃，我在这里等你。"

张治中："不了，中午吃多了。"

周恩来笑了："张夫人，治中中午不是吃多了，是吃惊了。"

张夫人莫名其妙地站在那里。

周恩来对张夫人："那我们先聊一会儿。"

张夫人走了。

周恩来："我知道你在想什么呢。"

张治中不语。

周恩来："你在想熊向晖……"

张治中还是不语。

周恩来："你是我的朋友，也是我们共产党人的朋友，实话和你说了，熊向晖是共产党员，归我直接领导……"

张治中一直看着周恩来。

周恩来："开始我把他派到胡宗南身边只是为了督促胡儿子积极抗战，后来蒋介石打起了内战，那熊向晖的作用就改变了。国民党进攻延安惨败后，我们派他出国学习，后来我们的一个电台被他们破获了，熊向晖这才暴露。"

张治中一挥手："可是我听说熊向晖的家人并没有受冲击呀？"

周恩来："你是知道的，毛人凤和胡宗南关系很好，可能是他把这件事给压下了。"

张治中："不！这么大的事毛人凤不向蒋先生报告？"

周恩来："所以说老蒋用的人呀，他以为都忠于他，那是表面。毛人凤没报告，所以我今天来，想请你向蒋先生报告一下，给他写一封信。"

张治中："什么意思？"

周恩来："给蒋介石提个醒，让他防着点胡宗南。"

张治中："我不会再帮老蒋了。"

周恩来："让蒋介石知道他在西北失败的原因是胡宗南的亲信熊向晖是地下党，而且胡宗南对蒋介石隐瞒了这件事。”

张治中：“可是这件事已经过去了，说还有用吗？”

周恩来：“当然，因为蒋介石还是很信任胡宗南的。”

张治中：“恩来，你能说出真实的目的吗？”

周恩来：“胡宗南联合宋希濂几次说服蒋介石要把他们的几十万军队调到云南，然后以缅甸为依托可进可退。毛主席的意思，是要把他们就地解决。”

张治中看了周恩来一会儿，轻轻地点头：“让我想想……”

## 北京东单张治中家

灯下，张治中在写信。

（心声：……国共两党斗争到了今天的地步，过去我以为我们在政治上不是他们的对手，军事上也不是他们的对手，今天我在共产党的宴会上看到胡宗南的亲信熊向晖，当我知道他是地下党时，我才明白，国民党在情报上也不如共产党。你是搞特务起家的，可是你用的是什么人？共产党用的是什么人？更让我不能理解的是，胡宗南不向你报告，毛人凤也不向你报告，请问你还有什么人可以信任？……）

## 台湾蒋介石住处

蒋介石在看信。

过了好久，他把信放下：“胡儿子，别坏了我的事……”

蒋介石想了一会儿，抓起电话：“给我接汉中汉台……你是宗南吗？”

电话里：“校长。”

蒋介石：“你哪里也不要去，我最近要动一下。”

电话里：“是，校长。”

蒋介石放下电话。

蒋经国：“父亲，你要和胡宗南摊牌吗？”

蒋介石：“你说呢？”

蒋经国：“父亲，胡宗南做出这样的事，实在是太过分，他无论怎样也要向父亲报告，再说西北失败，这是一个因素。”

蒋介石补充了一句：“一个重要因素。”

蒋经国：“就这件事，送他到军事法庭也不为过。”

蒋介石：“枪毙他也不为过。”

蒋经国：“但是，父亲，我们不能帮助共产党再杀自己人了，更何况战局到了这一步，胡宗南还是有用的。”

蒋介石：“是呀，不忠诚的和忠诚的加一块也没几个了。”

蒋经国：“不但不杀，不法办，而且还不能把这个事挑破。这个事情一旦挑破，他认为我们对他不放心，这会成为他背叛父亲的口实，会把他推给共产党。”

蒋介石：“他一直和宋希濂鼓动我，让我同意他们去云南。这次宋希濂的防线被刘伯承突破了，他肯定还会提去云南的事。”

蒋经国：“从今天起，他的话一个字都不能听了。”

蒋介石看着蒋经国："经国，你今年多大了？"

蒋经国："三十九，还没立事。"

蒋介石感叹地："我儿立事了。"

蒋经国："谢谢父亲夸奖。"

蒋介石："我儿大了……"

蒋经国："父亲，你再给胡长官打个电话，说明你要他来干什么。"

蒋介石没明白儿子的意思。

蒋经国："张文白能给父亲写信，他也许就能给别人写，这个时候千万不能让胡长官生疑。"

蒋介石重重地点点头，他抓起电话："给我接胡长官。"

电话里："校长。"

蒋介石："宗南，重庆吃紧，川军不行，你带 1 军 1 师去重庆，保护我。"

电话里："是……"

**战场**

战火纷飞的战场。

第二野战军在围歼胡宗南集团。

**重庆国民党"行政院"大厅里**

站着军政官员。

阎锡山在宣读任命："任命杨森为重庆警备司令，任命董林为外交部次长，任命王平为财政部次长，任命高信为内务部常务副部长，任命赵子立为河南省省长。"

赵子立问阎锡山："'院长'，我在哪里办公？"

阎锡山一时不知如何回答，一个人来报：

"'院长'，香港中央、中国两航空公司 12 架飞机起飞北平。"

阎锡山坐了下来，徐永昌走了过来："'院长'，发电给委座，让他来重庆主政，我们可以联名发电给他。李宗仁跑回老家，只有老蒋可以稳定局面，再说，万一……你不该做这个替罪羊。"

阎锡山想了好一会儿："我起草个电文，你们签字……"

**湖南衡阳林彪住处**

天空下着雨。

铁路上走来三个人。

一个是苏联《真理报》记者康斯坦京·西蒙诺夫。

一个是翻译孙维世。

走在他们前边的是一名军官。

西蒙诺夫四下看着。（心声：这是一座离铁路很近的房子，听说这是一种习惯，因为他的司令部永远处于机动状态。）

西蒙诺夫和孙维世被军官模样的人带到林彪的房子。

林彪早已经等在那里。

见西蒙诺夫走了进来，他主动地伸出了手，用俄语说："欢迎你，西蒙诺夫同志。"

西蒙诺夫也伸出了手："很高兴见到你，司令员同志。"

林彪看了一眼孙维世小声地说了一句："你好。"

孙维世笑着点了一下头。

林彪对西蒙诺夫："我们用俄语好吗？我好久没说了。"说着，他不经意地看了一眼孙维世。

孙维世淡淡一笑……

西蒙诺夫："好，司令员同志。"

此时的西蒙若夫心里正以小说家的习惯对面前的这位他们心中的英雄进行着描述：第四野战军司令员，穿得和他军队里任何一个战士一样：战士保护色的军装，保护色布制棉军服，头戴一顶柔软的草绿色军帽。这个个子不高、非常安详、非常严肃、轻易不微笑的人，清瘦的脸上有双果断和极为专注的黑眼睛，动作既敏捷又镇定。

林彪指了一下座位："本来可以早一点见面，我们在湘西包围了一个国民党重要的兵团，我调整了一下部署，希望你不要介意。"说着，林彪亲自为西蒙诺夫倒水。

孙维世接了过来。

这时西蒙诺夫留意起了这间房子。（心声：房子很大，但是显得很空旷，几个沙发和一个办公桌，最显眼的是四周的地图，连天花板上也是地图。）

林彪已经感到了客人的好奇："天花板上的地图是躺在床上休息时看的。"

西蒙诺夫没说什么，只是点了点头。

孙维世把水放到了西蒙诺夫面前，又要为林彪加水，林彪用手捂住茶杯盖子。

林彪："你是毛泽东同志为我们请的客人，我怎么样才能帮到你？"

西蒙诺夫："我知道你的时间比宝石还重要，我只问两个问题：一是四野当面的敌人和当前的作战；二是四野从东北开始到华南这里的过程。"

林彪看了一下表，点头。

一个小闹钟，时指 8 点。

林彪开始讲述："首先更正一下，四野不是和当面的敌人作战，而是大胆地穿插，然后形成一个大的包围圈，最南边可以到越南边境，北边是云南，这是一个广大的战线。这个包围圈的直线距离是一千里，就是五百公里。"

说着，他指了一下他头顶上的地图。

西蒙诺夫没有说话，看了一下地图后，马上又在本子上记了起来。（心声：这家伙很理解人，讲得并不快……）

他马上问了一句："那么，你相信敌人来得及突出包围圈吗？"

林彪："我们的部队推进得很快。虽然我们进军的路要越过很多大山，而且这些大山大多没有路，即使有，也被他们破坏了。现在可以说，我们正在很快地向西进入云南，赶上国民党的兵团，不让他们进入越南。目的主要是赶在他们前面。"

西蒙诺夫："我们苏联方面得到一个消息，国民党政府已经和法国政府取得联系，希望法国当局同意他们的部队进入越南。"

林彪："没听说，也不想听，我只要把仗打好。"

西蒙诺夫:“如果法国政府同意他们进入越南呢?”

林彪斩钉截铁地说:“进不去。”

西蒙诺夫看了一眼林彪。(心声:这家伙不知哪里像斯大林?……)

他接着又问:“为什么?”

林彪没有犹豫:“我的战士不同意,我相信,他们会赶上敌人,尽管敌人的路比他们近两倍。”

西蒙诺夫:“那里有多少人?”

林彪:“20万,白崇禧在指挥,你了解白宗禧吗?”

西蒙诺夫:“皮毛……”

林彪轻轻一笑:“那我就告诉你他的骨头和肉……”

(西蒙诺夫的心声:这家伙从我进来第一次笑,我还以为他不会笑……)

林彪:“在国民党军中这是一个有才能的将军,但是在一个腐烂肌体里,好肉也会变坏,尽管他有才能,但是已不起作用了。他们为了维护现有的统治,总是向下级作这样的宣传,什么美国会帮助他们,什么第三次世界大战马上开始,但是他们的士兵已经不相信这样的宣传了。”

林彪看了一下表,时指9点。

西蒙诺夫也看了一眼表。(心声:这家伙心里有一个表……)

林彪喝了一口,放下杯子。

孙维世再为他加水,他还是用手捂着杯盖。“下边说第二个问题,四野的作战经历……第四野战军这个名字,是在1949年4月,在解放北平与天津时才有的,在此之前,它的名字叫东北野战军,更早的时候称为东北民主联军。这支部队是在日本投降之后,主要是由在山东和苏北作战的一部分人民解放军组成的。这些部队在日本侵略者被击溃后向北挺进,进入东北,其中有一支部队一路打过去,突破了蒋介石派来阻止解放军进入东北的部队,其他的都是绕道而行的。为了把进入东北的解放军消灭在东北和进入东北的路上,蒋介石把他在缅甸作战的全部美式装备的精锐部队运到了山海关,其他部队从海上向东北各个港口运达。那时我们从南方到东北是最困难的时期,没有棉衣,全是轻装,有的连枪都没有。第一仗是在山海关打的,尽管胜了,但是很苦,后来我们还是从山海关撤了。第二个撤的城市是锦州,敌人占了锦州,国民党军队压迫我们,占领了沈阳。根据当时情况我们采取了运动战,不与敌人决战,撤出大城市,控制大批地区。同时我们开始剿匪,为后来的作战打下了基础。当时东北土匪很多,他们用日本人留下的武器武装自己,他们又从国民党手里拿到委任状,所以死心塌地和我们作对。我们消灭他们,老百姓很欢迎,我们边剿匪边土改,我们和人民站到一起,这是胜利的根本,但是那个时候真是很苦的……一次就冻死了几千人。”

西蒙诺夫看了一眼林彪。(心声:这是这个家伙第一次重复自己的话,我觉得他有些沮丧……)

孙维世看着林彪……幻化出莫斯科的街景。

林彪的话成了莫斯科街景的话外音。

林彪又继续说着:“四月份,马歇尔来中国,表面上帮助我们建立和平,其实真正帮助的是国民党反动派,也正是在这个时候我们进行了四平战斗,对手是新一军、新六军、五十一军、七十一军。后来他们占了四平,又占了长春、吉林,这时他们停了下来。我们利用这个时候，在六、七、八、九四个月休整，剿匪也结束了，我们有了后方，有了人民，补充了兵员。十一月份我们渡过松花江，我们白天不敢行军，都是晚上走，打了几个胜仗，局面改变了。到了四六年五月，我们在吉林北面打了两个胜仗，这是我们的第一次行动；四七年冬天东北很冷，国民党不想作战，利用他们在沈阳召开师以上作战会议时，我们又搞了第二次，搞掉他们十五万人。第三次是打锦州，这是全面反攻，后来占了沈阳。占领沈阳后，我们决心马上从山海关向北京推进，这时我们是占绝对优势了，我军将近有一百万人。如果加上我们派出做党政工作的和土地改革的三十万人，还有留在东北地方武装的十八万人，我军从入关的十万人，经过三年的努力达到了一百五十万人。"

西蒙诺夫："怎么变出这么多人？"

林彪："从土地里长出来的。"

西蒙诺夫："……"

他看了一眼孙维世。

孙维世："这是一种浪漫比喻，人民是土地，共产党是种子。"

西蒙诺夫点头。

林彪："人民分得了土地，他们要保护得到的土地，因为是共产党分给他们的……"

西蒙诺夫点头。（心声：这家伙可能要收场了……）

林彪："《真理报》的记者同志，你的问题我说完了，也可能你没有尽兴，我给你一个办法，到战士中去，毛泽东把你派给了我，我理解毛泽东，我把你派到战士中去，记住，仗是士兵打的。"

他看一下表。

林彪："差四分钟四个小时，因为你总还有问题要问……给你四分钟。"

西蒙诺夫："讲讲你个人吧。希望你多讲一点，几个小时我都想听。"

林彪："好……今年四十二岁，负过四次伤，四渡赤水时跟毛泽东同志学会打大仗，四平战役开始没打好，四保临江是转折点，我最喜欢四野这个番号……上半生不好说，下半生说不好……"

孙维世听着。

西蒙诺夫："不会是完了吧？"

林彪站起："一定是完了。祝你的大作早日出版，我的时间不是比宝石宝贵，而是比时间还宝贵，因为中国还在战斗。"

西蒙诺夫站起。（心声：这是一个十分小气的人，我是指对待时间，不过要谢谢他，他把小说的名字都起好了……）

在西蒙诺夫收拾东西的时候，孙维世把手伸给了林彪，林彪只是点点头……

（西蒙诺夫的小说《战斗着的中国》在《真理报》上发表。）

是的，中国在战斗，四野在围歼白崇禧集团，人民解放军第二野战军第十八兵团从南北两线围歼胡宗南集团。

第一野战军第一兵团向新疆开进。

# 第三章

一个小镇子被攻破了。

队伍正在进入镇里。

王震的吉普车开了过来。

车在城门口停了下来。

城门上写着两个字：虢镇。

警卫员开心地叫了起来："司令员，虎镇到了。"

王震看着城墙上的那两个字，他不认识，但是他知道不是虎，但是是什么，他也搞不清楚，他一伸手。

警卫员把水壶递了过来。

王震："我要书，要字典。"

警卫员赶忙跑到车上把一本四角号码字典递给了王震。

王震翻看着，不一会儿他脸上露出了笑容："小李，你说这是什么镇？"

小李："虎镇……"

王震："虎……你唬我？"

小李眨着眼睛不服气地说："不念'虎'，那念什么？"

王震："念'国'(虢)，是个国名。"说完他想到了什么，他向吉普车走去，他在一大堆书里找着……

小李笑了："你就唬我吧，国还不认识，当兵学会的第一个字就是国……"

王震不知是找到什么，他高兴地叫起来：

"叫他们让路，咱们进城……"

**虢镇街头**

王震在警卫员小李的陪同下正在街上走着。

小李一边走一边不情愿地说："这个地方刚解放，你这么乱走，多不安全呀。"

王震停了下来。

"有什么不安全呀？"

小李嘟囔着:“我是说,你都是兵团首长了。你要注意点……”

王震打断了小李的话:“我是兵团首长,可我是在大街上走,你不说,谁知道啊?”

小李争辩:“可人家一看就知道你是个官。”

王震:“我像吗,我是褂子比你像,还是裤子比你像?对了,你是从哪整来杆自来水笔别上了?”

小李:“是彭老总上次给的。”

王震:“小枪一挎,自来水笔一别,你像官,还是我王震像官?不是牛倌就是马倌吧?哈哈哈……”说完自己笑了。

小李不再争辩了。

他们在街上继续走着。

在一家叫“兴新纺织厂”前,王震停下了,对小李说:“去问一下,刘明寰在哪里住。”

小李跑了过去,向里边的人打听路。

不一会儿他回来了。

小李:“他们说他们老板在前边第三个院子。”

……

这是一个十分讲究的小院落。

院子虽然旧了点,可是从门上对联和那对石狮子来看,这是一个很有品位的主人。

王震示意小李叫门。

小李拍打着门。

小李:“有人吗?”

里边没有动静。

小李又叫:“里边有没有人?”

传来一阵蟋蟀的声音后,又没动静了。

小李急了:“这里边有人,他们不开门。”说着,他要掏枪。

王震拉开了小李。

他把手放在那个铜门环上,轻轻地叩了三下:“主人在家吗?”

静了一会儿后,从里边传出声音:“主人不在家。”

王震看了一眼小李,诡秘地笑了,小声地说:“有人。”他还想叩门,但又改变了主意,故意对着门里大声地喊着:“主人不在呀,那么请你们转告你们主人,就说有一个姓王的解放军来看过他,他明天再来。”

里边没有动静了。

王震和小李招手。

“走!”

……

院落里边。

大门虽然已经关得很严了,可是又顶上了一个大木杠子。

门里边站着一个三十岁左右的男人,他戴副眼镜,但看上去度数不算很深。看来他是受惊了,比他还紧张的是站在他身边的女人,看上去年纪更小一点,也许是天有点凉,也许是她穿得不多，她浑身在发抖……

男的十分疑惑地说："解放军找我？我不认识解放军。"

女的提醒地说："姓王的……"

男的摇着头："他姓啥，我也不认识呀？"

女的："那不认识来找你干什么？想起来了，听说解放军到了一个地方，就进行土地改革……"

男的不耐烦地说："土改，我又不是地主？"

女的又提醒地说："那你可是算得上资本家了。"

男的不语了……

## 第四师师部王震的住处

小李给王震打来洗脚水。

王震一边脱鞋子，一边想着今天晚上的事情。他好像想明白了什么。

王震："小李，你给我接四师政治主任的电话。"

小李摇电话。

王震在洗脚。

电话要通了，小李把电话递给了王震。

王震："你是老孙吗？你听出我来了，有一个事，明天一早，不，今天晚上，以我的名义写一个布告贴出去。怎么写？你让我再想想，一会儿告诉你……"

副师长赵长龙走了进来。因为他打仗打瞎了一只眼睛，所以别人送他个外号"赵瞎子"。

赵长龙走在前头。

他叫着："老旅长改善生活了。"

王震还没搞清怎么回事，只见两个炊事员抬着一口锅进来了。

王震："这是什么东西？"

赵长龙："什么东西？这是有名的'波鱼'，好吃着呢。"说着，他给王震盛了一大碗。

王震接过来。

赵长龙也给自己选了个更大的碗，便开心地吃了起来。

王震吃了一口："不错。这里还是有些好东西吧？"

赵长龙："老旅长，让你说对了。这儿最好的是房子，当地人叫屋，那厅是厅，堂是堂，那气派。真的，等全中国解放了，我到这来安个家，听说这里的娘们奶水可壮了。"

王震："看来赵瞎子是真想老婆了。"

赵长龙赶忙："没没，我只想怎么着把革命进行到底。"

王震白了他一眼。

赵长龙又想起了什么："老旅长晚上出去找人了？"

王震："嗯。"

赵长龙："这里你也有认识人？是亲戚？"

王震："嗯。"

警卫员小李："什么亲戚，不知道什么人，连门都没给开。"

赵长龙把碗一放："反了他，什么人？有眼无珠！"

王震:“你是什么人都敢骂。”

赵长龙:“那他是什么人?”

王震:“在延安开七届二中会时薄一波同志给我介绍的,他说在虢镇有一个曾经在英国的利物浦大学攻读热电专业的人,他叫刘明寰,但是现在开了一家小小的纺织厂,国民党的盘剥苛敛让他难以为继。我们是共产党,看我能不能帮上他什么忙。”

赵长龙不以为然地说:“为了这个,你吃了个闭门羹,行……”

王震:“你还真不用激将我,我明天还去呢。”说着,他抓起电话:“给我接四师政治部。老孙吗?布告这么写……”

## 刘明寰家门口

翌日

天刚刚亮,小镇子就热闹起来了。

战士们三五成群,有打扫马路的,有帮助老乡扫院子的,有帮助邻居挑水的,一派祥和的景象。

刘明寰起得很早,他轻轻地打开了自己家的大门。他试探着向街上走了几步。他看到一个个战士从他眼前走过,看着他们那带着笑容的脸,他的神情也放松了下来。

他发现自己家墙上贴了一个布告。他好奇地走了过去,站在布告前轻声地念了起来:

“我们是人民解放军第一兵团,今天我们接受党中央的命令解放大西北。等全国解放后,我们要建立新中国,建设大西北,有志新中国建设的有识之士,都可以参加解放军,我们将以十分的热情欢迎你们。中国人民解放军第一兵团司令员王震。1949年……”

刘明寰看完布告,觉得心里一阵发热,他朝街上看了看,少顷,他又转身回到了院里。

一直放心不下爱人的沈飞鹂走上前来:“怎么样?”

刘明寰:“好像真的和国民党军队不一样。”

沈飞鹂:“你看到啥了?”

刘明寰:“没看到啥,也许只是一种直觉。”

他的话音还没落,门外又传来叫喊声:“有人在家吗?”

刘明寰听出了是昨天叫门的人,他赶忙走到门前打开大门。

王震和警卫员站在了他们的门前。

刘明寰疑惑地问:“你们是?”

王震自报家门:“我是王震。你是刘经理吧?”

刘明寰十分意外地说:“哎呀,你是王将军,这么说昨天你已经来过一趟了。真是对不起。”

王震一点也不介意地说:“这不怪你。兵荒马乱的,晚上来叩你的门,要是我,也不开。”

沈飞鹂拉了一下刘明寰:“明寰,快让王将军屋里坐吧。”

刘明寰:“王将军如果不嫌弃,就到屋里一坐吧。”

王震爽朗地说:“好,小李咱那就到科学家的屋里坐坐。”

……

茶碗里冒着淡淡的清香,

一下子香了整个屋子。

王震："早就听说过你，是学发电的。那你怎么搞起纺织厂来了？也不对行呀！"

刘明寰一言难尽："对行？就咱们这个国家，学工能有碗饭吃就行了。你还能搞什么？就这么个纺织厂，也是要死不活的。"

王震："问你个问题，我不怕你笑话，热电是不是哪里都可能搞？"

刘明寰："只要是有热能就行。"

王震："那么热能都是什么。"

刘明寰："煤，石油，将来也包括核。"

王震："那你说，新疆能不能搞发电？"

刘明寰语气肯定地说："能，只要有煤。"

王震点头。

刘明寰想起了什么："对了，我听我的一个英国老师说，那里的天山山脉有一个地方还可以搞风力发电。"

王震更加有兴趣了："风也可以发电？在天山的什么地方？"

刘明寰："这要进行实地勘探才行。"

王震："怎么样，老刘，跟我们去天山？"

刘明寰一时不知怎么回话好："这……"

沈飞鹏想转个话题："不知王将军吃早饭没有？"

刘明寰知道爱人在为自己开脱："是啊……就在这里吃。"

小李："首长的早饭吃过了。"

王震一挥手："咱们先说话。饿了在你这吃中午饭。"

刘明寰对沈飞鹏："那你去准备一下。"

王震和警卫员说："小李，你先回去，有事到这里来找我。"

小李不想走。

王震："你走吧，你又不懂发电。"

小李："不是……你这……"

王震明白了他的意思："我这没事儿，你去忙。"

小李不情愿地走了出去。

走到大门口他把大门带上了，然后就在大门口那里找个地方坐下来。

……

屋子里王震他们还在谈着。

王震："我看得出来，你是个有志向的人，但是，你现在是空怀壮志，报国无门。我可以告诉你，你也可以告诉你的同学、好友，你们的机会就要来了，全中国解放的日子不远了，我们就要迎来建设新中国的高潮，这可能是你们这些中国的知识分子实现自己愿望的时候了。"

刘明寰将信将疑地问："你们共产党军队要搞建设？"

王震更正道："不是中国共产党的军队搞建设，是中国的军队在共产党的领导下和全国人民一起建设新中国。"

刘明寰："我对共产党了解得不多，但是听说，你们只信任工人阶级和农民，我大小也是个资本家。"

王震笑着摇了摇头，他从口袋里掏出一个笔记本："有一个人这样说，我们必须全心人意地依靠工人阶级,团结其他劳动群众,争取知识分子,争取尽可能多的同我们合作的民族资产阶级分子及其他代表人物站在我们方面,或者使他们保持中立,以便向帝国主义者、国民党官僚资本主义作坚决的斗争,一步一步地战胜这些敌人。同时着手我们的事业,一步一步学会管理城市,恢复和发展城市中生产事业,关于恢复和发展生产问题必须确定,第一是国营工业生产,第二是私营工业生产,第三是手工业生产。从我们接管这个城市的第一天起,我们的眼光就要向着城市生产的恢复和发展。"

刘明寰心里一亮:"这是什么人说的?"

王震收起笔记本一字一顿地说:"毛泽东。"

刘明寰对这个名字很新鲜:"毛泽东?"

王震:"如果你相信我的话,我给你指出一条路。我的目的是去新疆。那里地大物博,工业很落后,你可以到那里大显身手,施展才能,咱们一块儿为新中国出点力。"

刘明寰不语。

王震见他有点为难,不想勉强:"你可以和你爱人商量一下,你们认为我建议怎么样,明天我再来,听你们的信。"

这时小李急急火火地走了进来:"司令员。彭总在找你!"

王震:"知道了。"

刘明寰还想说什么……

王震叮嘱了一句:"明天等我。"

说完,他和小李走出了刘明寰的院子。

门口,王震的吉普车停在那里。

王震不高兴地说:"几步路的事,你也要车。"

小李解释:"彭总发火了……"

王震反问:"他发什么火?"

……

## 第四师师部

王震走进司令部就抓起电话。

"给我接彭总。"

旁边一个参谋提醒道:"司令员,刚才彭总找不到你,发火了。"

王震没有说话。

不一会儿,参谋指着电话小声说:"彭总在里边。"

王震从参谋手中拿过电话:"我是王震,彭总找我?"

电话里:"你为什么不在位置上?"

王震对着电话,也火了:"我怎么不在位置上?"

电话里:"你刚才去了哪里?"

王震:"彭总,我去了哪里?只要在一兵团就是在位置上。"

电话里:"你,好啊,你王胡子还会顶嘴!"

王震气呼呼地说:"彭总,我不是顶嘴,司令员有什么重要指示?"

电话里:"没什么重要指示,我就不能找你说话了?"

王震:“能。”

电话里:“告诉你个好消息,西安拿下来了。我想找人喝酒,可是离你又太远。”

王震的气还是没有消:“自己喝嘛!”

电话里:“你王震今天这是怎么了?”

王震:“没什么,没有指示,我就放电话了。”说着,他把电话放了下来。

在座的几个参谋还是第一次见王震这个样子,他们一个个惊恐地坐在那里。

这时,王恩茂走了进来。

电话又一次响了起来,王震没接。

王恩茂接起了电话:“我是王恩茂,是彭总吗?”

电话里:“王胡子今天是怎么了?你让他小心点,敢放我的电话的人还没生呢!”

王震朝着王恩茂的电话喊着:“我就是一个!”

王恩茂赶忙把话机握住,

那边可能是彭德怀把电话挂了,

王恩茂无可奈何地把电话放下了。

王震一句话不说。

王恩茂示意那几个参谋出去一下:“怎么回事?”

王震:“他急急火火地找我,第一句话就说为什么不在位置上。我王震当兵这么多年,我什么时候不在位置上。我死都会死在这个位置上?我问他有什么指示,他说西安拿下了,想找人喝酒。你说……”

王恩茂:“你就为这生气?”

王震:“那你说这气人不?”

王恩茂:“不气。”

王震:“不生气?”

王恩茂一开始声音不大,可是他越说越大:“一个军人把胜利看得比生命更重,他把胜利消息第一个告诉你,说明你们是好朋友。当胜利时候他想喝酒,第一个又想到了你,只说明一个问题,你们是好朋友!王胡子,我不知你把他当什么,你一生有这个好朋友,是你的造化,是你的福气……”

王震看着王恩茂,一时不知说什么好。

王恩茂拿起电话机:“给我接彭总。”

王震走了过来,把电话机压下了:“不用和他说什么,这个时候他要是生我的气,他就不是彭德怀。”

他又回到自己的位子上:“和你说个事……对了,我还得向你把二中全会转达一下……”说着,他又拿出了那个笔记本。

……

翌日。

王恩茂正在接电话:“好的,我们一定在6月10日前按时完成集结,是,完成和二马在那里的决战准备。是,彭总还有指示吗?好,彭总再见。”

王震一边听着王恩茂的复述,一边在地图上标着什么。

小李走了进来:“司令员,有人找。”

王震走出了作战室。

一个人站在院子里,

他是刘明寰。

他身后站着他的爱人沈飞鹂。

王震对身后的王恩茂说:“这就是昨天我和你说过的那个刘明寰。”

王恩茂热情地伸出手:“你可是大知识分子,见到你们很高兴。”

王震:“老刘,不是说好了,我去看你们吗?”

刘明寰摆着手:“我不敢说知书达理,但人总是要讲感情的。你一个将军两次到我那个寒舍,我可是受宠若惊,不能让你第三次去了。我想好了,我带着全家和你王震去新疆。”

王震兴奋地说:“好好,你决心下了,我们的决心也就下了。”

刘明寰对王恩茂说:“你就下命令吧!”

王恩茂:“首先我代表兵团党委欢迎你们加人民解放军的行列,你们既然入伍了,总要有个职务。现在任命你为中国人民解放军第一兵团军工部长。”

对于这个命令,刘明寰十分意外,他站在那里一直没有说话,再说他也不知该说什么好。

王震又补充了一句:“你从现在起就是共产党的师职干部,开句玩笑的话,你当官了,还有警卫员呢!”

刘明寰一副茫茫然的样子:“那我现在的工作是……”

王震又拿出他那个小本本:“这里不是还有个工学院吗?继续给我网罗人才,越多越好。”

刘明寰半天才说了一句:“好,王将军你看这样好不好,人才我给你网罗。这个官,我就不当了。”

王震:“那不行。中国有一句话叫:名不正,言不顺,言不顺,则事不成。你要想干事,必须名正言顺。”

刘明寰:“那这官是不是太大了!”

王震:“哈哈,在如今还有嫌官大的,你这是受之无愧。”

**一个学校的门口**

王震正在那里讲话,下面围了好多男女学生。

“你们知识分子是我们国家的宝贝,我今天就是探宝来了,就是请你们这些国宝去参加我们的队伍。说好了,我看今天来了不少女孩子,不是要你们去打仗,说句老实话,那里仗没有多久可打了。可是另一个战场就要开始了,那个战场我们消灭的不是敌人,是贫穷、落后,是荒凉,是洋人对我们民族的掠夺和歧视。为了这些,打完了仗后,我们就去搞建设,到边疆办工厂、办农业、修水利、办学校、搞科学研究。这些都需要你们,愿意参加的就去报名,我们热烈欢迎。”

几个女学生在议论着:

“这人是谁?”

“他就是王震……”

**兵团司令部**

赵长龙和几个团的干部气呼呼地走了进来。

一进屋，赵长龙就把帽子狠狠地摔在了王恩茂的桌子上。

“这是不是太过分了!”

王恩茂知道这些人是为什么来，也知道他们气在何处。但他还是心平气和地说：“怎么了，老赵?”

赵长龙：“别叫我老赵，我不老……我还不如个刚参军的呢！这是啥意思？我们出生入死也不才是个师长嘛，怎么他一参军，连一枪还没放过呢，就成师职干部了，这是不是太过分了?”

那几个团长也嚷嚷着：“是啊，这太叫人想不通了。”

“我还是红军呢，不才是副团长?”

王恩茂挥挥手：“大家坐下说。”

赵长龙气呼呼地说：“不用坐了，再过几天，我们恐怕连站的地方都没有了，回家抱孩子去了。”

王震和刘明寰已在门口站了一会儿了。

听了这话，刘明寰的脸是红一阵白一阵，几次想出去，都被王震给拉住了。

不知谁一回头，发现了王震：“司令员，你……”

王震站在门边没动：“你们说，你们说，我在听。”

赵长龙把身子背了过去。

王震看屋里人不说话了：“你们不说了？赵长龙，我想提醒你一个事，1941年毛主席号召我们大生产，我们部队开到了南泥湾。当时我们有热情，有决心，但是我们这些南方的农民没有种北方地的经验，我们从当地农民中请一个边区的劳动模范去帮助你们种地。你不服人家，我没办法，封了他个官，是我让他当了个三五九旅的农业副官，你们开始不听人家的，可是按着人家的办了。一年下来，我们的粮食吃不完，过年了杀猪的时候，我记得是你第一个给那个农业副官敬的酒。”

赵长龙不语。

王震接着说：“党的七届二中全会上，毛主席号召咱们解放新中国、建设新中国了，我王震还就一个心眼儿，听毛主席的。我们不但要搞农业，还要搞工业，我得有人才。你们是我打仗的人才。可我还得有搞建设的人才，我现在是一边打仗，一边网罗点人才，一旦毛主席让我们变成工作队，我手头得有人。”

赵长龙不语了。

王震：“我今天不说了，我带来一本书。写书的人知道怎样抓枪杆子，但是他很少用枪，可是我听他的。”

他对门口的一个说：“杨科长把书发给大家，人手一册。”

一个团长接过一本书。他念出声：“在七届二中全会上的讲话，毛泽东……”

王震大声地吼着：“这是个没放过枪的人!”

……

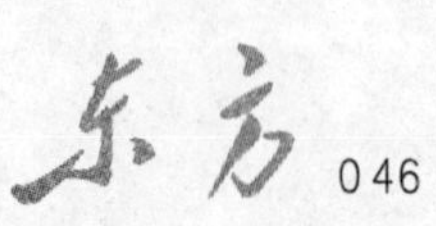

## 虢镇城门口

第四师的部队在这里集合。

王震站在一辆吉普车上。

王震:“同志们,我们又要上前线了,你们师的领导一定让我讲几句。讲什么呢?我现买现卖吧。人民解放军永远是战斗队,就是全国胜利以后,在国内的敌人没有消灭,阶级还存在,世界上还存在着帝国主义的情况下,我们军队永远是战斗队,对于这一点不能有任何的误解和动摇。人民解放军又是一个工作队,这是解放全中国和建设全中国的需要。我们用了一些人,有些人不理解,对于你们的这些不理解,我非常理解。你们不要成为近视眼,要看得远一点,你们要好好学习,谁有水平谁就上,同样给你们师职干。但是,你们要明白一个真理,子弹打不到的地方,科学和知识可以打到。”

下面的人静静地听着。

赵长龙在听着。

王震:“这个镇子我们打下好几天,这个镇叫什么名字。我敢说还有人不认识。”

人们抬头看着城楼上的两个字。

人们的脸上流露出疑惑……

王震:“团以上干部出列。”

从队伍中站出二十几个人。

王震:“不认识这个字的原地不动。认识的,再往前走一步。”

有十来个人往前走了走。

一个干部问:“司令员,这个字我认识,但不知是什么意思?”

王震:“那就算你认识了。”

那个干部站在了原地。

王震:“这个字念什么?”

有人高喊了一声:“虎——”

王震:“同志们,对不对?”

一片喊声:“对——”

王震挥挥手:“别唬了——”

部队安静了下来。

王震:“同志们,毛主席已经号召我们解放全中国建设新中国了,我们还在这蒙,还在这虎呢……丢人!为了新的形势需要,咱们一兵团今天一起认识一个字。虢——”

千军万马发出一个声音:“虢——”

“虢——”

“国——”

声音震荡大地……

## 进军新疆的路上

一支队伍在前行。

浩浩荡荡……

沸沸腾腾……

口号声喊成一片。

正在行军的王震让车子停了下来，他招呼坐在身边的王洛宾一起下车。

他们静静地看着自己的队伍，静静地看着士兵。

这时，一队女兵队伍路过他的面前。

王洛宾向王震介绍道："这是大学生队，都是从兰州入伍的……"

王震点头："在那遥远地方，有群好姑娘……"

王洛宾："是眼前……"

一支男兵的队伍加紧脚步，赶过了女兵队伍。

当他们和这些女兵并排走着时，这些男兵好像一下子来了精神，一个个挺起了胸，有的人眼睛也开始溜号了，好像故意要气一气面前这些女兵，或者说想在女兵面前显显威风、逞逞能。不知是谁起了头，男兵队伍中一起说起一段顺口溜：

"好汉来当兵，负重四十斤，每天走百里，看谁是英雄？"

话音刚落，女兵队伍中一个叫戴西的女兵一个人喊了起来：

"女儿来当兵，负重四十斤，半天走百里，哪个是英雄？"

她的话音一落，女兵一起喊："女儿来当兵，负重四十斤，半天走百里，哪个是英雄？"

男兵的队伍一下子静了下来。

女兵队伍爆发出一阵笑声……

王震笑了……

这一下子带队的那个连长受不了了，他大声地叫着："王朗，王朗，秀才！秀才……"

戴西知道那个连长在"搬兵"呢，她故意说："奴才！奴才……"

队伍中又是一阵大笑。

那个连长没面子了，他拉长了脸，下了个意外的命令：

"跑步走……"

这个连的男兵开始跑步行军了。

女兵开始起哄了，还是那个戴西带头叫着：

"同志哥慢点走，前边的姑娘长得丑……"

女同志们一起喊了起来：

"同志哥慢点走，前边的姑娘长得丑……"

又是一阵笑声……

最开心的是王震，他开心地笑了。

他的笑容里是很复杂的，有敬意，也有愧疚……

不知是谁喊了声：

"咱们休息一下。"

女兵一下解散了。

**进军新疆的路上**

王洛宾对王震说："司令员，我们过去看看她们。"

王震："等一会儿，让她们也方便一下。"说着，他拉着王洛宾坐下了，警卫员把行军壶递给王震，王震又传给了王洛宾。

王洛宾:“谢司令员。”

王震:“秀才,我有个想法,我想写个歌,你给整个曲。”

王洛宾:“好啊,写这些女兵?”

王震:“不,写进疆部队,要鼓劲,不整你那个放羊放马的,还挨几鞭子……”

王洛宾笑了。

……

女兵们散开了。

部队的行军,女兵解手是个难题,但是她们有她们的办法。她们围成了一个圈子,把想“方便”的人围在了里边,这样既可以挡人,又可以解决“问题”……

王震看了看四周:“这应该是贺兰山脉了……”

王洛宾:“怎么样,灵感来了?”

王震站起:“来了,尿尿……”

说完,向远处山上走去。

警卫员跟在后边。

王震:“尿尿……”

警卫员停下了。

王震来到山坡后边,他连忙掏出一本唐诗,一边翻一边念着:“张琰……腰间插雄剑,中夜龙虎吼;吕大器……光摇旌旗五凉平,天外群峰玉削成……快憋出尿来了……”

……

**山冈上**

王震走了过去,

一脸春风……

还没等他走近,女兵们认出了他。

“司令员……”

“王司令员——”

王震:“好啊,你们刚才的大胜仗我可是看到了,好!”他指着戴西说:“你叫戴西吧?”

戴西意外地问:“首长记得我?”

王震:“我怎么不记得你,你不是北大学文的吗?你爱人是郑团长,那天到我那要汽车,我把他训了,没汽车就不进疆了?左宗棠有没有汽车?”

戴西马上接话:“班超有没有汽车?唐僧取经有没有汽车?”

王震:“啊?他回去和你说了?”

戴西:“何止是和我说了,和全团都说了……”

这时,很多人都围了上来。

王震又认出一个人:“你是小赵。”

叫小赵的姑娘走了过来:“司令员你好!你还认得我?”

王震打开了一个小本子:“你叫赵佩玉,你出生在美国,1946 年回到山东上大学,后来又到了兰州。那天你报名的时候我在,我不是劝你,等你毕了业再来。你说到时候就怕我不认识你了，我没忘记你吧？”

赵佩玉感动极了，她的眼眶湿了……

这时又围上来好多人，王震：“来！报报你们的名字。”

人们各自报着自己的名字：

“高兰英……”

“任秀英……”

“袁玉英……”

“胡云英……”

“李兰英……”

“魏玉英……”

王震摆了摆手：“你们怎么都叫英啊？”

一个女兵举着手说：“我不叫英，我叫毛英华……”

王震重复着：“英华，还不是带英吗？好哇，都是英雄，你们就是巾帼英雄！”

人们为王震鼓掌。

王震上了一辆汽车：“同志们，你们现在为我鼓掌，可是背后有没有骂我的，发我的牢骚的？”

不知是哪个大胆的女战士叫了一声：“没有……”

人们笑了……

王震：“同志们，我相信，你们没有骂我的，但是说句实话，你们跟着我，让你们受苦了。我们二军本是要乘飞机汽车进疆的，但是飞机汽车有限，而我们进疆的日期也是有限的。我们刚从哈哈（故意读错）密走过，你们看到了，那里发生了暴乱。我们的新疆能不能顺利回到人民手中，就取决于我们能不能尽快地进疆，所以就得有走路的，我替你们要下了这个任务。同志们，可以告诉你们，六军的先头部队已经顺利地到了迪化，受到那里人民的热烈欢迎。他们马上就要转入建设新疆的伟大事业中，我们是不是还得加快脚步？”

“是——”

“我们要急行军……”

**进军新疆的路上**

王震走在队伍里，这是他的队伍，他有一种自豪……

旁边走着王洛宾。

“到祖国的边疆去，才是祖国的好儿女”，一面大旗十分醒目。

部队又唱起了歌。

女兵的部队走得很快，不一会儿就赶上了刚才和她们叫板的那个连队。那个连长对连队喊了声：“唱歌——”

王震对王洛宾：“我有几句了，你听听……白雪罩祁连，乌云盖山巅，草原秋风狂，凯歌进新疆……”

王洛宾：“有点意思，我记一下……”说着他取出本子，记了起来。

男兵在唱：“………四零年哪么呼海，大生产呢么呼海……”

在他们唱歌的时候，戴西没有迎战，她小声地向后边说了一句什么，女兵们一个又一个地向后边传着口令……

连长见女兵们没动静了，得意得很。

男兵们也发出会心的笑声。

他们以为女兵们服输了。

突然，女兵队伍中传出读诗的声音，这如同银铃一样的声音，和这空寂的大漠有些格格不入，但是，确实有着别样的意境……

青海长云暗雪山，
孤城遥望玉门关。
黄沙百战穿金甲，
不破楼兰终不还。

男兵被这动听的声音吸引了，他们向戴西投来不同的眼神……

一个小战士——

那发现新大陆一样的眼神……

一个老兵——

那羡慕的眼神……

那个连长——

一种说不出感觉的眼神……

她的声音刚落，又传来大学生尉迟颖委婉的声音：

大漠风尘日色昏，
红旗半卷出辕门，
前军夜战洮河北，
已报生擒吐谷浑。
……

大漠一下子静了下来。

只有女兵队伍中那几头骆驼身上的驼铃发出悠扬而悠远的声音，回响在这大漠青天之间……

那个连长没有抬头，他一直看着路，但是看得出他在听。他听得十分投入，十分认真。

又有声音了，但这是几个人的：

单车欲问边。
属国过居延。
征蓬出汉塞，
归雁入胡天。
大漠孤烟直，
长河落日圆。
……

王洛宾高兴地说："有了。"他唱了起来：

白雪罩祁连，
乌云盖山巅，
草原秋风狂，

凯歌进新疆
……
王震也唱了起来。
两人的合唱。
队伍在唱。

歌声震荡着大地、山峦……

**天空**

也可能真的是天从人愿，不知从哪里来了一只老鹰，一直在这支队伍的上空盘旋……

鹰久久没有离去，因为它没有见过这样的军队，也没有听过这么动听的声音……

也许是天从人愿，太阳就要下到大漠的深处，此时正停在了天边，那样的红，那样的圆。这时大漠也显得从没有过的苍茫，从没有过的空旷，那样的遥远，而姑娘的琅琅诗篇好像就来自那大漠的尽头，来自遥远的遥远……

声音化成天籁之声，它从遥远而来，它又传向遥远……

女兵还在向前走着。

男兵队伍中的那个连长停了下来，他看着从他身边走过的队伍，他的目光一片空白……

他又下了一个意想不到的命令：

“停止前进，原地宿营——”

军号响了……

它也传得很远……

那群女兵还在前行，她们的队伍是朝着落日的方向前进，她们给大地留下了一个个最壮丽的背影……

大漠……

落日……

女兵……

一轮冷月在天空高高地挂着。

女兵队开始宿营了。

有的在找水源。

有的在拾柴火。

有的在架帐篷。

有的在喂骆驼。

“把钉子钉得深一点，我看这天又要起风”，一个干部说道。

“知道了。”

那个干部又走到另一个地方：“这个绳子还得再系牢一点，要不然把人也一起吹走了。”

不知什么时候，天空中飘起了雪花。

雪慢慢地落着……

不一会儿风开始改变了它的节奏。

不知谁说了一句：“行了，今晚上当‘团长’了……”

风开始加大了，

沙子夹着雪打在帐篷上，发出沙沙的响声。

## 帐篷里

几个人睡在一起，她们在说着女人的悄悄话。

一个姑娘突然叫了起来：

“不好了……又来了。”

“什么又来了？”

“……”

“你怎么这么勤啊？”

“不是，还没完呢？”

“你是不是要东西？”

“还有啥东西？”

“来吧，我的棉袄是新棉花……”

有人反对：“不行，你的棉袄掏空了，你想冻死啊？”

“瞧你说的，我就不信她天天流……”

一句话把大家说乐了。

一阵悉索之后，人们安静了下来。

不一会儿，又有人说了一句：

“李姐，怎么没见你来呀？”

一个人回答她：“我呀，来不了。”

“你怎么了？”

“她结婚了……”

“那我也结婚。”

女人们又笑了。

“你屁大孩子，结什么婚？”

又有人问着：“李姐，你几个月了？”

“有两个月了……”

“什么两个月？”

“小孩子，不要啥都问？”

帐篷里再一次安静下来。

外边的风越来越大，

整个帐篷开始摇晃起来。

有人担心道：“这风会不会把咱们的帐篷吹走呀？”

“不会的，钉子我钉得可深了。”

“绳子我拴得可牢了……”

“不行，我看这风太大了。”

“你们说，这气温能有多少度？”

“这地方，没度……”

还是那个小孩，又问话了："你们刚才说什么两个月了？"

不知谁说了一句："入党两个月了……"

又是一阵笑声。

风更大了……

## 帐篷里

第二天清晨，

太阳又从另一个方向升起来了。

一道光从帐篷的缝隙中透了进来，那样的柔和，那样的绚丽。

几个女兵从梦中醒来。她们睁开了眼睛，起身，有一个姑娘叫了起来："哎呀！我的袜子，怎么和地粘住了？"

一句话好像提醒了大家。

"我的裤子……"

"我的鞋子……"

戴西第一个从帐篷里走了出来，推开门，她吃了一惊，这是个白色的世界。她深深地呼吸了一口这大雪后的空气，她突然又诗兴大发：

"忽如一夜春风来，千树万树梨花开……"

她突然停住了。她发现她们的帐篷四周有一个个的雪堆……

一双手紧紧抓着拉帐篷的绳子……

那手鲜红鲜红的……

她感觉到了什么，叫了起来：

"来人——"

姑娘们不知外边发生了什么事情，她们跑了出来，她们顺着戴西的目光看去。

赵玉佩马上意识到了什么，她扒开雪堆。

那是一个战士……

每一个帐篷绳子边上都是一个雪堆，不，都是一个战士……

女兵们一起叫了起来：

"同志——"

"同志，快醒醒！"

他们没有醒来。

一个小女兵蹲了下来，她为一个同志解下了帽子，她一捂嘴："大姐，他是连长……"

迟尉颖一下子扑到了戴西的身上："大姐，他们怎么冻死了？"

女人哭了。

戴西："明白了，昨天的风那么大，我们帐篷没有被吹走，明白了，野狼叫了一晚上，我们为什么没有……"

那只雄鹰又飞来了。

那只雄鹰又开始在天上盘旋着……

女兵举起枪。

她们一起对着天空。

"乒乒……"

树上的雪被震落了……

一片又一片，漫天飞舞着……

（在进军新疆的路上，我人民解放军冻死 207 人，冻伤 2990 人……）

## 进军新疆的路上

女兵队又上路了，她们又赶上了那支队伍。

当两支队伍走到一起的时候，大家都沉默不语。

又是驼铃在响……

还是那样悠扬……

过了好一阵子。

女兵戴西又唱了起来，

女兵又唱了起来，

是男兵唱过的那支歌。

白雪罩祁连，

乌云盖山巅，

草原秋风狂，

凯歌进新疆……

我骑兵部队在前进……

我战车团在前进……

（1949 年 11 月 7 日王震带第一兵团部进驻迪化，18 日迪化人民举行了盛大的欢迎大会。同时中央新疆分局成立，11 月 27 日彭德怀、张治中飞抵迪化，经中央人民政府革命军事委员会批准，新疆军区于 12 月 17 日正式成立。彭德怀为司令员，王震为第一副司令员，陶峙岳为第二副司令，赛福鼎为第三副司令员，张希钦为第一参谋长，徐立清为政治部主任。）

## 迪化

迪化各界人民正在召开庆祝大会，

欢庆胜利的各族人民。

……

## 新疆军区王震家

王震的夫人和警卫员正在忙碌着往桌子上端菜。

王震老早就等在了自己家的门口。

一辆小汽车开了进来，

走下来的是包尔汉和赛福鼎。

（赛福鼎　新疆军区第三副司令员）

王震十分热情地迎了上去：

"欢迎两位到我家来做客。"

包尔汉歉意地说："王司令员，不好意思，这第一顿饭该是我们请你，我们是主人，怎么能让你请呢？"

赛福鼎："本来是我请大家，司令员发话了，说要服从他，我说为什么？他说他是第一副司令员。"

他们说着笑着，走进了门。

王季青站在门口。

王震给大家介绍："这是我的爱人——王季青同志。"

包尔汉："是后来改的姓？"

王季青："开始就姓王。"

赛福鼎："那真巧了。"

王震："是。贺龙同志给介绍的，一说是姓王，还没见人，我就同意了。"

赛福鼎："为什么？"

王震："不是一家人不进一家门，都姓王嘛。"

大家乐了。

包尔汉也开起了玩笑："我们可不姓王，这不也进了你家的门。"

王震："解放军和各族人民都是一家人。过去是没走动过，将来咱们就在这里过日子了，就是一家人。"

包尔汉："一家人，一家人……"

王震看了一下王季青："我想请你们吃个饭，可是我刚到，真是没有条件，但是请你们放心，这筷子、这碗都是刚买的。为了这次请客，王季青同志还专门请示一些专家，并亲自在厨房里看着，可以说一点差错不会有。"

一席话说得包尔汉心里很不是滋味，他看了一眼赛福鼎……

王震对王季青："你去忙吧。"

包尔汉："你们汉族不可以让夫人上席吗？"

赛福鼎："是啊，一起吃吧！"

王震："我们解放军可是没什么讲究，但是今天不行：一是她有事，厨房那边得有个人；二是我和你们有事，下次你们要是请我，我一定带上她。"

王季青笑着走了。

王震指着桌子上的菜："老百姓讲无酒不成席，今天咱们是没酒也成席。来，我们以水代酒，咱们举杯。在这里我想多说一句，我们共产党解放军到新疆干什么来了？我想就一个目的：历代反动派对新疆各族人民剥削压榨得太深了，我们到新疆是替反动派向人民还债来的。这第一杯酒。为了新疆——"

包尔汉和赛福鼎知道这话的分量，

他们举起了杯。

他们眼眶里浸着泪花：

"为了新疆——"

## 新疆军区王震家厨房里

一个小男孩子跑了进来，

趁人们没注意，他从盘子里抓了块牛肉放到嘴里。

王季青一转身看见了，她的脸色变了。

“小军干啥呢？”

看着妈妈那从没见过的神情，小男孩儿吓着了，肉在嘴里也不敢往下咽……

王季青生气地说：“吐出来！”

“一个孩子，算了。”

王季青对男孩儿：“小军，我的话你没听到吗？吐出来！”

男孩儿把嘴里的肉吐了出来。他把肉放在手里，舍不得扔……

王季青把那盘肉拿过来倒在了一个桶里。

老钟意外地说：“王同志你这是……”

王季青板起了面孔：“老钟、小李，你们都听着，你们跟了我们这么长时间了，我们家请过客吗？没有，就是彭老总到迪化我们都没请。今天客人不一般，不一般倒不是因为他们是新疆的省主席和副司令员，而是因为他们是新疆人，他们有他们的信仰，我们人民解放军进军八不准怎么说的，大家要共同遵守，要遵守就要真遵守。我了解了，他们很敏感，我们能把我们汉人碰过的东西给他们吃吗？”

老钟明白了王季青为什么发火。

他走到水池边又洗了一遍手：

“我再重烧一个……”

警卫员小李看了小军一眼，

他走到那个桶前：

“亏得这个桶我都洗干净了，这还能吃。”说着，他要去把王季青倒掉的菜掏出来。

王季青严厉地说：“放那！”

小李也有些不服地说：“这是浪费！”

王季青：“我就浪费一次。”

小男孩儿委屈地跑了出去。

王季青看着孩子跑出的方向。

……

## 新疆军区王震家客厅里

王震他们聊得正起劲。

包尔汉放下了筷子：“王司令员，你不是说请我们来吃饭是为了什么事吗？只要我能办到的……”

赛福鼎：“是啊，只要你一句话。”

王震：“那我可就说了。其实呢，这也是毛主席交给我们的任务。”

包尔汉：“那咱们更得办。”

王震看了一下赛福鼎：“这个事，你好像是知道的。”

赛福鼎莫名其妙：“我……”

王震：“毛主席交给了我一个任务，他说新疆能不能巩固，这要看这里能不能有巩固的党的队伍。这里本来是有很强的力量，毛泽民、陈潭秋，这是我们党的最早的党员，是因为盛世才……所以毛主席说，要我们三年内发展一万名党员。你们得帮我。”

包尔汉：“你找我们来，就是为了这个事？”

王震点头。

包尔汉看了一下赛福鼎：“你要是让我给你找一个万个民族青年参军，一万个民工去劳动都可以，这一万名党员……我可是实在是帮不上什么忙。”

王震笑了：“你能……”

包尔汉越发不解地说：“我能？不是听说你们的党员和国民党不一样吗？不用拉……是自愿的，这我怎么帮？”

王震：“你能，你带头参加。”

包尔汉：“我行吗？”

王震：“你行，赛福鼎同志就是毛主席提议他写的申请，让我们年底前给他办入党手续，我想你也能。”

这个话题是包尔汉没有想到的：“那么请问，你请我吃饭，就是为了让我入党？”

王震坦诚地说：“对，也不对。对，是因为我们的事业正如毛主席所说，我们需要一大批共产党员。说不对，你对共产党的认识绝不是从认识我王震开始的，也绝不是我这一顿饭能起多大作用的，是因为你早对共产党就有所认识，你早就对毛泽东同志有所认识。”

包尔汉：“你……”

王震：“你开辟了通往真理的道路，自由和劳动者解放和幸福的道路……”

包尔汉十分意外地说：“这是我在盛世才监狱中写的，你是怎么知道的？”

王震：“你的那首诗写得很好，很有感情，后来不是有很多新疆的进步青年都在传吗？”

包尔汉还沉浸在往事的记忆中：“……我是一颗由你的光辉照亮的星……”

赛福鼎：“其实，包主席早就对共产党有过很好的看法。”

王震：“这下子好了，你身边一下子来了这么多共产党，我们是好是坏，你可以看我们的行动。你要是有了入党的想法，我和徐立清同志作为你的介绍人。”

包尔汉拍着自己的胸：“我可是没有为党做什么。”

王震：“你们这次在新疆和平起义，是对我们党的最大贡献。”

包尔汉不说话了。

王震：“我们党需要你们这样的同志……”

这时，军区政治部主任徐立清走了进来。

王震马上给包尔汉介绍：“这就是徐立清同志。”

徐立清高兴地伸过手去：“你好，包主席。”

王震对徐立清：“一块坐吧。”

这时，王季青已经把筷子拿了进来。

“一块吃吧。”

徐立清摆手：“不行，我找司令员有点急事，汇报一下就走。”

王震对王季青：“你还当个替补吧。”

王季青坐了下来。

包尔汉对坐了下来的王季青说：“什么是替补？”

王季青:“老王爱开玩笑,在延安时他喜欢打篮球,那时他是替补,因为大部分时间他上不了场……他玩得不好。”

包尔汉摇着头,话里有话:“不,我看他是高手……”

几个人会心地笑了。

……

## 另一个房子里

徐立清:“陶晋初和我们报告,他说陶峙岳想走。”

王震意外地说:“真的?”

徐立清:“听口气,是真的。”

王震:“是不是我们哪方面没搞好,慢待了他?”

徐立清:“没有啊!”

王震:“好吧,我抽空和他们谈谈。”

……

## 陶峙岳官邸

屋里的留声机里正在放一张京剧唱片。

陶峙岳和赵锡光一边听着京剧,一边喝着茶。

(陶峙岳 国民党起义将领,新疆军区第二副司令员)

陶峙岳:“他们几个有没有消息?”

赵锡光:“叶成给我来封信,说了些感谢的话,还问你好。不过要不是你的安排,他们也没法出去,现在应该到了香港了。”

陶峙岳:“总算对得起他们了。”

这时,副官走了进来。

“陶司令,王震司令来了。”

陶峙岳有点意外,但马上说:“快请!”

……

王震走了进来。

一进来他就开玩笑地说:“你这还是很好进的嘛,哨兵怎么没拦我?”

赵锡光:“他们敢拦你,王震将军的名字可是响彻天山。”

王震:“响彻天山算什么,陶峙岳的名字是响彻全国,他一通电,全国都知道新疆有个陶峙岳。一声号令,全国六分之一的土地就解放了。”

陶峙岳摆着手:“过奖。”

陶让王坐下。

陶峙岳:“本来我和赵副司令想到你府上,可是后来又一想,你们刚到新疆,一定有很多事情,你看你,这是捷足先登。”

王震:“和你们说,部队没进来以前,把新疆想的是可怕极了,这几天好几个人和我说,新疆这个地方不错。我说这才哪到哪,等明年开春的时候,你们再看看,那是花的世界,南疆、北疆都有特色。”

赵锡光："听王司令的感觉，你来过这里？"

王震："我啊，是人没来，心先来了，知道进疆的任务给我一兵团后，我是大姑娘上轿先扎耳朵眼儿，是从英国的一个画报上看到的。当时我就想，怪不得，外国人都惦记这个地方呢，这里原来这么好。"

赵锡光："你是有备而来。"

王震："山是好山，水是好水，但是这里老百姓的生活还不好，我们要把新疆搞得更好，这不是坐不住了，来请教你们，咱们一起把新疆建设好。"

陶峙岳用眼睛瞟了一下赵锡光。

王震也看出来了："陶司令，是不是不想赐教？"

陶峙岳笑了，王震这么一来，他还真一时不知从何说起："哎呀，怎么说呢，你这是来了，不来我也想去找你。"

王震知道话要到正题了，故意问道："你们有事？"

陶峙岳："那我就先说了吧。我们在酒泉说好了的一件事，是不是要了结一下了？"

王震怔了一下："不知我们要了结一下什么事情？"

赵锡光接过了话："是这样，听司令员说你们在酒泉说好了，等解放军一进疆，把部队交给你们后就解甲归田。想必解放军是说话算数的，如果那个君子协定作数的话，我们就想走了……"

王震想到他们会提这个问题，但是没想到说得这么直截了当。他看着陶峙岳："陶司令是这个意思吗？"

陶峙岳点点头："是这样。"

王震笑了："是有这么回事，当时你们是和彭老总一块谈的，他今天不在，我也可以回答你们两位将军。"

赵锡光："那最好了。"

王震："我是个军人，是工人出身，我性格有点像那个铁道，弯不多。我直说，不管你们是想试一下我们的诚意，还是真的要走……"

陶峙岳打断了王震的话："王司令员，我很不礼貌，打断了你的话，我们绝无试探之意，是真想走。我也是五十有七了，到了知天命之年，我真是想和家人过点平民生活了。"

王震："看来你是真的要走，我回答两个字：不行。我记得当时我们在酒泉也是说好了的，起义部队的各级长官地位不变。"

陶峙岳："不是你们变，是我们主动要变，这也是说好了的。"

王震："可以这么说，我们之所以这么顺利地到达了新疆，你们是功不可没的。"

陶峙岳又一次打断了王震的话："真是不好意思，你们千万不要把我们所做的事情说得太重要了。说实话，我是军人，按你们说法是旧军人，我脑子里的一个固定的东西就是守土有责。国家把这块土交给我和锡光，我们决不能让外国人把它拿走一寸，英国别想拿，美国人也别想拿，我们不是亲苏吗？就是他们来拿也不行。当然了，蒋公大势已去，张治中先生又有来信，我和锡光就是顺应了这个潮流。把我们的功劳说过了，也不合适。"

赵锡光："我是同意司令的这个说法的。什么倒戈了，什么反正了，我们这些人听了都不舒服。我们只是没把这片山河交给外国人。"

陶峙岳又补充了一句："还有一点，抗战胜利后我就不想再打了，都是中国人干什么内战？好在被调到这里，所以当时和平解放新疆我是同意的，我就是不想再打了。我的部队跟我那么多年了，一打起来又是血流成河，他们也都是有妻儿老小的人，很多人是和我一起进来的，我要为他们想想。”

王震感到了面前这两个军人的真诚，他从心眼儿里喜欢这种真诚，他越加感到日后要是和这种人共事那是一种快乐。

“两位将军这样坦荡，我很感动，我也说说心里话。你们说到解甲归田，不要说你们，我也有过这想法。今年我们党在七届二中全会时毛主席就和我说，解放了干点什么，我就说解甲归田。主席没有批评我，他只是说，这个想法，是中国军人的思维，但是不应当是共产党人的思维。我们是看着中国没有希望了才起来革命的，也把很多人带上了这个路，走一半我们就解甲归田了，把他们放在路上，那他们还得走回头路，他们还会没有饭吃没有衣服穿……进军新疆的一路上，我们碰到很多起义部队的叛乱。可能有很多原因，但是有一个原因是重要的，他们不了解共产党。和我们作对，和他们打行不行，他们要打我奉陪，但是不行，像你说的那样，他们也是有儿有女的，得有人帮助他们了解我们，这个人就是你。他们是你的部下，现在也是我的部下，我觉得这才是真正地为他们的前程着想。”

陶峙岳：“新疆这个地方不同内地，他们在这里又没有个家。”

王震：“跟我进来的人也不是一样吗？但是我说了，一兵团的人不能有一个和尚，今天我还说一句，起义部队的人也不能有和尚。这一点左宗棠办到了，他这个湖南人能办到，我们这两个湖南人办不到？”

陶峙岳不说话了。

这时一个参谋走了进来。

“王司令员，陶司令，毛主席电话。”

王震和陶峙岳走到值班室。

陶峙岳：“王司令员，你来接吧。”

王震：“毛主席打到你这里了，当然你接。”

陶峙岳抓起电话，他显得有点激动：“毛主席，我是陶峙岳……”

电话听不清，但是陶峙岳一直很兴奋……

过了好一会儿，陶峙岳把电话放下了。

王震：“主席怎么讲？”

陶峙岳：“毛主席说，王震、陶峙岳、毛泽东都是湖南人，要一条心，一条什么心呢，把新疆建设好……毛主席还说全国形势发展很快，成都也快回到人民的手中了。”

# 第四章

## 重庆林园

天空阴阴的。

蒋介石在院子里转着，他在一棵大梧桐树下停了下来。他举目上望，正好一片树叶落了下来，他用手接住，仔细地观察着。

蒋经国跟在后边。

蒋经国小声地说："父亲，这是您抗战时住过的房子？"

蒋介石："对。那时树没有这么粗……我也没这么老。"

毛人凤走了过来："委座，张群到了。"

张群："委座，本以为你要休息一下。"

蒋介石："飞机上休息了一下，你把情况讲一下。"

张群情绪十分不好："共军攻破了西南防线，而且川陕几十万国军南退的路也被阻断了。形成这样的局面，我作为西南军政长官是要负责任的。我愿意接受任何处罚，包括掉脑袋。"

蒋介石安慰道："不要这么讲，要是有人该负责任，李宗仁有着不可推卸的责任。他以为总统是这么好当的，结果怎么样，他才晓得铜儿是铁的。现在可好，留下一个烂摊子，拍拍屁股走了，完全没有责任心。没关系，你我只要同心同德，西南还是有希望的。"

张群的脸上有些笑意："是啊，委座这次来渝，一定会乾坤倒转。"

## 重庆林园

蒋介石正在和阎锡山密谈。

蒋介石语气十分缓慢："你不要太自责，还是那句话，这都是李宗仁不视事造成的，我给他发电报，你也给他发电报，让他回来。"

阎锡山："回来？他现在已经不在昆明了，又飞香港了。"

蒋介石很生气："香港，怎么又是香港，香港不能成了这些背信弃义人的避风港……"

## 重庆毛人凤的房子里

毛人凤和古正文在通电话。

毛人凤："老先生发话了，香港不能成为变节分子的避风港，他知道杨杰也在香港。"

古正文："就是当过中央陆军大学校长的杨杰？"

毛人凤："是的，云南人，一直鼓动云南的卢汉闹事，老先生很不开心，让沈醉密裁。沈醉一直没有下手，这下轮到我们了。找两个我们的人。"

**香港杨杰家对面**

一个人正在用望远镜观察着。

（田九经　"国防部"技术总队）

田九经又把望远镜递给了身边的人。

（韩克昌　"国防部"技术总队）

田九经："家里一般就三个人：杨杰，刚刚娶的太太，还有一个佣人。"

**重庆毛人凤的房子里**

毛人凤和古正文通电话。

毛人凤："这两个人完成任务没问题，但是，我担心香港的警察局，他们大多是苏格兰场培养出来的……他们可不管什么共产党、国民党……"

**香港杨杰家**

早上八九点钟，街上很清静。

田九经和韩克昌说了些什么，韩克昌从对面走来，显得若无其事。

他来到杨杰的门前，按铃。

里边走出一个年轻的女人，这是杨杰的新夫人："什么事呀？"

韩克昌："从台湾来的，给杨先生送信。"

杨夫人没有任何防备："进来吧。"

韩克昌走了进来。

杨夫人对着里边叫了一声："老杨，送信的。"

不一会儿，杨杰从里面走了出来。他打量着来人，显得十分警惕，过一会儿，接过信，客气地说："你坐吧。"

韩克昌："不了，杨先生，你给我写个收条，我就回了。"

杨杰继续看着韩克昌……

**香港杨杰家对面**

田九经的目光一直四下看着，显得有点紧张……

**香港杨杰家**

杨杰："好吧。"

他低头写收条。

韩克昌连忙掏出手枪，朝着杨杰后胸开了两枪。

杨夫人惊叫着跑进卫生间。

韩克昌又把杨杰翻过身，在前胸补了一枪……

田九经听到了枪响，却不见韩克昌下楼，急忙跑进楼里，只见韩克昌拎着两个大箱子，吃力地下楼。

田九经骂了一句："这是什么时候呀？"

韩克昌争执道："全是值钱的好东西。"

田九经拉了一下皮箱，一些东西撒了一地……

一些香港探员来到现场。

一个老一点的探员看着地上一片狼藉的样子："入室抢劫……"

一个亚裔的年轻女探员蹲了下来，反复地看着现场。她发现了一封信，她悄然地把信放到开得很低的衣领里……

（米娅　香港警察署探员）

## 香港太和医院

李宗仁在家人的陪同下正在院子里散步，秘书送来一封电报。

李宗仁看了一眼电报："草字头到重庆了？"

秘书："小蒋陪着去的。"

李宗仁："明天通过报界发一个声明：我治病期间，中枢军政事宜已由阎院长负责，'总统府'日常公务由秘书长邱昌渭、参军长刘士毅代行处理。我在养病。"

秘书："只怕你不能安心休养了，你看报……杨杰昨天被杀了……"

李宗仁接过报，许久没说话。

秘书："我们去美国吧。"

李宗仁不语……

## 重庆林园

蒋介石在接电话："病了，那就好好休养。伯川呀，我给李'代总统'写封信，你让朱家骅、居正送去。人家是病人。"

电话里阎锡山想了一会儿才回道："好。"

蒋介石："有一个事情和你商量一下，从现在起，'行政院'可以进入战时体制。"

电话里阎锡山："我同意，但委座能不能和我交个底，我们在重庆能待多久？"

蒋介石："伯川，我还想向你要这个底呢。"

阎锡山："好，不管怎么样，委座来了，我们心里有底了。"

蒋介石放下电话。

他发现屋子里有苍蝇，他拿起拍子。

屋子里只剩下毛人凤和蒋经国了。

毛人凤："总裁，杨杰解决了。"

蒋介石把那个苍蝇打死……

蒋介石："经国，你得走一趟，去看一下宋希濂。"

蒋经国："好。"

毛人凤："我陪经国吧。"

蒋介石："不，你有你的事。"

两个人都下去了。

## 川东某地

大雨滂沱。

一辆吉普车在艰难地行进。

蒋经国坐在车里，身上被淋湿了。

## 重庆嘉陵新村6号

毛人凤的住处。

外边下着雨，屋里在开会。

与会者。

（徐远举　保密局西南特区区长）

（廖宗泽　兵工署稽查处处长）

（周养浩　重庆卫戍司令部保防处原处长）

（马志超　交通警察部局局长）

（李济中　重庆警察局副局长）

（陈粟东　第五区公路工程局警稽查组组长）

（成希超　保密局第七处处长）

（郭　旭　保密局第五处处长）

毛人凤用一种平和的语气宣布："重庆'破厂'指挥部正式成立，总指挥为重庆卫戍司令杨森，廖宗泽为处长。有八大任务……"

## 宋希濂的指挥部

蒋经国把一封信交给了宋希濂。

宋希濂在看信：

凡我三民主义之信徒，均应本黄埔革命之精神，同心同德、再接再厉、失勤失勇、必信必忠，励行总理遗教，服膺黄埔校训，上下同心、彼此协力，应川东战场，抱有匪无我、有我无匪之决心，挽狂澜于既倒，定可计日紧待，要为已死的官兵复仇雪耻，要为被难之黎民救命申冤，不消灭奸匪，誓不甘心，不完成建国统一，决不罢休。临书匆促，不尽一一，特饬长子经国持书前代我余意，并祝军祺。

中正手启

看完信后，宋不语，半天才冒出一句："这个时候能见到蒋家的人，不枉为蒋家奋斗一生。"说着泪下……

## 重庆嘉陵新村 6 号

毛人凤的会还在进行。

毛人凤的神情变得严峻起来："第八条也是最主要的一条，破坏对象，十个地区：一第十兵工厂，二第二十兵工厂，三第二十一兵工厂包括分厂，四大渡口钢铁厂，五第五十兵厂，六南岸第十三、第三十一兵工厂，七第二十五兵工厂及长寿水电站，八军械总库，九小龙坎广播电台，十重庆大溪电力工厂，还有白驿市、九龙坡和珊瑚坝三个飞机场。"

人们紧张地记着。

毛人凤："下面说一下分工……"

雨还在下，但是雨中的山城十分美丽。

## 川东小镇

雨还在下着。

看完信的宋希濂眼睛直直地看着窗外的落雨："天漏了……"

蒋经国苦笑了一下："宋将军还有什么难处，指挥不通畅？"

宋希濂摇着头："有这个问题，但不是关键的，关键是士气。"

蒋经国："告诉他们要坚定信心。"

宋希濂："经国该知道，信心是精神的，但是也是物质的，比方说，饿了要有饭吃，天气冷了要有棉衣，你能指望一个冷得直打战的人会有信心？你能指望一个本来有三十万人马如今身边只有三千多人的兵团长官有信心？大公子，我们打不过他们了。"

蒋经国不敢相信，这是父亲常常说起的鹰犬将军。

宋希濂从蒋经国的眼神中看出了什么："经国，你可能觉得我不是那个想像中的宋希濂了吧？是的，我也没有想到我会从一只鹰变成一只麻雀，而且还不知是被哪家孩子的弹弓打伤的麻雀。好了，不说我了，说说委员长的信心。"

蒋经国："调第十五兵团到綦江南川一线布防。阻止共军西撤也是为了策应你西撤，派十六兵团从川东沿广安西移，同时命令一军到重庆。"

宋希濂笑了："还是胡长官命好。他到重庆，经国，我们尽人事、听天命吧！"

蒋经国没有说话，因为他不知说什么好。

宋希濂："我送你回重庆吧。"

蒋经国刚要起身，

宋希濂："经国，想告诉你个秘密。"

蒋经国一愣，

宋希濂笑了："一个我和胡宗南的秘密……"

## 重庆嘉陵新村 6 号

毛人凤住处。

第二次"破厂"会议又在召开。

一张硕大的地图放在地上。

毛人凤不紧不慢地说着："今天参加会议的是各兵工厂稽查组长及'破厂'办事处组长和技术员。首先，上次会议后，我们已经确定的目标是五百处，这些都在图上。第二，交警总队第二旅旅长彭自强为掩护部队总指挥。第三,每个分厂还要派指挥官。第四,炸药先放到指定位置,然后随部队一起进入目标。第五,部队进工厂和发火命令由杨森下达。第六,长寿水电工厂的破坏,先行派员前往。第七,军械总库存有大批武器,在炸毁前全部抢运出来,备日后保密局进入游击战时使用。最后一个问题,执行发火命令后,执行任务的部队和稽查组长、技术人员要到指定地点集中,集体撤退。"

参加会议的人员神经紧张起来。

毛人凤:"什么时间执行命令,要等蒋委员长。"

## 重庆林园

蒋经国拖着疲惫身子回到了重庆,回到了林园,他没有进屋,身体软软地坐了下来,双手抱着头,神情沮丧。

不知道过了多久,有人叫了他一声:"经国。"

蒋经国抬起头,忙站起:"父亲。"

蒋介石关切地说:"怎么不进屋里?"

蒋经国支吾道:"想在这里透透风……"

蒋介石看透了儿子的心思:"是宋希濂那里的情况糟到了让我儿难以启口的程度?"

蒋经国苦笑了一下:"什么都瞒不过父亲,宋希濂那里我真的不知怎么向父亲说,说得严重了,怕父亲心里难过。"

蒋介石:"我知道我儿一片孝心,现在我最高兴的事就是听到实话,不骗我,不吹捧我,哪怕是骂我,实话就好,希望我儿讲实话。"

蒋经国:"好,父亲进屋,我和您讲。"

蒋介石:"就在这里吧。"

蒋经国:"外边凉。"

蒋介石:"但是透得过气……"

蒋经国:"父亲,宋希濂告诉了我一个秘密。"

蒋介石淡淡一笑:"我猜到了,宋希濂曾拉过胡宗南去云南,他不是没去吗?还有张文白写信说,不要相信胡宗南,一个叛将,还装得那么真诚,我不会上当。有用的人,我装糊涂,他们会清醒。"

## 重庆嘉陵新村 6 号

西南长官公署二处处长徐远举正在和毛人凤密谈。

徐远举在看一份手令:"'破厂'计划和清除渣滓洞白公馆人犯,总裁批了?"

毛人凤:"批了。"

徐远举:"渣滓洞白公馆那儿,我可以动手了?"

毛人凤:"还有新世界饭店,你可以,但是我的'破厂'计划什么时候动手呀?"

徐远举:"总裁下了手谕了,干吧。"

毛人凤摇头:"不好办,共产党现在是一日千里,办迟了不能完成任务。这么美丽的山城完好地让给共产党,我不甘心。破坏早了,恐蹈 1938 年长沙大火惨案覆辙,这个责任得有人负。"

**重庆林森路山洞林园**

胡宗南正在和蒋介石谈话，旁边坐着蒋经国。

蒋介石："你来得好快。"

胡宗南："一师已经在飞机场布防，校长放心，我一定保证你的安全。"

蒋介石："打仗亲兄弟，上阵父子兵，你，我是最信任的。"

胡宗南："第五兵团、第十八兵团也按照你的命令调往成都，很快就能到达。"

蒋介石："好。"

胡宗南见蒋介石很高兴，便又提起了一个话题："校长的命令，我一定执行，但有些话我还是要说。"

蒋介石："说吧，是不是部队调云南之事。"

胡宗南："是的，校长，我不怕你不高兴，我认为我们没有必要在成都恋战，重庆附近已经发现共军的先头部队，他们很快就会在这里形成合围之势。他们解决了重庆，下一个目标就是成都，不如我们放弃四川退守云南。"

蒋介石没有说话。

蒋经国看着父亲。

胡宗南："校长，你不能再犹豫了。"

蒋经国怕蒋介石发火，他站起给父亲倒水。

蒋介石明白了儿子的意思，他没有发火，而是细声慢语地说了起来："你的想法也有你的道理，但是我不能照你的办。偌大的一个四川要是丢了，民心如何？军心如何？你可以再看看地图，四川有多大，你不可惜，我可惜。不要再想这个问题了，你的任务是保卫重庆，守住成都。"

胡宗南不语……

**北京中南海菊香书屋**

周恩来来到了毛泽东的办公室。

毛泽东正在看世界地图。

周恩来："主席？"

毛泽东："想起了一件事，我在政协委员的名单上看到了李四光的名字，怎么一直没有见到他人。"

周恩来："我们已作了安排……"

**意大利热那亚**

海港小城。

李四光回到小旅店。

许淑彬急切地问道："船票拿到了吗？"

李四光："拿到了，是一个月后的……"

许淑彬："怎么这么长？"

李四光："归心如箭……"

许淑彬："怕夜长梦多，在英国时，你刚走，国民党大使馆就来人了……"

## 北京中南海

毛泽东："恩来呀，一切想回来参加新中国建设的，我们都要热忱地欢迎他们，我坚信，新中国是有感召力的。"

周恩来："因为一切爱国的知识分子都会看到，新中国是他们的。"

毛泽东："在海外的有多少人？"

周恩来："庚款留英和庚款留美的，加上国民政府后来派出的有两千人左右。"

毛泽东："我要一千吧，给老蒋留一半。"

周恩来："我们会做好工作。还有一件事情向主席报告，我已经让傅作义将军给张伯苓写信，请张先生不要和蒋介石到台湾。"

毛泽东想了一下："好，张先生是天津大学校长，抗战爆发后带着联大一路南迁到昆明，为中国保留了一大批大师级人物，同时又在昆明、李庄培养了一大批国宝级人物。这两个一大批，就是中国文化的半个天空……"

周恩来："主席说得好，我想这封信可能已到了张先生手里。"

毛泽东："我们共产党人要真诚地挽留他们……"

周恩来："好。"

毛泽东又想起什么："胡儿子有什么消息吗？"

周恩来："他正在向成都运动。"

毛泽东："那就是说他没有去云南的迹象？"

周恩来："没有。"

毛泽东："也许有其他原因，但是有一条他们是逃不脱了，那就是我们的大迂回战略。"

周恩来："是的，胡宗南集团整整被拖了一个月，这对二野向成都机动来说是很宝贵的。"

毛泽东："让刘伯承收拾这个胡儿子吧。"

## 重庆沙坪坝南开中学

蒋介石在张伯苓陪同下来到了一间教室。

教室空无一人，

只有蒋介石的像挂在墙上。

蒋介石看着自己的像："就把我留这儿啦……这些学生要安排好，是宝贝，是宝贝就不能留给别人。除了大陆上的宝贝，海外的也是宝贝。"

张伯苓："听说你要李四光回来。"

蒋介石："现在不是要的问题，是抢。"

张伯苓："和共产党抢人。"

蒋介石："抢人心……"

张伯苓苦笑一下。

蒋介石："飞机票不是给你送来了吗？早点走吧。'行政院'马上搬到成都了。"

张伯苓："你也没有信心了？"

蒋介石："中国，只有一个人有信心行吗？你可能也听说了，我和李宗仁说好，让他来重庆,没等我来,他走了,去了香港。"说着他又指了一下窗外。

蒋经国陪一个将军站在那里。

蒋介石:"你看到那个人了吗?他叫罗广文,军长,守南川的,前几天我和他谈了两个多小时,命令他有进无退,死中求生,看得出,他是一个人逃出来了。他是死中求生了,都是这样的货,我有信心能行吗?当然,最后我还得怨自己,哪个都是我任命的。张校长,我这个蒋校长真诚希望你早点动身。"

张伯苓:"蒋先生,非得走吗?"

蒋介石:"不走就来不及了。"

张伯苓:"何为及,何为不及?"

蒋介石:"……"

张伯苓:"也是一把年纪的人,经不起漂泊了……去哪呀?蒋先生,地球是圆的,走一圈还是回到原点。"

蒋介石还要说什么。

张伯苓一摆手:"蒋先生要是比李宗仁自信,你就让伯苓自信地等你回来……"

蒋介石无语……

---

**重庆林森路山洞林园**

风摇树撼。

蒋介石正在同两个人谈话,

他们是中常委朱家骅和洪兰友。

蒋介石:"这次派你们去香港,是中常委的意思。有些话我信上已经说了,一个目的,请李'代总统'回来视事。和他说,我诚心诚意。"

两个人几乎同时说出:"请总裁放心,我们会把这件事办好。"

蒋介石:"好,等你们的好消息。"

蒋介石送他们出门。

正好,白崇禧的车子也到了。

蒋介石:"建生呀,你到得这么快。"

白崇禧:"总裁让我来肯定是有事,不敢耽搁。"

蒋介石指了一下开走的车子:"我派两个中常委去香港,请德邻兄回来视事。叫你来也是这个事,你和李'代总统'是朋友,我们俩也是朋友,替我说一句话,我真心地请他回来。当然了,也有人劝我复行视事,我决不在这个时候复行视事,我要等德邻回来。"

白崇禧:"要不,我给李'代总统'写封信,但是不一定……"

蒋介石:"好,写信好,拍电报也可以呀。"

白崇禧:"好的。"

白崇禧也走了,蒋介石又送到门口。

白崇禧上车前对蒋介石说:"总裁,你也要早做打算,重庆……"

蒋介石:"谢谢。"

白崇禧的车子开走了,蒋介石在那里站了好一会儿。

毛人凤从后边走了出来,对远去的车子说:"他不会帮忙,你看他一口一个总裁,叫得多有分寸。这种人不得好死。”

蒋介石：“恰恰相反，应该好好地死。”

毛人凤不解地站在那里。

蒋介石：“‘破厂’计划该开始了吧？”

毛人凤：“是。”

## 重庆

爆炸声，火光。

毛人凤看着火光四起的城市自语：“重庆这是怎么了？日本人炸，我们建，我们炸，共产党再建……”

## 山坡上

张伯苓看着山下，长长出了一口气：“别炸了，会把人们心中那仅有的记忆炸没的……”

## 重庆林森路山洞林园书房

蒋介石来到了书房，

蒋经国正在收拾东西。

他找到一份毛泽东给蒋介石的信。

毛泽东的声音犹在耳边：

介石先生惠鉴：恩来诸同志同延安，称达先生盛德钦佩无既，先生领导全民族进行空前伟大革命战争，几在国人，无不崇仰。十五个月之抗战，愈挫愈奋，再接再厉，虽顽寇尚未揖其凶锋，然胜利之始基，业已奠定希望无穷。

蒋介石从一堆东西中，拿起在重庆谈判时和毛泽东的合影。

他端详着，淡淡一笑，说了一句：“是非成败转头空，青山依旧在，几度夕阳红……”

城内传来零星的枪声。

蒋经国：“父亲，我们该走了。”

蒋介石没有正面回答：“这张照片我收起来。”

电话响了，蒋经国抓起电话：“……知道了。”放下电话，对蒋介石说：“是一师打来的，他们发现机场周围有游击队活动，他们请你早走。”

蒋介石不语，一直看着照片。

蒋经国：“刚才姆妈也打来电话，让你早点离开重庆。”

蒋介石：“我带上毛泽东走。”说着他把照片放进口袋里，向大门方向走去。

蒋经国：“父亲，车子停在后门了。”

蒋介石：“为什么？”

蒋经国：“后门离机场近……”

蒋介石：“近多少？我是从大门进来的，就从大门走。”

蒋经国：“好的。”

## 重庆林森路山洞林园大门口

车子已经等在外边了。

蒋经国看了一下手表，见蒋介石还没出来，他又返回屋里。

一进门，蒋经国呆住了。

蒋介石正用一块干净的毛巾在擦桌子。

他擦得十分认真，

桌面。

台灯。

电话。

最后他蹲下身来，

擦桌子腿……

蒋经国哭了……

## 重庆街市

蒋介石的车在街市上行驶。

毛泽东给蒋介石的信仿佛在天空中响着：

泽东坚决相信，国共两党之间长期团结，必能支持长期战争，敌虽凶顽，终必失败，四万万五千万人之中华民族，终必能于长期的艰苦奋斗中，克服困难，准备力量，实行反攻，驱除顽寇，而使自己之雄立于东亚……

交通瘫痪了，交通警察无奈地被南来北往的车子挤在路中间。

警察一脸愁容，在一辆车头上坐着吸烟。

山城里到处是逃难的人们。

不时地有一支支小部队在调动着。

零星的枪声也不时从角落里传来。

坐在车里的蒋介石，面对这混乱的景象，脸上仍挂着淡淡的笑。

他想起了 1945 年抗战胜利时，狂欢的重庆……

蒋经国扶着蒋介石，走在混乱的人群中。

毛泽东的声音还在响着：

此心此志，知先生必有同感受也，专此布臆，敬祝健康并致民族革命之礼。

毛泽东谨启<br>民国二十九年九月二十九日

蒋介石在蒋经国的陪同下前行。

没有人认出他们，也没有人向他们致敬。

父子俩在惊慌失措的人群中拥挤而行。

蒋介石脸上仍挂着淡淡的笑。

他又想起了 1946 年返都时，南京万人欢呼……

蒋经国把蒋介石扶上吉普车。

蒋介石上了吉普车。

吉普车在路上缓慢前行。

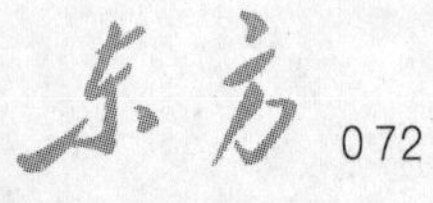

## 重庆白市驿机场

吉普车在蒋介石的专机“中美号”前停下。

舷梯边一个军官：“委员长，今天飞不了。”

蒋介石看了一下表。

蒋经国提醒道：“午夜了……”

蒋介石：“在这里过夜，明天早上飞。”

蒋经国：“好的。”

一行人簇拥着蒋介石，上了飞机。

## “中美号”飞机里

月光从舷窗泻了进来。

蒋介石不知什么时候，又从口袋里摸出那张和毛泽东的合影。

他认真地看着。

蒋经国：“父亲，睡一会儿吧。”

蒋介石指着照片问儿子：“经国，你说我和毛泽东谁高？”

蒋经国一时没明白：“父亲是说身高吗？”

蒋介石不语……

夜色中，第二野战军在向重庆方向运动。

（1949 年 12 月 1 日，重庆解放，就在这一天来临的时候，重庆发生了大屠杀。）

晨曦中，第二野战军在向成都运动。

（中国人民解放第二野战军的第十八兵团向成都集结。）

## 成都凤凰机场

一行人在欢迎蒋介石。

（刘文辉　康省主席；邓锡侯、潘文华　西南长官公署副长官）

其中有前期到达的毛人凤。

蒋介石下了飞机，只是和前来欢迎的人一一握手，没有什么言语。

车队开动了，

浩浩荡荡地向省府方向开去。

在一个路口，蒋介石的专车没有跟上来。

刘文辉和邓锡侯对视了一下。

邓锡侯：“看什么，你给他安排的省政府大院，人家不想住。他们一定去中央陆军学校了。”

刘文辉摇头：“你不想背叛他都不行，对我们永远存二心。走，就当车开错了，不跟他回去。”

邓锡侯：“开错了，要是在南京你开错了可以。这是在你的地界上，跟着走吧，就当我们没给他安排。”

刘文辉：“我们不是和小蒋说了吗？”

邓锡侯:“这些小事,先不挑明为好。”

刘文辉对副官:“去陆大……”

## 成都街市

毛人凤向反光镜看了一眼,

见刘文辉的车跟了上来。

毛人凤:“有一部电台很活跃,刘文辉的大院里,有共产党的代表在活动。”

蒋经国又看了一眼蒋介石。

蒋介石闭目塞听……

## 北京中南海

毛泽东和周恩来在散步。

周恩来:“到12月底,可能会有25个国家和我们建交,真是比我们想得还快。”

## 成都街市

车子里蒋经国:“外交部说,现在已经有24个国家同我们断交,法国也在同中共谈判。”

蒋介石:“大西南保住,那24个国家还会回来;大西南保不住,还会丢24个。”

## 北京中南海

周恩来:“我准备给刘文辉发电报。”

毛泽东:“是机会了,刘文辉解决了,我们大迂回、大包围要在那里收网了。”

## 蒋介石专车上

毛人凤:“总裁,保密局西南站得到一个消息,胡长官派他的一师一团团长李昆岗任西昌办事处主任,并有一个团运送西昌,看来他是想撤出成都。”

蒋经国回头问毛人凤:“陆军大学那边安全吗?”

毛人凤:“那里我已经布置了,胡长官已经从泸州赶回成都,他可能到了陆大。”

蒋介石:“你的意思是我在陆大解决胡宗南。解决胡宗南,再解决刘文辉、邓锡侯。你毛人凤是一吨重的铁,能打多少钉?”

毛人凤:“总裁,成都本身就是刘文辉的地界,可以说已经布满了陷阱,山雨欲来……”

蒋介石:“你说怎么办?回重庆,那儿让刘伯承占了,回台湾?”

毛人凤:“总裁,何去何从,我听总裁的,但是你的安全必须听我的。”

蒋介石想了一会儿。

突然,他叫了一声:“停车。”

蒋介石的车子停了下来。

紧跟在后边的车子里,刘文辉和邓锡侯对视了一下,不知发生了什么事。

他人不敢下车,也不敢开车。

蒋介石下了车,直奔一个在路边坐着的老汉。老汉向后指了一下,蒋介石向那里走去。

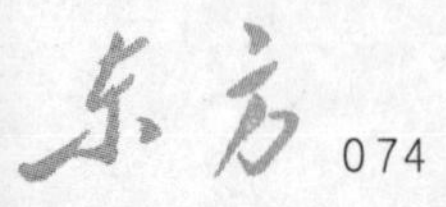

毛人凤和蒋经国一时也不明白蒋介石要做什么,急忙下车。

后边车里的警卫保镖也急忙下车。

这时,蒋介石从巷子里慢悠悠地走了出来,若无其事地上了车。

车队又前进了。

蒋介石自语地:"小解……世上就是奇怪,有些事儿重要并不急,有些事儿不重要反倒特别急,不处理是不行的。"

毛人凤看了一眼蒋经国,没有说话。

## 陆军大学蒋介石住处

大会客厅里坐着胡宗南和参谋长罗列等中央军将领及刘文辉、邓锡侯等人。

不一会儿,蒋经国把刘、邓二位叫了进去。

罗列感觉不对,小声地对胡说:"这一次反过来了,怎么先让他们进去了?"

胡宗南不语。

## 小会客厅里

蒋介石客气地说:"坐吧,毛泽东那边有个刘邓,我这边也有个刘邓。毛泽东依靠那个刘邓取川康,我要依靠你们这个刘邓守川康。"

刘文辉:"守卫川康是我们的天职,即使战至一兵一卒,我们也同共产党拼到底,这是报效国家和总裁最后的机会。"

蒋经国在一边听着。

蒋介石:"有两个事和你们交个底:一是你们都关心我重新视事,我心中十分感谢,怎么叫出来视事?怎么叫不出来视事?我现在替李德邻收拾局面不是出来了吗?当然,川康的仗没打好,我们无路可去,出来又能怎么样?二是关于王陵基,我是要考虑的,也是这个问题,仗打不好,四川丢了,他当这个省主席又有什么意义?所以四川会战怎样进行,这是重要的。"

邓锡侯:"我们明白,中央'行政院'、'国防部'都来了成都,成都成了又一个战时首都,保住成都太重要了,不知总裁想用什么人担当保卫成都的重任?"

蒋介石不假思索:"胡宗南。"

刘文辉也不假思索地说:"良将。"

蒋介石:"还需你们很好配合。"

刘文辉:"还是那句话,这是报效国家和总裁的最后机会,我们会竭尽全力。"

蒋介石:"四川会战如何部署,还要专门开会。"

说着,他站起来。

刘文辉:"那我们告辞了,总裁和中央到了成都,我们总要尽地主之谊,晚上我们在省政府大院为总裁接风。"

蒋介石:"再说。"

## 武侯祠

桂荷楼下,荷花池边。

蒋介石背池而立，没有说话。

站在一边的胡宗南心里发憷，不知蒋介石在大战将即之时，邀他到武侯祠是何用意。

站了一会儿了，蒋介石突然问道："我们第一次认识是在黄埔吧？"

胡宗南："是的，校长，第一次见面是1924年。"

蒋介石："1924年……25年了。"

胡宗南："25年了，校长给了我太多太多，我给校长的太少太少。"

蒋介石又把话题扯开："琴斋，你说世界上什么最守时？"

一直在揣摸蒋介石心思的胡宗南根本没有细想："学生不知，请校长指教。"

蒋介石："世界上最守时的是时间，时间把握着季节，一天不差。夏日还是一池荷花，可秋季一过，就是半池污泥，半池草，一株开花的都没有……"

胡宗南几乎听出了老蒋的话外之音，他直冒冷汗。

这时，有一只乌鸦在不远的一棵树上叫着，更增添了阴森恐怖的气氛。

蒋介石又往前走，他来到一幅匾联前，问道："琴斋，这幅匾联你熟悉吗？"

胡宗南背了起来："能攻心则反侧自消，从古知兵非好战；不审势即宽严皆误，后来治蜀要深思。"

蒋介石还是没有按着思路问："你对诸葛亮怎么看？"

胡宗南："校长，学生是晚辈，历史上这么有作为的人物不是晚辈该评论的，我倒想听听校长高见。"

蒋介石："诸葛亮是最好的参谋长。"他停下了话，看着胡宗南。

胡宗南认真地听着。

蒋介石："我们参谋长就要自视如诸葛亮，以鞠躬尽瘁死而后已的精神来办理一切参谋业务，我们必须时时有死的决心。空城之上，你看他面对司马懿来兵，不动声色，他真的就知道司马懿不会掳他吗？没有百分百的把握，但是他抱定百分百去死的决心。你还记得一个细节吗？演戏时，他身上还有一把剑。我看这把剑有两个用处：一是用来杀敌；二是如果杀不到敌人，反被敌人掳去，这个剑是用来自杀的。"

胡宗南略略点头。

蒋介石："为什么要自杀，以保其自身清白，还于父母、上官和国家，不让敌人来污辱。现在我们各位长官也都带了一把枪，是不是也有两个用处：一是杀敌，二是自杀，这就是杀身成仁。"

胡宗南："学生明白。"

蒋介石话锋一转："最近听到了一些谣言，有人说你把一师的一支部队调往西昌，你没和我说过，所以这是谣言。"

胡宗南出汗了，因为此时他才明白老蒋把他一个人叫到武侯祠的用意："校长，这不是谣言。我是把一个团调往西昌，想成都一旦守不住，也能为校长保留一些实力。"

蒋介石什么都没说，他向前走着。

胡宗南跟在后边，一边走一边擦汗。

蒋介石在又一幅长联下停下。这一次，他以命令的口气对胡宗南："读一下。"

胡宗南抬头看了一眼，显然不是很熟："伯仲之间见伊吕，指挥若定失萧曹。"

蒋介石淡淡一笑："看来你对这个对联不是很熟，这是杜甫《咏怀古迹》五首之一，全文是:诸葛大名垂宇宙,宗臣遗像肃清高。三分割据纡筹策,万古云霄一羽毛。伯仲之间见伊吕,指挥若定失萧曹。运移汉祚终难复,志决身歼军务劳。今天重读这首诗,我只读出四个字:从容不迫。"说着,一指诸葛亮的像。

一个从容的诸葛亮。

蒋介石:"既然决定在成都决战,就要从容不迫,不能一心二用。"

胡宗南:"校长,武侯祠为证,学生身上的剑,只有一个用处,成仁之用。"

蒋介石:"其实我的剑,倒是一直有两个用处:杀敌人,杀帮助敌人的人。"

# 第五章

## 胡宗南指挥部

胡宗南正在和参谋长罗列讲述和蒋介石见面的情景。

罗列:"这口气很不一般呀。"

胡宗南:"我们离他多远,总还是逃不出他的视线。"

罗列:"一个团在空运,不小的动静,当时应该有个正当的理由。"

胡宗南:"没用,因为他总是以国家的名义。去西昌那个团撤防吧。"

罗列:"你真的要和他走到底,哪怕是灭亡?"

胡宗南:"可能就是这样了,因为他没说自己灭亡,而是说党国兴亡,忠于党国二十五年,不差这几天。"说着戴上军帽,又在镜子前照了照:"开会去。"

罗列:"他主持吗?"

胡宗南:"不,我主持。"

罗列意外:"这么重要的会应当他主持。"

胡宗南:"这就是每每我不想干了的时候,又不得不干下去的原因。因为,你觉得罪该万死的时候,他却表现得一点都不在意。"

## 成都中央大学会议室

一张偌大的地图,上写:四川决战部署图。

胡宗南看了一眼会场:"现在宣布,四川会战作战会议开始。"

邓锡侯小声地对刘文辉说:"老蒋没来。"

刘文辉:"听说他这几天兴致很高,昨天去了武侯祠,今天不知去哪了。"

胡宗南:"共军第二野战军的态势是……"

## 重庆

(重庆解放的第八天,刘伯承、邓小平率第二野战军机关进驻这个城市。)

重庆嘉陵江,

朝天门码头雄伟壮观。

嘉陵江顺流而下。

邓小平和一群年轻的干部在一起摆龙门阵。

一个青年干部:“邓政委,听说你当年去法国就是从这里上的船。”

邓小平:“是的。”

一个女青年:“邓政委,那时候你有没有想到,多少年后,要在这里送几百名干部以主人翁的姿态去云南工作?”

邓小平:“没有的。”

又一个女青年:“当年你走,现在以西南局第一书记送我们走,你觉得这之间有什么联系吗?”

邓小平想了想:“这个问题好像是记者提的。”

人们笑了。

有人说了一句:“她就是记者。”

邓小平想了一下:“这是哪跟哪呀。不过倒有一个共同的特点,都不容易……你们看到了,我们接管的是一个受了很大创伤的城市,很多工厂、桥梁被炸,电力不足,供应不足,社会治安很差,敌特分子还躲在暗处放冷枪,可以说百废待兴。你们去的云南很快就会回到人民的手中,但是情况也比这里好不了多少。同志们,你们要有吃苦头的准备。”

一个男青年:“我们不怕吃苦头。”

邓小平问:“你们为什么不怕吃苦头?”

男青年:“我们年轻呀。”

邓小平:“不准确,我年纪大了也不怕吃苦头?刘伯承司令员比我还大,他也不怕吃苦头,你们知道为什么?”

众人:“为什么?”

邓小平:“人民解放军的总司令朱德同志说得好,锦绣河山收拾起,万众皆做主人翁。”

大家议论着:“讲得真好。”

邓小平:“目前,我们虽然还在同胡宗南集团在成都战斗,但是对胜利,我们是一点也不用担心了,胜利后的工作确实很多。这次你们去云南,有三个工作:接管城市;搞好政权建设;在城市建设中,你们要注重发挥知识分子的作用。”

一个青年:“听说,一个铁路专家就是在车站被发现的。”

邓小平:“只要我们不是近视眼,在哪里都可以发现人才。还有一点就是农村工作,可能得用两三年的时间,剿匪、反霸、土地改革,直到完全消灭封建剥削,这样农民的生产力和购买力才能提高,才能谈国家工业化的发展。当然,这一时期不要空谈发展。重庆你们看到了,发展是后一步的事,能恢复到抗战前水平就是烧了高香了。”

一个青年:“邓政委,你对重庆的发展有信心吗?”

邓小平:“信心?怎么说呢,三年后你们来重庆,三年后我也去云南,让山河作证。”

## 都江堰吊桥上

蒋介石站在桥中心,旁边站着蒋经国。

蒋介石看着东去的江水,一会儿看看下游,一会又回过头来看看上游。

蒋介石:“知道这里是谁搞的吗?”

蒋经国："一对父子。"

蒋介石："回答得好，一对父子。那一对父子是治水，我们这对父子是治国。那对父子流芳千古，我们这对父子一败涂地。"

蒋经国："父亲，对成都没有信心吗？"

蒋介石："成都不是坐守之城，这是古训。"

蒋经国："可是，抗战期间四川不是守得很好吗？"

蒋介石："那是因为云南安定，云南安定也就有了四川的安定，所以说，云南十分重要。告诉张群马上动身，说服卢汉，中央政府要迁到昆明，他们可以迁到大理，这是大局。"

蒋经国："他是不是有点不大情愿去？"

蒋介石："张副院长是有些顾虑，他是怕贵州丢了，卢汉会动摇，把他扣了当人质。"

蒋经国："可能是这样。"

蒋介石："张群不用怕卢汉，我给分析了，卢汉是一个十分重义气的人。8月份我在重庆开会，他开始不来，怕我扣住他，是张群去了，说服了他。卢汉来了重庆，开完会有人又主张扣了卢汉，是张群力主放卢汉回昆明，张群有恩于他。昆明没事。"

**昆明卢汉新公馆**

云南省财政厅长林毓棠来到了卢汉的会客厅。

卢汉开门见山："林厅长，香港来信了，他们希望我派一个代表到香港和中共华南局负责人谈判，我想让你去。"

林毓棠激动地说："卢主席终于下决心了。"

卢汉："下了，共产党在对待湖南陈明仁的问题上让我看到了前程，陈明仁当年在四平和林彪交恶，可是让共产党在东北丢尽了面子，人家现在真的是不计前嫌。决心我下了，起义，现在由你们去和他们谈条件。你看，我给你选了一个同伴。"

说着，从里屋走出一个人来。

林毓棠认出了此人："周体仁，卢主席怎么选到了你？"

周体仁："我还要问，怎么选到了你？"

林毓棠："我是卢主席的知己。"

周体仁："我是卢主席的同志。"

两个人笑了。

卢汉一举手里的东西："派你们去送信，一定注意安全。为了不要引起沈醉的注意。你们分两天走。回信我已经写好了，朱德、毛泽东给我们亲笔信中的'八个注意'我完全照办，刘伯承、邓小平的'四项注意'我也完全接受。但是我的四条，他们也得接受。你们听好。一、云南卢汉部队接受共产党整编。二、云南军政人员接受训练后才能量用。三、请中共派出一名大员主持军政人员的改编和人员整训。四、我本人在起义后必须有行动自由，可以在全国范围内到处游览……"

**北京中南海**

毛泽东和周恩来走在中南海里。

毛泽东："恩来呀，你再把卢汉的第四条念一下。"

周恩来:“卢汉在第四条里要求,起义之后,希望有行动自由,可以在全国范围内到处游览。”

毛泽东:“告诉南方局,通知周体仁,前三条我们接受,就是第四条不行,毛泽东不同意……”

## 成都陆军大学作战室

胡宗南向蒋介石汇报作战计划。

蒋介石十分满意,他连说了几个“好”:“刘文辉、邓锡侯对你们合署办公有什么说法?”

胡宗南:“什么都没说,只说要准备一下地图和参谋人员。”

蒋介石:“这两个老狐狸,顺从是表面的,但是私下已经和共产党在联络,我们已经有了确切的证据。”

胡宗南:“那为什么不抓他们?”

蒋介石:“有证据也不行,我们是在他们的窝里。一步步来,琴斋,把城防司令换上你的人。”

胡宗南:“好,我的部队接防吗?”

## 刘文辉家

刘文辉从椅上站起:“换了什么人?”

邓锡侯:“胡宗南的部下,叫盛文。”

刘文辉:“我相信我们推开这门就会发现,成都城防部队已是胡宗南的人了。”

邓锡侯:“我们可是约好,共产党代表进城谈判,万一要是让胡宗南的人抓了,可就……”

刘文辉:“通知共产党代表,换一个地方谈。”

邓锡侯:“来得及吗?”

## 成都街市

大街上一辆辆满载士兵的汽车驶进城里。

## 刘文辉家

副官带一个女人走了进来。

刘文辉一愣。

副官介绍:“这是古凌。”

刘文辉明白了什么,赶忙制止:“明白了,你退下吧。”

古凌十分有礼貌地说:“我是第二野战军的代表,受刘伯承、邓小平首长委派,把二野前委的意见带给你们。本来首长要写信来,考虑到路上不安全,请我口头传达。中央认为,你们起义的时机已至,无须再作等待。从现在起,蒋匪的一切命令可拒绝执行,同时要积极配合第二野战军的所有行动,响应第二野战军于 11 月 21 日发布的‘四项号召’。目前最重要的是阻止胡宗南主力进入成都,万一进入,要步步阻击,为第二野战军解放成都做好准备。”

刘文辉听完了这些话,看了看坐在一边的邓锡侯。

古凌："不知刘、邓二位将军听了二野首长的指示有什么打算？"

刘文辉："完全同意。"

邓锡侯："我们无条件执行中共二野刘、邓首长的指示。马上……"

说着，一个副官走了进来："胡长官的参谋长罗列带着新任城防司令盛文来了。"

刘文辉一怔。

邓锡侯："快，让古小姐躲一下。"

话音还没落，罗列、盛文走了进来。

罗列十分客气地向刘、邓敬了个礼："刘主席，邓长官也在，盛司令刚刚上任，胡长官让他一定先拜望一下两位长官。"

盛文十分客气地向刘、邓敬礼："请两位长官多多关照。"

刘文辉："哪里，你现在是城防司令，还得请你多多关照。"

罗列："我们相互理解，相互关照。"

刘文辉："对，相互关照。"

罗列："说到相互关照，有一个事还请刘主席解释一下。"说着，他的神情有些严肃起来。

刘文辉感觉到了什么："请讲。"

罗列："按着总裁的命令，我们的部队已在邛崃集结，可是你的部队不知为什么把大桥炸了。"

刘文辉："是吗？我来问一下。"说着，走向电话。

罗列伸手，挡了一下："不用了，肯定是误会。不过常言讲是过河拆桥，我这还没过河呢就拆桥，好个玩笑。"

邓锡侯："是不是我们的人把胡长官的部队当成共军了？"

罗列："也可能，共产党兵临城下，部队有些惊慌失措。没什么大事，有几十万兵力的大兵团修好这座桥也是分分钟钟的事。但是，别为这点小误会伤了和气，不值得。"

刘文辉："好，这种事以后决不会再发生。"

罗列："好了，你这里有客人，我们先告辞了。"

刘文辉赶忙说："还没给罗参谋和盛司令介绍，这是我的侄女。"

古凌："二位长官好。"

盛文："我久闻刘主席和邓长官大名，今后就在父母官麾下为党国效力，想和二位长官留个影，以为纪念。"

这时一位参谋人员闪了出来，举起了照相机。

刘文辉："好啊。和这些少年才俊合个影。"

罗列对古凌："来吧，一起来。"

刘文辉没有说话。

古凌反倒大方地说："好，这些都是党国栋梁，荣幸。"

几个人站好。

"嚓——"

闪光灯一闪。

## 成都中央陆军大学蒋介石临时住处

蒋经国在看照片。他看了一会儿，递给了身边的毛人凤。

毛人凤又把照片给了盛文："成都的个个城门关口，营以上长官值班，严防这两个人外出。那个女的也十分可疑，有了照片就好办，总有人会认识她。"

蒋介石走了出来："你们在干什么？"

蒋经国："一点小把戏。"

蒋介石："明天中午的事布置好了吗？"

蒋经国："布置了。"

## 刘文辉家

古凌站起："那我就告辞了。"

刘文辉："要不要派人护送你出城。"

古凌："我为什么要出城？"

刘文辉："这里太不安全了。"

古凌："可是我在这生活了十年。"

刘文辉："那好。"

古凌："二野首长指示，如果成都紧急，你们可以考虑撤到彭水，我们有人在那里和你们联络。"

刘文辉："好。"

副官送走了古凌。

屋子里一下安静了下来，

刘文辉一言不发。

邓锡侯："罗列今天来是什么目的？"

刘文辉冷冷一笑："威胁，提醒，试探……"

邓锡侯："看来我们是要早做准备了。"

刘文辉："通知下去，做好一切准备，起义。"

电话铃声响。

刘文辉走到电话旁边，抓起电话："哪里？陆大，噢，噢……"说完，他放下电话。

邓锡侯觉得刘文辉脸色不对："谁的电话？"

刘文辉："小蒋，说老蒋明天中午在陆大请客。"

邓锡侯："鸿门宴？"

刘文辉："不知道。"

邓锡侯："自乾，得下决心，如果到了明天，一切都来不及了。"

刘文辉站起，他来回走了几圈："明天，是呀，也许明天他们就要先动手了。那将是一个什么情景，不敢想呀。但是你想过没有，我是大军阀、大地主、大资本家集一身，共产党日后会怎么对待我们？"

邓锡侯："自乾公想的都很远，但是眼下你想过吗？如果不起义，明天老蒋那就是一场鸿门宴。假若明天不是鸿门宴，那么今天你把邛崃大桥炸了的事，一会儿就到了老蒋那，你怎么解释？另外，明天就要我们和胡宗南合署办公，我们去还是不去？去了你还能出来吗？最重要的是，这个共产党的小女子代表二野首长的话，可是有分量的，第二野战军已经大兵压境，我们就是不起义，他们也一样会解放成都，到那时我们想起义也来不及了。当了俘虏的人可是没有什么条件可讲的。”

刘文辉：“好吧，我们各自下达战斗命令，然后分别出城，在城隍庙集合。”

邓锡侯：“好。”

**昆明机场**

张群在沈醉的陪同下走出机场。

沈醉：“副院长还是住在站里吧。”

张群：“不，住卢公馆，让他明白，我一直把他当朋友。”

沈醉：“可是饭已经准备了，再说有些情况我还要向你汇报。”

张群：“有什么不正常的吗？”

沈醉：“从保密局北平站撤出来的同志说，他们有一次在卢公馆门前发现，原北平警备区司令周体仁。”

张群：“我不认识。”

沈醉：“更有意思的是，他今天和你同一个航班，而且还有一个人。”

张群：“什么人？”

沈醉：“云南省财政厅长，那是卢汉的心腹，这个时候他们去香港大有学问。”

张群：“你说。”

沈醉：“湖南的程潜和陈明仁就是和香港的中共华南局接上头的。”

张群：“这么说，这两个人从香港回来，一定带回了共产党的确切消息。”

沈醉：“而且这两个人现在就去了卢汉家。”

张群：“是这样，去卢汉家。”

沈醉：“你还没吃饭呢？”

张群：“要是掉了脑袋，就永远不用吃饭了。”

沈醉：“也对。”

张群：“你不用陪了，我自己去卢公馆。”

沈醉：“那不好，安全吗？”

张群：“我和你们这些名声这么差的人在一起，我会安全吗？”

**春莲路的一楼房里**

沈醉正在打电话：“张群去了卢汉家。”

电话里毛人凤：“你准备得怎么样了？”

沈醉：“一切都准备好了，三挺机关枪各瞄着卢汉起居室、会客厅和大门口，而且子弹上都涂上了烈性毒药，只要你的一声命令。”

电话里毛人凤：“更正你，不是我的命令，是总裁的。记住没有他的命令，你不能执行。”

沈醉：“局长，我眼力不会错，卢汉绝对要行动了。现在就有人在他的房子里。”

电话里：“你在哪里？”

沈醉：“他的家门口……”

## 昆明卢汉新公馆

卢汉的起居室。

卢汉正在听林毓棠和周体仁的汇报。

周体仁:“华南局的意见,云南必须尽快起义,人民解放军陈赓和边纵已经解放三分之二的地方。云南工作团已经进入各地进行土地改革。华南局代表说,不看我们的宣言,看我们的行动。我们的四个条件,前三条全部接受,后一条不接受,听说还是毛泽东同志说的,不能给卢汉自由……”

卢汉一怔。

周体仁:“毛泽东说卢汉和其他起义将领一样,起义后参加国家的政权建设,像傅作义一样,有权,有实权,要参加社会主义建设。”

卢汉的紧张情绪缓和了下来,他被毛泽东的话感动了:“我听毛主席的……”

副官走了进来:“主席,张群副院长到了。”

卢汉:“他不是被沈醉接去了吗?”

副官:“不,来公馆了。”

卢汉看了看周体仁和林毓棠:“好,你们准备去吧。”

## 昆明卢汉新公馆

张群已经在客厅里了。

卢汉穿着睡衣就下来了。

张群:“永衡兄,你真的病了?”

卢汉佯作不快地问:“怎么,你还怀疑?”说着,他打了一个喷嚏。

张群:“我说,就我们的交情,你不去机场接我?”

卢汉:“好,晚上我认罪三杯。”

张群:“五杯。”

卢汉:“七杯。怎么样?‘行政院’从重庆搬到成都,下次你们是不是真的要来昆明了?”

张群:“不幸被你言中,总裁就是让我来同你商量,‘行政院’、‘国防部’全搬到昆明。”

卢汉:“好,这就和抗战时一样,在这里才可以接受美国人的援助,也只有在这里才能进行大反攻。”

张群将信将疑:“永衡兄,上次你可不是这个态度,你可是说了很多条件。”

卢汉:“那是想从总裁那儿多要些大洋和编制,这次张副院长在成都那么紧张的情况下来昆明,可能一切都办好了,不会空手而来吧。”

张群:“永衡兄,你是诸葛亮,让你说着了,三个师的编制,三百万大洋,还有一个更想不到的。”

卢汉:“什么?”

张群:“西南长官公署任。”

卢汉一下子跳起:“晚上我先干八杯。”

## 走廊里

副官正在和一个上尉军官交代着什么:“装了吗?”

上尉："装了，二十四小时值班，一个字也不会漏下。"

## 张群临时住处

张群有点喝多了，他摇着身子，哼着听不清的京剧回到了房间。

他看了一眼电话，抓起听了一会儿，又放下了。

他拧开了收音机，把电话空放在收音机边。

## 电话监听室

几个人在紧张地工作着。

## 昆明卢汉新公馆

卢汉正在同林毓棠和周体仁讲话。

张群突然走了进来，他还是一副醉态。

卢汉被他的突然闯进打断，一时乱了手脚："张副……"

张群："打个电话，我房子里的电话有杂音，在这儿打，噢，你有客人。"

卢汉一听是为这，他才定下神："噢，走，到我书房打。"

卢汉带着张群来到书房。

张群拿起电话，向卢汉耸耸肩。

卢汉明白了他的意思："给总裁？"

张群神秘地笑了。

卢汉走了。

张群："总裁……"

## 成都中央陆军大学蒋介石临时住处

蒋介石："是啊，他变化得这么快，好，往好处想，做最坏打算，以我的名义通知卢汉，李弥、龙泽汇、余程万三位军长到成都见我，如果卢汉不让他们来……"

张群："明白……总裁，成都方向没事吧？"

电话里没有声音。

## 刘文辉住处

副官走了进来对刘文辉说："主席，电台和工作人员已经分批出城了，邓长官那边来电话也正在撤离，各部队的战斗部署已经下达，我们走吧。"

刘文辉："好。"

## 成都西门城关

城门哨兵林立，如临大敌。

盛文拿着刘文辉的照片在城楼上来回踱步。

刘文辉的车子开来。

盛文的眼睛一亮，急忙下楼。

刘文辉的车子被拦下了。

盛文第一个冲了过来："是刘主席的车？"

一个副官跳下："是的。知道还问。让开，我们还有急事呢。"

盛文得意地说："城防司令部已经颁布命令，任何人没有城防司令部的关防，不准出城。"

副官问："刘主席的车也不能出城吗？"

盛文："刘主席这个时候出城干什么？车里的人请下车，接受检查。"

车里没动静。

盛文一下子拉开车门，

车里是空的。

盛文："刘主席不在？"

副官："是不在。"

盛文："那你们出城干什么？"

副官："到机场接刘主席的客人。"

盛文知道上当了："刘文辉呢？"

**成都的城墙**

城墙的一个倒塌处，古凌扶着一个戴墨镜的人走了出来。

戴眼镜的人把眼镜摘了，他是刘文辉。

他看着城外葱茏的大地，长长地出了口气……

**成都陆军大学蒋介石临时住处**

张群带着李弥、余程万、龙泽汇走进了蒋介石的住处。

他们被带到大客厅里。

蒋经国走到龙泽汇面前："龙军长，你请。"说着，带着龙泽汇走进了一个小客厅。

张群、李弥等在外边。

他们各人想着各人的心事。

过了一会儿，龙泽汇走了出来，看得出他精神抖擞。

李弥被叫了进去。

龙泽汇坐在那里，一动不动，余程万很想和他搭话，问问蒋介石都和他说了什么，但又不好开口，只好静静地坐在那里等待。

李弥出来了，余程万又进去了。

坐在外边，李弥和龙泽汇也很想知道蒋介石跟他们说了什么，但是也不好开口。

小客厅里，蒋介石："卢主席身体究竟怎么样了？"

一个"究竟"二字把这个著名战将问住了，尽管他们来前在卢汉那曾统一过口径，但是他不知道在前边招见中，李弥和龙泽汇是怎么说的。他只好如实说来："卢主席其实没大病，他在戒大烟……"

蒋介石明白了什么："他要洗心革面……知道了。"

他转过身来："请大家吃饭吧。"

## 成都一家小餐厅

龙泽汇、张群、李弥已经被叫到了小餐厅，只是里边又多了两个人：一个是胡宗南，一个是成都城防司令官盛文。

蒋介石坐了下来，他没说话，只是挥了一下手，大家坐下了。

神秘的就餐开始了，

这是中西结合的餐食。

蒋介石开口了，像是自语，又像是在提醒大家："左手刀，右手叉，我总是搞不清……你们搞得清吗？"

大家没人回答，只是刀叉相碰的声音，沉重而压抑的就餐结束了。

蒋介石走到每一个人面前，有的握握手，有的拍拍肩，只是在龙泽汇身边说了一句："告诉卢汉，让他等着。"

几个军长离开了。

张群留了下来："总裁，谈得好吗？"

蒋介石："非常好，你还得去一次。"

张群："只要你和这几个军长谈好了，那卢汉就没问题了，我去，还和他们一个飞机。"

蒋介石："好。"

张群走了，蒋经国不解地问："父亲，儿子想请教一下，他们千里迢迢来成都，你为什么什么都没说呢？"

蒋介石笑了："我只有什么都没说，他们才不知道我想什么，所以他们回去对卢汉什么也说不出来。他们越是说不出来，卢汉就越不信他们，越不信他们，也就越防着他们……而且我越是没说，他们回去越有说的，而且一个比一个吹得高……"

蒋经国没有说话。

胡宗南突然走了进来；"校长，刘文辉、邓锡侯到了彭县。"

蒋介石的头好像被什么击了一下，他半天没说话。

胡宗南："校长，打吧。"

蒋介石摇头："不，让顾祝同去一下，亲自去一下，一定要说服刘文辉、邓锡侯回来，只要回来，我什么条件都答应。"

## 彭县刘文辉临时指挥所

顾祝同正在说服刘文辉和邓锡侯。

顾祝同："总裁说四川省和西康省由你们二人主政，王陵基不再任四川省主席。"

刘文辉："我们不是反对蒋公，我们是反对在成都决战，四川人民在抗战中受的苦太多了，我不忍再让他们受苦。我们有两个条件：一胡宗南部队三天撤出成都；二盛文的成都城防司令要换下来。"

顾祝同："好，我一定把这些条件向总裁汇报。"

## 成都中央陆军大学蒋介石临时住处

顾祝同和胡宗南、蒋经国、毛人凤站在蒋介石面前。

蒋介石："动手晚了，在阴沟里翻船了……"

胡宗南:“我先把刘文辉武侯祠的两个团打掉。”

蒋介石:“打掉后,再看看他们的动静。如果他们能回来,我还是欢迎他们。”

顾祝同:“总裁,对他们太仁慈了。”

蒋介石:“我实在是不希望四川再丢了。”

顾祝同:“总裁,作撤往云南的准备吧。”

蒋介石:“不知张群怎么样了……”

### 昆明卢汉新公馆

机要处长马瑛急急走进卢汉的作战室:“卢主席,刚收到成都发来的电报,李弥他们的飞机回来了。”

卢汉急切地问:“张群跟来了吗?”

马瑛回答:“同机回来了。”

卢汉一拍大腿:“老天给我们机会了。”

### 昆明沈醉家

沈醉正做早操。

电话突然响起。

沈醉接电话:“你什么时候到? 好,我一定去接你。”

### 成都安仁乡

刘文辉的老宅子。

毛人凤里里外外地观察着:“要是我,也不想离开成都,这么多东西,他怎么搬得了?”

一个军官跑了进来:“局长,炸药全都安好了,什么时候炸?”

毛人凤:“等刘文辉回家,一起炸。我不相信他不回来!”

### 昆明机场会客厅

沈醉引导几个人走了进来。

(徐远举　西南绥靖公署第二处少将处长;郭旭　保密局经理处处长;成希超　总务处副处长)

徐远举:“找个地方,好好洗个澡,妈的,忙着密裁杨虎城、宋绮云,接着又是白公馆等处的大屠杀,多少天一直没洗个澡。”

沈醉:“好,我带你们去昆明最好的澡堂子。”

徐远举:“飞机票有了吧?”

沈醉从口袋里拿出三张票:“三张飞海口的。”

徐远举:“太好了,可是帮了我们大忙。”

沈醉:“这点小事,民航票全由我管,军机的票由空军的沈副司令管。”

徐远举:“老弟,要给自己留一张票呀。”

沈醉:“处长,你真的对昆明没信心?”

徐远举："各方面情报说，卢汉已经把几个有战斗力的保安团调到昆明了，还有，卢汉已经下了命令，不给在这里中转的飞机加油。"

沈醉："真是这样？"

徐远举："你马上给毛局长打电话，请示行动，我们要在他们下手之前下手。"

沈醉："明白了。"

**昆明卢汉新公馆**

卢汉看看手表对副官说："他们的飞机还没有消息吗？"

副官："按理说，现在该到了，是不是蒋介石又把他们扣下了？"

卢汉对绥靖公署副长官马瑛说："天就是塌下，今天夜里起义也不会变。你起草一个通知，约李弥、余程万、龙泽汇三位军长，宪兵西南总指挥李楚番、宪兵西南分区参谋长童鹤莲、空军第五路司令沈延世、绥署保安处沈醉、绥署参谋长谢崇和你晚上九时到我家开会，就说西南军政长官到了，开作战会议。"

马瑛："用这个办法把他们扣押起来？"

卢汉："对，记住，你、龙泽汇、谢崇不用来。为了万无一失，收到开会通知的人必须在通知上盖印，然后送给我。"

马瑛："好。"

卢汉："还有，马上给成都刘文辉发电，告诉他们我们马上起义，请他们扣留蒋介石。如果真的抓住了蒋介石，那可是为新中国立了一个大功，是第一功臣。"

**昆明沈醉家**

沈醉："局长，得动手了。"

电话里毛人凤："我请示总裁。"

**成都中央陆军大学蒋介石临时住处**

蒋介石背身站在那里。

蒋经国、毛人凤站在蒋介石的身后。

毛人凤又催了一句："总裁……"

蒋介石："再等一下。"

**四川彭县刘文辉临时指挥部**

刘文辉把卢汉的电报递给了邓锡侯，邓锡侯看完了又递给了潘文华。

刘文辉问了一句："你们怎么看？"

邓锡侯："国民党有国民党的气数，蒋公有蒋公的气数，这些是天定的。"

刘文辉："我不当张学良。"

潘文华："就当没收到电报吧。"

**成都中央军校蒋介石的临时住处**

毛人凤急急忙忙走了进来："总裁，我们破译了一个电报。"

蒋介石接过电报。

看完，递给蒋经国。

蒋介石："你怎么看？"

蒋经国："我们该走了。"

蒋介石："刘文辉要的是我的地盘，不是我的人头。他可以跟共产党走，不会把我交给共产党。我真在昆明，卢汉也不会抓我。可惜呀，我把张岳军(张群)害了……"

## 昆明卢汉新公馆

张群放下手提包，他四下看了看，没有什么异样。他想给蒋介石打个电话，电话不通，他站起来，警觉地四下看着。

这时进来几个人："张先生请交出武器。"

张群不悦地问："你们想干什么？"

来人："没办法，我们也是奉命行事。"

说完上前搜查，他们在张群的公文包里搜到了他的私章。

张群："那是武器吗？"

来人不语，拿着私章认真地看着。

## 昆明卢汉新公馆

卢汉等人在焦急等待中，窗外终于传来一声汽车的笛声。

龙泽汇走了进来。

卢汉关切地问："岳公没来？"

龙泽汇："我安排他住下了。他们搜到了他的私章。"

卢汉接过私章看了一会儿，显然松了一口气："这就成了，以他的名义通知开会。"

龙泽汇："好。"

## 昆明卢汉新公馆

张群十分绝望地喊了一声："卢汉！"

声音在院子里回响。

没有人听到，更没有人回应。

他无力地走回书房，他摊开信纸，拿起毛笔，在纸上写下："永衡兄……"

# 第六章

## 昆明沈醉家

沈醉正在家招待刚刚到昆明的徐远举。

传令兵进来:“是卢公馆送来的。”

沈醉接过来看了一眼,交给徐远举:“卢汉让我到那里开会,是张群召集的。”

徐远举认真地看着开会通知:“上面倒是有张群的章,这个章是他常用的,我认得出。”

沈醉:“我也认得他的章。关键是这个时候开什么会?”

徐远举:“张群要是主持这个会,那没什么问题,也许就是替老先生来阻止卢汉的。去吧,试探一下风向。”

沈醉:“也是,不过……”他拿起电话:“给我接第八军李军长家,是李军长家吗?请军长讲话,他在洗澡,你是孙副官吗?我是沈醉,李军长接到开会通知了吗?”

电话里:“接到了,军长洗了澡就去。”

沈醉:“噢,好,9 我也去。”放下电话。

徐远举:“李弥应当是铁杆跟着老先生的。徐蚌会战他只身回南京,是老先生网开一面,他才有今天。”

沈醉:“那是。”他还是不放心,又抓起电话:“接龙泽汇家。”他握着话筒:“李弥是老先生的铁杆,关键是卢汉的铁杆去不去。”电话通了:“是龙军长家吗?对,军长在吗?”

电话里:“军长到卢公馆开会去了。”

沈醉放心了。

徐远举:“老弟长进了。”

沈醉:“确实到了最危险的时候,再说了,万一老先生有命令下来,我不会再误事的。”

徐远举:“说得对。好了,我要休息了。”

沈醉:“房子我给你准备好了,你是在这里住,还是到皇后饭店?他们两个我已经安排好了,并且给他们找了两个小朴少。”

徐远举:“他们俩有这个爱好,也有这个身体,我就算了。我早点休息了。”

沈醉:“好,我想让处长看一样东西。”说着走到保险柜旁,从里边取出一封信,递给了徐远举。

徐远举读信:“为了统一云南各游击部队的管理,确保云南反共基地,把原国防部驻云南区专员办公室晋升为驻云南区专员公署,把原来国防部云南游击司令部升为总司令部。晋升沈醉为中将。”

沈醉:“还特别嘱咐,一定要把家属迁到台湾。”

徐远举:“好,想得很周到。”

沈醉:“处长,你留下吧,你比我能力强,你当司令,我给你当副手。”

徐远举想了一会儿:“当司令?你知道老先生,答应我当什么?”

沈醉:“不知道。”

徐远举:“西南长官公署长官。他们不要来这一套了,我少将七八年了,怎么早不提升呀?你也四五年了吧,怎么早不提升呀?我不会做卢汉,但是我也不会再傻了,你也不要傻了,他走还有你安排机票,就怕你走时,连机票也没人安排了。”

沈醉不语了。

电话铃声打破了这里的寂静。

沈醉接电话:“周养浩……你在哪里?”

## 昆明机场

机场场长办公室。

周养浩:“我在机场。”

(周养浩　西南长官公署二处副处长)

电话里沈醉:“我去接你,徐处长也在我这里。”

周养浩:“不了,我就不进城了。这里不对,凡是从成都来的飞机都不给加油。”

沈醉:“什么理由?”

周养浩:“老先生有话,撤出成都的部门多,成都的飞机太多了,所以一部分要从昆明走,我就是那一部分。他认为昆明没有事,起码短时期没有事,依我看,就这几天,肯定有事。不给飞机加油,这是信号,危险的信号,给我搞一张当天,或者明天的票,台湾、海口都可以。”

徐远举一边听着电话里的声音,一边在沈醉的办公桌上找着什么。

沈醉:“票一定给你搞到,加油的事,一会儿,张群召开会议,我会和他说这个事,你进城吧,我总要请你吃饭吧。”

周养浩:“饭不吃了,有了票就直接送到机场场长办公室。”

沈醉:“好。”

徐远举找到了一张通行证:“这个是保安司令部的,我想这个时候比你国防部的管用。好了,你去开会吧,我到朱子华那里住。”

沈醉:“他可是卢汉的副官处副处长呀!”

徐远举神秘一笑:“灯下安全。”

沈醉:“我用车送你。”

徐远举:“不,我叫三轮。你忙,不过我还是提醒你,会不去开,你可以先动手,把卢汉干了。”

沈醉:“让我想想……”

徐远举笑了笑,走了。

沈醉走到机要室。

一个人在值班，见沈醉进来，站起来："处长。"

沈醉："给毛局长发加急电报：请示行动。"

发报员："就四个字？"

沈醉："四个字。"

发报员："是。"

沈醉："一有回电，马上送我。"

沈醉回到自办公室抓起电话："行动组，立即进入岗位。"

**昆明春莲路**

卢汉公馆对面的一个楼房里，

沈醉行动点。

几挺机枪上膛。

**成都毛人凤办公室**

机要秘书急着走了进来。

副官："有事？"

秘书："昆明急电。十分加急。"

副官："局长不在呀。"

秘书："昆明要出大事了，局长到哪儿去了？"

**成都春熙路**

毛人凤在和一个女人喝酒。

他的对面坐着一个既美丽又丰腴的女人。

毛人凤举起杯，长出了一口气："你保重。"

女人拿着杯和毛人凤的杯轻轻碰了一下："对你，我不用重复保重之类的话了，因为你身体像牛，公牛。"

毛人凤淡淡一笑："我没当这话是骂人，你一直是我的公主。"

女人把身体向前凑了凑："这样的公主在大陆上，你留下了多少？"

毛人凤："要是发挥作用，共产党会受不了的。"

女人："问一个不该问的问题，你留下的为什么多数是女性？"

毛人凤："有时女人比男人更凶残。"

女人没讲话。

毛人凤从皮包里取出一个大纸袋："经费和联系方式都在里边。"

女人没接："你要走？"

毛人凤："我还没工作呢？"

女人站起走到毛人凤跟前，用一个胳膊挽着毛人凤风骚地说了一句："凶残点。"

## 昆明沈醉办公室

沈醉又一次来到机要室。

机要员知道他要什么，他做了无可奈何的表情。

副官走了进来："处长，开会时间快到了，我们该……"

## 昆明卢汉老公馆

李弥、余程万、沈醉准时来到卢汉老公馆。

他们一走进会客厅，就被缴械，并押到事先准备好的车上。

车子向五华山开去。

## 昆明卢汉新公馆

两个士兵走了进来。

张群一怔。

一个士兵十分客气地来送饭："张先生，吃饭吧。"

张群："我不吃，我想见卢汉。"

一个士兵："云南起义了，卢主席正在讲话呢！"说着，他走到收音机前打开收音机。

卢汉正在讲话：……兹为保全全省 1200 万人民之生命财产，实现真正的和平与民主统一起见，特自本日起脱离国民政府反动中央政府，宣布云南全境解放，发布命令如下：第一，国民党驻滇的中央各部队应当明白大义，停止抵抗，一律驻在原地，听候中央人民政府改编……

张群默默在听着。

## 成都中央陆军大学蒋介石临时住处

蒋介石也在听卢汉的起义通电。

"……北京中央人民政府毛主席、朱总司令、周总理、人民革命委员会并请转人民解放军各野战军司令员、副司令员、各政委、全国各军政委员会、各省市人民政府、各省市军事管制委员会公鉴：人民解放，大义昭然，举国夙已归心，仁者终于无敌……"

蒋经国走了进来，静静地听着……

## 昆明五华山卢汉起义指挥部

一切停当了，

卢汉坐了下来。

他感到有些疲劳，刚一坐定，他突然想起了什么："副官。"

副官走了进来："主席。"

卢汉："把杨文清叫来。"

副官："是。"

不一会儿，省委委员杨文清走了进来："主席叫我。"

卢汉："有一个难办的事，你去见一下张群，和他说一下，劝他和我们一起起义。"

杨文清:“这个事儿,还是你去为好。你和岳军兄的交情是众人皆知的。”

卢汉:“他的为人我知道,要是一句话回了我,没回旋余地了,你去一下。”

杨文清:“好。”

## 重庆

晨曦里,

一片树林里有两个人在打太极拳。

他们是刘伯承和邓小平。

刘伯承:“卢汉做了一件好事,但是他手里只有几个保安团,他可能把第八军的李弥和第二十六军军长余程万扣了,但是没有消灭生力军,因此不要做成夹生饭。陈赓在广西抽不出来,要电告杨勇,把第十七军调到昆明。”

邓小平:“我同意。我这里也有一个事情,今天9点有个新闻发布会,我们可以向重庆人民宣布,由于中央政府及时给我们调了3亿元人民币,国民党特务分子想用金融市场搞垮我们的阴谋失败了。”

## 成都中央陆军大学蒋介石临时住处

晨曦里,

蒋介石、阎锡山在院子里走着。

远远地站着蒋经国和毛人凤。

蒋介石:“百川,你下个任命,李弥为云南省主席,余程万为云南绥靖公署主任,成立进攻昆明指挥部,告诉顾祝同,第八军由曹天戈代理军长,第二十六军由彭佐熙代理军长,进攻昆明。”

## 云南曲靖

国民党中央军第二十六军摩托化行进。

## 成都街市

街景:

生意照常在做。

店铺依旧在开。

茶室里照样三五成群。

马路依然游人如织。

这里的人淡定自若。

从街的另一头走来几个特殊的人。

他们留心地看着街上的一切。

## 西南军区司令部

那几个人又出现在刘伯承、邓小平的司令部里。

刘伯承对那几个人说:“好,你们把侦察来的情况说一说吧。”

其中一个侦察员:“成都至乐山的公路基本上瘫痪,都被难民所堵塞,胡宗南的部队行动缓慢。”

另一个说:“往成都开进的部队,应该是胡宗南的第五兵团和第十八兵团。”

刘伯承认真地记着什么。

又一个侦察员:“成都市面老百姓没什么反响,没有出现大的恐慌。”

邓小平认真地听着。

一个人补充道:“有一个奇怪的现象,很多老百姓三五成群聚在一起,一边喝水,一边在谈话,好像是在开会,问题是,怎么这么多人在开会?”

刘伯承笑了:“我明白了,那不是开会,他们是在喝茶。”

侦察员:“不会吧,我们很快就要进城了,他们还在喝茶?”

邓小平:“这正是四川人,天不塌,他们就要喝茶,就要摆龙门阵。”

侦察员:“是吗?”

刘伯承:“这是四川人的性格。我的老乡很了不起,抗日战争八年,四川有三百多万川军出川,抗战胜利后只有几十万回来。”

侦察员们不语了。

邓小平:“不是因为我们是四川人就说四川人的好话,中国共产党是全中国各族人民养育的,但是四川人是有性格的。大战在即,他们还喝茶聊天,说明他们不怕共产党军队,他们明白我们是为了解放这块土地而来。我们不是洪水猛兽,我们要告诉我们的部队,中国共产党领导的军队永远是人民的靠山,今天我们在城外这样说,明天我们进城还会这样说。”

刘伯承:“共产党进城了,别的也许一时做不好,但是我们有一条一定会做好,让四川人巴斯(土话,意思是安逸)地过着小康的生活。”

邓小平:“好吧,你们的侦察任务完成得很好,我们心里有底了。”

几个人给刘、邓敬礼,

刘、邓还礼。

几个侦察员走了。

刘伯承:“邓政委,我想到了一个问题。”

邓小平:“司令员,你说。”

刘伯承:“拿下成都,已不是什么问题了。如何以良好的姿态进城,是一个问题。”

邓小平:“向部队重申毛主席的‘三大纪律八项注意’,让四川人民晓得这是一支新型的人民军队。”

刘伯承:“我还想到了一个问题,让我们的先头部队拿下成都外围后,停止前进,让贺龙的部队先进城。”

邓小平:“这个想法很伟大,中国共产党人立功不争功。贺龙同志是八一南昌起义指挥者,是我军的功勋将领,第二野战军让他先进城。”

**西南军区**

贺龙对着电话:“那就是说你们已经到了双流、金沙。部队停止前进……不为什么,让刘、邓大军先进城。”

## 北京中南海菊香书屋

毛泽东和周恩来站在地图前。

他们心潮起伏，仿佛听到贺龙、刘伯承、邓小平的这场争论。

我们仿佛听到这两个巨人的心跳："咚，咚——"

毛泽东："刘、邓也好，贺龙也好，哪个进城不是关键，进城不当李自成最关键……"

## 北京中南海勤政殿

这里，正在召开政治局会议。

毛泽东神清气爽，正在讲话："经政治局常委研究，毛泽东同志将于十二月初对苏联进行访问。在毛泽东出国期间，中共中央委员会主席及中央人民政府主席职务由刘少奇同志代理。人民革命军事委员会主席由朱德同志代理。人民政协全国委员会主席由周恩来同志代理。今天请政治局研究决定。"

与会者鼓掌通过。（镜头一一扫过各位赞同的表情。）

毛泽东表情郑重，继续讲话："在这里宣布一个命令：中央军事委员会任命刘亚楼同志为空军司令员，任命肖华同志为政治委员兼政治部主任，王秉章为参谋长。"

## 成都上空

"中美号"专机在成都的上空飞行。

蒋介石一直看着窗外。

机组人员走到蒋经国跟前，小声地说了句什么。

蒋经国回身对蒋介石："父亲，已经飞了两圈了……"

蒋介石没有说话，伸出一个手指头。

机员人员："好，最后飞一圈。"

蒋介石狠狠地看了一眼那个人。

毛人凤机警地说："怎么讲话呢？什么叫最后？"

机组人员连忙道："对不起。"说完，他走了。

蒋介石的情绪好像好了一点，突然发问："张群没消息吗？"

毛人凤："没有。"

## 昆明卢汉新公馆

这里还是一片混乱，

电话声此起彼伏。

杨文清把卢汉叫到一边。

卢汉："什么事？"

杨文清："张群给你写了一封信。"

卢汉："他怎么说？"

杨文清："他对我们起义之举表示理解，也认为国民党在大陆大势已去。他对草字头（很多人这样称蒋）也有看法，但是他毕竟一生都是一个国民党员，和草字头的关系是路人皆知的，他不想和我们一起行动。他说，我们把他交给共产党，他也不说什么，但是要是放他走，他将十分感谢……”

卢汉摆了一下手，

杨文清不说了。

卢汉放低声音：“再帮我办一件事，秘密地办，买一张去香港的机票……”

杨文清：“放他？”

卢汉：“不是放，我没有抓他，是送他走。”

杨文清：“他是共产党公布的四十个战争罪犯之一，你知道后果吗？”

卢汉：“知道。把他交给共产党，我会得到共产党的誉美，但是所有的朋友都会唾骂我。我到云南执政四年，他在蒋面前竭诚帮助我。没有他，我早被龙云吃掉了。两国交战还不斩来使呢，更何况，我们是朋友……”

杨文清：“好吧。”

卢汉：“他什么时候走，告诉我……”

龙泽汇：“主席，我们刚从机场得到一个消息，军统有几个人在昆明。”

卢汉一怔。

## 朱子英家

徐远举起床了，房子里静得很。

一个卫兵走了过来：“长官吃饭吧。”

徐远举觉得有什么不对：“你们长官呢？”

卫兵：“昨天夜里就出去了，一个晚上都没回来。”

徐远举：“干什么去了？”

卫兵支吾了一句：“他……”

徐远举明白了什么，他连忙回到屋里，穿上衣服，拿起那张通行证。

他来到车库，那里停了一辆吉普车，他把特别通行证换上，发动车。

这时，来了一个老司机：“长官，你这是要去哪里？”

徐远举：“我去二十六军，你把我的行李给我收拾一下，一会儿我回来取。”

老司机：“好吧。”帮他打开大门。

徐远举熟练地把车倒了出来，在院子里画了个圈，向大门驶去。

刚一出大门，几辆车挡住了去路。

徐远举不情愿地把车停下了，他没有动，也没有吵，小声说了一句：“买菜去。”

从一辆车上走下一个军官：“这个车是朱副长家买菜的，你可不是买菜的。”

徐远举笑了：“是吗？”

那个军官：“不是吗？徐处长。”

## 昆明机场

几个军官在机场候机室寻找着什么。

一双眼睛显得有些异样。

有一个军官认出了他，他们几个一起走了过去：“周养浩。”

那个人一怔。

周养浩："你们认错人了。"

一个军官："是吗？错就错吧。你们军统不是有一句话嘛，宁愿错抓三千也不放走一人。"

周养浩不语了。

**昆明卢汉新公馆**

卢汉一直注视着院子里，

一辆汽车开来。

张群从房门走出，他只拎了个小皮包。

卢汉的副官把一封信递给张群。

张群没有急着上车，他在看信。

楼上的卢汉在看着他。

张群颤动的手。

（卢汉的画外音：岳军兄，两封来信，收悉。只因军事牵羁，亦示得面候训诲，中怀耿耿不安，历军以还，明公对于滇省，多所庇护，不争汉中心铭记，而滇人时颂德惠。此次明公来滇任务至重，大势已去，而望挟滇省，作孤注一掷。谁无桑梓稍有良心，何忍出此，所以毅而谋自救，也以是公情私谊，惟有送公赴香港，亦已报德，临行未及恭送，万请见谅。弟永衡。）

张群读完了信，

他原地转了一圈儿，

喊了起来："永衡，如果有来世，我们还做朋友……"

楼上的卢汉双手抱拳，泪如泉涌……

**"中美号"专机上**

毛人凤走到蒋介石面前："总裁，保密局香港站报告，张群飞香港了。"

蒋介石身体一抖："我没失言，卢汉不会把张群怎么样。沈醉呢，一点消息也没有？"

毛人凤："沈醉可能被控制了，我们启动特殊呼号，都没反应。"

蒋介石："那就是说，李弥、余程万也在卢汉手里。"

毛人凤："是这样。"

蒋介石转身对蒋经国："顾祝同那边情况怎么样？"

蒋经国："汤饶已经飞往曲靖，现在在指挥部队。"

蒋介石："好。"

**另一架飞机上**

汤饶在下达战斗命令："命令第八军代理军长曹天戈为右路攻击纵队，以汽车运输开进；彭佐熙代理军长为左路纵队，乘火车开进。两军死攻昆明，救出李、余二位军长，并电告总裁，请空军支援。"

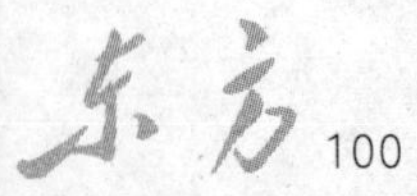

## 昆明上空

几架飞机临空，

投弹。

城市中巨大的爆炸。

## 龙泽汇家

李弥已被安置在龙泽汇家。

飞机呼啸着从城市上空飞过，人们有些紧张。

李弥十分镇静地坐在那里。他冷冷地对前来劝降的杨文清说:"不要浪费时间了，如果想投降，在徐蚌会战时，我就投降了，那阵势可是比现在大多了。再说了，这辈子活得值了，所以不怕死。被我们飞机炸死，我是烈士，被共产党打死我还是烈士。抗日我是名将，和你们这些反叛分子比，我还是名将。"

## 昆明卢汉新公馆

林毓棠正在做余程万的工作。

余程万:"让我起义可以，只有一个条件:第二十六军好久没发饷了，给一个军饷，我撤部队出城。"

## 五华山卢汉指挥部

卢汉:"答应他，给他三百两黄金，四万大洋。"

林毓棠:"好。"

卢汉:"李弥那边呢?"

杨文清:"我们把李弥的太太叫到龙公馆，好像是起作用了，他说可以劝劝部队。"

卢汉:"答应他。"

杨文清:"主席，他还是要防着，就怕他翻脸。"

卢汉:"兵临城下，解放军又远在千里之外。死马当活马医吧，放李弥回八军。"

## 国民党第八军军部

鼓乐齐鸣。

第八军在欢迎李弥归来。

李弥从一个士兵手中接过一枝冲锋枪:"曹天戈还是代理军长，我当敢死队长，我们一起冲进城里，取卢汉的头。"

众人:"冲进城里!"

## 大路上

第二野战军第十七军呈几个队形向昆明挺进。

## 汤饶指挥部

汤饶在打电话:"李军长和你商量个事，第二十六军撤出了，你的左侧不安全了。据可靠情报，杨勇的第十七军已经向昆明运动，后边还有陈赓的部队，我的意思……我们撤。”

**昆明陆军监狱**

周养浩、徐远举从不同方向被带到一个监号，

这里边坐着沈醉。

他们惊奇地看着对方，

沉默、无语、对视。

突然，三个人同时大笑。

这是人世间最没有理由的笑……

**昆明**

城市恢复了宁静。

滇池上空，有一群海鸥在飞舞……

（昆明和平解放。）

**重庆西南军区作战室**

刘伯承：“向毛主席报告吧！”

邓小平：“我来起草。”

刘伯承把地图的帷幕拉上了。

邓小平深情地说：“西南战局的帷幕快拉上了……”

**北京中南海**

毛泽东在散步。

杨尚昆跑来：“主席，大西南……”

毛泽东：“什么大西南，我要大白菜，没有大白菜，我怎么为斯大林同志祝寿。”

杨尚昆：“山东省委回电了，大白菜要多少有多少。”

毛泽东乐了，他继续向前走着，自语：“大白菜献给斯大林，大西南还给新中国……”

雪还在下着……

**北京灯市口胡同同福夹道7号**

军委航空局会议室。

刘亚楼在主持空军组建后的第一次党委会议，肖华、王秉章、常乾坤等人出席。

刘亚楼：“中央指示我们尽快地建成一支空军，因此我们办航校的事情要只争朝夕，刻不容缓，一天一小时都不能后拖。从今天军委下命令开办六个航校到全部建成开学，给大家的筹备时间，按通常速度要三四个月吧，但是这次只给你们一个月，记住，一个月后必须开学。”

会场里静极了，大家几乎不敢喘大气，都觉得这个任务不可思议。这种超常规的运作，完成的可能性很低。

刘亚楼看出了大家的为难情绪，他不但没有松口，反而进一步加压：“当然了，在一个月

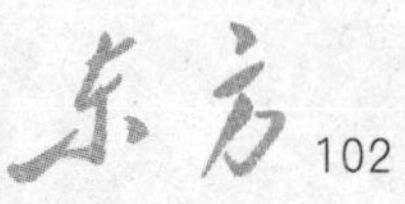

内，在东北老航校的基础上，使近千人的航校开学，困难很多，也可以说困难如山啊。但是党中央、毛主席把建设空军的重任交给我们，困难即使像高山，我们也要横下一条心，把它搬走。困难即使像深海，我们也迎上去把它填平。万事开头难，不难，要我们共产党员干什么？我们应当昂首阔步，迎难而上，有勇气、有魄力创造世界空军建军史上第一流的速度。能否按时开学，是对每一个航校负责干部的考验。按规定时间开学是英雄，拖开学后腿是狗熊，你们究竟是英雄还是狗熊，开学那天见分晓。"

说完，他根本不看大家的表情，果断地大手一挥："散会！"

会场里的二十几个人一个没动，大家脖子直挺挺地看着前方，表情有说不出的诧异。

只有刘亚楼走出会场。他表面镇静，不朝左右看，径直往前走，其实心里也没底……

刘亚楼走出好远，后面会场里传来海潮般的掌声……

刘亚楼不动声色，继续向前走着……

### 南苑机场

几辆道奇小轿车向南苑机场驶来，

沿路哨兵向车队敬礼。

车在开学典礼的台子前停下了，

从车上走下朱德、聂荣臻、苏联大使罗申及几十名苏联专家。

上千名学员列队完毕。

朱德站在台上，环视着整齐的学员们，开始讲话："今天是你们开学的日子，祝贺你们如期开学，祝贺空军六所学校同时开学。这是一件了不起的事。"

苏联翻译有点听不懂朱德的四川乡音，一时翻译不出来。

刘亚楼走到朱德身边，笑着说了一句："我给老总翻译。"

朱德笑了，接着讲："同志们，党和人民期待着你们，希望你们虚心向苏联专家学习。"

刘亚楼流利地翻译着……苏联专家有些惊诧：这个刘亚楼和其他的共产党将领有些不一样的气质。

更惊诧的是学员，他们在为有这样的司令员而骄傲。

朱德继续讲着："我要求你们刻苦钻研技术，尽快掌握飞行技能，早日飞上蓝天，为保卫祖国领空、为解放台湾做出贡献！"

声音回响在上千学员的心里，回响在天空。

一架飞机腾空而起，跃上蓝天……

三架飞机腾空而起，直指苍穹……

### 刘亚楼办公室

飞行员林虎、徐登昆、吉世堂、马杰三坐在刘亚楼的对面。

刘亚楼的身子向前倾了倾，有点紧迫："给你们一个重要任务。"

几个人紧张起来，不知是什么大事。

刘亚楼："12 月 16 日，沿中长铁路掩护一列火车。"

几个人同时问道："谁的火车？"

刘亚楼轻吐三个字："不要问。"

## 中长铁路

三架飞机时而呈品字形，时而排成横列……始终跟随、环绕着列车飞行。

一列火车铿锵行进在广袤的原野上。一声声鸣笛，犹如进军号。

列车上，毛泽东的眼睛一直望着窗外。

这是他有生以来第一次走出国门，更何况目的地又是他心中一直向往的列宁的故乡。

辽阔的东北大地，千里冰封，万里雪飘，好一派北国风光……

苏联大使罗申、顾问柯瓦廖夫，似乎也被毛泽东的情绪感染着，无声地凝视着窗外。

对他们而言，雪地绝不陌生，但是今日的这一程雪域之旅，着实令他们激动。

同一节车厢里，同样被迷醉的还有公安部长罗瑞卿，以及陈伯达、叶子龙、汪东兴、师哲。

毛泽东手上夹着香烟，烟蒂渐短……一节烟灰落下，毛泽东的手一抖，紧接着把烟送到嘴边，深深地吸了一口……

## 莫斯科中国大使馆

王稼祥语速极快、略带兴奋地对工作人员说："立即通知苏联外交部，主席专列已经出发。另外，请他们确定我们在苏联境内迎接主席的地点，好报告毛主席。"

工作人员立刻回应："好的，稼祥同志。"

毛泽东的专列还在前行。（火车从镜头前呼啸而过。）

空中，那三架飞机平稳飞行……

## 毛主席专列

汪东兴递给毛主席一份文件，高兴地报告："主席，外交部发来电报，又有缅甸、印度、巴基斯坦、锡兰和阿富汗五个国家承认新中国。"

毛泽东接过电报，边看边说："这些非社会主义国家的态度很重要，这是另一个世界的声音。"

叶子龙走了进来："主席，下一站是沈阳车站，高岗和东北局的同志已经等在那里了。张闻天同志也特意从佳木斯赶到了沈阳。"

毛泽东点头，看向窗外："好。张闻天同志还特意赶来了，要见一下。"

## 沈阳火车站站台

火车进入沈阳站。

站台上站着好多人，高岗站在最前面，后边是张闻天、李富春等人。

高岗最先迎了上来，向毛主席举手敬礼。他的眼光迎向毛主席的时候，有些崇拜，有些敬畏，也有些谨慎。

毛泽东跨下车门，同前来的同志一一握手……当握到张闻天时，他显得有些激动："好久不见了，刘英同志好吧？她这个南蛮子，在东北还习惯吧？"

张闻天更激动："好，好，一切都很好！请主席放心。"

车站的休息室，宽敞，高大，正面墙上挂着斯大林和高岗的像。

毛泽东向墙上看了一眼……

高岗亲自为毛泽东端来一杯茶，他看到了毛泽东的目光在墙上停留的一刹那，于是故意放低声音，很轻微地说："主席喝水，东北冷，你喝口热水。"

毛泽东回转头，若无其事地朗声问道："沈阳车站是什么建筑呀？"

高岗回答："是日本人修的，长春以南都是日式，到了哈尔滨就是俄式的了。"

毛泽东："噢，看得出来沈阳是大城市，有点工业化的样子。"

高岗滴水不漏地回答："现在是刚解放，我会把它，我们会把它建设得更好。"

毛泽东平静地说："好嘛。"

有人说了一句："主席，对东北的同志讲几句吧。"

毛泽东摆摆手："不讲了，我在别处讲的对全国都有效，不分东北西北吧？"

人们以为他是在开玩笑，都笑了。

毛泽东扬起声调："高岗主席，我该走了。"

高岗尊敬地说："听主席的。"

毛泽东又跟了一句："好，你不是陪我到满洲里吗？一路还有的说。"

高岗遵从道："那请主席上车吧。"

一行人上车。

毛泽东走在最前边，汪东兴跟了上来："主席，有个事请示一下，林彪和高岗分别给斯大林同志送了两车皮祝寿的东西，要挂在专列上。"

毛泽东似乎有些不悦："不挂，东北也是中国的。"

说完，大步上了车。

列车向北方驶去。

空中还是那三架飞机。

## 毛主席专列

毛岸英来到了毛泽东车厢，他在门口停了一下，想听听爸爸有没有睡。

里边传出毛泽东的声音："是岸英吧？"

毛岸英走了进来："爸爸，你能听出我的声音？"

毛泽东："能，你们几个人的走路的声音，我都听得出来。"

毛岸英："真的？那可是需要很强的记忆力。"

毛泽东："其实，也不需要很强，兴趣就是记忆，孩子就是父母亲的记忆。"

毛岸英："这我信。"

毛泽东："你对苏联很了解，应当带你去。"

毛岸英："爸爸是公出……"

毛泽东："是的，你是毛泽东的儿子，不是普通人，但是你要比普通人付出的还要多，而不是沾毛泽东的什么光。"

毛岸英："我明白。"

毛泽东："刚才说到孩子是父母的记忆，有个事和你讲一下，你的贺妈妈到了天津，你要去看她一下。"

毛岸英："我一定去，好久没见贺妈妈了，很想她。我在苏联得到她母亲一样的关心，特别是岸青，有时会睡在贺妈妈的怀里。”他的眼睛湿了。

毛泽东：“她对你们好，我很感激，在延安时我们吵过架，现在想起来也有我的错。她也不容易，在井冈山那么难跟了我，后来长征又那么苦，她始终不渝对待革命……”

毛泽东不说话，他看着窗外。

毛岸英想安慰爸爸几句，可是找不出合适的语言。

毛泽东：“抽空回湖南一趟，看看你的开慧母亲。”

毛岸英：“爸爸，我会去的。”

又是一阵沉静。

毛岸英：“爸爸，苏联比中国冷，出门时要把大衣穿上。”

毛泽东：“好。”

毛岸英：“苏联人不喝开水，你让服务人员给你烧。”

毛泽东：“好。”

毛岸英：“我教你的几句日常用语你要大胆地说，外语要敢说才行。”

毛泽东：“好。”

毛岸英：“你不用惦记我们，我会照顾弟弟妹妹。”

毛泽东：“好。”

毛岸英：“我们等你回来……我大了，还要好好地孝敬你……”

毛泽东没有说话，他又一次看着窗外，把话题支开了：“快到满洲里了……”

他的眼睛也湿了……

**满洲里**

高岗走进毛泽东的车厢，小心翼翼地说：“主席，前面就是满洲里了，我就陪你到这里，祝主席一路顺利。”

毛泽东：“劳你一路相陪，你也是十八相送啊。”

高岗：“你回来时，我还在这里等你。”

毛泽东深沉地点点头：“好。”

高岗下车。

**满洲里火车站站台**

毛泽东在和站台上的人握手，他走到毛岸英面前，亲了儿子一下。

毛岸英伸出手，把毛泽东大衣的领子拉了拉。

毛泽东上了苏联的专列。

列车开动了，

高岗和毛岸英站在月台上。

毛岸英突然跟着列车跑了起来，

一边跑，一边拍打着毛泽东的窗子：“爸爸保重，爸爸保重……”

车子已经开了很远了。

毛岸英又在铁路上跑了起来：

“爸爸保重……”

## 空中

空中那三架飞机在专列的上空盘旋了一圈后，向专列晃了晃翅膀以示敬意，飞走了。

毛泽东一直看着飞机远去，他自语道："刘亚楼……"

火车在前行。

# 第七章

白雪千里，

松涛如海。

毛泽东的专列在远东的大地上奔驰。

列车进入苏联境内的第一站奥特堡尔，不一样的异国风情。

寒风凛冽。

苏联外交部副部长拉夫伦捷夫专程前来迎接。

车站上举行了简短的欢迎仪式。

毛主席检阅了仪仗队。

仪式结束，

拉夫伦捷夫陪毛主席上车。

毛泽东重新坐到车上，有些兴奋地对师哲说："数一下，到莫斯科还有多少站？"

师哲马上回话："二十六个大站。"

毛泽东摸摸被冻红的鼻子，风趣地说："斯大林太客气了，每个大站都有他们最高长官接送，这就是说，我的鼻子还得受冻二十六次。"

师哲很认真地说："那怎么办？"

毛泽东端起桌子上的热茶，轻轻吹了一口，热气扑上他的脸，他没有喝，端着水杯饶有兴致地说："有什么办法呢？现在明白了，斯大林同志三次拒绝我访问苏联，可能是考虑到我怕冷。"

说完他笑了，师哲也跟着笑了。

拉夫伦捷夫走到毛主席的车厢："主席同志，我们外交部打来电话，询问主席的健康状况，您看我怎么向他们报告？"

毛泽东看看师哲，低头喝一口热茶："告诉你们外交部，一切很好。"

拉夫伦捷夫："外交部指示我们护理好毛主席的健康，安排和照顾好毛主席的生活，并问您路上还有什么特殊要求或愿望，以便我们安排。"

毛泽东放下水杯："任何要求都没有。"

火车还在前行。

毛泽东的专列又驶进一个小站。

## 斯维尔德洛夫斯克车站

火车停了下来，

毛泽东看了看窗外，问师哲："这是什么站？"

师哲回答："斯维尔德洛夫斯克车站。"

毛泽东一拍大腿："这是个伟大的人。到月台上走走。"

毛泽东刚要下车，

师哲挡了一下："主席，在车上也可以仰望伟大。"

毛泽东笑了："这是一个伟大的发明。"

毛泽东靠在椅背上，风趣地说："再也不下去了……当然，要是有列宁站，我还是要下去的。"

师哲："没有这个站。"

毛泽东："圣彼得堡都改成列宁格勒。"

师哲："其实，我们的城市也可以改一个叫毛泽东的。"

毛泽东："叫毛泽东格勒？"

师哲："可以呀。"

毛泽东："还是你格勒吧，我是不会这样做的。再说了，叫格勒，人家还以为我们是苏联的一加盟共和国呢。记住，我们可以和老大哥成为一家人，但是绝不是一家。"

列车继续前行。

白雪皑皑，沃野千里。

望不尽的白桦林……

俄罗斯的音乐弥漫在无边的土地上。

## 又一个车站

火车停下了，

王稼祥上车。

他走进毛泽东的车厢，显得有些激动："主席，我接你来了。"

毛泽东高兴地说："终于见到个新面孔了。"

王稼祥："主席，这是怎么说呢？"

毛泽东："车外，是森林和白雪。车内是师哲，怎么不烦呢？"

人们笑了。

王稼祥："下边的路由我来陪你，不过太短了，只有两公里。"

毛泽东摇着头，声音稍有疲倦："不，你陪了大半生。"

王稼祥明白了毛泽东的意思，没有说话。

毛泽东又看了一眼窗外："走了七天七夜。"

王稼祥："路太长了。"

毛泽东划着火柴，吸一口烟，尼古丁给了他兴奋，他提高声音："但是，对于我们这些长征过的人，倒不算什么。那时是为了能有一个红军落脚的地方，现在是为了新中国能够站住脚。在世界、在东方站住脚。当然了，也是为了祝寿，通过这次祝寿，斯大林要是能活上一百岁，也不冤枉我跑这么远的路。”

王稼祥：“借主席的吉言，斯大林同志一定长寿。”

## 莫斯科北站

1949年12月16日中午，

车站的大钟敲响十二下，火车徐徐开进莫斯科北站（雅罗斯拉夫车站）。

毛泽东站在车门口，听着从远处传来的悠扬的钟声，风趣地说了一句：“我多准时。”

站在他身后的人忍不住笑了。

钟声还在响着。

莫斯科河在听着钟声。

中山大学在听着钟声。

克里姆林宫在听着钟声。

站台上，站着苏联方面除了斯大林之外的所有高级官员和将领，以及各国使节、中国大使馆的同志，还有拿着欢迎花束的苏联儿童。

人们带着真诚的欢笑，

个个显得无比激动。

在车站，举行了简短而隆重的欢迎仪式。

苏联部长会议副主席莫洛托夫、苏军元帅布尔加宁上前迎接毛主席下车。

莫洛托夫分寸得当地解释：“主席同志，考虑到您路上感冒，身体不适，本来在车站上安排了隆重的欢迎仪式，但因天气太冷，一切从简，只有一个仪仗队举行迎接礼，您只需绕行一趟，也无需答礼。如愿发表谈话，可以把发言稿交报社发表就行了。”

毛泽东没有顺从莫洛托夫的提议，而是坚持了自己的想法：“总要说几句。”

莫洛托夫：“好。”

毛泽东面对欢迎的人群，开始了他苏联之行的首次公开讲话。他不失大国领袖风范，气宇轩昂：“苏联政府和苏联人民兄弟般的友谊是永远不会忘记的，我相信，由于中国人民革命的胜利和中华人民共和国的成立，由于新民主国家及世界爱好和平人民的共同努力，由于中苏两大国的共同愿望和亲密合作，特别是由于斯大林大元帅的正确的国际政策，这些任务必将会充分实现，并获得良好的结果。”

人群发出“乌拉”、“乌拉”的欢呼声……

一个庞大的车队向姐妹河——斯大林的第二大别墅驶去。

（这是斯大林在卫国战争期间的住所，有一个很大的地下指挥部。主席、机要室主任叶子龙和秘书住在一层，陈伯达、汪东兴住在二层。）

## 克里姆林宫

斯大林破例在他的克里姆林宫办公室的小会客厅会见毛主席。

6时整，厅门打开了。斯大林和苏共全体政治局委员及维辛斯基外长站成一排迎接毛主席。场面壮观而热烈，这是破例的，因为斯大林从不到门口迎接外宾。

斯大林紧紧地握住毛泽东的手，端详了一阵说："你很年轻，红光满面，容光焕发，很了不起！"

他回过头来，又把自己的同僚一一介绍给毛泽东。宾主在大厅里相互问好，互表祝愿。

斯大林对毛泽东赞不绝口："伟大，真伟大！你对中国人民的贡献很大，是中国人民的好儿子！我们祝愿你健康！……你们取得了伟大的胜利，祝贺你们前进！"

人们为他鼓掌。

毛泽东像是一个孤独了很久的人，终于见到了志同道合的知音一样，真诚地倾诉："我是长期受打击排挤的人，有话无处说……今天到这里诉苦来了。"

斯大林立即插话："胜利者是不受审的，不能谴责胜利者，这是一般的公理。"

大家一边说着，一边徐徐入座。

斯大林坐在主席的座位上，苏方官员列坐在他的右侧，毛泽东及随员坐在左侧。

大家都把目光投向两位伟人。

斯大林关切地询问："听说毛泽东主席在路上感冒了？"

毛泽东朗声道："没有大问题，按中国的说法，是水土不服吧。"

斯大林做了个手势，不解地说："我还是没有明白什么叫水土不服。"

毛泽东想引经据典斯大林未必明白，还不如切身举个例子："怎么说呢，就是有一天斯大林同志到中国去，也会感到有些不习惯一样。"

斯大林性格直爽，快人快语，他的回答一点也不做作："我倒是想到中国看看，管它水土服不服。"

毛泽东颇为欣赏和敬佩："我期待斯大林同志去中国。"

斯大林郑重地发表讲话，他表达了对自己一直关注的中国革命胜利的祝贺："中国革命的全面胜利在望，中国人民将获得彻底解放，共产党的力量是不可战胜的。中国革命的胜利将会改变世界的天平，加重国际革命的砝码。恢复经济和建设国家将是你们头等重要而又艰巨的任务，但你们有最宝贵、最丰裕的资本——人力，这是取得最后胜利和向前发展的最可靠的保障和力量。你们获取全面胜利是无疑的，但敌人并不会甘心，这也是无疑的，然而今天，敌人在你们面前是无能为力的。我们全心全意祝贺你们的胜利，希望你们取得更多更大的胜利！"

面对坦诚直率的斯大林，毛泽东没有客套，而是直截了当地托出此行最重要的目的："国民党的支持者在台湾建立了一个海空军基地，海军和空军的缺乏使人民解放军占领这个岛屿更加困难，考虑到这种情况，我们的一些将领一直在提议，请苏联援助，比如可以派志愿飞行人员或秘密军事特遣队协助解放台湾。"

斯大林显然没有想到毛泽东这么快进入实质问题，同时也不得不佩服这个还很年轻的新中国缔造者："这样的援助不是没有可能，本来是应当考虑这样做的，问题是不能给美国人一个干涉的借口。如果需要指挥人员或是军事教员，我们随时都可以给你们，但是其他形式还需要考虑。解放台湾可不可以采取空投一些人，组织暴动，然后再发起进攻？当然我这也是纸上谈兵。"

毛泽东："当然，如果苏联方面能给予军事装备方面的支持，这就足够了。这些问题，等给斯大林同志过完生日，我们还可以细谈。"

斯大林十分开心，但有些正话不正说的幽默："看来毛泽东同志主要是给我祝寿来了。"

毛泽东风趣地说："这次我来是以送为主，我送给斯大林一节车厢的东西。"

斯大林很高兴地说："很好，柯瓦廖夫讲，很多东西都是您的夫人帮助选的。"

毛泽东："在送礼的问题上，女人心细一些。"

斯大林："你们这次远道而来，不能空手回去。"

毛泽东："恐怕是要经过双方协商搞个什么东西，这个东西应该既好看，又好吃。"

在场的苏方人士目瞪口呆，只有贝利亚失声笑起来。

师哲明白这句话不好懂，便没有直译："好看就是形式好看，要做给世界上的人看，冠冕堂皇。好吃就是有内容，有味道，实实在在。"

斯大林虽不理解东方人的智慧，但他沉着而机智，仍婉转地询问："毛泽东同志说的这个东西，像什么呢？面包，还是土豆烧牛肉？"

人们再一次发出笑声。

毛泽东不懂俄语，但能领会大家的笑声是善意的："斯大林同志，还是先给你过完生日，再说吧。"

斯大林也乐得如此："好。"

接着，他转身对莫洛托夫小声说："摸摸他的底，这个东方人在想什么……"

## 莫斯科大剧院

1949年12月21日，

莫斯科大剧院正在召开斯大林七十大寿庆祝大会。

苏联的高级干部，红军红海军将领，各兄弟党的代表都在主席台就座。

毛泽东坐在最显著的位置，挨着斯大林。

苏联最高苏维埃主席什维尔尼克宣布大会开始，

全场爆发出掌声。

斯大林起立，向全场招手。

什维尔尼克接着宣布，毛泽东代表兄弟共产党国家元首讲话。

掌声四起。

毛泽东站起来，充满外交风度地讲道："亲爱的同志们，朋友们！我这次有幸参加庆祝斯大林同志七十寿辰的盛会，心中至为愉快。"

台下响起掌声。

毛泽东："斯大林同志是世界人民的导师和朋友，也是中国人民的导师和朋友。他发展了马克思列宁主义的革命真理，并对世界共产主义运动做出了极为杰出和极其博大的贡献。中国人民在反对压迫者的艰苦斗争中，深切地感受到斯大林同志友谊的重要性。在这次盛会上，我谨以中国共产党和中国人民的名义，庆祝斯大林同志的七十寿辰，祝福他健康长寿。"

掌声再一次响起。

毛泽东热情高涨："祝福我们的友邦在斯大林同志领导下幸福与强盛，并欢呼世界工人阶级在斯大林同志领导下的空前团结。世界工人阶级和国际共产主义运动的领袖——伟大的斯大林万岁！"

掌声……

毛泽东高呼:“世界和平与民主的堡垒——苏联万岁!”

经久不息的掌声、欢呼声……

## 莫斯科郊外别墅

毛泽东的住处。

毛泽东在王稼祥的陪同下,走到客厅。

王稼祥:“看来,斯大林同志还是很高兴的。”

毛泽东:“他是很高兴,可是我高兴不起来,他不同意同我们签订条约,理由是有《雅尔塔协议》。那就是他既承认中华人民共和国,又不想撕毁他们同蒋介石协议,只有一个办法,什么时候蒋介石集团从这个地球上消失了,我们才能签订《中苏友好条约》……”

他来到军事地图前……

## 第三野战军司令部

参谋长张震把一份电报交给了粟裕:“主席从苏联发来的电报。”

粟裕看了好一会儿。

张震:“主席已经同意把攻击台湾的部队从 6 个军增加到 10 个军,并在 1950 年 6 月前做好一切准备。看来主席和斯大林的谈判很顺利。”

粟裕没有说话。

张震:“主席这次没有提到再打金门的事情……”

粟裕:“主席已经把目光放到台湾了。”

## 北京空军刘亚楼办公室

刘亚楼正在读一封电报:“空军务必在明年 6 月份前成军……”

## 武汉华中军区林彪 100 号住所

林彪正在院子里骑自行车,四个警卫员在后边跟着跑,生怕林彪摔着了。

林彪的老部下黄克诚来到 100 号住所,看望老首长。

见此情况,他叫住了一个警卫员,和他耳语了几句。

不一会儿四个警卫员分在院子的四个角,林彪骑到哪个角,那个警卫员就扶一下。

林彪开心地说:“刚才是运动战,现在变阵地战了,是黄克诚的主意。”

黄克诚:“林总。”

林彪下了车子,一个警卫员接过自行车。

黄克诚:“林总,比我上次看你,可是好多了。”

林彪:“是你说我要多运动。”

黄克诚:“见效了吧?”

林彪:“回光返照。”

黄克诚:“林总要有信心。”

两个人向屋里走去。

林彪："林总只对打仗有信心。主席来电了，指示我们4月份解决海南岛。"

黄克诚："看来主席在苏联的谈判很顺利，斯大林可能要帮我们大忙。"

林彪："斯大林不好对付，毛泽东对付人又是长项。"

黄克诚："斯大林、毛泽东，棋逢对手。"

林彪："不是两个人在下。"

黄克诚："几个人？"

林彪："四个人。"

黄克诚："哪四个？"

林彪："反正没有你我。"

黄克诚："请教了，林总？"

林彪："斯大林、毛泽东、杜鲁门、蒋介石……"

黄克诚："这怎么下呀？"

林彪："这不是我们的事，我们的事，你当好湖南军管会主任，我打下海南岛……"

## 台湾日月潭

群山环绕。

湖光山色。

一个大木筏子上，有一把大大的藤椅，藤椅上坐着一个人，长衫布帽的，他是蒋介石，身后站着蒋经国。

他们没有说话，静静地看着前方……

## 台湾阳明山蒋介石住处

蒋经国在客厅里坐着，面前的桌子上放着一双筷子，他一脸愁容。

一个侍从走了进来，和他耳语，蒋经国连忙站起，出门迎接。

阎锡山走了进来。

蒋经国："'院长'，早上好。"

阎锡山点点头："听说总裁病了。"

蒋经国摇头："三天了。第一天只是喝了点水；第二天送进去的饭，没吃，把饭扣在盘子里，端出来了；今天没送出盘子，只送出一双筷子，我也不知他这是什么意思。"

阎锡山拿起桌子上的筷子看了一眼，放下了。

蒋经国："阎'院长'。"

阎锡山："他在闭门思过。送出一双筷子，他是说一生当了刽子手，不知是对是错。"

蒋经国："是吗？"

阎锡山点头："是。"

蒋经国："那我……"

阎锡山："一朝天子一朝臣，朝朝君子都杀人。你给他送一个钢刀，吃西餐的钢刀。"

蒋经国："这是什么意思？"

阎锡山："一层意思，你承认你父亲是对的，而且你要继承他的做法，不是筷子（刽子），而是刀，但这些都是你们父子吃饭的家伙。"

蒋经国将信将疑:“是这样吗?”

阎锡山:“还有,他不是把饭留下了送出一个碗,他的意思是台湾要是再丢,我们就把饭碗丢了。你把刀放到盘子里,意思是人吃东西不一定要碗,换个吃法。”

蒋经国还是没动。

阎锡山:“就这么办,但千万不能说是我说的。”

蒋经国点头。

阎锡山走了。

蒋经国要送,

阎锡山摆手示意不要送了。

……

蒋经国捧着一个硕大的盘子,里面放了一把西餐小刀,

站在那里一动不动……

## 小河边

有两个人在钓鱼。

船上坐着孙立人,旁边是阎锡山。

阎锡山:“蒋介石的独裁害了中华民国,他该总结一下了。”

孙立人:“可你也不能害小蒋啊。”

阎锡山:“不要太仁慈了,你看吧,一个一个都会是他们盘子里的肉。你有职无权,白崇禧很快就是他刀下的鬼,我让他儿子成第一块。”

## 日月潭

父子俩又一次来到日月潭。

蒋介石的心情显然是好多了。

沉默了许久的蒋介石突然问儿子:“景象万千,经国,问你一个问题。”他的手在这群山之中挥了一下。

蒋经国:“父亲,你说。”

蒋介石:“你说是前边的风景好,还是后边的风景好?”

蒋经国明白了父亲的用意,他不假思索地说:“前边的风景好,后边的风景也好。”

蒋介石轻轻点头:“前边的风景好,后边的风景也好,都没有我儿回答得好……”

船在行……

浪在涌……

蒋介石:“这两天有人到我们家来吗?”

蒋经国:“有,是阎锡山。”

蒋介石:“盘子里放了一把刀是他的主意?”

蒋经国不假思索地说:“是……”

蒋介石:“他理解得对,但是不该说出来。”

他又继续看风景了:“风景好也要经营好,从现在开始,我们要经营这个巴掌大的地方了。你说从哪里开始呀?”

蒋经国:“我听父亲的。”

蒋介石:“国民党的三十过了,现在是大年初一,就当一切从现在开始。过去我们太宽容了,肃清匪谍,整饬内部,确保台湾。”

**第三野战军司令部**

张震把一个电话记录交到粟裕手上。

粟裕:“看来毛主席没有因为金门失利而影响打台湾的决心。”

张震:“是这样,华南局转来情报,‘密使1号’发出信号,请求我们派人取回台湾的重要情报。我们的特派员准备动身了。”

粟裕:“在我们准备打台湾的时候,我们多了解一些那里的情况太重要了。”

**台北士林官邸**

台湾三大情报机构保安司令部、保密局、调查局负责人悉数到齐。

三点整,蒋介石在陈诚、毛人凤、保安司令部副司令彭孟缉、调查局局长季原溥陪同下从外边走进。

会场里的人一同起立。

蒋介石坐下,大家一起坐下。

蒋介石看了一下会场,突然发问:“台湾有没有匪谍?”

会场静得很。

蒋介石又直接点名:“彭孟缉,你说。”

彭孟缉站起胸有成竹地说:“台湾省没有共产党活动。”

蒋介石从毛人凤手中接过一张报纸,扔给彭孟缉:“大白天说梦话。你自己看看这是什么?”

印有《光明报》字样的宣传品,落到彭孟缉的脚下。

蒋介石:“这就是台湾省的《挺进报》!给你们一个月时间,破了这个案子,不然,你们就是匪谍。”

**台北中山北路**

毛人凤坐在车里,开车的是古正文。

(古正文　保密局行动组长)

古正文有些惊诧:“第一次见总裁,也是第一次见他发火。”

毛人凤:“该治治了,国民党把一个大好河山丢光了,现在到了一座孤岛上,起义的起义,出逃的出逃,再不这样,我们还有活路吗?”

古正文:“可是靠保安司令部行吗?”

毛人凤:“总裁明确了,密监10个人员,第一个是白崇禧,代号‘老妹子’,找好机会除掉他。但当务之急,是《光明报》。正文弟,为保密局争口气吧!”

古正文:“是,局长。”

毛人凤:“到会计室领两千元经费,开始吧。”

## 保密局会计室

古正文把一张纸递了过去。

古正文数钱:“怎么是五百?”

会计看了他一眼:“我这只有八百,都给你,保密局不过了!”

古正文:“这是毛局长批的两千,怎么给五百?”

会计:“他批多少,我得有呀。”

古正文:“我们堂堂中央级单位,两千元都没有?”

会计:“中央级单位,你得问中央还有多少钱?对不起,古组长,国家有难,共度时艰吧!”

古正文没说什么。

## 高雄炼油厂

一个工人走了出来,他叫林建魂。

(林建魂　保密局高雄站特工)

林建魂小声地说:“我已接近他们的一个支部,但是《光明报》好像和这里联系不大,这是人员名单。”说着,他把一包香料递了过来。

古正文:“没关系,拔出萝卜总会带出泥。”

## 台北中华路北平饭馆

古正文正在和几个同僚吃饭。

牛树坤:“组长到高雄跑了一趟,有点晒黑了。”

另一个同僚张西林:“而且瘦了。”

古正文:“南边穷呀,老百姓不容易,治理台湾,光抓人是不行的。”

牛树坤:“听说陈诚正在制定五年工作要点,要抓经济了。”

张西林:“组长不在时,警备队倒是抓了四名带《光明报》的大学生。”

古正文为之一振:“人呢,在哪?”

张西林:“那几个学生一口咬定,是在街上拾到的,被他们校长傅思年给保回去了。”

古正文放下饭碗:“走,不吃了。”

张西林:“去哪?”

古正文:“台湾大学抓人。”

## 台北延平南路133号

这是保密局的办公地点。

古正文的办公室。

那张报纸放在案头上。

古正文对面站着两个学生打扮的一男一女。

古正文正了正架在鼻子上的眼镜,十分客气地说:

“你们坐。”

两个学生坐了下来。

古正文没有立即发问，这倒把那两个学生搞得很紧张。

古正文开腔了：

“知道叫你们来干什么吗？”

男同学：“不知道。”

女同学：“知道。”

古正文淡淡一笑：

“就问你一个问题，报纸从哪里来的？”

男的立即回答：“是……”

女的：“拾的。”

古正文笑着说：“在哪里拾的？”

女学生：“在台大。”

古正文当仁不让地说：“那就再去拾一张。”

室内气氛紧张起来。

一个军官在白纸上写了一句话：用刑吗？

古正文拿起那张纸把它撕了，他对两个学生说：“咱们换个地方？”

两个学生一愣。

## 保密局的院子里

院子里。

古正文：“你们都是台大学生，能上得起大学，在台湾不是每个孩子都能上的。”说着，他走近了那个女学生：“你们家是小业主，家境都还可以。你平时看些什么书？《资本论》看过吗？”

女学生否认：“不，没看过，那种书我们没看过。”

古正文笑了笑说：“你这么说，我信吗？”

女学生真诚地说：“真的。”

古正文：“不用说了。我信，你们就是共产党的人，你们也不理解共产主义，那是两回事。《资本论》不是人人都看得懂的。”

## 小河边

古正文：“你们还看些什么书？”

男学生马上答：“《水浒》。”

古正文机警地问：“《水浒》中第十六回说的是什么？”

古正文像个说书先生一样：“那一回是，杨志押送金银担，吴用智取生辰纲。”

男学生看了一眼女学生。

古正文只顾往前走着，他边走边说：“杨志是一个有胆识的好青年，但空怀壮志，吴用是满腹经纶，但英雄无用武之地。就是这些无用之人，可是他们一旦结成团，也是令朝廷作难的……你们说是不？”

这时，有一个男孩和女孩从古正文面前走过。

他们同时对古正文叫着：

“爸爸……”

古正文亲切地说:“放学了。妈妈在,你们先回去吧。晚上我们一起吃晚饭。”

两个孩子高高兴兴地跑回家去。

古正文:“离大陆时本想把他们放在外婆家,他们不愿意……是啊,孩子怎能离开爸爸妈妈呢,那也太狠心了。”

那两个学生站起来了。

男学生:“我们不想死。”

古正文:“这个容易,只要你告诉我们,《光明报》是怎么来的,我不敢说你们完全无事,但最多也就是感化几个月,你们就可以回学校上学。”

男学生:“基隆中学校长钟浩东是一个资深的共产党员,同时又是基隆工作委员会书记,国民党撤退台湾时,有很多共产党员混了进来,我知道的就是这些。”

古正文也站起来了:“这些就够了。”

## 台北延平南路133号

古正文在毛人凤门前:“报告。”

里边传出:“进来。”

毛人凤正在和副局长潘其武谈话。

古正文:“局长,那两个学生招了。”

毛人凤一怔。

潘其武将信将疑地问:“真的?”

古正文:“明天凌晨行动,天亮前破案。”

## 基隆某中学

一个车队载着荷枪实弹的士兵在疾驰。

一个中学门前,车队停了下来。

中学被包围了。

古正文敲开了一个门。

开门的是一个十分清秀的少妇:“你们找谁?”

古正文把手中的那份《光明报》晃了一下。

“我不认识你们。”

古正文不慌不忙地说:“那你一定认识他们。”说着一闪身,闪出了那两个学生。

少妇不语了,她突然又想起了什么,她跑向窗子。

特务张沉拦住了少妇。

古正文走到窗子前,他看了一下,把一个鸡毛掸子拿在了手中,折断。

那个男学生叫了起来:“姐,是我害了你们! 是我害了你们!”

少妇制止道:“别说了!”

古正文给张沉个眼色。

张沉对几个特务叫了声:“带走!”

几个特务把少妇带走了。

古正文叫住了张沉:“老张,你等一下。”

张沉:“处长……”

古正文:“让车队自己走,你和她坐火车赶回台北。”

张沉:“那你呢?”

古正文:“我还得等一个人。”

张沉:“谁?”

古正文走到了室内,他在一个新婚相片前停下了。他对着照片里的那个男的说道:“就是他……也是那孩子告诉我们的。”

张沉看了一眼他的上司。

古正文:“他对姐姐怎么说的?我害了你们……”

他的目光落在那张照片上。

**台北延平南路133号**

一个审讯室。

古正文的对面坐着一个人,那就是我们在基隆中学那家见到的新婚照片上那个人。

古正文:“方先生,看来你是不想和我们合作了?”

方春生:“古先生,作为一个中学教师,虽不是什么知识分子,但也是读过几天书的人,和你们军人讲合作,你不觉得这个词太不准确了吗?”

古正文:“方先生看来还有一个不大正确的认识,你是不是以为行武的都目不识丁?你也不要以为国民党军人就不懂马列主义。那么,我可以告诉你,蒋经国你们该知道吧,他读的马列不会比你少。好了,你既是读书人,那么我想问你一个问题,你的生意最近怎么样?”

方春生:“我是中学教师,做什么生意?”

古正文站起道:“好,在你的皮包里有这样一个条子:陈兄,请告老曾,我分店米量不足。”

方春生微微一怔。

古正文:“方先生,你不做生意,怎么出了个米店?方先生,我能不能作这样的理解:你在向你的上级要经费。这个陈兄是你的上级,那么老曾又是陈的上级……我说得对吗?”

方春生笑了:“我就是说他们是我的上级,就能和你合作了吗?在台湾是陈林的天下,姓曾的又何止一个?你总不能把这几个姓的人都抓起来,我不说你能知道吗?”

古正文又笑了:“对,你说得对。你不说我是不知道,可你也没说你是共产党员,我还是照样把你给请来了。而且,从你这里,我知道在台湾的共产党员中老曾是个决定性人物。”

方春生不语。

古正文看了方一会,看他没有说话的意思,他按了一下铃。

张沉上。

古正文对张沉说:“带下去。”

张沉把方春生带下后又回。

张沉:“我会让他开口的。”

古正文:“不,这也是一个共产党员,给他留个好尸体吧。”

张沉:“那两个学生怎么办,一块?”

古正文:“老张,你的孩子多大了?”

张沉："大的上高中。"

古正文："我还以为你没儿有女呢……"

张沉明白了上司的意思："那王丽娜？"

古正文毫不思索地说："放！"

## 台北阳明山蒋介石官邸

毛人凤在向蒋介石报告着："经过三日三夜的侦讯，我们一共先后逮捕四十三名共谍，及涉案分子，其中共有钟浩东、罗卓才、张亦明等七人收集军事情报、开展兵运工作，以便在共军犯台时协助登陆之，按叛乱罪处死刑。三十六人十五年、十年不等。"

蒋介石："好，这次谍案的破获，是政府成立以来的第一件大事，鼓舞军心，鼓舞党心。重赏！"

## 台北延平南路133号

保密局会议室。

这里站着保密局本部的工作人员，他们都穿上了军装。

主席台上放着三十万元奖金。

毛人凤在讲话："这是总裁从党产中给我们挤出的钱，我们要感恩戴德。我们要记住这样一件往事，今年一月二十日，总统下野的第三天，李'代总统'，依法解编。另有徐志道成立了一个只有七十五人的小保密局，其中只有少数人拿了编遣费回家，三千多人不愿意离开工作岗位，于是我们就成为了中华民国政府下边的一个地下保密局。由于正式公章官印被徐志道拿走了，我们只好在上海找了一块旧铜，让一个刻字师傅刻了枚官印，一直沿用到现在。我想总裁视事的日子不远了，我们保密局从地下转到地上的日子也不远了。"

众人鼓掌。

毛人凤挥了一下手："这要感谢一个人，他就是行动组组长古正文。"

特工们又一次为他鼓掌。

毛人凤："总裁表扬了他，总裁说，这件事干得很漂亮。"

人们又一次鼓掌。

## 香港帝国大道19号

深夜，

一扇大铁门打开了，

从人力车上走下一个中年男子。中年人向铁门走去。

二楼的一间房子里，落地窗子后面站着一个人。她看到了那个中年男人走进了楼里。

女佣把那个男人让进了客厅。

中年男子落座，

女佣又送上一杯茶。

从楼上传来脚步声，走下一个三十多岁的女人。她衣着无华，但气度不凡，举手投足间无不流露出她出身名门、知书达理的风度。她叫黄露。

中年男人站起："晚上好，黄女士。"

黄露一边示意落座，一边说："刘先生坐，为了那笔生意又让你跑一次。"

刘冬平客气道："没什么。"

女佣退出。

刘冬平从口袋里取出一个东西："这是明天一早的船票，是英国皇家邮轮的，我到码头送你。"

黄露："不用了，又不是第一次出门。再说，明天全港工人上街举行拥护中央人民政府成立的游行，很重要，你是总指挥，不能没有你。只是我见不到这个场面了……"言语中有几分伤感。

刘冬平感到了什么，他带有几分安慰道："是啊，我们坚持了那么多年的斗争，八年抗战，三年解放战争，都过来了，真是九死一生。我们总算是活着看到了这一天，看到了中华人民共和国的成立。在这个时候又让你到台湾……"

黄露站了起来，她有些动情了："老刘，你不用说了，南方局分析得对，帝国主义不会甘心在中国的失败，他们也不希望在东方有一个强大的中国。"

刘冬平："是的，在这个时候搞清国民党的情况和美国人的态度，为中央解放台湾问题提供有价值的情报是非常重要的。"

黄露自信地说："我会完成任务的。"

刘冬平："是的，南方局在派谁去的问题上可是动了一番脑子，觉得只有你去最合适了。"

黄露："谢谢组织对我的信任。"

刘冬平站了起来："家里你放心，我都安排好了。完成任务后，咱们一起去北京，去看五星红旗。明天码头见。"

黄露："你不要去了，少一次出头露面就少一次暴露的机会。"

两个人握手。

刘冬平走了。

黄露还站在那里，久久不动。

女佣走了过来轻声地说："黄太太休息吧，明天还要出门呢。"

黄露："叶子睡了吗？"

女佣："叶儿早就把门关了，可能是睡了。"

黄露上楼，走到女儿房前，她想敲门又把手收了回来。她回到了自己的房间，她觉得心里空空的，她呆愣了一会儿，坐了下来，拿出笔和纸，开始写信。

"亲爱的大哥……"

门"呀"地一声开了，

门口站着一个十多岁的小女孩，她是黄露的女儿叶子。

黄露回过头来："你还没睡？"

叶子点点头："妈妈你又要出门？"

黄露点了点头。

叶子："妈妈不是说好了，新中国成立后你就带我去北平，去见爸爸，不作数了？"

黄露走了过去抱起叶子："作数，但是妈妈要先出去一下。"

叶子："去做什么？"

黄露："有一笔生意，一完事儿就带你去北平，去见爸爸。"

叶子十分认真地问:"一定?"

黄露:"一定。"

叶子在黄露脸上吻了一下后走开了,她走到门口又停下了,眨着眼睛问:"妈妈你是什么人?"

黄露一时无言以对,半天才说了一句:"你妈妈是妈妈呀。"

叶子不说话,一直看着妈妈,好一会儿她才走开,轻声地把门关上了。

黄露许久站在那里,

泪悄然流了下来。

### 黄露住处

海关的钟声响了几下。

已经收拾停当准备启程的黄露在女儿的房前停了下来。她小心地推开了门,她准备去亲一下叶子,但她控制住了自己。她顺手把放在台子上的那张母女合影拿在了手里。

叶子在睡梦中。

### 香港码头

邮轮头等舱的船舷上,

刘冬平和黄露正在交谈。

"情况很不好。台湾地下党的一个支部遭到了破坏,有四十几名同志被捕,问题出在哪里,现在还不清楚,这对你开展工作很不利。我们已经把情况报告了中央,中央还没有指示,我的意见,这时候去太危险,要不要等情况明朗一些以后再成行?"

黄露不语。

刘冬平:"你得快做决定,船要开了。"

黄露笑着说:"既然是要开的船,为什么要停下来?我会小心的。"

刘冬平:"好吧。因为那边的情况不清楚,我没有安排他们到码头接,与'老曾'和'大舅'的联系方法你自己定。这是他们的地址。"说着,他递过一本书:"我走了。"

两人握手。

一声汽笛。

一群海鸥在海天之间飞舞……

### 秋云家

一只手把一张黄露和叶子的合影照片放在了一个台子上。

"姨妈,这间房子还好吧?"一个二十多岁的少妇走进门来。

正在收拾东西的黄露抬起头:"很好。秋云,这次来台北可是没少麻烦你们。给我办护照,又住在你家里。"

秋云:"姨妈,你这是说到哪儿去了?你不就和我妈妈一样嘛,再说了,利亚他在'国防部'工作,路子多一些,生意上的事也许能帮助你呢。"

黄露:"这次本来要住饭店的,可是听说最近台北很乱……"

秋云:"是的,这几天,天天都在抓人,老百姓说,国民党和日本人没什么两样。"

黄露:“是吗?”

秋云:“这不,本来利亚要和我一道去接你的,‘国防部’又有了新规定,就是有家的,不到星期天也不让回来。”

黄露:“是吗? 秋云,利亚在报社有熟人吗?”

秋云:“姨妈有事?”

黄露:“还不是为了生意的事,登个广告。”

秋云:“那我问问他。”

# 第八章

### 宋世长家

一个日式的小洋房。

门口一个明显的小铜牌,上写:吴宅。

有着日据时期特征的书房里,“国防部”次长宋世长正在写字。一见,可知这是一个习武的人,高大而挺拔的身躯中透着一腔正义,正义凛然中透着一些智慧。

太太林卓手拿一份报纸急急走来:“子实,你看,这是今天的报纸。”说着,她把一栏广告指给了丈夫。

一个广告的特写:大华公司收购大量花茶,联系人:大华公司陈先生。

宋世长放下了报纸:“总算到了,和他联系。”

### 秋云家

黄露也在看报纸。

一个小广告:我家急聘一名花匠,联系人宋太太。

黄露放下了报纸。

### 宋世长家

院子里李副官正在和一个人讲话。

宋世长刚好从这里经过:“什么事,李副官?”

李副官:“次长,这位女士是应聘的。我和她说,没听说我们长官聘家庭教师。”

宋世长:“你叫她进来吧。”

李副官对那个女人说:“那你就跟我来吧。”

这时我们才看清了,来的女人就是黄露。

客厅里,李副官把黄露领进来后,就出去了。

宋世长用暗语对黄露说:“请问,你能教音乐吗?”

黄露略一思忖后也用暗语回答:“我是教美术的,不过可以试试。”

宋世长:“能弹贝多芬的交响曲吗?”

黄露："只能弹第 9。"

暗语对上了。

宋世长显得十分激动："你是'夜莺'，黄露同志？我是宋世长。"

黄露："老宋，我们虽然没有见过面，但是常听老刘说起你。"

宋世长："是啊，上次见面还是在上海，有一年了，很想他。"

黄露："他让我问你好，祖国已经解放了，可你还工作在这里，天天和魔鬼打交道，很惦念你。"

宋世长："谢谢组织上对我的关心，为了台湾早一天回到祖国怀抱，值。这是你要的台湾外岛的陆军兵力和部署情况，海军和空军情况很快也能拿到手，关键是台湾本岛兵力情况还不准确，因为海南战事没成定局。"

黄露："要尽快摸清情况，尤其是金门的情况，岛上究竟有多少军队，火力怎样，第三野战军急需这些情况。"

宋世长："好。"

黄露："我以一个家庭教师的身份出现还是可以的，但我们还要多一个联络办法。"

宋世长想了想："那就定在星期天，天主教堂，他们都知道我信主。"

黄露："好。听说台湾地下党遭到了破坏，不知情况怎么样？"

宋世长："是毛人凤他们搞的，听说天天都在抓人，还有放出来的。"

黄露警觉地说："怎么，他们还放人?!"

宋世长："没错，我太太的一个同学的老公做保密工作，他说放了十几个。"

黄露意识到了什么："不对，老蒋从来都是错杀三千也不放走一个，现在放人，这是个阴谋，他们是想通过放人作诱饵，而抓更多的人。"

宋世长站了起来："对，这是个阴谋。我们怎么办好？"

黄露："想办法通知那些被捕过的同志，让他们立即停止一切活动，切断一切联系。"

宋世长："可是我们又怎么知道这些同志呢，我们和他们又没联系。"

黄露："这是个困难。"

宋世长："还有，我们的任务是收集敌人军事上的情报，并没有营救这些同志的任务。搞不好我们这里暴露了，那……"他把话咽了回去。

黄露点点头："你说得对，我这次来主要是和你联系，组织上并没有交给我其他任务。可是台湾的地下党组织是祖国统一的重要力量，也是我们党的宝贵财富。如果用我们的行动让党少受损失，也是我们应该做的。"

宋世长："你的话有道理。"

黄露："你看这样好不好？"

宋世长："你说。"

黄露："你的太太不是……"

**王丽娜家**

她正和几个人在讲话，其中有那两个曾被捕的学生。

王丽娜对那个男学生："阿根，我想了一下。敌人放我们出来是个阴谋，他们是想通过我们抓更多的人。我们应停止一切行动。"

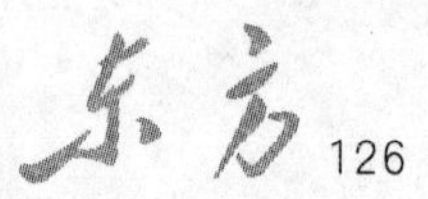

阿根:“那营救方哥的事情也停止吗?”

王丽娜:“都停下来。”

那个女学生:“那方哥就不救了?”

王丽娜:“阿兰,他是我的爱人,我何尝……可是党组织的安全更重要。”

阿兰看了一眼阿根,没再说什么。

阿根:“不是说好了,今天有上级向我们传达指示吗?”

王丽娜:“你们先走,我来等。”

阿根还要说什么。

王丽娜:“好了,咱们分头行动吧。下一步怎么办,等我的通知,没有我的通知,任何人都不得行动。”

几个人刚要走,

从街上传来一阵骚动。

一个人冲了进来:“王姐,不好了,这个房子被包围了。”

王丽娜疾步走到窗子前,街上、院子里已围满了人。

她高声叫道:“冲出去……”

话音未落,几个士兵冲了进来,他们高声叫着:“不许动!”

一行人被押着往车上走。快到车旁了,王丽娜大声叫着:“快跑!”话音未落,她跑进了一个巷子。

一个士兵举起枪向王丽娜瞄去,

一下子被一个军官拦住。

一梭子子弹射向了天空。

那个军官对那个士兵:“不是说过,一定要活的吗?!”

王丽娜无影无踪了,

地上落下了几个冒着烟的子弹壳……

## 蒋介石官邸

蒋介石在用手摆弄放在茶几上的空弹壳。

一边站着毛人凤。

一边站着古正文。

半天蒋介石说了一句:“你们怎么看?”

毛人凤:“我的意思,请老先生关照一下,让警备司令部的人不要插手我们保密局的事,自从我们破了这个案子以来,有些人眼红了。”

蒋介石侧了一下身子:

“你怎么看?”

古正文:“老先生,我以为,这倒像是共产党自己所为。”

毛人凤不悦地说:“他们自己把自己的人抓起来?”

古正文当仁不让地说:“对,而且我觉得那个‘夜莺’飞到了台北,他们已经发现这些人暴露了,也知道这些人都在我们的控制之下,任何进入我们视线的人都有危险,而只有用这种公开捕人的办法才最安全。”

毛人凤拿起茶几上的子弹壳："目击者说，军队抓的人！"

古正文："那谁又担保，我们军队的哪一个部分没在共产党的手里？"

蒋介石站了起来，他没说话。

古正文："局长还记得吧，我们最初得到的情报是，那个叫'露'的共产党员来台湾是要和'国防部'的一个人联系。"

毛人凤："那就是说共产党自己又把已经露出的线给掐断了。"

古正文："是的。"

蒋介石不高兴地说："你们来这里，就是要告诉我，你们是多么无能的吗？"

古正文："不，我和毛局长想请老先生给个指示，万一我们查到了和军队大人物有关的时候，给我们方便……"

蒋介石："那就是说……"

古正文没说什么，他把一个纸条递给毛人凤。

毛人凤看了一眼，又把纸条递给了蒋介石。

蒋介石看纸条……

## 宋世长家

黄露坐在钢琴前，

站在一边的宋世长在向她汇报情况：

"根据得来的名单，那次行动，我们得到十个人。"

黄露："但愿我们为党留住了十个同志。"

宋世长："可是还是有一个女的给跑了。"

黄露："他们把你们当成真正的敌人了。跑了的也不知是谁，说不定她会给我们带来麻烦。"

宋世长："执行任务的人没有开枪。"

黄露："是啊，这是两难……那十个人现在关在哪里？"

宋世长："日本人在时的一个电台村，那里很安全。"

黄露："这些人不能放在你的手上，万一给毛人凤知道了那麻烦就更大了。有意给他们留个机会，让他们越狱。"

宋世长："可是他们出去后，又要继续活动，还是得被保密局发现。"

黄露："以老曾的名义给他们写封信，让他们停止活动。"

宋世长："好。我马上办。"

黄露："你没见过老曾吗？"

宋世长："没有，过去我们联系是通过一个联络员。"

黄露："到这里前老刘有指示。你是我们党在国民党军队中的重要力量，你的安全十分重要。所以从现在起，直接通过我和老刘联系，为了防止意外，立即通知这个联络员离开台湾，让他到老刘那里工作。这是对你和对老曾的安全负责。"

宋世长："那老曾那方面……"

黄露："他的工作我来做。"

宋世长拿出一本《圣经》："这是台湾本岛空军情况，海军那面的情报工作还没进展。"

黄露:“一定要把海军的情报搞到手,解放台湾我们首要的是掌握海军的情报。老刘那边也很着急。”

宋世长:“我一定抓紧。另外还有一个情况,大金门只有一个步兵师,老蒋对这个师不放心,要把他们换下来。”

黄露:“这个情况太重要了,如果我们能了解他们换防的时间就好了。”

宋世长:“我尽量。”

## 台北延平路21号

夜静极了。

天黑极了。

这是一座二层小楼。

一条狗在院子里来回走动。

楼里没点灯。黑暗中,张沉和古正文在说话。

“处长,你说这会是陈泽民的家?”

古正文:“在方春生的那个本子上有一个‘陈’字,‘陈’字的边上电话号码就是这个电话。”他指了一下放在桌子上的电话,“我的直觉告诉我,这就是陈泽民的家,要不然,我也不敢在毛局长面前说大话,更不敢在老先生面前露底牌”。

张沉:“那他万一不回来呢?”

古正文:“那他万一要是回来了呢?”

张沉:“他就是回来了,我们也不认识他,万一抓错了呢?”

古正文:“会认出他的。”

这时,外面有动静。

院子里的狗叫两声后,又平静了下来。

张沉起身骂了一句:“该死的东西!”

古正文叫住了他:“你干什么去?”

张沉:“那狗会搞坏事,整死了算了。”

古正文:“别!”

这时,门外又传来动静。

古正文:“我的直觉告诉我,这个陈泽民回来了。”

又是一阵狗叫。

那狗叫了一会儿不叫了。

门的锁头被打开了,

一个中年男子走了进来。

那男人走进了房子后,用手去摸灯。

古正文一下把灯打开了,房子里亮了起来。

那个男人一怔:“你们是谁?”

古正文:“老陈你好!”

那个男人机警地说:“你们也是来找老陈?他不在,这小子说好了今天打麻将。”

古正文笑了:“你不是老陈吗?你怎么会有老陈的钥匙?”

中年人也很自然地说:“我们是老朋友了,就和自己家一样……”

古正文:“这么说,你不是老陈?”

中年人:“你们认错人了。”

古正文又笑了,他笑得那样自信:“我们不认识老陈,可是这狗认识老陈。”

那条狗十分亲切地吻着那个中年人的脚,吻他的衣角……

古正文指着狗:“狗认识老陈……”说着,他把目光射向了那个中年人。

那个中年人不语了。

古正文:“第一声狗叫的时候,你就回来了,狗一叫你证实了家里没事,因为你家里要是来了两个笨蛋,他们本能的是要把狗整死,要是家里没动静,那才叫有事了呢。你一进门狗就不叫了,这时我心里就有数了,这说明你是他家的主人……对吗?陈泽民同志?”

“国民党八百万军队兵败如山倒,想不到还有几个能人。”

古正文:“是啊,总得有几个,总得有几个比狗强一点的吧……”他看了一眼张沉,张沉用鼻子哼了一声。

**一个小咖啡馆**

古正文正品着咖啡,

他的对面坐着陈泽民。

街上人流如潮,纷纷乱乱,

这里音乐如水,恬恬淡淡。

古正文放下了杯子:“老陈啊,我们已经聊了一个小时了。有些话对我并不十分重要,因为参加革命的人的经历大同小异,比方说因为家里太穷还不起地主的债,或说婚姻上不如意啊,等等。我只想听听你的组织关系,比方说你的上级是谁……”

陈泽民呷了一口咖啡:“古先生,你应该明了,我帮不了你什么忙的。”

古正文:“话不能这么说,你现在不就在帮助我吗?我为什么不把你放在刑室里审你,因为我知道你的重要。你要是失踪半天,台湾的地下党就会停止活动,那我还抓谁去?而你和我一起面对面地喝咖啡,那些认识你陈泽民的人就会以为天下太平……”

陈泽民冷笑了一声:“你确实比狗强多了。”

古正文:“你有些激动,不过我还是希望你能合作,比方说,讲一讲老曾的情况,还有代号‘露’的人。”

陈泽民思忖了一下:“我真的不知道他们的情况。”

**小河边**

一对恋人漫步而来。

当他们走近时我们看清了,

是黄露和一个中年男子。

黄露在向那个中年男人讲述着什么:

“老曾啊,我从收音机里听到毛主席宣布中华人民共和国成立时的声音都有些发抖了。”

老曾:“是啊,为了这一天,我们付出得太多了。那年湘江一战下来,十万人马就剩下三万人。等台湾解放了,我们请毛主席来,我亲自带他老人家去阿里山走走,陪他老人家到日月潭玩玩。”

黄露：“会来，我们请毛主席来。”

老曾：“我相信有党的领导，台湾回到祖国的怀抱的千秋大业一定会在我们手上实现。”

黄露：“我们都盼着这一天。哎，老曾，听说有一些同志被捕了，情况搞清楚了没有？”

老曾：“有几个台大的学生，其他情况还不清楚。”

## 一个小咖啡馆

古正文还在和陈泽民谈着什么。

陈泽民向前探了探身子：“古先生，我能去方便一下吗？”

古正文：“可以，只要别和我开玩笑。”

陈泽民一语双关：“我不会轻易地拿生命开玩笑。”说完，他站起身，说时迟，那时快，他没有进洗手间，而是推开大门，向街上跑去。

古正文站起，他叫了一声：“陈先生！”

陈泽民向前跑着，

他的行动引起了行人的注意。

古正文还在叫着。

陈泽民只管向前跑。

古正文拿出了枪，举向陈泽民。

“砰，砰，砰——”

陈泽民倒下了，

古正文跑到了陈泽民面前。

陈泽民微笑着说：“谢谢，你用枪声告诉了我的同志们……”

古正文有些愠怒：“陈先生，你太不合作了……”

陈泽民：“不……我们这不是合作得很好吗？！”

## 街市

一个报童在叫卖：

“看报看报，看《中央日报》，保密局和共产党在街头展开枪战，共产党人当场毙命街头。”

人们在买报。

人们在议论。

## 台北故宫博物院

黄露疾步地向前走着。

等在那里的老曾向前迎了几步。

老曾急切地说：“今天的《中央日报》看了吗？”

黄露没有说话，只是点点头。

老曾显得有些焦躁，他不停地说着一句话：“怎么这么糟？怎么这么糟？……”

黄露：“情况还不止这些，基隆的支部也遭到破坏，有多名党员及进步学生工人被捕。我已把这里发生的一切向老刘作了汇报，老刘指示，你立即转到其他地方，这是我们在阿里山地区的内线。”说着，她递给了老曾一本《唐诗三百首》。

“行动吧，台北的形势瞬息万变。”

老曾迟疑了一下。

黄露看出了他的心思：“老曾，你还有什么困难吗？”

老曾：“……我还有一个妹妹，不，是我太太的妹妹，还在我家……我是说她还小，才十七岁，我想接她一起走。”

黄露：“老曾，你得走，你是台湾工委书记，你不能有什么闪失，小妹妹的事我来安排。马路对面的那辆车就是为你准备的。”

老曾朝那辆车看了一眼。

两个人向那辆车走去。

“一切让你费心了。”

黄露郑重地点了点头。

老曾打起精神：“一切都会好起来。”

黄露点了点头。

老曾上了车：“我还要为你烧几个闽南菜。”

黄露举起手：“但愿我还有那个口福。”

车子消失在街市上……

## 小河边

毛人凤和古正文正在钓鱼。

古正文一言不发。

毛人凤看了古一眼：“怎么不说话，怕吓跑了鱼？”

古正文：“说什么？说线断了，鱼跑了？”

毛人凤：“说说老先生奖给你的金条。恭喜啦！”

古正文：“局长，都到了这个时候了，你还和我开玩笑。”

毛人凤：“哎，老先生可是认真的，他当着那么多人的面说，你古正文是党国的卫士。”

古正文：“可是一条重要的线断了。”

毛人凤手一挥：“好了，共产党要一个一个地抓，鱼也要一条一条地钓。来台湾后你给我挣了大面子，我心里非常感激你，今天咱钓到钓不到都要开心。”

古正文没说话。

毛人凤：“你在想什么？怎么不说话？”

古正文：“我在想，要是有下辈子的话，我还得跟着局长干。”

毛人凤：“下辈子，说不上是谁的天下喽……”

古正文还想说什么……

毛人凤：“嘘……有鱼……”

一辆吉普车开来，

张沉兴冲冲地走过来。

他在古正文耳边说着什么，

古正文站了起来。

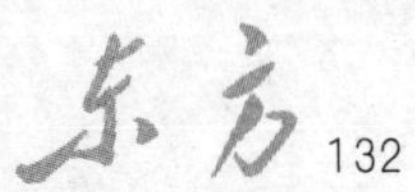

毛人凤猜出了几分："怎么，你那又有鱼？"

古正文摆了一下手："别动，局长，你钓你的，我钓我的。"

## 台北泉州路 26 号

古正文用望远镜向对面的 26 号看着。

张沉在向他说着：

"下午 3 点，我们在码头发现了王丽娜，一直跟着她到了这儿。4 点她进了这个房子，不到 5 分钟就出来了。这是我们跟踪她这些天的第一个陌生地点。"

古正文："王丽娜出来后，有没有别人进去？"

张沉："没有，也没人出来。6 点正，二楼客厅的灯亮了，其他房间一直没亮灯。"

古正文说了一句："其他人留在这里，张沉跟我进去。"

张沉在按门铃。

少顷，一个姑娘开了门："你们找？"

古正文示意姑娘不要出声。

姑娘把他们让进了门。

古正文小声对那姑娘说："是老曾让我们来的。"

那姑娘平和地说："他不在……"

古正文和张沉对视了一下。

古正文看了姑娘一眼。

这是一个只有十几岁的女孩，但是高高的个子和已经发育了的身材，加上她那显得薄了点的内衣，灯光下，她楚楚动人。

"你是郑太太……"

"不，我是二林。"那姑娘回答道。

古正文敏感地问："你是曾太太的妹妹。"

二林："先生见过我？"

古正文手一指挂在墙上的照片："你们太像了。"

二林带着忧伤地说："她刚刚过世……"

古正文歉意地说："对不起。"

二林不语。

古正文试探地问二林："那我们就在这里等等老曾？"

二林道："就是不知道他回不回来。"

张沉对着古正文小声地说："我觉得他就是老曾也不会回来，陈泽民刚死，外面风声这么紧，他早跑了。"

古正文淡淡一笑："我要是他，也许不会走。"

张沉："为什么？"

古正文："这女孩子太嫩了，嫩得都出水。"

二林走进内室，她刚要开灯，就被张沉制止了。

时钟在一分分地走着。

突然，静静的夜空中传来马车发出的声响。

楼下一辆马车停下。

既没下人，

车也没走。

楼上古正文、张沉一动不动。

二林一直坐在床沿上，眼睛望着门的方向。

过了好一会，

楼道里传来脚步声，

古正文示意二林去开门。

二林打开了门，

老曾站在门外。

二林叫了声："姐夫……"

张沉冲了出去，一下用手铐把老曾铐上了。

还没等老曾反应过来，这一切都完成了。

古正文对老曾说："老曾，走吧？"

老曾似乎明白了，他看了一眼二林想说什么，但没说出来。

二林朝着老曾想叫什么，也没叫出来。

**路上**

吉普车在向前行驶。

古正文坐在前面，

他对着和老曾同坐在后座上的张沉哼了一声。

张沉把手铐钥匙递给了古正文，

古正文把老曾的手铐打开了，

一直闭着眼睛的老曾，这时把眼睛撩了撩后又闭上了。

**古正文家**

吉普车在一个小洋房前停下了，

这是一个日式的房子。

老曾走下车，他半睁着眼向小洋房瞟了一眼，有些疑惑。

古正文带着老曾上楼，

张沉跟在后面。

门开了，房门口站着一个十分秀丽的妇女。

古正文对那个妇女说了一句："这是贵客，曾先生。"

古正文对老曾："这是我的太太孙静宜。"

孙静宜有礼貌地说："你好，曾先生！"

老曾木然地点点头。

这是一个里外套间的房子，外面是客厅，里面是一个卧室，卧室里有一个大床。室内没有什么东西，但是十分清洁。

老曾环视了一下四周。

古正文:"国民党刚到这里也是百废待兴,房子一般,但是安全。"他有意地把"安全"两字咬得很重。

"曾先生今天很累了,先休息。"

孙静宜:"先生要不要先来点夜宵?"

老曾还是木然地回答:"不必了。"

古正文:"那就先休息吧。"

说完,几个人全都退了出去。

老曾先是站在那里不动,少顷,他狠狠地跺了一下脚……接着,他又长长地出了一口气……

一阵风吹来。

一个窗子被吹动了,在来回摆动。

老曾本能地向门的方向看了一眼。

他向那个窗子走去,

他刚要去推那窗子,

孙静宜走了进来:

"对不起,没给你关窗子,台湾的夜还是很冷的。"说着,她十分麻利地把窗子关上了。

"曾先生,没事吧?"

"没事……"

孙静宜也向他一笑,退了出去。

老曾的眼神许久地停留在孙静宜走出去的地方……

## 古正文家

翌日,

晨雾还没有散尽。

雾中的景物若明若暗,好像一幅美丽的水墨画。

古正文陪着老曾从雾中走来。

"昨天可睡得好?"

"很好……"

"那说明你的适应能力是很强的。"

"不,主要是这个环境选得太好了……"

"是的,我和我太太是很注重环境的。"

老曾停了下来:"问你个问题。"

古正文也停了下来:"曾先生请讲。"

老曾开门见山地说:"你们保密局是不是把所有的共产党员都往这里关?"

古正文眯着眼睛:"那么说,曾先生首先承认自己是共产党员喽。"

老曾:"承认信仰也可耻吗?"

古正文:"这也是君子的风范。对了,还没回答你的问题……是这样的,可以说一般的共产党员我不会往这里带。因为你不是一般的共产党员,我现在虽然不知道你究竟是什么人,但是从我们抓到的人来看,你是台湾共产党员里的重要人物,我不能慢待……"他把话停住了，他想看看老曾的表情。

老曾还是那张木然的脸。

古正文："今天早上，我太太在收拾你的换洗衣服时对我说，你的领子白白的，看来你是个很注重生活质量、很有生活情调的人。"

老曾："我想，你把我带到这里，不单单是为了研究我是怎样生活的吧？"

古正文："是的，因为只有了解你的生活，我们才能好好照顾你呀……"

老曾："那我要是不识抬举呢？"

古正文："我们将心比心……走，我们该用餐了。"

两人走到餐桌前。

古正文："现在好多了，桌子上有了一点肉，刚到这里可不行。你是知道的，一个人从穷到富好过，可是从富到穷那可就难过了……"

说着，他又瞟了老曾一眼。

老曾好像没听出他的弦外之音，没有说话，找了个位置坐下来。

**台北天主教堂**

悠扬的钟声，

默然俯首的人们。

黄露和宋世长并坐在一起，他们的脸向着那个高大的屋顶。

黄露："一切能通知的人都通知了。"

宋世长："老曾呢？"

黄露："送他去阿里山区了，我亲眼看他上了车。"

宋世长："他的安全太重要了。"

黄露："货都带来了？"

宋世长："花茶（飞机）、绿茶（军舰）数量都有了。"说完，他把一本经书递了过来。

黄露："老板要的货，基本全了，老板让我回去了。"

宋世长："什么时候动身，要不要我送你？"

黄露："就这几天，没有大困难，不动用你了，最近一段你少露面为好。"

宋世长："对了，还有一个情况，金门方向的兵力好像有变动，但详细情况不清楚，这个会只有老头子几个人参加。"

黄露："这个情况也很重要，如果有了'维他命C'（情报）你就用'维他命B'（电报）传给我。"

宋世长："胜利见！"

黄露："胜利见！"

又是悠扬的钟声。

几只鸽子被震飞。

……

**香港半岛酒店**

酒店咖啡厅。

刘冬平正在看报，一个外籍招待走了过来："先生喝什么？"

刘冬平:“咖啡,放糖不放伴侣。”

交谈中,一个东西在他们手里交换了。

## 华东军区作战部

一个微型胶卷放到了粟裕面前。

张震:“特使从香港转来的情报。”

粟裕看了张震一眼。

张震:“台湾防御图,金门兵力部署。”

粟裕:“这个情报要报给最高决策者。”

## 莫斯科郊外孔策沃别墅毛泽东住处

毛泽东披衣坐在床边,嘴上叼着一支香烟,凝眉望着对面的墙壁……

一根火柴拿在手里,却没有擦……他陷入了沉思当中。

## 莫斯科郊外孔策沃别墅门口

两个全副武装的苏联红军战士在站岗。

## 莫斯科郊外孔策沃别墅毛泽东住处

汪东兴推门进来,有些埋怨:“主席,你不睡觉,怎么又抽起烟来了?”

毛泽东从沉思中醒来,下意识地看了看手中的火柴:“你不说,我还真以为我在抽呢……”

这一下,他真的点燃了香烟,深深地吸了一口,埋怨道:“我哪里睡得着哟!到莫斯科都十几天了,可是这里的主人,签约的事只字不提,却把我留在这里。他们以为我毛泽东真是到莫斯科做客来了。我们刚刚建国不到两个月,家里还有一大摊子事……”毛泽东索性将衣服穿好,把地图摊在床上……

汪东兴想把床上的地图收走:“主席,你还是睡一会儿,不然,待会儿那个柯瓦廖夫和费德林一来,你就更睡不成了……”

毛泽东把地图按住:“不睡了!对了,东兴,你到为斯大林祝寿的各个代表团了解一下,看他们都走了没有?”

汪东兴:“是!”

汪东兴向外走去。

汪东兴从屋内走出来,随手带上门,摇摇头,轻叹一声。

机要处长叶子龙和秘书徐业夫、罗光禄走过来。

叶子龙:“主席睡了?”

毛泽东的画外音从房内传来:“是叶子龙吧?你进来一下。”

汪东兴无奈地摇摇头,出门而去。叶子龙率徐业夫和罗光禄推门进了毛泽东房间。

叶子龙 :“主席。”

毛泽东:“你帮我把围棋摆好。”

叶子龙不解其意:“主席要下棋?”

里屋,毛泽东走到桌边,拿起毛笔想写点什么,却情绪烦躁地将笔又撂下。

叶子龙走进来:“主席,围棋摆好了。”

毛泽东显得有些无所适从,又改变了主意:“先摆在那儿吧。”走到床边,倒头躺下。

叶子龙看着他。

毛泽东突然又高声说:“帮我倒杯开水来。”

叶子龙:“是!”

……

**莫斯科郊外孔策沃别墅门口**

一辆伏尔加轿车疾驰而来,

轿车在别墅大门前停下。

苏方联络员柯瓦廖夫和翻译费德林从车上走下来。

(柯瓦廖夫　苏方联络员)

一阵风吹过,柯瓦廖夫不禁打了一个寒战,旁边的费德林下意识地裹了裹身上的短大衣。

别墅的大门缓缓打开,柯瓦廖夫和费德林向别墅走去。

**莫斯科郊外孔策沃别墅毛泽东住处**

毛泽东向外屋喊:“几点了?”

“七点五十了。”

毛泽东:“他们倒是很准时的。”他披衣走到外屋,对叶子龙说:“来,你陪我下棋……”

叶子龙坐到毛泽东对面,两人开始下棋。

一阵脚步由远而近。

毛泽东好像算准了一样,边摆棋子边吩咐:“开门迎接客人。”说着话,眼睛却盯着棋盘。

叶子龙开门,翻译师哲和孙维世陪着柯瓦廖夫和费德林走进来。

柯瓦廖夫礼节性地问(俄语):“尊敬的毛泽东同志,斯大林同志派我和费德林同志前来问候您的起居情况。”

师哲认真地翻译着……

毛泽东不看他们,眼睛盯着棋盘,一手拿起一颗棋子,悬在半空中:“感谢斯大林同志的关心。请你们转达我对斯大林同志的问候。同时,请转告斯大林同志,有关《中苏友好条约》的签订问题,昨天我已经请两位捎话,我想尽快与斯大林同志见面商谈,以便定下双方开始谈判的日期,我们也好请周恩来同志启程来莫斯科……”

费德林将毛泽东的话翻译成俄语,告诉柯瓦廖夫。

柯瓦廖夫机械地传达斯大林的话:“尊敬的毛泽东同志,斯大林同志的意见,这事不急。毛泽东同志领导中国革命十分辛苦,二十多年难得休息,这次到莫斯科来,正好放松一下……”

师哲将柯瓦廖夫的话翻译给毛泽东听。

毛泽东把棋子往棋盒里一摔，不高兴地说："我要休息，还需要到莫斯科来吗？你们叫我来莫斯科，什么事也不干，我是来干什么的？"

费德林面露难色："毛泽东同志，您有什么具体事情需要办，我们负责转告……"

毛泽东用手掌拍了一下棋盘，站起身："难道我毛泽东来莫斯科，只是给斯大林祝寿吗？"

## 莫斯科克里姆林宫

柯瓦廖夫和费德林一脸惶恐地站在斯大林的办公桌前，等待斯大林的态度。

斯大林脸色铁青地来回踱步，他神色凝重。

莫洛托夫和米高扬走进来："斯大林同志，发生了什么事情？"

斯大林挥了挥手，柯瓦廖夫和费德林如释重负地退出房间。

斯大林站定："毛泽东对我表示不满了……"

## 莫斯科郊外孔策沃别墅毛泽东住处

毛泽东在书桌前伏案疾书。

汪东兴走进来："主席！"

毛泽东抬起头，手握着笔："是东兴啊，情况怎么样？"

汪东兴看了一眼主席，知道这个答案可能会让主席不高兴，但又不得不说："都走了。东德、波兰、阿富汗、保加利亚、捷克斯洛伐克，所有参加斯大林寿辰的代表团，在庆祝活动后，就纷纷回了国，现在就剩下我们了……"

毛泽东沉吟道："哦！我毛泽东好大的面子……可我消受不起哟。"突然对汪东兴道："东兴啊，去告诉厨房，给我下碗面条来……"

汪东兴："是！"高兴地转身走了。

王稼祥等人走进来。

王稼祥打趣道："主席光吃面可不行啊，苏联人厨房里啥都有，咱干吗替他们节省啊？"

毛泽东笑道："不是替他们节省，是你们欠我一碗长寿面，还非要等我自己开口要！"

王稼祥见主席精神状态佳，才敢解释道："主席这可就冤枉大家了，昨天是你的生日，我们谁都没忘，可一看你满脸的不高兴，就谁也不敢提了……"

毛泽东有些委屈道："这么说，还是我的错？"

王稼祥想让主席更加高兴，提出："有错能改，善莫大焉！趁主席今天高兴，咱们是不是把主席昨天的生日补上啊？你看斯大林过生日，惊动了全世界，多有面子，咱们也给主席过个生日。"

毛泽东一摆手："过期再补，就没必要了，能给我一碗长寿面吃，我就心满意足了。全世界都给斯大林过生日，最终他没吃上一碗面条。他要面子，我要面条。"

人们笑了。

罗光禄的画外音："报告！"

毛泽东："进来吧。"

汪东兴走进来："主席，刚刚收到朱老总转来的十五兵团的电报。"说着将电报给毛泽东。

毛泽东看着电报，思虑良久，道："记录一下，给第四野战军林彪起草一个电文，就说：

‘邓、赖、洪 27 日电已悉，同意他们在旧历年前攻取海南的部署和决心’，同时指示邓华、赖传珠、洪学智，应速到雷州半岛前线，亲自指挥一切准备工作，并且，不要希望空军的帮助……”

罗光禄走了进来：“主席，华东作战部来电：‘特派员’送回了第一批货。”

毛泽东有点兴奋：“回电粟裕，要认真总结金门失利的教训，要知己知彼，知天文知地理，什么也不知道就强打猛攻，一百次一百次也失败。同时要告诉华南局，给‘特派员’和‘密使1号’记一功。”

毛泽东还在兴奋中，他拿起笔，在纸上写下了一首诗：

惊涛折孤岛
碧波映天晓
虎穴藏忠魂
曙光迎来早

# 第九章

## 古正文家

书房。

老曾在看古正文的藏书:“你的书是收藏的呢,还是看的?”

古正文听出了这是在嘲讽他,他毫不示弱:“我的书是给别人看自己读的。你看,这是《资本论》,一个对马列主义一点都不了解的人怎么去和马列主义者打交道呢?”

老曾:“你错了,我不是什么马列主义者,是个从山沟里出来的土包子。不过我想不到你们还看马列主义。”

古正文:“有件事儿你还想不到,大战平型关你知道吧,第一一五师你也知道吧?我曾是那个师的一名宣传员。”

老曾:“哼……革命的低潮时期出现几个败类不足为奇。”

古正文:“其实革命的高潮时期出现的也不一定是英雄。”他的目光一直看着老曾。

老曾的目光却一直在书架上。

古正文:“再说了,有时高潮有时低潮也是辩证的。三年的战争,国民党就被逼上了一个孤岛,这是国民党的低潮,是共产党空前的高潮。但是,现在台湾岛高雄的中共地下组织都已经完了,基隆有200人被捕,台北陈泽民被杀,你老曾又落在了我们的手里,我想问一句,这是你们台湾工委的高潮呢,还是你们的低潮?”

老曾从容地笑了:“那是你的认为。”

古正文:“可这如果是事实呢?”

老曾:“就是真的像你所说的那样,你以为我会和你一样?”

古正文:“不,我以为我们是两路人……”

古正文的太太孙静宜走了进来:“正文,客人到了。”

古正文:“那快叫进来吧。”

孙静宜一闪身,从门外进来一个人,

她是二林。

老曾先是一怔:“二林……”他转身对古正文说:“你们这是……”

古正文狡黠地一笑:“我们没有恶意……”

说完，他拉着太太退了出去。

## 古正文家院子

又是一个早晨。

又是一个雾天。

古正文向从房子里走出来的老曾打招呼：

"曾先生，昨天晚上睡得好吧？"

老曾闪开了古正文的目光：

"你开什么玩笑，她是我太太的妹妹……"

古正文打断他："对，我们叫小姨子……"

老曾："她还小，才十七岁……"

古正文："十七岁，你也没放过她？"

老曾："……"

古正文："老实说吧，打第一天在你家我见了你这个小姨子，我就认为你是离不开她的。你是男人，我也是……"

老曾不语了。

古正文打圆场道："看，又到用餐时间了。"

两个人向餐桌走去。

古正文："不知道你们对台湾的前途怎么看？"

老曾："台湾好像只是一个时间问题。"

古正文："是呀，我要是你，有这种自信是十分正常的，因为国民党和共产党一个处在最低点，一个是最高点，自信是正常的，不自信才不正常。但是有一个问题你们想过没有，共产党解放台湾的时间表是不是向后拨了？"

老曾："怎么讲？"

古正文从身后拿出一张报纸：

"今天《中央日报》全面地报道了金门战斗的经过，虽然两个多月过去了，但是现在看起来，还是惊心动魄的，国军的行为更是惊天动地的，应该说双方都是有经验和教训的。当然对于共军苦战七天七夜，全军覆灭，我是不同意的，因为我相信有投降的。"

老曾愣了，他下意识地抢过报纸。

一行大字映入他的眼帘：

"金门国军大胜　共军无一生还"。

报纸落在了地上。

少顷，他抓起电话："你是 3 号？我想证实一个情况……"

## 秋云家

一张报纸也拿在了黄露的手中，

显然金门战事的报道她看到了。

她踱到窗前，极其复杂的心情袭上心头，有悲痛，有焦虑，有内疚……

秋云从外面回来，她朝着黄露叫着："姨妈，车来了，你该走了。"

黄露接过秋云手中的东西:“秋云,我得退票。”
秋云意外地问:“你不走了?”
黄露淡淡一笑:“我觉得有担生意我该把它做完。”
秋云不解地问:“那个生意很重要吗?”
黄露点点头。
秋云为难地说:“可是船票不好买,要买也得等下个星期了。”
黄露坚定地说:“那就等吧。”
秋云:“那就听姨妈的。”
黄露歉意地说:“那还得麻烦你一下,帮我退个票。”
秋云:“好。”她从黄露手里拿过票后,说了一句:“其实我还是高兴你留下来,我挺喜欢你。”
黄露:“真的,那我就在台湾住下去。”
秋云:“好。”
黄露:“你去退票,我去办事。”
秋云:“那我们一块走。”

## 公用电话厅

黄露在打电话。

## 山路上

一辆军用吉普车在山路上行驶了一会,在一转弯处停下来。
从车子上走下一个身着猎装的男人,他是宋世长。
在那里等候的女人也是一身猎装,她是黄露。
如黛的青山,
如纱的晨雾,
如血的枫叶,
如画的小溪。
“你没走?”
“没,……”
“还有任务?”
“《中央日报》你看了吧?”
“看了,事情过去这么长时间了,他们还在大肆宣传。”
黄露:“我退了船票留下来,我们尽量多搞一些有价值的东西。”
宋世长:“你的意思我明白了,我们多一分危险,部队少一分损失。”
黄露也笑了:“对。”
宋世长:“我会努力。”
黄露:“好,但是一定注意安全。”
宋世长突然问了一句:“咱俩谁大?”
黄露开玩笑:“官是你大。”

宋世长:“不,年龄也是我大,可是我总觉得你像个老大姐。”

黄露:“那你是说我长得老相?”

宋世长连忙说:“不,不,你身上有别人没有的东西……说实话,看了今天报纸,我想了一些问题,我想也可能我们解放台湾、统一祖国的事业需要很长的时间……”

黄露:“是的,也许和我们的主观愿望不一致,也许我们这些曾为了这一事业作了贡献的人看不到那一天,甚至没人记得我们,也可能把我们当成敌人,要是那样你后悔吗?”

宋世长:“你说的都是也许,我也许不后悔。哈哈……”

黄露:“行了,你的笑声什么都告诉我了。”

宋世长豪爽地说:“放心吧,年龄小的老大姐,我是男人,男人对于自己的选择从一而终。”

黄露伸出了自己的手。

宋世长伸出了自己的手。

两只手握到了一起。

……

一个雁阵从天上飞过。

宋世长举起枪,

黄露拦住了他。

“别,你看它们往哪飞?”

宋世长看着雁阵。

“向北……”

“向北……”

天空中排成人字的雁阵……

## 古正文家

楼上的窗前站着古正文和太太孙静宜。

他们望着在楼下院子里来回走动的老曾。

孙静宜看着老曾:“今天一天没吃东西了。”

古正文自负地说:“他崩溃了。”

孙静宜看了丈夫一眼。

古正文:“人呢……要走什么样的道路,有时是不以他的主观意志为转移的。他可以一边要他的事业——革命,一边又不耽误搞他的小姨子。为了事业,他可以像扔掉衣服一样把那个女人扔掉,但是事业一旦无望,一切都化为云烟了……”

孙静宜没有说话。

古正文自信地说:“还有最后一层窗户纸……”

说完,他整理一下自己的衣服,走下楼。

## 古正文家院子

老曾见古正文走来,他放慢了步子,低声说了一句:“你好。”

古正文:“这么多天,你是第一次主动和我说话。”

老曾："那能说明什么？"

古正文："说明我们有了对话的可能。"

老曾不语。

古正文穷追不舍地说："只想问你一个问题。"

老曾没有说话，但他的目光一直看着古正文。

古正文一字一顿地问："你是谁？"

老曾迟疑了一下："在台湾负一点责任。"

古正文一下没有反应过来，等他反应过来的时候，脸上却冒着冷汗。

## 毛人凤办公室

毛人凤几乎是从座位上弹了起来，他充满不解的脸上流露出一点点意外的喜悦：

"你再说一遍！"

古正文走到毛人凤身边耳语……

毛人凤重重地拍了一下桌子，

"啪——"，

把在场的张沉吓了一跳。

毛人凤得意忘形地说："报告老先生，报告老先生……"

## 台球桌前

老曾正在打台球。

古正文走到老曾跟前小声说："蒋老先生想见见你……"

老曾不假思索地说："不用了。这件事后，我只想安安静静地过日子啦……"

古正文不动声色地说："是的，这一点老先生都有承诺，你可以安安静静地和二林过日子。"

老曾淡淡地说了一句："谢谢……"

古正文："可是曾先生，这件事还没过去！"

老曾放下了杆子，

古正文拿起了杆子。

"最后一个问题，共产党最近派到台湾的一个代号'夜莺'的共产党要和我们的一个人接头。这两个人是谁？"

老曾拿出一支烟，

古正文放下杆子，给他点上了火。

古正文见老曾不语，就说了一句："是啊，一个信仰，一个主义，一个组织，同甘苦，共患难，同志心，手足情，总是有感情的。从你口中供出他们的名字，不通情不达理，你的良心上是过不去的，也许今生今世都不得安宁，我倒有一个办法。"

老曾微微一动。

古正文察觉到了对方的这一感觉。

"我们带你来的时候，你身上有一个小本子，我们本想从这个本子得到些什么，可我们一无所获。如果你现在把那两个人的名字加上去了，你良心无悔，我又能交差，两全其美，何乐不为？！”

老曾仍是不语。

古正文想了一下：“要不曾先生再玩一会儿，我还有一件紧要的事情要处理一下。”

**小河边**

“哈哈……”笑声是从小河边传出的。

毛人凤和古正文又在钓鱼。

毛人凤：“你啊，太有心，看来我也得防着你一点，哪天把我给绕进去，我还不知道呢。”

古正文：“不，我古正文是有心，但对党国、对老先生、对毛局长从无二心；我古正文也有胆，但那是对你、对老先生、对党国的一片肝胆。”

毛人凤：“我信。”

传来汽车的声音。

从车上走下一个人，他是老曾。

古正文对毛人凤一笑：“局长，收竿的时候到了。”

老曾把一个本子递给了古正文。

古正文看着本子：“黄露，还有一个人呢，在国防部的那个？”

老曾：“这个人我从没见过，取过几次情报也是通过交通员，听说姓吴，是个师长。”

古正文和毛人凤对视了一下：“国防部姓宋的师长……”

毛人凤着急地说：“别想了，先解决那个黄露。”

**码头**

黄露从秋云手中接过箱子：

“你回去吧。”

秋云招手：

“姨妈保重。”

黄露摆手。

**头等船舱里**

黄露走了进来。

那里坐了一个人，他戴着墨镜。

黄露客气地说：“劳驾，我把箱子放上去。”

那个人说了一句：“这位女士，还放吗？”

那个人摘下墨镜。

黄露：“你是谁？”

“国防部保密局古正文。”

**海面**

一艘快艇离开了那艘轮船。

## 台北

一个军用车队驶过市区。

## 一个小楼里

黄露正在屋子里看报。

过道里张沉端着什么东西走来。

迎面走来古正文。

张沉小声发牢骚:“共产党真是有功了,刚刚供过一个爷爷,又要供一个奶奶。”

古正文:“牢骚可以发,事也得做。”

张沉:“这个女人真有风度。”

古正文:“欣赏可以,但不能动。”

张沉摇了摇头。

两个人走了进去。

还没等古正文开口,

黄露:“古先生,带我到这里来做什么?”

古正文没回答她的话。

他推开了窗子:

“这不,他叫你来的。”

黄露走到窗前一看,

楼下老曾和二林正在散步。

黄露明白了,一丝痛苦袭上心头,她马上镇定下来,然后对古正文说:“是这样……他都把我供出来了,那我就没什么对不起了。但是我想问一个问题,如果我也提供一条线索,你们会从轻处理我吗?”

古正文:“当然,当然。”

黄露:“不,你不行,我要毛人凤局长担保。”

古正文:“我现在就可以给他打电话。”

## 街口

吉普车在一个街口停下了。

黄露和张沉走了下来。

黄露小声对张沉说:

“他的公开身份是这个银行的办事员,是很重要的人物。为了怕引起他的怀疑,我不和他说话,我一直往前走,我在谁面前停下了,那个人就是。”

## 一个小银行

张沉和黄露推门走了进来。

黄露四下看了看,小声地说:

“我已经发现他了,别引起他的怀疑,你离我远一点。”

张沉点点头。

黄露向前走去。

张沉在原地张望着。

黄露走向人群中。她一直匆匆地向前走着，

一会儿便从张沉的视线中消失了。

张沉知道自己上当了，他骂了自己一句："这只猪！"

黄露穿过人群，

走进一个过道，

从一旁门走出。

她出了一口气，刚一定神，古正文从一边闪了出来："对不起。"

黄露仍十分镇定地说："是处长，我……"

古正文冷笑着说："不是你想跑，是张沉太粗心，他应该知道这里有个后门。"

黄露摇了摇头："怎么和你说呢，刚才我认错了人，又怕你们以为我在骗你们，没脸见你们，就……真不是想跑……"

古正文有点相信黄露的话了："你也许在说真话。"

黄露："你们可以不信，但是晚上我可以带你们直接去他家。"

古正文将信将疑地说："我可是想帮助你……"

黄露反唇相讥："不能这么说，你难道不需要线索吗？"

古正文还是放不下："他在哪？"

## 一个官邸前

军用吉普车在一个大官邸前停下了。

古正文感到有点不对劲："这是什么地方，谁在这儿？"

黄露不动声色地说："这是他老子家。"说着，她去按门铃。

门开了，一个大汉开了门，他手里还牵着一条大黑狗。大汉见黄露十分客气地说："是黄太太，又来玩牌？快进吧。"

黄露闪了进去。

古正文和张沉刚欲进，

大汉："你们是干什么的？"

黄露："他们是我的司机。"

大汉："黄太太知道我家的规矩，外人不能入内。"

还没等古正文和张沉反应过来，大汉就把他们推了出来。

"咣！"大铁门也一下子被关上了。

古正文和张沉知道上当了，

张沉想去砸门。

古正文一下子抓住了张沉的手："你看这是谁的家！"

门口的铜牌上写着：蒋宅。

张沉："是蒋鼎文上将……"

古正文叹了口气："我有个直觉……"

张沉:“她跑不了……”

古正文冷笑:“她得让我倒霉……”

**一个公用电话前**

黄露在打电话:

“你是大舅吗？我是小妹,老曾亏本(被捕),你那里有没有樟脑粉(飞机)要运到一江山？好,我马上赶到……”

**通往机场的路上**

一辆军用轿车在疾驶。

机场大门前,

哨兵把汽车拦住了。

副官亮出通行证,

哨兵敬礼放行。

轿车向一架飞机驶去。

**毛人凤办公室**

毛人凤对着电话:“我命令,机场、码头、交通要道严加盘查,发现可疑情况直接报告我。”说完,他放下电话:“我就不信她会游过台湾海峡……”

电话铃声响。

毛人凤抓起电话:“哪里？军机场,怎么？……‘国防部’参谋次长……这你们还用报告吗?”他放下了电话,骂了一句:“一群白痴!”

说者无心,听者有意,古正文问了一句:“局长,怎么回事?”

“五分钟前,‘国防部’参谋次长到机场送走了一个客人。”

古正文眯起眼睛在想什么,一边想一边自语:“宋师长,宋师长……”他突然眼睛一亮:“局长,老曾说的那个共产党是什么‘国防部’的宋师长,会不会是宋次长?”

毛人凤警觉地说:“这……这可能吗?”

古正文:“但这可是挺巧啊?”

毛人凤摆摆手:“得了,别找麻烦了,他不是别人,是次长,是中将。”

古正文激将道:“中将,过去我们保密局可是审得多了。”

毛人凤不语了。

古正文:“这样吧,你让我去办,有了问题是我的,有了……”

毛人凤打断他:“别说了,这事儿就当我不知道。”

古正文:“我明白。”

**宋世长公馆**

“什么人?”

“我们是‘国防部’技术总队的。”

宋世长开了门。

古正文和张沉等人顺势挤了进来。

宋世长不高兴地问:"这么晚了,你们有事吗?"

古正文看了一眼走了过来的宋太太,说:"我们是保密局的,我叫古正文,有个事想和宋次长核对一下,听说你们晚上到军用机场送人去了?"

宋太太看了宋世长一眼。

这一眼被古正文看在了眼里,他仿佛从这一眼里看到了什么。

宋世长不客气地说:"去了,怎么了?"

古正文:"不知次长送的是什么人?"

宋太太马上抢话说:"是我的一个亲戚。"

古正文:"噢,是这样,有人说你们的那个亲戚是个共产党员。"

宋世长火了:"胡说!"

古正文反倒十分冷静地说:"人嘴两张皮,你得让人家说。我不信你宋次长,还能信他们吗?这样吧,有人反映我们就得搞清楚。搞清楚了,对你宋次长,对我们都有好处。如果方便,就请宋太太到我们那里去一趟。"

宋世长还是一脸愠怒地说:"你们这是要带我的人!"

古正文:"不能这么说,到那儿履行个手续不就回来了嘛……"

宋太太对宋世长说:"古先生也是好意,要么我和他们去一下。"

宋世长不语。

古正文十分诚恳地说:"一会儿完事后,我亲自把太太送回来。"

宋世长想了一下,他叫了一声:"副官!"

一个副官走了进来:"次长有事?"

宋世长一语双关:"你和太太到保密局去一趟,你可小心点,太太要是有个三长两短,我可饶不了你。"

副官应了一声:"是——"

**台北市区**

一辆军用吉普车像箭一样向前射去,

后面跟了几辆军用摩托车。

吉普车里古正文瞟了一眼坐在宋太太身旁的副官,眼神中流出一丝不易察觉的神情。

……

一幢普通的大楼前,

古正文让车停下了。

他从窗子向外叫着:"到了,下车!"

宋世长的副官以为真的到了,他先下车。他脚刚一落地,还没站稳,古正文命令司机:"开走!"

司机疯一样地把车开走了。

宋世长的副官这才知道他被甩掉了。

他叫着,骂着……

## 一个日式小饭馆

一个小包间。

古正文拉开门，对宋太太说了一句："宋太太，请！"

宋太太在门口犹豫了一下。

古正文仍是一副诚实的样子：

"宋太太，没别的意思，因为事关重大，我不愿让更多的人知道这件事，就把你带这里来了。"

宋太太见古正文这副样子，她有些相信了，她走了进来，坐下。

日本姑娘把茶放好，便退了出去。

古正文又十分诚恳地说："出事了……"他眼睛死死地盯着宋太太。

宋太太瞪着一双疑问的眼睛。

古正文又凑近了一些："你的亲戚一到就出事了。"

宋太太脱口而出："在一江山……"

古正文心里一震，但他没流露出来，仍平静地说："对……"

宋太太不知如何是好……

古正文："现在只有一个办法，你承认你是共产党员，把责任都揽到自己身上，这样就能保住宋次长。"

宋太太一副天真的样子："真的能？"

古正文："你还不信我？"

宋太太无奈地说："那只有这样办了。"

古正文："那你先坐下，我去叫个车。"

## 古正文办公室

电话旁，

古正文："你是毛局长吗？两个事：一是宋次长可以捕了，宋太太全供了；二是那个叫黄露的女共产党现在在浙江的一江山岛。"

## 一江山岛小客栈

一条深深的巷子里，

有一个不大的小客栈。

客栈两层的一个房子里，一个叫水根的中年男人刚刚把黄露安排好。

水根对黄露说："同志，你就放心吧，这里是我们党的一个地下交通站，很安全。"

黄露："好，那就请这里的同志多帮助了。因为我还有任务，最好明天一早就让我过海，然后买到上海的船票。"

水根："好，我一定办到，听说同志是一江山人？"

黄露："对。"

水根："听说一江山渔场的最大买卖就是令堂的家业？"

黄露："对。"

水根很意外:“那你是个大小姐!你是老几?”

黄露:“老小。”

水根摇摇头:“对,你们家里有五朵花……说个玩笑话吧,要不是参加革命,过去像我们这样的想看看大小姐那也不是件容易的事。几年没回来了吧?”

黄露回忆着:“不是几年……‘八一三’那年的中秋……”

水根:“有十几年了,听说老头子老太太都在?”

黄露心有痛处:“我只和一个姐姐有书信来往……”

水根:“那你不准备回家去看看?”

黄露:“不了,我们家是个大家,人很多,我有任务在身,万一有了什么事,让他们受连累……”

水根明白了什么:“那我明天就去找船。”

**小码头**

一个卖票的小窗口。

水根对里边说了一句:“买一张去宁波的票……”

里面没有答话,水根又说了一遍。

里面没说话,只是敲了敲窗边的一块小黑板。

水根这才仔细看了一下那块黑板:

“今天无船。”

**海边**

水根不解地来到海边,海边的石台阶上站了好多人,人们望着那空空的海面,在议论着。

“客轮不卖票不说,连渔船都不让出海。”

“街上又多了好些国军。”

“是不是解放军要过海解放舟山?”

“难说……”

**街市**

水根向小客栈走来。

突然从他后边跑过来一队兵。

水根在思索。

**一江山岛小客栈**

水根在向黄露报告情况。

“黄同志,你说,真的是解放军要打过来吗?”

黄露摇着头:“不像……”

水根:“可是街上确实有很多陌生人。”

黄露:“不管那么多了,你先去搞船。”

水根:“好……”水根刚欲走,从街上传来鼓乐的声音。

黄露和水根从窗子望下面，
浩浩荡荡的出殡队伍。
水根自言自语："真气派……"
黄露感觉到了什么："不知是谁家？"
水根不在意："管他呢，反正不是穷渔民家……"
黄露感觉到了什么："你去看看。"

**街市**

出殡的队伍中。
水根挤到人群中。
他向人们打听着。

**一江山岛小客栈**

少顷，水根返了回来。
黄露急切地问："是哪一家？"
水根欲言而止……
黄露："告诉我，是谁家？"
水根："黄同志，你是个经过风浪的人，你一定……"
黄露一听就明白了，她摆了一下手："我明白了……"
说着，眼泪涌到了眼圈。少顷，她颤抖地说："是我们家谁？"
水根喃喃地说："你的老母亲……"
话音未落，黄露"咚"的一声跪在了地上，泪水一下流了出来。她轻轻地唤了一声："妈……"
过了好一会儿，她对水根说："我要送送我妈……"
水根急了："这太危险了！"
黄露有些意外："母亲都没了，还怕危险？"
水根："我是说，你身负重任，还有大事要做。"
黄露："什么比母亲大……"
水根斩钉截铁："我不同意。"
黄露不语……

**街市**

地上是无尽的出殡队伍。
天空响着撕心的哀乐。
回忆……
在天和地之间闪回着黄露母亲的往事：
*母亲在教黄露习字。*
*母亲在教黄露练剑。*
*母亲在教黄露撒网……*

**一江山岛小客栈**

水根轻轻地唤了一声:“黄同志……”

黄露镇静了一下自己。

水根提醒:“黄同志,要么下去看看吧,也算是给她老人家送行了……”

黄露没说话……

过了好一阵子后,她说了一句:“去找船!”

水根不想再说什么了:“我去!”

黄露送水根下去后,她呆愣在那里。她往街上看了一眼,突然想起了什么,她顺手撕下那白色的蚊帐,然后披在了身上,朝着街,朝着哀乐响起的方向,又一次跪下了……

**蒋介石官邸**

蒋介石背身坐在一把藤椅上,脸朝着西。据说这是他到台湾后常常看的一个方向,因为那个方向是大陆……

毛人凤和古正文站在一边。

少顷,一个人被带了进来,他是宋世长。他仍穿着军装,但军衔和帽徽都没有了。

蒋介石感到了他的到来,

有气无力地说了一句:“坐吧!”

宋世长脚跟一靠:“谢谢总裁!”

蒋介石苦笑了一下:“我,不是你的总裁,你是共产党员……宋世长,事到如今,我也不想说什么了。你只要告诉我一个答案,你是国民党的中将、国防部参谋次长,为什么要参加共产党?为什么?”

宋世长不假思索地说:“总裁,很简单,如果我不是国民党员,倒无权批评这个党。正是因为我是,而且又是多年的国民党员,我才感到它的无望。”

蒋介石:“那么共产党就一点毛病没有?”

宋世长:“有,但是,它现在还有活力……”

蒋介石挥了下手,制止了宋:“好,但愿我哪一天有了活力的时候,你还……”

宋世长:“谢谢总裁,我是军人,从入伍那天起就把生死置之度外了。”

蒋介石叹了一口气:“你没理解我的意思。问你一个问题,你可以不回答。”

宋世长:“总裁,你问。”

蒋介石:“你是什么时候和共产党搞到一起的?”

宋世长:“1947年。”

蒋介石回忆道:“那时,你是重庆军政部办公室主任。”

宋世长点头:“是的。”

蒋介石:“参加共产党了,为什么还来台湾。”

宋世长:“1949年7月,也就是我调任福建绥公署副主任后,有一次在香港见到了我的上线,他曾经让我留在大陆,我没有接受他的意见。”

蒋介石:“为什么?”

宋世长:“我参加共产党太晚了,为人民做的事还不多,所以想来台湾,多为人民做些事情。为了不引起毛人凤的怀疑，我把夫人和小女儿一同带来了。”

蒋介石手一指正在远处玩耍的母女俩：“是她们？”

不远处，一对母女正在草地上行走……

宋世长没有说话。

蒋介石淡淡一笑：“还有大女儿和儿子在大陆。”

宋世长点头。

蒋介石看了一眼宋世长，

宋世长也看着蒋介石，

他们相互看了好一会儿。

还是蒋介石打破了沉默：“1947 年参加共产党，才两年，掉队时间不长，回来吧。”

宋世长不语，只是看着在草地上走着的母女。

蒋介石：“大陆上的一双儿女，我们设法把他们找到，可以接来台湾，也可以把他们送到美国。”

宋世长不语，仍看着在草地上行走的母女。

蒋介石：“回来吧？蒋家的鸡在老毛家下了两天蛋，蛋，老毛可以收下，鸡还归我……”语气中透着真诚和凄惨。

宋世长不语。

蒋介石：“信不过我？”

宋世长淡淡一笑：“是我信不过我自己……”

蒋介石：“怎么讲？”

宋世长：“总裁，我中毒很深……”

蒋介石：“不一定，老曾是中共二几年的党员，参加过长征，抗战胜利后从延安派过来的，他不是中毒，而是毒源，怎么样了？”

宋世长：“总裁，我罪大恶极……”

蒋介石笑了：“是呀，你们的情报到了大陆，对他们进犯台湾是有帮助的，但是任何事情都是时也运也，对于一个战役一个情报是重要的，但是我想台湾的命运绝不是一两个情报决定得了的。你想台湾现在代表着‘中华民国’，我们还和百多个国家有外交关系。就拿苏联说，我们还有关系，外交关系中断了，但是我们还有《波茨坦公告》的约束。毛泽东访问苏联，他想和苏联人签一个条约，但是斯大林下不了这个决心。还有美国人，毛泽东想打台湾，美国不会不管。所以话说回来，送出去几张军用地图、几个机枪大炮的位置图，成不了什么气候，反过来，我为这几个小情报，把一个还能下蛋的鸡给杀了，哪多哪少？”

宋世长不语。

蒋介石觉得他的话起作用了，他站了起来，来回走了几圈，然后站定：“今天就谈到这里，你回去吧。有什么请求，可以随时来找我。”

宋世长站起不假思索：“总裁，我现在就有一个请求。”

蒋介石眼前一亮：“你说。”

宋世长：“我知道毛人凤在大陆留了很多人，请他们不要找我的那两个孩子……”

蒋介石明白了宋世长的意思：“噢……好，我让他先不找，你也再想想……”

宋世长没说话，郑重地给蒋介石敬了个礼。

蒋介石："标准。"

## 莫斯科毛泽东住处

毛泽东猛地转过身来，

他仿佛知道了什么……

## 一江山岛小客栈

小客栈里。

水根在向黄露汇报情况：

"昨天一天就烧了五条船，这条好不容易才找到的。"

黄露："我自己划船，不要连累别人。"

水根："还有我呢？"

黄露："你的任务完成了，不过，我还是想看看我母亲……"

水根想了好一会儿："好吧。要我做什么？"

黄露："你去帮我……"

翌日。

一阵脚步声打破了这里的宁静。

一群荷枪实弹的士兵包围了小客栈。

张沉对店主说："最近住过什么人？"

店主把一个登记本递了过来：

"都在这呢。"

"住过女人吗？"

"没有。"

张沉对一个名字发生了兴趣，他把本子扔给了店主，朝黄露住过的房子走去。

张沉没有立即进去，

他在门口打量着。

他发现了什么，走到床前，用手在枕头底下摸了一下，

他摸出一个东西，

这是女人用的头钗。

张沉疾步走到楼下，把头钗举到了店主面前："你说没住过女人，那这个东西你就留着用吧。"说着，他一下把头钗插到了店主的脖子里。

店主痛苦地叫着。

## 黄露家

黄露母亲的灵堂。

黄露母亲的像。

地上放着两条长长的白布。

一管大笔。

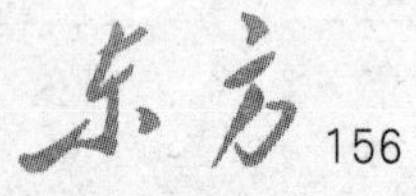

一个大砚。

无人……

一双脚，轻轻地移到中间，站定，停了许久……

一个女人的声音，她是黄露："母亲……给您唱个歌，这是您教给我的……苏武留胡节不辱，雪地又冰天，苦忍十九年。渴饮雪，饥吞毡，牧羊北海边。心存汉社稷，旄落犹未还。历尽难中难，心如铁石坚。夜坐塞上时听笳声入耳，恸心酸……"

有开门的声音……

女人没有回头，继续唱着："苏武留胡节不辱，转眼北风起，雁群汉关飞。白发娘，望儿归，红妆守空帏。三更同入梦，两地谁梦谁；任海枯石烂，大节总不亏。终教匈奴惊心破胆，共服汉德威。终教匈奴惊心破胆，共服汉德威……"

灵堂依然那么静，但是除了黄露外又多了两个人：一个古正文；一个十分标致的女人，是女特工。

女特工看古正文一眼，

古正文轻轻地摇着头，

女特工没动。

黄露没有回头，她拿起那管大笔，蘸饱了墨，下笔，一气呵成，两行工整的楷书，在白布上十分醒目：

母说不完的话 天堂再言

儿没走完的路 地狱续行

黄露站在那里一动不动，因为她已经感到了后边有人，那管蘸饱了墨的毛笔在滴着墨……

古正文还是开口了："想帮个忙。"说着，他用手指蘸着墨在四个大字上画了个圈：

㊣母说不完的话 天堂再言

儿没走完的路 地狱续行

黄露没说话。

古正文对女特工："帮忙挂起来……"

挽联挂好了。

古正文："没事了吧？"

黄露还是没有说话。

她转过身来，朝大门走去……

古正文像是对自己又像是对黄露说："要走了，不想说点什么？"

黄露从口袋里掏出一个东西。

说时迟，那时快，被女特工一把抢过，一看是一块金条。

女特工看了一眼古正文。

古正文对黄露道："你留着吧，日后也许有用……"

黄露知道古正文理解错了，她从女特工手里接过金条，说时迟那时快，她一下子放到了嘴里，吞了下去。她站在那里，淡淡地笑着……

古正文怔住了。

女特工怔住了。

不一会儿，古正文反应过来："调飞机，回台北……"

## 莫斯科毛泽东住处

毛泽东站起，看着前方……

## 台北陆军总院

白的……

这里全是白色的。

白色的无影灯，白色的手术台，白色的衣着……

一个白色的方盘。

"嗒——"

一个东西落入盘中，那东西在一片白色中闪着金色的光，

那是金子。

"金条和金项链加在一起三两多。"

"一般人一两就……"

"真不知道她的胸膛是什么做的？"

毛人凤用手小心地拿起一块金子，看了半天，不知是对金子还是对什么说了一句：

"真货……"

古正文眼睛一眯。

他们走了出去。

在门口，他们停了一下，回头又看了一眼手术台。

黄露平静地躺在一片白色之中……

## 小河边

毛人凤和古正文又在垂钓。

他们谁都没有收获。

毛人凤转身问了一句："还钓鱼？"

古正文："你不是很有耐心吗？"

毛人凤以为古正文没理解："我不是说钓鱼，你已经等她一个多月了。"

古正文抬起竿："可我的饵料还没有用完呢。"

毛人凤叹口气："不知你在说什么……"

## 一个小楼里

一身素装的黄露，

一见可知是刚刚病愈，她正在专心地作画。

不知什么时候古正文走了进来：

"好，画好，诗也好。"

黄露看了他一眼："谢谢！"又继续画画。

古正文话外有音:“黄女士住的地方不错,前面就是一条大路。”

黄露淡淡一笑:“不,那前边是个铁门。”

古正文:“那黄女士就不想从铁门走出,到大路上走走?”

黄露明白他的话:“不,那样是要付出代价的……”

古正文:“其实也没什么,还不是举手之劳的事。”

黄露:“是的,一个把灵魂都能出卖的人,卖别的就都是举手之劳了。”

古正文苦笑了一下:“没那么严重吧,我为国民党做事是出卖,那你为共产党做事就不是出卖吗?”

黄露:“就算出卖,我也只卖了一次,你呢……”

古正文:“你可以骂我是叛徒,但是我现在为党国效命十分欣慰。”

黄露:“注意用词,你在为国民党,不是为国,国只在那边,这是一个省。”

古正文:“国也好,省也好,都不属于你和我,而真正属于你我的只有生命。”

黄露:“你又错了,如果我不是把全中国的解放、把台湾的解放看得比生命还重要,我会抛下自己亲生骨肉来到台湾吗? 好了吧,你们不用在我身上打什么主意了,你们什么也得不到。”

古正文:“可是我有耐心……”

黄露笑着说:“没用。”

## 老曾家

“请——”

一桌丰盛的酒菜。

老曾指着桌子上的菜:“我们老早就说过,我要给你烧两个闽南菜吃。”

黄露不冷不热地说:“我还算有口福。”

老曾有些难为情地说:“你没有看不起我……我……”

黄露:“我不用眼睛看人……”

老曾明白了黄露的话:“什么也不用说了……”

黄露:“不,我要明白一个问题,那天车都给备好了,你没走?”

老曾叹了口气:“我……”

黄露:“你离不开那个女人?”

老曾:“不,我以为女人就是一件衣服……噢……对不起!”

## 蒋介石官邸

毛人凤试探道:“在这个案子中古正文可是出了大力,可他到现在还是个上校……”

蒋介石不着边际地问:“杨家将里你喜欢谁?”

毛人凤一时摸不着头脑:“还都……可以吧。”

蒋介石用一个棋子敲了一下棋盘:“可是我讨厌杨四郎……”

毛人凤一下怔住了。

蒋介石催他:“快走。”

毛人凤这才看了一下棋,他说了一句:“老先生,你再走,我就吃你了。”

蒋介石笑了："那不就是一个卒子吗？……还有，对我那个小老乡，你们不要碰她一根毫毛，要给以最高礼遇相待，要感化，要攻心。"

毛人凤："明白了，老先生……"

蒋介石突然问了一句："他还在莫斯科？"

毛人凤："在，不过他回来的路我已经安排了……"

# 第十章

### 沈阳

前美国驻沈阳总领事瓦尔德等人被带上法庭。

庄严的中华人民共和国国徽下，沈阳市人民法院法庭的审判长、审判员及陪审员、书记员等威严地肃立。

审判长肃穆地宣布："沈阳市中级人民法院，现就前美国驻沈阳领事馆总领事瓦尔德间谍案，判决如下……"

站在被告席上的瓦尔德等人一脸沮丧。

审判长大声地宣判："判处前美国驻沈阳总领事瓦尔德有期徒刑六个月，缓刑一年，驱逐出境……"

### 沈阳火车站

大雪。

一列沈阳至北京的火车停在站台上，旅客们正在上车。

瓦尔德在几名全副武装的解放军官兵的押解下，走向列车。

瓦尔德表情复杂地回头看了一眼这座生活了几年的城市。

### 美国白宫

美国国务卿艾奇逊推开了总统杜鲁门办公室的门。

艾奇逊有点沮丧："总统先生，刚刚得到的消息，驻沈阳总领事瓦尔德已经被中共驱逐了。"

杜鲁门停下了手中正在签署文件的笔，抬头望着艾奇逊："简直是太过分了，我实在难以理解中共的这种做法。"

艾奇逊自圆其说："没有什么好奇怪的。自从司徒雷登大使返回美国，我们就曾经预见中共可能会采取向苏联一边倒的政策，现在看来，是不幸言中了。"

杜鲁门有点恨其不争，一拍桌子站起来："在所谓的瓦尔德间谍案刚刚发生的时候，我就提议派飞机和武装突击队突袭沈阳，劫回被捕的总领事，以挽回政府的面子。可军方的人却坚决不同意，说这样做，不仅救不了瓦尔德等人，反而会卷入针对新中国的一场旷日持久的地面战争。结果……对于我们美利坚合众国来说，这是从没有过的事情。真是莫大的羞辱！这个瓦尔德，他把我们美国人的面子全丢尽了！”

艾奇逊颇为冷静：“这似乎跟瓦尔德没有太大的关系。自从去年，中共以间谍的罪名将瓦尔德等人囚禁，我方采取了低调处理的做法，试图与中共保持建立某种外交接触的可能性。可是，到底出现了我们不愿意看到的结果……总统先生，依我看来，瓦尔德的事还不是最重要的，我担心，我们在中国的所有领事馆都面临被关闭的危险。如此一来，我们政府再想对这个东方大国施加影响，将无从着力……”

杜鲁门踱着步，不甘心地说道：“我们不能这样甘于失败，中共必须为他们的无礼行为付出代价……”

少顷，艾奇逊报告说：“中央情报局的劳威尔·汤姆斯，已经进入西藏……”

### 西藏拉萨布达拉宫

布达拉宫外景。庄严而美丽，充满神圣的气氛。

美国中央情报局特工劳威尔·汤姆斯由印度驻拉萨代表理查逊陪同，进入布达拉宫。

劳威尔有些机械地陈述道：“理查逊先生，十分感谢您的引荐，使我这么快地见到西藏的达赖喇嘛和摄政达扎活佛。”

（劳威尔·汤姆斯　美国中央情报局特工）

理查逊礼貌和客套地半回敬道：“劳威尔先生客气了。其实，就西藏的前途而言，你们美国政府和我们印度政府的目标是一致的。”

（理查逊　印度驻拉萨代表）

劳威尔心怀叵测地蛊惑道：“中共对西藏志在必得，他们进军西藏，只是一个时间的问题。可是你们印度政府却不想看到这个结果，你们是希望在中国和印度之间，多一个缓冲国。”

理查逊放一钓二，把美国的小人之心披露出来：“这似乎没什么不好，如果能使西藏变成一个独立的政治实体，你们美国从西边觊觎中国，岂不是更加方便……”

劳威尔不满意理查逊的贬损，他找出一个冠冕堂皇的理由：“‘觊觎’一词贬义太重了，不好！我们美利坚合众国所期望的，是能方便向中国输出自由与民主……”

一个喇嘛疾行而来，向理查逊和劳威尔施礼。

喇嘛：“是理查逊先生和劳威尔先生吗？摄政达扎活佛有请。”

理查逊与劳威尔停止了你来我往的口角，随着喇嘛向布达拉宫内走去。

### 西藏拉萨布达拉宫

理查逊与劳威尔来到达扎活佛面前，双方互相施礼。

理查逊机械地说：“我来介绍一下，这位是从美国来的无线电台评论员劳威尔·汤姆斯先生。”

劳威尔躬身施礼，用生硬的藏语向达赖道：“扎西得勒！”

理查逊又说：“这位是西藏的摄政达扎活佛，他们都是希望与我们西方人友好交往的朋友……”

劳威尔向达扎施礼："扎西得勒。"

达扎向劳威尔和理查逊献上哈达："扎西得勒。"

（达扎·阿旺松绕活佛 西藏摄政）

达扎："欢迎劳威尔先生来到拉萨……只是不知劳威尔先生到西藏所为何故？"

劳威尔："我是一个无线电台评论员，我的使命是向全世界介绍西藏人民的生活。我带来了电影摄影机、录音机和广播器，并在不久前，刚刚完成了世界屋脊的第一次广播……"

达扎失望地说："我看不出劳威尔先生所做的一切，对西藏会有什么帮助……"

理查逊拾遗补缺，和着稀泥："劳威尔先生从美国远道而来，这能够说明美国政府对西藏的关注。达扎活佛如果想得到美国政府的帮助，我想劳威尔先生很乐意充当美国政府与西藏地方的联系人……"

达扎慢慢转头，看着劳威尔："是这样吗，劳威尔先生？"

劳威尔正色回答："是的！"

达扎有些心宽地说："那就好，我们希望美国政府能够帮我们阻止红色汉人进入西藏。"

劳威尔进一步地贴近主题："其实，这并不难办到。共产党要进攻西藏，必然遇到路途行走的困难，只要西藏方面组织一支有技术的游击部队，就可以阻止侵略者，切断他们的补给线……"

达扎斟酌着说："要成立这样的技术部队，必须有两个条件：一是配备适当的武器；二是要有技术的训练。这两条，都需要贵国政府的援助才行……"

劳威尔见缝插针，威逼达扎："可是，外国军队来西藏提供帮助，一向是不受欢迎的！"

达扎："不！我们不但欢迎，而且十分需要贵国政府的军事援助。"

劳威尔故作矜持："就目前的形势而言，让美国政府与中共军队直接发生冲突是不合适的。何况，要调动一支军队越过喜马拉雅山，并保证这支军队的供给，是一件十分困难的事情……"

理查逊插话："达扎活佛，这个问题我们还可以慢慢再商量，相信会有妥善办法的。我倒认为，从西藏的地理条件看，中共军队从昌都方向进藏是必然的。当务之急，是让你们的军队向昌都方向集中。"

### 由拉萨通往昌都的山路上

风雪中，一队藏军冒雪行进，步履维艰，队伍行动不是很顺利。

一行骆驼和牦牛驮着辎重、给养，在人群中缓缓而行。

### 昌都藏军营地

一顶顶帐篷在风雪中摇晃着。

几只骆驼驮着几只木箱、水桶、油桶等来到一顶帐篷前。

穿着藏军服装的英国人福特从帐篷内走出来，指挥几个藏军士兵将卸下的物件搬进帐篷。

福特训斥着："轻一点，这些都是贵重东西，电台！懂吗？"

## 帐篷内

福特看着几个藏军将各种物件在角落码好。

福特走到桌前，开始安装、调试收发报机。

## 西藏拉萨

劳威尔·汤姆斯住处。

电台前，劳威尔正在接收电文。

理查逊走进来。

劳威尔兴奋不已："这个福特，真是太能干了。"将电文交给理查逊："这么快就在昌都建立了电台。"

理查逊："岂止是昌都，在青海和西康的交界处，也有福特设立的分台。他的电台，不但同拉萨、日喀则、江孜、亚东的英国电台保持着联络，而且还经常与美国、英国和日本的朋友们保持着密切的联系……"

劳威尔如梦方醒："原来，我只是其中的一个……"

理查逊冲着劳威尔说："请转告福特先生，要他密切注意中共军队的调集情况……"

埋头发报的劳威尔。

电波声声。

## 台湾国民党保密局

美国顾问布莱德向大楼走去。

（布莱德　美国顾问）

……

台湾"国防部"情报局局长毛人凤，正向机要秘书口授命令："奖励计兆祥 2000 美元，并由国军中尉台长晋升为中校台长。命令计兆祥，从即日起，进一步加强空中联系，每天三次报告情况……"

美国顾问布莱德推门进来："密斯特毛，这么急着叫我来，是不是有什么好消息要告诉我？"

毛人凤从桌上拿起一张电报，递给布莱德，忧心忡忡地说："布莱德先生，你先看看这个……"

他回头对机要秘书道："按计划行动，赴大陆人员必须准时到达指定地点。东北地下技术纵队采取两套作战方案，从两翼追堵毛泽东的专列，除了破坏长春十四号铁路桥以外，再在哈尔滨车站埋下定时炸弹……"

布莱德提醒道："毛泽东去苏联访问了，这可是一个刺杀他的大好时机……"

毛人凤露出让人不易察觉的一丝微笑："我也是这么想的。关于刺杀行动，我已经布置下去了。"对机要秘书："赶紧把电报发出去吧。"

机要秘书转身而去。

布莱德上前一步："毛局长行动这么快，真是让人佩服。"

毛人凤几乎是一字一顿地说："好不容易等到这么一次机会，我怎么能轻易放过？"他一声阴笑："共产党做梦也不会想到，在中南海边的南池子，在他们党政要员集中的心脏地带，竟有我们的潜伏台。”

布莱德:“了不起!真是太好了。虽然我们在正面战场失利了,但在情报方面,我们一定要给共产党以狠狠的打击……我们美国战略情报局,希望在毛泽东到达莫斯科前,看到你们的成功。”

毛人凤得意地说:“这次,我要制造第二个‘皇姑屯事件’。”

他做了个爆炸的手势……

## 北京

李克农办公室。

公安部副部长杨奇清带着一局侦查科科长曹纯之走进李克农的办公室。

杨奇清问好:“李部长!”

(杨奇清 公安部副部长)

李克农从办公桌后站起身:“杨部长、李科长,快请坐。”

李克农将杨奇清和曹纯之让到沙发上。一个工作人员为杨、曹两人端上茶水。

李克农坐定,看着两位,有些急切地说:“请两位来,是想听你们介绍一下对北京敌特电台的侦查情况。”

杨奇清:“是!我们的监听台监听到了潜伏在北京的国民党特务发给台湾国民党保密局的电报,经破译,发现是有关毛主席访苏的情报。昨天,台湾又有电来,敌潜伏台台长因提供重要情报有功,已由中尉晋升为中校。而我公安部除掌握破译的署名0409的敌电译文以外,还没有其他任何线索……”

李克农:“对于下一步侦破工作,你们有什么打算?”

杨奇清谦虚地说:“这个问题,请曹纯之科长汇报吧。”

李克农把目光转向曹纯之。

曹纯之说:“昨天晚上,我睡不着觉,随手翻阅一本《政治经济学》,突然就想到,那些当特务、搞情报的,就是为了巨额报酬……可台湾方面不会专门给他们送钱来,肯定是通过香港或其他地方汇款……”

(曹纯之 公安部一局侦查科科长)

李克农眼睛一亮:“你们的意思是……查汇?”

曹纯之点点头:“我们已经派人去查了。”

李克农站起来:“好!就按你们的思路查下去,一定要以最快的速度,把这个潜伏的特务挖出来。无论如何,要保证毛主席的安全!”

杨奇清和曹纯之站起来:“是!”

## 西藏噶厦政府内

理查逊和劳威尔·汤姆斯正与达扎会谈。

理查逊对达扎等人的做法很是不解:“达扎活佛,你不能完全指望别人为你做本该由你做的事情,坐喊西藏独立是没有用的,应该用你们自己的行动谋求国际支持……”

劳威尔:“是的,你们为什么不向联合国致信呼吁呢?”

理查逊:“你们应该尽快起草一个‘西藏独立’的文稿,发往各个国家。并成立一个亲善团,以独立国家的名义,分赴西方大国和就近的邻国,只要先有几个国家承认了你们,那就等于造成了西藏独立的既成事实。你们还要派一个使团到北京去,表明你们独立的立场……”

达扎:“共产党中国不会承认我们的独立,而且,我们一旦向他们表明这种立场,他们就会加快进藏的速度,所以关键还是要有实力阻止解放军进藏,我们要求美国政府给予军事援助……”

劳威尔:“这一点,达扎活佛不必犯愁。据我所知,我驻某国的大使正与他们的政府商议此事,用不了多久,就会有好消息传来。”

达扎:“那可真是太感谢了……”

### 西安中国人民解放军第一野战军暨西北军区

彭德怀对着床上的地图出神。妻子浦安修正在帮他收拾行装。

彭德怀摇头自语:“不行,这样不行!”

浦安修正把一包药品硬往包里塞,闻语,停下手里的动作:“怎么不行?挤一挤就装上了。这可是治你老胃病的药,不带上怎么行?哎,你听见没有?”

彭德怀正在焦急中:“行了,行了,别添乱。我是说进军西藏的事儿!”

(画外音:“西藏的事怎么了?”)

话音未落,习仲勋已经走进来:“彭总,又是一夜没睡啊?”

彭德怀:“老习,你来得正好,我正准备找你商量呢。”

习仲勋坐在一张椅子上:“你说的是西藏的事儿吧?”

(习仲勋　西北军政委员会副主席　第一野战军政治委员)

两人坐下。彭德怀:“我反复考虑,由西北入藏困难太大,还是由西南入藏为宜!你看,由打箭炉分两路:一路经理塘、科麦,一路经甘孜、昌都,比从青海和新疆入藏要容易得多。如果入藏任务归西北,就必须先在和田、于田和玉树屯兵囤粮,并且要修筑道路,完成上述准备工作,少说也需要两年时间。更重要的是,由南疆入后藏,由大河坝入前藏。这两条路,每年只有四个月可通行,其余八个月,大雪封山,不能行动。”

习仲勋仔细听罢,边想边问:“你的意思是想让中央改变决心,改由大西南进藏?”

彭德怀果断地说:“没错,由伯承和小平他们派兵进藏,才是上策。”

浦安修在一旁听出端倪,惊讶地说:“毛主席决定的事,你也改?”

彭德怀:“怎么有利,就怎么做嘛。为什么不能改?”

浦安修:“可是毛主席……”

彭德怀:“毛主席怎么了?我彭德怀的脾气老毛知道。我就是有啥说啥,老毛对西北的情况不了解,如果我不把情况向中央说明,提出我的建议,影响了部队进藏,那才是失职。”

浦安修:“我是说,你是不是再考虑考虑?”

彭德怀:“有什么好考虑的?去,把机要秘书给我叫来!”

浦安修出去了。彭德怀将拟好的电报拿给习仲勋看。

习仲勋详细地看着电报,末了说:“彭总正好去北京向中央汇报,并参加中央人民政府委员会会议,可以把我们的意见向中央详细陈述一下。”

彭德怀看了习仲勋一眼,仿佛遇到知音:“我也是这个意思!”

习仲勋掏出笔在电报上签下自己的名字。

彭德怀:“你干什么？还真怕我把老毛得罪了？”

习仲勋把签了字的电报递给彭德怀,笑道:“我是西北军政委员会副主席,当然责无旁贷。”

(机要参谋的画外音:“报告!”)

彭德怀:“进来!”

机要参谋走进来,向彭德怀和习仲勋敬礼:“彭总,习政委!”

习仲勋将彭德怀手中的电报拿回来,交给机要参谋:“立即发出去!”

习仲勋随着彭德怀走出屋门。

浦安修和司机将收拾好的东西提上,跟着走出了房间。

彭、习两人边走边谈的背影渐渐远去,消隐在夜色中……

## 广东沿海

三五成群的解放军战士和当地渔民忙碌地修船、补帆,准备渡海作战,一群干部战士抬着一艘硕大的渔船向海边走去。

第十五兵团司令邓华和政委赖传珠从人前走过,见战士们抬得十分吃力,赶忙上前搭手帮忙……

众人将船放在海边,邓华和赖传珠回头继续沿着大路,边走边交谈。

大海的涛声此伏彼起。

赖传珠有些焦虑:“一次运一个军的兵力登陆,组织工作很复杂呀,需要相当长的时间准备物资、收集船只,而且要经过演习才行……”

(赖传珠　中国人民解放军第四野战军第十五兵团政委)

邓华摇摇头:“哪有那么多的准备时间？中央要求我们旧历年之前行动呢……以季节论,当然是旧历年前行有利,但以准备工作论,恐怕来不及……”

(邓华　中国人民解放军第四野战军第十五兵团司令员)

一辆吉普车疾驰而来,在邓华和赖传珠身后停下,兵团副司令兼参谋长洪学智从车上跳下来。

邓华抬头看着那个跳下来的身影,用手指给赖传珠看:“看看,这个洪学智,不管你走到哪儿,他总是能找了来……”

(洪学智　第十五兵团第一副司令兼参谋长)

洪学智听到邓华的声音,快速走近:“这么大的事儿,我不找首长,能行吗?”

邓华想要压住海浪的声音,高声问:“又是船的问题吧?”

洪学智:“几个军我都跑遍了,大家该想的办法都想过了,还是找不到那么多船……”

邓华见海风太大:“有话回司令部说去,走吧!”

三个人上了吉普车。

## 上海大街上

大街上,提着米袋的市民们疯狂地向粮店跑去……让人预感到一个可怕的危机将要到来。

## 上海市政府

上海市长陈毅站在窗前，望着大街，脸色铁青。

（陈毅　华东军区司令员兼上海市市长）

秘书走进来，随手抹了一把额上的汗："疯了，简直是疯了……"见陈毅没搭话，秘书继续说道："这几天粮食价钱是翻着跟头往上涨，就这样，好多市民还是买不到米。看样子，又是那帮投机商人在恶意囤积……任这样下去，整个上海非乱套不可……"

陈毅极力在控制自己的激动，但话语还是很严厉："格老子的，这些家伙真是不见棺材不落泪……"随口向秘书问道："陈云同志有消息没有？"

秘书："还没有。听他秘书说，全国都在告急，西南也出现了问题。"

陈毅回身提起电话："要政务院……我是上海市长陈毅……政务院，我找陈云同志……"

## 上海大街上

一家粮店前，数百市民拥挤着、吵嚷着要求店家卖米、卖面，秩序好不混乱。

粮店窗口，一个商人冲着市民们喊叫："米和面都卖完了，明天再来，明天再来……"

曾山在秘书的陪同下，从人群中穿过，没有人留意他。

（曾山　上海市副市长）

曾山面无表情地看着眼前的情景，半天，向秘书问道："有什么感想？"

秘书："敌人在经济战线反击了。"

曾山坚定地说："再难，也不会有三年坚持时难。"

## 北京政务院周恩来办公室

周恩来在打电话："你们的情况陈云同志已经向我说了……你这个陈老总啊，你一向可是个镇定自若的人……是的，是很难，但我相信，有陈毅同志坐镇，问题一定会妥善处理好的……好的，我等你们的好消息。主席也在等你们的好消息。"

## 莫斯科郊外孔策沃别墅毛泽东住处

毛泽东正在听秘书们的汇报。

一个秘书："上海的情况就是这样。"

另外一个秘书："主席，我来汇报一下第十五兵团的情况……"

## 广东海边

赖传珠望着捏着电文不发一语的邓华，着急地问："炮兵够不着，空军用不上，就这么几百条破船，这仗还怎么打？"

邓华看了一眼远处正在训练的部队，幽幽地叹气："是啊，我也担心重蹈打金门的覆辙呀……"

洪学智一想到问题紧迫，就又开始他的计算："我们原计划春节前渡海，现在看来对困难估计不足。海南岛有几十万敌军，主席指示一次要渡过去一个军，按每条船 30 人算，需要 1000 多条船，可我们现在只搞到四五百条……"

邓华大有“箭在弦上，不得不发”的无奈：“可我们的作战部署都已经确定了，而且，不但电告了林总，连党中央、毛主席都已经认可了我们的决心……”

赖传珠走上一步，觉得不能硬实施：“那就收回我们的决心，向林总和党中央、毛主席说明我们目前的困难，推迟进攻的时间……”

邓华看了他一眼，语气加重：“说得轻巧，毛主席的脾气，还有林总的脾气，你们不知道啊？要推迟进攻，理由呢？”他语气一缓：“光摆困难是不够的，我们得拿出更可行、更完善的方案……都考虑考虑吧。”将手中电报往洪学智手中一塞，转身而去。

赖传珠和洪学智面面相觑。

## 莫斯科郊外孔策沃别墅毛泽东住处

秘书在向毛主席汇报着：“今天彭总到了北京，朱老总、聂荣臻、杨尚昆、刘亚楼、许光达、贾拓夫、李涛、赖祖烈等人到机场迎接……”

## 朱德家中

一张地图摊在桌子上，朱德、彭德怀对着地图在研究进军西藏的问题。

朱德低头看地图，用手在上面比划着：“你说的这些情况，是我们以前没有料到的，既然从西北入藏困难这么大，那就改由从西南入藏，让伯承和小平同志去完成。只是，事情重大，需要向主席请示……”

## 莫斯科郊外孔策沃别墅毛泽东住处

一张地图铺在桌上，毛泽东也仔细地在打量着。

毛泽东自语：“到底是彭大将军哪！”起身沉思着：“既然由西北进藏困难太大，那就从西南进。但无论从哪里进，西藏，我们是一定要进的……你们讲一下四野的情况……”

## 武汉第四野战军司令部

林彪躺在躺椅上，闭着眼“咯嘣咯嘣”地嚼着炒黄豆。他的额头上敷着毛巾。

邓子恢从外面走进来：“林总，你还是回家睡一觉吧。”

林彪扯下额头上的毛巾，苦笑道：“4 个兵团，16 个军，150 万多人，在大半个中国上运动，我睡得着觉，那得多大瞌睡？”

邓子恢笑道：“林总觉少。”

（邓子恢　第四野战军第二政委）

林彪站起来：“但是梦多，梦想拿下东北，拿下了；梦想拿下海南，还刚开始做……”他起身向挂着地图的墙边走去。

邓子恢跟过去机警地问：“你在担心邓华？”

林彪：“我的部队哪一个都不担心，我是怕他们担心我。”

邓子恢：“春节前攻取海南，我们不是把主席的指示转给邓华他们了吗？”

林彪又回到座位上，闭着眼睛说：“我是担心出现第二个金门……主席上个月的电报说得清楚，海南的情况远非金门可比，它的战略意义仅次于台湾。对其进攻的难度，远远超出金门与舟山。首先从地理位置上看，它比金门、舟山距大陆都要远。琼州海峡又是世界上流速最高的海峡之一，这将给渡海航行造成很大的困难。从双方攻防力量上看，攻金门、舟山渡海距离都在10公里之内，我们的炮兵可以直接掩护航渡和登陆，国民党军的军舰只能在远处以火力拦截。金门岛上也没有设备完整的机场，需要呼唤台湾进行空中支援。可是进攻海南岛则不同，不仅航渡距离远，登陆点也在我军的炮兵射程之外，无法进行火力掩护。国民党军的军舰还可以直接到中流拦截。敌人在岛上又驻有20多架作战飞机，可随时直接支援守岛作战。而我们的航渡工具只有木帆船，加上完全没有海空军的掩护，是以陆军单独向敌军陆海空三军的立体防御发起进攻。”

邓子恢：“海南岛上，有冯白驹领导的琼崖纵队，届时可以配合和支援我渡海纵队……”

林彪还是没睁眼：“冯白驹，坚持了这么多年……”

（洪学智的画外音：“报告！”）

邓子恢：“进来！”

洪学智一脸疲惫地走进来，向林彪和邓子恢敬了个礼。

邓子恢笑道：“你看看，说曹操，曹操就到。”对洪学智道：“我跟林总刚刚还在谈你们十五兵团的事呢……”

林彪拉下脸：“大战在即，你洪学智不留在广东指挥作战，跑到我这儿来干什么？”

邓子恢解围道：“林总你先别拉脸，我看这个洪学智，他是无事不登三宝殿……”

林彪往嘴里放了一颗黄豆，说：“他是夜猫子进宅，无事不来……说吧，不会是想推迟打海南岛吧？”

洪学智：“林总英明……”

林彪哼了一声，回到躺椅上，身子一仰，躺下了。

洪学智走近一步：“林总，我们现在征集的渡船远远不够，连半个军都渡不过去。至少还要征集上千条，春节前这点时间远远不够。”

林彪两眼微闭，眉头紧锁：“我们只有木帆船，必须靠冬季北风做动力。春节后风向一变，渡海会更困难。”

洪学智：“邓华和赖传珠同志派我来，一是把困难向首长当面报告……另外，我们打算把大部分木帆船装上机器，改造成机帆船，这样渡海就好办多了……”

林彪一下坐起来，顿时满脸精神：“好办法，就此办理！”

洪学智咽了口唾液，接着说：“可是，林总，改装机器需要经费，兵团和华南分局都解决不了……”

林彪转头看着邓子恢：“这事儿，你们找邓政委解决……”

邓子恢两手一摊：“我也没钱啊。新解放区千疮百孔，到处需要补窟窿……要不，找中央解决一下？”

林彪：“我看行。”他站起身，对洪学智道：“这样吧，你就再辛苦一下，跑趟北京，直接向中央军委汇报：一是说明推迟渡海的原因；二是请中央帮助解决经费问题。”他看了看表：“正好中午十二点有趟去北京的火车，你现在出发还来得及，我就不管你饭了……”

洪学智：“是！”敬了个礼，转身欲走。

邓子恢忙说：“你等等，跟我到伙房去看看，有什么吃的，带着点儿……”

邓子恢和洪学智一起离开了房间。

## 莫斯科郊外孔策沃别墅毛泽东住处

收音机里，播音员正在播送中共中央《告前线将士和全国同胞书》："……在 1949 年内已经解放了除西藏以外的全部中国大陆，歼灭了敌军 260 万人。帝国主义和在中国的反动统治已被永远推翻，中华人民共和国已经巩固地建立起来。中国人民解放军和中国人民在 1950 年的光荣战斗任务就是解放台湾、海南岛和西藏，歼灭蒋介石匪帮的最后残余，完成统一中国的事业，不让美国帝国主义侵略势力在我们的领土上有任何立足点。随着战争的胜利结束，中国人民已经可能并且必须把主要的力量逐步转入和平建设工作。中国人民在 1950 年需要克服战后的财政经济困难，恢复工农业生产和交通事业……"

正伏案工作的毛泽东站起身，伸了个懒腰："好啊，解放台湾，解放西藏，解放海南岛！少奇同志主持起草的这个中共中央《告前线将士和全国同胞书》，把我们新年度的任务都包括在里面了。我们就是用一个接着一个的胜利，让全世界都看到，一个强大的新中国，在东方建立起来了……"

王稼祥走进来："主席，明天就是元旦了，苏共中央、最高苏维埃和部长会议联合举行团拜会，邀请您和中国代表团的全体代表参加，您去不去？"

毛泽东："去！为什么不去？"少顷，对王稼祥："他们的团拜会后，我们也搞一个宴会，把凡是与我们建立了外交关系的国家，在苏联有大使馆的，把它们的大使都请来，我们一起庆祝元旦。"

王稼祥有点担心："这个别墅太小了，只怕……"

毛泽东想了想，还是兴致很浓："到我们的大使馆去，就以中国驻苏联大使馆的名义办，明天你是主人……"

王稼祥心领神会："好，我这就去布置落实。"

## 北京公安部一局侦查科科长办公室

曹纯之正在洗脸，副科长成润之推门进来。

曹纯之立刻把手巾放下，急切地问："你们那边查到没有？"

成润之从门后的水桶里舀起一瓢凉水，咕咚咕咚喝了几口，没好气地将水瓢往水桶里一扔："全市各个银行、邮局都查遍了，什么也没查到。"

曹纯之："可真是见鬼了……难道我们的侦查方向搞错了？"

成润之："赶紧向杨副部长报告，还是另想办法吧。"

曹纯之："也只好这样了……"

（杨奇清的画外音："你曹纯之也有不相信自己的时候啊？"）

曹纯之和成润之赶忙立正："杨副部长！"

杨奇清笑眯眯地进来，道："刚迈了一步，就想往后缩了？昨天我说的四个字，你们忘了？要思路开阔。敌人是狡猾的，不一定把钱寄到北京，也许寄到天津等附近城市，这对他们更安全些……"

成润之恍然大悟："对呀，也许就寄到天津了呢。"

曹纯之："明天去天津！"

## 天津火车站

身着军装的曹纯之走出火车站。

天津市公安局二处处长阎铁迎上来，握手寒暄之后，将曹纯之引到一辆吉普车旁，两人上了车。

## 天津大街上

吉普车在大街上行驶。

阎铁握着方向盘，曹纯之坐在副驾驶座位上。

阎铁："接到部里的电话，我们就把全局的同志都集中起来了，不知是什么任务？"

（阎铁　天津市公安局二处处长）

曹纯之往靠座靠了靠："查汇。请你们在天津市所有的银行和邮局，检查最近从香港或澳门来的汇款。这是台湾国民党保密局给在北京潜伏特务的经费，事关重大，你们要全力以赴，不要漏掉一个环节。"

阎铁："这你尽管放心。对了，杨副部长打来电话说，最近把你累坏了。我看这样，今天的查汇，交给我们。你呢，到我办公室里安心地睡一觉，等你睡醒了，我们把结果报给你。"

曹纯之疲倦地闭上眼睛："那就辛苦你们了……对了，让大家一律着便衣去。"

## 莫斯科克里姆林宫门外

毛泽东率中国代表团走出克里姆林宫。

王稼祥："主席，他们的团拜会结束了，我们该回去唱我们的戏了。"

毛泽东边下台阶边说："好啊，一定要办得热情、隆重，让那些跟我们建了外交关系的国家感觉到，新中国的主人们是非常热情好客的。"

王稼祥忽然想起了一件事："对了主席，有好几个国家的记者想采访您……"

毛泽东挥了挥手："暂时不见他们……就说毛泽东现在不方便见任何人。"

王稼祥有些不明白："主席……"

毛泽东笑笑，孩子气地说："给各国的记者们一个哑谜，让他们猜去。"

陈伯达在一旁道："这……这容易让人产生误解……"

毛泽东不满地说："误解？误解什么？把老子请了来，实质性的问题又避而不谈，这跟软禁有什么区别？"

陈伯达："可这事儿万一闹大了，斯大林翻脸怎么办？"

毛泽东心中有数："哼！等着瞧吧……"

轿车驶过来，叶子龙为毛泽东打开车门，毛泽东刚要上车，莫洛托夫和米高扬追出来。

莫洛托夫冲着汽车边上的毛泽东："毛泽东同志，下午我和米高扬同志再去拜会……"

毛泽东："何必要等到下午？中午，我们的大使馆要举办一个庆祝元旦的宴会，请你们一块参加。"回头问王稼祥："稼祥，没给莫洛托夫和米高扬同志发请柬吗？"

王稼祥立刻回答："都发了。"

毛泽东冲着米高扬他们笑笑："欢迎光临哦！"

毛泽东上了车，轿车缓缓向大街驶去。

## 天津某银行

几个着便衣的公安人员走进银行。

## 天津某邮局

阎铁率几个着便衣的公安人员找到邮局的负责人——一个四十来岁的女干部，阎铁掏出自己的证件递给对方。

女干部保证道："我是这个邮局的党支部书记，我姓李，阎处长需要我们做什么，我们一定积极配合……"

阎铁感激地说："谢谢李书记！我们来查一下，最近有没有从香港或澳门汇来的款子……"

李书记果断地说："好，请你们稍等，我把最近的汇兑记录，全给你们拿来……"

## 莫斯科郊外斯大林别墅毛泽东住处

银幕上正在放映苏联电影《斯大林格勒保卫战》。

王稼祥、师哲及秘书、卫士们跟毛泽东一起，在看电影。

毛泽东聚精会神的镜头……

他边看边想着自己的事……

（毛泽东的画外音：

将来，我们也要拍我们的战争片，辽沈战役、平津战役、淮海战役，解放军用小米加步枪对国民党美式装备的飞机大炮，我看气势也不弱于他们……

我们打上海时，蒋介石和汤恩伯也布置了许多钢筋水泥的防御工事，终究也没能阻挡住我们。国民党从根本上失掉了民心，挡是挡不住的……

人总是要有一点精神的，只要这种精神代表了大多数人的利益，就可以化为无穷无尽的力量，战胜一切艰难困苦，战胜一切敌人……）

机要秘书悄悄进来，对毛泽东道："主席，莫洛托夫和米高扬他们到了……"

电影停止了放映，有人将电灯打开，有人拉开了窗帘。

毛泽东从椅子上站起来："好好的一场电影也看不完，让他们等一会儿。"转身向卫生间走去。

## 天津市公安局

曹纯之睡眼蒙眬地走出房间，伸了个懒腰，走到自来水龙头前洗起脸来。

阎铁兴冲冲地走来。

曹纯之看了看他："情况怎么样？"

阎铁倒是不着急："不是让你睡会儿吗？看你这沉不住气的样子。"

曹纯之："快说，情况到底怎么样？"

阎铁拉起曹纯之："走，我们先吃饭去。"他不等曹纯之反应过来，就拉着曹纯之向大门外跑去……

### 莫斯科郊外斯大林别墅毛泽东住处

王稼祥和孙维世引着莫洛托夫、米高扬和费德林等人走进来。

莫洛托夫向四周打量了一眼，问道："毛泽东主席在哪里？我们要见毛泽东主席。"

师哲回应："毛主席去卫生间了，请稍等。"一伸手，将莫洛托夫和米高扬让到沙发上。

### 毛泽东住处的卫生间里

毛泽东系好裤带，转身欲出门，突然望见墙上的西藏地图，不由回头细细地打量。

毛泽东干脆坐到抽水马桶上，细细端详起来。

### 天津卫戍区司令部招待所3号餐厅

阎铁将曹纯之让到桌前。

曹纯之看了看满桌子丰盛的饭菜，不解地看了看阎铁："你这是干什么？"

阎铁笑道："是许局长安排的。别着急，问题解决了。来！曹科长，一边吃，我一边介绍……"

曹纯之坐到桌前，抄起筷子，大口地吃起来。

阎铁夹了一口菜，还没吃，就开口了："我向许局长汇报后，立即调集全局的侦查力量，对全市包括郊区的几十家银行、邮局进行了拉网式的调查。果然在河东区太原路银行发现了香港近期的一笔汇款，金额是一万五千元港币，汇款人的地址：香港古太老道41号，收款人的名字叫计采楠，收款人的地址是：北京古楼大街4条北京新侨股份有限公司。汇款还没取走。"

曹纯之高兴地举起酒杯："老阎，元旦快乐，干杯！"

两个酒杯碰在一起……

### 莫斯科斯郊外大林别墅毛泽东住处

坐在沙发上的莫洛托夫和米高扬显得有些不耐烦，不停地挪动和变换坐姿。

孙维世调节着尴尬的气氛，给莫洛托夫倒茶，又对米高扬说："听说你到过中国，有没学几句中国话？"

米高扬："有几句，马马虎虎，不好意思……"

孙维世："不好意思……"

他们都不好意思地笑了笑……

### 毛泽东住处的卫生间里

正在看地图的毛泽东下意识地从口袋里掏出香烟和火柴，点着，抽着，而目光却始终没离开地图。

卫生间里烟雾缭绕。

毛泽东坐在抽水马桶上，一手夹着烟，对着墙上的西藏地图，眉头紧锁……

### 莫斯科郊外斯大林别墅毛泽房住处

莫洛托夫终于不耐烦地站起来："毛泽东同志到底在不在？他究竟是在卫生间？还是去

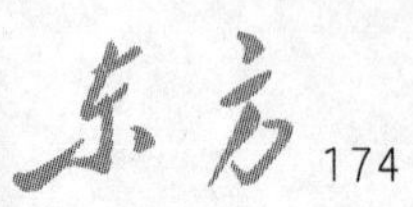

了别的地方?”

师哲和孙维世对视了一下,走到卫生间门口,敲了敲门:“主席,莫洛托夫同志和米高扬同志要见你,已经等了很久了……”

(毛泽东的画外音:“我马上就好!”)

门开后,毛泽东边系着裤带,边从卫生间里走出来,故作惊讶地说:“哟! 是莫洛托夫同志和米高扬同志来了?”

莫洛托夫赶忙起身:“尊敬的毛泽东主席,我和米高扬同志来,是商量如何安排毛泽东主席和中国党政代表团的同志在莫斯科和列宁格勒的参观事宜……”

“不必了! 我们准备回去了。”他大声对王稼祥等人:“通知代表团,收拾东西,回国!”

毛泽东出其不意的回答,让在场众人都惊呆了。

王稼祥吃惊地说:“这怎么行呢? 主席……”

毛泽东面朝莫洛托夫和米高扬道:“你们要保持同国民党的条约,你们保持好了,过几天我就走。你们把我叫来莫斯科,什么事也不做,难道我来这里,就是为了天天吃饭、拉屎、睡觉?”

莫洛托夫和米高扬面面相觑。

莫洛托夫以为毛泽东要谈什么条件:“尊敬的毛泽东主席,您要有什么事……”

毛泽东不满地重复道:“我有什么事? 我能有什么事? 我现在的任务,就是吃饭、拉屎、睡觉。”

说完,对众人睬也不睬,回头进了里屋,“砰”的一声关上了房门。

米高扬冲着莫洛托夫耸了耸肩,两只手掌一摊,无可奈何……

**斯大林办公室**

斯大林大口吸着烟斗,松弛的面部肌肉有些颤抖:“我看这个毛泽东,就是第二个铁托。”

贝利亚:“毛泽东对您不同他见面十分恼火,一再叫嚷着要回国,还声称中国不会放弃任何主权……”

斯大林从嘴里拿出烟斗,好奇地问:“他都说了些什么?”

贝利亚迟疑地说:“毛泽东说在国家主权问题上,是不会让步的……还指责我们的人像‘装在套子里的人’和‘变色龙’……”

斯大林又把烟斗放进嘴里,动了气:“难道他还想把贝加尔湖要回去?”

贝利亚慢慢地说:“我看不像……”

斯大林狠吸一口,说:“不管他想什么,现在都不要去理他!”

莫洛托夫提醒道:“现在新中国刚刚成立,我们是世界上第一个承认新中国的社会主义国家,如果同毛泽东的关系弄僵了,美国、英国等帝国主义国家将坐收渔利。”

布尔加宁慎重地补充:“无论如何,毛泽东不能这样离开苏联。”

米高扬:“在全世界面前,毛泽东是拥护苏联的。前不久,中国的《人民日报》还发表了毛泽东十年前在延安颂扬您的文章……”

斯大林沉思不语。他也觉得大家的话很重要,要认真想想毛泽东的事情。

(柯瓦廖夫的画外音:“报告斯大林同志,柯瓦廖夫和费德林求见。”)

斯大林不耐烦地说:“不要来打搅我!”

柯瓦廖夫坚持:“斯大林同志,我们有非常重要的事情报告……”

斯大林挥了挥手,贝利亚将门打开,柯瓦廖夫和费德林抢步进来。

斯大林面露怒容。

贝利亚呵斥道:“难道你们连规矩都不懂了吗?”

柯瓦廖夫不敢怠慢:“对不起,斯大林同志,我们确实有重要的事情报告。”他双手捧上一份报纸:“今天,各大报纸都登载了英国通讯社的报道,说毛泽东被‘软禁’在莫斯科……”

斯大林一把抢过报纸,吃惊地看着……突然发作道:“简直是胡说八道!”

他把手中的报纸撕得粉碎。

# 第十一章

## 台北蒋介石住处

蒋经国和蒋介石也正对一份报纸在进行议论。

蒋介石："西方人有时很幼稚，他们太小看斯大林了。"

蒋经国："有这种猜测也不奇怪，这次毛泽东在苏联待的时间过长了。"

蒋介石："大老远去一次总要有些收获，什么收获也没有，他不会回来。"

蒋经国："毛泽东无非是要些飞机大炮。"

蒋介石："这些斯大林会很大方，可是毛泽东是要个说法。我认为斯大林，不会轻易给毛泽东。"

蒋经国不语。

## 莫斯科大街上

汽车在莫斯科市区大街上行驶着。

车内，

王稼祥和妻子朱仲丽并排坐在后排座位上。

朱仲丽关心地问："稼祥，你的脸色怎么这么难看呀？不是生病了吧？"

王稼祥转头注视着车外，有些深沉地说："这个时候，我敢生病吗？"

朱仲丽不解丈夫的苦衷："到底发生什么事了？"

王稼祥不语。

## 莫斯科郊外孔策沃别墅门口

王稼祥和朱仲丽乘坐的汽车驶来。

别墅的大门打开，汽车径直开进孔策沃别墅。

## 莫斯科郊外孔策沃别墅院内

汽车在院子里停下，王稼祥和背着药箱的朱仲丽下了车，叶子龙、汪东兴和师哲等人迎出来。

王稼祥关心地问："主席醒了吗？"

师哲："根本就一夜没睡。现在还在房间里忙着呢。"

（毛泽东画外音："是稼祥吧？"）

王稼祥向毛泽东的房间走去。

王稼祥推门而入，见毛泽东正在伏案写着什么。

王稼祥深情地说："主席……"

毛泽东打断他的话，自顾忙着手里的事："稍等一下，我把这个电报稿写完。"

王稼祥不再吭声，找了个茶杯，倒了杯开水喝着。

少顷，毛泽东撂下手中的笔，回头望着王稼祥："稼祥，你这个堂堂的驻苏联大使，不是专门到我这儿来讨水喝的吧？"

王稼祥："我早晨起来，可是水米没打牙，就往主席这边跑……"

毛泽东心知肚明，但还是问道："哦！有什么消息呀？是不是看了英国通讯社的消息，有些沉不住气了？"

王稼祥近前一步："是咱们自己家里的人沉不住气了。"他将电报递给毛泽东，"少奇、恩来和朱老总，一大早就联名打电报来，询问主席在这边的情况……"

毛泽东摆摆手："事情搞大了。"

王稼祥："我们应该给国内发一个电报，请少奇、恩来和朱老总他们放心才是。"

毛泽东稳坐泰山般说道："不急不急，我这里正在起草关于'进军西藏'的电报。另外，我让陈伯达把我们在苏联的情况，也草拟一个报告给中央，等陈伯达写好以后，我们一起商量一下，同时发回去。"看王稼祥着急的样子，他安慰道："急也不在这一时嘛。"他将刚刚拟就的电报递给王稼祥："你先看一下。"

王稼祥一边接过电报稿，一边说："主席，我把仲丽也带来了，让她帮您检查一下身体状况……"冲门外喊："仲丽……"

朱仲丽提着药箱走进来，尊敬地说："主席。"

毛泽东："是大使夫人哪，让你帮我检查身体，真是有劳大驾了。"

朱仲丽："哎哟，主席，您跟我还客气呀？"

毛泽东笑道："我跟你客气什么哟！"对王稼祥："哎，稼祥，我认识朱仲丽可比你早多了。当年我在长沙第一师范读书的时候，有一次去周南女校找朱剑凡校长求教，就在朱校长家里，见到了这位'八妹子'……"

朱仲丽很高兴："主席真是好记性，都过去那么多年了，您连我乳名还记得呢……那年我好像五岁……"

毛泽东："是啊，我和开慧结婚以后，住在小吴门外的清水塘，你还时常蹦蹦跳跳地跑去给我们送鱼吃呢……"

朱仲丽："那时候，主席和开慧姐总把一些好吃好玩的东西，给我留着，可惜……"话没说完，她已发现自己说走了嘴，忙岔开话题："主席，我先帮你量量血压吧。"

毛泽东也回过神，配合道："好啊。"他坐到桌边，脱下棉衣，露出一只胳膊，放到桌子上。

朱仲丽边量血压边说："主席，前两天苏联医生为你查体的结果出来了，他们说你的各个器官都正常……"

毛泽东:“我早就讲了么,我的身体是健康的。”

朱仲丽:“但苏联医生说,主席有轻微的疲劳症。”

毛泽东:“哦!他们还说了什么?”

朱仲丽:“他们劝你戒烟、戒酒、戒肥肉,还要多活动身体,防止肥胖。”

毛泽东不以为然:“他们讲的这几条,我只能做到两条,肥肉我是不能不吃的。他斯大林也没有戒烟么……”

王稼祥看着稿子:“主席,进军西藏的事,前阵子中央不是已经交给西北野战军了吗?”

毛泽东顺手一指桌面:“我们的彭大将军来电报说啊,由西北进藏困难太大,建议由西南入藏为宜呀。电报在那边,你也看一下。”

王稼祥走到桌前,拿过彭德怀的电报看着,说:“彭老总还是直来直去的老脾气呀。”

毛泽东:“改了就不是他彭大将军了。中央对西北的情况不如彭老总了解,我看他这个电报的意见很中肯,各方面的利弊条件都说得很充分了。这上上下下不是传着那么句话么,‘林彪认为能打的仗,保证能胜。彭德怀认为不能打的仗,保证胜不了’。既然我们的彭大将军说从西北进藏不利,必定是有根本无法克服的困难,那我们就改从西南进,交给伯承和小平他们去干……西藏人口虽不多,但国际地位重要,我们必须解放,并改造为人民民主的新西藏。”

朱仲丽已为毛泽东量完血压,正在收拾血压计。

毛泽东放下内衣袖子,在穿棉衣:“血压不高吧?”

朱仲丽:“略有偏高,估计是休息不好造成的,主席应该好好休息一下。”

毛泽东笑笑:“我听朱医生的。”

朱仲丽:“到苏联来了,我们都应该听列宁同志的:‘不会休息,就不会工作’……”

毛泽东大笑:“好!既然到列宁同志的故乡来了,那我们就好好休息休息。”

王稼祥:“让主席安心休息,难哪。听师哲、汪东兴说,主席又是一夜没睡。”

毛泽东:“时间不等人哪!稼祥,你感觉关于西藏问题,还有什么需要补充的啊?”

王稼祥:“主席的电报,把进军西藏的目的、任务,进藏的各项准备工作以及要求,提得都很具体了,相信伯承和小平同志能把进军西藏的工作落实好的。”

毛泽东:“十多天了,斯大林同志就是不谈签约问题,西方又是议论纷纷。”

王稼祥:“是呀,这种僵局必须打破。主席呀,我有个想法。我安排一次记者会面,就请苏联最权威报纸,把我们的观点公开出去。”

毛泽东想了一会儿:“好,是一步好棋。”

……

毛泽东正在接受苏联《真理报》记者的采访。

王稼祥亲自为毛泽东当翻译。

女记者问:“毛泽东主席,中国目前形势如何?”

毛泽东:“中国的军事斗争正在进行中,当前中国人民在中国共产党和政府领导下,转入和平建设。”

女记者:“毛泽东主席,你准备在苏联逗留多久?”

毛泽东:“我在苏联逗留的时间,部分地取决中国人民利益问题的解决。”

女记者:“那毛泽东主席能不能告我们,你所说的中国人民的利益具体是指什么?”

王稼祥看了毛泽东一眼。

毛泽东不假思索地说："具体是指，《中苏友好条约》的签订；苏联给予中华人民共和国政府的贷款问题；贵我两国贸易及贸易协定问题以及其他问题。"

（1950 年 1 月 2 日，苏联《真理报》头版头条报道了"毛泽东答记者问"。）

## 莫斯科郊外孔策沃别墅毛泽东住处

王稼祥把当天的报纸给了毛泽东。

毛泽东看了看，笑了："要有好消息了。"

## 克里姆林宫斯大林卧室

斯大林坐在办公桌边，他手里拿着《真理报》。

他从桌子上拿起烟斗，装上烟丝，点着火，然后按了一下桌上的电铃。

侍从推门进来："斯大林同志，您有什么吩咐？"

斯大林："请莫洛托夫和米高扬同志来一下。"

侍从："是！"

## 斯大林办公室

斯大林叼着烟斗，在房间里来回踱着步子。

敲门声，莫洛托夫和米高扬走了进来。

莫洛托夫："斯大林同志，听说您一夜没睡？"

斯大林摆了摆手："不是这样的，像我们这样年纪的人就是睡，一夜能睡多长时间？你们看到了，毛泽东再一次把底牌亮了出来，而且这一下子全世界都知道了。当然也有好处，全世界都知道了他没有被我软禁，他是自由的，住在二战时我国伟大卫国战争的莫斯科郊区别墅里，可以见记者，可以发表演讲，世界上哪有这样被软禁的？但是很多人也知道了他不离开莫斯科的原因，就是他的要求我没有满足，所以我的意思，启动谈判吧。"

莫洛托夫："可是，他要谈的，也正是我们苏联人民的核心利益。比方说苏联同西方的关系，苏联在远东的利益。"

斯大林："通过这次见毛泽东，我有一个感觉，俄罗斯这个以征服的办法来取得利益的时代在中国、在毛泽东的中国行不通了，再取得这些，需要智慧。"

莫洛托夫："斯大林同志说出了一个很深奥的道理。还有一个情况，中国的外交形势不错，很乐观，几乎所有的社会主义国家都承认了它们。除了这些国家，还有缅甸、印度、丹麦、瑞典和英国等国，都准备承认或同中国建立外交关系……"

斯大林在地上来回走动着："让我再考虑一下。"

## 莫斯科郊外孔策沃别墅毛泽东住处

黑咕隆咚的房间里，正在放映苏联影片《列宁在十月》。最后一个镜头放完，有人拉亮了电灯。

叶子龙和汪东兴等人将窗子上的布幔拉开。

毛泽东从座位上站起来，沉默了好一会儿："列宁……"

突然看见了站在众人身后的王稼祥，问道："稼祥，你什么时候来的呀?"

王稼祥面带笑容，走到主席跟前："来了一会儿了，见主席看得兴浓，所以没敢打扰。"

毛泽东："是呀，这个电影拍摄得不错，我们中国的电影怎么样呀，能拍摄出这样的片子吗?"

人们没有回答他。

毛泽东继续："列宁的演员选得好，形神兼备，内容也很好，表现了列宁伟大导师的一面，也表现了他平民化的一面，让人感到十分信服。"

人们还是没有说话。

毛泽东："你们怎么不说话。"

王稼祥："我们在听主席说的。"

毛泽东："我的中心意思是表扬列宁，要知道在莫斯科多提列宁有好处，列宁比斯大林大。"

人们笑了。

毛泽东："王稼祥你一定有事。"

王稼祥脸上露出笑容，把一份报纸递到毛泽东手上："主席，苏联的各大报纸，都在头版醒目位置，刊登了斯大林同志对您表示关心的讲话……"

毛泽东："话不说不透，灯不挑不明。我们把话说明白了，人家也就不能再装糊涂了。对了，我还记得列宁对于在沙皇时代所取得的中国领土是主张归还的。"

## 北京怀仁堂

周恩来和朱德满脸高兴地听刘少奇在读莫斯科来的电报。

刘少奇读道："最近几天这里的工作有一个重要发展，请周恩来同志做好来莫斯科签订新条约的准备……"

朱德手里也有几张纸，他一扬手，说："这两份电报，是关于进军西藏和解放海南岛的。关于进军西藏问题，主席已经同意老彭的意见，由伯承、小平和贺龙同志的西南局组织进藏的各项准备工作。关于解放海南岛的问题，主席也同意了林彪和十五兵团邓华他们的建议，把准备工作做充分了再打，务求一战而胜。我看，中央可以就这两份电报，给西南的刘、邓、贺以及中南的林彪，把任务和当前的工作重点确定下来。"

稍停片刻，周恩来说："还有上海方向，陈毅他们的压力也很大呀，军事上我们不担心，经济工作方面，我们的经验不足，但愿陈毅他们能够化险为夷……"

## 上海市政府

会议大厅里，坐满了上海有头有脸的商人、资本家。

陈毅根本坐不住，他把袖子挽得老高："疯了，简直是疯了！我们上海的粮价从11月份起，就涨到了30万元一担，看样子还有上涨的势头。为什么会这样呢？据我们了解，在上海有一股投机势力，大肆抢购套购，囤积居奇，引发物价暴涨。有的人到现在还在做美梦，企图从经济上打垮共产党，让政府乖乖听他们的话，真是打错了算盘……"

副市长曾山喝了一口水，接话道："我听说，有人私下里给我们共产党打分，说共产党搞军事是100分,搞政治是80分,搞经济是0分。可是,从1947年的7月份到现在,我们与那些投机商人已经斗了两个回合。一次是金融投机风波,结果,军管会查封了证券大楼,严惩了一些银元贩子,上海的金融投机生意基本绝迹。然而有的人不服气,又做起了棉纱、棉布的投机生意,仅1949年,全上海棉纱字号从60家发展到560家,棉布字号从210家发展到2231家,糖行则从82家发展到644家。这些商号多以买空卖空或囤积商品为主。产业资本也普遍囤积原材料和制成品,有的还抛售空头栈单或抢购业外商品。有的名为'工厂',却既无设备,又无厂房,实际上是从事投机生意……"

商人、资本家,一张张或紧张,或麻木,或探询的脸。在众商人与资本家身后,有一张年轻人的脸,表露的却是关切。

他是荣毅仁。

陈毅坐下,眼睛盯着大家,一只手在桌上摸着水杯:"结果怎么样?怎么吃进去,还得怎么吐出来!有许多投机资本家弄得血本无归,跳楼自杀,有的卷起铺盖连夜逃到香港去了。"

曾山欠身把水杯放到陈毅跟前,面色凝重地说:"可即使这样,还是有人不服气,硬是要跟共产党叫板儿。这些人,现在又看上了粮食市场,想在这上面做文章。上海粮食市场上历来有正月初五开市、'红盘'看涨的规律,加上有人看'准'了政府粮食准备的不足,以为可以在粮食上大捞一把,出出前两次被整的晦气。"

陈毅"啪"地一拍桌子站起来,水杯被打翻,现场的人都不由抖了一下……陈毅看也不看,照说不误:"这简直是白日做梦!我可以给大家透个底,也请诸位转告你们的熟人、朋友,我上海市政府有足够的'两白一黑'应付市场:已经调储大米4亿斤,煤炭、棉花充足得很,纵然上海不够,我也可以从东北和山西源源不断地运到上海,奉劝那些不法商人不要触这个霉头。一句话:赶快洗手不干,否则,勿谓言之不预也……"

停了停,陈毅觉得可以收兵了:"好了,今天的谈话就到这里,诸位回去以后,请不要忘了转告你们的亲友。"

众商人、资本家小心翼翼地站起来,向外走去……

### 上海市政府院内

陈毅和曾山走出办公大楼,见荣毅仁还站在院子里。

陈毅:"荣先生怎么还没走啊?"

荣毅仁迎上来:"陈市长,政府真会有大批的粮食运来吗?"

陈毅此时怒气已平,缓声道:"那是当然!现在铁路上、公路上的全是拉粮食的车……"

荣毅仁:"这就好,这就好,我真替你们担心呢……"

### 上海荣毅仁家

荣家客厅,十几个商人模样的人或坐或站,正争得不可开交,见荣毅仁进来,大家赶忙起身。

管家上前:"少爷,你可回来了,朱先生他们等你半天了。"

一个中年商人代表大家站出来说话:"少东家,我们来,是请您帮忙拿主意的,听说共产党找你们开会,谈粮食、煤炭和棉花的事儿,现在,大伙做的就是'两白一黑'的生意,你看……"

荣毅仁从门口一直往里走，好像没有停下来的意思，听到大家的问话，他放慢脚步，侧对着大家："我劝大伙还是安分一点吧。"

一个六十来岁的商人问："荣少爷，你说，共产党真会把大批的粮食、煤炭、棉花运来？不会是假的吧？"

一个三十多岁的商人："我看就是假的，如果是真的，他陈毅还会当着那么多人喊出来？"

六十来岁的商人："我说红鼻子阿坤，你不要乱讲啊，上回就是听了你的话，我们囤积了那么多棉纱，要不是醒得早，我也得跳楼……"

红鼻子阿坤："你吴老爷子就这样，又想偷腥，又怕鱼刺卡了喉咙。这年头，撑死胆大的，饿死胆小的，有这样发财的机会，我们凭什么放弃？再说了，上回你赔了那么多，这回就不想捞点回来？……"

荣毅仁任由大家争论，转身向楼上走去。

吴鑫荣看着荣毅仁的背影，喊道："荣少爷，你还没说句话呢。"

荣毅仁停下，略微转身："吴老爷子，阿坤，还有列位同仁，你们认为能斗得过共产党吗？"

众人为之气结。

荣毅仁回头吩咐管家："老侯，通知我们所有的粮店、纱厂，除了生产和经营必需的，任何人不得囤积……"

管家老侯："是！我马上通知。"

一干人愣在客厅里，一脸茫然。

## 上海市政府陈毅办公室

夜已经很深了。

曾山："陈市长，你说我们的话，那些人能相信吗？"

陈毅声音沙哑，看向窗外："信个鬼哟，都是些不见棺材不落泪的家伙！"

曾山："那就不要犹豫了，赶紧给东北和华北打电话，要'两白一黑'。"

陈毅抄起电话，拨了个号："请接东北人民政府，我找高岗主席……"

## 东北人民政府高岗办公室

高岗在接电话。他背对着镜头。

（高岗　东北人民政府主席）

高岗换了一只手拿电话听筒，把脸转过来："两亿斤？太多了吧？陈毅同志，你是不是慎重地考虑一下，就上海的那些不法商人，你给他们查封不就完了？实在不行，就抓一批，费这么大事干什么呀！"

陈毅在打电话。他皱着眉头，另一只手叉着腰："只靠行政手段是压服不了这些人的，我这可是一劳永逸的办法……你放心，我已和陈云同志说过了，以中央政府的名义向你借，几天后，那些不法商人垮台了，我会如数奉还的……"

高岗一边在纸上计算着什么一边听电话，他一脸苦笑地："不行不行，这太冒险了。万一你那边失手了，我这两亿斤粮食岂不是打水漂了？到时候，咱赔了夫人又折兵，我东北的物价也要跟着飞涨了……我认为这事儿，一定要慎重再慎重……"

陈毅扣下电话："岂有此理，这边火都上了房，他那边还要考虑考虑……"

曾山："这事儿是不是向总理报告一下？"

陈毅叹了口气："好吧。也许总理的面子要大些。"再次拿起电话："请接周总理办公室……"

**北京中南海西花厅**

李克农和罗瑞卿匆匆来到周恩来门前。

（周恩来打电话的画外音："高岗同志啊，陈云和陈毅他们，只是向你们借粮嘛，会还给你们的。上海是经济中心，一旦他们那边吃不住劲儿，全国都会受影响，这件事，不亚于三大战役呀……"）

李克农和罗瑞卿对望一眼，正迟疑着，邓颖超从房里走出来。

邓颖超："是克农和瑞卿同志啊，恩来正等你们呢。"

邓颖超引着罗瑞卿和李克农走进房间。

**周恩来办公室**

李克农和罗瑞卿放轻脚步走进来……

正在打电话的周恩来向两人招了招手，示意他们先坐。

李克农和罗瑞卿悄悄地坐到沙发上。

邓颖超端上茶来，微笑着说："两位请用茶。"

李克农接过茶："邓大姐，您就别忙活了。"

周恩来继续打电话，苦口婆心："只是要你们暂时施以援手，会还给你们的……经济方面，陈云同志是专家，而且，他这人办事一向稳妥，不会出问题的……"

罗瑞卿吹了一口水气，觉得总理比以前更操劳了："解放了，总理反倒更忙了。"

李克农点点头，压低声音："千头万绪，什么事情不得经过政务院？"

周恩来对着话筒："你放心，这事儿我替他们担保……当然是越快越好，你赶紧让人落实……我先替陈毅他们谢谢你了，好，再见。"

放下电话，周恩来走过来，对李克农和罗瑞卿说："上海那边请东北支援一些粮食，可高岗同志怕陈毅有借无还……小超，给罗瑞卿和李克农同志拿香烟。"

李克农赶紧说："总理，你不抽烟，就甭管我们了。"

周恩来笑着说："虽然我不抽烟，可我不能不招待你们哪。"

邓颖超拿来了香烟和火柴，递给李克农，李克农将烟盒放到鼻子上闻着。

周恩来伸手让道："抽吧，抽吧，不用客气，你们知道，主席和少奇同志，都是有名的老烟枪，我呀，都习惯了。"

众人大笑。

周恩来对罗瑞卿，关切地问："罗瑞卿同志，身体好点了吧？"

罗瑞卿："好多了。"

周恩来在沙发上坐下，切入正题："找你们两位来，是关于北京潜伏特务的案子，过几天我可能要动身去莫斯科，参与跟苏联签订友好同盟条约的谈判，这个案子就交给你们了。一定要按主席的指示，尽快破案。"

李克农:“总理请放心,罗部长手下都是些精兵强将,我看这个案子用不了多久就能破。”

周恩来:“你李克农是这方面的专家,你还得出力呀。”

罗瑞卿看了一眼李克农,向总理说:“我回来就听杨奇清副部长说了,李部长给他们出了不少高招儿。克农一向是国民党特务的克星,有他压阵,我看破案没什么大问题。我知道,总理是为主席的安全担心,那我就把杨奇清和曹纯之他们对此案的侦破进展情况,向总理汇报汇报吧……”

## 公安部一局侦察科

曹纯之和侦察员冯铁雄对面而坐。曹纯之将一张女人的照片递给冯铁雄。

曹纯之看看冯铁雄,思索了一下,然后说:“这个女人叫计采楠,杨副部长和我的意思是让你借助你们家的社会关系,设法进入新侨贸易有限公司,查清这个女人的底细。”

冯铁雄拿起照片端详了一下,说:“你和杨副部长可是真找对人了,新侨贸易有限公司的董事长是司徒美良先生,我叔叔以前曾跟他在一起共过事。那年,司徒美良先生到我家去,我还跟他见过一面呢,我明天就去找司徒美良先生,争取尽快进入新侨贸易有限公司。”

(冯铁雄　公安部一局侦察科侦察员)

曹纯之叮嘱:“你的行动一定要快,要特别注意跟计采楠密切来往的人,因为她的汇款单还在天津,如果长久拖着不让取,容易引起敌人的怀疑……”

冯铁雄心领神会:“我明白!”

## 罗荣桓家

罗荣桓正伏在办公桌前写着什么,妻子林月琴将灌好的热水袋敷到他的腰上。

林月琴:“实在疼得厉害,就歇会儿吧。”

罗荣桓拍拍林月琴抚着自己肩膀的手:“没事儿,没事儿。”

(罗荣桓　解放军总干部部长)

一阵门铃声。

林月琴转身向房外走去。

(一个年轻女人的画外音:“林大姐,您还认识我吗?”)

林月琴:“是李光明?我们多少年没见了,今天怎么找上门来了?”

(李光明的画外音:“是罗部长找我呢。”)

林月琴赶紧退身一步,做了个请的姿势:“那快进屋。”

罗荣桓站起身迎到门口,林月琴领着李光明走进来。

李光明向罗荣桓敬礼:“罗部长。”

罗荣桓伸出手来握手,热情地说:“李光明同志,快请坐。”对林月琴,“你还不知道吧?她现在是第十八军政委谭冠三的妻子。”

林月琴笑笑:“是吗?长征的时候还是红小鬼呢。”

罗荣桓:“李光明同志,总政治部让十几个领导的家属到乐山的二野去报到,你是老革命,又是其中级别最高的,所以,我们决定由你带队,就不再派人送你们了。许多家属身体不好,有的还带着孩子,路上你要照顾好她们。”

李光明站起来:“是!”

罗荣桓也起身，真诚地说：“你们准备一下，争取早一天动身。下一步，第十八军可能有重要任务，你们过去与丈夫团聚一下，这几年打仗，大家一直是聚少离多……”

李光明一听到“丈夫”这个词，不免低下头来：“可不是咋的，我和冠三已经有两年多没见面了。”

罗荣桓叹口气：“真难为你们了。这下好了，你们终于可以见面了。”

## 四川乐山市街头

第十八军军长张国华和政委谭冠三信步走着。

沿街，人们笑逐颜开地互相打着招呼，有几家火锅店生意红火，客人进进出出分外热闹。

几个战士抬着半爿猪肉从张国华和谭冠三身边走过。

战士甲：“老子打了这么多年的仗，都忘了过年是什么滋味了。”

战士乙欣喜地说：“这回就让你知道知道，到时候，你想吃就吃、想喝就喝、想睡就睡，保证不用担心有什么敌情。”

战士丙：“喝酒吃肉过大年，从小就盼，终于盼到了，这才是人过的日子嘛……”

张国华回头看着那几个走远的战士，打量了好半天。

（张国华　第二野战军第十八军军长）

谭冠三见张国华在愣神，扯了一嗓子：“喂！老张，你看什么呢？”

（谭冠三　第二野战军第十八军政委）

张国华摇摇头：这才几天不打仗，这帮小子……

谭冠三拍了一下张国华的肩，十分理解：“这也情有可原嘛，难得有几天安稳日子，就让大家尽情享受几天吧。”

张国华却非常警醒地显示出军人的责任感：“有些人以为新中国成立了，就可以消消停停过日子了……这国民党反动派还没有被完全消灭呢……云南那边不是还有国民党的部队嘛……不行，我得给刘、邓首长打个电话，我们第十八军不能老窝在这个地方……”

谭冠三：“沉住气，沉住气，刘、邓首长不会忘了我们的……”

## 重庆西南军区司令部

桌边，刘伯承、贺龙、邓小平正在交谈。

刘伯承：“进军西藏，拿下昌都是第一步的关键，待中央命令一下达，我进藏部队应分别从康西、川中、滇西，前出至康藏交界处的甘孜、邓柯、德格一线，直逼藏东重镇昌都。”

（刘伯承　中共西南军政委员会主席）

贺龙觉得解决西藏问题要尽早、及时，而且不能面慈手软：“既然已经决定由第十八军担负进藏任务，那就尽快跟他们明确，让他们早点进入状况，就进藏的时间、兵力配置、应先机占领哪些前沿地带、如何修筑道路、怎样训练藏族干部等细节问题，拿出具体的方案措施来。”

邓小平：“我看首先要按中央指示，成立一个中共西藏工作委员会，统一筹划进军和经营西藏的工作。这个工作委员会，就由张国华任书记。这个同志无论军事还是政治工作，都有一套。”

（邓小平　中共中央西南局第一书记）

作战处长李觉和几个参谋抱着地图走进来，向刘、贺、邓三人敬礼："刘司令好！贺司令好！邓政委好！"

贺龙笑着说："你这个李觉，就是礼数多。地图都标好了？"

李觉一本正经地说："都标好了，请司令员检查。"

（李觉　西南军区司令部作战处处长）

贺龙和刘伯承、邓小平聚集在军用地图前。

贺龙用手摸摸摊开的地图，喜形于色："好！好！不愧是刘司令员一手调教出来的，图上作业就是规矩。"

刘伯承道："人家李觉参军前就是大学生，文化水平高得很。"

贺龙抬起头："是吗？"问李觉："是哪里人呀？"

李觉："山东沂水。"

贺龙又问："哪一年参加革命的？"

邓小平是个处处留心的人，他替李觉回答了："李觉同志 1937 年就参加了革命，也是个老资格哟。"

刘伯承仔细地看着地图，没有理会他们的谈话，只顾看图，说："张国华的第十八军军部现在就在乐山，明天我们是不是去一下，先给他们吹吹风？"

贺龙转身看看刘伯承，同意道："你一说去，我现在就想去，听说乐山辣子鸡味道特别好……"

邓小平也猛地想起什么，拍拍肚子说："贺老总不说，我们险些忘记了，都快八点了，我们晚饭还没吃。"

刘伯承离开地图，笑着说："那就出去吃，让贺老总尝尝我们四川的风味。"

三个人站起身，边走边聊。

邓小平又回到他刚才说的重点，极力推荐张国华："我的意思，还是让张国华他们到重庆来得好。"

贺龙打趣道："小平同志啊，你是成心不让我吃到乐山的辣子鸡呀。"

三人大笑着出门。

## 四川乐山二野第十八军某部三连

炊事班门口，几个战士在杀猪。猪在嚎叫，一派生活气息。

连长庄大运喝得醉醺醺的，一手拎酒瓶，一手拿着根狗腿，喝一口酒，啃一口狗腿，摇摇晃晃地走过来。

被捅了一刀的猪挣脱了人手，满院子乱跑，炊事班长带着众人吆吆喝喝地追猪。

庄大运仰脖喝了一口酒，嘲笑道："就没见过你们这么笨的，好几个还杀不了一头猪，老子在战场上杀鬼子，打国民党，都没失过手……"

庄大运将酒瓶和狗腿交给一个炊事兵，自己抢过刀子，迎着肥猪扑上去，却因醉酒的缘故，脚下一滑，扑倒在地。

一个战士跑过来，脸色土青地说："连长，不好了，军长、政委到连部了……"

庄大运迷迷糊糊的，舌头有点打卷："干什么？"

战士急切地说："我听见军长正在训我们指导员，问他为什么不组织训练呢。"

庄大运翻着白眼，口齿不清地说："训……训什么练？全国都解放了，国民党都跑了，也没什么仗打了，还训……训练个屁！"

军长张国华和政委谭冠三出现在庄大运面前，身后跟着三连的指导员，指导员低着脑袋。

谭冠三厉声道："庄大运，你在干什么？"

庄大运还迷迷糊糊："杀……杀猪！"

张国华："庄大运，又是你！"对旁边的指导员喊："去，找几个人把你们连长架回去，关他三天禁闭！"

几个战士架起庄大运。庄大运本能地挣扎着，大喊："我的烧酒，我的狗腿……"

谭冠三摇摇头，对张国华道："这个庄大运呀！只怕我们许多同志的心里，也和庄大运一样，产生了刀枪入库、马放南山的思想，这实在太危险了……"

张国华脸色铁青："我倒要看看，有多少人像庄大运这个样子……"

**四川乐山二野第十八军某部三连禁闭室**

庄大运被几个人架着，放到椅子上。他还在迷糊着。

几个人摇摇头，转身走出，把门锁上。

庄大运靠在椅子上打起呼噜，突然他脖子一歪，重重地摔倒在地上。

庄大运清醒过来，趴在地上抬起头看看四周，觉得不对劲。

这里根本就不是他的连部，而是禁闭室。

他急了，拍着门向外喊道："开门！放我出去！是哪个孙子敢关老子？"

（有些模糊的画外音：二野第十八军军长张国华……）

庄大运有点诧异，他早不记得自己的醉酒丑态，不满地问："他凭什么关老子？"

外面没有声音……庄大运不甘心，大声呼喊："放我出去，放我出去，我要见张国华！"

（外面画外音：张军长说了，你醒酒后要做的第一件事就是写一份深刻的检讨，笔和纸放在桌子上了……）

庄大运回头看看桌子，上面果然放着纸和笔，他懊恼地蹲下来，用拳头砸了一下自己的头。

**四川乐山二野第十八军某部三连连部**

三连全体战士集合，列队等待训话。

张国华走到队伍前面，严肃地看着大家，从排头走到排尾。

最后，他在队伍中间站定："都听好了，抗战是胜利了，革命是成功了，可军队就是军队，而且永远是军队！"停了停，他厉声道："都听明白了吗？"

战士们七零八落的回答声……

张国华又大声问了一句："听明白了吗？"

这一次，大家的回答洪亮也整齐："听明白了！"

张国华："那好，谁能给我复述一遍？"

静默……

一个战士站出来："抗战是胜利了，革命是成功了……"

张国华:“我要的是后两句!”

指导员站出来:“是!”

他转向队列:“同志们,让我们一齐回答首长:预备——齐!”

全连齐呼:军—队—就—是—军队! 而—且—永—远—是—军—队!

粗犷的呼声回荡在峰峦之间……

## 北京火车站候车室

喇叭里,女播音员正在广播:“各位旅客,从北京发往重庆的火车,就要进站了,请大家到检票口检票上车……”

一群妇女或抱孩子,或拎着包裹,有的坐在连椅上,有的坐在地上的大包袱上,听见广播声,纷纷站起身,向售票口方向张望着。

一个妇女埋怨道:“这个李光明,怎么还不来?”

正说着,穿着军装的李光明捏着车票,满头大汗地从人堆里挤进来,急急地说喊着:“快!快! 大家往检票口走,小林,你在后面检查一下,别丢下什么东西。”

李光明往前挤去,众妇女随着人流往前挪动着。

## 东北人民政府高岗办公室

高岗坐在高靠背的办公椅子里,手拿着电话。

高岗和颜悦色地说:“是呀,陈市长,我们已经遵照周恩来总理的指示,调运了大批粮食和物资,现在已经在路上了……哪里,陈市长也别客气,这上海的事情也好,东北的事情也罢,还不都是中华人民共和国的事吗? 我们一家人不说两家话……”

## 上海荣毅仁家

荣毅仁躺靠在长椅上,闭目养神。

家丁走进来,在他身边站下。

荣毅仁没抬眼皮:“说……”

家丁轻声地说:“可靠消息说,有大批粮食和物资已经运进上海,共产党解决了粮食危机……”

荣毅仁还闭目,语气长长地说:“是化解……”

家丁:“少爷的判断是对的。”

荣毅仁突然睁开眼睛,他站起来在屋子里踱步,拿起茶杯喝了口水,眼睛幽幽地看着远方:“是气数,这商人做生意要有气数,这共产党打天下一路拼杀,最后以民心得天下,气数旺盛呀! 这老蒋暮落西山,那是他气数尽了……”

荣毅仁回头看看家丁,他在那里努力地听着,似懂非懂的样子。

荣毅仁笑笑,把茶杯递给家丁,随口说了一句:“记住,我荣毅仁是和共产党有缘分的……”转身离去。

家丁兀自垂立。

**东北人民政府高岗办公室**

高岗对着电话:“陈毅同志,上海的情况好些了吧?”

电话里陈毅的声音:“上海人民感谢东北人民。”

高岗:“我们都要感谢中央……”

电话里:“高岗同志身体好吧?”

高岗:“还好,就是太忙了,一分钟都不敢离开,你也知道,主席可能要回来了……这里大意不得。”

# 第十二章

**北京西城**

一个四合院。

发报机闪着光，一只手在发电报。

**北京新侨贸易有限公司**

西装革履、提着精致皮箱的冯铁雄恭恭敬敬地站在司徒美良面前。

司徒美良上下打量着，脱口道："好！好！有学问，有见识，不但人精干，口才还好，不亚于你叔父当年哪。我看你就担任我的交际秘书吧。我让事务秘书给你安排一间办公室。"

（司徒美良　北京新侨贸易有限公司董事长）

他随即从桌上拿起电话："叫事务秘书孟广新到我办公室来一下。哦！顺便倒一杯茶来。"对冯铁雄："你现在既是公司的大股东，又是交际秘书，都是一家人了，就不要客气了。坐。"

女秘书端上茶来。

司徒美良很沉稳，含而不露地说："这是一个南方的朋友刚刚托人捎来的上等龙井，你尝尝……"

**台湾蒋介石官邸**

蒋介石接过侍从手中的茶杯递给毛人凤，斯文地说："这上等的龙井茶，还是离开大陆的时候，别人送给夫人的。我一向只喝白水，不喝茶，可你来了，我得用上好的龙井茶招待你……"

毛人凤受宠若惊地接过茶杯："谢谢总裁！"

蒋介石自己也端起茶，拿下茶杯盖，不无遗憾地说："不必客气。你今天来，还有龙井茶喝，以后，怕是只有台湾茶了……"

毛人凤有些动容："总裁，我们一定要在毛泽东回国的路上把他除掉。"

蒋介石摇了摇手："事情没那么简单，共产党也不是吃素的。你们原来计划在他出国的路上下手，可现在毛泽东早已做了斯大林的座上宾了。"

毛人凤吓得把茶杯放在茶几上，立正道："是卑职无能……"

蒋介石摆摆手，示意他坐下："这怪不得你，事起仓促，东北的那些人，在准备不充分的情况下，没有贸然出手，也是对的，避免了打草惊蛇嘛。毛泽东这个人，福大命大，想搞掉他，也不是一件容易的事，所以，你不要太过自责，后面还有机会。你是这方面的专家了，我没有别的好交代的，这件事情既然交给你，就由你机断处置好了。今天叫你来是另外一件事，'老妹子'来台湾了？"

毛人凤："是的。"

蒋介石："他真是个小诸葛，让他来台湾他不放心，还派人先来探路。"说着他从抽屉里取出一个卷宗，小心地打开，取出一张。"这是十个人，这些人必须在你的视线里边，头一个要盯的就是白崇禧。他十分可恶，副总统大选我让他选孙科，他还是鼓动一些人把李宗仁选上了。"

毛人凤："我明白了。"

蒋介石："还有，我那个小老乡怎么样了？"

毛人凤："总裁是说黄露？"

蒋介石："是的。"

毛人凤："一直在感化她，最近我们把她的亲戚都接到台湾了，他们轮流做她的工作……可一直……"

蒋介石："等等她吧。"

毛人凤："是。"

蒋介石："好，就到这里。"

毛人凤："卑职告退。"

蒋介石挥了挥手，低头喝茶："去吧！"

毛人凤敬礼，转身离去。

蒋经国从内间闪出来，走到蒋介石跟前："父亲……"

蒋介石："记住，要一步一步把他的事接过来。希特勒很有意思，军队他亲自抓，秘密警察他也抓……"

蒋经国："父亲，我明白了……"

**北京公安部**

公安部长罗瑞卿的办公室里，杨奇清在汇报工作："我们刚刚又截获了台湾发给北京潜伏特务的电报，他们在毛主席出访时实施谋杀的计划未能得逞，于是准备在毛主席回国的途中下手……"

罗瑞卿摘下帽子，气愤地扔在桌子上，随手让杨奇清坐下，然后怒声道："这帮狗东西，简直是痴心妄想。哎，你前几天不是打电话说，侦破工作已经取得进展了吗？现在的情况怎么样？"

杨奇清坐下："曹纯之他们已经将目标锁定了。前几天，我们已经派侦察员冯铁雄同志携巨款进入新侨贸易有限公司，成为公司的大股东。因为冯铁雄同志的叔叔过去曾跟新侨贸易有限公司的董事长司徒美良先生共过事，加上冯铁雄同志的口才，一到公司，就得到了司徒美良先生的器重，被委以交际秘书的重任……冯铁雄同志就借着这个交际秘书的身份，查阅了全公司入股职员花名册和有关股东的资料卡片，果然找到‘计采楠’和她的母亲计赵氏是新侨公司的入股户……”

罗瑞卿用一只手解开脖子处的一枚纽扣，他晃晃脖子：“好！你们的行动还要快。昨天晚上，我一回京就到了总理那儿，正好李克农同志也在，总理和李部长都十分关心这个案子的侦破工作，总理还拿出主席从苏联发回的电报批示，要求我们在他回国前破案……”

杨奇清信心满怀地说：“请部长放心，曹纯之同志外号‘一堵墙’，相信他不会让你失望的。”

## 天津黑龙江路中国银行营业大厅

西装革履，夹着皮包的曹纯之和阎铁站在角落，焦急地向着门口打量。

阎铁看了看表，有些沉不住气：“怎么还不来？估计半小时前就该到了……”

曹纯之耐着性子，安慰道：“沉住气。”

一个穿着呢料大衣的中年男人走进来，一个穿皮夹克的青年人紧跟着走进来。青年人向曹纯之努了努嘴，向大厅里的一张沙发上坐去。

曹纯之点了点头，掏出烟和打火机，点着了烟。

附近的一个窗口，一个年轻人也掏出打火机，“咔嚓”地打火点烟。

穿呢大衣的中年人先到人民币存储窗口转了一圈，然后来到外汇窗口，将取款单递进去。

一个年轻的女汇兑员将清点好的钱递出窗口，穿呢大衣的中年人把钱往皮包里一放，转身欲走，汇兑员：“等一等，先生，请你将钱当面点清。”

附近窗口的年轻人“咔嚓”地打着火机，未点燃的烟卷叼在嘴上。

穿呢大衣的中年人点完了钱，朝汇兑员笑着点头：“正好！”转身向大厅门口走去。

曹纯之走到打火机不着火的年轻人旁边，用自己的打火机为对方点着了烟。

年轻人感激地点点头：“谢谢。”

## 公安部杨奇清办公室

一张张清晰的照片，摆在杨奇清的办公桌上。

曹纯之指着照片上的人向杨奇清介绍道：“这个人叫孟广新，是新侨贸易有限公司的事务秘书，冯铁雄同志一到新侨贸易有限公司，就发现计采楠与这个孟广新的关系暧昧，于是，我们马上派人把这个孟广新监视起来。果然，计采楠让孟广新替她到天津取回了汇款，这下好了，汇款单据、号码、印鉴、照片，一切证据都有了……”

杨奇清看看那些证据，满意地点点头，随即问：“你有什么打算？”

曹纯之想了想，请示道：“是否逮捕这个孟广新？”

杨奇清摇摇头：“不可！这个孟广新只是一个被计采楠利用的角色，我们现在还没有接触到真正的敌人，甚至连这个计采楠，都不是真正的潜伏特务。所以，你们下一步的工作，应该设法打入计采楠的生活圈儿，尽快找出计采楠背后的关键人物……”

曹纯之佩服得五体投地：“我明白了。”

杨奇清：“对了，冯铁雄今天又报告了一个新的线索：计采楠跟一个叫李超山的资本家关系也不正常。你再跟冯铁雄联系一下，看这个李超山有没有可利用的价值。”

曹纯之:"是!"

## 李超山家

李超山和妻子正忙忙碌碌地准备茶点。

李妻边忙活着边问:"超山,我可从没见你这么隆重地招待客人,今天来的到底是什么人呀?"

李超山有点得意地说:"一位呢,是新侨贸易有限公司的交际秘书冯铁雄先生,这位冯先生到新侨公司不久,就得到司徒美良先生的器重。司徒美良先生,你是知道的,能让他看得上的人,绝非等闲之辈。而冯铁雄先生引荐的这位,是华北贸易客栈北京庆丰公司的董事长曹国强先生,也是个来头不小的人物。如果能与这样的人合作做生意,那我们的买卖还不越做越兴旺啊?"

李妻高兴地说:"说的是!"

一阵门铃响。

李超山急忙奔了过去:"来了,来了。"冲妻子喊,"快! 跟我一起去迎接客人。"

李超山与妻子向房门外走去。

大门开了,曹纯之和冯铁雄走进来,他们本能地环顾了一下四周。

李超山上前一步,热情地寒暄:"冯先生、曹先生光临寒舍,令我李家蓬荜生辉呀,不胜荣幸。"

曹纯之装腔道:"不速之客,叨扰叨扰。"

李妻赶紧帮丈夫招呼道:"贵客登门,是我和超山的荣幸呢。"

冯铁雄脱下帽子,拿在手里,点了一下头,用手指了一下曹纯之:"李夫人客气了。李先生,这位是华北贸易客栈北京庆丰公司的董事长曹国强先生。"

李超山赶紧和曹国强握手寒暄:"幸会,幸会。"

曹纯之递上名片,颇有风度地说:"鄙公司同仁久仰李先生是北京最有实力、最善经营的实业家,今日拜访,特请教经营之道。"

李超山受宠若惊:"不敢! 曹董事长过谦了。请曹先生和冯先生客厅侍茶,请!"

一行人向李家客厅走去。

李超山伸手让座:"曹先生、冯先生请坐。"

李超山递上香烟,随手拿起火柴为曹纯之点烟。

一阵电话铃声,打断寒暄的气氛。

李超山向两位歉意地点点头:"对不起,我先接个电话。"

曹纯之伸手做了个让的姿势:"李先生请便。"

李超山走到电话机旁,拿起了电话,一个女人的声音从电话里传出。

(计采楠的画外音:"超山,我是采楠……昨天不是说好聚会一下的嘛。我想明天上午10点,安排在北海漪澜堂,你按我昨天给你的那个聚会名单,通知一下。")

坐在沙发上的曹纯之和冯铁雄凝神聆听着。曹纯之皱着眉头。

李超山下意识地转了一个方向,对着电话有点言听计从:"好的,我一定按你说的名字一一给他们打电话。我现在就给你弟弟打电话,让他按时赶到漪澜堂……好的,好的。"

李超山放下电话又拿起。

曹纯之目光盯着李超山拨号的手。

李超山:“计旭吗?我是李超山……你姐姐替你们准备好了,明天上午10点,在北海漪澜堂聚餐,其他人我再通知,一定按时到,记住了吗?”放下电话,不好意思地对曹纯之和冯铁雄道:“没办法,干我们这行,靠朋友吃饭,也招些无益的麻烦。”

曹纯之礼貌而友好地说:“朋友是生存之源,信誉是生存之道嘛。”

李超山用眼睛扫了一下曹纯之,夸赞道:“说得好,说得好,曹先生果然见识不凡。”

冯铁雄站起身,想早点走:“既然李先生今天有事,我们就不打扰了吧?”

曹纯之也站起身,应和道:“也好,”

李超山感到意外,怕慢待了二位:“这……这多不好意思……”

李妻端点心进来,见状,挽留道:“哎!怎么就走啊?我马上就准备好了。”

曹纯之客套:“改日我们再来打扰吧。”

曹纯之和冯铁雄向外走去。

李超山和妻子看着曹纯之和冯铁雄进了黑色轿车,招手向他们告别。

司机按了按喇叭,轿车向前驶去。

曹纯之冲司机喊:“去电话监听所!”

冯铁雄神秘地问:“事办成了?”

曹纯之掏出一个小本子,晃了一下:“我已经记在上面了。”

冯铁雄来了精神头儿:“神了,科长竟有这种本事。”

黑色轿车在大街上疾驰着。

## 莫斯科郊外孔策沃别墅毛泽东住处

莫洛托夫和米高扬坐在毛泽东房间的沙发上。

毛泽东坐在办公桌前,王稼祥和拿着速记本的师哲坐在毛泽东的一侧和身后。

莫洛托夫:“尊敬的毛泽东同志,斯大林让我们来,向您征询关于中苏两国如何签订友好同盟条约等问题的意见。”

毛泽东转头冲王稼祥一笑:“斯大林终于回心转意了嘛。”之后对莫洛托夫和米高扬道:“我有三个方案,供你们选择:一是签订新的中苏条约,中苏关系在新的条约上固定下来,中国工人、农民、知识分子及民族资产阶级左翼都将感到兴奋,可以孤立资产阶级右翼。在国际上我们可以有更大的政治资本去对付帝国主义国家,去审查过去中国和各帝国主义国家所订的条约。第二个方案,是由两国通讯社发一个简单公报,说明两国当局对旧的中苏友好条约交换了意见。第三个方案,就是签订一个声明,内容是讲两国关系的要点。如果按第二、三两个方案,周恩来可以不来。”

莫洛托夫深知毛泽东的厉害,他不敢得罪斯大林的这位东方客人:“我觉得还是第一个办法好,周恩来可以来莫斯科。”

毛泽东已经完全处于主动地位:“是否以新的条约代替旧的条约?”

莫洛托夫点头称是:“是的,是的。”

毛泽东点点头,和蔼地说:“这样就好。”

莫洛托夫顺势说:“那周恩来能不能尽快赶到莫斯科来呢?”

毛泽东点起一支香烟,和缓地对王稼祥道:“我的电报1月3日到北京,恩来准备五天的时间，1月9日从北京动身，坐火车需要十一天时间，1月19日到莫斯科，1月20日至月底约十天时间，谈判及签订各项条约，2月初我和他一道回国。”

莫洛托夫和米高扬对视一眼，两人脸上均露出敬佩之色。这位东方大国的领袖举大事也拘小节。

米高扬赞赏道：“这是一个周密的计划。”

莫洛托夫细心地尽地主之谊：“您来一趟不容易，还有哪些具体打算吗？”

毛泽东：“我们两国之间的贸易往来，也需要签订几项协定才好。”

米高扬已经不作任何反驳，而是尊敬地询问：“主席的意见，我们应该先搞哪几项呢？”

毛泽东把早想好的答案说出来：“我看首先应该是贷款、通商和民航这几项。”

莫洛托夫佩服极了：“这是国与国之间交往中最重要的几个内容之一，我完全同意您的意见。”

米高扬轻松地问毛泽东：“主席不想到各地转一转吗？”

毛泽东见主要的事情已经谈得有些眉目，觉得米高扬这个问题问得很是时候，他很有兴致地说：“我是要到各地转一转、看一看，目的是想尽可能多地了解一些有关社会主义建设方面的实际情况。”

米高扬继续：“您想去哪些地方呢？”

毛泽东早就列好了多年以前就留在心中的清单，他非常渴望走走，看看苏联文化：“首先去看看列宁墓，这是必需的。然后去列宁的故乡看一看，如果有时间的话，最好能够再到高尔基城等几个地方转一转……”

莫洛托夫站起身保证道：“好的，我们一定满足主席的这些愿望。”

米高扬也站起来：“请主席放心，我们会安排好一切的。”

毛泽东起身送两人出门，毛泽东回转身，用意很深地说：“我放心。”

**克里姆林宫**

斯大林办公室。斯大林满脸喜色地面对着莫洛托夫和米高扬：“好！我们总算明白了毛泽东的意图，客观地说，他的这些要求都是合理的……”

莫洛托夫：“斯大林同志，好久没见你这么高兴了。”

斯大林叼着烟斗：“这得益于你们不懈的努力。”

米高扬不敢领功：“这都是斯大林同志英明领导的结果。”

斯大林：“目前一切条件都已具备，我们同毛泽东之间，应该进一步消除误会和隔阂，加深两党、两国的友谊……”

**莫斯科郊外孔策沃别墅毛泽东住处**

毛泽东在起草电报，全神贯注。

王稼祥端着碗走进来，把面条放在了桌子上。

王稼祥：“主席，厨房给您下了碗面条，快趁热吃了吧。”

毛泽东放下笔，嗅嗅香气：“闻见面条香，我倒真觉到饿了。只是让你大使先生做这碗面条的差使，可是大材小用喽。”他吃着面条：“嗯，香！哎！你也不要饿着呀，拿个碗来，分给你一半。”

王稼祥摇着头:“这是专门给你的,我们几个一会儿到厨房去吃。”

毛泽东大口吃着面条:“他们几个也都没睡呀?”

王稼祥脸上露出笑容:“从昨天晚上,看到主席那个高兴劲儿,大伙就知道主席今天夜里肯定又不睡了,所以,大伙也就不睡了。”

毛泽东边吃边说:“我不能不高兴啊。到莫斯科十几天后,终于看到了我们想要的结果,也算是好事多磨吧。刚才我给中央写了一个电文,把我们在莫斯科的情况通报给家里的同志,也让他们分享一下胜利的成果。电报的最后啊,我告诉恩来,让他于五天内准备完毕,然后偕同贸易部长及其他必要的助手,带上必要的文件材料,于1月9日动身,坐火车来莫斯科。由董必武同志代理政务院总理之职。”他突然若有所思,放下碗:“还要再加上一句:‘有无叫李富春或其他同志同来协助之必要?’。”

毛泽东抄起笔,加上了这句话。

## 北京公安部

曹纯之和冯铁雄拦住了正下楼的杨奇清。

曹纯之一脸兴奋地说:“杨副部长……”

杨奇清看他的神色,已经猜出几分:“是不是有新进展了?”

曹纯之点点头:“我们从电话里监听到李超山打电话邀请的十几个人……”

冯铁雄从公文包里掏出一张纸,递给杨奇清:“这是他们的名单和电话号码,其中包括华北行政委员冷老头、孟广新等人……”

杨奇清借着路灯看了看纸条,道:“对了,户籍组的同志报告了一个新情况,他们通过查计采楠的户口发现,计采楠还有个弟弟叫计旭,就住在南池子……”

曹纯之和冯铁雄异口同声地说:“南池子?”

杨奇清仿佛摸到问题的命脉:“这就很明显了。南池子紧靠中南海,在人们的想像中,那里是一个防范严密的禁地,但同时也是一个容易被忽视的真空地带。对潜伏者来说,最危险的地方,往往也是最安全的地方……”

曹纯之双手一拍:“就是他,计旭!看来孟广新取的款已经到了他手里,所以,他明天要请客。我认为,现在最重要的是查清这个计旭的真实身份!”

杨奇清如释重负,但他要乘胜追击:“今天夜里你们就别休息了,你有在保定缴获的国民党军警特宪名单,回去查一查……”

## 公安部一局机要室

曹纯之和冯铁雄、成润之在翻查一大堆资料……良久,他们终于将资料本合上,长出一口气。

成润之:“都翻遍了,根本就没有姓计的。”

曹纯之也感到奇怪:“我这边也没有。”

冯铁雄:“我这边倒有一个姓计的,但不叫计旭,而叫计兆祥。”

曹纯之沉吟道:“会不会是一个人呢?”

冯铁雄:“科长的意思是……”

成润之接过话,挑明话题:“科长想说,这计兆祥和计旭会不会是一个人?”

曹纯之:“你们想,敌人不是傻子,他还会使用原来的名字?”

### 莫斯科郊外孔策沃别墅毛泽东住处

师哲和汪东兴在陪毛泽东散步。微风习习,夜色神秘而深邃。

汪东兴见主席还不肯回去,提醒道:“主席,已经凌晨四点了,您是不是该回房休息了?”

师哲早就想说了:“是啊,外面够冷的,主席别感冒了。”

毛泽东其实还不想回去,但不忍那么多人陪着他受罪:“好,回去。”走到门口,他对汪东兴道:“你去把给少奇、恩来和朱老总的电报连夜发出去。”

汪东兴:“是。”

毛泽东伸了个懒腰:“好了,我要睡了。你们也都去睡吧。这么多人陪我一个人熬夜,这不好。以后,你们排好班,留下一个人就行了,不要都跟着打疲劳战。”

师哲:“本来应该排班来的,可一见主席这么高兴,大家也都高兴得睡不着了……”

毛泽东打个哈欠,纠正道:“高兴是可以的,但睡觉是必需的。你们高兴你们的,我可是要睡觉了。”

毛泽东转身进了房间。

### 北京中南海刘少奇住处

刘少奇、周恩来和朱德围坐在办公桌前。

朱德开心地笑道:“‘山重水复疑无路,柳暗花明又一村’,到底还是主席啊,所有的难题,都被他一一化解了。”

刘少奇也喜上眉梢:“是啊,一个答塔斯社记者问,使得西方国家的谣言不攻自破。现在斯大林又同意签订新的友好条约,都是喜事啊,下一步可就看恩来的了。”

朱德充满信心地说:“恩来是谈判高手,这次也一定不辱使命。”

周恩来:“主席只给我五天的时间,我心里可不是一般的压力。文件材料我已让政务院办公厅的同志准备了,咱们还是研究一下去莫斯科的人选吧……”

“报告!”

“进来。”

一个秘书走进来:“主席从莫斯科来电。”

刘少奇接过电报看着:“主席是凌晨4点发来的,是向我们进一步说明签订新的中苏友好同盟互助条约的意义……”说着将电报递给朱德。

朱德认真地复读着电文:“这一行动将使人民共和国处于更有利的地位,使资本主义各国不能不就我规范,有利于迫使各国无条件承认中国,废除旧约,重订新约,使各资本主义国家不敢妄动……”

刘少奇边听边思考着:“主席是从根本上考虑问题的。”

周恩来点点头:“所以,这个条约不仅要签,而且一定要签好。我建议让李富春同志跟我一起去莫斯科……”

### 北京漪澜堂门前

一黑一白两辆轿车接踵而至,在漪澜堂门口停下。

李超山、孟广新、计采楠等人下车。

一个男服务员从大堂出来，迎接着众人。

## 北京漪澜堂对面的茶楼

曹纯之和辛立学站在窗前，望着楼下的大街。

曹纯之："要特别注意计采楠的弟弟计旭的事，跟大家交代了吗？"

辛立学压低声音："都交代清楚了。你就放心吧，里面的收票员、服务员、清洁工，都换上了我们的人……"

（辛立学　公安部一局外线侦察组组长）

曹纯之看看楼下，哑着嗓子问："门口卖糖果的小贩是你们科的猴子吧？这小子装得挺像的……"

楼下，一辆轿车驶来，停下，一个二十七八岁的年轻人从车上走下来。

站在门口的计采楠忙迎上去。

## 北京漪澜堂门前

计旭下了车，左右打量着。

计采楠迎前一步："计旭，你可来了，大伙都在里面等着你呢。"

计旭向她点头："好！咱们进去吧。"

计采楠挽着计旭向漪澜堂内走去。

## 北京漪澜堂对面的茶楼

曹纯之和辛立学望着计采楠和计旭的背影。

曹纯之："正主儿到了，下面就看你们的了。"

辛立学早就等得不耐烦了："行！我先去认识认识。"

辛立学往楼下走去。

## 莫斯科郊外孔策沃别墅毛泽东住处

毛泽东由汪东兴陪着在散步。

毛泽东抬头看看周围："莫斯科可比北京冷多了，所以，来了十几天，我宁愿在屋里待着，看看书、看看报纸……"

汪东兴担心主席怕冷："既然主席受不了，那还是回房间吧。"

毛泽东摇摇手："难得今天天气很好，在外面晒晒太阳还是不错的，这可是莫斯科的太阳啊……"

汪东兴继续陪毛泽东散步，问道："主席说要去列宁故乡参观的，什么时候去？"

毛泽东："我们在人家这里，还得客随主便呀。"

汪东兴怪怨道："他们这些人，办事就是拖拉。"

秘书拿着一份电报跑来："主席，少奇同志发来的电报。"

毛泽东精神一振："哦！快拿给我。"他边看边轻声读着："美国总统杜鲁门和国务卿艾奇逊分别发表声明和讲话，声称‘美国目前无意在台湾获取特权，或建立军事基地’……”毛一挥手：“走！回屋！”

毛泽东大步流星向房间走去。

毛泽东在房间里踱着步，他思索着。

毛泽东沉吟着：“美国人是说，他们无意插手台湾的事情，这对我们解放台湾，无疑是十分有利的……”

## 台湾蒋介石官邸

蒋介石愤怒地将手中的水杯摔在地上：“娘希匹，这个杜鲁门和艾奇逊要干什么？他们这是背信弃义，这是落井下石！老子就不信，离了他美国人，老子就守不住台湾！”

宋美龄优雅地说：“达令，何必发那么大火呢？美国人也有他们的难处，现在毛泽东正在苏联，美国人是担心他和斯大林串通一气，对美国人不利。我想这不过是杜鲁门和艾奇逊的一种外交辞令，他们是不会抛弃老朋友的……”

蒋介石愤怒之余，不得不求救于夫人：“你还是赶紧通过你在美国的关系了解一下，杜鲁门和艾奇逊到底是什么意图？我蒋中正不能被他们卖了，还帮他们数钱……”

## 西藏拉萨布达拉宫

一个看不清面目的人坐在摄政达扎的对面。

摄政达扎似自语，又似对面前的人说话：“印度人、美国人，没有一个是可信的。那个理查逊一方面声称全力支持我们西藏独立，可另一面，印度政府却在积极地与共产党中国建立外交关系。美国人也一样，他们的总统和国务卿分别发表声明和讲话，说对台湾不感兴趣。这是明显地要把台湾卖给中共。美国政府和国民党政府是有外交关系的，他们对台湾尚且如此，对西藏就……”

那个人：“那个劳威尔不是说，他们支援我们的大批步枪、机枪和弹药，正通过印度政府向西藏运送吗？”

达扎似乎经验多一些：“唉！凭这点可怜的枪支弹药，能换来西藏的独立吗？”

那个人无可奈何地说：“那还有什么别的办法吗？”

达扎：“也许真像理查逊曾经说过的：我们不能把西藏的独立完全寄托在别人的身上。我们自己也应该采取一些有效的行动，比如，起草一份西藏独立的宣言，比如向附近的邻国派出亲善使团，再比如把我们独立的愿望拿到联合国大会上，以谋求得到国际社会的支持……”

那人还是很迷茫：“又有谁会支持我们呢？”

## 莫斯科郊外孔策沃别墅毛泽东住处

毛泽东对在座的王稼祥侃侃而谈：“解决西藏、海南岛和台湾的问题，是我们五O年的三大任务。按我原来的估计，解放台湾，比解放西藏和海南岛要难得多，为什么呢？就是担心美国人掺和进来，现在看来，这种担心可以排除了。不过，解放台湾，我们还是需要苏联空军的支援，希望斯大林同志能够同意……”他突然冲门外喊道：“叶子龙！”

“到！”叶子龙答应着跑进来，“主席！”

毛泽东递给他一份文件:“你把这个声明给那个柯瓦廖夫送去,请他转呈斯大林。”

叶子龙:“是!”接过文件,跑了出去。

### 莫斯科柯瓦廖夫住处

叶子龙来到柯瓦廖夫门外,岗亭里走出一个哨兵将其拦住。

哨兵用俄语:“请你离开这里!”

叶子龙大声解释:“我找柯瓦廖夫同志。”

哨兵不耐烦地说:“半夜了,都休息了,有什么事情,明天再来!”

叶子龙继续对哨兵重复他的要求:“我有重要事情找柯瓦廖夫同志,送文件给他,要么你让我进去,要么你让他出来……”

哨兵生气地说:“赶紧离开,离开这里……”用力推搡着叶子龙。

叶子龙冲着房屋大喊:“柯瓦廖夫,我找柯瓦廖夫!”

哨兵用力推他:“不许喊叫,不要影响首长休息,赶紧离开!”

叶子龙全然不顾:“柯瓦廖夫,你给我出来……”

### 重庆第二野战军司令部

刘伯承、邓小平、贺龙站在作战地图前,李觉在一边做着记录。

刘伯承:“依我之见,进军西藏的计划,我们可以一边上报中央,一边往下布置。让张国华先部署一个团在新津、邛崃一线,其余部队均集结在乐山、丹棱待命……”

邓小平认同刘伯承的部署:“我同意伯承同志的意见。”

贺龙:“我看可以,就让第十八军的师以上干部,尽快到重庆受领任务!”

刘伯承:“李觉你记一下:一、立即将进军西藏计划上报党中央、毛主席!二、通知第十八军张国华、谭冠三,十一号赶到重庆,其他师以上干部,十五号赶到重庆。三、命令第十八军五十二师派出一个团,前出至新津、邛崃一线,其余部队原地待命……”

### 四川乐山第十八军军部

张国华掂着手中的电报,对一个参谋道:“虽然电报中没说是什么事情,但以刘、邓、贺三位首长联名签署之举,可见事情的重要性。时间紧迫,连夜通知各师师长、政委,十五号前准时赶到重庆。谭政委这两天下部队去了,你想办法跟他联系上,请他尽快赶回军部!”

参谋:“是!”

### 旷野

一辆吉普车停在路边,司机和警卫员在修车。

司机趴在发动机上喊:“发动!”

坐在驾驶室里的副驾驶按下按钮,发动机响了一下,又没了动静。

路边,谭冠三一脸焦急地来回踱步:“喂!小张,小李,什么时候能修好啊?”

司机急得满头大汗:“快了,快了!”

谭冠三看了看表:“快了,快了!这话你都说了十几遍了!真是越渴越给盐吃。什么破车，要是骑马，哪有这些屁事儿……”

司机再次趴到发动机上，用力拍打：“发动！”

## 四川乐山第十八军军部谭冠三住处

一个女军人在谭冠三的房间里东摸摸、西看看，无奈地等着。“这邋遢鬼，连个镜子都没有。”摘了军帽，从口袋里掏出一把小梳子，梳着自己的头发。

一阵脚步声由远而近。李光明飞快地装起梳子，戴好军帽，笑容满面地去开门。

门口，露出庄大运喝得醉醺醺的脸。

李光明不由得皱起眉头，捂住鼻子：“你找谁？”

庄大运打了个饱嗝，酒气熏天：“我……我找谭冠三……政委。”不由分说地推开李光明，摇摇晃晃地进了屋。

李光明不知眼前的这个人到底是谁：“你是……”

庄大运：“连我都不认识？第十八军还有不认识我庄大运的！”

李光明好像听说过：“庄大运？啊！你请坐。”

庄大运打量了一下李光明，有点奇怪：“你是谁？跟个主人似的！我告诉你，谭政委是有媳妇的人。你们这些女兵，别有事没事的往这里跑，对谭政委的名声不好！”

李光明顿时来了女人的敏感劲儿，反问道：“平时常有女兵往他这儿跑吗？”

庄大运不耐烦地说：“我哪儿知道？我就是提醒你注意！”

李光明：“哦！”

庄大运下命令似的说：“你该走了，我找谭政委有事儿。”

李光明倒不急，她稳稳地坐在一张椅子上：“他人还没回来呢，我也等他半天了。”

庄大运奇怪地看看李光明，有点挑衅地说：“你等他有什么事儿？不是想给他做媳妇吧？你别做梦了。我们谭政委说了，他媳妇那可是经过二万五千里长征的老红军，人漂亮着呢，这辈子怕是轮不着你了。”

李光明再也不想和这个无赖对话，她厉声道：“你说什么呢？我就是谭冠三的媳妇。”

庄大运定了定神，仔细看看：“是真的？哎哟，还真是个漂亮的美人。”

李光明很不喜欢眼前这个人，严肃地问：“你找冠三有什么事啊？”

庄大运恶狠狠地说：“我找他要媳妇！”

李光明被这突然的回答弄得莫名其妙：“什么？”

庄大运倒不回避，直截了当地说：“要媳妇！怎么？不行啊？我庄大运自从那年离开家，打完了鬼子打老蒋，大大小小的仗经过了上百场，挂彩挂了十四回，身上留下的弹片，少说也有七八块。你在咱十八军打听打听，老子哪回怕过死？哪回含糊过？”他从腰里解下一个小布袋，往桌子上一倒，大大小小的奖章倒了一桌子：“你看看，看看，三等功的、二等功的、一等功的、特等功的、一级战斗英雄的……我是什么都有了，可就是没老婆！过去的时候吧，咱光顾了打仗，别的事连想也不敢想，现在解放了，我没别的想法，就是想安个家。你看看，连你都赶来找政委安家了，总不能他们当官的老婆都跟着，让我们打光棍吧？你说这公平吗？这公平吗？”一边说着，一边向李光明逼去。

李光明一点一点后退，有点恐慌：“你……你干什么？”

庄大运眼睛发直，言词不改：“我就是想找个老婆。”

李光明怕他胡来，缓和下语气："你就是想找老婆，也不是说找就能找了来的。再说，这深更半夜的，上哪儿给你找去呀？"

庄大运停下，他简单地说："那你说怎么办？你说怎么办？"

李光明急中生智："你看这样好不好？等我发现有合适的，一定帮你介绍一个。"

庄大运不相信地反问："你说话算数？"

李光明立刻回答："当然算数。"

庄大运一转念，说："不对，你别哄我，今天把我骗走了，明天我上哪儿找你去呀？"

李光明声音轻微发抖，安慰他道："我是谭冠三的媳妇啊，你找到你们谭政委，不就找到我了？"

庄大运想想，有点开窍："也是啊！行，那我就放心了。"将满桌子的奖牌、奖章划拉进小口袋里："谢谢啊！"

庄大运很恭敬地向李光明鞠了一躬，美滋滋地转身离去。

李光明不可思议地说："这人！"

## 莫斯科郊外孔策沃别墅

一辆伏尔加轿车在别墅门口停下。

苏联外交部长维辛斯基和副部长葛罗米柯从车上下来。

毛泽东和王稼祥等人从别墅内迎出来。

王稼祥向毛泽东介绍："主席，这位是苏共中央政治局委员、外交部长维辛斯基同志。"

毛泽东与维辛斯基握手。

王稼祥："这位是苏共中央委员、外交部副部长葛罗米柯同志。"

毛泽东与葛罗米柯握手。

毛泽东："我们都见过面的。"向维辛斯基和葛罗米柯一伸手："请吧。"

一行人向会客厅走去。

## 会客厅

在礼让中，宾主坐定。

毛泽东："不知道两位前来，有何贵干哪？"

维辛斯基谦恭地说："我和葛罗米柯同志前来，是向中国党政代表团的同志表明苏联政府的一个意向。中华人民共和国应该致函联合国安理会，并向全世界发表声明，中华人民共和国中央人民政府是代表全中国人民的唯一合法政府，联合国安理会应该做出决议，不承认中国前国民党政府的'代表'资格，并将其驱逐出联合国安理会常任理事国及联合国大会，恢复中华人民共和国中央人民政府在联合国的一切合法席位……"

师哲将维辛斯基的话翻译给在场的所有人。

显然，这是斯大林在与中国关系问题上的一个新突破。毛泽东激动地说："非常感谢苏联政府做出这样一个决定，我们会抓紧办这件事的。"

维辛斯基友好地说："我们都是社会主义国家，应该友好合作、互相支持。"

葛罗米柯笑笑说："国民党已经没有任何资格可以代表中国了，中国在联合国的一切席位，包括安理会，都应该由你们派出自己的代表。"

维辛斯基:“苏联政府会一直这样做下去,直至你们的代表能够坐到‘中国’的席位上。”

毛泽东站起身,再次同他们握手,很诚恳地说:“谢谢苏联的同志们!”

**莫斯科郊外孔策沃别墅外景**

毛泽东亮着灯的窗口。

别墅的大门缓缓打开。

王稼祥从门外走进来。

王稼祥来到毛泽东房间门口,汪东兴恰好从里面出来。

王稼祥轻轻地问:“主席睡了吗?”

汪东兴摇头:“又是一夜没睡。”

王稼祥推门进去。

王稼祥走进房间:“主席,是不是该休息了?”

毛泽东放下手中的笔,站起来,活动活动腰,伸伸胳膊,高兴地说:“稼祥同志你来得正好啊! 我代恩来他们起草了一个致联合国安理会的声明,否认前国民党政府‘代表’在联合国安理会的所谓合法地位。让恩来以中华人民共和国外交部的名义发出去,争取让联合国安理会早日开除非法的国民党集团的代表,恢复我们的合法席位。给恩来的电报我也拟好了,除了在联合国的席位问题,也谈了一些出入口贸易的问题,以便恩来他们来莫斯科谈判时,有所参考。”

王稼祥真诚地:“主席真是太辛苦了。电报的事,我找叶子龙同志去发,主席还是早点睡吧。”

毛泽东打了个哈欠,不客气地说:“好! 那我就睡了。”

转身,他又戏谑地说:“那首歌唱得不真实啊,他们唱‘东方红,太阳升,中国出了个毛泽东’,哪里知道,太阳升起的时候,我毛泽东却要蒙头大睡了……”

**北京中南海西花厅**

周恩来正在打电话,亲切地说:“富春同志啊,我是周恩来。”

**沈阳东北人民政府李富春办公室**

李富春接电话,尊敬地说:“总理啊,你好啊! 请问有什么指示?”

(李富春　东北人民政府副主席)

(周恩来的画外音:“富春同志啊,主席在电报里特意征询我和少奇同志,还有朱老总的意见,问你是否有去莫斯科的必要。我的看法是你跟我一起去,你是中央政府的副主席,对各方面的情况都比较熟悉,让你去莫斯科,对谈判有利呀。”)

李富春没有讨价还价,态度温和地说:“行,我听主席和总理的!”

**北京中南海西花厅**

周恩来知道李富春会接受安排,他早有准备:“这样,你把东北的工作交接一下。另外,我让政务院办公厅的同志把有关谈判的材料准备了一下,让他们带一份给你……”

一个秘书走进来："总理，主席从莫斯科发来的电报。"

周恩来向秘书点头示意。对电话中说道："去莫斯科的事情，主席那边催得很紧，你抓紧时间准备，我们争取十号左右动身。好的……好的，再见。"

秘书将电报递给周恩来。

周恩来接过电报，浏览着，高兴地抄起电话："少奇同志吗？主席刚刚发来一份电报，说苏联人主动提出帮我们恢复在联合国的席位呀。主席要求我以中华人民共和国外交部长的名义，向联合国安理会发一个声明，提出取消国民党代表席位的问题……是啊，我们一旦取得了在联合国的合法席位，也就争得了在国际上的发言权。主席把声明都起草好了，我想应该尽快把主席的这个声明，以外交部的名义，发给联合国大会主席罗慕洛和联合国秘书长赖伊……是的，我就是想找你和朱老总研究一下，你现在有时间吗？好的，我一会儿到你那边去。"对秘书道："你马上给朱老总打个电话，就说我和少奇同志马上到他那儿去。"

秘书："是！"

周恩来拿起电报向门外走去。他的背影有些瘦弱，却显得那么伟岸。

**莫斯科郊外孔策沃别墅毛泽东住处**

毛泽东在秉笔疾书。

（毛泽东的声音："中央并请转刘、邓、贺及西北局：（一）完全同意刘、邓一月七日电之进军西藏计划。现在英国、印度、巴基斯坦均已承认我们，对于进军西藏是有利的……"）

西安，第一野战军司令部内，彭德怀等西北军区领导正在听习仲勋读毛泽东的电报。

（毛泽东的声音："（二）按照彭德怀同志所称，四个月进军时间是从五月中旬算起，则由一月中旬至五月中旬尚有四个整月的准备时间（我前电写成三个半月是写错了）。只要刘、邓、贺加紧督促张国华及第十八军各部，在时间上是来得及的……'"）

# 第十三章

**重庆第二野战军司令部**

刘伯承、贺龙及第四野战军的首长正围坐在桌前，聚精会神地听着邓小平读电文。

（毛泽东的声音："（三）西藏成立一个党的领导机关，叫什么名称及委员人选，请西南局拟定，电告中央批准。这个领导机关应迅即确定，责成他们筹划一切，并订出实行计划，交西南局及中央批准。西南局对其工作则每半个月或每月检查一次。第一步是限于三个半月内完成调查情况，训练干部，整训部队，修筑道路及进军至康藏交界地区。有些调查工作，及干部集训工作，需待占康藏边界后才能完成……"）

**莫斯科郊外孔策沃别墅毛泽东住处**

毛泽东伫立窗前凝望。

窗外是积雪覆盖的旷野。

毛泽东点燃一支香烟，吸了一口，既而吐出浓浓的烟雾。

王稼祥和叶子龙拿着电报走进来。

叶子龙欣喜地说："主席，恩来同志已经从北京出发了。"

毛泽东接过电报，对叶子龙道："你先别急，我这里还有一份电报，是给中央和四野的回电。"

他引着王稼祥和叶子龙走到办公桌前，拿起电报道："既然在旧历年前准备工作来不及，那就不要勉强，请令邓、赖、洪不依靠北风，而依靠改装机器的船这个方向去准备，由华南分局与广东军区用大力于几个月内装置几百个大海船的机器，争取于春、夏两季内解决海南岛问题……"

走进一个秘书："主席，周恩来同志已经出发了，少奇同志和董必武同志到车站送行。"

毛泽东在欧洲的莫斯科遥控指挥，完成了新中国成立后一件又一件迫在眉睫的事。

**原野上**

一列火车在飞奔。

## 北京中南海刘少奇住处

刘少奇向办公室走去，恰好王光美从房间里出来。

王光美接过他的外衣，焦急地说："你可回来了，朱老总和荣臻同志都等你半天了。"

说话间，朱德从房间里迎出来，聂荣臻紧随其后。

（聂荣臻　代理总参谋长）

朱德问："恩来同志，他们出发了？"

刘少奇舒了一口气道："是啊！他们到沈阳还要落落脚，捎上富春同志和东北人民政府工业部副部长吕东、东北人民政府贸易部副部长张化东和大连市委书记欧阳钦几位同志。对了，朱老总冒着严寒赶过来，肯定是有重要的事情吧？"

朱德拿着毛泽东的回电："是啊。主席刚从莫斯科发来给四野的回电，我觉得事情重大，找你来商量商量。"

他把电报递给刘少奇："主席已经同意了四野关于推迟打海南的计划……"

刘少奇凝神阅读着电报。

刘少奇："主席在电报里特别注明，改装机器船的问题是否可能，请询问华南分局，并电告主席。看来得向华南局的同志了解一下。"

聂荣臻："此事我已经问过剑英同志了，他说困难是很大，但会想办法克服的。"

刘少奇觉得没什么可犹豫的了："那就通知他们按主席的指示落实吧。"

朱德扬了扬电报说："好！我即刻让人把主席的电报转给林彪和剑英他们。"

## 武汉第四野战军司令部

"滴滴答答"的电报声。

林彪背着手在门前踱步，见机要科长走出来，问道："跟琼崖纵队还没联系上吗？"

机要科长摇头："没有！"

林彪命令："继续呼叫！"

机要科长："是！"将一份电报交给林彪。

林彪对机要科长说："给我搬条凳子来。"

机要科长转身回房间搬条凳子出来，不知道林彪要干什么。

林彪拉了凳子坐下，从口袋里掏出小布袋，抓出一把黄豆，一颗一颗地放进嘴里嚼着。

四野后勤部部长陈沂走来，上前打招呼："林总！"

（陈沂　第四野战军后勤部部长）

林彪把黄豆放进口袋里，郑重而严肃地说："陈沂同志，虽然中央已经同意了邓华他们依靠机帆船渡海的意见，但是我们现在还没有机帆船，所以，急需征集船只、购买机器。我和邓子恢政委商量了一下，决定派你带钱去广东……"

陈沂很高兴地领受任务："林总，我什么时候出发？"

林彪又伸进口袋抓出几颗黄豆放进嘴里："越快越好。如果你手头上经费充足的话，今天就可以出发。"

"报告林总，跟琼崖纵队联系上了。"

林彪对陈沂道："你可以回去准备了！"对走出来的机要科长道："告诉冯白驹，让他们自即日起，受邓华、赖传珠和洪学智指挥。另外，你马上通知十五兵团邓华，让他们尽快与琼崖纵队的冯白驹建立电台直接联系。”

机要科长:“是!”

## 四川乐山第十八军政委谭冠三宿舍

谭冠三推开自己宿舍的房门,疲惫地走进来。

黑暗中,李光明从床上坐起来温柔地问道:“回来了?”

谭冠三机警地往后退了一步,下意识地摸枪:“谁?”

李光明点亮了窗台上的油灯……李光明美丽的脸庞清晰起来。

谭冠三惊喜地有些不敢相信:“光明? 你……你怎么来了? 什么时候来的?”上前抱起李光明原地转着圈子,欢叫着:“噢……媳妇来了,我媳妇来了……”

李光明有点害羞地说:“放开,快放开。”

谭冠三将李光明放回床上,脸对着脸:“来了,怎么也不打个招呼啊?”

李光明埋怨道:“还说呢,我都来了三天了,连个人影子都见不着,你又到哪儿疯去了?”

谭冠三充满歉意地说:“我和张军长检查部队去了。早知道你来,我就哪儿也不去了。快! 让我看看。”托起李光明的腮,深情地打量着。

李光明扑进谭冠三怀里,脸上泛起了红晕:“两年多没见面,你也不想人家呀?”

谭冠三用力抱紧李光明,呼吸急促地说:“想! 我都快想疯了。”说着话,伸手去解对方的衣扣。

(画外音:“报告!”)

谭冠三一愣,咽了口唾液:“干什么? 有事明天再说!”

(画外音,犹豫地说:“刘、邓、贺三位首长发来急电,要求军长、政委连夜赶到重庆,接受新任务!”)

“知道了!”谭冠三无力地垂下手,突然转身,从门后的水桶里舀了一大瓢凉水,咕咚咕咚一口气灌下:“早不来,晚不来……”

李光明掠了一下凌乱的发际,安慰道:“好了,快走吧,别让大伙等着你。”

谭冠三歉疚地望了妻子一眼:“等我回来!”

说完,拎起军帽摔门而去。

## 重庆第二野战军司令部

刘伯承、贺龙、邓小平边走边谈。

贺龙看看邓小平:“我同意小平同志的意见,还是叫中国共产党西藏工作委员会,就以张国华同志为书记,谭冠三同志为副书记,统一筹划进军和经营西藏的工作。”

刘伯承点点头,补充道:“还需要给他们立个章法……”

邓小平沉稳地说:“昨天晚上我考虑了一下,西藏有军事问题,需要一定数量的武装力量,但与那里的政治问题相比较,政治是主要的,因此,我们可不可以归纳为‘政治重于军事,补给重于战斗’的原则,作为向西藏进军的指导思想?”

刘伯承品味着这句话:“‘政治重于军事,补给重于战斗’……好,我看可行。”

张国华和谭冠三来到三人面前:“报告”,向刘、邓、贺三人敬礼。

刘伯承一扬手:“估计你们就该到了,走吧,回司令部去谈……”

## 莫斯科郊外孔策沃别墅毛泽东住处

毛泽东穿上大衣，一边扣扣子，一边往门外走。

汪东兴从衣帽架上帮毛泽东摘下皮毛帽子："主席，您的帽子，外面冷着呢。"

毛泽东接过帽子戴上，汪东兴踮起脚，帮毛泽东正了正帽子。

王稼祥、陈伯达等人从门外走进来。

王稼祥："主席，接您的车来了。"

毛泽东有点兴奋地说："好啊！告诉大家，今天，代表团的人都去，来到莫斯科，不去列宁同志的墓前去拜一拜，会遗憾的。"

大家众星捧月般地随毛泽东向门外走去。

## 莫斯科市中心红场

毛泽东率领的中国党政代表团一行，在苏军卫队的护卫下，来到列宁墓前。

毛泽东与王稼祥等人在列宁墓前献上花圈。

花圈缎带上，用中文和俄文写着：

献给列宁——革命的伟大导师

毛泽东

1950 年 1 月 11 日

毛泽东在列宁墓前三鞠躬后，肃然而立。

毛泽东又来到了一处，

这里有一个墓碑。

碑上写着：中国的张同志、李同志长眠此地，卒于 1917 年 11 月 7 日。

毛泽东："找到了，就是他们，这上边写着卒于 1917 年 11 月 7 日，没写生的日子……"

沉静……

毛泽东："十月革命时，中国有很多人参与了这个世界上最伟大的一场革命，中国人民也做出了牺牲……"

他转身对身边的孙维世说："你说，中国人在十月革命时牺牲了多少人？"

孙维世："两个。"

毛泽东："为什么？"

孙维世："这不，写着张同志、李同志吗？"

毛泽东轻轻地摇着头："百家姓说，赵钱孙李周吴郑王……这些姓虽然排在前边，但是真正的大姓是张王李赵遍地刘……苏联同志在碑上写下了张氏李氏，这说明中国有很多人献身于这场伟大革命……其实中国人在世界许多大事件中都有献身，二战的诺曼底战役，就有中国人。但是，从今天起，中国人民要以身后有一个强大靠山为自豪……"

有人在碑前摆上四朵鲜花……

毛泽东："为什么是四朵？"

有人回答："苏联有个习惯，死者献两朵，两个人就是四朵……"

毛泽东："数学很好呀，但是你忘记了，老张和老李没有死……起码是在我毛泽东看来，他们没有死。我们每次说到十月革命，我们每次唱起《国际歌》，每次看到我们日新月异的祖国，他们都活着……"

人们不语。

毛泽东把鲜花收起了两朵……

**东北平原**

一列火车疾驰着。

夜色无边……

**车厢内**

周恩来捧着一本书，看得直皱眉头。他往后翻了几页……

秘书走进来，有点好奇地说："总理，也喜欢看小说呀？"

周恩来将书往座位上重重一摔："这样的小说，不看也罢。"

秘书不解地问："这部《旅顺口》，可是获得1943年至1944年斯大林奖金的。"

周恩来转头问他："你看过这本书吗？"

秘书摇摇头："没有！"

周恩来："那我告诉你，这本书很糟糕。这么糟糕的书还获得斯大林奖金，获得某些人喝彩，那就更糟糕，简直是糟糕透顶！"

一阵列车的汽笛长鸣声。

周恩来一脸气愤，扭头向着车窗外。

秘书愣愣地望着他……

周恩来："这本书里，有些地方简直看不下去，真正的中国人都会有这种感觉，不会盲目地跟着去吹嘘。"

周恩来回过头来，掰着手指说："第一，这本书吹嘘沙俄侵略战争。第二，旅顺口陷落时，列宁有篇文章说这是掠夺性、反动性战争，这本书却大加宣扬。第三，极尽丑化中国人之能事，不是特务、奸商，就是妓女、骗子。第四，书中歌颂的英雄马卡洛夫，是个拥护沙皇反动统治制度及其侵略政策的家伙。有这四条，你说这本书是什么货色……他们就是改不了这个大国沙文主义！"

秘书很少看到周恩来发这么大脾气，不禁疑惑道："他们不是老大哥吗？"

周恩来："是啊！社会主义老大哥，但愿谈判中不要以老大哥自居才好……"

**美国国家新闻俱乐部**

美国国务卿艾奇逊面对一群记者和政要在演讲。动作过多，是为了掩盖言辞的虚假带来的不自信。

艾奇逊尽力蛊惑，但是他的眼神有点飘："苏联正在将中国北部地区实行合并，这种在外蒙所实行了的办法，在满洲亦几乎实行了。我相信苏联的代理人会从内蒙古和新疆向莫斯科作很好的报告。这就是现在的情形，即整个中国居民的广大地区和中国脱离、与苏联合并。苏联占据中国北部的四个区域，对于与亚洲有关的强国来说是重要的事实，对于我们来说是非常重要的……"

## 美国华盛顿瓦尔德住处

瓦尔德很为自己国家有这么一位愚蠢的政客而气恼："简直是一派胡言！艾奇逊先生发表这种不负责任的言论，只会让人感觉我们美利坚合众国的这位国务卿是一个靠制造谣言过日子的家伙。我敢断言，对于艾奇逊先生的这番言论，苏联和中国不会置之不理。一旦他们反戈一击，国务卿阁下的谎言一戳即破……"

几位官员有些不知所措，不敢出声。

官员乙不了解时局："难道苏联并没有吞并中国的东北地区？"

瓦尔德虽有被驱逐出中国的经历，但还能比较客观地对待历史和客观事实，他对中国有一种说不清楚的感觉："我刚刚离开那个地方，我想对中国东北的现状，没有人比我更了解，没有人比我更有发言权，而我了解的事实是：除掉行使共管铁路的条约权利以外，并未看见苏联有监督满洲的任何迹象，也并未看见苏联有吞并满洲的任何迹象。我是一个被中共逮捕、审判并驱逐出境的外交官，按说，整个美国，没有一个人比我更恨中共。但是，仇恨是一回事，外交则又是另外一回事。处理外交问题，必须尊重事实，而不是信口雌黄。"

官员甲不解地问："难道国务卿说的不是事实吗？那么他为什么要这么说呢？"

瓦尔德虽然也不明白为什么，但此时结果的裂痕已经超过动机的分析，这种事情近乎荒唐，他耸了耸肩："只有鬼才知道！"

官员丙想要进一步探究东方神秘古国的事情："那么，据瓦尔德先生的观察，满洲共产党的政权是否受到北京的监督？"

瓦尔德没有褒义也没有贬义地说："所有共产党的政府，都是高度地集中管理，满洲也是共产党中国的部分……"

官员丁提出一个热点问题："瓦尔德先生也算是个中国通了，你对西藏问题怎么看？"

瓦尔德不假思索地说："西藏是中国的一部分，这是不争的事实，包括我们美国在内的全世界所有国家都一直承认的。"

官员丁诧异道："可现在，我们的人正在设法鼓动西藏的噶厦政府闹独立。中央情报局已有特工被派往那里，并进行了卓有成效的工作。就在今天，我们的合众社向世界发出电讯：'西藏将派出亲善使团分赴英、美、印、尼和北京表示独立，并准备申请加入联合国……'"

瓦尔德叹了一口气："这又是一个不光彩的角色。我敢断言，这只会刺激中国共产党迅速采取行动控制西藏。而且西藏加入联合国的努力也不会成功，因为不但苏联和中共会反对，即使是国民党政府，也必然会在联合国安理会行使否决权。你们别忘了，蒋介石和毛泽东之间，只是政治信仰的不同，但归根到底，他们都是民族主义者，他们都不会容许西藏脱离中国的版图……"

## 沈阳火车站

高岗、李富春等人在站台上望着徐徐进站的列车。

列车在站台上停稳，周恩来率先走下来，高岗等人赶忙迎上去。

周恩来远远地伸出手："高岗同志，富春同志，让你们久等了。"

高岗握住周恩来的手："总理一路辛苦了。"

周恩来与李富春握手："富春同志，都准备好了吧？"

李富春:"一切准备妥当,就等着总理来了。"

高岗向总理介绍着身后的人:"东北人民政府工业部副部长吕东同志,东北人民政府贸易部副部长张化东同志,大连市委书记欧阳钦同志,都是总理点名去莫斯科参加谈判的。"

周恩来与众人一一握手。

一声汽笛。

周恩来向缓缓启动的一列货运列车望去。

高岗看到总理关注的眼神儿,于是介绍道:"这是陈云同志要的粮食、棉花和煤炭。向上海供应煤炭,我可以毫不含糊。可这么多粮食……"

李富春打断他:"还是先请总理到招待所休息一下吧。"

高岗:"好!有什么事儿,到招待所说去……"

几辆轿车驶上站台,李富春为周恩来打开首车的车门。

众人纷纷上了汽车,

汽车向火车站外驶去。

**东北人民政府招待所**

周恩来等人刚刚坐定,高岗就迫不及待地再提粮食的事。他看似埋怨的口气,实际上是报德请功:"总理,这个陈云同志也真固执,一口咬定非向我们东北借粮食不可……我都发了五趟车了,他那边还没有停下的意思。我看用不了几天,我们东北的仓库可就让他掏空了……"

周恩来:"上海方面临时出现了一点困难,我们帮他们周转一下,也是应该的嘛,这也体现了全国一盘棋呀。上海是中国的经济中心,它稳定了,全国才能稳定,所以,你们帮上海,也等于是帮自己嘛。"

高岗觉得还应该有更简便的处理方式:"我就不明白了,不就是一帮商人在囤积吗?查实了,抓起来枪毙几个,不就压下去了?"

周恩来一摆手,见这些在战争中一路拼杀过来的干部,思维还是停留在某种定势里,就开解道:"靠高压政策,是压不服人的。陈云同志的思路是对的,我们以后不能动不动就用行政手段了,得学会用经济杠杆来管理经济才行……"

高岗:"可他们万一要是……"

周恩来明白高岗的担忧,就给他个定心丸:"不是还有我这个保人嘛!高岗同志啊,要相信陈云同志的能力嘛。"

**上海市政府大楼**

曾山和陈毅并肩站在窗前,望着街上疯了一般的人群。

曾山:"这些人套购、囤积的势头一直没减哪!"

陈毅:"不怕!既然他们要吃,那老子就干脆把他们的肚皮撑破!"冲门外喊:"宋时轮!"

"到!"宋时轮推门进来,向陈毅敬礼:"老总有什么指示?"

(宋时轮　上海市警备司令)

陈毅:"运送粮食的火车,今天晚上 8 点钟到站,你负责调集军车和部队,连夜卸车,务必在天亮之前,把粮食运到各个粮站。老子倒要看看,这帮家伙到底有多大胃口……"

### 莫斯科郊外孔策沃别墅毛泽东住处

毛泽东伏在桌子上,对着地图仔细研究西藏的情况。

汪东兴悄悄走进来。

汪东兴手里拿着几份电报,声音显然有点愉悦:“主席,这是几份从国内转来的电报,一份是朱老总转来的四野的报告,说林彪同志已经派后勤部长陈沂携巨款赴广东,采购造机帆船的机器。剑英同志的电报中说,渡海兵团李作鹏部第四十三军和韩先楚部第四十军,均已展开渡海训练。恩来同志已经到达沈阳,明天上午,即从沈阳出发来莫斯科……”

毛泽东离开地图,兴奋地走到窗前:“好啊,好啊！方方面面都动起来了。我们也动起来,明天就到列宁格勒去。趁恩来在路上的这段时间,我们到各地走走,好好参观一番!”

汪东兴:“既然这样,主席今晚就不要再熬夜了,早点休息吧。”

毛泽东一挥手:“你先去睡吧,我一会儿也睡。”

毛泽东又走回原处,继续伏在桌子上打量地图……

### 雪原上

一个庞大的车队在冰天雪地里行驶。

毛泽东透过车窗玻璃,凝神望着车外。

车队行驶在列宁格勒大街上……

### 基洛夫机器制造厂

工厂大门内外的路两旁,站满了欢迎的工人们。彩带飘舞,气氛热烈,人们都想看看东方来的毛泽东。

毛泽东的车队由远而近。

工人们欢呼着:

“塞塞塞勒—给达依!”

“塞塞塞勒—给达依!”

### 车内

毛泽东一脸兴奋地对坐在副驾驶座上的师哲道:“他们喊的是苏联—中国!”

师哲笑笑:“是的！主席,‘塞塞塞勒’是俄文中苏维埃社会主义共和国联盟四个单词的缩写 CCCP。‘给达依’是俄语‘中国’的发音。”

毛泽东觉得苏联的工人阶级很有文化品位,他充满了好奇:“告诉司机停下,我要下车……”

### 基洛夫机器制造厂

轿车缓缓停下,毛泽东拉开车门走了出来。

苏联工人们的掌声和呼喊更加热烈:“塞塞塞勒—给达依！塞塞塞勒—给达依!”

毛泽东微笑着向工人们频频挥手,拉长声调喊着:“工人同志们万岁！伟大的苏联人民万岁！”

毛泽东的车队在往回走着。毛泽东的思潮还在翻腾之中：“看到苏联人民在伟大的社会主义制度下生活，他们的脸上表现出极大的幸福感，我的第一个感觉是伟大的列宁给人类贡献的就是一种社会主义制度，人人平等，没有压迫没有剥削，一心只为了这个国家，所以她很强大，她经得起风浪。因为任何的大风大浪在社会主义制度面前都微不足道，所以说我们走社会主义道路的决心不动摇，走工业化道路不动摇，这一切取决于人民的主人翁态度。”

有人说了一句：“锦绣河山收拾起，万众皆做主人翁。”

毛泽东：“这是朱老总说的，好啊，我们都是主人。”

## “阿芙乐尔号”巡洋舰

毛泽东等人站在军舰甲板上。

毛泽东四处打量，好像要找到历史的影子，他笑着说：“大家好好看看，这就是列宁同志发动十月革命、炮击冬宫的‘阿芙乐尔号’巡洋舰。她可是革命功臣噢，比我们在场的每一个同志的资格都老……”

他东摸摸、西看看，流连忘返，似自言自语道：“十月革命一声炮响，给我们送来了马克思列宁主义。这句话，我们讲了多少年，今天我们是亲眼看到了它，就像看到了当年的列宁同志一样……”之后，他对大家招呼道：“来吧，让记者同志为我们大家拍个合影，留作纪念。”

众人簇拥着毛泽东站好。

摄影记者按下照相机的快门：“咔，咔，咔……”他一连按了多次，生怕错过这个伟大的历史瞬间……

毛泽东站在冬宫的大门前感慨万千。他眼前闪过一幅幅画面……

*时而是苏联十月革命攻打冬宫的场面。*

*时而又是他领导的秋收起义的场面。*

毛泽东：“列宁领导的十月革命如果是一只葫芦，那么毛泽东只是照着葫芦画了个水瓢，如果十月革命是一首诗，那么我们的革命是十月革命后边的冒号……”

有人笑了。

孙维世没有笑：“主席的话意味深长，比喻深刻。其实毛泽东的话，就是列宁的话的继续……”

毛泽东看了孙维世一眼：“这篇文章我们要做下去。”

毛泽东哼唱起来：“起来，饥寒交迫的奴隶，起来，全世界受苦的人……”

## 广东沿海

一艘停在海边的大木船上，一群解放军官兵正在喊着号子练习划船。

船头，赤膊上阵的第十二兵团副司令兼第四十军军长韩先楚挥动手臂，喊着号子：“一二、一二、一二……”

一个参谋跑来：“军长，军长……”

韩先楚对旁边的一个干部道：“你来，接着练。”拎起衣服跳下船，问那个跑过来的参谋：“什么事儿？”

参谋急切地：“参谋长请你回去，说有急事找你。”

韩先楚利落地穿着衣服，大声答道："知道了，你先回去告诉参谋长，我一会儿就到。"突然看见在海边畏缩着一帮不敢下海的干部战士，大喊道："你们都站在哪儿干什么？下海练去呀。冷营长，有哪个不敢下的，你给我一个一个地踹下去！"

一个战士哆嗦地挑衅道："军长，你敢下吗？"

韩先楚："有什么不敢的？我不像你们似的，旱鸭子！"

战士们起哄："那就请军长给我们带个头！"

韩先楚："你们这帮臭小子！我要下了，你们哪个再不下，我真把你们一个个踹到海里去！"说着，把刚刚穿好的衣服又脱下来，"扑通"一声跳进水里。

战士们吓了一跳，哪个还敢怠慢！"嗷嗷"地叫着，像下饺子似的，争先恐后朝海里扑去……

## 重庆第二野战军司令部

刘伯承、邓小平、贺龙三人并肩而坐，张国华、谭冠三及第十八军师以上干部坐在两侧，人人都是一脸严肃。

贺龙："都绷那么紧干什么？我知道你们都在纳闷：成都解放了，西南已无大战，这个刘伯承、贺龙、邓小平，连夜把我们招到这儿来，干么事啊？我现在就告诉你们：有大事，天大的事儿——党中央、毛主席命令你们第十八军进军西藏！"

人群立刻嗡嗡起来……

"进军西藏？不会吧？部队刚刚打完成都，还没休整呢。"

"西藏可不是人去的地方，到处是雪山，气都喘不过来……"

"这么急着让我们到重庆来，我就知道准没有好事儿。"

刘伯承敲了敲桌子，众人停止了交头接耳。

刘伯承："哪个说西藏不是人去的地方啊？你们要是不敢去，我现在还可以换人！"

大家无声。

邓小平站起来，他声调不高，言语不急："请同志们告诉我，西藏是不是属于中国？如果我们不解放西藏，还叫什么解放全中国？你们都是我军的高级干部，难道还要我们几个给你们上政治课呀？"

刘伯承把问题的主干阐明给大家："毛主席命令今年进军西藏，这是在民主力量与帝国主义斗争这个形势下做出的战略决策，势在必行，宜早不宜迟，迟则生变，夜长梦多。考虑到西藏的地理环境和气候条件，毛主席要求我们在 4 月至 11 月之间控制全西藏。"刘伯承抬手推了推眼镜："你们第十八军是一支稳健善战、屡建战功的部队，希望你们不要辜负党中央和毛主席的期望！"

张国华腾地一下站起来，随之，谭冠三及第十八军师以上干部们纷纷起立……

张国华立正，掷地有声地说："请首长放心，请党中央、毛主席放心，我们保证完成任务！"

众人群情激昂地说："保证完成任务！"

刘伯承眼里含着泪花，激动地说："根据党中央、毛主席关于由西南进军西藏的指示，中共西南局和西南军政委员会研究决定，从即日起，第十八军转入进藏的一切准备工作！"

贺龙磕了磕烟斗，放缓声调："向大家透露一个消息，刘司令和邓政委已经摆好酒宴，为你们壮行！等你们胜利凯旋，我们三个人再摆一次，为你们庆功！"

会场一下热闹起来了……

招待所的餐厅里灯火通明，刘伯承、邓小平、贺龙频频向第十八军的师以上干部们敬酒。

刘伯承学着用湖南话问谭冠三："同志哥，你的酒量怎么样？"

谭冠三摇摇头："我不行！"

贺龙在旁边问张国华："你这个老表如何？"

张国华也摇摇头："也不行，我们几个人都不行。"

邓小平露出几分激动："今天破例为你们准备了几瓶上好茅台，是贵州的同志送来的，元旦都没舍得拿出来。"他问："你们喝过茅台吗？"

谭冠三："长征的时候，路过贵州，喝过一点。"

刘伯承端起酒杯站起来，贺龙和邓小平及张国华、谭冠三等人也纷纷站起。刘伯承招招手，示意大家坐下，满怀深情道："今天，我和贺司令员、邓政委一起，敬大家一杯茅台酒，以壮行色。等你们今年完成了进军西藏的任务，我们到日光城拉萨喝青稞酒！"

众人齐呼："干！"

## 广州黄埔造船厂

叶剑英和邓华、赖传珠在向造船厂的工人师傅了解造船的情况。

一个五十来岁的老工人抱怨道："你们也都看到了，国民党撤退的时候，把能用的重型机器全都运走了，就剩下这些老掉牙的旧车床……修修补补还行，造机器困难太大了。"

叶剑英还在启发老工人："难道就没有办法了吗？"

（叶剑英　中共华南分局书记　广州军区司令员兼政委）

老工人："办法倒是有，把几台旧车床上能用的零部件拆下来，重新组装一台车床，但只怕这样也修不了几台机器……"

叶剑英仿佛抓住了救命稻草，嘱咐道："能修多少是多少。"他对赖传珠道："你派人协助他们，尽快把厂里的工人们组织起来投入生产。"

赖传珠："是！"

一辆汽车从远处驶来。车到近前，洪学智和陈沂从车上下来。

洪学智高兴地好像捡了个大元宝："叶司令员，这位是四野后勤部长陈沂同志，林总派他带着巨款来广东帮我们搞机帆船。"

陈沂向叶剑英敬礼："叶司令员好！"

叶剑英伸手与陈沂握手："你这财神爷来得正是时候，不过，现在看来，有钱也未必能办事儿。邓华、赖传珠和洪学智他们发动大家倒找来了一些旧机器，可这些机器不是过于老化，就是马力太小，带不动船……"

邓华一筹莫展地说："是啊！我们几个正在发愁呢。"

陈沂听完大家讲话，不是很焦急，他葫芦里有药要卖："这些情况我一路上也了解到了，确实是一件让人头疼的事儿。不过，我倒有个主意，不知道行不行？"

叶剑英眼睛一亮，竖起耳朵："你说说看。"

陈沂看看叶剑英："我想到香港、澳门去转转看……"

叶剑英："哎！这倒是个好主意！我看就这么定了。邓华，从你们第十五兵团抽几个精明强干的人，陪陈部长到香港和澳门跑一趟……"

邓华毫不犹豫:“行! 陈部长需要什么样的人,第十五兵团任他挑、任他选!”

## 香港

陈沂西装革履、戴着墨镜,一副商人打扮,在三个扮成保镖、随从的战士的陪伴下,在大街上走着。

随从甲:“陈老板,好像有人跟踪咱们!”

陈沂哼了一声:“这帮家伙,鼻子还挺尖。”

随从乙手有点痒:“是国民党特务吗? 干掉他们!”

陈沂:“别胡来,咱们是来买机器,不是来打仗的……”

## 四川乐山第十八军军部

几个参谋正搬运木箱、文件柜等物,装上汽车。

## 谭冠三宿舍

房间内一片狼藉。

李光明正帮着几个参谋、干事和警卫员将东西打包。

谭冠三急匆匆地走进来:“都收拾好了吗? 大家动作快一点,再过半小时就出发了。”

李光明看了一眼根本顾不上自己的丈夫,征求道:“冠三,我看我还是到医院去吧,那里的工作更适合我。”

谭冠三略一沉吟,歉意道:“好吧! 我到泸州之后,还有一大摊子事儿,既要马上召开会议,明确进藏前的工作部署,又要到各部队检查进藏的各项准备工作,你别说,还真顾不上你,你就自己照顾自己吧。”对警卫员:“小杨,你马上把李光明同志送到军部医院去。”

警卫员:“是!”

李光明摇摇头:“不用了,我知道医院在哪儿,我自己去就行。你们忙你们的。”

李光明背起背包,向门外走去。

谭冠三追到门口,声音有点走样:“光明,有什么事给我打电话。”

(李光明的画外音:“我没事儿,你放心吧。”)

## 第十八军军部大院

背着背包的李光明在街上走着。

随处可见搬运东西、装车或往骡马驮子上装东西的军人。

突然,传来一阵女人的哭声和男人粗鲁的叫骂。

李光明不由放慢了脚步。

一个四十来岁的军官气哼哼地从一个院子里走出来,一个女人在后面追……

女人哭咧咧地说:“你说走就走,你让我和孩子怎么办?”

军官急得口不择言:“我知道怎么办? 从哪里来的,你还给老子滚回哪儿去……”

女人一眼看见站在路边的李光明,发现救星似的说:“光明大妹子,你得帮我做主啊……”

李光明定睛一看,认出这个女人:“哎! 你不是跟我一起从北京来的崔大姐吗?”

女人委屈道："是啊！可我们刚来没几天，他们就要开拔。我还带着个孩子，跟着他们，是累赘；可不跟着他们，乐山这地方人生地不熟的，日子可怎么过呀？"

李光明对军官发问："你是何副师长吧？你自己的老婆孩子怎么可以不管呢？"

那位军官正一肚子火："管？怎么管？别说老婆孩子，我自己都顾不了我自己了。进军西藏，你知道西藏有多远吗？山那么高，天那么冷，听说空气稀薄，连气都喘不过来！进藏，我看是送葬，打日本、打老蒋，老子都挺过来了，到这个时候，我想过几天好日子了。"

李光明见他越说越离谱，不满道："喂！你这人怎么这样？好歹你也是一级领导，怎么这么说话？"

军官："我该怎么说啊？你一个女同志，官不大，竟然教训起我来了！你哪个单位的？叫什么名字？"

李光明大声地说："我叫李光明！"

军官不耐烦地说："行了！我管你李光明李黑暗的呢，该干什么干什么去！一个女人家……"

李光明当仁不让："女人家怎么了？我看你的觉悟还不如一个女人家呢。"

军官苦笑一下："我不如你？大别山你知道吗？老子在大别山打游击的时候，就是连长了！咱们第十八军从组建到现在，转战河南、湖北、贵州、四川，打了多少仗？吃苦最多、牺牲最大！现在，好不容易把成都打下来了，谁知道突然一道命令，又让我们进军西藏。哪也不去了，四川不错，就留在这了，这女人真他妈好看。"

（张国华的画外音："这是你说的话。"）

那军官一惊，马上改变姿态："军长……"

张国华和谭冠三出现在面前。

张国华："何振标，你想怎么个活法呀？如果你想脱军装，我现在就批准！"

何振标马上解释："军长，我……我不是……"

张国华紧追着问："你不是什么？从你的言行上看，让你当副师长，还真有些委屈你了。回去跟你们师长说，你已经被降为营长了！"

"军长，我……"军官一脸懊悔，抱着头蹲在地上……

张国华："你现在就想一个人过好日子？告诉你，西藏还有一百万农奴生活在上个世纪呢……"

# 第十四章

## 重庆第二野战军司令部

李觉一脸期待地站在刘伯承和邓小平面前，仔细地观察着他们面部表情的变化。

邓小平无语地将一张纸递给刘伯承，并别有意味地看了他一眼。

刘伯承接过请战书，看得很仔细。

李觉半天没听见首长说话，他自己先开腔表白："司令员、政委，我可是早就要求到艰苦的条件下去锻炼的。这次进军西藏是一次难得的机会。"

刘伯承头也不抬地说："什么难得的机会呀？"

李觉："现在西南解放了，国民党在大陆的军队已经没有多少，我估计一旦西藏解放了，全国就再也没有大的战事了……"

邓小平："看你李觉文质彬彬的，想不到还是个好战分子……放弃大城市、大机关舒适的环境，要求到进藏部队去带兵，你这个想法是好的。可是，你也知道，西南刚刚解放，剿匪、镇反的任务十分繁重，西南军区这么一个大摊子，正是用人之际，你这个作战处长走不得。"

刘伯承："你想过没有，你若是走了，司令部的工作谁来做啊？"

李觉早有准备："李达参谋长说，作战处长可以由西南军区办公厅主任梁军同志兼任。"

刘伯承拍拍李觉的肩膀，笑笑："你这个李觉，连李达参谋长的路子都通好了？你的问题，我和邓政委再考虑一下，你先回去……"

李觉立正："是！"向刘伯承和邓小平敬了个礼，走了出去。

## 第十八军军部大院

李光明找到张国华，央求道："军长，我给何副师长求个情，是不是……"

张国华："李光明同志，这件事情你就不要过问了。"

李光明又把目光转向自己的丈夫，乞求道："冠三……"

谭冠三不看她，而是对着何振标："何副师长……不！现在应该称你何营长，我希望你回去以后，用你的事情教育那些思想转不过弯来的同志，告诉他们，现在还不是刀枪入库、马放南山的时候！"

何振标垂头丧气地说："是！"向谭冠三和张国华敬个军礼，然后冷冷地向李光明瞥了一眼,转身就走。

何妻赶忙追上去,带着哭腔:“老何,老何!”

李光明望一眼何振标夫妻的背影,向张国华和谭冠三道:“那些从北京来的家属,也确实需要想办法安置才行。”

谭冠三有些无奈地说:“这事儿,已经安排政治部的人办了。”

## 大街上

何振标怒冲冲地走着,何妻在身后猛追:“老何,老何,你等等我呀……”

何振标止住了脚步:“有人给你做主了,你还跟着我干什么?”

何妻委屈地说:“老何!我不是故意的,再说我也没想到……”

何振标懊恼地说:“人倒了霉,放屁都砸脚后跟!”

何妻:“唉,你那牢骚发得也过分了些,脾气一上来,都忘了自己是个副师长了。”

何振标懊恼道:“都是那个爱管闲事的娘们儿!”

何妻压低声音:“别娘们儿娘们的,她可是你们军谭政委的爱人。”

何振标:“活该我倒霉!……”

## 川南

大路、小路上,行军的队伍浩浩荡荡。

一辆吉普车从行军队伍后面疾驰而来。

## 车内

第十八军军长张国华和政委谭冠三,随着汽车的颠簸而摇晃着。

谭冠三望着路上的队伍:“看起来,干部战士的情绪是有些复杂呀。前两天庄大运跑到我那儿要媳妇,今天何振标又发了这一通牢骚……有这种想法的人,绝不止这两个。”

张国华:“是啊!物质上的准备好做,思想上的工作难啊。看来要好好整顿一下才行。”

谭冠三:“我看,咱们就从‘解放西藏,建设边疆’的思想教育入手,让每一个干部战士都能充分认识进军西藏的重大意义……”

## 重庆第二野战军司令部

刘伯承和邓小平、贺龙正在吃饭。

贺龙边吃着边说:“你们那个李觉,看样子是铁了心要到西藏去,早晨在院子里碰上我,还让我在你面前替他讲情呢……”

(李觉的画外音:“报告!”)

刘伯承放下筷子:“进来!”

李觉进门,敬礼:“首长!”

贺龙打趣道:“你这个同志可真能泡蘑菇,刚才我和刘司令员、邓政委还在谈你的事。”

李觉高兴道:“这么说,首长批准了?”

刘伯承:“哼,你把贺老总都搬出来了,什么办法?”

邓小平："刘司令已经发话了，任命你为第十八军第二参谋长。"

李觉再次敬礼："谢谢首长！"

刘伯承："先别忙着谢！我们同意你去西藏，可不是让你去休假的。到第十八军去，你要做好吃苦的准备，挑重担子的准备。第十八军进军西藏，就是有天大的困难，也要坚决完成任务！"

李觉立刻觉得庄严起来，收住笑容，郑重答道："是！请司令员放心，我们一定坚决完成任务！"

邓小平又嘱咐一句："你把作战处的工作交代一下，今天下午到第十八军去报到。"

李觉："是！"

贺龙提起酒瓶，在一个碗里斟了半碗酒："李觉同志啊，该说的话，刘司令员和邓政委都说了，我没有更多的补充。有句话，请你带给第十八军的同志：等进军西藏取得胜利，我贺龙到毛主席那儿为你们第十八军请功去！这碗酒就算为你壮行了。"

李觉敬礼："谢谢贺司令员！"

贺龙把酒递给李觉，看着他一饮而尽……

## 西藏拉萨布达拉宫

几个藏北"亲善团"的成员被叫到摄政达扎面前。

一个中年人有点恐慌："据可靠消息，红色汉人的军队正在向金沙江东岸集结，看样子，他们用不了多久，就会进攻西藏，所以，你们必须尽快启程到美国、英国、印度、尼泊尔以及北京，表明我们要求独立的立场。"

一个喇嘛跑来："达扎活佛，理查逊先生和劳威尔先生求见……"

达扎仿佛见到了救星："有请！"

## 北京中南海刘少奇住处

朱德走进刘少奇的办公室，正在伏案工作的刘少奇忙从办公桌后站起身。

刘少奇将朱德让到座位上，热情地说："朱老总，你来得正好，我正打算去找您呢。"

朱德则迫不及待地把西藏方面的问题提出来："刚刚接到西南局和西北局的电报，伯承、小平和贺龙那边，第十八军已经动起来了，军部已经移到泸州。他们的一个团，已经前出至新津和邛崃一线。西北方面，老彭和习仲勋他们也已令青海骑兵支队和新疆独立骑兵师，做好向玉树出击的准备……"

刘少奇想谈的也正是西藏方面的事情："这几天发生了许多非同寻常的事啊，西藏的噶厦政府正打算派出所谓的'亲善使团'，赴英、美、印度和尼泊尔寻求支持，他们甚至打算派人到北京来……"

朱德有些愤慨地说："他们不识时务，自寻其辱！"

刘少奇："还有更可恶的，美国国务卿艾奇逊12日发表演讲，大肆污蔑中国和苏联，说我们中国共产党把北方大部分地区割让给了苏联。我刚刚起草了个电报，向主席报告此事，这么大的事情，我们不能不向世界表明我们的立场和态度……"

## 进入莫斯科的公路上

中国党政代表团的车队在白雪皑皑的原野上行驶着。

坐在后排座位上的毛泽东透过车窗向外望着，他因为兴奋而精神十足。

他问身边的师哲："师哲，你累不累呀？"

师哲平静地说："还行！"

毛泽东："那你怎么不吭声啊？"

师哲若有所思地说："我是在想，苏联的国土比我们中国还大，可他们人少，走出那么远，才见到一个村庄。怕是几百里下去，都是这样子呢。"

毛泽东见师哲有点沉闷，怕他是想中国了，打趣道："其实我们没走多远，从列宁格勒到波罗的海的芬兰也就一百公里，但是在第二次世界大战中，这里成了苏联的生命线，没有这里，就没有列宁格勒，这个城市的人民在这里坚守了900天，900天啊！也就是将近三年。想到了这一点，我就想起了我们那位蒋委员长，在中国，他坚守三个月的城市有几个？我不是到了外国了还骂他，他呀……"

师哲："前边就是芬兰湾吗？"

毛泽东："不信，我们可以去看看嘛……你跟司机说，我们去波罗的海转一转嘛。"

师哲："真去啊？"

毛泽东依然兴奋："当然去，我是听到水字就兴奋。"

## 莫斯科克里姆林宫

莫洛托夫和米高扬、贝利亚等人，一声不吭地看着斯大林在房间里踱来踱去。

斯大林显然被激怒了："对于艾奇逊的无耻言论，我们必须予以驳斥！莫洛托夫同志，请你告诉中国和蒙古，我们三个国家要各自发表一个声明……"

莫洛托夫："好的！"

斯大林突然想起了毛泽东："对了，毛泽东参观还没回来吗？"

贝利亚："还没有！本来说好今天回莫斯科的，可毛泽东临时起意，要去波罗的海看一看，葛罗米柯等人拗不过他，只好陪他去了波罗的海的芬兰湾……"

## 芬兰湾

车队缓缓停下。

戴着皮帽、裹着大衣的毛泽东走下汽车。

师哲、汪东兴等人紧随着毛泽东向前走去。

葛罗米柯介绍道："尊敬的毛泽东同志，现在您的脚下就是波罗的海了。您脚下的冰面有一米多厚呢……"

毛泽东跺跺脚，呼出一股热气："再厚，也厚不过我们的长城！"大步向前走去。

一个苏方人员问师哲："你们的主席讲什么？"

师哲摊手笑笑，觉得没有必要翻译："没什么！"

葛罗米柯紧追几步，怕毛泽东有什么闪失："尊敬的毛泽东同志，还是回岸上去吧。天气太冷了，当心感冒。"

毛泽东转过身，一边倒退着走，一边说："我不怕冷！我的意愿是从海参崴走到太平洋的西岸，然后，从波罗的海走到大西洋的东岸，再从黑海边走到北极圈，把苏联的东南西北都走遍！”

师哲将毛泽东的话翻译给葛罗米柯等苏方人员听，葛罗米柯等人惊得目瞪口呆。

毛泽东大步向纵深走去。

师哲和汪东兴赶忙追上去。

身后，一个苏联工作人员在吟诵：“在枯索的冬天的道上，三只猎犬拉着雪橇奔跑，一路上铃声叮当地响，它响得那么倦人地单调……”

毛泽东好奇地问师哲：“他在说什么？”

师哲笑笑：“他在吟诵普希金的诗：‘看不见灯火，也看不见黝黑的茅屋，只有冰雪、荒地……只有一条里程在眼前，朝我奔来，又向后退去……’”

汪东兴不太懂文学：“普希金在俄罗斯好像很有名？”

毛泽东却不陌生：“普希金是俄国伟大的诗人，这首诗叫做《在冬天的大道上》……”

汪东兴咀嚼着刚才的诗句：“好像没什么嘛，比毛主席的诗词差远了。”他对着苏联的工作人员大声朗诵道：“北国风光，千里冰封，万里雪飘。望长城内外，惟余莽莽。大河上下，顿失滔滔。山舞银蛇，原驰蜡象，欲与天公试比高。须晴日，看红妆素裹，分外妖娆……”一回头，见毛泽东和师哲已经走远，赶忙追上去。

毛泽东边走边吟诵道：“江山如此多娇，引无数英雄竞折腰。惜秦皇汉武，略输文采。唐宗宋祖，稍逊风骚。一代天骄，成吉思汗，只识弯弓射大雕。俱往矣，数风流人物，还看今朝。”

汪东兴追着问：“主席，干吗走那么远？”

毛泽东回头看了看被甩出老远的葛罗米柯等人，道：“我不愿意让他们总跟着。”

汪东兴笑道：“我看这些人不像是克格勃，他们只是警卫人员，负责保卫主席的安全……”

毛泽东毫不忌讳地说：“他们是克格勃，我也不怕！”

汪东兴提醒毛泽东应该谨慎：“主席，这不是在我们家里……”

毛泽东感慨道：“是啊！梁园虽好，终非久留之地。在哪里也不如在自己家里好啊……”

毛泽东深情地注视着远方。

## 北京城外景

古老城楼。

飞翔的鸽子……

南池子街头，一墙拐角外。

便装的曹纯之等人带着在押特务林志宝，躲在拐角处，紧紧盯着不远处的一个大门。

辛立荣带着在押特务马会川蹲在大树后面，眼睛不住地向大门口瞟着。

大门口，一个拉黄包车的汉子突然拉起车向这边跑过来，人到近前，悄声冲辛立荣喊道：“出来了。”

话音未落，但见计旭一手叼香烟，一手插在裤兜里，悠闲地从大门里走出来。

辛立荣对马会川道：“你看仔细了。”

马会川肯定地说：“是他，就是他，计兆祥，半点没错。”

林志宝轻声、但却是肯定地说:“计兆祥!他就是计兆祥!”

曹纯之怕有闪失,问:“你肯定没认错?”

林志宝信誓旦旦:“要是错了,你把我眼珠子抠出来当玻璃球弹。”

曹纯之和林志宝看着计兆祥向远方走去。

曹纯之向附近一个卖糖葫芦的汉子挥了挥手,汉子快速向计兆祥远去的方向追去。

### 公安部部长办公室

杨奇清和曹纯之走进办公室。

罗瑞卿从办公桌后抬起头:“怎么样?有什么进展?”

曹纯之:“经过在押特务辨认,那个计旭就是计兆祥,是国民党留在北京的保密局特务。现在可以断定,这个计兆祥就是向台湾提供毛主席访苏情报的潜伏特务……”

杨奇清高兴地说:“现在,计兆祥已在我们的监控之中,我们来请示下一步行动。”

罗瑞卿当机立断地说:“你们的行动,当然是越快越好,最好是能够人赃俱获。”

曹纯之汇报道:“在计兆祥住的那个四合院里,有一个旧警察,我们做通了他的工作,他答应若发现计兆祥发报,就立即向我们报告。”

罗瑞卿高兴地说:“好!在他发报的时候,抓住他!你们去布置行动吧。”

杨奇清和曹纯之:“是!”

### 李克农办公室

杨奇清和曹纯之推开李克农办公室的门。

李克农好像已经知晓事情的发展,面带笑容地说:“老杨,曹科长,快快请坐。”

杨奇清坐下,说:“罗部长让我们两个前来向李部长汇报对潜伏特务计兆祥案件的侦破情况。”

李克农笑笑,欣然地说道:“大体情况我已经知道了。你们打算什么时候动手?”

曹纯之干脆地回答:“在他下次发报的时候。”

李克农好像看见了曙光:“好!行动的时候通知我一声,我也去凑凑热闹……”

### 莫斯科郊外孔策沃别墅外

车队在别墅门口停下,毛泽东等人下车,向别墅内走去。

莫洛托夫和米高扬等人从别墅内迎出来。

毛泽东惊异地说:“哎!你们怎么在这儿呀?”

莫洛托夫盼星星盼月亮一样:“尊敬的毛泽东同志,我们终于把你盼回来了。”

毛泽东做出请的手势:“看两位的神情,好像有什么重要的事情啊。走!里面去说。”

毛泽东率先往别墅里走去。

师哲认真翻阅着莫洛托夫带来的文件,对毛泽东道:“这是美国国务卿艾奇逊1月12日在美国全国新闻俱乐部发表的一篇讲话稿,这篇讲话稿对中国和苏联进行了无耻的诽谤和污蔑。艾奇逊说,中国将北部的四个区域割让给了苏联……艾奇逊还说,‘苏联正在将中国北部地区实行合并,这种在外蒙所实行了的办法,在满洲亦几乎实行了。我相信苏联的代理人会从内蒙古和新疆向莫斯科作很好的报告。这就是现在的情形,即整个中国居民的广大地区和中国脱离与苏联合并。苏联占据中国北部的四个区域，对于与亚洲有关的强国来说是重要的事实，对于我们来说是非常重要的……'"

毛泽东倒是沉得住气："这个艾奇逊，睁着眼说瞎话哟！"

莫洛托夫气愤地正色道："我们苏联、中国和蒙古三国应该各自发表一个声明予以驳斥。"

毛泽东赞成此意，但又觉得为那些跳梁小丑劳神耗时不值得，说："可以！美国人不过是造谣，驳总是要驳的，但又不值得一驳！"

莫洛托夫："尊敬的毛泽东同志，在莫斯科，许多人都知道您是擅长写驳论文章的。"

毛泽东喝了一口热水："盛名之下，其实难副啊！"

莫洛托夫疑惑地摇头，他不明白。

师哲赶忙用俄语解释道："主席这句话的意思是，'实际情况未必与名声相称。简单地说就是名过其实'……主席这是谦虚的意思。"

莫洛托夫应和道："是的，是的，主席太谦虚了。"话题一转，问道："请问周恩来同志什么时候到啊？"

毛泽东思索了一下："我想，他已经在路上了……"

## 周恩来的专列上

车厢里，周恩来正在埋头工作。

李富春推门进来："总理，在忙着呢？"说着，就要退出去。

周恩来抬起头来，招手，亲切地说："富春同志，进来吧，我这边马上好。"他解释道："少奇同志刚刚转来主席同意与越南政府建立外交关系的电报，我起草一个致越南外交部长黄明鉴的电报，说明我国同意与越南建立外交关系，并互换大使……对了，富春同志这么晚来找我，不是有什么事情吧？"

李富春站在总理旁边，汇报："是关于中长铁路和旅顺口的问题，在下一步的谈判中，必然要涉及的，我和几个同志议了一下，感觉有几个问题需要统一口径……"

周恩来一指座位："好！你坐下说……"

秘书递过一封信："总理，这是越南胡志明写的一封信。"

周恩来读信……

一把砍刀砍开丛生的林木，一行人艰难地跋涉在原始热带丛林里。中国的同志们，我急切地想到你们国家去，见到我日夜想念的同志们。好多话要对你们说，因为我们的抗击法国侵略者的战争，亟须中国共产党和中国人民的帮助。我们的同志，革命热情和勇气是足够的，可我们十分缺乏驾驭战争的艺术，我们的绝大多数军事指挥员，根本就不懂得如何指挥打仗，尽管我们人多势众，可在那些法国侵略者面前，我们却显得那样不堪一击。因此，我要去中国去找毛泽东主席，向他求教战争的经验。他们刚刚继赶走了日本侵略者之后，又打败了武器比他们精良得多、军队比他们强大得多的蒋介石，在这方面，中国共产党、中国人民解放军，是我们当之无愧的老师。我要向毛泽东同志请求，请求你们给我们派一个军事顾问团，指导我们打败我们的敌人……

## 莫斯科苏联克里姆林宫

斯大林眉头紧锁,不住地掂着手中的电报。

斯大林权衡着事情的性质及程度:"朝鲜的同志们是不是性急了点儿?"

旁边的米高扬分析道:"不能不说,中国革命的成功,对朝鲜领导人和朝鲜劳动党的许多同志是一个刺激。他们有这样的想法,并不奇怪。"

莫洛托夫有些担心:"可是,北朝鲜如果主动发起进攻,必然会遭到美国的干涉。这一点,不能不慎重地考虑。"

斯大林有些愠怒:"我也担心美国的干涉。可是,无法解释的问题是,为什么美国没有干涉毛泽东统一中国?如果连中国大陆都不愿意干涉的话,美国又怎么会去干涉一个小小的朝鲜呢?"

米高扬说道:"斯大林同志的分析是有道理的,美国总统杜鲁门和国务卿艾奇逊于本月5日和12日,都一再声明,朝鲜和台湾不在美国的防御圈内,我想,美国人也许真的不会干涉朝鲜半岛的统一……"

斯大林:"如果是这样就好了。你们知道,日本从来都没有甘心把那几个岛子归了我们。他们也在寻找时机。"

莫洛托夫:"可是,问题在于,美国对远东保持不干涉政策的限度有多大?一旦杜鲁门和艾奇逊不遵守他们自己的声明,怎么办?"

斯大林想了想说:"对于朝鲜的统一要求,毛泽东的态度是怎样的?"

莫洛托夫:"斯大林同志的这个问题很好,我们必须知道就在我们身边的毛泽东在想什么,通过我对毛泽东的观察,我们能否得出这样一个结论,中国现在急于解决台湾和西藏问题。记得中国党政代表团到莫斯科的第一天,毛泽东就向您提出了派空军支援他们解放台湾的要求。所以,毛泽东不想看到朝鲜半岛燃起战火,最起码,在台湾和西藏问题解决之前,他们不希望南北朝鲜发生战争……"

斯大林眉头拧了一下:"可是,我们怎么来说服朝鲜同志打消这个念头呢……"

## 北京刘少奇住处

刘少奇在打电话。王光美给他披上了一件衣服。刘少奇一只手抻了抻肩上衣服,另一只手仍握着话筒:"克农同志啊,胡志明同志已经来到中国境内。他现在人在广西,请你派专人护送他到北京来。胡志明同志是秘密来京,知道的人越少越好,所以,护送的人不宜太多,但又必须切实保证他的安全。"

(李克农的画外音:"请少奇同志放心,我派出得力的人手,迎接胡志明同志。")

刘少奇:"胡志明同志到北京后,你立即陪他到中南海来……"

## 莫斯科郊外孔策沃别墅毛泽东住处

毛泽东在伏案疾书。

陈伯达走进来报告国内电文内容:"主席,少奇同志发来电报,请示我国驻联合国代表团首席代表人选的事……"

毛泽东早就想找一个合适的机会推出张闻天,于是说:"就派张闻天同志去吧。你起草一个给少奇同志的电文……建议中央人民政府任命张闻天同志为驻联合国中国代表团的首席代表。还有，请少奇同志向民主人士解释中央人民政府在北京等地征用外国兵营等行动的必要性……”

陈伯达点头称是：“好的，请主席早点休息吧。”

毛泽东抬头看看陈伯达，有点无奈又充满信心地说：“哪里还有工夫休息哟。我在赶一篇对新华社记者的谈话稿，过去是跟蒋介石打嘴巴官司，今天，我们跟那些美国政客也要打一打……”

陈伯达拿起桌上的文稿看着，禁不住嘴巴一动一动地轻声读起来：

美国帝国主义的官员们以艾奇逊这类人为代表，一天一天地变成了如果不乞灵于最无耻的谣言就不能活下去的最低能的政治骗子。这件事实表示了美国帝国主义制度在精神方面堕落到了什么样的程度……

陈伯达不觉笑出声来：“……看了主席的这篇文章，艾奇逊还不得一头撞死啊？”

毛泽东虽然觉得陈伯达的恭维有点过，但还算说到了点子上，他索性放下笔：“哪里可能呢？像艾奇逊这样的美国政客呀，脸皮比我们中国的长城还要厚……不过呀，遇上我爱骂人的毛泽东，也算他倒霉，短短几个月，他已经接二连三地被我骂得狗血喷头了……”

他往椅背上一仰，突然话题一转：“哎，恩来他们现在到哪儿了？”

## 雪原上

明亮的列车车灯照亮白雪覆盖的原野。

载着周恩来等赴莫斯科谈判代表的列车疾驰着。

车轮有节奏地碾过铁轨的声音。

周恩来倚着车厢闭目养神。长久以来，他的生活和生命都和国家的大事紧紧联系在一起，他不知道疲倦，但你能看出他有些疲惫。

秘书悄悄进来关了灯，转身欲退……

周恩来却是清醒的：“你去问一下列车长，几点钟到达斯维尔德洛夫斯克？”

秘书惊讶地问：“总理没睡呀？”

周恩来：“我当然在睡！周恩来的睡觉法……”见秘书要开灯，道：“灯先不要开了，就这样看看外面的夜景。”

周恩来转脸向着车窗外，恰好，一座灯火通明的城市从眼前闪过。

周恩来喃喃道：“也不知上海的情况怎么样了？”

## 上海市政府

曾山放下电话，无力地坐到椅子上，无语。

陈毅在房间里来回地踱着步。

陈毅：“这个高岗同志哟！我们还没说吃不住劲儿，他倒先胆怯了，运粮的火车要是到不了，明天我们岂不要……这些上海的投机商人也真行，接连十几天，发了疯似的抢购套购，老子就不信他们家里就藏着金山银山……”

曾山不是很乐观：“用不着金山银山，如果这帮商人抢购的势头减不下来，再有三天，那败下阵来的就是我们了……”

陈毅也不想自欺欺人，他干脆说：“你别吓我，真要逼得我这上海市长跳了楼。”

曾山白了他一眼:“你要是跳楼,我能不跟着一块下去呀?”

陈毅:“所以我们不能败,你得赶紧想办法。”

曾山有些无奈:“连东北都没了粮食调,我还能有什么办法?”

陈毅:“从全国,从华北、华南、西南,从山东,从河北,不管从哪里,你得往这边调粮食……”

曾山看了看陈毅,觉得也够难为这位战友了:“没想到,一向以气魄宏伟、镇定自若出名的陈老总,也有沉不住气的时候啊!”

陈毅缓了一口气,道:“这些日子,我陈毅是感受颇深哪。想当年,孟良崮战役,于百万军中取张灵甫的项上人头,我没胆怯。淮海战役,围攻黄维兵团那么凶险,我没心慌。打上海,我给战士们下令不准用重武器,看着那么多好战士倒在冲锋的路上,我没犹豫……可是现在,我陈毅的心里头啊,反倒一阵阵发虚……今天的这一仗要是打不赢,我们共产党的江山就坐不稳,甚至要被他们从大上海赶出去。如果是出现了那样的结果,我陈毅就是跳楼,也无法向毛主席交代……”

曾山叹了口气,他们互相安慰道:“唉!我跟你一样,也是度日如年哪,天天都在心里祷告:但愿能撑过这一天。现在我们还是继续祷告吧,但愿明天我们还能撑住。”

**苏联斯维尔德洛夫斯克市火车站**

周恩来和李富春等人在斯维尔德洛夫斯克市的官员们的陪同下,走出车站。

一个布置豪华的房间内,周恩来在打电话。

周恩来有些激动,他已经很久没有见到毛泽东了:“主席,我是恩来,我现在是在斯维尔德洛夫斯克市给你打电话……”

**莫斯科郊外孔策沃别墅毛泽东住处**

毛泽东握着话筒,他听到周恩来亲切的声音,心里顿时有一种暖意上涌:“恩来,你的声音好清楚啊!你们一路辛苦了。”

周恩来对着电话听筒:“还是主席辛苦。主席的身体好吗?”

毛泽东:“我的身体很好,苏联医生也已经检查过了,就是在外面待久了,想家呀。天天盼望着早点谈判,早一天回家去。现在好了,恩来呀,你来了就好了。”

周恩来放下心来:“主席身体没问题,这我们就放心了。一个多月了,我,少奇,还有朱老总他们,大家都想念主席呀。”

毛泽东:“我也想念你们呀。我们这些人哪,从中央苏区的时候就在一起,二十年了,突然分开,感觉很不适应啊。对了,外面有什么消息呀?”

周恩来想起了美国不着边际的谣言,不知道主席是怎么看的:“艾奇逊在美国全国新闻俱乐部的演讲,主席看了吧?这个艾奇逊针对中苏关系极尽造谣之能事啊……”

（毛泽东的画外音："他那是放屁嘛！"）

周恩来大笑："这就是美国政客的嘴脸嘛！归根结底一句话，他们不了解我们中国共产党人……"

毛泽东："我看美国的这个国务卿，除了造谣，没有别的本事！莫洛托夫建议啊，由中、苏、蒙三国各自发表一个声明，驳斥这个艾奇逊……"

（周恩来的画外音："主席是什么意见？"）

毛泽东："驳总是要驳的，我已经以胡乔木的名义写了一篇与新华社记者的谈话……"

（周恩来的画外音："这下，艾奇逊先生可以领教一下主席的'康梁文笔'了。"）

毛泽东关心地问："恩来，你们什么时候能到莫斯科呀？"

（周恩来的画外音，欣喜地说："明天中午12点左右，我们就到莫斯科了。"）

毛泽东高兴地说："好啊！我让稼祥他们准备酒宴，为你接风……"

## 台湾阳明山蒋介石官邸

收音机里正在播发新华社的广播稿：

用一切办法钻进中国来，将中国变为美国殖民地，这就是美国的基本政策。用六十万万美元在最近数年中帮助蒋介石杀害了几百万中国人，这就是所谓美国的利益和中国人民的"利益是并行不悖的"。

蒋介石仰脸躺在沙发上，闭着双眼，面无表情。蒋经国毕恭毕敬地站在父亲身边。

蒋介石自语道："一听就是毛泽东的文笔。这个艾奇逊，连撒谎都不会……事先问问我们也好。"

## 莫斯科克里姆林宫

斯大林也在收听新华社的广播稿。

播音员的声音在继续：

胡乔木署长说，艾奇逊的最无耻的谣言还不只是上面这些，而是他在中苏关系上所造的谣言。艾奇逊说，"苏联正在将中国北部地区实行合并，这种在外蒙所实行了的办法，在满洲亦几乎实行了。我相信苏联的代理人会从内蒙古和新疆向莫斯科作很好的报告。这就是现在的情形，即整个中国居民的广大地区和中国脱离与苏联合并。苏联占据中国北部的四个区域，对于与亚洲有关的强国来说是重要的事实，对于我们来说是非常重要的……"

费德林在一边用俄语翻译着广播员的话。

斯大林认真地听着、理解着，有些怪怨毛泽东没和他商量："这个毛泽东，怎么可以如此轻率地处理国际事务？本来说好的，以我们苏联和中国、蒙古三国外交部长名义发表的声明，他却交给一个新闻署长，新闻署长是负责外交事务的吗？"对费德林道："你去通知莫洛托夫、米高扬和维辛斯基，让他们到我的办公室来……"

费德林："是！"

费德林匆忙地跑出了斯大林办公室。

**中国驻苏联大使馆**

急促的电话铃声。

王稼祥从门外进来，抄起桌上的电话。

王稼祥知道广播稿刚播完，苏联会有反应："你好，我是王稼祥……（改用俄语）哦！是莫洛托夫同志啊，请问有什么事吗？"

**莫洛托夫办公室**

脸色铁青的莫洛托夫在打电话，他在表达斯大林的意思："王稼祥同志，今天，我们收听到了你们的新闻总署署长对新华社记者的谈话的广播。我们认为，你们以这种方式对艾奇逊进行驳斥是很不妥当的。我们事先已经说好由中、苏、蒙三国以外交部长的名义发表声明的，你们不应该擅自改变，你们应该像我国和蒙古共和国一样，你们现在这样做的规格太低了……"

**中国大使馆**

王稼祥不知道莫洛托夫是从哪个角度出发来谈这件事的："莫洛托夫同志，这仅仅是你个人的意见呢？还是代表苏联政府？"

（莫洛托夫的画外音："这件事引起了斯大林同志的不满，他以为你们采取的这种方式力度不够，明显地减弱了声明的分量。"）

王稼祥知道必须马上把这个情况汇报给毛泽东："那好吧，我将向毛泽东同志通报这一情况。"

王稼祥放下电话，一边往外走，一边喊："备车，我要去见毛主席。"

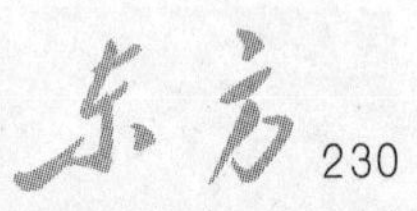

# 第十五章

## 莫斯科郊外孔策沃别墅毛泽东住处

听完王稼祥汇报，毛泽东不以为然地笑道："我认为没什么不妥！新闻总署署长就是负责发布新闻的，而且代表了政府，恰当得很么。"

王稼祥："那么，我去找莫洛托夫同志解释……"

毛泽东摆摆手："没有这个必要！他们要用外交部长的名义，那是他们的事。我们发表这样一份针对美国帝国主义者的辟谣文件，根本不需要用外交部长的名义！"他话题一转："对了，恩来差不多快到了吧？"

王稼祥看了看表："是！对了，主席，苏联方面安排了米高扬、维辛斯基、葛罗米柯和罗申等人到车站迎接恩来，我们这边，是不是也派些人去？"

毛泽东点了一下头，又想了想："你带陈伯达和叶子龙他们去吧。"

王稼祥对旁边的陈伯达和叶子龙说道："好！我们现在就动身吧。"对毛泽东说道："主席没事儿的话，我们几个就去接恩来了。"

毛泽东挥挥手，王稼祥和陈伯达、叶子龙等人转身而去。

毛泽东若有所思地踱了几步，突然沉下脸说道："我们用新闻总署署长谈话的形式，没什么不妥当的……"

师哲见毛泽东有些不悦，也发表见解："我看这个斯大林就是多事。"

毛泽东："我们就按我们自己的方式，不管他！"

师哲想起和苏联交往中的一些细节，一直不敢说，觉得现在说很合适："主席，有件事藏在我心里很久了，想起来，我心里就不痛快！"

毛泽东看看师哲，不明白："什么事情啊？"

师哲："每次会谈，他们总是在主席的座位上写'毛泽东先生'这几个字，我感觉特别别扭。"

毛泽东很释然地笑道："有什么好别扭的？我喜欢'先生'这个词。"

师哲紧咬字眼："可上次刘少奇副主席来访问，斯大林对他的称呼是'同志'啊。"

毛泽东颇有大将风度："我晓得斯大林同志对我还有一些看法，但这并不重要，重要的是，通过这次访问，我们要办成几件我们想要办的事情……至于斯大林对我个人的看法，我相信他会有所改变的。”

师哲还是不甘心:“有机会,我得问问斯大林。”

毛泽东制止:“不要问,我们不做强加于人的事情。”

师哲还在争执:“怎么是强加于人?难道斯大林和我们不是同志?”

毛泽东含笑看着师哲,明知故问:“见了斯大林,你敢问他吗?”

师哲被推上高台,没有退路:“敢!有什么不敢的!”

**莫斯科大街上**

车队在行驶。

**莫斯科郊外孔策沃别墅餐厅内**

在一阵热烈的掌声中,周恩来、李富春、王稼祥陪着毛泽东走进餐厅。大家掌声雷动,气氛无比的温馨、融洽。

餐厅里聚集了毛泽东率领的党政代表团成员、周恩来率领的谈判人员、中国驻苏联大使馆的人员及受邀前来的苏联驻中国大使罗申、翻译费德林,几十个人挤满了五六张餐桌,显得场面宏大、气氛热烈。

待众人坐定,王稼祥附在毛泽东耳边轻声道:“请主席致祝酒词。”

毛泽东一侧脸,一本正经道:“今天你是主人哪,我和恩来、富春等人都是你的客人哪。这个祝酒词,还是由你来祝才合适。”

王稼祥哪里会答应,讲话是非毛泽东莫属的:“主席就不要客气了。”

周恩来和李富春等人附和道:“主席就不要客气了。”

毛泽东见众口一致,盛情难却:“那好吧。”

王稼祥直起身子,给了大家一个安静的手势,冲众人喊道:“大家肃静了,现在请毛主席致祝酒词。”

毛泽东站起来,面向大家,看着一张张熟悉的亲切的笑脸,想起远方的家乡,不由得情意深深:“我的祝酒词很简单哪,就三句话:一是庆祝,庆祝我们的党政代表团成员和恩来同志率领的谈判人员,还有稼祥同志率领的驻苏联大使馆的同志在莫斯科胜利会师啊!二是道辛苦啊,今天是欢迎恩来、富春等同志的宴会,大家从北京、从沈阳坐火车,一路鞍马劳顿,不容易得很!三是祝愿哪,我们三路人马来到莫斯科,都是为了一个共同的目的,加强中苏两国及两党的团结的革命友谊。下一步我们双方还要开展谈判,要签订一个中苏友好同盟的条约,要签订一系列关于贷款问题、贸易问题、铁路问题等的协定,所以,希望大家共同努力,实现我们预定的成果。为了达到这样一个目标,请大家共同举杯。”

众人纷纷起立,举起酒杯。

毛泽东向周恩来举杯道:“恩来呀,我敬你!‘周公吐哺,天下归心’哪!”

周恩来有些激动地面对毛泽东:“‘受天之祜,四方来贺’,主席,这杯酒还是我敬您!”

周恩来一口将杯中酒饮尽,而毛泽东则轻啜一口。两位中国巨匠各有风度……之后,毛泽东和周恩来一起大笑……

费德林拉拉师哲的衣角,悄悄问:“什么叫‘周公吐哺’?”

师哲正沉浸在欢迎的喜悦中,他有点心不在焉地解释:“哦!这是中国古代三国时期曹操的两句诗，说的是……”

一阵电话铃声。

费德林回头看了看墙角的电话，摇摇头，心想真不是时候，但还得赶忙起身去接。

毛泽东看了一眼费德林的背影，转头小声对周恩来道：“我来了这么久，会谈没有进展，同斯大林同志吵了两次，生了几次气……”

周恩来安慰道：“吵架是好事嘛，既为以后的会谈奠定了基础，更为接下来的谈判开创了局面嘛！”

毛泽东有些不满地唠叨了一下：“斯大林那里也不是很容易就去见的，外交礼节要讲一些，老大哥的架子也得摆一些，时间也得宝贵一些……”见费德林走过来，毛泽东转变话题：“恩来你带来的人，就不要去外面住了，反正这边房间也不少，大家挤一挤，住得开的。这样，商量什么事情也方便一些……”

周恩来心领神会，侧头看了一眼费德林：“我们听从主席的安排。”

一位苏联女服务员端一条红烧鱼来到桌边，毛泽东若有所思，突然问费德林：“是活鱼吗？”

费德林愣了一下，不知道毛泽东究竟有何下文，但又不得不回答：“现在天冷，是冻鱼。”

毛泽东对周恩来说：“那一年米高扬到西柏坡，我们可是给他搞的活的。”

餐厅里突然静下来，所有人纷纷转过脸来，惊愕地望着毛泽东。

费德林惊慌地赶忙起身，对门口的一个上校军官喊道：“马上派人去捉活鱼。”

上校军官匆匆而去。

桌边，毛泽东向周恩来和叶子龙神秘地一笑。

周恩来和叶子龙不禁会心地笑了。

费德林回到桌边，满头大汗，对这突如其来的变故没有任何心理准备：“已经让人去抓活鱼了，请继续用餐吧。”

毛泽东：“不要麻烦了吧。”

费德林再也坐不住了，起身，一不小心，差点被椅子绊倒：“不，米高扬同志到你们中国能吃上活的，你们到了苏联，一定有活的吃。”说罢，匆匆跑了出去。

周恩来笑而不语。

毛泽东淡淡一笑……

## 厨房

费德林一脸焦急。

周恩来走了进来，

在费德林耳边低语。

周恩来把刚才那盘鱼加工了一下。

费德林端着周恩来加工过的红烧鱼来到桌前：“主席，鱼来了，您可以继续用餐了。”

毛泽东抽了一口烟，轻声问道：“我也只是一说，难为你们了。其实你也是老实人，是活的是死还不全凭你一说，你说是活的就是活的，你说是死的就是死的。”

费德林：“是活鱼，我亲眼看着厨师做的。您要不信，你问周先生，也可以叫厨师过来问问。”

毛泽东一挥手，满不在乎地说："肯定是活的，周恩来到哪哪活。"

人们笑了。

毛泽东拿起筷子夹了一块鱼放进嘴里品着："嗯！味道好哇。"

爽朗的笑声中，毛泽东、周恩来等人走出餐厅。毛泽东精神状态很好。

师哲满脸笑意地道出原委："一年前，斯大林派米高扬等人到中国去见毛主席，在西柏坡，毛主席派我和李银桥、汪东兴几个人从冰冷的滹沱河里捞了鱼来做给他们吃，他们竟然问：'是活鱼吗？'"

叶子龙也兴奋地说："当时他们几个人为了捞鱼，脸冻得通红，回来手脚都冰凉冰凉的，可米高扬他们还说出这种话，几个人气得不行，李银桥当时恨不得马上把鱼从桌上端走。可毛主席使眼色制止了他们，今天好，主席总算给师哲、李银桥他们出了口气。"

李富春恍然大悟道："原来还有这么一件事儿。"

王稼祥释然："刚才在餐厅里我还纳闷，主席今天是怎么了？"

毛泽东："你们信不，这个事他们会传开，并认真对待。凭着一条死鱼可以走活一盘棋……"

众人簇拥着毛泽东走进房间。

周恩来边走边说："主席一爱吃辣椒，二不吃死鱼，我想苏联人是会牢牢记下的。"

毛泽东在椅子上坐下，点上烟："他们记着就好！"话题一转："好了，我们言归正传吧，请你们介绍一下国内的情况。"

周恩来："在来莫斯科的路上，我们几个就把最近国内的情况做了汇总。我先汇报，过一会儿请富春和叶季壮同志补充。"

周恩来到外间，拿来文件夹："总的来看，建国后短短两个多月的时间，全国的形势喜人！先报告主席一个好消息，1月13日，香港招商局在汤传篪、陈天俊经理领导下，全体员工及13艘轮船宣布起义。"

毛泽东弹了一下烟灰，高兴地说："这是两航起义后的又一件大事，好啊！这说明求统一、求解放，是人心所向嘛……哦，恩来，你继续说。"

周恩来："首先是，新中国成立以后，实行没收官僚资本的政策，把它改造成为社会主义的国营企业，使无产阶级领导的人民共和国掌握了国家的经济命脉，使国营经济成为整个国民经济的领导成分，并为社会主义革命和社会主义建设奠定了物质基础……"

汪东兴提着水瓶进来给毛泽东、周恩来等人倒水。

叶子龙、师哲等人坐在桌边仔细聆听着。

（周恩来的画外音："中央人民政府政务院第十五次会议，通过了主席关于处理老解放区市郊农业土地问题的批示。财政部和公安部已联合发布命令，统一规定全国各地人民警察的等级划分、服装、领章、帽徽及其供给待遇标准。海关总署业已完成改定全国各关及所属各分关名称的工作。解放军各野战军、各军区部队认真执行毛主席的指示，纷纷制订生产计划，成立领导生产的各级机关，积极准备开展大生产运动……"）

周恩来："国际事务方面，外交部已经照会联合国，通知中国政府已经任命张闻天为出席联合国和安全理事会的首席代表，要求联合国及安理会立即将国民党集团的非法代表驱逐出去。就美国合众社一再宣传西藏拉萨当局派出所谓'亲善使团'分赴英、美、印度等国家一事，外交部于今日发表声明，严正指出，西藏是中国的领土，中华人民共和国将不能容忍拉萨

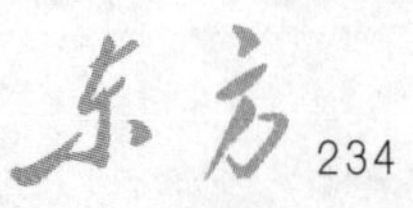

当局这种背叛祖国的行为，而任何接待这种非法‘使团’的国家，将被认为是对中华人民共和国抱有敌意。”

毛泽东听得越发振奋：“好！好啊！真是好事不断哪！国内的事情这么多，我在这里待不下去啊。”

周恩来把临来之前的国内工作安排汇报给毛泽东：“国内由少奇同志主持中央的日常工作，他会按主席的意图处理一切的，请主席放心好了。”

毛泽东点头，很欣慰地说：“是啊是啊，少奇同志够辛苦的。”

周恩来又想起一件很重要的事：“还有一件事，印度总理尼赫鲁发来电报，说他们愿意同我们建立外交关系……”

毛泽东举起烟想要抽一口，发现烟灰已经很长，他弹了一下烟灰，又举着，没抽：“这又是一件好事情啊。可是，我们在这里的工作却是十分艰难哪。”

王稼祥向周恩来汇报：“是啊！主席跟斯大林两次会谈，都不是很愉快。”

师哲：“主席是不舒服的。”

周恩来朝大家摆摆手，平和地说：“主席的心情我能理解，但是斯大林同志是一个政治家，一个高明的政治家。我们等他……”

李富春说：“今天主席对他寸步不让，相信对他的刺激一定很大。”

王稼祥：“这一点，我想苏共中央政治局的每一个人都有同感。”

毛泽东：“我也不愿意这样做，可又不得不做，正所谓箭在弦上，不得不发呀。”

周恩来笑道：“主席在重庆谈判时也没有发火嘛。”

毛泽东把烟送进嘴里，吸了一口，不屑地说：“蒋介石不值得我发火……说起谈判呀，我看明天准备一天，后天我们就可以去见斯大林……”

外间传来电话铃声。

师哲拿起听筒，很客气地说：“是斯大林同志啊？您好……毛主席在，好的，请毛主席接电话，斯大林同志，请您稍等……”

毛泽东站起身，看看周恩来：“看样子也是关于谈判的事呀。”

毛泽东向外屋走去。

师哲刚走到门口，见毛泽东从里屋走出来，便悄声道：“斯大林同志的电话。”

毛泽东点头，把手里剩下的一点烟头交给师哲：“知道了。”走到桌边，拿起电话：“斯大林同志啊，我是毛泽东。天这么晚了，还没休息呀？”

（斯大林的画外音：“毛泽东同志，我想询问一下您对即将举行的第三次会谈，有什么具体意见？”）

毛泽东：“我没有什么意见哪，即使有意见，也在周恩来那里。谈判的时间嘛……我看事不宜迟，就定在后天吧。1 月 23 日早晨，我和周恩来等同志一起前往克里姆林宫……”

毛泽东、周恩来、李富春、王稼祥和师哲等人走出孔策沃别墅，众人分头走进早已等候在门口的汽车。

汽车载着众人向克里姆林宫驶去。

中国代表团的车队驶过莫斯科大街。

## 莫斯科克里姆林宫门前

车队在克里姆林宫门前停下，毛泽东和周恩来等人下了车。

众人簇拥着毛泽东向克里姆林宫走去。

走廊里，毛泽东、周恩来等人在莫洛托夫的引导下，走进早已布置好的会议厅。

斯大林率马林科夫、米高扬、维辛斯基、罗申和费德林等人在门口迎接毛泽东一行。

斯大林上前两步，与毛泽东握手。

毛泽东："斯大林同志，我给您介绍一下，这就是周恩来同志。"

斯大林转身与周恩来握手："周恩来同志是老资格的政治家和外交家，有关你的传奇，早已经灌满了我的耳朵，可惜，我们今天是第一次见面。"

周恩来："是啊，我也是早就渴望见到斯大林同志，今天总算是如愿以偿了。"

毛泽东："这位是李富春同志，也是我党的老同志了。"

李富春上前与斯大林握手。

斯大林："大家请进吧。"

斯大林与毛泽东并肩在前，众人紧随其后进入会议厅。

会议厅门口处，斯大林和毛泽东不约而同地做了个互让的手势。

斯大林霸气不减，也不遮不拦，开门见山："毛泽东先生，我无法理解，驳斥美国国务卿艾奇逊的谣言，为什么你们不能像我们和蒙古那样以外交部长的名义发表声明，而只采取让新闻总署的署长发表谈话的方式？"

毛泽东笑笑说："对付艾奇逊那样的政客，一个新闻署长就够了。用我们中国的一句老话，叫做'杀鸡焉用宰牛刀'？"

斯大林不解地说："一个新闻署长说话的分量怎么够呢？……胡乔木是什么样的人？"

毛泽东："是中国共产党的一支笔。"

斯大林回头对众人招呼道："请大家就座吧。"

中苏双方人员各自走向自己的位置。

每个人的面前都有一只斟了半杯葡萄酒的高脚杯。

莫洛托夫按照安排好的程序，施外交礼节："尊敬的毛泽东主席，尊敬的周恩来总理，首先，请允许我代表尊敬的斯大林同志向各位中国客人敬一杯酒。"

斯大林端起酒杯，热情洋溢地说："欢迎你们，欢迎毛泽东先生、周恩来先生到苏联来，希望大家同心协力为中苏友谊而努力。"待毛泽东等人举起酒杯，斯大林高喊："为苏中友谊干杯！"

众人落座。

斯大林显得有些兴奋："我和毛泽东先生以前没有见过面，这次一见如故。两次会谈，可以说谈得都很好。现在，中国革命胜利了，这是继苏联十月革命胜利之后的又一个极其伟大的胜利。这个胜利，是无产阶级在占世界四分之一人口的国家的伟大胜利，是马克思列宁主义在东方的伟大胜利。这个胜利，改变了世界格局，加重了世界天平上革命力量的砝码，不仅值得庆贺，而且有许多宝贵的经验值得总结、值得学习，希望毛泽东先生能够多谈谈。"

毛泽东点燃了一支烟，不紧不慢地吸着："对于斯大林同志的这番话，我深表赞同！中国革命的胜利，的确是马克思列宁主义在东方的伟大胜利，是苏联十月革命胜利后世界无产阶级革命的又一伟大胜利。我以前曾经说过，十月革命一声炮响，给我们送来了马克思列宁主义。那只是一种形象的概括,是指革命的开始。实际上,将马克思列宁主义的普遍真理和中国革命的具体实践相结合,是很不容易的。中国革命经历了一个长期的、曲折的探索过程,中国有中国的实际情况,有人曾不顾中国的实际,照搬苏联革命的模式,几乎使中国革命走入绝境。所以中国革命的经验,集中到一点,就是一定要把马克思列宁主义的基本原理同中国的实际情况相结合,同中国革命的具体实践相结合,实现无产阶级政党的领导,建立以无产阶级为领导的、以工农联盟为基础的人民民主专政,推翻压在中国人民头上的三座大山,逐步向社会主义过渡。"

斯大林还是很欣赏毛泽东的文采的:"中国革命的经验需要认真地总结,我建议你把自己所写的文章、文件等编辑成书出版。"

毛泽东一语双关地说:"我也正有此意呀。现在我们中央已经着手办理此事了,不过还需要得到苏联的帮助啊!你看看,我们有许多的事情,都需要得到你们的支持和帮助啊。"

周恩来是外交方面的天才,他始终不卑不亢:"这也正是毛泽东主席率领中国党政代表团到苏联访问的一个重要目的,也是我们今天展开中苏会谈的目的呀。"

斯大林看了一眼周恩来,很欣赏周恩来的风度:"周恩来先生不愧是杰出的外交家呀,一句话就把我们的谈话引入到正题了。不知周恩来先生对我们双方的谈判,有什么打算哪?也就是说,你们准备谈哪些方面的内容呢?"

周恩来点头示意:"我来到莫斯科之后,与毛泽东主席讨论过这个问题。我们认为,这次的中苏谈判,不外乎这么几项内容,首先是讨论中苏条约问题,此外就是中国长春铁路问题以及旅顺口和大连的问题。"

斯大林点头:"是的,是的。我们必须对涉及中苏关系的现有的条约和协定进行修改,尽管我们曾经认为还是保留好。这些条约和协定之所以必须修改,是因为条约的基础是反对日本的战争。既然战争已经结束,日本已被打败,形势发生了根本的变化,因此这个条约也就成为过时的东西了。"

周恩来反问:"那么,《雅尔塔协定》呢?"

斯大林一挥手:"不去管它。"

毛泽东:"我们应当通过条约和协定来巩固我们两国之间现有的友好关系。在同盟友好条约中,应当把保证我们两国繁荣昌盛的东西固定下来,而且还应当规定必须防止日本侵略的重演。"

斯大林肯定地说:"这是一定的。"

毛泽东:"我提出的以上两点,是我们新条约同现有条约的根本区别。新的条约应当包括政治、经济、文化和军事等方面的合作,其中最重要的是经济合作。"

斯大林今天态度一直很好,他不停地点头和肯定地回答:"很好!"

毛泽东:"在新的条约中,应当规定就国际问题两国进行协商的内容。"

斯大林非常痛快地说:"当然要写上这一条。"

师哲突然插话:"斯大林同志,我有一个问题,想当面请教一下,可以吗?"

毛泽东望着师哲,皱起了眉头。他知道师哲要问什么,但又不好阻止。

斯大林微笑地说:"可以,可以,当然可以。"

师哲态度诚恳地说:"斯大林同志,我们中国同志非常尊重您和苏联领导人,一直称呼您和苏联领导人为'同志',可我不知道,您为什么称毛泽东同志为'先生'呢?"

斯大林笑了，慢慢道来："我过去了解中国很少，但是在毛泽东来苏联之前，我做了一点功课。先生在外国，在我们苏联凡是成年男性都可叫先生。在中国叫先生的只有几种人：郎中、教书匠、有学问的男性，当然也有称女性为先生的，比如毛泽东称孙中山夫人宋庆龄就是先生，由此可见先生的称谓比同志还崇高，这位小同志我就不叫你先生。你再有意见，我还是叫毛泽东为先生，因为从毛泽东身上我看到了一个正在成长，而且已经露出光芒的——东方。"

人们笑了。

只有毛泽东为斯大林鼓掌，并小声对师哲说："谁把斯大林当神，谁错了；但谁把斯大林当阿斗，谁更错了……"

毛泽东转身对斯大林："斯大林先生，我们继续吧……"

一个人给毛泽东一个小纸条。

毛泽东看了一眼："胡志明同志到北京，刘少奇同志接见了他。"

毛泽东不动声色，他看了一眼斯大林……

## 广东沿海

叶剑英在邓华、赖传珠、洪学智等人的陪同下，视察渡海部队的训练。

不远处，军长韩先楚正在登船，他双目炯炯。

叶剑英远远地看到韩先楚，问旁边的人："那不是韩先楚吗？他到船上去干什么？"

洪学智大喊："韩先楚！韩军长！"

正往身上套救生衣的韩先楚闻声往岸边望去。

他看见了叶剑英："我的天，叶司令怎么来了？"对船上的干部战士道："你们等我一会儿。"

韩先楚脱掉救生衣，跳下船往岸边跑去。

韩先楚跑步来到叶剑英面前，敬了个礼："叶司令员！"

叶剑英不明白刚才韩先楚的做法："韩军长，你这是要干什么？"

韩先楚很自然地说："我想带船出海去练练。一帮'东北虎'，在陆地上威风八面，横扫大半个中国，从没怕过谁，可一见到大海，全傻了……"

叶剑英提出建议："你是军长，你的位置不应该在船上，出海训练的事儿，让下面的师长、团长们去组织……"

一辆吉普车急驰而来。

车到近前，四野后勤部长陈沂一脸沮丧地从车上跳下来："叶司令员，我总算找到你了。"

叶剑英："事情办得怎么样？"

陈沂摇摇头，带着哭腔道："我……我没有完成任务！"

## 广东军区司令部

陈沂在向叶剑英汇报去香港的经过：

"我们一到香港，即遭到国民党特务的跟踪。他们会同港英当局和美国情报机关，联合控制港澳地区可能有机器或船只的厂商，使我们无法买到所需物资，最后仅买回一些罗盘针、防晕船药和救生圈……"

叶剑英望着远处的海,更加坚定了克服困难的决心:“哼!他们以为这样就能阻止我们解放海南岛,做梦。”

“报告!”

“进来!”

一个参谋走进来,喜形于色地说:“刚刚接到第四十三军韩先楚军长的电报,他们军的八名战士出海夜训,与一艘国民党军舰遭遇,打得国民党军舰落荒而逃……”

叶剑英兴奋地说:“哈哈,东方不亮西方亮,看来海训是有成效的。”他一拉陈沂:“走!到韩先楚那儿去看看。”

## 海上

一艘渔船在海上漂荡。

迎面,一艘木船驶来,船上满载着全副武装的解放军战士。

木船驶近渔船,一个解放军军官警惕地高喊:“干什么的?”

渔船上的船老大故意放松道:“打鱼的。”

几个战士跳上渔船,指着商人打扮的符振中疑惑地喝道:“你是干什么的?”

符振中平静地回答:“我是商人。”

(符振中 琼崖纵队参谋长)

一个解放军军官上前细细打量,不相信地问:“商人?商人跑到渔船上干什么?别动!”向一个战士使了个眼色。

一个战士上前,从符振中的腰里搜出一支左轮手枪。

解放军军官反问:“商人拿这玩意儿干什么?”

符振中虽然枪被收走,但还是纹丝不动,也不看军官晃动的枪,不以为然地说:“防身用的。你们是哪部分的?”

解放军军官不耐烦地说:“少啰嗦,跟我们走。”

木船押着渔船向岸边驶去。

## 第四十三军野战医院

胳膊吊在脖子上的鲁湘云正在跟护士争执。

鲁湘云:“我的伤又不重,住这儿干什么?”

护士已经被他磨得有些不耐烦了,严厉地说:“这是李军长亲自交代的,李军长说了,没有他的命令,不准你离开医院。”

鲁湘云争执:“李军长才不像你说的那么婆婆妈妈呢,李军长要求的是轻伤不下火线,肯定是你这个小丫头片子,拿李军长来压我的。”

(鲁湘云 第四十三军某部副排长)

护士见鲁湘云还真是难管理,心想,还是拿军长压他:“不信,你去问李军长嘛。”

鲁湘云执拗,偏要顶着上:“我正要去找李军长!”说着,硬往外走。

护士着急了:“哎!你这人,怎么说走就走啊?”

鲁湘云见护士露出破绽,揶揄道:“是你叫我去问李军长的。”

护士嘟囔着:“你……你不能走,你的伤还没好呢……”上前去拉鲁湘云。

鲁湘云板着脸："别拉拉扯扯的好不好？让别人看见还以为你拉郎配呢……"

（李作鹏的画外音："鲁湘云，你要干什么？"）

鲁湘云和护士回头一看，见李作鹏陪着邓华、洪学智走来。

鲁湘云不好意思地说："军长，我……"

李作鹏故意地往鲁湘云身上扣一顶帽子："哼！你好大的胆子，让你来养伤，谁让你谈恋爱来了？"

鲁湘云极其冤枉地说："军长，天地良心哪，你可不能冤枉好人……"

护士也要为鲁湘云辩护："军长，鲁排长他不是……"

李作鹏不理他们，笑着对邓华道："司令员，他就是鲁湘云！"

邓华打量着鲁湘云，很佩服地说："是你带七个战士打跑了国民党军舰？你们可真了不起啊……"

鲁湘云一提到打仗，比较有感觉，不以为然地说："那有什么呀，不就一艘军舰吗？"

李作鹏用力拍了一下他，见鲁湘云疼得直咧嘴，又帮他揉揉："说你胖，你还喘上了，看你能的！"

邓华有点迫不及待地说："把你们与国民党军舰遭遇的经过说说……"

鲁湘云回忆起当时的情景："这不就昨天晚上嘛，我们八个人一条船到海上去训练……"

（闪回）

**海上**

一艘木船在海上漂荡。黑夜无边，浪涛阵阵。

一个战士扶着船沿在呕吐。

鲁湘云走了过来，帮战士拍拍后背："猛子，你小子真没出息，都练了三天了，你还晕哪？"

猛子极其痛苦地龇牙咧嘴："排长，我不行了，快来救救我呀……"

突然，一道明亮的灯光从海面上扫过。

船老大比较有经验，他敏感地说："不好，可能是国民党的军舰。"

鲁湘云机警，马上进入战备状态："快！大家隐蔽！"

七八个人赶紧将身子伏到船上。

鲁湘云趴在船上对兄弟们说："不是可能，而是肯定！肯定是国民党的军舰。"

船老大也趴着说："怎么办，鲁排长？"

鲁湘云先缓解大家的紧张："沉住气，也许他们并没有发现我们。"

一个战士偷偷地瞄着军舰，有点着急地说："好像冲着我们开过来了。"

鲁湘云压低声音："那也得沉住气！妈了巴子的，遇上了，大家认命吧，他们要是一开炮，咱们躲都没地方躲……"一抬头，看见船老大的腿在发抖，突然感觉一股热乎乎的水流到自己的身子下面，伸手摸了一把，放到鼻子上一闻，不由得耸了耸鼻子，问道："郑大伯，你怎么了？"

船老大的声音发抖："我……我的腿不听使唤了。"

鲁湘云安慰道："郑大伯，你别怕，他们没开炮，说明没发现我们几个，有可能把这船当成打鱼的船了。你掌好你的舵，看他们下一步干什么。"

战士们躲在船底，扒着船沿向国民党军舰观察着。

战士甲恐慌地说:“真的向我们开过来了。”

被称作猛子的战士眼睛在黑夜中闪闪发亮:“越来越近了。”

鲁湘云看看他,揶揄道:“猛子,你小子不晕船了?”

猛子咽了口唾沫:“晕都让国民党军舰吓跑了。”

鲁湘云拿出排长的威严和平时训练的积累,镇静地对大家说:“好！只要他们不开炮,咱们就有办法应付。”对众战士道:“大家趴在船舱里别动,把子弹上膛,手榴弹准备好,做好战斗准备,等他们靠近了,咱们打他个措手不及。”

轰鸣声越来越近,国民党军舰向着木船驶来。

军舰上的喇叭响了。

“对面的渔船,靠过来,靠过来!”

鲁湘云一挥手对郑大伯说:“郑大伯,靠过去。”

木船驶近了军舰。军舰上的探照灯照到木船上,鲁湘云等人一动不动,没有发现可疑的地方。

对面军船上一个国民党士兵高喊:“干什么的?”

船老大在关键时刻还是很老练的:“打鱼的。”

国民党士兵试探地问:“深更半夜的,打什么鱼？肯定是共匪……”

鲁湘云当机立断,不容敌人反应:“打!”

木船上,七八个人手榴弹出手,随即,各种火器向着国民党的军舰一阵扫射。

鲁湘云忙中不乱,有序指挥,冲船老大喊:“郑大伯,往军舰跟前摇,贴近它。”

国民党军舰上,一个军官沙哑着嗓子,有点走了调地高喊着:“开炮,快开炮!”

一个国民党士兵恐慌到极点,近乎哭腔地说:“太近了,舰炮根本用不上。”

国民党军官又扯脖子在里面喊,他根本不敢往前去:“那就拿枪。”

木船上,鲁湘云等人向军舰上射击。

几个国民党官兵持枪向木船射击,一发子弹打中鲁湘云右手臂,鲁湘云枪交左手,与对方对射。

猛子挥手,频频将手榴弹扔到国民党军舰上,手榴弹爆炸,几个国民党官兵跌入大海,余下两个转身而逃。

国民党舰长见伤亡惨重,高喊:“左满舵,快撤!”

国民党军舰向夜色深处逃去。

木船上,鲁湘云等人鼓掌大笑……(回忆完)

**第四十三军野战医院**

大笑声中,邓华握着鲁湘云的手道:“好啊！我要给你们请功！你们创造了一个‘木船打军舰’的奇迹……”

**第十五兵团司令部**

叶剑英、邓华、赖传珠、陈沂及符振中等人兴致勃勃地坐在一起。

叶剑英兴奋地对着大家:“奇迹可不是只有一个。”

邓华高兴地指着符振中道:“是啊,是啊！符振中同志偷渡琼州海峡,也是一个奇迹呀。”

符振中向大家谦虚地点头："来的路上，我已经向叶司令员汇报过了。我这次渡海过来，是受了琼崖纵队司令员冯白驹同志委派，与主力部队取得联系的。"

邓华问陈沂："你是怎么跟叶司令遇上的？"

陈沂回答："叶司令听说你们四十三军一艘木船打跑了国民党的军舰，一高兴，就拉着我匆匆赶来了。"

邓华："叶司令，我突然有一种感觉……"

叶剑英："你说。"

邓华欲言又止，一会儿点头，一会儿摇头，嘴里喃喃地自语着："说不清，说不清……"

## 台湾阳明山蒋介石官邸

蒋介石送薛岳走出凉亭。

（薛岳　字伯陵，海南防卫总司令）

蒋介石走下凉亭的台阶，和薛岳谈话："伯陵啊，告诉那些人，撤防的事情不要再提！以不战而弃守海南，对台湾的民心士气损害太大了。再说，共军凭几艘破木船就想渡过琼州海峡，也太异想天开了，好好打，我坚信，海南是属于我们的。"

薛岳立正，向蒋介石敬礼："是！总裁！我们决不让共军跨过琼州海峡！"

蒋介石也算是语重心长地说："这就对了。伯陵啊，我把海南岛交给你了，你回去以后，要进一步加强布防，千万不可掉以轻心，我估计共军很快就有针对海南岛的大行动……"

蒋经国匆匆而来。

薛岳识趣地告别："总裁，卑职告辞了。"

蒋介石和他握握手："去吧！这一年我们有了一个金门大捷，你也来一个海南大捷……"

看着薛岳远去，蒋介石转移目光，问蒋经国："有什么事情啊？"

蒋经国有些兴奋地说："父亲，上海方向传来好消息，我们潜伏在上海的电台报告，上海的商人大量囤积'两白一黑'，共产党眼看就支持不住了。"

蒋介石倒是显得很平静："不可太乐观了，共产党里有能人，他们不可能就那么容易被整垮的。对了，最近，西藏那边有什么消息？"

蒋经国又沮丧地低下头："中共方面于这个月 20 日发表了一个声明，警告有关各国，'任何接待西藏非法使团的国家，将被认为对中华人民共和国抱有敌意'。结果，英美都发表了声明，表示不能接待西藏代表团……"

蒋介石深望远处："英美的态度，是意料之中的事。那些闹独立的西藏人太可恶了，凡是持有这种行为的人，都不会有好下场的。"

# 第十六章

## 青海塔尔寺

13岁的班禅额尔德尼·确吉坚赞在众人的簇拥下走出班禅堪布会议厅。

塔尔寺主持活佛向会议厅外的僧众和爱国人士宣布："班禅堪布会议确定，以班禅堪布会议厅的名义，强烈谴责拉萨当局派出所谓'亲善使团'向英美等国表示'独立'的举动！西藏是中国的一部分，任何分裂祖国的行为，都是可耻的！十世班禅活佛决意代表西藏爱国人士和广大的西藏人民，致电中共中央毛泽东主席和朱德总司令，恭请速发义师，解放西藏……"

## 西藏拉萨布达拉宫

达扎从宫里走出来。

几个迎面走来的"亲善使团"的人，匍匐在达扎面前。

达扎低头问："你们怎么这么快就回来了？"

一个"亲善使团"的成员："印度政府根本不见我们，他们说，红色汉人刚刚发表声明，说任何接待我们的国家，都被认为是对中华人民共和国抱有敌意。尼赫鲁政府正忙着与红色汉人建立外交关系，不愿得罪红色汉人……"

另一个"亲善使团"成员："我们在尼泊尔受到的冷遇，比他们更甚，我们还没有到达尼泊尔的首都，就被他们赶了回来……"

达扎气急败坏地说："怎么会这样？怎么会这样？成立'亲善使团'本来就是他们的代表理查逊提出来的，现在却……"

一个成员："这没什么可奇怪的，每个国家都是为自己的利益着想，有哪个是真心考虑西藏前途的？我们派往英美的'亲善使团'，还没有出发，不是也接到他们的回复，表示不能接待吗？还是再想别的办法吧……"

达扎有点绝望："还有什么办法？他们这样出尔反尔，不守信用，简直是无耻至极！"

达扎气呼呼地拂袖而去。

## 野外

一支全副武装的侦察队伍，在坎坷不平的乡间小路上奔行着，不断有人脱离队伍，疲惫不堪地瘫倒在路边。

同样全副武装的李觉还在催促："快！能坚持的，都跟上。"

附近的山坡上，张国华和谭冠三看着队伍从眼前奔跑过去。

谭冠三满口赞叹："我们这个第二参谋长啊，真是挺能干的。"

张国华也很满意地说："要没两下子，敢主动到第十八军来？李觉向我建议，组成一个先遣队，先行出发，我同意了。不过，我的意见是，这个先遣队不应该仅有几十个侦察兵和工兵，要派就要让他们有大用场，干脆就以一个加强营的力量，任务呢，既做好调查研究，又为主力部队开辟道路。"

谭冠三有意给李觉一个释放能量的机会："我同意！我看就让李觉担任这个先遣队的队长。另外，再给他配个政委……"

张国华点头表示同意，想了一下又说："就让副政委王其梅同志去吧。"

谭冠三往前走了两步："好嘛，一个是军副政委，一个是军里的第二参谋长，这先遣队的架子可够大的。"

张国华笑笑："毕竟是特殊行动嘛。这次不管是宰牛还是杀鸡，我就用牛刀了……"

## 第十八军侦察营营部门前

李觉率领的队伍终于跑到了终点。

李觉对侦察营长道："秦营长，清点一下人数。"

营长点完人数，向李觉报告道："一共是 28 个人。"

李觉流露出威严不可侵犯的军威："好！就这些人，从今天起，归我了，由一连长带队，集中居住，等候出发的命令。"

## 第五十二师某团一营

被降为营长的何振标正在纠正一个新战士的刺杀动作。他也很认真。

何振标已经完全忘记了被降职的事情，他很投入地做好现在的事，指导很专业："用点力，用点力，像你这样，一下能刺死敌人吗？我告诉你，到了白刃格斗的时候，那就是你死我活，你刺不死敌人，那就要被敌人刺死……"

庄大运打着饱嗝走过来："何副师长，你怎么又干上班长的活了？堂堂一个副师长，不在指挥部里指挥作战，跑到操场上来教新战士练刺杀，你可真是越活越……"

何振标扭头看了一眼庄大运，用手扇扇酒气："你小子，怎么又喝酒了？"回头对旁边的战士道："你先去吧！"

战士敬了个礼，跑步离去。

何振标皱着眉头，怒其不争："你不能少灌点儿吗？一个连长，一天到晚在战士面前醉醺醺的，像什么样子？"

庄大运又打了一个酒嗝："我喝酒，连军长、政委都不管我，你一个副师长……不！你一个营长管我？"

何振标用手掳了一下庄大运的脑袋，不服地说："我营长怎么了？我营长正好管你连长

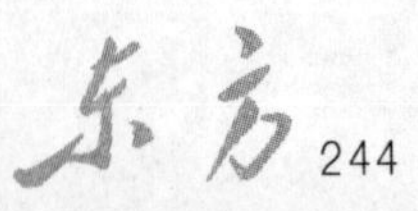

……”

庄大运舌头发硬:“你营长是管连长没错,可惜我不是你营里的,所以,你管不着我。不过,如果现在真被你管,我也高兴,知道为啥吗?咱俩是老乡,从一个村里跑出来,一块参加的八路军,可是没几年,你‘噌噌噌’一直蹿到副师长的位置了,可我还是一个连长,你说这要回到家,我面子上多不好看呀!现在你降职了,成了营长,虽然比我还高一级,可也差不了多少,所以,我这心里舒坦多了……”

何振标又拍了一下他的头,想起那码子事:“你就幸灾乐祸吧。这事儿,都怪我当时……嗨!也是那个臭娘们,你说我们两口子的事儿,她瞎掺和什么呀?她不就仗着男人是军政委吗?”

庄大运虽然酒没少喝,但还神志清醒,他提醒何振标:“哼!你小子,到现在还迷糊着呢,我看你应该再降一级,跟我一样当连长……你知道那个李光明是什么身份?”

何振标满不在乎地反问:“什么身份?他不就是军政委的媳妇吗?”

庄大运夸张地做个动作,比划着:“你呀!我告诉你吧,人家可是老革命了。论资历,她比你我都老多了,她长征的时候就是红小鬼了。”

何振标一惊:“天哪!你……你怎么不早说啊?”

庄大运这回可真有点幸灾乐祸了:“早说了,你能跟我平起平坐吗?”

何振标瞥他一眼,咬牙切齿道:“你说你算什么人哪?”

庄大运一脸赖皮:“好人!知道我今天找你什么事吗?”

何振标看都不看他:“你能有什么正事啊?”

庄大运转过身去,找何振标的脸:“哎!你还别说,真就是正事儿,而且是大好事儿!”

何振标一甩他:“你拉倒吧!”转身欲走。

庄大运一把拉住他的袖子:“军长和政委到咱们师来了,你知道吗?”

何振标又一甩,不耐烦地说:“这跟我有什么关系呀?”

庄大运神秘地说:“听说,军里要组建一个进藏先遣队,你不去跟军长政委要求一下?”

何振标一转身,拉住庄大运:“你怎么不早说啊?”

## 第五十二师师部门前

第五十二师师长吴忠陪着张国华、谭冠三、李觉,从屋里走出来。

一辆吉普车开过来,停下。

张国华和谭冠三拉开车门,欲上车。

(何振标和庄大运的画外音:“军长,政委……”)

张国华和谭冠三等人站在车前,看着从远处跑来的何振标和庄大运。

两人来到张国华、谭冠三面前敬礼。

张国华冷冷地问:“你们来干什么?”

何振标向领导点头,讨好地说:“军长,听说军里要组建进藏先遣队……”

张国华话里带着点讽刺的意味:“你何大营长不是害怕进藏变成送葬吗?先遣队的事儿,我们哪敢让你去呀?”

何振标苦笑:“军长,我……我当时是一时糊涂,可我……我何振标绝不是贪生怕死之辈。况且,军长、政委也不能因为我一个人,看轻了我们营。我可是代表全营的干部战士来请战的……”

张国华与谭冠三对视一眼，会意在心。

谭冠三极其聪明地把球踢到李觉那里，也是想试试他处理问题的能力："这事儿，我跟军长无权决定，还是请参谋长定夺吧。"

李觉毫不客气："何副师长，我想对你们营进行一次考核，行吗？"

何振标高兴地说："没问题！"

庄大运怕被遗忘，赶紧说道："哎！还有我们连呢……"

## 广东军区司令部

叶剑英、邓华等人走出司令部。

叶剑英："你们回去后，立即按我们今天制订的渡海登陆方案实施。告诉同志们，把依靠机帆船渡海的幻想抛开，仍以先前设想的以木帆船为主要渡海工具，在无空军支援、配合的情况下解放海南岛。"

邓华心里有数："请叶司令放心，我们现在真的有底了。上个月，鲁湘云他们 8 个战士靠木船打败了国民党的军舰，让渡海部队的官兵一下子有了信心，特别是符振中同志乘船从海南来到广东，更给了我们很大的启发：符振中同志能从海南偷渡过来，我们当然也能偷渡过去！我想，我们采取'积极偷渡、分批小渡与最后登陆相结合'的方案是可行的……"

叶剑英："那好，我就先预祝同志们偷渡成功。"叶剑英与第十五兵团及第四十军、四十三军的领导一一握手。

## 第十八军五十二师师部门前

李觉、王其梅、何振标肃然而立，看着进藏先遣队以连为单位跑步进入操场。

（王其梅　第十八军副政委）

连长们依次跑步到李觉面前报告。

"队长同志，侦察连列队完毕，请指示！"

"队长同志，工兵连列队完毕，请指示！"

"队长同志，二营四连列队完毕，请指示！"

"队长同志，二营五连列队完毕，请指示！"

"队长同志，二营六连列队完毕，请指示！"

李光明跑步到李觉面前，她让士兵眼前一亮："队长同志，救护队列队完毕，请指示。"

何振标问旁边的王其梅："副政委，怎么谭政委的家属也……"

王其梅看了看李光明："你说李光明同志啊？她可是主动请缨要跟先遣队进藏的。别看咱们谭政委在我们面前说一不二的，可在李光明同志面前，从来都是言听计从的……"

军长张国华和政委谭冠三从队伍前走过，仔细地检查着每个人的行装。

两人来到李光明面前。

张国华逗趣地说："光明同志，你执意要跟先遣队进藏，这不是成心让我们谭政委独守空房吗？"

李光明军姿不动，语气缓和："都习惯了，也没什么嘛。"

谭冠三握住李光明的手，表情凝重。他从心里觉得对不起妻子，但又要从大局出发，一切只能祈祷平安了："万事当心，保重身体。"

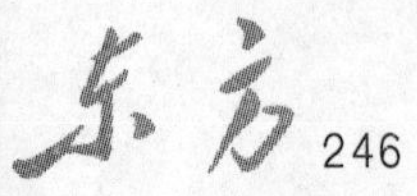

李光明含情脉脉地望着丈夫，不知道这次分离，何时会再见："知道！"

张国华对李觉喊道："出发吧！"

## 北京中南海紫光阁

一辆汽车刚开出中南海，

车里坐着越南的胡志明同志。

刘少奇、朱德、董必武、聂荣臻和李克农等人还站在紫光阁门前。

朱德："他是个急性子。"

刘少奇："是啊，主席答应他了，回到北京见，说他来到中国已经不容易，现在再去莫斯科，毕竟六十多岁的人了，这样鞍马劳顿，太辛苦了。关于他们所提出的三个师的装备和一千万美元的援助，目前来看，我们的确有很大困难，但主席已经回电，要求我们尽最大努力，满足他们的要求，主席的想法是先提供给他们一部分武器、弹药及医药物资……"

朱德："可以理解，他们现在有困难，我们是患难之交，该帮他们。"

## 上海市上空

刺耳的防空警报。

四架国民党飞机飞临上海市上空，投下一枚枚炸弹。

炸弹四处爆炸，硝烟弥漫。

防空警报声、炸弹的爆炸声及人们的呼喊声响成一片。

大街上的人四处躲藏着。

被秘书拉着在大街上奔跑的曾山，突然停下了脚步。

曾山抬头向天空瞭望着。

## 上海市政府

陈毅着急地在屋子里转着圈子。

陈毅看着窗外："老蒋真是想把陈毅赶出上海。"

## 上海荣毅仁家

刺耳的防空警报声夹杂着炸弹的爆炸声。

荣家客厅里，众商人或坐或立或往桌子后面躲。

红鼻子阿坤从椅子后探出头，他已经被这苦闷的生活折磨得无处躲藏："炸，天天炸！这个蒋该死……"他索性站起身："算了，炸弹真要落下来，我们是躲不掉的。"

吴鑫荣在一个角落喊道："管家，你们荣少爷到底去哪儿了？"

管家在桌子后探出头："我也不知道。少爷一大早就出去了。老爷从家乡来信，我想早点交给少爷，这不也没办法嘛。"

一个中年商人不想在这无谓地等下去："既然荣少爷不在，我们就赶紧走吧，我那店里还等着我拿主意呢。"

阿坤有点瞧不起地说："你有什么主意啊？你要有主意，还到荣家来求荣少爷帮你想办法？"

中年商人两手一摊,苦不堪言地说:“我就是想从荣少爷这儿拆借点钱,这阵子,我那点家当不是全换成粮食了嘛。这次我们大家都囤粮食了,只有荣少爷按兵不动,现在,能拿出钱来的,也就是荣少爷了。”

管家明白了大家的用意:“哟!诸位如果是为了借钱,我看还是死了心吧。这几天我听少爷说,荣家准备到香港开一家新公司,少爷今天出门,就是为了借钱……”

阿坤听了,一脸愁相,他后悔囤了太多的粮食,闹得现在不好收拾:“我说是吧?人家荣少爷就是有钱,也未必肯借给咱们……我不管你们怎么干,我可是要往外抛了!”

吴鑫荣:“你不能抛,你一抛,全上海的粮店就得都跟着抛,万一引起连锁反应,价钱大幅下跌,我们会血本无归的!”

阿坤无奈地说:“那你说怎么办?”

吴鑫荣老谋深算地说:“这是最关键的时候,我们就是硬撑,也要撑下去。我猜共产党也没多少粮食可往上海运了,用不了两天,陈云和陈毅两个人就得向咱们认输……”

阿坤极其不满地说:“吴老爷子,你不是没睡醒吧?怎么大白天做起梦来了?”

吴鑫荣还拿捏着最后一个赌注:“其实,一会儿就见分晓,我已经让我的伙计去火车站打听了,就看今天有没有运粮食的火车进来,要是没有,那就说明共产党已经山穷水尽了……”

**上海火车站**

一列火车驶进车站货场。

几个部队干部战士从车上下来,冲货场的一个工作人员喊:“快!赶紧卸车,陈市长还等着粮食呢。”

工作人员带着一帮装卸工凑到货车旁,大家一袋一袋地往汽车上装着粮食。

一个三十来岁的中年汉子身子一晃,故意将肩上的麻袋摔到地上,白花花的大米从麻袋里漏出来。工作人员呵斥道:“你怎么回事儿?怎么这么不小心呀?”

中年汉子赶紧赔不是:“对不起,刚才一脚没站稳……”

工作人员不满地说:“以后小心点。”转头对众人喊:“大家都小心点。”

中年汉子趁人不注意,悄然离开了货场。

**上海市政府**

陈毅站在大楼前,望着远去的国民党飞机。

几个干部、战士跑过来。

一个干部:“陈司令,你怎么没进防空洞躲躲呀!”

陈毅用家乡话:“躲啥子躲?我就不信它能把老子怎么样了!去!命令高炮部队,再来,就打它龟儿子……”

曾山走了进来。

陈毅:“情况怎么样?”

曾山两手一摊,摇摇头:“没办法了,东北的粮食已经全运到上海了。”

陈毅:“东北已经尽力了。”

曾山:“东北的同志已经尽了全力了。”

……

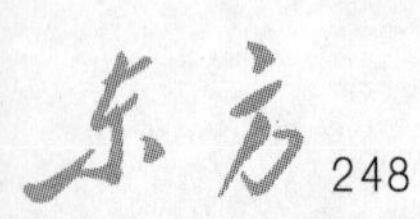

## 上海荣毅仁家

解除警报的声音。

众人又纷纷坐回到沙发上。

管家拍打着一些家具上的灰，冲着大家客气地说："茶杯里落灰了，我去给大家换一壶来。"

吴鑫荣话里有话："不用了，一壶茶水让我们喝得没了色，荣少爷还是没回来，你们说他会去哪儿呢？"

阿坤是个装枪就放炮的主，他猴急地直问："管家，你们家少爷不会是故意躲着我们大伙吧？"

管家笑笑，打圆场："坤老爷你说笑了，这怎么可能呢？"

"吴老爷，吴老爷……"

话音未落，在火车站扛包的中年汉子闯了进来。

吴鑫荣赶紧上前一步："水根，怎么样？"

叫水根的中年汉子用手比划着："刚到的一火车大米……"

吴鑫荣怕弄错了，追问："你亲眼看见的？"

水根看了一眼吴鑫荣，不被相信的滋味总不好受："不是看见，我都在货场扛半天麻袋了，我装作没站稳，故意把麻袋摔在地上，白花花的大米从麻袋里流出来……"他从衣袋里抓出一把大米："不信你们看……"

阿坤一看，傻眼了："我算明白了，我们真是斗不过共产党！你们想啊，他们可以从全国调大米，咱们上海有多大呀？一个省拉一车，就能把我们撑死……得了，赶紧往外抛吧，多少还能捞回点钱来……"说完，他欲转身往外冲去。

吴鑫荣绝望地向门外喊："阿坤！"

阿坤回应道："吴老爷子，要撑你们撑去，反正我是撑不下去了，赔就赔吧，总比一分钱也捞不回来强！"说罢，他推门而出。

吴鑫荣一屁股坐到沙发上。他双眼发直，手脚冰凉，一场赌博就这样全军溃败了。

中年商人："吴老爷，赶紧拿主意吧，我们到底该怎么办？"

吴鑫荣带着哭腔地说："还能怎么办？抛吧！"

众人呼呼啦啦往外走去。

## 上海荣毅仁家楼上

荣毅仁站在窗前，看着吴鑫荣等人匆匆离去的背影，叹了口气。

荣毅仁摇摇头，自语道："自作孽，不可活呀……"

## 上海市政府

一个秘书推门走进来：

"陈市长，车站打来电话说，半个小时前，有一辆满载粮食的火车来到上海，车站正在组织卸车。"

陈毅高兴地："好！好啊！这下我陈毅不用跳楼了。不对，这是哪里来的粮食呀？"

陈云对秘书道："你先下去吧。让他们把粮食运往各个粮站。"

秘书:“是!”

秘书一走,陈云对陈毅神秘地道:“这招若是不灵,你还得跳楼。”

陈毅不明白:“哎！你什么意思?”

曾山如实说:“东北根本就没有运粮食的火车来,今天的这趟车,是我让宋时轮他们半夜里将我们粮站的存粮拉到昆山火车站,然后再拉回上海。火车上只有五分之一是粮食,其他的都是稻糠和沙子……”

陈毅一摸额头,觉得不对,又去拿桌上的水杯,一看是空的,放下,又走到曾山跟前:“我的同志哥……”

(宋时轮画外音:“抛了,抛了,陈市长,他们抛了!”)

说话间,宋时轮兴冲冲地推门进来。

陈毅:“你这个宋时轮,说话怎么不着边际呀？什么抛了?”

曾山倒是舒了一口气,一直提的精神气放松了下来,他的声音充满疲惫:“他是说,那些商人们开始往外抛售粮食了。”

宋时轮兴奋地说:“是！各个粮店都在往外抛售粮食。”

曾山如释重负地瘫软在沙发上。

陈毅焦急地问:“曾山同志,曾山同志,你怎么了?”

曾山看看陈毅,喃喃地说:“本来我们只能撑三天,没想到我们硬是撑了五天,总算是熬过来了……”

陈毅也深有感触:“是啊！熬过来了。我们应该好好庆贺一番哪!”忽地他又拿起桌子上的空杯,对宋时轮说:“请给我倒杯水,谢谢!”

宋时轮高兴地拿着杯子走出去。

曾山摆摆手:“现在还不是庆贺的时候。”他从沙发上站起来:“陈市长,现在要看你的了,让市政府的工作人员换上民装,暗地里将粮食收购回来,运回东北。”

陈毅猛然醒悟:“要的,要的。老子不但要收购回来,还要给他们压压价!”冲着宋时轮喊道:“宋时轮,跟我走。”

陈毅和宋时轮一前一后向门外走去。

### 莫斯科郊外孔策沃别墅毛泽东住处

毛泽东在汪东兴的陪伴下,站在大门口,向着远处的大路眺望着。

汪东兴看看他,劝道:“主席,外面这么冷,咱们还是回屋去等吧。”

毛泽东倔犟地说:“你要怕冷,你先回去……”说着话,向大门口踱去。

汪东兴更担心主席的安全:“主席！天这么晚了,我们尽量不要到处面去。”

毛泽东盼着周恩来,千钧的重担,不知恩来能卸下几分,他一定要等,而且是虔诚地等,他不信邪:“怕什么？我就不信,国民党的特务还能跑到这里来……”

### 莫斯科克里姆林宫门前

参加中苏谈判的中国代表团一行,周恩来、李富春、王稼祥、叶季壮、师哲等人走出克里姆林宫,维辛斯基等人送出门外。双方人员握手告别。

维辛斯基等人目送汽车载着周恩来等人远去。

## 莫斯科郊外孔策沃别墅毛泽东住处

汪东兴："主席，你看总理他们回来了。"

毛泽东抬头向大门外的路上找寻着，

但见一道道汽车车灯的光柱在夜色里摇晃、移动着。

## 莫斯科克里姆林宫莫洛托夫办公室

莫洛托夫和米高扬、贝利亚正在交谈。

莫洛托夫："米高扬，我可真得提醒一下，你那次去中国除了说不吃死鱼，还说过什么。要不然，他们还会给你下马威的。"

米高扬："鱼，是毛泽东的一个幽默，这是他的风格，但是我们一定要重视这个幽默。"

维辛斯基走进来，深有感触地发表见解："其实，中国真正难对付的不是毛泽东，是周恩来。这个人在谈判桌上，那是思维缜密、滴水不漏，他灵活的谈判技巧令人叹服，可让你更叹服的，是他微笑面孔和温和语言掩盖下的原则性。按说，我们参加谈判的人员都是久经风浪的人，可我感觉我们在座的所有人，都不是他的对手……"

## 莫斯科郊外孔策沃别墅毛泽东住处

毛泽东亲自为周恩来打开车门。他的大手很有力。

周恩来从车上下来，见主席在外面受冻，不忍心地说："主席怎么在外面站着呀？是不是为我们的谈判担心哪？"

毛泽东被看破了心思，稍微有点不好意思，又不好直问结果，笑道："有你恩来出面谈判，我没什么好担心的。你们辛苦了。"回头对众人道："大家都辛苦了！"

周恩来最理解毛泽东的心情，不等毛泽东再问什么，便主动汇报："总算不辱使命啊，今天，中苏友好条约的起草工作取得了很大的进展呀……"

李富春也赶紧把谈判的情况描绘给主席："是啊，基本是按照我们的意图在走，到了后来，基本上就是恩来同志主讲，苏联的代表点头称是。"

毛泽东不断地点头，心里宽慰，他忽然像一位慈祥的长兄一样，关心着他的兄弟们："好啊，好啊！你们大家功不可没呀，我让厨房做了一顿丰盛的晚餐，好好给你们庆贺一下。"他对汪东兴说："东兴啊，你去厨房看看，饭菜好了没有？"

汪东兴："早就好了，就等总理他们回来吃饭了。"他对周恩来道："总理你不知道，主席在外面等你们半个多小时了……"

周恩来看着主席，充满深情："主席，外面天气冷，您就不要出来了嘛。"

毛泽东也感觉到凉意："好！回屋！"

众人随毛泽东、周恩来向房里走去。

## 上海市政府招待所

陈毅有点微醉。

陈毅醉的不仅仅是酒，更是连日来的紧张、担心、忧愁统统卸下之后的精神陶醉。他带着一点醉意说："我陈毅从来没有这么高兴过，这一次的粮食大战，真是不亚于淮海战役……比淮海战役的战果还要大，淮海战役，我们打败了蒋介石的80万大军，可我们的干部战士伤亡也不小。这一回，我们不但没有伤亡，还大大地赚了一笔。"

曾山朝其他人示意："我们就到这吧，让陈市长回去休息。"

陈毅："谁说我醉了？我陈毅向来是千杯不醉。不信，我们可以再喝。"他冲着来扶他的几个人说："把酒倒满，我要再次敬所有的同志们！我敢说，经此一役，上海市的资本家、商人，哪个也不敢再向共产党叫板了……"

说完，陈毅歪倒在椅子上，打起了呼噜。

## 莫斯科郊外孔策沃别墅毛泽东住处

房间内，毛泽东与周恩来、李富春、叶季壮等人谈兴正浓。

叶季壮趁恰当机会，把新疆的问题说说，他正色道："苏联方面向我们提出了共同开发新疆石油的建议，还提出了共同开发新疆有色金属和稀有金属的建议……"

毛泽东对新疆问题很关注，新疆地大物博，有很多可开采的资源，领土主权是安全了，但他还是细心地提醒在经济建设方面不要主动变为被动："新疆的石油和有色金属、稀有金属需要开发，他们想帮助我们是好事，但不能垄断和控制，这一点必须同他们讲清楚。"

周恩来知道毛泽东担心什么，他正色道："凡是有关国家主权的事，我们不能再让步了。"

李富春见恩来谈判结果甚好，下一步如果进一步发展对苏关系的话，通航是很重要的环节，他及时地提出："还有关于创办中苏民用航空公司的事，我们应该早做准备。"

毛泽东理了一下头绪，他还是用战略的眼光整体把握着一切事态的发展："这几件事，第一是开发新疆的石油；第二是开发新疆的有色金属和稀有金属；第三是创办中苏民用航空公司。要一件一件地搞……"他点着一支烟，吸了一口，接道："这几件事我们不急，可以放到回国以后再同他们谈。"

周恩来和毛泽东是绝对的互补型合作伙伴。周恩来始终保持清醒的头脑和细致的工作思路，他一是怕大家有顾虑，有些事不敢说，二是怕大家疏忽，有些事忘了说，他给大家创造空间和条件："代表团回国以后还需要做哪些事情，希望大家再想一想、议一议，现在主席在我们身边，大家可以敞开来讲，不要回国以后又想起了什么事情还没有办……"

## 莫斯科克里姆林宫

《中苏友好同盟互助条约》签字仪式。

斯大林、莫洛托夫、布尔加宁、米高扬、马林科夫、维辛斯基、葛罗米柯、赫鲁晓夫等苏联主要领导人和有关部门领导与毛泽东、周恩来、李富春、王稼祥、叶季壮、叶子龙、师哲等中国代表团成员出现在签字仪式的现场。

毛泽东和斯大林握手后，斯大林引着毛泽东来到一张长条形桌后面，看着坐在桌前的周恩来与维辛斯基分别代表中苏两国，在两份内容相同的条约文本上签字。

签完字，周恩来和维辛斯基交换了文本。

闪光灯闪烁不停，拍下了这个历史时刻。

记者将镜头对准了毛泽东和斯大林，斯大林向前跨了一步。

站在旁边的周恩来注意到了这个细节，脸上泛起微笑。

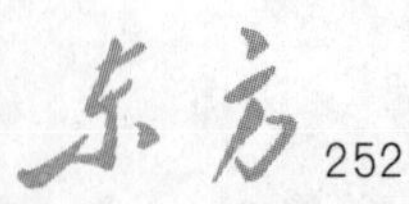

斯大林向旁边一伸手，一个女服务员用托盘端过斟满葡萄酒的酒杯，斯大林取了两杯，一杯递给毛泽东，两人面带微笑地碰杯，握手。

斯大林兴高采烈地说："这个谈判历时不短呀，也几经风波。最后的条约，将为彼此的互惠奠定基础。为了表示庆贺，我想举行一个宴会，招待毛泽东同志、周恩来同志和中国党政代表团以及中国驻苏联大使馆的全体成员……"

毛泽东也在高兴之中，中国一向是个好客的大国，毛泽东觉得中方代表团也应该表现一下姿态："斯大林同志，我以为这个招待会由应该由我们中国方面来办，我想，借这个机会，答谢斯大林同志和苏联方面对我们的热忱和盛情款待。"

斯大林手一伸，请毛泽东到旁边的沙发上就座："我赞同毛泽东同志的提议。我会让克里姆林宫为中方安排好这次招待会……"

毛泽东坚持地说："不！斯大林同志，我们的招待会不能在克里姆林宫举行，而是应该安排在像酒店那样的别的地方。"

斯大林不解地问："为什么？为什么不能在克里姆林宫举行？"

毛泽东很注重国家形象和民族气节，他从不让中国和中国人丢面子："你看，斯大林同志，克里姆林宫是苏联政府举行招待会的地方，对于我国而言就不很适当，那会让外界认为中国是苏联的附属国或仆从国……"

斯大林突然眉头紧皱，思索片刻，道："你说得很有道理，但我从不出席在饭店或者外面大使馆举行的任何招待会！从不！"

毛泽东："但我国的招待会如果没有您的出席是不可想象的，我恳切邀请您，请同意出席……"

斯大林犹豫地看着毛泽东。

毛泽东固执地与斯大林对视着。

斯大林妥协道："那……好吧，看来，我只有接受您的邀请了……"

毛泽东："斯大林同志，我有一个问题，今天你为什么不称我为先生了，我愿意被叫先生。"

斯大林笑了："你愿意听，我不愿意叫了，因为我们今天是平等的。"

## 米特勒保尔大旅社宴会大厅门前

王稼祥、朱仲丽夫妇站在门前，热情迎接着每一位前来出席招待会的客人。

人群如潮，军警如林。

庞大的车队在门前停下，斯大林走下汽车，

大街上响起了浪涛般的欢呼声。

接着，苏共中央政治局的全体委员和苏维埃政府的部分成员纷纷走下汽车。

众人簇拥着斯大林向旅社大门内走去。

毛泽东、周恩来、李富春等人从门里迎出来。

斯大林在众人簇拥下走来，

毛泽东赶忙迎上去。

毛泽东与斯大林握手后，在王稼祥、朱仲丽引导下向宴会大厅走去。

宴会大厅里传出一阵热烈的掌声。

雷鸣般的掌声里，毛泽东和斯大林并肩走进来。

周恩来、李富春、王稼祥等中国党代表团主要成员，及苏共中央政治局的全体委员，紧随着毛泽东和斯大林之后鱼贯而入。

雷鸣般的掌声里，斯大林和毛泽东频频向人们挥手。

待众人坐定，毛泽东起身举杯祝酒："尊敬的斯大林同志，尊敬的各位来宾、各位朋友，女士们，先生们，我们衷心地感谢斯大林同志，衷心地感谢苏共中央政治局和苏维埃政府的各位同志，衷心地感谢全体苏联人民对中国革命事业的一贯支持。感谢你们对中国党政代表团一行的盛情接待，感谢你们为达成《中苏友好同盟互助条约》和其他协定所做的不懈努力，感谢你们为增进中苏友谊所做的不懈努力！中苏友谊万岁！伟大的苏联人民万岁！斯大林同志万岁！"

斯大林起身高声喊出一句："伟大的中国人民万岁！毛泽东同志万岁！"

毛泽东走向斯大林，斯大林起身，走向毛泽东，两人举杯。

大厅内，有节奏地响起了经久不息的欢呼：

"斯大林—毛泽东！"

"斯大林—毛泽东！"

莫斯科大街上欢呼的人群。

高尔基大街上红旗飘舞。

红场上一片欢腾。

捷尔任斯基广场上人们欢呼、歌唱。

## 北京天安门前

一场规模盛大的集会、游行正在进行，身穿节日盛装的人们载歌载舞。

（播音员的画外音："长期存在于中苏两个大国人民之间的友谊，已经由《中苏友好同盟互助条约》的签订而巩固下来了。在这个新的历史时期所建立的拥有全球人口三分之一以上的中苏兄弟同盟，是反对帝国主义侵略的不可战胜的同盟……"）

## 美国白宫

杜鲁门将刊有《人民日报》社论的报纸甩到艾奇逊面前。

杜鲁门对艾奇逊的谣言没能惑众感到失望。毛泽东和斯大林的联盟让他顿生寒意："看看吧，艾奇逊先生，我们到底没能阻止住斯大林和毛泽东的手握在一起。你曾经预言，中国的中长铁路和旅顺、大连等问题，将会导致中国和苏联的实际摩擦，可事实上是，斯大林给了毛泽东如此高的礼遇。"

艾奇逊也很奇怪，毛泽东们到底使了什么法术让斯大林给予他们如此礼遇，这将使美国处于很尴尬的地位："是的。这的确是一件出乎意料的事。这个斯大林，甚至在罗斯福总统和英国首相丘吉尔先生面前，也没有像现在这样好说话。《中苏友好同盟互助条约》的签订，无疑是拆了我们美国对华政策的台……"

杜鲁门："可怕的是，世界局势的巨轮，将在莫斯科—北京的轴线上转动……"

## 台湾阳明山蒋介石官邸

蒋介石在宋美龄的陪伴下散步，步履缓慢。

蒋经国急匆匆地赶来。

蒋经国看了一眼宋美龄，转脸直呼："父亲，大陆那边的广播，父亲听了吗？"

蒋介石虽知亡局已定，但还是有着从容心态："你说的是他们和苏联签订条约的事吧？我都知道了。斯大林给了毛泽东极高的礼遇，我也能想像得到。这种礼遇，毛泽东是怎么得来的——斯大林那个人我当年见过，很不好说话，连罗斯福和丘吉尔都惧他三分。毛泽东能在他虎口里抢食吃，说明他的确有过人之处，是我所不及的……"

蒋经国："父亲把毛泽东看得过高了吧？"

蒋介石看了一眼蒋经国，好像要告诉蒋经国，以后自己要是不在的话，该怎样处理与共产党之间的关系："不管怎么说，他没有出卖国家的利益。政治上，我们和毛泽东是敌人、是对手，可在国家外交问题上，我们还是一致的。"

宋美龄不愧为大家闺秀，她挽着蒋介石，优雅地赞许道："达令，难得你这样称赞你的对手，毛泽东要是听说了，不知会作何感想？"

蒋介石很感激地看了宋美龄一眼，他摸了一下脑门说："常言说得好，一个人最大的知己，不是你的朋友，而是你的敌人。毛泽东心里怎么想，我知道。我怎么想，毛泽东也知道。我们不过是心照不宣罢了……对了，毛人凤那边，最近有什么动静啊？"

蒋经国品味着父亲的话，少顷才回答："没什么大的动静，他好像还在遥控东北的那帮人，准备在毛泽东回来的路上下手吧？"

蒋介石苦笑一下："毛泽东又该笑我玩这些小把戏了。当年，何健私下派人挖了毛泽东的祖坟，好多人都说是我指使的……没办法呀，我有时候还得为下面的人背这些黑锅……"

蒋经国点点头："这一点，毛泽东倒是挺让人敬佩的，起码，他和周恩来下令把我们家的祖茔保护起来了。"

蒋介石如此深谙对手的智慧，可见他内心深处盛满了不为人知的孤独。他缓缓说道："毛泽东明白，毕竟他和我的仇恨，不是私人恩怨。如果没有国共两党之间的对抗，站在个人的角度，我倒愿意和毛泽东、周恩来这样的人结交，这两个人，都是中国的人杰……"

蒋介石的孙子蒋孝武、蒋孝严从房间里跑出来。

蒋孝武欢天喜地地说："爷爷，爷爷，放炮仗了，放炮仗了。"

蒋经国严厉地瞪着他们："站住！"一推蒋孝武："你们从哪儿弄来的？谁帮他们弄来的？都丧家亡国了，还有心情放炮仗！?"

蒋介石瞟了蒋经国一眼："他们还是孩子嘛！是我让人给他们买的！"冲两个孙子道："你们两个过来，爷爷陪你们放炮仗。"

蒋介石接过蒋孝武手中的炮仗放在地上，要过燃着的香，蹲下身去点。

一声炮仗的炸响，蒋孝武和蒋孝严高兴地跳着。

蒋介石脸上露出慈祥，却带着些许凄凉的笑容。

蒋孝严天真地看着爷爷："爷爷，你中午说好要写春联的，什么时候写呀？"

蒋介石难得享受一下天伦之乐："爷爷现在就写，走，咱们回房去。"伸手牵着两个孙子，向房间走去。

蒋经国和宋美龄各怀心事地望着他们的背影。

# 第十七章

**莫斯科郊外孔策沃别墅毛泽东住处**

书桌边，毛泽东也在写春联。

周恩来、李富春等人围在一边欣赏着。

一副春联写完，周恩来和李富春小心翼翼地将桌上的对联拿起来。

周恩来念道："'千门万户曈曈日，总把新桃换旧符'。这是宋代王安石拟的诗，主席今天写出来，寓意深远哪——今天是新中国成立以来的第一个春节，我们就是用共产党的'新桃'换下了国民党蒋介石的'旧符'嘛……"

大家笑着，觉得毛泽东写得好，周恩来释读得更好。

转眼，毛泽东又写了一副，叶季壮和陈伯达上前拿起来，李富春念道："'百年天地回元气，一统山河际太平'，好！中国的老百姓苦了一百多年，被三座大山压迫了一百多年，终于迎来了和平的生活，古词新意，字字精当呀。"

大家不约而同地鼓起掌来。

周恩来高兴地招呼师哲和汪东兴："来来，赶紧把对联贴出去。"

师哲和汪东兴拿着对联兴冲冲地跑出屋去。

毛泽东兴致大发，可能是太想祖国的缘故，他又写了一副，周恩来读道："'同志同盟尊重平等，互利互助友好合作'。"

毛泽东放下笔，大声说："把这副贴到大门上去。"

周恩来会心一笑："好！"

一阵欢呼笑闹声传来。

毛泽东问："外面发生什么事了？"

周恩来听了听，对毛泽东说："好像是稼祥和朱仲丽夫妇来了。"

毛泽东拉着周恩来往门外走："走！看看去！"

周恩来走了两步，突然站住："主席，大衣，帽子……"

周恩来从床上拿过毛泽东的大衣、帽子，递给毛泽东。

## 莫斯科郊外孔策沃别墅院内

王稼祥和朱仲丽站在院子里，看着师哲、汪东兴几个人往毛泽东住房的门前挂灯笼。他们不停地说说笑笑。

毛泽东和周恩来、李富春等人走出来。

毛泽东抬头瞧了一眼："哪里来的红灯笼啊？"

师哲："是王稼祥同志带来的。"

周恩来转身看看王稼祥："你可真不简单，在莫斯科还能找到灯笼！"

王稼祥："这是仲丽的功劳！去年来莫斯科的时候，我们撑了多少年的一把雨伞，我要扔掉，仲丽说什么也不让，她说，说不定什么时候就派上用场了。上午我们在大使馆说起主席要在莫斯科过年的事，就想到了这把雨伞，她和几个人把雨伞拆了，用上面的竹子伞骨扎了两个灯笼……"

周恩来："我就说嘛，你王稼祥就没这么聪明！"

众人大笑……

罗光禄忽然说："美中不足，就是没有鞭炮……"

李富春拍了他一下："你这个小罗呀，真是人心不足。"

毛泽东兴致很高："没关系呀，等咱们回到北京，我们买它一大车鞭炮，把这个年补上！……"

一说到北京，王稼祥有点失落……他转向毛泽东："主席，明天你们就要回国了，还有什么要交代的吗？"

毛泽东也有点伤感，对王稼祥："没什么要交代的了，苏联这边的工作，就交给你了，你就多辛苦点吧。"

毛泽东看着挂在门庭前的红灯笼，不禁感慨："我们 28 年的奋斗，赢得了一个新中国的诞生。下一步，我们还要建设一个繁荣昌盛的国家，大家的辛苦，值啊！"

毛泽东站在那里不动。

王稼祥："主席，你进屋吧。"

毛泽东动情了："我想去看看任弼时……"

## 莫斯科克里姆林宫医院

毛泽东和任弼时从医院的长廊里走来。

毛泽东和任弼时沉默地走了好一会儿，突然问了一句："弼时呀，你说我会讲话吗？"

任弼时："这还用说吗，你是全党都承认的演说家。"

毛泽东："是呀，可是来看你，本来准备好了好多话，一句话没想起，光是'你吃得怎么样'就问了五遍，我们党哪有这样的理论家。"

任弼时笑了："主席来苏联访问这么忙，能来看我，一切尽在不言中……"

毛泽东："我想起来了，那年到延安抗大医院去看关向应，我也说不出话来，不知说什么好。说你没事吧，没事谁躺在医院干什么呀；说你马上就好了，我又不是医生，只有握着关向应的手一个劲拍。最后关向应的一句话把我说哭了：主席呀，你别拍了，我刚打完针，针眼被你拍痛了……弼时呀，我不多说了，只有一个愿望，好好治病，……我们都好好活着，中国共产党人不容易，我们都不容易……你这个骆驼还得走下去，新中国需要你，毛泽东需要你。"

两个人又沉默起来，他们来到院子里。

外边下着雪。

毛泽东对身边的人说："来，给我和弼时同志照张相吧。"

毛泽东和任弼时站在了一起。

毛泽东对任弼时小声地说着："对不起，把你扔在这里了？病好了，回国，我等着你……"

任弼时："好，一言为定。"

闪光灯亮了。

（任弼时回国后，朱德亲自到车站迎接。1950 年 10 月 27 日，任弼时突发脑出血病逝，毛泽东、刘少奇、朱德、周恩来等党和国家领导人亲自为任弼时牵柩。）

## 莫斯科新圣女墓

教堂的钟声在大地上回响。

新圣女墓地，一派肃穆。

毛泽东和孙维世向前走着，

孙维世向毛泽东介绍着："这是新圣女墓，主要安葬着十月革命后对苏联有贡献的军事家、政治家、科学家，还有艺术家，用一句艺术的语言来形容，群贤毕至，璨若星辰……"

毛泽东动情地说："我们也该有一个这样的地方，如果有，你的父亲就该在这里……孙炳文先生 1911 年加入同盟会，为京津同盟会文牍部长，辛亥革命后，任北京《民国日报》总编辑，由于揭露袁世凯窃国阴谋而被通缉。1918 年到朱德旅部任谘谋（即参谋）。1922 年赴德国留学，11 月于柏林经周恩来介绍，加入中国共产党，成为旅欧支部成员。后曾两次到苏联考察学习。我想起来了，你那年要来苏联学习，是不是到苏联来寻找父辈的足迹……"

孙维世："是的，主席，有时无论是走在莫斯科的大道上，还是去伏尔加河边，总觉得就是和父亲一起。我们走着，我轻倚在他的肩头，感到了他那激情澎湃的胸膛里，涌动着一个共产党人的一腔热血。我静静地听着他的述说，那充满智慧光芒的表达，让我高山仰止。一个哲人说，父亲应该是女儿前世的情人，我真的感到了他就是我的情人，一个志同道合的情人，因为他寻找到了而没有走下去的道路，我正在走着……"

毛泽东神往地说："是呀，我也觉得他和我们在一起……北伐战争开始后，他任总政治部后方留守处主任。1927 年春，蒋介石加紧反共步伐，阴谋发动反革命政变，孙炳文在黄埔军校的演讲中予以坚决揭露。4 月 16 日，孙炳文在取道上海前往武汉时，由于叛徒的告密，被敌人逮捕。敌人对孙炳文诱以高官厚禄，遭到他严正拒绝。4 月 20 日，孙炳文在龙华被敌人杀害，时年 42 岁。他的一句话我记住了：莫将血恨付秋风……"

他们来到斯坦尼斯拉夫墓前。

毛泽东和孙维世站在墓前，毛泽东："这是一位俄罗斯伟大的戏剧大师，我们有关汉卿、汤显祖，但无法和他比肩。"

孙维世："是的，关键是斯氏有了自己的体系……"

毛泽东思索了一会儿，点头："这句话说得好，关键是要有自己的体系……你多待一会儿吧，沾点仙气，回去也成仙……"

孙维世看着毛泽东，久久地看着。

（孙维世一生追寻艺术，回国不久，她参排了中国青年艺术剧院的一个大戏《保尔》。）

……

在苏联著名作家奥斯托洛夫斯基的墓前，毛泽东在一个小板凳前坐了好久了。不远处站着师哲和孙维世。

毛泽东用乡音说着什么，我们听清了，他是在咏颂着这个作家的一段话：当我们回首往事的时候，不因为虚度年华而懊悔，不因碌碌无为而羞愧……

钟声又一次响起，惊飞了屋宇上的鸽子。鸽子向天空飞去，它们在瞰视大地，瞰视着大地上的毛泽东。

一座座造型各异的石碑，一尊尊栩栩如生的雕像。

毛泽东用一种异样的目光从这里掠过。

过了好久，他说了一句："死都如此壮丽，生该多么精彩。"

没有人回答他。

毛泽东回头对孙维世："把那首诗说给他们……"

孙维世明白了毛泽东的意思，她轻声读了起来，面庞略略向上，显出了她特有的高贵，一只手轻轻地放在胸口处，又显得那样虔诚。当那首诗脱口而出时，声音如此圣洁……

（俄文《等着吧，我会回来！》

ЖДИ МЕНЯ Жди Меня, и я вернусь,

Только очень жди,

Жди, когда наводят грусть,

Жёлтые дожди,

Жди, когда снега метут,

Жди, когда жара,

Жди,когда других не ждут,

Позабыв вчера.

Жди, когда из дальних мест,

Писем не придёт,

Жди,когда уж не надоест,

Всем, кто вместе ждёт.

Жди меня, и я вернусь,

Не желай дорба,

Всем,кто знает наизусть,

Что забыть пора.

Пусть поверят сын и мать,

В то, что нет меня,

Пусть друзья устанут ждать,

Сядут у огня,

Выпьют горькое вино,

На помин души,

Жди. И с ними заодно,

Выпить не спеши.

Жди меня, и я вернусь,

Всем смертям назло,

Кто не ждал меня, тот пусть,

Скажет: ——повезло.

Не понять не ждавшим, им,

Как среди огня

Ожиданием своим

Ты спасла меня.

Как я выжил, будем знать,

Только мы с тобой——

Просто: ты умела ждать,

Как никто другой.)

……

还是那一排一排耸立的石碑、雕像,

毛泽东抬头看着远方——

克里姆林宫金光四射的穹顶:"再见了,伟大的苏联,再见了,奥斯托洛夫斯基。当毛泽东回首在苏联这八十多天的往事,没有因为虚度年华而懊悔,也没有因为碌碌无为而羞愧。我是为了让我的人民活得更精彩,让人民的山河更壮丽而来……"

钟声再一次响起,

响了十二下。

毛泽东幽默地说:"十二下,来的时候十二点,走的时候十二点,我是一刻也没有停留……"

## 莫斯科中国驻苏联大使馆

电报声。

电波飞向中国……

"中央人民政府副主席刘少奇同志,中央人民政府副主席兼东北人民政府主席高岗。我们一行因沿途参观于二十三日可到伊尔库茨克,估计二月二十六日可到满洲里。尔后在海拉尔、齐齐哈尔、哈尔滨、长春、四平街、铁岭各停留一两小时和三四个小时,到沈阳停留一两天,请高岗同志通知上述各地负责同志保守秘密,只要少数负责同志迎接接待,不要使多数人知道,尤其不要公开发表消息。而后到打虎山、锦州、山海关、唐山、天津、塘沽均略作参观,均要保守秘密。到北京下车时亦只要少数党内外人士一百人左右至北京车站迎接,不要使多数人知道,待到北京后再发表消息,请照此办理为盼。"

## 莫斯科火车站

毛泽东、周恩来、李富春等人与前来送行的苏共中央政治局成员莫洛托夫、布尔加宁、米高扬、维辛斯基、葛罗米柯、罗申等人握手作别。

米高扬紧紧握住毛泽东的手,久久不忍松开。米高扬从大衣口袋里掏出一块裹着的手帕，打开来，送给毛泽东一只打火机："约瑟夫·斯大林同志知道您经常吸烟，这是他使用过的一只打火机，是从一位德国元帅手中缴获的战利品，斯大林同志让我亲手交给您。"

毛泽东心头一热，回忆起在苏的日子，不免有些留恋，深情地说："谢谢斯大林同志！"

毛泽东转身向火车走去，莫洛托夫跟上去，护着毛泽东，把责任尽到最后一刻。

来到车门口，莫洛托夫凑过来与毛泽东握手，眼睛有点湿润："尊敬的毛泽东同志，一路多多保重。"

毛泽东也非常真诚、动容地与之握手："谢谢你了，莫洛托夫同志，请转告我对斯大林同志的问候！"

毛泽东登上了列车。

一声汽笛长鸣，列车徐徐开动。

车窗里，毛泽东、周恩来等人向站台上送行的人挥手致意。

人群中，王稼祥和朱仲丽与苏联同志一起，不停地向火车挥着手……

火车上载着一个活动的中国红色政权，他们在苏联完成了新中国成立后重要的历史使命。这次访苏的巨大成果，将会润泽中国百姓。

啊，东方！啊，中国！

打字机的"咔咔"声。

电文："毛泽东已于今日离开莫斯科回国。"

## 台湾国民党保密局

一个译电员来到毛人凤办公桌前。

译电员将电文呈给毛人凤："局长，是莫斯科发来的。"

毛人凤看后，平静地皱皱眉，心里突然有点忐忑，但其职业让他想起了应该做的程序："毛泽东终于回国了。"他对译电员道："马上给北京发报，让计兆祥与东北技术纵队联系，准备采取行动。"

## 北京公安部罗瑞卿办公室

杨奇清兴奋得忘了敲门，他直接推门进来，感到不妥，又要退回去，见部长朝他摆摆手，就大胆地进来："部长，蛇终于出洞了。"说着，将一份电报递给罗瑞卿。

罗瑞卿看着电报，也不得不佩服对手的精明和专业水平："敌人的鼻子可真尖哪！毛主席中午才从莫斯科动身，晚上毛人凤就下达行动指令……对了，你们对那个计兆祥控制得怎么样？"

杨奇清很有把握地说："放心，计兆祥居住的四合院早已在我们的监控之中了。"

## 坐落在南池子的一个四合院

成润之伏在窗户上，盯着对面计兆祥的房间，他不敢大意。

灯光下，王大爷就着花生米在喝酒。他见成润之有点怪怪的，

王大爷友好地说："成同志，你不来一口？"

成润之回过头，感激地一笑："不用，王大爷，您喝您的，甭管我。"成润之从怀里掏出一

个冷馒头啃了一口。

这个成润之也太不能打成一片了，王大爷有些不高兴地自我表白道："你不是因为我干过旧警察，就要跟我划清界限吧？你别看我在旧警察局干过，但我从没干过昧良心的事……"

成润之一听，就明白王大爷有意见了，赶紧缓和道："瞧您说的，要是信不过您，我们能找您帮忙吗？"

突然，房间里的电灯闪烁不停。

王大爷站起来，奇怪地说："哟！这是怎么了？电压怎么这么不稳啊？"

成润之示意王大爷别慌张，小声地说："这是对面屋里在发电报呢。"

王大爷终于相信了成润之盯的人是敌人："天哪！还真是特务啊？"

成润之不慌不忙，他按计划行事："嘘！大爷，我在这儿盯着。你马上去一局给曹科长打电话，让他们马上采取行动。"

成润之轻轻地拉开房门，让王大爷悄悄地出去。

## 公安部一局

一阵杂乱的脚步声。

顷刻间，一队全副武装的公安战士在楼前集合完毕。

曹纯之陪着处长李国祥出现在队伍前面。

李国祥对着大家布置任务："关于侦破国民党保密局北京潜伏电台一案的命令，只捕计兆祥一人！马上行动。"

曹纯之严肃地说："目标南池子，出发！"

## 计兆祥房间前

全副武装的公安战士将计兆祥住的房间团团包围。

侦察组长辛立荣与几个警察堵在门口，曹纯之一挥手，几个警察用力撞开了计兆祥的房门。

"不许动！举起手来！"屋里的人顿时炸开了锅。

众公安干警的喊声夹杂着几声女人的尖叫。

有人拉亮了房间里的电灯，几个警察早将穿着睡衣的计兆祥揪了过来。

计兆祥有一点职业素质，故作镇静，装傻地问道："怎么了？发生什么事了？"

曹纯之把一条腿抬高放在一张椅子上，喊着他的名字："计兆祥，你真不知道为什么吗？"

计兆祥听对方能叫出自己的名字，脸色一变，既而强作镇定地说："我……我不知道为什么，我也不叫计兆祥，我叫计旭……"

曹纯之冷笑一声，为他垂死之前的表演感到得荒唐而可笑："你还继续？是继续与人民为敌吧？"对众公安战士们喝道："搜！"

计兆祥的妻子惊叫着，声音比杀猪还难听："哎！你们……"

曹纯之将搜查令在女人面前展示道："站一边去！"

众公安战士们开始翻箱倒柜地搜查。

曹纯之陪着李克农走进来，他们希望能有好的结果。

曹纯之问辛立荣:“搜到没有?”

辛立荣摇头。

曹纯之四下打量着房间,一抬头,发现了一块带牡丹图的天花板,用手一指,喊道:“来几个人,把电台取下来。”

辛立荣闻声而动,拉过一张桌子,将一条板凳架在桌子上,一脚跨上去,伸手推开了牡丹图。辛立荣望了望黑咕隆咚的大窟窿,拔出手枪,纵身一跃,跃进了天花板,一个侦察员紧随其后,也爬了上去。

辛立荣的声音:“下面接着!”

上去一个侦察员,从天花板里接出了电台、手枪和一本封面是《古文观止》的密码本。

曹纯之转身看看计兆祥,人赃俱在,不说自明:“计兆祥,你还有什么话说?”

计兆祥面如土灰地跌坐在地上,他浑身哆嗦。

李克农严厉地说:“计兆祥,你站起来!来!把电台架起来。”

计兆祥不敢相信地望着李克农。他周全和缜密的一切,怎么顷刻间就被识破了呢?

曹纯之用枪指了指,眼睛一瞪:“让你把电台架起来,你没听到啊?”

计兆祥看看曹纯之的眼睛,顺从地将电台在桌子上架好,并接通了电源。

李克农以其人之道还治其人之身,他要让毛人凤知道,共产党的厉害不是他能想像得出来的,战争不仅能换来和平,也能催生艺术:“按照我说的,给毛人凤发报:‘毛人凤先生,被你们反复吹嘘的万能潜伏台已被我缴获,上校台长计兆祥束手就擒。今后贵局派遣的特务,我们将悉数全收,恕不面谢。告诉你,跟你讲话的是李克农,发报的报务员就是计兆祥!’”

## 台湾国民党保密局

毛人凤呆若木鸡,拿着电报的手在发抖。与其说他不敢相信这是事实,莫不如说他不愿意相信这是事实,但实际上这就是真实的事实。他感到一种火将熄灭的恐惧,黑暗将来临,他将走入一个早已存在的黑暗之中。

毛人凤咬牙切齿道:“这个李克农,欺人太甚!”

美国顾问布莱德在一边问:“局长先生,发生了什么事情?”

毛人凤无语地将电报交给布莱德。

## 公安部一局侦查科

曹纯之、辛立荣等人将从计兆祥家搜出的电台等罪证摆了满满一桌子。

罗瑞卿和李克农、杨奇清走进来。

罗瑞清上前仔细翻捡着计兆祥的罪证。

罗瑞卿看完罪证后,又关心地问:“那个计兆祥交代了吗?”

曹纯之点头回答:“已经交代了。他们想趁毛主席回国之际,采取暗杀行动。”

李克农沉吟道:“从他们的情报底稿看,国民党在东北有一个技术纵队。他们的企图,就是想在哈尔滨、满洲里和长春一带,制造暗杀事件。所以,我们必须抢在他们之前。”问曹纯之:“你们采取行动了没有?”

杨奇清接过话题,把安排设想汇报给罗瑞卿:“罗部长,已经派了成润之和沈继宗乘飞机赶往东北。另外,已命令哈尔滨公安局配合行动,将敌人一网打尽!”

**台湾国民党保密局**

毛人凤仰在沙发上，一脸沮丧。他在困境中还在搜寻着可能的希望。

毛人凤又坐起来，不自信地、喃喃地说道："我没有输，我还有东北技术纵队这张王牌。可是，万一……万一这张王牌活动的情报也被共产党截获，那可就彻底完了。老头子一定饶不了我……"

（画外音："报告！"）

毛人凤平静地说："门没锁，进来吧。"

两个中年人闻声走进来。

毛人凤招手让两人走得近一点："张大平、于冠群，给你们一项重要的任务……"

**鸭绿江边**

一架飞机穿过朝鲜半岛，越过鸭绿江，悄然进入中国境内。

**哈尔滨城外的一片山林**

飞机降低高度，在山林间盘旋。

两个黑点从飞机上跳下。

黑点徐徐降落，逐渐放大，转眼间降落到地面。

落地的张大平和于冠群抬头望一眼远去的飞机，收回目光，开始手忙脚乱地整理降落伞。

"不许动，举起手来！"

未等张大平和于冠群有任何反应，十几支黑洞洞的枪口已指在两人的面前。张大平和于冠群沮丧地瘫坐在地上。

**哈尔滨市松花江饭店 210 套房**

摆设豪华的房间里，一个中年男子正在来回踱步。

突然一阵敲门声。

中年男子警惕地："谁？"

（画外音："我！205 来了！"）

中年汉子缓了一下口气："进来吧！"上前打开了房门。

门口站着三个人。

领头的男子指着中年汉子向一个五十来岁的老头介绍道："这位是保密局派来的张大平先生，毛人凤局长的臂膀，刚来的特派员。"接着向中年男子介绍道："这位是东北技术纵队司令马耐先生，代号'205'。"

中年男子见口令和暗号都对，便放心地闪开房门："请进！"

待众人坐定，中年男子压低声音道："我奉保密局毛人凤局长的命令宣布，所有参加行动人员除论功行赏外，一律晋升三级。"对马耐道："马司令，请谈谈行动准备情况吧。"

马耐也压低声音："根据北京潜伏台指示，毛泽东的专列明天晚上 8 点钟到达哈尔滨，我们已安排在满洲里、哈尔滨和长春先后采取三次行动。作战计划分三路，一路正面进攻，打快速歼灭战。一路从背后堵击，截住他们的退路。另一路用以迎击中共援军。事成之后，立即撤往长白山打游击，只等第三次世界大战爆发，就可迎接国军的到来。”

中年男子点着一支烟，随口问道：“有响货吗？”

马耐恶狠狠地说：“当然有啦，是香港送来的黄色烈性炸药，明天我就派人去哈尔滨市郊铁路上去埋炸药，到时炸药一响，毛泽东的专列就被炸得一塌糊涂，叫他们签订的什么中苏友好条约，建立的什么反帝联盟，统统见鬼去吧。”

中年男子有一种不祥之感，他不安地询问：“这次行动计划还有哪些人知道？都可靠吗？”

马耐笑着打开公文包，取出一个花名册递给中年男子：“这是组织联络图副本，请特派员过目，共计 170 人。”

中年男子接过花名册，漫不经心地看了一眼，随手装入公文包，又从包里掏出一张纸，道：“马司令辛苦了。”轻声咳了一下，接道：“你不是要委任状吗？我现在就发给你。”说着将纸递过去。

马耐满怀喜悦地接过委任状，一看之下，却大吃一惊：“你……你们……”

旁边的两个年轻人早已一边一个上前扭住了马耐的胳膊。

中年男子笑了，他停止了演出，举手摘下眼镜，一把扯掉了小胡子，原来是成润之。

成润之揶揄道：“没想到吧，马司令？”对两个年轻人道：“把他带走！”

## 旷野里

一声汽笛长鸣。

夕阳下，毛泽东等人乘坐的专列疾驰着。

## 列车内

毛泽东正在看一份电报。

一阵敲门声。

毛泽东朗声道：“进来吧。”

周恩来推门走进毛泽东的车厢，他身后跟着李富春、叶季壮等人。

周恩来提醒道：“主席，还有半个小时就到满洲里了，该换乘我们自己的列车了。”

毛泽东从卧铺上坐起来：“终于回家了。”

周恩来想得很周全，一个国家的外交官也真的很仔细和认真：“主席，是不是给斯大林同志发一个感谢电……”

毛泽东笑笑，从枕头边拿过一张纸：“我已经拟好了，让叶子龙发出去吧。”

周恩来接过文稿，转身走了出去。

## 满洲里铁路沿线的一处涵洞

三个人影鬼鬼祟祟地爬上路基，将一包炸药放在铁轨上。

“不许动！”

路边的沟壑里跃出一群公安战士。

三个人影分别向三个不同方向跑去。

公安战士们分头堵截，将三个特务一一抓获。

成润之和胡继宗跑上路基，用手电筒寻找着特务投放的炸弹。

远处，一道光柱照射过来，情况十分危急。

成润之终于发现了炸弹，对胡继宗大喊："在这儿了。"

胡继宗上前帮忙，两人从枕木下抠出了炸弹。

列车迎面驶来，成润之和胡继宗一个就地十八滚，离开了铁轨，列车从两人身边疾驰而过。

成润之和胡继宗如释重负地望着远去的列车。

**满洲里车站**

站台上。

毛泽东、周恩来、李富春等人在高岗的陪同下，在站台上漫步。

周恩来突然停了下来，朝周围看了许久。

毛泽东感到了什么："恩来呀，你是不是多次路过这里呀。"

周恩来点头："满洲里对中国革命有功呀，我们的很多同志都是从这里去的苏联，朱老总、叶剑英、张闻天、刘英、陆定一……我和小超就更多了。我想起了这里的一个地下交通站，是一个汉人和一个达斡尔姑娘，他们从1924年就在这里工作，直到开国前，没了消息……"

李富春："我们也派人找过，没消息，可能是……"

几个人不语了，只有火车头喘着粗气，吐着浓浓白烟……

李富春："主席呀，这里的同志请主席为满洲里写几个字。"

毛泽东："好！我写。"

**毛泽东专列**

毛泽东在写字……

"……满洲里是祖国边疆的重要城市，是中苏贸易的重要陆地口岸，对新中国的建设、巩固国防，均有重要的意义。毛泽东，1950年2月27日。"

周恩来许久地看着……

远去的大地，

远去的满洲里……

……

车厢内，高岗走了进来。

高岗："主席饿不饿？要不要让他们给你上夜宵啊？"

毛泽东换乘了自己的列车后，显得无比的放松，经高岗一提醒，还真觉得饿了："你不说，我倒忘了……这一说，我还真饿了。正应了那句古话，'民以食为天'哟。"

高岗是来找机会说事情的，于是马上接过话题："是啊，'民以食为天'，可主席大概还不知道，我们东北的天就要塌了……"

周恩来制止道："高岗同志，不要这么说嘛……"

高岗不想回避："我不这么说，怎么说嘛？"

毛泽东的笑容僵下来，他定了定神，严肃地说："怎么回事啊？"

周恩来赶紧汇报："是这样，自进入冬季以来，上海的一些不法商人开始大量囤积'两白一黑'，陈云同志为了打击这些不法商人囤积居奇的行为，从东北调集了一些粮食……"

高岗见说的力度不够，极力补充："不是一些，陈云把我们东北的粮食全调走了……"

周恩来见高岗不依不饶，不解地说："陈云同志答应会还给你们的。"

高岗极其委屈地说："还？怎么还？拿什么还？什么时候能还？"

"报告！"

毛泽东平静地说："进来吧。"

高岗的秘书推门进来："高主席……"

高岗不耐烦地问："什么事儿？"

秘书低头轻声："沈阳那边来电报，说上海发回了粮食……"

高岗脸色铁青，一把夺过电报，自言自语道："可真是时候……"

毛泽东转脸又笑了起来："这么说，陈毅同志在上海又打了个大胜仗。"

高岗尴尬地说："是！"将电报递给毛泽东。

毛泽东看着电报："好！上海同志了不起。上海的胜利，其意义不亚于三大战役！"对周恩来道："恩来呀，应该给他们发个贺电才对。"

周恩来："好。"

一声汽笛长鸣，列车启动了。

### 满洲里车站

毛泽东的专列缓缓驶出满洲里车站。

### 东北的原野上

毛泽东的专列在中国的大地上飞奔。

蓝天上有三架飞机在护航。

铁路旁边不时有护路民兵的身影闪过。

### 哈尔滨火车站

站台上，

站满了接站的人。

他们是高岗、滕代远、杨奇清及松江省委的负责人。

毛泽东高兴地走下车。

和站台上的人一一握手。

……

庞大的车队驶出哈尔滨车站。

坐在副驾驶座上的周恩来问毛泽东："主席，是不是先到招待所休息一下，把参观的事安排在下午？"

毛泽东想乘着兴致继续参观："不用。《国际歌》里有一句歌词唱得好，'趁热打铁才能成功’。我在苏联，参观了他们的工厂，回国了，也看一看咱们自己的工厂。现在，我们共产党从打江山变成了坐江山，发展生产搞建设，就是我们考虑的主要问题了……”

周恩来：“连续坐了八九天的火车，我怕主席吃不消啊。”

毛泽东笑道：“明明是很好的休息嘛。坐火车，除了看文件，就是睡觉，都快闲出病来了，活动活动有好处。”

周恩来无可奈何地说：“那好吧，我们先到哈尔滨铁路工厂去看看。”

**哈尔滨铁路工厂**

一个停放在厂区的火车头前，十几个工人正在忙忙碌碌地维修。

“同志们，毛主席来看望大家了。”

“毛主席？”

“毛主席！”

工人们由惊讶变为惊喜。

毛泽东和周恩来等人向工人们走来。

工人们激动地高呼：“毛主席来了！毛主席来了！”

一个工人一边奔跑一边高喊：“毛主席来了，毛主席来看望我们了！”

工人们纷纷从车间里涌出来。

一个老工人以为年轻人起哄，十分生气地说：“顺子，你不安心干活，穷咋呼什么？”

顺子委屈地说道：“毛主席来了，毛主席真的来咱们厂了。”

老工人还是不相信，他责怪道：“你吃多了？大白天的说什么梦话？”

（男女工人们呼喊的画外音：“毛主席，毛主席就在咱们厂门口呢。”）

工人们呼呼啦啦地往厂门口跑去。

……

毛泽东和周恩来等人被工人们围在中间。人群涌动。

人群中有人在高呼：“毛主席万岁！毛主席万岁！”

毛泽东摆了摆手，工人们停止了呼喊。

毛泽东激情满怀地发表讲话：“工人同志们！看到你们，我禁不住要喊‘中国工人阶级万岁’呀。只有工人阶级才是中国革命和建设的领导阶级呀。咱们的工人兄弟了不起啊，连这么大的火车头都能造出来，你们说，我们还有什么人间奇迹创造不出来的？我们要发展生产，建设我们的新中国，就必须要发展工业，要发展工业，就离不开铁路这个大动脉，所以，希望你们生产更多的火车头啊……东北是老工业基地呀，也是中国工业发展的火车头，希望你们敢于做这个火车头啊……”

一个老工人激动地下保证：“请毛主席放心，我们一定努力建设我们的新中国！”

工人们高呼：“发展生产，建设新中国！”

毛泽东在工人们的欢呼声中，走到高大的火车头跟前。

他手搭凉棚，仰头望望这个庞然大物，脸上喜滋滋的。

毛泽东一抬手，做了个向火车头敬礼的姿势，众人鼓掌。

毛泽东又转过身来，向众人敬礼。众人一片欢腾，犹如过节一样。

毛泽东摆手示意，大家安静下来。毛泽东语重心长地说：“抗日战争和国内革命战争，都是靠人民的力量才取得了胜利，我们的人民饱经沧桑，我们的人民很坚强。现在，我们终于有家了，人民可以当家做主了。这个家要过好日子，还得靠人民，靠你们呀！”

掌声雷动。

镜头摇向飘扬的彩旗。

## 哈尔滨东北烈士纪念碑前

庄严肃穆的东北烈士纪念碑前的广场。

几辆小轿车，在广场前陆续停下。

毛泽东、周恩来、高岗、李富春等人拾阶而上。

毛泽东语气凝重地说：“中国人民优秀的儿女……”

李富春：“这里大部分是抗联的战士，还有解放战争中牺牲的烈士……”

毛泽东不语，他们走上台阶。

献花。

鞠躬。

默哀。

毛泽东一行走下。

毛泽东突然发问：“不是说杨靖宇烈士的颅骨找到了吗？”

李富春：“是的……”

毛泽东：“当时的具体情况是……”

李富春声音哽咽地说：“1940 年，杨靖宇同志在濛江县被日本鬼子包围，激战数天，直至弹尽粮绝，英勇牺牲。日军割下其头颅，又剖开遗体的腹部，发现他的胃里除了没消化的树皮、草根和棉絮外，竟没有一粒粮食……连残暴的敌人都感到十分震惊。”

毛泽东从口袋里掏出香烟和打火机，有些颤抖的手却始终打不着火。

周恩来从毛泽东手里接过打火机，为毛泽东点烟。

毛泽东又把烟放了回去，停了下来，回头深情地看着纪念碑……

毛泽东声音哽咽：“杨靖宇同志长了一副硬骨头啊，他是我们的民族英雄……你们一定要找到杨靖宇同志的遗体，与颅骨合在一起厚葬……”他又想到什么，问身边的同志：“我想看看抗联老兵。”

# 第十八章

**一个普通人家**

毛泽东在当地负责人的陪同下走了进来。

屋子里不是很明亮，家里陈设很少，只见一个年迈的老人在一个角落里坐着，一声不吭。

房子的主人叫从茂山，他对客人的到来没有显示出特别的热情。

当地负责人向从茂山介绍说："这是毛主席，特意来看看你们。"

从茂山点点头抬头看了看毛泽东："啊……"再也没有话了。

毛泽东弯下腰："你叫从茂山?"

从茂山的回答让毛泽东和在场的人很意外："这不是我的名，我也没名，真正的名字是 6 号战士，班长是 1 号，我前边的战士有牺牲的了，我就进一号，最后叫过 4 号战士。"

毛泽东站起身来，没有说话。

从茂山："这是真的，那时营长点名，都是叫号。我们平时下命令也是 4 号上，5 号掩护。我们之间说话唠嗑都是叫号，一叫就是七年，有名也早都忘了。"

毛泽东轻轻叹息……再一次不语。

当地负责人补充："主席，是这个情况，有时也是保密的需要，当然各种原因都有，有的一开始来了就没名，有些按职务叫，金中队长，一叫长了，也就不知道姓名了，加上还有叫外号的，比方说，刘短脖子，李大长腿，我还见过叫吕老太太二儿子的。"

从茂山："是这情况，无名的多，有时一仗下来全死了，谁知道都有谁呀……没人知道。"

毛泽东对当地负责人："活下来的不容易，要照顾好，牺牲了的要核实好名字，要立个碑。"

从茂山："不好找，穆棱九站一仗，600 多人就两人有名，一个是营长，一个是教导员，其他全没有名。"

当地负责人："在中国共产党领导的武装斗争中的无名烈士，抗联是最多的，但是陵园又是最少的。"

毛泽东："我理解……"

从茂山："有时战友牺牲了，你连往他身上捧几把雪的时间都没有，哪能有什么墓，更说不上什么园……"

毛泽东深深地向在角落里一言不发的老人鞠了一躬，又向从茂山鞠了一躬。

## 松花江边

大雪纷纷扬扬地下着。

毛泽东在雪地里走着。

他胸中波澜起伏，耳边响起了一个声音：三年以来，在人民革命和人民战争中牺牲的先烈永垂不朽；三十年以来，在人民革命和人民战争中牺牲的先烈永垂不朽；上溯1840年，在反对内外一切敌人的斗争中牺牲的先烈们永垂不朽……

（1958年，人民英雄纪念碑落成。）

## 哈尔滨松江省的一个宴会厅

这是一个俄罗斯式的建筑，高大而豪华，大厅里放着轻松的俄罗斯音乐。松江省委的负责人引导毛泽东走进了宴会厅。毛泽东看着宴会厅的气派，没有什么特殊的反应。

省委负责人沾沾自喜地说："主席，今天是松江省委为主席接风，由哈尔滨市委、市团代会作陪。没有什么特别的，都是一些土特产品，自己生产的，为主席一行接风。"

周恩来看了一眼毛泽东，

毛泽东还是不动声色。

在服务员的引领下，毛泽东坐了下来。

周恩来看了一眼桌子："好多菜我还是第一次见，你们报一下菜名儿。"

有人说了一句："快叫厨师长来。"

省委负责人马上站起："不用了，主席，我来给你介绍……这是过油林蛙，这是清蒸鹿胎，这是红焖熊掌，这是……"

周恩来："听说过，没见过，更没吃过。"

省委负责人对毛泽东："主席那我们开始吧。"

毛泽东："好啊，你是东道主，听你的。"

省委负责人举起了杯子："主席出访成功，劳苦功高，今天到家了，到东北就是到家了，我们非常高兴，薄酒素菜，表一下我们东北人的心意。来吧！干杯……"

周恩来："你还没请主席讲话呢。"

省委负责人："你看我，往常我们东北人是边造边说……下面我们请主席给我们讲话。"

毛泽东仍是和颜悦色地说："吃人家的嘴短，在没吃人家的之前，我讲两句，要不按省委书记说的，一'造'起来，就不好说了……我想问大家两个问题：一、我们建国多长时间了？二、下午我们参观了杨靖宇纪念馆，杨靖宇是怎么死的？"

宴会厅一下子静了下来。

不知是谁把一个汤匙掉在了地板上，汤匙在地板上打着转，没人去拿。

毛泽东语气并不重："你们不说，我说：我们建国刚刚五个月……五个月又有近三个月我在苏联，北京的江山我只坐了两个月，屁股还没坐热，你们就想让我下台吗？我问你们杨靖宇是怎么死了，你们不回答我——他是饿死的……"

在座的人有的低下了头。

毛泽东有些激动了："无数革命先烈在我们的前头英勇地牺牲了，一想起他们就使我们心里难过，我们有什么个人利益不能放弃，有什么缺点不能克服呢……同志哥，这个饭我能吃吗？”

一个秘书走了进来，把一份文件递给毛泽东。

毛泽东看了一眼文件，脸色更加难看了：“同志们，占用你们一点吃饭的时间，我把西南局写给我的信给大家读一下。”

人们都抬起了头。

毛泽东：“中央：近一个时期以来，西南川、康、云、贵各省，连续有土匪在各地发动大规模武装暴动，一些国民党匪军遗留下来的保安团队、惯匪、反动会道门，勾结乡村反动势力趁我各地政府刚刚建立，以及一些地方政权还没来得及建立，群众尚未完全发动之机，利用各地出现的饥荒，公开对群众进行欺骗宣传，提出‘反征粮、不交粮’、‘反不合理负担’，叫嚷‘等待忍耐半年，瞅准时机反攻’、‘赶走共产党，三年不缴粮’等口号，并且大肆收罗国民党散兵游勇、各种地痞流氓，组织各种名目繁多的土匪武装，纷纷在各地发动武装暴乱，包围袭击我军队和地方各级政府，杀害我地方干部、工作人员、征粮工作队人员及解放军干部、战士，焚毁抢劫仓库、监狱，阻塞车船交通，建立所谓‘大陆游击区’。继2月5日在成都西南龙潭寺地区近万人暴乱，杀害我第一七九师政治部主任朱向璃及前往增援的50多名战士后，又开始向我地方政权进攻，壁山军分区的8个地方政权一夜之间全部丢失。各地又出现杀害群众事件，河扬乡一天被抢走40多名妇女，有的被杀、有的被强奸……目前分析西南共有各种土匪104股，小的十人、百人，多的万人，保守估计，这里的土匪有六七万之多，全区详情我们正在整理中。这是贺龙、邓小平发来的。”

人们不语，脸上流出吃惊、愤怒的神情。

毛泽东：“你们说，这饭我能吃吗？”

周恩来：“好了，难得你们一片心意，桌子上的不吃了，换几个小菜，湖南口味的，主席好久没吃了。”

毛主席：“这个办法好，你们准备吧，不是让我写字吗，我用字换饭。”

省委负责人：“主席，真是不好意思，我们从这件事一定吸取教训，让主席放心。主席，笔墨我们早都准备了。”说着，他指了一下一个大写字台。

毛泽东走了过去：“你们有共青团的同志吗？这几个字是你们的……”

一行大字：学习马列主义。

众人鼓掌。

毛泽东对哈尔滨市委的人说：“你们哈尔滨有60万人口，要把一个消费型城市变成一个生产型的城市。我就写这几个字吧。”

字写好：发展生产。

毛泽东对身边的省委负责人：“你是好心，可是差点办成坏事。我们刚建国五个月，不能浪费，就是五年、五十年也不能浪费，更不能奢侈。这不仅应当是一个党的作风，应当成为一个人的品格。我写几个字让我们共勉。”

笔下生风，行云流水：不要沾染官僚主义。

**海南岛**

五指山下，琼崖纵队司令员兼政委冯白驹和副司令员马白山、副政委黄康蹲在地上，对着地图在研究作战方案。

冯白驹用笔指着地图，然后又放下，他抓起一条毛巾，擦擦汗，“哼”了一声，果断地说：“我看这个薛岳是狗急跳墙，他可能已经闻到了我军要解放海南岛的气息，所以，拼命地围剿我们，企图让我们疲于奔命，顾不上接应我渡海部队。这样也好，我们就和他们兜兜圈子，派出小股部队袭扰他们，让他们只顾防范咱们的偷袭，顾不上我们登陆部队的偷渡……”

（冯白驹 海南琼崖纵队司令员兼政委）

马白山早就对薛岳的挑战按捺不住了：“对！也顺便掂掂薛岳的分量，他不是号称他的‘伯陵’防线‘固若金汤’吗？咱就看看它到底是‘金汤’还是‘面汤’。”

黄康则平静地、比较理性地说：“为了加强我们的内应力量，应该向第十五兵团邓华司令员发报，请求他们派部队偷渡，支援我们……”

冯白驹看了一眼黄康：“我同意。那就这么定了，让第一、第三和第五总队，以小部兵力牵制敌人，另以小部兵力跳到敌人内线，袭扰‘伯陵’防线的各个节点。主力部队隐蔽待命……”

一阵剧烈的枪炮声，随即有零星的炮弹在附近落地爆炸。

一个战士跑来：“报告司令员，敌人有一个团的兵力，向我们压过来了。”

冯白驹对一个参谋喊：“把地图收起来，通知部队，撤退！”

紧接着，他对众人道：“咱现在不跟他们硬碰硬，保存实力，待咱们的渡海兵团过来了，再收拾他们……”

## 海南岛

枪炮声越发猛烈，冯白驹等人指挥大家及时疏散撤离。

战士们一排一排从镜头前经过。

突然，已经走出一段距离的马白山又沿着原路跑回，往烟火里钻。

冯白驹一把抓住他，扯着脖子喊：“怎么往回跑，乱什么乱，你没长眼睛呀？”

马白山被烟呛得直咳嗽，用手护着头：“啊？我没乱，我是回去拿地图，地图落下了……”

冯白驹使劲推了他一把：“回去，往前撤离！”

冯白驹还没等自己的话说完，就转身沿着原路跑回。突然，袭来一阵猛烈的炮火，简易的指挥棚坍塌……

大家傻眼了，齐呼：“司令员……政委……”

没有声响。

马白山急红了眼，一挥手：“妈拉巴子的，都是老祖宗的人，非得窝里斗，老子和你们拼了！”他对着那些发愣的战士：“不撤了，有种的留下和他们拼了……”

战士们都聚拢在他跟前……

冯白驹突然出现在他身后，拍了他一下：“瞎激动，大小是个副司令，就这么带队伍？赶紧撤离！”

马白山一愣，笑道：“你，你没死？”

冯白驹满脸黑灰，笑笑，把地图甩给他：“哪那么容易就死呀？收拾完老蒋，我还有好多美梦呢！”

马白山接过地图，傻笑了一下。

## 哈尔滨南岗区颐园街一号毛泽东住处

毛泽东的房间里。

毛泽东在抽烟，看来是吸了很多支，烟蒂堆了很高。

叶子龙轻轻地走了进来，小声地说了一句："周副主席来了。"

毛泽东放下烟："请他进来。"

周恩来走了进来："主席还没休息呀?"

毛泽东："我的脑子在过电影，我们在苏联时，看过几部电影，有一部叫《列宁在1918》。"

周恩来："这部片子我知道，讲的是列宁在苏维埃政权建立的第二年的一些活动。"

毛泽东："历史有时真是出奇得相像。"

周恩来："红色政权刚刚建立，资产阶级不想也不愿意退出历史舞台，帝国主义又时刻想颠覆我们的第一个社会主义国家。"

毛泽东："那部片子拍得真好，暴乱、集会、暗杀，列宁也没能幸免……如果我们共产党不注意这个问题，那部片子里讲的，就将是我们的现实。哪一天，我也成了列宁第二……"

周恩来："我刚才问了一下罗瑞卿，各地的情况都很严峻，包括北京也不是很太平。谣言四起，说什么狮子流泪，鼓楼冒烟……"

## 北京鼓楼

夜色中的鼓楼有几分神秘，这里已经聚集了很多人。

罗瑞卿也站在其中。

人们带着一种恐慌心理在议论着。

"看见没，是不是又冒了?"

"真的呀!"

"烟越来越大了……"

罗瑞卿和身边的工作人员交换了眼色。

人们还在议论着：

"怪就怪在这儿，神就神在这儿，这是神在向人间暗示，要改朝换代，听说清朝完蛋时鼓楼就冒过一次烟。"

身边的工作人员焦急地看了一眼罗瑞卿。

罗瑞卿在他耳边低语。

……

罗瑞卿和几个公安干警出现在鼓楼上。

罗瑞卿定睛一看，明白了，

那是一群小飞蝇，借着灯光飞舞，远远看去就像一团烟雾。

几个公安人员恍然大悟，

下边的老百姓还蒙在鼓里。

罗瑞卿："去找点能烧的东西。"

不一会儿，人们找来了干柴。

罗瑞卿点燃，火烧了起来，十分有效，那些小飞蝇一遇到烟全飞了。

站在下边的人惊呆了。

"怎么回事?"

"这人是大仙呀!"

罗瑞卿刚要下城楼,突然想起什么:"正好,向大家宣传宣传。"

一个公安人员:"不行,部长,这里太危险,万一有人打黑枪……"

罗瑞卿:"那你们就把他抓了,北京不就少一个坏分子。"

说着,他走到城楼的箭墙边:"北京市民朋友们,最近北京有很多谣言,说鼓楼冒烟就是一个,究竟是怎么回事呢?那是一群小飞蝇,在光线下特像烟,我用火一烧,这不就没了?"

"是没有了。"

罗瑞卿:"还有人说,万寿山闹妖,哪一个见过呀?是男的,是女的?长得好吗?"

人们笑了。

"这人真逗……"

人们越聚越多。

罗瑞卿:"这统统是谣言,目的就是一个:为了推翻新中国。这是十分恶毒的,对于这些谣言不要相信,还是那句话,听共产党的,跟毛主席走!当然了,我们的政权刚刚建立,各方面还没有经验,社会治安还不好,老百姓还不能安心过日子,人民对我们还有意见,你们可以提意见,也可以骂娘,但是这和共产党没关。我可以负责任地告诉你们,给我们一点时间,一年吧,顶多两年,把北京的脏东西打扫干净,到时候一定还你们一个路不拾遗、夜不闭户的北京。"

下边的人喊着:"你是什么人?"

罗瑞卿:"毛主席的公安部长——罗瑞卿。"

人们为他鼓掌……

## 哈尔滨南岗区颐园街一号毛泽东住处

毛泽东还在和周恩来交谈着。

毛泽东:"罗瑞卿说得对,把北京的脏东西打扫干净,把中国的脏东西打扫干净……"

毛泽东突然感到了什么,对汪东兴说:"叫松江省的负责人来一下。"

汪东兴出去了,不一会儿,他带一个人进来。

来人自报家门:"我是省委副书记李雷。"

毛泽东:"坐吧。"

李雷:"不用了,主席。"

毛泽东:"你坐吧,这是你家,我们是到你家做客。"

李雷更慌了:"不不,是主席家。"

毛泽东笑了:"好,是我家,那就把我家的环境介绍一下吧。"

周恩来笑了。

李雷指了一下窗外:"主席,这前边是一个体育场,起根呢(是方言,原先的意思)是小日本的一个神社。光复那年让大鼻子给扒了……"

毛泽东打断:"大鼻子是谁呀?"

李雷:"就是老毛子。"

毛泽东:"老毛子?"

李雷："就是苏联人。"

毛泽东："我还以为是我们自家人干的呢，体育场怎么没人来活动呀？"

汪东兴一直在乐。

李雷："去黑的(是方言，黑暗的意思)，谁来呀？"

毛泽东："不对吧，离火车站这么近，总有人上火车呀。哈尔滨不是号称'东方巴黎'吗，老百姓不出来玩？"

李雷："东北人上炕早。"

毛泽东又没听明白："上炕？"

周恩来："就是睡觉早。"

毛泽东大笑起来："恩来呀，得叫个翻译了。"

周恩来："找翻译还是东北人，你还是听不懂。"

毛泽东笑了："好了，我们不绕圈子了，一句话，把岗给我撤了，不要设什么岗哨和警戒线，你们没有权力让我和老百姓分开。"

李雷："主席，听我解释一下，东北不是很太平。佳木斯前几天开会，孙西林市长坐在主席台上，还让特务给崩了。"

毛泽东："我不是孙西林，你们的好心我明白，你一撤岗，坏蛋就以为我走了。"

周恩来："李雷同志，按毛主席说的办吧。"

李雷："是。"说完，他走了出去。

一出门，他拉起衣服一角擦汗，边擦边说："这下完了，整扎约了(是方言，搞坏了的意思)……"

身后传来笑声……

---

**哈尔滨南岗区颐园街一号毛泽东住处门口**

几辆轿车在门口停下，后面紧跟着一辆大客车。

毛泽东、周恩来等人从门里走出来。

警卫员上前一步，为毛泽东打开了轿车的车门。

毛泽东摆摆手："今天我们都坐大客车。"

叶子龙感到诧异："为什么呀，主席？"

毛泽东自有他自己的一套理论，但真正的用意也许只有他自己知道："坐小轿车，空间小，憋得难受，大客车宽敞啊，视野也好。更重要的是，跟大伙坐一辆车，有的说也有的笑，也不至于脱离群众啊！"

周恩来向李富春等人招呼道："也好！我们就跟主席一起坐大车。"

毛泽东发现李雷也在车上："李书记，你也在。"

周恩来："他是代表松江省委送主席到长春。"

毛泽东："来，到我这里坐。"

李雷："主席，不了，我就坐这里，挺得劲的。"

毛泽东："来吧，我喜欢听你讲话。"

周恩来："李雷同志过来吧。"

李雷站了起来，他今天放松了许多："这玩意儿，我也没给主席叫翻译呀。"

毛泽东:“不用了,听习惯了就好了。”

李雷:“主席,其实我们哈尔滨话贼标准,主要是一见主席,不会整了。”

毛泽东:“我觉得哈尔滨话也好听,就有一个意见,以后不要管苏联人叫老毛子。”

李雷:“不太讲究啊,应该叫老大哥。”

毛泽东:“倒不是,主要是你们一叫老毛子,我犯毛……”

车上的人都笑了……

笑声传到车外。

东北的原野……

白雪覆盖的东北平原上,车队在颠簸中前行。

毛泽东目不转睛地望着窗外白茫茫的世界。

车厢内,有人唱起了《松花江上》。

“我的家在东北松花江上,那里有森林煤矿,还有那满山遍野的大豆高粱……”

毛泽东对东北的印象和感情都很深,他这次访问苏联的去与回,都是从东北转乘的:“东北的确是个好地方啊,别看现在一片白雪茫茫,等春天来了,冰消雪融,那就是一眼望不到头的庄稼呀……”

高岗听到主席的肯定,很是高兴和自豪,他在这里很长时间了,当然感情深厚:“东北的土地肥沃啊,有人形容,在东北抓把土,用力一攥,都能攥出油来……”

周恩来想起了上海粮食风波的事,便旧事重提了一下:“是啊!东北就是个大粮仓啊!陈云和陈毅两个人能在上海打垮那帮奸商,多亏了高岗同志的全力支持呀。”

高岗很谦虚地说:“这都是应该的。”

毛泽东既是说笑,也是郑重地把今后东北在全国的地位和作用,以及该对全国人民担负的责任告诉高岗:“东北呀,既是我们的工业基地,又是产粮大区,而且,还有大面积的森林,地下蕴藏着丰富的煤炭矿藏,都是我们搞建设不可缺少的。高岗同志啊,以后,中央和全国各地,都少不了要靠你支援哪。你这个东北王,要有大家风范呀……”

高岗:“主席放心,东北人民一定做大贡献!”

车队停了下来。

有人说了一句:“前边就是长春了。”

毛泽东往前看了一眼。

城市在雪色中,一片朦胧……

毛泽东自言自语道:“打长春……”

他的眼前浮动着那最为残酷的一场大战……

辽沈战役……

毛泽东深情地说:“长春……过了是孟家屯,我们将在那里建一个最大的汽车制造工厂……过了孟家屯,是大屯,再就是范家屯,我们的人民解放战争就是这样,一个一个屯子地向前推,推向了全中国……”

车队在继续前进着。

有人说了一句:“坐汽车真好,能感到中国之大。”

周恩来:“斯大林说过苏联有多大,也就是火车跑了七天……”

有人说了一句:“说得准确,苏联还真是大……”

毛泽东:“是呀,苏联只是火车跑了七天,中国不大,也就是太阳走十二个小时……”

广阔的东北大地……

人们看着毛泽东。

毛泽东看着窗外……

**海南岛国民党海南防卫总司令部**

急促的电话铃声。

参谋甲抄起电话:“喂!海南防卫总司令部……什么?遭到琼崖纵队的袭击?两个碉堡被炸毁,一个排的弟兄丧命……共军有多少人?你们……是干什么吃的?好,我马上向总司令报告。”

电话铃再一次响起。

参谋乙接电话:“喂!是!是海南防卫总司令部,琼东地区出现琼崖纵队主力?”

参谋丙在呼叫:“喂!喂!琼西要塞,你们那边情况怎么样?多处遭共军袭击?有多少共军?你们怎么不去追?”

薛岳在房间里来回地踱着步,苦苦思索。

余汉谋、陈济棠走进来。

余汉谋:“司令……”

薛岳平静地说:“这么晚了,你们前来有何贵干?”

陈济棠有点沉不住气了:“总司令,我有些不大明白,到底是我们剿冯白驹呀?还是冯白驹剿我们呀?你看这一晚上折腾的,四面八方,全都是告急的电话……”

余汉谋也是摸不着命脉在哪里,一头雾水:“这个冯白驹到底在搞什么名堂?共军的大部队不会是这几天就进攻了吧?”

薛岳有谋有智地分析着,他也想好了对策:“共军大部队如果要进攻,他冯白驹能这么折腾吗?他这是以攻为守,对付咱们的围剿呢。”对一个参谋道:“告诉各要塞,把眼珠子给我瞪圆了,决不能让冯白驹的人得了便宜。”回头对余汉谋道:“把你的部队,再抽调三个团,到五指山去,一定要把冯白驹的主力消灭在那里。”

余汉谋还是有些担心,因为这个冯白驹让他觉得抓不住影儿:“那共军的主力部队要是渡海过来怎么办?”

薛岳冷颇为自信地笑道:“我说了,我的‘伯陵’防线那是固若金汤!别忘了,我们在海南岛有10万多国军,各型舰船50多艘,空军20个大队,战斗机、轰炸机、运输机40多架,共军凭着几条破木船,想来打海南岛,那不是拿鸡蛋碰石头吗?共军不来便罢,他们真要敢来,我让他们不等靠岸,就全部葬身海底!”

**沈阳中共中央东北局大门前**

毛泽东等人的轿车在东北局大门前停下来。

毛泽东从车上下来,看了一眼挂在门前、写有“中国共产党中央东北局”字样的大牌子。主席没有言语,脸部表情平静。

高岗俨然主人般地说:“主席,请!”

高岗和周恩来等人簇拥着毛泽东向门里走去。

## 会议室里

掌声中，坐满会议室的东北局高级干部们纷纷起立。

高岗和周恩来等人随着毛泽东走进来。

待毛泽东等人坐定，高岗挥了挥手，掌声戛然而止，众人纷纷落座。

高岗清了清嗓子道："同志们，毛主席刚刚结束了对苏联的访问，中途路过沈阳，今天来与我们东北局的同志们见个面，下面，请毛主席给我们做指示！"掌声。

毛泽东鼓着掌站起来，扫视了一遍台下的干部，然后向众人摆了摆手，道："指示谈不上啊，路过沈阳，前来拜拜当地的城隍和土地老爷们……"

众人大笑。

毛泽东很随和地入乡随俗："你们都是东北的主人哪，我和恩来同志是客，客随主便，高岗同志让我给大家讲几句，我就讲几句。现在，我们为之奋斗了28年的新中国，已经成立5个月了，除了要解放台湾、西藏、海南和沿海的一些岛屿，国内基本上已无大的战事了。这意味着什么呢？这意味着建设是我们当前第一位的任务！说到建设呀，我们这次学了一回唐三藏，到苏联取了回经。至于取回来的是不是真经，我不敢说，但有一些观感哪，我在这里跟大家说一说，也许对你们下一步的发展生产、发展建设会有一些用场……"

## 广东某小镇

鼓乐声声，大街上走过扭秧歌、舞狮子的队伍。

韩先楚饶有兴致地从载歌载舞的人群中穿过。

第一一八师副参谋长苟在松从后面追上来。

苟在松在人缝里左右寻找："军长，军长……"

（苟在松　第一一八师副参谋长）

韩先楚听到有人喊他，回头看见了气喘吁吁的苟在松，奇怪地问："你不在营房里待命，跑出来干什么？"

苟在松见韩先楚不疼不痒地看秧歌，有些气愤："军长，我们先遣营都准备好了，战士们一个个急得'嗷嗷'叫，可你就是不下命令，大家让我来……"见韩先楚转身走，忙喊："军长，你倒是说句话呀！"

韩先楚指着那些扭秧歌、舞狮子的人问道："知道他们在干什么吗？"

苟在松觉得这个问题有点"小儿科"，不太愿意回答这个问题："这还用问吗？正月十五元宵节就要到了。"

韩先楚白了苟在松一眼，觉得他脑子很僵硬，也不耐烦地说："回去跟同志们好好过节……"

苟在松见也没弄明白个理就要赶他走，很窝囊，又欲加辩解："不是……军长，你说是过节重要，还是解放海南岛重要啊？"

韩先楚不再理对方，自顾往镇子外走去。

苟在松紧紧追赶。

### 海边

韩先楚望着大海出神。

苟在松沉不住气了，那些准备好了的兄弟们还都等着他的消息呢："军长，这海南岛，到底还打不打了？"

韩先楚弯腰抓起一把细沙，让沙子从手中慢慢漏下。

韩先楚看看苟在松，努努嘴："懂不懂？"

苟在松想了想，有点开窍了，他恍然大悟地用拳头砸了一下地："原来是在等风向……我怎么就没想到呢？"

韩先楚把手里的沙子扔掉，拍拍手："你要想到了，你就当军长了。"

苟在松憨笑着直挠头。

### 沈阳东北局会议厅

毛泽东在对东北局的高级干部们讲话。

他先讲在苏联的见闻，兴奋地说："……我们参观了列宁格勒、莫斯科、西伯利亚的几个工厂，我们又看到了那些已经发展起来的农庄，问了这些工厂、农庄发展起来的历史。他们现有的许多大工厂在十月革命时很小或者还没有，汽车工厂、飞机工厂在十月革命时只能搞修理，和我们现在差不多，不能造汽车，不能造飞机。过了若干年后可以造一些，但造的数目也很少。他们那时比欧洲小国丹麦造得还少。而现在，他们一个工厂一年能造出几万台汽车。这一历史告诉我们一些什么呢？这就是说，我们现在可以从较小的修理汽车、修理飞机的工厂，发展到制造汽车、制造飞机的大工厂……"

掌声……大家也无比兴奋。

### 东北局大门外

毛泽东和周恩来等人有说有笑地走出大门。

高岗上前几步，追上毛泽东，兴奋地说："主席，别说是下面的同志们，我听了都感觉精神振奋哪。"

周恩来刚才也一直认真地听了毛泽东的讲话。前面的路该朝哪个方向走，大家心里有了数，周恩来更有数："主席是为我们的工业化描绘了一幅蓝图啊，我看按照主席的这个设想，用不了几年，我们新中国也会有自己生产的汽车和飞机呀……"

毛泽东把在苏联看到的，都移栽到自己的园地里，他要把这幅图画给大家看，让大家干得更起劲。他相信别人能做到的，中国也应该能做到，也必须做到："将来，我们不仅要生产自己的汽车和飞机，我们还要造自己的轮船和军舰。对了，我们还要有自己的生产拖拉机的工厂，让我们的农民不再用黄牛拉犁呀……"

汪东兴一听说到农民，来了精神，像背打油诗一样："对！播种、除草、收割，全部是机械化，我们也像苏联一样，实行集体农庄，到那个时候，不管城市还是农村，楼上楼下，电灯电话……"

李富春笑笑说："那不就实现共产主义了吗？"

众人大笑。

## 沈阳火车站

站台上，毛泽东、周恩来与前来送行的高岗、李富春等东北局和东北人民政府的领导握手告别。

高岗握着毛泽东的手，有些依依不舍："本来想留主席多住几天的，没想到走得这么急。"

毛泽东像是个恋家的家长一样，关心着家里的每一件事，因为这些事处理不好，家里人是要遭罪的："家里还有那么多事，我哪敢多耽搁哟。少奇同志前天就来电话说，中央人民政府刚刚召开了一个全国的财政会议，主要研究了如何统一全国财政经济的问题，有几件具体的事情，还等我和恩来同志回去商量。另外，上午，我们刚刚致电稼祥同志，请他代表中国政府欢迎捷克斯洛伐克和德意志民主共和国的商务代表团，他们分别于 3 月初和 4 月初到北京进行双边贸易谈判。有关谈判的内容和具体事宜，政务院也等着恩来同志回去拍板，我和恩来，都不敢在外面待久了啊……同时还可以告诉你们，中央还要研究一个大事，一个关系共和国安危的大事。"

高岗也只好说："那就祝主席和恩来同志一路顺风。"

毛泽东握着高岗的手："你高岗同志也多保重身体。东北的事情比较多，你也不要太劳累了。富春同志年富力强，工作上的事情，可以让他多担点儿……"

李富春听出主席的用意，但怕高岗多心和误会，极其理智地谦虚道："主席您就放心吧，我会在高岗同志的领导下，把工作做好的。"

毛泽东点点头，看了一眼李富春，心想，一个懂得节制的人错不到哪里去的："那我就放心了。"

毛泽东和周恩来等人依次登上列车。

一声悠长的汽笛声，列车开动了。

# 第十九章

1950 年 3 月 1 日，蒋介石复职再任中华民国“总统”。

蒋介石复职后着即调整党政要员任用，陈诚任行政院长，周至柔任参谋总长，王叔铭任海军司令，桂永清任空军司令，孙立人任陆军总司令，蒋经国任国防部政治部主任。

**密林中**

“乒、乒……”

一只野鸡从空中落到地面上。

一身猎装的何应钦和白崇禧从林子中走出，

两个人边走边聊。

何应钦：“听说毛泽东顺利回到了北平。”

白崇禧：“岂止是顺利，是胜利回到北平，他带回了一个重要东西：《中苏友好条约》。”

何应钦：“社会主义阵营在扩大，而我们……美国对我们如此冷淡，不是好事，和我们断交的越来越多了……”

何应钦：“可是在总统复职大会上，陈诚可是又大大地把‘草字头’美美地说了一通。”

白崇禧：“周至柔任总长我没想到，‘草字头’为什么这么重用孙立人？”

何应钦：“不是重用，只是用，重用该让孙任总长。‘草字头’用人是疑人也用，用了还疑。去年美军太平洋司令把孙立人接到东京向孙暗示，美国可以支持他，要钱给钱，要武器有武器，孙当即表示，他忠于‘草字头’，这让老蒋很是感动。”

白崇禧：“我一来台湾，老蒋就和我说了，台湾防务让孙立人管吧。”

何应钦：“管吧，长不了。”

白崇禧：“什么意思？你是说他和周至柔搞不到一起？”

何应钦：“何止是周至柔，他和小蒋也搞不到一起。小蒋是俄国派，孙立人是美国派，老蒋又在军队恢复政工制度，这是孙立人最反感的。”

他们边说边走到路上，他们刚要上车。

白崇禧感到不对：“怎么这里多了一辆车？”

何应钦：“毛人凤的吧。”

白崇禧:“我什么都不争了,还不放过我。”

何应钦:“也许是对着我的……”

白崇禧:“我听说,毛人凤重点监视20个人……”

## 台湾蒋介石住处

蒋介石正在和蒋经国散步。

蒋介石:“你觉得这次人事安排怎么样?”

蒋经国:“有人说没有起用老将。”

蒋介石反问:“老到什么程度,陈诚不老吗?周至柔不老吗?”

蒋经国:“他们也许指的不是这些人。”

蒋介石:“他们是指马步芳、阎锡山、白崇禧。这些人还能用吗?”

蒋经国:“还有人说,现在军界这几个人可能不会太和……”

蒋介石淡淡一笑:“太和干什么?太和了一起反对我,一起反对你,一起起来造反。记住,他们只要干事,哪怕不干事,也不要让他们和,和的工作我来做……”

蒋经国:“可是他们说……”

蒋介石打断道:“我不要他们说,你说。”

蒋经国:“是的,父亲。”

蒋介石:“陆海空三个司令,你认为哪个最有能力?”

蒋经国不假思索:“孙立人,他很少有军阀作风,训练部队有办法,在抗战中打了很多仗,在国际上也很有威望。”

蒋介石:“还有一点,国民政府来台湾,想安全发展,以现在的国际形势而言,非仰赖美援不可,而英文流利、美国关系又极深的孙立人自然是我们当用之人。”

蒋经国:“是。”

蒋介石:“是什么?”

蒋经国:“是党国当用人选。”

蒋介石:“也是家国的死敌……”

蒋经国不解地站在那里。

蒋介石已经走远了……

## 北京中南海

“主席回来了!”

李银桥、阎长林等工作人员从各个房间涌出来,奔向走进院子的毛泽东。

但见毛泽东后边跟着朱德、刘少奇、周恩来,还有刚刚下车的罗瑞卿和李克农,知道他们要开紧急会议,谁也没有再走向前。

李银桥站在那里。

阎长林站在那里。

## 台北国防部会议室

孙立人下车走进会议室。

副官又一次提醒他："司令，可能又晚了。"

孙立人不屑地说："来晚了好，来晚了省了向那个草包参谋长敬礼。"

说着，他们走进会议室。

会议室里坐着蒋介石，参谋总长周至柔，海军司令王叔铭，空军司令桂永清，国防部政治主任蒋经国，还有毛人凤。

孙立人走进后给蒋介石敬了礼，然后坐下。

蒋介石："现在开会，前几天国防部总政治部下发了一个《国军政治工作纲要》，你们都看了，现在听听大家的意见。"

没有人发言。

蒋介石："我先说两句，我们为什么又搞政治工作，国民党自黄埔建军，那时是受到苏联的影响，在军队中设有党组织和政工机构，后来被共产党利用了，成了他们发展他们自己力量的工具。后来我们进行了清党，这个机构又成了监视部队的眼线，而共产党始终没有放弃这一点，所以他们取得了暂时的成功。我们现在台湾重振军队，必须强化这个机构，所以让经国担任这一个工作，还希望得到在座司令的帮助。"

众人点头，

只有孙立人不动声色。

蒋介石感觉到了点什么，他继续说着："我们必须看到一个事实，国际形势对我们不利，美国人对我们不冷不热，共产党和苏联穿了一条裤子，我们四周是海，还能往哪去？所以要坚定信念，坚定信仰，坚定三民主义。现在很多将校军官脑子里，三民主义已经很少了，有的无非是全身家、保妻子的观念，现在争功诿过、升官发财念头是第一的，这不行，必须要有信仰。"

周至柔："我十分同意这个'纲要'，就是在全军用三民主义凝聚全军思想，以信仰领袖为信仰，搞一下全军大宣誓。"

王叔铭："我同意，誓死效忠总统就是信仰。"

桂永清看了一眼孙立人："孙总司令见识多，美国人是怎么搞的。"

孙立人并没有看出桂永清的真实用意："美国人一般是向宪法宣誓，不向总统，因为总统也要向宪法宣誓。"

桂永清瞟了一眼蒋介石："美国人是这样呀，我们先向总统宣誓不也一样吗？"

孙立人："那不一样，总统是要换的，宪法是不变的。"

桂永清又看了一眼蒋介石。

周至柔："我们就向总统宣誓。"

毛人凤："向总统宣誓。"

冷场好久。

蒋介石："你们说得对，向总统宣誓也不是一个人，大家都有当总统的机会，你周至柔也可以当总统，孙立人也可以当总统嘛。"

孙立人站起："不，我只想当总统的兵。"

桂永清："好，这不意见一致了，从现在开始，海军开始向总统宣誓程序，这将是海军战士一入伍的程序。"

王叔铭："空军也启动这个程序……"

孙立人没有说话。

蒋介石："好，这个事由总政治部办。今天还有一个议题，我们留在大陆上的力量开始活动，他们有些让共产党受不了了。我希望你们几个大司令关注这个机会。"

周至柔："毛局长你讲讲。"

毛人凤："正如总统所言，反共志士揭竿而起，在西南、东南、华北已成春潮之势。"

周至柔："你手里到底掌握了多少人？"

毛人凤："100 万……"

## 北京中南海菊香书屋

"97 万上下吧。"朱德在回毛泽东的话。

毛泽东："有这么多人？"

罗瑞卿："公安部统计，也是这么多。"

朱德："主席，你刚回来，这方面的情况，我等着向你汇报。目前，匪乱严重的不仅仅是西南，自从 2 月份以来，全国各地都普遍出现了程度不同的反革命匪徒暴乱，匪徒人数之多、活动之猖狂、破坏之严重，是我们国家历史上从没见过的，也是我们在座的无法想像的。前两天，接连收到西北军区、华东军区等方面的通告，所述匪情非常令人担忧，中南、广西、湘西等地的情况可能比西南还要严重，上月底广西连续发生恭城、玉林、思乐等十几个县的反革命匪徒大暴乱。另外，还有如湖南的南县、郴县，广东的昌乐，江西的光泽、资溪等数十个区，匪过之处，烧杀抢掠，无恶不作，所有这些地区我地方的局势部分或全部失控。匪徒趁我们地方政权尚没建立之机，加之目前的春荒群众缺粮，暂时处于灾荒或严重灾荒之际，趁机起而作乱的情况十分严重，现在，镇压反革命成为当前全国的救灾工作和其他工作的重中之重。"

毛泽东震怒了："当前全国的反革命暴乱这么严重，这不是一般的问题，这是想推翻各地的新生政权，推翻共产党领导，继续用他们封建主义、地主阶级的那一套取而代之，是想让新中国重新回到黑暗之中，回到半封建半殖民地的社会里，去寻回他们少数人已经失去的天堂。"

人们认真地听着。

毛泽东："目前的情况已经告诉我们，土匪不消灭，反革命不镇压，我们的新生政权就不能巩固，我们的其他工作也无法进行。朱老总，我的意见，军委尽快拿出个意见来，总之我的态度是，对于一切大大小小的土匪及反革命暴乱行为，必须立即予以坚决的剿灭和镇压。"

（3 月 16 日，中共中央、中央军委向全国发布了《剿灭土匪　建立革命新秩序》的命令。与此同时，中共中央又发出了《关于严厉镇压反革命的指示》。）

## 台湾蒋介石住处

蒋介石正在习字，

毛人凤走了进来。

他轻声地叫了一声："总裁……"

蒋介石头也没抬："有事？"

毛人凤："有，他到香港了。"

蒋介石："谁？"

毛人凤："李四光。"

蒋介石愣了一下，放下笔："我的地质所原主任，现在是中共政协代表。你觉得李四光下一步会来台湾吗？"

毛人凤："不会。"

蒋介石："怎么讲？"

毛人凤："外交部向他发出通牒后，他想来台湾，就不会偷偷跑出英国，又转到德国再上意大利的船来香港。"

蒋介石："既然你们什么都清楚，为什么还让他活着到了香港？"

毛人凤："我们的人在船上无法动手。"

蒋介石："不是无法动手，是动了手，你的人无法逃脱……"

毛人凤一脸苦笑……

蒋介石："现在不仁不义的人太多，舍生取义的人太少……"

**北京中南海菊香书屋**

一辆辆汽车开走了。

毛泽东一个人坐在那里不动。

有人轻轻地唤了一声："主席……"

毛泽东抬起了头。

江青站在了他的面前："孩子们等了半天了……"

毛泽东一怔："对了，我到家了，让他们进来……"

门开了，所有的孩子都跑了进来。

"爸爸……"

"爸——"

他们是毛岸英、毛岸青、刘思齐、李敏、李讷……

毛泽东："有人要造反，我处理了一下，让你们等久了，你们不会造反吧？"

**成都西南军区**

这里在召开动员大会。

刘伯承在讲话："我讲四点：要把剿匪斗争当作解放大西南的第二战役来打，首先要集中力量狠狠打击那些气焰最嚣张的土匪。要坚决调整兵力部署，不要一个地方也舍不得丢。要大胆地放弃一些地方，放弃是为了收复，不然会成为包袱。还要集中使用兵力，一块一块地清剿，要像梳子、篦子梳头一样，搞一块净化一块。对去贵州剿匪的第十六军的同志们多说几句：要以主要精力抓剿匪，剿匪也和打仗一样，要集中兵力，不要五个指头按跳蚤，结果是一个也按不住。对贵州的土匪不要掉以轻心，国民党在贵州办了两期游击训练班，蒋介石很重视贵州，曾两次亲自到贵州，贵州土匪是有组织的，对此要有充分的估计，不要大意。另外，贵州工农业产品价格剪刀差很突出，一斤盐巴、一尺布都要用二三十斤大米来换，土匪就利用这一点来和我们作斗争。我们在剿匪的同时，千万不要忘记发动群众。按毛主席说的：打人民战争……"

（西南，第十六军开赴贵州。）

（第四野战军部队向湖南湘西开进。）

## 新疆军区司令部作战室

王震在讲话："帝国主义和反动派不甘心在新疆的失败，他们开始向我们反攻了，妄想把刚刚回到人民手里的新疆再变成帝国主义冒险家的天堂。我不会答应，新疆人民也不会答应。"

## 哈密尧乐博斯的家

宗良把一个人带到了尧乐博斯的房子。

（宗良　国民党军原警备司令部参谋）

尧乐博斯四下看了看。

（尧乐博斯　国民党特派专员）

周妍也坐在屋里。

（周妍　国民党特务）

宗良对尧乐博斯说："专员，伊吾警察局局长李才他来了。"

李才哈着腰走了进来，他向尧乐博斯行了个礼。

周妍给他让座，又亲自为他看茶，搞得这个小小警察局局长有点受宠若惊，不停地点头。

李才送上一封信："艾拜都拉县长向你问好。"

尧乐博斯接过了信，他把信放在了身边的茶几上。

李才："县长对局势很是担心，他想听听你的意见，他听说你刚从巴里坤草原来……"

尧乐博斯一副高深莫测的样子："是啊，可以这么说，这是一次历史性的旅程……"

李才又把身子向前探了探，生怕听漏了一个字。

尧乐博斯脸上渐渐地露出了得意的神情："在巴里坤草原，我听到了胡达对我们灾难深重的民族的关切，看到他那对我们这个世界寄予希望的笑脸。"

李才迫不及待地问："他都说了些什么……"

## 伊吾县城的清真寺

一个幽灵一样的声音在寺院里回响。

这里坐满了人，他们十分虔诚地在听艾拜都拉讲话。艾拜都拉身边坐着警察局局长李才，显然他们是在传达尧乐博斯的话：

"……黑大爷(汉人的意思)已经在南疆动手了，他们抢走了维吾尔的洋缸子 500 多个，现在都成了解放军的老婆……"

人们迷惑的脸。

## 北京中南海毛泽东住处

毛泽东在通电话："剑英同志，有一个事情请你关照一下。"

## 广州叶剑英办公室

叶剑英："主席您讲。"

毛泽东:"李四光到了香港……"

## 香港皇后大道的一幢小楼里

一群陌生人冲上楼梯。

他们推开客厅大门,

进入卧室,

这里空无一人,

只有一个写有李四光名签的箱子放在那里。

特务们气急败坏地打开箱子,

里边放了一张《泰晤士报》,报上有一个醒目的标题《共产党政权在北平成立》。

特务头目:"追——"

## 维多利亚海滨

海边,

有两个人在海边散步。

男的戴着深色鸭舌帽,身穿一件灰色大衣,肩上挎着一架照相机;女的穿黑色大衣,手臂上挎着皮包。

远处一个漂亮的女青年走来。

女青年:"是李先生吧?"

李四光:"是的。"

女青年:"我是广州军区的,叫刘涛,受毛泽东主席的指派,我们接你回国。"

李四光一下子愣住了,他激动了,他转过头去。

大海在涌动……

李四光:"毛泽东主席、朱德总司令、周恩来总理都好吗?"

刘涛:"都好……"

## 列车上

李四光、许淑彬和刘涛坐在车厢里。

他们看着窗外,

站牌从他们眼前闪过。

香港—九龙—广州,

一张张幸福的笑脸。

一个个戴有中国人民解放军胸牌的男人女人。

李四光微笑的脸。

少顷,李四光自言自语说:"这是我的祖国,离开两年了,不,是两个时代……"

火车向前跑着……

## 新疆军区的作战室

一只大手在一个硕大的作战地图上寻找着,

这个手指的方向是巴里坤草原。

少顷，这个人转过身来，我们看清了，他是王震。

他思索了一会儿，抓起电话，

也不知他在给谁打电话。

“你还没睡？睡了也要睁一眼睛。为什么？因为你是当兵的，当兵的什么时候都要学会这个本事。你那里很太平。好啊，不是在太平中迎来黎明，就是在黎明中死去。我和你开玩笑？你就当是开玩笑吧……我不如你，睡不着，翻了一下我的日记，我又看了一遍毛主席在我们进军新疆后发给我们的电报。毛主席说，各地要把肃清匪徒当成头等大事，集中全力限期完成……说实话，看到新疆这么落后，心里很急，想早一点抓一下生产。看来还是毛主席说得对，咱们先抓这件大事。”

### 七角井第十六团驻地

团长任书田又一次抓起电话：“二连二连！”

电话没有要通，他放下了电话，他有一种不祥的感觉。他对身边的参谋长说：“二连的电话怎么一直不通，会不会有什么情况？”

参谋长想了想：“不会吧。不过今天可是刮起了一天的大风，是不是把电话线给刮断了？”

任书田忧心忡忡地说：“但愿是这样。”

参谋长见团长很急，便安慰道：“二连长是个老红军，他还是有经验的，就是发生了什么情况，他也能应对得了。”

任书田：“我是想把军区王震司令员的指示传达下去，他说得对，有很多迹象表明我们这里不太平。”

参谋长见团长还是不放心，就说道：“我明天早上派人去一下。”

任书田：“好……”

### 哈密周妍住处

宗良正在对周妍说着：“明天开始……明天的伊吾就是一座屠城……”

周妍笑了：“何止是伊吾，还有巴里坤草原，还有迪化的那个骑兵师，还有……整个新疆都会动起来……”

宗良兴奋地说：“真的？”

周妍：“好了，我们等伊吾的好消息。你跑这么远的路，早点睡吧。”

宗良站起身要走，到门口时他说了一句：“他又到哪个女人那里去了？”

周妍苦笑了一下：“他是和我的政治身份在做爱……”

宗良又回过身来，有点打抱不平地说：“这对姐太不公平了。”

周妍：“公平，我从他身上得到的不是那个东西……”

宗良带有几分同情地说：“可这样……你不是太苦了自己吗？”

周妍站了起来，她走到镜子前对着镜子照了一下，然后又转了一下她那婀娜多姿的身子，看看自己那高耸的胸，用挑逗的语气：“苦……那就熬着吧……”

宗良感到这是对他的暗示，他的脑子一热，血往上涌，他一下子冲了过来，他忘情地抱住了周妍。

对于这突如其来的动作，周妍没有反感，开始她没有动。从她那起伏的胸膛和那急促呼吸的嘴唇，我们感到她开始冲动了，从心理到生理都接受了这个小男人，她的手开始在宗良的后背上划动着……

这更加让这个男人陶醉起来。

突然，她停住了，她轻轻地推开了宗良。

尽管动作很轻，还是让宗良很是难堪，他无所适从地站在那里，两只手不知放到哪里好……

少顷，周妍又用她那双白皙的手捧起宗良的脸，小声而充满柔情地说：

"我是你姐……"

**伊吾县城第十五团二连的驻地**

连长杨大发正在摇电话，几次都没有成功，他心里很烦，粗声地对通信员说："今天这是怎么了，和团里的电话怎么老打不通？"

通信员小刘过来摇了一下电话，他感觉到不对劲："连长，好像是断线了，我去查一下。"说着，他一路小跑出了连部。

街上，

通信员小刘顺着电话线在找着。

突然，他看到了一根断了的电线在风中摇曳。

他想把它接上，可是他始终没有找到那个头。

他又继续向前找着……

**第十五团二连连部**

小刘正在向连里的干部们汇报情况。

杨大发、副指导员罗中林及三个排长，炊事班长都在。

副指导员罗中林拿着一根断线，他反复地看着："这是破坏……看来这一伙人是老手，他们在好几处下手，让我们无法查找。"

一排长周开剑："这是什么意思呢？我是说，这是冲着我们来的，还是冲着补给站那批军火来的？"

二排长："这不很明显吗？这是打我们的主意，端掉了我们，军火不也就到手了。"

杨大发同意大家的分析："你们说得对，他们想切断我们和团里的联系不是目的，目的是想把我们一窝端了，然后抢那些军火，这是信号。那咱们就收缩战线，把那几个生产点的战士都撤回来，然后都集中到二排的小山包上去，那是制高点，容易守。"

几个排长同意连长的部署。

副指导员罗中林提出了不同意见："开展生产是兵团布置的任务，咱们不请示团里就把生产点撤了，万一要是没有什么情况，虚惊一场，那我们对团里可不好交代。"

一排长周开剑觉得罗中林的话有道理："是啊，是不是请示一下团里？"

二排长李中伍冲着他嚷了起来："你这不是等于没说吗，电话线断了，怎么请示？"

三排长王风山还要说什么……

杨大发制止了他："不用说了，我越来越觉得这个事不对头，敌人动手了，我们还在这瞎争呢。我决定了，把几个生产点的同志们全都撤回来。"

罗中林犯难了："和生产点的电话也断了，怎么通知他们呀。"

杨大发对小刘说："你跑一趟。"

小刘利落地说："行。"

杨大发想了一下："不行，罗副指导员，几个排长你们分头行动，我带小刘去。"

罗中林："好。"

几个人走出了连部。

杨大发把挂在墙上的枪取下来，他意识到了什么，又把那支长枪带上了……

## 山路上

两匹战马在飞驰……

## 下马崖

这是一个部队的生产点，住着 11 个战士。这一天他们和往常一样，吃完了晚饭，有的在看书，有的在写家信……

这时跑来一个妇女，她一脸着急的样子，她来到了生产点，她一边比划着一边说着，谁也不知她说什么。

有一个战士懂了一点她的话：

"她是说他们羊得了什么病，让我们帮她一下。"

听着这个战士这么一说，那个妇女点头。

一个老一点的战士，外号"老干部"，其实就是一个兵，是这个生产点的负责人。他想了想后，对两个战士说："你们俩去一个，帮助处理一下。"

那两名战士跟着那个妇女走了……

## 一座房子前

两名战士跟着那个妇女来到一座房子前。

妇女推开了房门，她并没有进去，她很客气地让那两名战士先进去。

两名战士以为这是客气，也没多想什么，一先一后走了进去。

这时门一下子关上了，

那个女人也不见了。

两名战士还没反应过来，突然跳出几个大汉，用麻袋套在了他们的头上，然后一阵乱打。

战士在麻袋里挣扎着。

一阵乱棒之后，

那两个麻袋不动了，

鲜血从麻袋里渗了出来……

## 生产点

生产点的"老干部"不时地看着村庄的方向。

他有些不放心地问:"这俩小子怎么还不回来?"

一个战士开玩笑地说:"是不是在请他们吃小羊肉呢?"

看得出"老干部"好像是有些焦虑。

这时又来了一个老人,他会汉语,他十分热情地说:"解放军同志,我们村子里来了一个阿肯(歌手),他的歌儿唱的可是好,你们晚上也没有什么事,到我们那里去听一下吧。"

"老干部"的心思还在那两名战士身上,他没有说话。

其他几个战士一听有歌听,都很兴奋。

"'老干部',咱们去吧。"

"是啊,这也是老乡的一片心意么。"

"老干部"不想去,他就借口说:"明天还得干活呢。"

一个战士:"哎,'老干部',你不就是个负责人嘛,那么认真干什么? 再说了,明天我们好好干不就行了么?"

"是啊!"

"在这里搞生产一天多单调,多没意思,让我们出去听听歌又怎么了?"

"老干部"的心软了:"那你们去吧。"

那位老人热情地说:"都去吧。"

"老干部"执意道:"不行,我还得等他们两个人,你们去吧。"

战士们一下叫了起来:

"好嘞!"

"听歌去!"

"老干部"提醒地道:"你们带好武器,路上小心。"

战士们走了。

……

太阳一点点地落了下去。

"老干部"又试了试电话,还是不通。

……

**山路上**

杨大发和小刘还骑马在路上跑着。

漫漫的山路……

**下马崖村**

那个老人把几个战士带到了一条又深又窄的小巷子里。

这里只能过一个人,两面的墙高高的,可能是两边的墙挡住了光线,这里显得很昏暗,战士们兴冲冲地向前走着。

老人走在前边,他的脚步走得很快,突然在一个十字路口处不见了。

战士们正在四处张望时,

突然小巷两边的墙同时倒了下来,

如雷的倒塌声,在天地间轰响着。

毫无防备的战士们被倒下的石头和泥土掩埋。

镜头放慢……

战士们那一张张惊恐的脸……

战士们那一张张不解的脸……

战士们那一个个不情愿倒下的身躯……

不知过了多久。

这里平静了。

少顷，从倒塌的土堆中顽强地伸出一只手，这只手在四处寻找着，手碰到了一支枪，手又摸到了枪的扳机，那只手动了几下终于把枪的扳机扣动了……

“乒——”

清脆的枪声打破了小村子的宁静。

那只手不动了……

又一面墙倒了下来。

这里再也没有动静了……

**生产点**

枪声把“老干部”惊动了。

他正在给家里人写信，他一口气把油灯吹灭，机警地抓起枪……

**生产点**

他刚一出门，

突然，从后门闪出几个人影，七上八下地把“老干部”打倒在地。

那些人叫着：

“快把他装进麻袋。”

“不要留下任何东西。”

“老干部”已经不行了，他用尽最后一口力气把一只鞋脱了下来，然后被他们装进一个麻包，被匪徒们抬起……

风，吹打着那扇开着的房门。

风，吹着那几张翻动的信纸……

风在呜咽，这是走过雪山草地而没有牺牲的战士……

风在哭泣，这是来建设新疆的战士……

**生产点不远处**

杨大发和小刘下了马。

一种不祥的感觉让杨大发下意识地把枪机打开了，

通信员小刘也打开了枪机。

杨大发走在前边，他突然停了下来。他让小刘牵着马，自己摸到一个小土包后边，向生产点方向观察着。

他已经感到生产点里没有人，他的眉头皱了起来，觉得哪里出了问题。过了好一会儿，那里没有动静,他拾起一块石头向那里扔了过去,那里还是没有动静。

这更加证实他的判断,这里出事了。

他急速地回到了小刘那里。

小刘小声地问:“连长……”

杨大发摆了摆手,示意他小点声:“这里出事了。”

小刘不敢相信:“不可能吧。”

杨大发眉头紧锁:“没有一个人,也没有哨兵,‘老干部’不是马大哈。你在这里不要动,我先进去,你去那个小土包等我。”

杨大发拎着冲锋枪向生产点走去。

……

**生产点草棚**

他从后边转到了前边,没发现任何东西,他进了门,

屋子里没有什么反常。

他一眼看到那几张信纸。

杨大发拿了起来。

(信的特写:“……小云她妈,好久没给你写信了,我们顺利地进疆了,现在没有仗打了,为了在新疆站住脚,王震同志让我们在这里也开展大生产。今天同志们都去村子里听阿肯唱歌去了,我没事干就给你写信……”)

杨大发把信放在那里,他松了一口气,他终于明白了,这里没有人的原因……

他回到了院子里给小刘发了信号。

不一会儿,小刘牵着两匹马走了过来。

小刘急切地问:“没事吧?”

杨大发牵过了一匹马拴在门边:“他们到村子里去了。”

小刘一边拴马一边说:“你怎么知道?”

杨大发指了一下信:“‘老干部’在信上说的。”

小刘四下看看:“那‘老干部’呢?”

一句话又提醒了杨大发,他四下地看着,他在想,“老干部”没有走远,他刚才还在这里,可是这时他又去了哪里?他在院子里走动着,突然他被什么绊了一下,低头一看,是一只鞋,他拾起了那只鞋,上边的血迹让他一下警惕了起来:“小刘,还是有情况!”

小刘警觉地问:“在哪?”

杨大发指着这只鞋:“你看这上面的血还没有干……这里刚才出事了。”

小刘同意连长的分析:“这会不会是‘老干部’的鞋?”

杨大发点头:“他们趁这里就一个人,就对他下了手……”

小刘:“现在得快点和那几个同志联系上。”

杨大发:“‘老干部’信上说他们进村听阿肯唱歌去了……这是调虎离山,那么说这些人就是为了杀一个‘老干部’?”

小刘机警地举起了枪,

门口站着一个小孩子:“你们也是解放军叔叔?”

杨大发走了过来:“你是?”

小孩子的手还在发抖:“他们把叔叔杀了……”

杨大发心头一震:“你是怎么知道的?”

小孩子还在惊恐中:“我看见的……”

小刘急切地问:“在哪?”

小孩子:“我带你们去。”

小刘拔腿想走。

杨大发没动,尽管他特别想知道自己战友的下落,但是此时他非常镇静,他对小孩子说:“你为什么要告诉我们?”

孩子从口袋里拿出一个小木枪:“这是他们给我的,他们还给我饭吃……”

杨大发点头:“敢带我去吗?”

那孩子点点头。

孩子把杨大发带到了出事的那个地方,小刘远远地在警戒着。

杨大发用手扒开泥土,一个军帽露了出来……

他不再扒了,

他沉默地站在那里。

过了好一会儿,

杨大发对小孩子:“那些人现在在哪里?”

小孩子:“他们都骑着马走了。”

杨大发问孩子:“他们不是这里人?”

小孩子老实地说:“没见过,是生人。”

……

这时,街上的人多了起来。

有几个老人走了出来,

他们在向杨大发讲述着:

“他们来了好几天了,是县城的,带头的是一个警察局局长。”

杨大发:“你们怎么知道他是警察局局长?”

一个老人:“他们都这么叫他……”

杨大发:“老乡们!请你们帮个忙,帮我们把人挖出来……”

一个老人:“好!”

……

路上又有两匹马在飞驰……

跑着跑着,杨大发停下了马。

小刘问连长:“怎么了?”

杨大发调转马头:“不能走原来的道。”

小刘:“那可是远很多。”

杨大发没有回小刘的话,他用鞭子打了下马,朝另一个方向跑去。

## 县城

第二天，

警察局局长李才正在向县长艾拜都拉报功。

“下马涯的那 11 个黑大爷全上天了，我们又在通往那里的路上设了伏，只要有人从这条路上走，他也跑不了。”

艾拜都拉咬牙切齿道：“淖马湖那边还没动手？”

李才：“今天上午。”

艾拜都拉：“宗良那边什么时候动手？”

李才：“他们说等老百姓走了以后，他们就打过来。”

门突然开了，

杨大发冲了进来，后边跟着十几个拿冲锋枪的战士。

看到从天而降的解放军，艾拜都拉和李才吓傻了。

“举起手来！”

杨大发对李才道：“还有一个人，你把他们整哪去了？”

李才不语……

杨大发朝他的脚下开了一枪。

李才跳了一下：“我说……”

## 城头

“老干部”被挂在城头上。

杨大发看了一眼，他痛苦地把眼睛闭上了。

副指导员罗中林走了过来，他轻声叫了一声：

“连长，有人放风说，共产党要血洗这个县城，老百姓都出城了，不少人围着连部，要他们的县长。”

杨大发咬牙切齿道：“不可能……”

## 北山

暴动开始了。

有几百人组成的队伍在进攻北山上一个主碉堡。

一面国民党的旗帜在人群中挥舞着。

匪徒狂叫着：“血债血还……”

“保卫伊斯兰。”

“赶出共产党。”

“国民党员站出来吧。”

“把县长交出来。”

……

临时筑成的工事后面。

杨大发举着望远镜在观察敌情。

不一会儿，小刘跑了回来：

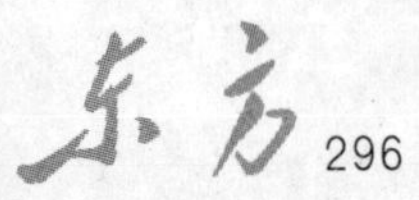

“连长,我没冲出去,各个路口都有暴动的匪徒。”

杨大发把拳头狠狠地打在沙袋上:“必须得冲出去,让上级知道这里的消息。”

小刘抓下帽子,不情愿地说:“要不,让我再试一下?”

杨大发:“再给你几个人。”

小刘点着头。

杨大发:“把信放好,见到团首长,把这里的敌情告诉他们,我们会坚持到援兵的到来,但是要快。”

小刘向杨大发敬了个礼:“放心吧,连长!”

小刘走了。

……

罗中林走了过来:“连长,各排长都到了,开会吧。”

杨大发看了在场的人:

“同志们,情况你们都看到了,糟透了。敌人有准备,我们太大意了,我们两个哨所的26名战士全部光荣了。这外边大约有1000人,看来,大部分还是起义的部队。现在两个重点:一是这个高地;二是补给站,那里的武器能装备几个团还有余,要是敌人把那里拿下来,那就糟了,要死守那里。现在还有一个情况,敌人剪断了我们所有的电话线,上级不知道这里发生了什么,派出的第一批送信的没出去,我派出了第二次,我们的命运就在这个小刘手里了。最严重的事情可能还在后面,大家要做好长期作战的准备,大家分头准备吧。”

人们各自进入自己的岗位。

这时山下传来嘈杂的声音,

杨大发拿着望远镜一看,他愣住了。

几个匪徒绑着小刘从山下走来。

他们高叫着:

“山上解放军你们听着,你们不是要派人出去送信吗?没有门,你们出不去,就是出去了,也没人来救你们。我们这次暴动是全新疆的,到处都是胡达的人,你们来多少人,也不顶用。”

小刘挣扎着,他在破口大骂。

一个匪首急了,他举起了刀,一刀下去,鲜血喷了出来……

杨大发闭上了眼睛……

## 第十六团团部

一个参谋向团长报告着:

“侦察员回来了,他们说伊吾城四周有国民党残渣余孽部队和哈萨克土匪,他们没进城,里边的情况不清楚。”

任团长已经意识到什么了:“可能是起义部队哗变了,马上向军区报告,马上派出增援部队……”

## 军区作战室

王震和张希钦参谋长在地图前。

王震在地图上给伊吾画了个圈。

一个参谋走了进来："报告司令员，骑兵第七师哗变。"

又一个人走了进来："司令员，大红柳方向有大批土匪在向迪化方向运动。"

王震一怔："把这一情况报告中央……"

# 第二十章

## 北京中南海勤政殿

中央领导在这里开会。

周恩来在汇报情况：

“从这个月的10日开始，相继在巴里坤草原和哈密、伊吾、迪化的几个县城出现暴动。现在初步掌握，这是由巴里坤草原的乌斯满、哈密的饶博斯、天山天格尔大阪的乌拉孜拜匪徒等为首的人发动，也是由美国人一手操纵的，蒋介石委任他们为新疆反共总司令等不同职务，妄图把新疆作为他们反共的基地。他们先后裹胁了5万多名哈萨克人，纠集了几万人的国民党散兵游勇，他们在伊吾开始动手了，那里的情况我们还没有掌握，进攻那里的匪徒就有1000多人，如果是这样，我估计伊吾已不在我们手里了。第七骑兵师又有17个连队暴动，参与人数有2000多人。为此中央军委决定，由新疆军区组成剿匪总指挥部，总指挥为王震同志，北线总指挥为罗元发同志。兵力为1.5万人，配装甲车41辆、汽车240辆、飞机1架。西线总指挥为第十七师师长程悦长，你们要围歼天格尔大阪的匪帮，这其中要翻过冰大阪，穿越500里将军戈壁滩。”

朱德：“中国有一句古话，射人先射马，擒贼先擒王。老罗，第一步就奔乌斯满老窝去。当然，我们还是要尽量让他们放下屠刀，因为打仗就是要死人的，特别是他们都裹胁了老百姓，找一个和乌斯满那伙人熟的人先谈一下。但是，不要影响进军的时间表。”

毛泽东：“当然了，剿匪是我们的一个任务，我们还在继续搞好生产，这新疆面貌一新了，好起来了，谁煽动也没有用。所以我们的原则还是一手拿枪、一手拿镐。我们争取在1950年让新疆有大的变化。”

## 新疆军区作战室

人们在鼓掌。

王震：“同志们，我们的行动得到了中央的批准，党中央十分关心我们这里，关心这里的稳定，我们要让毛主席放心，行动可以开始了。”

人们站了起来。

王震把程悦长叫住了：“老程，你留一下。”

人们都走完了。

王震又示意程坐下，然后关切地问："你身体怎么样？不行你就说，我换个人。"

程悦长笑了："首长问到了，我就实说，身体不是很好，但是我能坚持……"

王震想打断他的话。

程悦长摆了一下手："司令员你让我说完，我能坚持，别换了，我了解这个部队，这很重要，再说了，听到打仗我精神多了。"

王震不坚持了："那好，咱们约法三章……你不用往前靠，你在……"

程悦长又挥挥手："我是西线指挥，我往不往前靠由我定。你不用约法三章，只一章，你等我程悦长的好消息。"

王震从座位上站起身和程悦长握手……

1950 年 4 月 1 日，我北线剿匪部队分四路开进，直奔乌斯满老窝红柳峡。

同时在伊吾坚持战斗的二连仍然没有和上级取得联系，但他们还在激战中……

**伊吾**

北山上碉堡还在二连手中。

这时，炊事班长跑上山来："连长，有个不好的消息。"

杨大发没有理会他，因为十几天了，他没有得到任何一点的好消息，他只顾在那里擦他的那支冲锋枪。

炊事班长拉长着脸："连长，我们没有水了。"

杨大发一听就急了："怎么能没水呢？"

炊事班长："他们很狠毒，把那条河给改变了方向。"

杨大发咆哮如雷："妈妈的……"

炊事班长："咱们这里是补给站，军火有的是，加上咱们的地势好，守是没问题的，可是没有水是不行的……"

杨大发不让他说了："你别烦了好不，不管怎么说，你给我们搞到水，我们得活命，我们得等到大部队的到来。"

炊事班长不想和连长争什么了，大家都明白现在的处境，他没说什么走了。

……

炊事班长和一个战士牵了两峰骆驼来到了河边，他们装好水。

敌人的枪响了。

炊事班长举枪还击。

敌人的枪不响了。

另一个战士拉着骆驼跑了……

**一个山脚下**

宗良带着一支队伍埋伏在这里。

这里是个山口，风裹着沙子把天空和大地刮得是一片昏暗。

一个小头目艰难地走到宗良面前：

"我们会不会在这儿白等？"

宗良挥着枪一点不客气地说："白等也得等……"

话音还未落，又一个匪徒跑了过来："长官，他们的前哨进来了。"

宗良沉着地说："不打他们，让他过去。"拉了一下枪机："其他部队听我的命令。"

山坡上，山脚下到处都是黑洞洞的罪恶枪口。

前哨开过去了。

……

大队的解放军正在向这里行进，

看样子有200多人。

他们在山口处停了下来，他们好像在商量着什么。

山坡上那个小头目看了宗良一眼，意思是问打不打？

宗良不愧为是个正规军人出身，他很镇静。

那个队伍又前进了，

他们在枪口下运动着……

宗良还在等待着，

那个队伍全进来了。

宗良的脸上显出得意的神情，他掏出打火机，又从口袋里掏出烟，他点着了火。

"叭……"

山坡上，山脚下，

枪声响成一片，

只有宗良还在悠闲地吸着烟……

**第四十六团驻地**

挂了花的团参谋长正在向任书田汇报着：

"我们派出了前哨，因为风太大，我们和前哨联系不上，他们又没有向我们报警，我们就一直开进去了，没想到……"

任书田沮丧地问："他们有多少人？"

参谋长想想："多少人没法说，但是这个部队还是很有战斗力的……"

任书田不想让他说了："别说了，老李，我们人丢大了……"

参谋长不语了……

任书田："可是我不相信伊吾失守了？"

参谋长："从那里出来的人都说，解放军全都死了，还挂在城头上……"

任书田再一次制止了他："我死都不信，二连会完。那是个红军连队，那个连长是非常有头脑的。他们那里武器没问题，只要是占了北山那是没问题的，因为匪帮没有重武器……"

参谋长："可事实是……要不然我再去一次？"

任书田摇着头："现在不行了，上级让我们配合民族军，准备打乌斯满……"

参谋长还想说什么……

**哈密**

宗良和周妍各自端着酒杯，

他们显然是在庆祝胜利。

周妍喜上眉头:“你想听点什么?”

宗良眯着眼睛:“我想听什么,你最知道。”

周妍用细细的小手摸了一下宗良的脸:“不许胡思乱想。”

宗良把酒杯放了下来,装成不高兴的样子:“姐,我不做什么,你还不让我想什么……”

周妍又把杯子递了过来:“他现在对你很赏识,是因为你干了事,但是你要是干了越格的事,我可是知道他们这些人……”

宗良有一种失落感,他不高兴地把杯子放下了:“从学校出来就当了兵,那时是想打日本人,觉得那是为了国家。后来抗战胜利了,以为能回家了,没想到到了新疆,但是觉得年轻,在哪里都可以,但是想到不到国民党完得这么快,真是倒霉在他们手里了。可是,见到你以后,我不知为什么有了信心,也许是你的美貌,还是你的气质,如果过去还想为了出人头地,现在很现实,就是想和姐在一起。”这番话让这个美丽的女人感动了,她用将信将疑的眼神看着宗良,半天说了一句话:“真的?”

宗良眼睛里浸着泪花,十分真诚地说:“是!”

周妍不再讲话了,她的胸口在起伏着,接着,她一杯又一杯地喝着酒。

宗良站起,一把抢过那个瓶子。

周妍脸上露出一点点笑意:“看我们的命吧!听台湾方面说,韩战要开始了,也许我们的一切都会发生变化。”

宗良瞟了女人一眼:“一切?什么一切?”

周妍又一次用双手捧起宗良的脸:“小男孩儿,一切就是一切……”她又笑了,笑得那样动人……

**红柳峡**

漫天的风雪在呼啸,

进剿的部队在艰难地行进着。

这是一支北线剿匪的部队,这是一支由第十六师四团和民族军三营组成的部队。不知是天被风沙刮得昏暗了,还是天就是已经黑了,路被风雪吹得已经看不清了。

一个人来到了先头部队的团长任书田面前,

他是三营营长伊明。

“任团长,前边的路,被雪盖住了,根本认不出,前哨也和我们失去了联络。再前进,很容易迷路。如果和匪帮碰上了,那我们可要吃亏了。”

任书田反问了一句:“三营长,你的意见?”

伊明:“停止前进,明天天亮再走。”

团长果断地说:“命令部队原地宿营。”

……

部队在一个山洼里,找了个地方停了下来。

临时的指挥所就在山洼下边。

一个参谋刚一找出地图,一阵风把地图吹跑了。

……

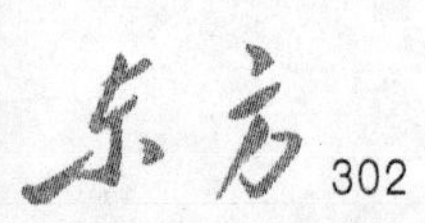

指挥员大声地叫着：

“点起火，让大家烤一下。”

“风太大，没法点火。”

“把马拉得近一点，大家挤在一起。”

“要保护好战马，要是没了马我们就完了……”

伊明陪着任书田在查看部队的宿营，凡是走到民族军跟前，伊明总是和民族军的战士用哈萨克族语在交代着：“汉族战士没有大衣，你们俩个人合一件，给他们腾出一件。”

民族军的战士们纷纷脱下大衣。

任书田感到有些奇怪：“你在说什么？”

伊明回答说：“我问他们想不想姑娘。”

任书田疑惑地……

风还在刮着。

……

伊明把靴子脱下来递给了任书田。

任惊奇地：“你干什么？”

伊明：“你们没见过这么大的雪。”

任书田有点感动了，可是他不想收下：“你穿什么？”

伊明拿出一块羊皮：“我用这个，还是很管用的……”

任书田还在迟疑不决……

伊明执意地说：“收下吧，你们从关内来，不比我们……”

任书田明白了刚才伊明对民族军战士说了些什么，他接过了靴子。

**新疆军区司令部**

王震站在地图前……

**草原**

太阳又一次来到了这个冰天雪地的大草原。

风也停了。

太阳把白雪镀上了一层金光。

一只老鹰在天上向大地不停地俯冲着，这好像是一个不祥的兆头。

团长任书田醒来，他看了看天，又看了看身边的部队，一切是那样的安宁。这是一个悲壮的场面，也是一个美丽的场面。

太阳下，大雪中，

一个雪窝中，几十个战士抱在一起，

他们每个人脸上都挂着笑意。

几个战士把一匹战马围在中间。

那马发出了嘶叫，叫得让人有点心慌。

任书田从马身上把几个战士推开。

那几个战士不是站起，而是僵硬地倒去。

任书田愣住了，他叫了起来："起来了。"

没有人回答他……

任书田又叫了起来。

"起来啊……同志们。"

这时从远处站起一个人来，我们认出来了，他是昨天的那个指挥员。

任书田高声地叫着："快叫部队起来。"

那个指挥员找到了一个号兵，

那个号兵醒来，可是他拿军号的手和军号粘在了一起。

任书田惊呆了……

那个指挥员拿起了军号……

号声响了……

也可能战士对军号太敏感了，他们一个个站了起来。他们抖落了一身的冰雪，可你觉得他们还是一个个冰雕……

从雪地上站起了千万个战士，那就是千万个冰雕，在阳光中是那样的雄伟壮观……

军号又一次响了，这是向乌斯满进攻的号角。

千万个战士从雪地跃起。

战马箭一样地射了出去。

轰轰的战车震荡着山谷……

### 第五师(原三五九旅)作战室

从迪化赶来的参谋长张希钦正在向王震汇报。

王震的身体向后靠着，他闭着眼睛，只有从他那不停点头中，你才能感觉到他在听，他没有睡着。

"前方侦察报告，乌斯满残部可能是朝北塔山方向逃了。根据你的指示，我们让任书田他们回师伊吾，正像你说的一样，伊吾肯定会在我们手中，我们准备拿下它。"

王震点头……

张希钦："根据你的指示，部队缴获了上万头牛羊，如数还给牧民。牧民们放牧用的猎枪也还给了他们，并给他们少量的子弹，这样做的效果显著，很多人包括他们的小头目都表示愿意跟共产党走……"

王震的头不点了，他累了，他完全睡着了……

张希钦看王震的样子，对身边的人笑了，他轻轻地合上了笔记本，站起，又轻轻地带上门走了，从里边传来王震的声音：

"向毛主席报告，新疆还在人民手中……"

### 北京中南海勤政殿外

毛泽东与刘少奇、周恩来在散步。

毛泽东："王胡子越来越讲政治，'新疆还在人民手中'。这句话说得好，我们要海南回到人民手中，上海也还在人民手中。到手了就不放，死也不放。"

周恩来："放了，我们就再回到井冈山。"

刘少奇:“恐怕还要退……”

## 北京中南海勤政殿

毛泽东、周恩来听取了刘少奇、朱德、陈云、董必武等人的汇报。

毛泽东对轰动全国的上海粮食风波印象深刻,他在苏联时就大赞陈云的经济掌控能力:“陈云同志会理财呀,这一次的上海问题处理得好啊,一得到上海的消息,我就跟恩来说,上海这一仗的胜利,就跟淮海战役的胜利一样啊。关于少奇同志提到的,要统一全国的财政和经济,必须先统一货币,我认为思路是对的。”拿起桌上的币样,对周恩来道:“这是谁设计的呀?”

周恩来脱口而出:“设计者是中央美院的周令钊同志,牵头负责的是中央美院的党委副书记罗工柳同志……”

董必武想起来:“咱们第一套人民币,就是由罗工柳同志设计的。”

毛泽东也想起来了:“周令钊同志,咱们国徽的设计,不是也有他的参与吗?”

刘少奇很佩服毛泽东的记忆力:“主席记性真好。咱们开国大典之际,天安门城楼上悬挂的第一幅主席画像,也是这位周令钊同志创作的。”

周恩来笑笑:“说起来,这里面还有个故事呢。去年冬天,我们派中国人民银行行长南汉宸同志去找罗工柳,罗工柳又推荐了周令钊同志,后来,又把周令钊同志的爱人陈若菊吸收了进来。可是这一对夫妻呀,保密工作做得好,谁也不知道对方在参与第二套人民币的设计,每次出门,都跟对方说是去开会。直到今年一月份,罗工柳把他们召集到一起讨论各币种方案的时候,这对夫妻才知道,原来两个人做着同样的工作……”

众人大笑。

朱德:“另外,邓华攻岛的方案也要向主席汇报。主席,我这里有几份四野和华南军区有关打海南的电报。据林彪和叶剑英报上来的情况看,原来设想的建造机帆船的计划有很多困难,所以,还是只能用木帆船。不过,最近邓华他们有了一些新的思路。前些日子,他们上报的情况中反映,琼崖纵队的参谋长符振中同志从海南偷渡过来了。另外,咱们一艘出海训练的木帆船,打败了国民党的大军舰。受这两件事的启发,邓华他们想打破常规,通过分批偷渡的办法,先增强海南岛上面的接应力量,然后,再派大部队强行登陆,以期里应外合,一举拿下海南岛……看他们电报里的意思,最近几天,他们将有具体的动作了。”

毛泽东听了很高兴:“好嘛!我就说群众是真正的英雄嘛,告诉邓华他们,放开手脚干,现在守海南岛的薛岳、余汉谋、陈济棠,都是我们的手下败将,要我看,薛岳设的什么‘伯陵’防线,根本就是一个不堪一击的东西,‘伯陵伯陵’,一听就是‘不灵不灵’嘛!”

众人大笑。

## 中央美术学院大门口

一辆轿车径直驶进大门。

轿车在楼前停下,中国人民银行行长南汉宸从车上下来。

(南汉宸　中国人民银行行长)

南汉宸径直向楼上走去。

南汉宸,敲开了美院党委副书记罗工柳办公室的门。

罗工柳吃惊地望着南汉宸，

罗工柳赶紧往前一步迎接，但还是非常奇怪地说道："天哪！什么风把你这个大财神吹来了？"

南汉宸不由分说，拉起罗工柳就要往外走："什么话也别说，快跟我走！"

罗工柳更加奇怪："去哪儿？"

南汉宸根本不跟他解释，不容置疑地说："别问了，到了自然知道。车就在楼下。"

两人往楼下走去。

**北京故宫**

石雕前，周令钊拿着放大镜仔细观赏着上面的图案。

（周令钊　中央美院著名画家）

远处，中国人民银行行长南汉宸和中央美院党委副书记罗工柳及周令钊的妻子陈若菊，向周令钊走来。

南汉宸很羡慕周令钊夫妇两个人的默契："真是知夫莫若妻呀，老周果然在这儿。"

陈若菊既了解丈夫也理解丈夫："他还能去哪儿呀？这些日子，除了故宫，就是颐和园。"

（陈若菊　中央美院著名画家）

众人来到周令钊身后。

陈若菊走到侧面，轻声唤他："令钊……"

南汉宸向陈若菊摇摇手，众人悄无声息地看着周令钊在素描本上飞速地画着。

**北京中南海**

毛泽东站在门口，恭迎齐白石。

毛泽东伸手相握，赶紧拜年："白老，新年好！"

齐白石十分感动："主席新年好。让主席久候，老朽惭愧惭愧。"

毛泽东有点愧意地解释："白老客气了。原打算春节的时候去给您老拜年的，谁知道啊，在苏联一待就是八十多天，等回到北京，连十五都过了……"

齐白石一手摸着胡须，笑着对毛泽东说："只要不出正月，那就还是过年。"

毛泽东见老人家高兴，赶紧顺着说："对对对！只要不出正月，那就还是过年。正好，陈赓同志到了云南呀，托人给我捎了两盆山茶花回来，这两天正好开了，我请白老前来赏花呀。"

齐白石非常感动，毛泽东国务那么繁忙，还想到自己，真是虚怀若谷呀："只是主席日理万机，还想着老朽，真叫老朽铭感肺腑了。"

毛泽东尽展尊敬之礼数："白老客气了……哎哟！您看看，哪有让白老站在外面说话的道理呀？里面请啊！"

齐白石也潇洒一挥手："主席请！"

毛泽东也伸手，不肯先行，在他眼里要长者为先："尊老敬贤，礼也，还是白老请啊。"说着，他搀扶着齐白石向菊香书屋走去。

毛泽东搀扶着齐白石进屋。

毛泽东给齐白石让座后，随即吩咐道："银桥，上茶。"

毛泽东不知道齐白石是否会抽烟，他还是礼貌地从桌上拿起香烟，抽出一支递给齐白石。

齐白石摆摆手："谢了主席，老朽不会抽烟。"

毛泽东将香烟放回烟盒："白老好习惯哪，可是我就不行，常常因为抽烟遭到大家的反对呀。江青同志就常批评我烟瘾太大，说是对身体没好处……"

李银桥端茶上来，毛泽东接过，双手递给齐白石。

毛泽东恭敬地说："请用茶。"

齐白石双手接过："谢谢主席。"

毛泽东："白老，我得给你提个意见哪，以后，请不要主席主席地喊，我不习惯！白老是1864年生的，比我大了29岁，可算得上是我的长辈，你喊我润之就行。"

齐白石："主席不让我喊主席，老朽可以不喊，可您一口一个'白老'地喊，老朽也不习惯哪……"

毛泽东："既然都不习惯，那我们就随便一些。你原名纯芝，我原名润之，两人小名都叫'阿芝'，你我可称得上同乡同名兄弟，你年长，我应该尊称你一声老哥哟。"

两人大笑。

## 北京中南海西花厅

众人的笑声中，周恩来帮着邓颖超将茶杯一一递给周令钊、陈若菊、罗工柳和南汉宸。

周恩来看看大家，扬了一下手中的钱币："请你们几位来呀，是关于第二套人民币设计方案的事儿。昨天主席、少奇、朱老总，还有董必武、陈云等同志，我们在一起议了一下，感觉设计方案基本可行，只是有几个地方需要略作修改……"

周恩来拿起图样："具体意见有这么几条：第一，根据主席的指示，在人民币上面不要印他的像。第二，'中国人民银行'的行名排列，从现在的从右至左改为从左向右排列。第三，这张十元券设计的工农兵主景中的'农妇'年纪太苍老，要画得健康一些，战士的形象也不够英勇，手中拿的还是美式卡宾枪，不恰当，需要重新修改完善。还有这张一分券的主景设计中的汽车，是我国装配的美式汽车图样，建议还是改一下为好，免得外人误会……"

## 北京中南海菊香书屋

毛泽东和齐白石正对着两盆茶花欣赏，李银桥走进来。

李银桥看着主席的背影，关心地说："主席，饭菜都上齐了。"

毛泽东转身，伸手做个请的姿势："白老，请！"

齐白石也伸手："主席请！"

毛泽东摇头，有点责怪的意思："你应该喊我润之才是。"

齐白石和毛泽东一来一往，也有点埋怨："你也不应该喊我白老的。"

两人相视大笑。这一对忘年交彼此欣赏，成就了一段历史佳话。

## 小餐厅内

毛泽东举起酒杯，真诚地说："今天算不上宴请，只是略备薄酒，与白老叙叙乡谊呀。"

齐白石听到毛泽东提到乡谊一词，非常感动，举起酒杯和毛泽东对饮："看看这满桌子的湖南菜，我的口水都快流出来了。”拿起筷子夹了一口菜，细细品味着：“嗯！纯正的湖南风味。”

毛泽东也放下酒杯，饶有兴致地说起家乡：“说起来呀，我们是正宗的老乡呢。白老的老家是在白石铺杏子坞，离我们韶山冲只有一百里不到。说起来，我们那个地方真是地灵人杰呀，出了白老这样一位大画家，真是值得乡梓骄傲啊。”

齐白石：“真正给家乡带来骄傲的应该是主席。你们家的韶山冲那才是龙兴之地，当年舜帝南巡，在此处作韶乐，后世孔子说，闻韶乐，三月不识肉味……今日，主席领袖全国，实属必然呀。”

毛泽东笑着摆手，想起了自己一路的打拼，心中升腾起大义之感，为了百姓，为了山河呀，没有这个，他是很难坚持下来的，于是道：“你老哥还信这等事情啊？我是不相信的呀。我们共产党之所以闹革命，完全是为了解放全国的老百姓啊。从1840年鸦片战争到现在一百多年，中国人民受尽了帝国主义、封建主义和官僚资本主义的压迫，国家屡遭外敌入侵，山河破碎，民不聊生。黑暗的东西你不去打破，光明就不可能来临呀……”

齐白石点头称是——人民拥护毛泽东是有道理的，人民的情感是最淳朴的：“是啊，所以，新中国一成立，全国上上下下的老百姓都为之欢呼，这就是民心所向！润之啊，‘东方红，太阳升，中国出了个毛泽东……’这可是人民从心底里唱出来的。”

毛泽东大笑。人民的真情实意他是能够理解的，但是他心里明白，一切事业的根基都来自于广大民众。毛泽东伸手给齐白石夹了一口菜：“哈哈！一个毛泽东本领再大，也做不了那么大的事啊。这是四万万同胞共同奋斗的结果呀。多少仁人志士啊……不说别处，就是在咱们那一带，就不止是出了我毛泽东啊，像少奇同志家是宁乡县炭子冲的，彭德怀彭老总是我们湘潭县石潭乡乌石寨的，陈赓同志是湘乡县二都柳树铺的，各家相距都不远哪……还有你白老……”

齐白石谦虚地说：“老朽算不得什么。要不是去年你亲自写信，邀我参加新政治协商会议，老朽连主席的面恐怕也见不着呢……”

毛泽东回忆起和老先生相识的过程：“是啊，我们是在新政协会议上才见了第一面的。虽然是第一面，可我对白老那是一见如故、相见恨晚哪。听说国内外有不少收藏家都收藏你的画呀，实不相瞒，我也是齐白石艺术的爱好者……”

齐白石觉得毛泽东有些过奖了，他更是赞叹毛泽东的笔墨才华：“主席的诗词大气磅礴，书法更是自成一体，老朽也是久仰得很哪。”

毛泽东很高兴，他和齐白石聊天感觉很放松，就像一个普通人一样，眼睛里闪烁着智慧的光芒：“那饭后，我就写一幅，请白老雅正。”

齐白石动容地举起酒杯：“哎呀，老朽可是求之不得了……”

毛泽东也举起酒杯，饮以开怀：“先喝酒，喝酒啊。光顾说话了，菜都凉了。”冲外屋的李银桥道：“银桥啊，把这几个菜拿到厨房去热一热……”

## 雷州半岛灯楼角码头

“刮东北风了，刮东北风了……”

夜色里，一队队全副武装的解放军官兵奔向海边。

军长韩先楚来到队伍面前，一杆“渡海先锋营”的大旗握在他手中。

韩先楚挥舞了一下大旗，终于盼来了战机，他来到战士们面前：“同志们，我们终于盼来了东北风，你们是我渡海兵团第一批进军海南岛的部队，预祝你们胜利登上海南岛！苟在松！”

苟在松军姿威严地应道：“到！”

韩先楚充满期待和信任地说道：“接旗！”

苟在松双目炯炯：“是！”

第一一八师参谋长苟在松接过“渡海先锋营”大旗，在队伍前摇了几摇。

队伍里爆发出雷鸣般的吼声：

“渡海打先锋，解放海南岛！”

“渡海打先锋，解放海南岛！”

苟在松：“出发！”

部队分头向停泊在海边的大木船跑去。

## 北京中南海菊香书屋

毛泽东笔走龙蛇，写的正是那首《沁园春·雪》。

齐白石及李银桥等工作人员饶有兴致地在一旁欣赏。

毛泽东终于写完了，落款。

齐白石得见毛泽东的真笔，暗中赞叹不已，这幅字画他将好好收藏，他提示毛泽东：“请主席用印。”

毛泽东两手一摊，自嘲地笑道：“我可没有什么印哟……”

齐白石若有所思。

## 北京印钞厂设计室

南汉宸和罗工柳及周令钊、陈若菊夫妇正在研究第二套人民币的修改方案。

罗工柳在一张纸上写着、画着：“总理的指示中还有几条：二角券上，‘毛泽东号’机车头上有毛主席像，建议改为五角星；一元券原设计稿主景为天安门，有红旗、彩灯及毛主席像，批示将红旗、彩灯和墙上挂像去掉……”

陈若菊边给大家倒水边说：“二元券原设计稿为金黄色，与其他主币色调很不协调，且一元券与二元券之间的色样，在广大劳动群众的习惯上易于混淆，可以改为蓝色。”

周令钊接过一杯水放在旁边，迫切地说：“五元券的主景‘民族大团结’，咱们的设计稿为群像中有人高举毛主席的画像，总理指示，民族大团结的主景可用，但根据毛主席的意见不要把他的像画上……”

南汉宸点头，他谨慎地说出意见：“总理指示，把毛主席画像换为两幅语录牌，‘中华人民共和国万岁’和‘中国各民族大团结万岁’，你们看是不是可行？”

## 北京中南海菊香书屋

周恩来把人民币的方案拿到毛泽东面前。

毛泽东看了好一会儿：“别的不说，这两幅标语我非常赞同，中华人民共和国万岁，这是人民的愿望，但是能不能万岁，就靠民族团结，这就是我们为什么不允许新疆分裂、一定要争取西藏和平解放的原因。中国共产党，毛泽东、刘少奇、周恩来，哪怕是王震，我们一切努力都是为了这两条：中华人民共和国万岁，中国各民族大团结万岁……”

## 北京六合饭店

刘涛陪着李四光和许淑彬走进了六合饭店，

来到了他们下榻的房间。

夫人许淑彬迟疑了一下：“小刘，这么好的房间，不知要多少钱？”

刘涛明白了许淑彬的意思：“夫人，刚才政务院的同志说了，你们的宿舍还正在修缮，修好了就搬过去。现在是由政务院负责。”

许淑彬：“想得真周到。”

电话响了……

李四光：“我们刚住进来，是找谁的呢？”

刘涛拿起电话：“你好，这是李四光同志宿舍。”

电话里：“你好，请问一下李四光同志下午在吗？”

李四光听到：“在……”

电话里：“好，请在房间里等，有首长要来看他。”

李四光：“有人来看我们，是谁呢？”

## 北京六合饭店门前

一辆汽车停下。

李四光住房的门铃响了。

李四光去开门，

门口站着周恩来。

李四光不认识他。

刘涛走了上来：“这是周恩来总理。”

李四光惊奇道：“周恩来？你是周恩来总理。”

周恩来：“李四光同志，我代表毛泽东同志、朱德总司令欢迎你回到祖国，欢迎你和许淑彬女士来北京。”

李四光：“谢谢。”

许淑彬：“真是太谢谢了！”

周恩来：“不知你们住这里习惯不，不过还好，过几天我就带你们去选选房子，就在北京住下吧。”

李四光看了看夫人。

几个人落座，

刘涛给他们倒好茶。

周恩来：“怎么样？李四光同志，不知你对将来有何打算？”

李四光：“我是搞地质的，国民政府搬到台湾，很多人还留在南京，我想回地质所。”

周恩来：“噢！我和主席请示过了，新中国的中国科学院成立了，院长是郭沫若，想让你做他的副手，中国科学院副院长。郭老是诗人，是个文学家，也是科学家，你们搞自然的科学家有自己的脾气，讲求实际多一点，文学家有文学家的脾气，浪漫多一些，郭老是一个非常诚恳、非常真挚的人，相信你们一定会合作好。”

李四光：“一定，一定。”

周恩来：“当然，你主要是把全国地质工作者组织起来，建立起一个机构，地质社会主义建设的先锋队。”

李四光：“是的。对了，有一件事儿问一下。没来北京时，在南京收到东北工业部的一个电报。请南京的地质所派人到东北的双鸭山及北满调查煤炭储量，南京立即派人去了，那里的情况怎么样？”

周恩来高兴地说：“情况非常好，双鸭山和鸡西都有很大的储藏量，现在正在开采……”

周恩来：“李四光同志，用诗人的话说，张开双手拥抱我们的祖国吧！”

电话铃声响……

刘涛接电话。

她小声地对周恩来：“总理，您的电话……”

周恩来接电话：“好，我马上就到……”他放下电话：“四光同志，我们先谈到这儿，主席找我，我先走一步。”

周恩来走了……

刘涛走到李四光面前：“李老，我有个想法……”

李四光：“你说，小刘。”

刘涛：“我是清华毕业后当兵的，我想跟你搞地质。”

李四光：“我没问题，你们部队上？”

刘涛：“您帮我说说……”

# 第二十一章

## 武汉 100 号

这是林彪的指挥部。

一个参谋人员站在林彪房间的门口，在向林彪汇报海南岛战役情况。

参谋："邓华司令员向你报告，渡海先锋营，他们一共是……"

从黑黑洞洞的屋子里发出一个声音："我不听你的人数，把今天的风向、海上几级风浪、潮汐情况说一下。"

参谋："好……"

## 北京中央军委作战室

毛泽东、朱德在军委作战室里，

身边站着几个高级参谋人员。

一个渡海作战大沙盘前，毛泽东在听一个参谋的汇报。

一个参谋在向毛泽东报告海南岛天气和水文情况："今天上午，东南风，风力三级……"

毛泽东："好，这是一个进步，我们作战知道天气很重要了。这一点，古人比我们强，他们还知道借东风，当然了，这个进步我们是有代价的。"毛泽东指着沙盘说："先锋营如果顺利，他们应当在什么位置上？"

参谋："前方还没有报来消息。"

毛泽东："那就等。"

参谋："我打电话问一下？"

朱德："不用……"

## 第十五兵团司令部前线指挥部

韩先楚在房间里来回地踱步。

邓华一步闯进来："先锋营有消息吗？"

韩先楚摇摇头："没有。"他疑惑道："按时间计算，他们应该抵达了。"

邓华看了一下手表："沉住气，再等等……"

## 海上

渡海先锋营的船队破浪前进。

船头，一个战士拿着望远镜在观察。

战士："前面发现一支船队。"

众人禁不住往战士手指的方向望去。

苟在松跑过来，从战士手中接过望远镜。

海面上，一支国民党的船队，船上身着美式制式军服的国民党官兵的身影依稀可见。

举着望远镜的苟在松："妈的，真是冤家路窄呀。"对旁边的战士道："往后传，让大家注意隐蔽，船上只留下老乡，咱们的战士都躲到船舱里去。"

战士向后面的船喊："往后传，大家注意隐蔽，船上只留下老乡，其他人都躲进船舱！"

苟在松对老船工道："大伯，插过去，跟在他们船队的后面。"

"参谋长，有敌机！"

苟在松抬头朝空中望去，

一架国民党的海上巡逻机在前面船队的上空盘旋着，

而国民党的船队则在海面上划了一个大大的"S"型。

苟在松冷笑一声，对老船工道："大伯，学前面船队的样子，走弯道。"

老船工："好嘞。"

迎面，国民党的侦察机向先锋营的船队飞过来。

先锋营的船队在海上划了一个大大的"S"型。

苟在松看着敌机远去，不禁长出了一口气。

## 海南岛上

山野间，一支队伍在急速地前进。

一个指挥员："快！后面的跟上。"

## 船上

甲战士在喊："参谋长，快看，前面就是海岸线了。"

苟在松："各船做好战斗准备，加快划船速度。"

战士乙："各船做好战斗准备，加快划船速度。"

战士丙："报告参谋长，左前方军舰两艘向我驶来……"

战士甲："报告参谋长，有敌机……"

话音未落，一发发炮弹在船四周爆炸。

十余架敌机向先锋营船队俯冲、射击，

两艘敌舰也向船队射来密集的炮弹。

苟在松："同志们，考验我们的时候到了，各船加快速度，快速登陆。"

船上，战士们以各自的武器，纷纷向敌舰和敌机还击。

划船的战士和船工们喊起号子奋力划着，

木帆船抵近海岸。

岸上，国民党兵依托工事，向船上射击着。

后面的船疾驰向前，与先头船排成“一”字队形，战士们从船头向岸上敌人的工事射击。

## 海南岛上

琼崖纵队一总队八、九两团的行军队伍。

密集的枪炮声。

一个指挥员：“快！我们的渡海部队过来了，同志们，用最快的速度冲上去，消灭滩头的敌人，接应我渡海部队顺利登陆，冲啊！”

岸边，

木帆船抵近海岸，战士们纷纷跳下水，向滩头冲去。

远处，琼崖纵队的战士从陆上对敌人的工事发起冲锋。

苟在松：“琼崖纵队的同志接应我们来了，大家快冲，冲上滩头就是胜利！”

岸上，国民党兵们纷纷逃离工事，向后方撤退。

苟在松率领的渡海先锋营与琼崖纵队一总队八团、九团汇合在一起。

一个指挥员来到苟在松面前：“是苟参谋长吧？我是琼崖纵队八团副团长。我们团长说，大家不可恋战，赶紧随我们转移。”

苟在松：“好！”转身对渡海先锋营的官兵喊道：“同志，收拢队伍，迅速撤离战场，跟着八团、九团的同志转移……”

## 报废的滩头工事前

薛岳对站在工事前低头不语的众军官大发雷霆。

薛岳：“饭桶，你们就是一帮饭桶！你们这么多人，又是飞机、又是军舰、又是大炮，怎么能让他们区区几百人强渡成功？”

军官甲：“报告总司令，他们分明就是偷渡过来的……”

薛岳：“屁话！人家还提前告诉你一声啊？你们大概中午还得喝两盅吧？喝完了，还得眯一觉吧？没让共军把你们连锅端了，真是你们万幸了！”

军官乙：“总司令不必太上火，就是几百人的共军，料他们也翻不了多大的天……”

薛岳：“你们别小看了这几百共军，他们这是要学孙悟空钻进铁扇公主的肚子里。如果让他们这样几百人、几百人地渡过来，我们的日子就难过了。传我的命令，若有敢玩忽职守、放共军进来的，一律军法处置！”

军官乙：“总司令，共军的那几条船怎么办？”

薛岳气急败坏地说：“炸了，全给我炸了。”

薛岳等人向远处的汽车走去。

身后，几声爆炸，十几只木帆船被炸得粉碎。

## 第十五兵团司令部前线指挥部

酣畅的笑声。

门前的石桌旁，邓华、赖传珠、洪学智等人开怀大笑着。

洪学智：“好啊，苟在松他们干得漂亮。”

赖传珠：“第一支渡海先遣营偷渡成功，不但极大地鼓舞了整个渡海部队的士气，也为我们后续部队的偷渡和正面强渡积累了经验。”

邓华：“我们是高兴了，薛岳的日子可就不好过了。第四野战军司令部通报的情况说啊，蒋介石发电报，把薛岳骂了个狗血喷头啊……”

洪学智：“蒋委员长的‘娘希匹’骂起来，应该是很好听的。既然蒋委员长喜欢骂，他薛岳又喜欢挨骂，咱们哪，索性就让他骂个痛快！”

邓华：“是啊，等风向对的时候，咱们再送一批去。”

赖传珠：“这回可要看李作鹏他们第四十三军的了。”

邓华：“可以向毛主席和101首长报告了。”

## 武汉100号

一个参谋在林彪的门前报告着：“101首长，前指向你报告，先锋营已经上岸。”

黑暗的房子里没有动静。

参谋不敢再说了，过了好一会儿里边传出一个声音：“扶我出去。”

几个警卫员连忙走了进去。

林彪被扶了出来，参谋一怔，他面前的林彪几乎让他认不出来了，胡子长长的，脸色惨白，人瘦了很多，参谋不禁叫了起来：“101首长——”

林彪无力地咳了一下：“讲。”

参谋：“渡海先锋营成建制上岸。”

林彪：“第四十三军可以动了。”

## 北京中南海军委作战室

一个参谋把一份电文呈给毛泽东。

毛泽东看了看没有说话。

他在沙盘上把一面第四十三军小旗动了一下。

## 湛江市海边码头

第四十三军一二八师三八三团团长徐芳春随着李作鹏等军师首长向海边走去。

（李作鹏　第四十三军军长）

李作鹏：“气象预报说，今天中午12点，转东北风，渡海先锋营下午1点要准时出发，时间差不多了，你们的人准备得怎么样了？”

徐芳春：“军长你看，我们渡海先锋队的人不正在登船吗？”

（徐芳春　第四十三军一二八师三八三团团长）

李作鹏：“你徐芳春给我记住，第四十军派出的第一支渡海先锋团顺利登上了海南岛，你们可不能给我丢人。”

徐芳春：“请军长放心，我们保证完成任务。”

## 海边

渡海先锋营的战士们正在登船，

徐芳春和李作鹏等人来到船边。

徐芳春向李作鹏等人敬礼,问:"各位首长还有什么指示?"

李作鹏:"我说一句,我们从东北打到海南岛,一路都过来了,这可能是最后一仗了。一是完成任务;二是完成任务后,我能见到你们。出发吧!"

战士们激动的脸庞。

徐芳春更是激动:"是!"

徐芳春转身冲大船上的人喊:"升帆!出发!"

李作鹏等人目送徐芳春向船上走去。

木帆船一艘接着一艘离开码头,向大海深处驶去。

### 北京中南海丰泽园

毛泽东走出菊香书屋,轻舒了几下手臂,欣赏着院内的景色。

毛泽东:"今天天气不错。"他冲屋内招呼道:"银桥,搬把椅子到外面来。"

李银桥搬着椅子走出来。

毛泽东:"来,放到这边,我晒晒太阳啊。对了,顺便把桌子上的香烟拿来,还有我看的那本《资治通鉴》……"

李银桥回身拿来了书和香烟。

毛泽东先要过香烟和打火机,点上一支烟,很惬意地狠吸了一口,眯着眼,品味着。

李银桥把书递给毛泽东,一抬头,惊喜道:"主席,您看谁来了?"

毛泽东抬头往门口望去,但见诗人艾青正站在门口,有些激动地望着毛泽东。

(艾青　著名诗人)

毛泽东欢喜地说道:"是艾青同志嘛,真是稀客呀。"

毛泽东起身迎上去。

艾青奔向毛泽东:"主席!"

毛泽东握着艾青的手:"你这个艾青同志啊,大概早把我忘了吧?这么长时间也不来看我?"

艾青:"主席这么忙,我哪敢随便来打扰啊?"

毛泽东:"这话就过了啊。在延安的时候,你可是我家里的常客,不仅是你,还有萧军、刘白羽、欧阳山、何其芳、丁玲……那么多人哪。可是一到了北京啊,大家就跟我疏远了……"

艾青:"现在大家都分住各地,不像在延安的时候那么集中了。再说,这中南海,也不是谁想进就能进来的……"

毛泽东:"你是说我高高在上、脱离群众了啊。对了,你今天来找我,有什么事情啊?"

艾青:"我是来给主席送礼的。"说着晃了晃手中的一个纸包。

毛泽东:"哈哈!你这个艾青同志啊,跟我一样,穷得丁当响,有什么礼可送啊?不过看样子,你真是来给我送礼的,是什么贵重的礼物啊?"

艾青:"主席可是一向拒绝收礼的。"

毛泽东:"别人的礼我当然拒绝,可你大诗人送的礼呀,我是照单全收。赶紧打开来让我看看,我们的大诗人到底要送我什么礼物?"

艾青:"礼是重礼,可不是我的,我是代人给主席送礼来了。"打开纸包,露出了两方精致的印章。

毛泽东接过印章仔细欣赏着:"哎哟！还真是重礼,石头是上好的石头,'毛泽东印',一个是阴文,一个是阳文……你让我猜猜这是谁的杰作呀,是白石老刻的吧?"

艾青:"主席真厉害。果然一言猜中。齐白石老先生说,前两天主席请他吃饭,还送他一幅手书的《沁园春·雪》,美中不足的是,那么好的书法作品,却没有印章。于是,齐白石老先生回到家,连夜刻制了这两方印章,托我给您送来。"

毛泽东:"齐白石老先生真是有心人哪。"回头对李银桥喊道:"银桥,给艾青同志泡茶。"

李银桥答应着端茶出来:"来了！艾青同志,请用茶。"

(朱德的画外音:"给我也泡一杯。")

毛泽东:"一听就是朱老总来了。"对李银桥说:"泡茶去。"

朱德快步走进来:"主席真是好雅兴啊,约来艾青同志来,是不是要以文会友啊?"

艾青:"朱老总好。"

朱德与艾青握手:"艾青同志你好,多年的老朋友了,也不经常登门来看看我们。"

毛泽东:"艾青同志听到了吧？我和朱老总可是一样的意见啊。"

艾青:"我今天到主席这儿来,已经是不速之客了。"

毛泽东:"说哪里话哟。你这样的客人,天天来,我和朱老总才高兴呢。朱老总,你不知道吧？艾青同志今天给我送来了上好的礼物啊。"说着话,将手中的印章拿给朱德欣赏。

朱德:"的确是上品啊。"

艾青:"这是齐白石先生为主席刻制的。"

朱德:"齐白石先生的画作和篆刻,当世无双,与主席的字可算是珠联璧合、相得益彰。什么时候,润之可得给我写一幅。"

毛泽东:"朱老总来找我,怕不是来索字的吧?"

朱德:"我是来向你报告好消息的。3月6日,韩先楚第四十军的一个加强营800人,在海南岛登陆成功啊。林彪和叶剑英都来电报说,最近几天,他们还准备再渡过一个加强营过去……但是第十五兵团报告说,今天的天气……"

毛泽东对艾青:"对不起了老朋友,我可能要离开一会儿,不好意思,南边在打一场大仗,我放心不下,下次再约你。"

**北京中央军委作战室**

毛泽东一直在看着沙盘……

前方战场都叠画在他的巨大身躯上……

**海上**

狂风暴雨,电闪雷鸣。

阴云密布的大海上,20余盏马灯在风浪中飘摇。

徐芳春率领的第二支渡海先锋营21艘木帆船在飓风恶浪中颠簸前进。

众人在船上跌跌撞撞。

马灯摇摆,突听一声脆响,马灯上的玻璃碎了,灯霎时跟着熄灭。

黑暗中,一个战士的喊声:"团长,前面什么也看不见啊。"

徐芳春冒雨站在甲板上："按指南针确定方向。"

忽然"咔嚓"一声巨响，折断的桅杆向一侧倒去。

黑暗中有人大喊："小心！"

### 另一艘船上

大船在剧烈地起伏、摇动，

几个战士趴在船边"呕呕"地吐着。

狂风肆虐中，硕大的帆篷被撕裂开来。

一个船工大喊："帆篷撕开了，快落下帆，快落下帆！"

几个战士向桅杆跑去。

……

黑暗中有人喊："不好了，船舱进水了。"

一个战士提马灯去照，但见海水正通过一个大窟窿往船舱里涌。一个战士正拿自己的身子去堵。

一个船工跑来："拿被子堵。"

战士们纷纷叫喊："快！拿背包来。"

### 先头的船上

一个战士带着哭腔："怎么办哪，团长？"

徐芳春："什么怎么办？桅杆断了，就用人划，只要死不了，就得去抢占登陆点。即便是游，我们也要游到海南岛去。告诉后面的船，跟上队形，不要掉队。"

一个战士："后面的船早没影了，一艘都看不到了。"

徐芳春怒吼道："老天爷，你他妈混蛋！"

狂风和浪涛淹没了徐芳春的呐喊。

### 第四十三军军部

李作鹏一拳砸在桌子上。

李作鹏："这他妈什么狗屁天气预报？怎么光报有东北风，就没报海上有风暴啊？"

政委张明池："老李，别着急。事已如此，你着急也没有用，再说，事情未必像我们想得那么糟，还是要相信我们的战士……"

（张明池　第四十三军政委）

李作鹏："我们的战士顽强、勇敢，这我相信，可他们一个个都是北方人，在海上训练的时间又不长，大多数人根本就谈不上熟悉水性……"

张明池："等等看，也许会有消息传来。"

李作鹏："都过去五天了，有消息的话，早该来了。"

一个参谋走进来："报告！"

李作鹏不耐烦地问："有什么事儿？"

参谋："是海南岛的电报……"

李作鹏"腾"地一下从椅子上弹起来，上前一把抢过电报，一个字一个字地看着。

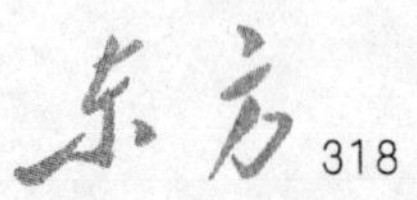

张明池:“有什么好消息?”

李作鹏:“谢天谢地!谢天谢地!”顺手把电报递给张明池。

张明池看着电报:“成功了!我渡海先锋营在海上遭遇风暴,船只在海上失散后,各自为战,于11日9时左右在琼东北地区赤水港至铜鼓岭一带30公里的地段上分散登陆,分批到达预定地点,并突破敌守军一个团的封锁,于12日晨到达文昌地区……”

李作鹏站起身,对参谋喊道:“还愣着干什么?快去向邓华司令员报告啊!”

## 海南岛文昌县谭门

枪炮声大作。渡海先锋营临时构筑的阵地上,徐芳春正指挥部队阻击包围上来的敌人。

徐芳春顺着堑壕来到一营营长身边,道:“一营长,看样子今天我们遇上硬茬了!妈的,我们的正面,少说也有一个团的敌人。看来薛岳老小子真急了,动用六个团的兵力围攻文昌,其企图很明显,就是想趁我们刚刚登陆,立足未稳,想一口吃掉我们……”

一营长:“做他娘的春秋大梦。也不打听打听老子是从哪儿过来的。当年杜聿明、廖耀湘的几十万大军,老子都不尿他,何况这几个杂牌军!来吧,老子好一阵没打仗了,今天正好过过瘾……”

二连连长李树廷端着一支卡宾枪,冲着逼近的敌人一阵扫射。

一个排长从一侧猫腰过来:“连长,我带我们排打他个反冲锋……”

李树廷:“你小子别蛮干,敌人比我们多好几倍呢。打仗光靠勇敢不行,要学会动脑子。你看那边山头上是什么?”

排长:“好像是敌人的指挥所。”

李树廷:“就是嘛,没听说过呀,擒贼要先擒王。你带你们一排正面牵制,我带一个班从侧面迂回过去,端了他这个指挥所。”说着,他对一个班长喊:“五班长,带你们班,随我来。”

李树廷带着五班沿着堑壕,向对面山头摸去。

李树廷率五班沿着一条长满灌木的山沟摸上山顶。

但见一个掩蔽部里,几个国民党军官、士兵进进出出。

“我是第三十七团史团长,我们请求炮火支援,我们请求炮火支援……”

李树廷大喝一声:“打!”一边射击,一边向敌人的掩蔽部冲去。

李树廷等人冲进掩蔽部,高喊着:“举起手来,缴枪不杀!”

几个国民党军官端起枪欲向李树廷等人射击,李树廷和五班的战士同时开枪,几个国民党军官纷纷倒地。

李树廷一个一个翻捡着国民党军官的尸体,高兴道:“乖乖,一个上校、两个中校、两个少校……”一挥手对五班的战士们道:“快!从后面打这帮狗日的。”

众人随李树廷冲出敌人的掩蔽部。

李树廷等人占据有利地形,从背后对正在向我方阵地冲锋的敌人开了火,十几个国民党士兵当场毙命。尚未反应过来的敌人纷纷卧倒四下观察,反应过来的或找隐蔽物躲藏,或拼命地向一侧逃去。

## 渡海先锋营阵地上

徐芳春:“好样的,干得漂亮!一营长,查一下是谁干的?”

一营长:“是二连连长李树廷！他们摸到敌人的团指挥所去了。”

徐芳春:“司号员,吹冲锋号!”

冲锋号骤然响起。

一营长:“同志们,跟我冲啊!”

一营的战士跟着一营长向溃逃的敌人冲去,

枪声、呐喊声响遍山野。

突然,几发炮弹在渡海先锋营反冲锋的人群中爆炸。

徐芳春:“不好,敌人从右边上来了。一营长,快！冲上前面的高地！阻击新上来的敌人!”

一营长率战士们向前方的高地冲去。

## 北京中央军委作战室

大沙盘前,毛泽东睡着了。

聂荣臻、刘亚楼走了进来,见毛泽东睡着了,聂荣臻上前把披在毛泽东身上的衣服往上拉了拉,刘亚楼走到窗子前把窗帘轻轻拉上。

两个人站在毛泽东身边等待着。

毛泽东醒了:“是刘亚楼吧?”

刘亚楼:“主席,你多睡会儿吧。”

毛泽东:“等你刘亚楼的空军成军了,我睡它七天七夜。来谈谈空军……打海南要是有了空军,四野可就容易多了,所以你刘亚楼要记住,打台湾我一定要用上空军。”

刘亚楼:“一定。”

## 北京菊香书屋

毛泽东和周恩来正在交谈。

周恩来:“胡志明同志已经回到越南,他来电报,请求我们尽快把军事顾问团派过去呀……”

毛泽东:“看来,胡志明那边的压力很大呀,我考虑派陈赓同志去,你们看,怎么样啊?”

周恩来:“陈赓同志倒是最合适的人选。他跟胡志明可是老朋友了。第一次国共合作的时候,胡志明同志是苏联驻广州领事馆的翻译,并兼任在中国的共产国际的代表鲍罗廷的秘书。而陈赓同志那时在黄埔军校,他和胡志明结下了深厚的友谊啊。只是……”

(聂荣臻的画外音:“只是陈赓同志正在指挥西昌战役……”)

朱德和聂荣臻一前一后走进来。

毛泽东:“朱老总、荣臻,你们来得正好啊。”

朱德:“我和荣臻是来向主席报告好消息的。”

毛泽东:“是有关解放海南岛的事情吧?”

聂荣臻和朱德对望一眼。

聂荣臻:“主席真是料事如神哪!”

朱德把电报递给毛泽东:“6 日,第四十军渡过去 800 人。11 日第四十三军又渡过去 1000 多人,这就过去 1800 人了。这可是 1800 只东北虎,够他薛岳喝一壶的。”

毛泽东:“好啊。”把电报往办公桌上一放,道:“这件事情先放一放,请朱老总和荣臻帮我们参谋一下,看我们派陈赓同志去越南合不合适?”

聂荣臻:“陈赓同志确实是在指挥西昌战役啊。”

毛泽东:“不妨事,等他打完了这一仗再去嘛。”

## 云南昆明体育馆

篮球场上,一场激烈的篮球比赛正在进行。

看台上,陈赓笑意盎然,满脸自信。

(陈赓 第二野战军第四兵团司令员)

政治部胡副主任:“陈司令,看来这一场我们又赢定了。”

陈赓:“这还用说嘛?”转脸看了看正在不远处冲着场上自己的队员发火的卢汉。

卢汉:“拦住1号,别让他上篮,别让他上篮! 嗨! 怎么这么笨呀?”

(卢汉 原国民党云南省政府主席、起义将领)

胡副主任:“司令员,咱们的人是不是狠了点? 上一次比赛他们就败了,这次……”

陈赓:“是卢汉对上次输球不服气,才提出再打一场的,就是再打十场,咱们也不能让他赢。卢汉跟我说,他的这支球队,曾经打败过美国陈纳德的航空队篮球队,在云南保持了17年的冠军。我们就是要告诉卢汉,解放军不只是战场上厉害,篮球场上,咱们也不含糊……”

终场的哨子响了,席上的观众跳起来欢呼着。

陈赓起立走向卢汉:“卢主席,你们又输了。”

卢汉:“陈司令员着实厉害呀,你们的队员打得我们没有还手之力。到底是胜利之师,其势不可抵挡,打球也一样……”

陈赓大笑:“哈哈哈哈!”悄声问卢汉:“哎! 这一次的门票是多少啊?”

卢汉:“跟上回一样,一块银元一张。”

胡副主任:“啊? 这么贵呀?”

陈赓:“就这,外面还有许多等票的呢。卢主席,这卖门票的收益,你可不能独吞了,得一家一半才行。”

卢汉:“三七分成,你们是赢家,自然你们多分。”

陈赓大笑。

一个参谋匆匆来到陈赓旁边,对他耳语着。

陈赓:“向守志他们到什么位置了?”

## 通往西昌的大路上

夕阳下,浩浩荡荡行进的队伍。

马上的向守志冲路上走着的战士喊:“同志们,苦不苦?”

行进的队伍齐喊:“不苦!”

向守志:“累不累?”

行进的队伍:“不累!”

向守志:“我们这样日夜兼程地赶路,说不苦、不累,那是假的。可是大家知道吗? 这条路,就是我们当年走过的长征路! 那时候,我们是被国民党追着跑,可今天哪,换过来了,是我们追他们！所以，虽然也苦、也累，但老子们心里痛快！大家说是不是啊？”

行进的队伍齐声喊道：“是！”

向守志：“我要跟大家说，兵团陈司令员把打西昌的任务交给我们第四十四师，那是瞧得起我们第四十四师，照顾我们第四十四师，知道为什么吗？因为，西昌的敌人，是国民党在大陆的最后一支军队了，等打完了这一仗，大家想再过打大仗的瘾，就没有机会了。”

队伍中一阵哄笑。

向守志：“大家别笑，我说的可是真话。胡宗南这‘老小子’，可是咱们的老冤家了。这次打西昌，谁要能活捉胡宗南，我请他喝酒！”

**北京中南海丰泽园小餐厅内**

毛泽东与齐白石、郭沫若正在对饮。

毛泽东：“来！喝酒，喝酒。”

齐白石：“主席盛情，老朽愧不敢当啊，几天的时间，老朽吃了主席两顿了。”

郭沫若：“白老就别客气了，主席说了，上回是请你赏花、品茗，不作数，这次才是真正设宴……”

（郭沫若　文化教育委员会主任　科学院院长　著名诗人）

毛泽东：“我主要是感谢白老赠我印章和画作呀……”

齐白石一怔：“我什么时候为主席作过画？”

毛泽东笑吟吟地对旁边的李银桥道：“把画拿来，请画家亲自验证。”

李银桥转身而去。

毛泽东看着一头雾水的齐白石，端起酒杯道：“来！白老，郭老，喝酒啊。”

三人干了杯中酒。

李银桥拿画进来。

毛泽东对李银桥道：“把画展开，请大画家过目啊。”

齐白石纳闷道：“哎！我没给主席作过画呀。”

这是一幅全绫装裱的纵幅国画。上面画着一棵郁郁葱葱的李子树，树上落着一群毛茸茸的小鸟，树下伫立着一头憨厚的老牛，老牛正侧着脑袋望着小鸟出神，颇有意境。

郭沫若看着画道：“这的确是白老的手笔呀。”

齐白石突然恍然大悟：“噢！我想起来了，这是那天包印章用的。主席，这是我练笔的废品，你怎么还把它装裱起来了？”

毛泽东：“我说过呀，我也是齐白石艺术的爱好者呀。”他得意地对郭沫若道：“我这可是白老的真迹呀……”

齐白石：“不行，主席，这画说什么也不能送给你！都怪我疏忽大意，你若喜欢这种笔墨，我马上回去……”

毛泽东：“我就喜欢这一幅嘛。”他对郭沫若道：“诗人同志，你对这件精品有何评价？”

郭沫若仔细欣赏着画面。

毛泽东：“此画笔墨颇具气势。你看这牛头至牛背到牛尾，一笔勾出，足见画家功力过人哪。”

齐白石：“主席，你可别再夸了，请让我带回去，不出三天，我重画一幅……”

毛泽东卷着画轴："不必，不必呀。"

齐白石一甩长须站起来："主席再不应允，我可要抢了……"

郭沫若用身体挡住画，道："白老这件墨宝是送给郭沫若的，要想带走，应该问我才是。"

齐白石："送给你的？怎么是送给你的？"

郭沫若得意道："这不，画上标着我的名字了嘛。"

齐白石疑惑地看看画，又看看郭沫若。

郭沫若笑道："你这树上画了几只鸟？"

齐白石扫了画一眼："五只。"

郭沫若："树上画了五只鸟，"郭沫若故意将"上"和"五"两个字的音加重："这不是我的名字吗？"

齐白石一捋长须大笑，道："你这个郭老啊，可真是诗人的头脑哇。"对毛泽东道："郭老的大号正是'尚武'……"

郭沫若伸手去毛泽东手中拿画："物归原主，我带走了。"

毛泽东大手一挥："郭老且慢！没看见画上标有本人的名字吗？快快与我松手。"

郭沫若一愣："你的名字？怎么可能？"

毛泽东抖开画："郭老不信，你可以看哪。"

郭沫若上下左右地打量着画面。

毛泽东："考古学家也考不出吗？"他怡然自得道："请问，白老画得什么树？"

郭沫若："李子树嘛。"

毛泽东："画得茂盛吗？"

郭沫若："茂盛。"

毛泽东："这就是了嘛。李树画得很茂盛，这不是敝人的名讳吗？"毛泽东在说"李"、"得"、"盛"三字时也故意加重了语气。

郭沫若抚掌大笑，道："妙哉，妙哉！画上果然署有主席的大名。"对齐白石道："白老有所不知啊。1947 年 3 月，解放军撤离延安时，主席面对将要撤离的延安说：离开者，得胜也。主席给自己取名叫李得胜，后来果然得胜，所以主席对李得胜这一姓名十分喜爱。"

齐白石也乐了，道："如此说来，拙画还有点意思。那么，劳驾两位在卷首上赏赐几个字，如何？"

齐白石从毛泽东手中要过画，平铺到旁边桌上。

郭沫若递过毛笔，要毛泽东先写。

毛泽东接过笔就写起了他那龙飞凤舞的怀素体："丹青意造本无法。"

郭沫若："好！这是借用苏东坡的句子，'我书意造本无法'，稍动了两个字。"略一思忖，他也在画上写了一句诗。

毛泽东读道："'画圣胸中常有诗。'"笑道："这一句原本是陆游的句子'此老胸中常有诗'，也改动了两个字，好啊！"

郭沫若："白老当之无愧呀。"

齐白石喜出望外："两位这样夸奖白石，我可要把它带走啦。"说完便将画轴卷起，夹在腋下。

毛泽东与郭沫若对望一眼，道："两位政治家斗不过一位艺术家呀！"

三人大笑。

# 第二十二章

**云南昆明城外**

河边，陈赓拿着照相机在拍照。

路边，参谋和警卫员百无聊赖地坐在一个小土包上，傻望着陈赓。

警卫员："司令员，我们是不是该回去了？太阳眼看就要落山了呢……"

陈赓打量着四周，道："催，就知道催，这么好的春景，不懂得欣赏，老催着回去干什么？看这个景多美，你们两个过来，我给你们拍一张。"

参谋："西昌战役眼看就要打响，您不回去指挥，那哪行啊？"

陈赓："你少来！司令部有参谋长坐镇，还有一大帮参谋，什么事情都要我来做，我要他们干什么？"

警卫员："西昌那边已经打起来了，万一第四十四师有什么事情……"

陈赓一挥手，向前走去："第四十四师那边有向守志呢……"

**西昌城外**

硝烟弥漫，战火纷飞，枪炮声和军号声响成一片。

解放军各部队正向西昌外围的国民党阵地发起进攻。

**第四十四师前线指挥所**

第四十四师前线指挥所里，向守志拿着望远镜观察着战场情况。

向守志："好！好！王参谋，告诉他们，天黑以前，必须给我扫清西昌外围的敌人……"

**雷州半岛海边**

韩先楚独自坐在海滩上，一把接一把地撒着沙子。

一辆吉普车从远处驶来，在他身后不远的路边停下。

邓华从车上下来，走向韩先楚。

邓华："你这个韩先楚，一个人跑到海边来干什么呢？"

韩先楚:“等风。你看看,奇了怪了吧? 今天,一丝风都没有。”

邓华挨着韩先楚坐下。

邓华:“沉住气,会来的。”

韩先楚:“会来的,会来的,七八天了,我天天这样劝自己……”自语道:“东北风啊,东北风,你再不来,我就要发疯了……”突然高兴地叫道:“哎! 风向变了,是东北风,是东北风……”

邓华:“看来,老天爷也怕你韩先楚发疯啊……”

## 旷野

急促的紧急集合号。

各条大路、小路上,全副武装的解放军官兵列队向海边跑去。

## 雷州半岛灯楼角码头

81 艘木帆船泊在岸边。2900 名全副武装的解放军指战员正在登船。

岸边,第一一八师政治部主任刘振华和琼崖纵队副司令员马白山与韩先楚握手告别。

(刘振华 第一一八师政治部主任)

韩先楚:“刘振华,你们这次偷渡的,是咱们军第一个先遣团,这次是一个加强团,兵力包括第三五二团主力、第三五三团二营和一个炮兵大队,81 艘木帆船,加上前面过去的一个加强营,差不多接近你们师一半的兵力了。你无论如何要想办法,把这支队伍安全顺利地带到岛上去。”

刘振华:“请军长放心,保证完成任务!”

韩先楚走到马白山面前与之握手,道:“马白山同志,这次偷渡任务,以刘振华同志为主,你做他的副手。你对海南岛的地形、敌情都比较熟悉,登陆之后,你要负责把他们带到安全地带。”

马白山:“军长放心吧。”

(马白山 琼崖纵队副司令员)

白马山向韩先楚敬了个礼,与刘振华向船上走去。

刘振华:“升帆,出发!”

韩先楚敬礼,目送帆船一艘接一艘地驶离码头。

## 海上

船队在夜色里乘风破浪。

刘振华和马白山站在船头。

一阵雾气迎面飘来。

有人在喊:

“哎! 风怎么停了?”

“还起雾了。”

“这可怎么办?”

一个参谋走过来:“副主任,刚出来才一个多小时,这风就停了,我们是不是……”

刘振华:"开弓没有回头箭,风停了,落下帆,大家轮流划船。"

参谋:"可这雾也越来越大了,根本辨别不清方向。"

刘振华:"看不清方向,用指南针判定方位指挥前进。"他对参谋道:"许参谋,命令各船,只许前进,不许后退! 目标,琼西北的临高角登陆点,哪怕只剩下一条船也要抢滩登陆!"

……

一轮红日升起在海上。

先头船上的刘振华回头看了看跟随在自己船后面的七八条船。

刘振华:"都走散了。"

一个战士高喊:"看,前面就是海南岛了。"

话音未落,突然,几发炮弹在船的四周爆炸。

刘振华:"命令各船,做好战斗准备,加快速度!"

……

五六只帆船在海面上行驶着,

枪炮声骤然响起。

一个干部跑出船舱:"哪里打炮?"

站在船头的一个战士用手一指:"营长,是从左前方传来的。"

营长:"肯定是我们的人与敌人接上火了,不用说,那边肯定是海岸。"冲后面的船大喊:"同志,往枪响的方向划。各船准备战斗!"

## 临高角预定登陆点

离海边不远的山林里,第一一八师参谋长苟在松率领的偷渡先遣营的干部战士隐蔽在树丛中。

隐隐传来枪炮声。

苟在松看了看手表,问一个负责瞭望的战士道:"海面上有船来吗?"

战士:"没有!"

苟在松:"远处传来的枪炮声,说明我们的人是迷了航,在其他地方登陆了。"

一个琼崖纵队的干部:"那怎么办?"

苟在松:"现在,我们不知道他们确切的登陆地点,而且,现在就是赶过去也来不及了。孙团长,我看这样,我们先遣营按原计划在这里打,牵制这边的敌人,你带你的团往响枪的地方去,接应过来的同志。三天后,我们在美厚村一带会合。"

孙团长:"好! 琼崖纵队的同志,跟我走。"

苟在松:"先遣营的同志,冲到海边去,夺占敌人的阵地。"

先遣营的同志向海边的国民党阵地冲去。

枪声大作。

## 海上

渡海先遣团海上失散的船只,三五成群地向海南岛岸边的国民党滩头阵地冲去。

枪炮声、喊杀声响成一片。

船上,有人吹起了冲锋号。

## 海南防卫司令部

参谋在声嘶力竭地打电话。

“喂！喂！林诗港，你们那边发生了什么事？什么？发现大批共军登陆？”

“玉抱港，我是海南防卫司令部，什么，共军登陆了？有多少人？”

“临高角，你们那边怎么回事儿？琼崖纵队向你们进攻了？”

……

薛岳：“全乱套了！”上前一把抢过一个参谋手里的电话：“给我接余汉谋副司令……余副司令，你们那边发生了什么事情？”

“刚才我接到第六十二军的报告，说从临高角往东40多里宽的海面上，都有共军的船只……”

薛岳：“这么说是共军大举攻岛了？”放了电话，对众参谋道：“命令沿线各部，务必将共军消灭。命令西线的第六十四军立即向临高角方向机动，增援第六十二军！”

## 临高角码头

先遣营的指战员正在肃清阵地上的残敌。

一个参谋跑到苟在松面前：“参谋长，西线的敌人正向这边急进，怎么办？”

苟在松对先遣营营长道：“苏营长，从西边来的，是他们的增援部队，让大家占领阵地，阻敌增援。”

苏营长：“是！”冲战士们喊道：“同志们，占领阵地，阻敌增援。”

苟在松和苏营长进入阵地，趴在一挺轻机枪旁边。

国民党兵黑压压地涌来。

苏营长：“妈的，这么多？”冲着机枪手喊道：“打！”

阵地上轻重火器纷纷开火，跑在最前面的国民党士兵顿时倒下一片。

## 林诗港

跳下帆船的解放军指战员冲向海滩。冲锋的队伍前，一面绣着“四平战斗模范排”的旗帜迎风飘舞。

一道两丈多高的悬崖峭壁前，营长冷利华高喊：“搭人梯，攀上！”

## 峭崖顶上

几个攀上峭崖的战士占领有利地形，向敌人射击着。

后面的指战员纷纷攀上来，向前冲去。

迎面，敌人的碉堡里喷出火舌。

冷利华高喊：“朱岐芳，打掉它！朱岐芳！朱岐芳呢？”

一个拖着半条腿的战士背着炮爬着：“营长，我……我在这儿……”

冷利华：“朱岐芳，你负伤了？”

朱岐芳：“我没事！”

朱岐芳匍匐着架好炮位，一发炮弹将敌人的碉堡炸飞。

朱岐芳昏迷过去。

冷利华跑过去喊着："朱岐芳……"

## 玉抱港

20多艘帆船正向海岸急驶。

4架国民党飞机不停地向帆船俯冲、扫射。先头的帆船上，顿时有几名战士或摔倒在船上，或跌落海中。

后面的帆船上，一个战士高喊："敌人的军舰向我们冲过来了！"

一个连长冲前面一艘船上的人喊："二排长，你们排负责对空射击。"回头对自己船上的人喊："一排，转舵，去对付敌人军舰。"

两艘帆船立即转向，一边射击，一边向敌舰冲去。

敌人的军舰和飞机丢下其他的木帆船，向这两艘帆船发起了攻击。

一艘木帆船被敌人的炮弹炸飞，另一艘帆船被疾冲而至的军舰撞得粉碎。

渐渐平静的海面上漂浮着帆船的木片和战士们的尸体。

这是第一一八师第三五二团二营四连的两艘战船，在情况危机的关头，他们与敌军舰和飞机拼杀，将其火力吸引过来，以掩护主力船队抓紧时间抢滩登陆，这两艘船上的指战员打完了最后一颗子弹、以大部分壮烈牺牲的献身精神，为解放海南做出了巨大的贡献。

## 西昌城门

在嘹亮的冲锋号和震天的呐喊声中，战士们潮水般地涌进西昌城。

## 第四十四师前线指挥所

向守志在打电话："一三一团，请你们团长接电话……什么？团长冲到前面去了？谁让他往前面冲的？告诉你们团长，马上派出一个连，去抢占机场，不要让胡宗南老小子跑了……昨天晚上早就跑了？消息确实吗？"他扫兴地放下电话："狗日的胡宗南，腿脚倒挺利索的。"

参谋长葛明凑过来："他不是腿脚利索，是胆子太小了。据俘虏交代，这老小子昨天晚上10点钟就坐飞机逃了。"

（葛明　第四十四师参谋长）

向守志："可惜了，陈赓司令员特意交代，要我们帮他留下这位黄埔军校的老同学，我们却让他跑了……算了，走，进城去看看。"

## 西昌城里

到处是红旗招展，到处是战士们在欢呼。

向守志和参谋长葛明面带欢笑从欢呼的人群中走过。

向守志："西昌解放了，国民党在大陆的最后一支正规军被我们消灭了……"

## 甘孜宿营帐篷前

帐篷前，一个战士正在往开水锅里放野菜。

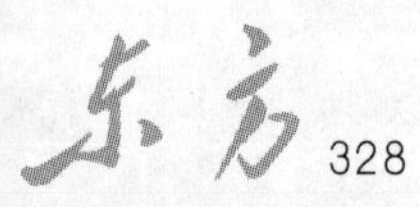

突然一阵欢呼声。

李光明和程露从帐篷里跑出来，向远处打量着。

山坡上，何振标正在跟几个战士拿着铁锹挖土。

程露："他们在干什么呢？"

李光明："走！看看去。"

两人向山坡跑去。谁料没跑多远，程露脚下碰到了一条长长的被包带上，但听"咣啷"一声，不远处的一个洗脸盆扣在地上。

李觉从一个土坎后走出来，埋怨道："哎哟，你们俩呀，我等了半天，好不容易才等来几只麻雀。你们这一碰，全给吓跑了……"

正说着，何振标和几个战士兴高采烈地走过来。

程露："何副师长，你们弄到什么好吃的了？这么高兴？"走到一个端洗脸盆的战士面前，道："让我看看……"话没说完，突然一扭身弯腰作呕起来。

洗脸盆里赫然躺着几只刚被打死的老鼠。

李光明："小程，你没事吧？我们当年长征的时候，也吃过这个，没什么的……"

帐篷内，

李觉、王其梅、何振标及李光明、程露等人愁眉不展地坐在一起。

李觉："我是沂蒙山人，我们山东人也是一向怕老鼠的，从来没人敢吃这玩意儿。可我们现在断粮了，这个季节又没有多少野菜，大家只好勉为其难了。"

李光明："没什么的，小程，吃吧！"

程露："不！我宁愿饿死，也不吃。"

李光明："那你可就只有饿死在这里了。"

何振标突然起立，弯着腰往帐篷外跑去。

王其梅："老何，怎么了？"

帐篷外传来何振标的作呕声。

众人赶忙跑出去。

何振标口吐白沫，躬身躺在地上抽搐着。

何振标微弱的声音："野菜里……有……毒……"

李光明和程露赶紧对何振标施救。

李觉愤然而起，挨个帐篷看着，他突然跑进一个帐篷，

三个战士形状不一地躺在地上。

李觉上前试了试鼻息，绝望地垂下了头，既而，又发疯般地跑出帐篷。李觉跑到刚才的帐篷前，一把掀翻了煮野菜的大锅。

……

荒凉的山坡上，添了几座新坟。

坟前，李觉等先遣队的人员肃立默哀。

李觉从枪套里拔出手枪，众人将各自的枪指向天空。

枪声在山野间久久回荡。

帐篷内。

李觉:“必须派人回去送信,告诉军首长和刘邓贺首长,请求给我们空运粮食。”

王其梅:“可是派谁去呢? 这么远的路,又全都是高山峻岭、悬崖峭壁,路上又一点干粮都没有……”

李光明闯进来:“两位首长如果信得过我,就让我去吧!”

李觉:“李大姐,你……”

王其梅:“李大姐,你不能去,这太危险了。”

程露走进来:“我和李大姐一起去。”

李觉:“你们不行,先遣队这么多男人,怎么能让你们女同志去冒险呢?”

李光明:“别忘了,我是经历过长征的人,什么样的困难都经历过了……”

程露:“从生理角度说,女人的生命力可比男人要强。再说了,你们没粮食,可以挖地老鼠吃,我一见那东西就恶心,留在这里,只怕也得饿死……”

李觉看了看李光明和程露:“那……好吧! 李大姐,你们要注意安全,一路上多加小心。要知道,保住了你们自己,就是保住了先遣队几百个人的性命。所以,无论如何,你们要安全地回到军部。”他苦笑道:“另外,你知道的,我们真是一点粮食都没有了,所以,路上,你们只能自己想办法了……”

李光明:“我知道! 李参谋长、王副政委,你们放心吧,我们保证完成任务!”

山坡前,

李觉、王其梅等人目送着李光明和程露的身影越来越小,最后消失在大山深处。

**海边码头**

明月当空。

由88艘木帆船组成的船队悄然离岸,向大海深处驶去。

1950年3月31日22时30分,由第四十三军一二七师师长王东保率领的第二先遣偷渡团3700余人,分乘88艘木帆船,自雷州半岛东南端的博赊港出发,向琼岛海口市以东的铺前港扬帆进发。

先头船甲板上,一二七师师长王东保一脸凝重地望着海面。

(王东　第四十三军一二七师师长)

**海上**

月亮西坠。

战士们或靠着船沿或躺在甲板上小睡。

远处,几道光柱闪过。

(画外音:“敌人的军舰来了。”)

各船上一阵喧哗:“醒醒,快醒醒,敌人的军舰过来了。”

王东保:“通知各船,做好战斗准备!”

话音未落,敌人军舰上的探照灯从海面上扫过,既而,密集的炮弹在船队周围爆炸。

王东保:“船队散开! 火力船,掩护!”

随后的一条船上,红五连连长高喊:“红五连,随我船向敌军舰攻击!”

三条木帆船掉转船头,离开船队,迎着军舰驶去。

## 红五连连长的船上

一个战士："连长，对方根本就不理咱们，他们只向咱们的船队开火。"

连长："妈了巴子，敢瞧不起老子！"

一排长："连长，要不，咱轰他几炮再说！"

连长："不！先不要暴露火力，等靠近了再揍他小舅子的。"下命令道："上几个人，划船，加速前进！贴近那艘大舰，靠近了打！"

木帆船距敌军舰越来越近。

敌军舰开始向三艘木帆船射击。

连长发狠道："奶奶的，现在想起向老子开炮了？晚了！"大喊："用力划，到它跟前，它的炮就吃不上劲儿了。"

一个战士："连长，离军舰只有五十米了。"

连长："一排在左，二排在右，围住它的大舰，开火！"

三艘木帆船上的战防炮、迫击炮纷纷开火。

炮弹在敌舰上爆炸。

连长："贴近它！准备手榴弹。"

战士们向军舰上投出一枚枚手榴弹。

手榴弹在敌舰的甲板和炮位上连续爆炸着。

连长："哈哈，那两艘舰不敢向咱们开炮，一排长，二排长，你们掉转炮口，打那两艘小的。"

另外两艘木船上的战防炮和迫击炮向另两艘小舰射击，炮弹落在两艘小舰的甲板上，两艘小舰上顿时火光四起、浓烟滚滚。

敌人的大军舰开足马力向远方逃去，两艘小舰竟也跟着大舰向海上逃去。

一个战士："连长，敌人的军舰逃了，我们三艘木头船竟然打败了三艘大军舰……"

连长恍然大悟，一把抱住战士："是啊！我们三艘木头船打败了三艘大军舰！"

三艘船上，干部战士们欢呼跳跃着。

## 北京中央军委作战室

一只手从大沙盘上把三艘军舰取走。

毛泽东把放在一边的小木船放在沙盘上。

人们会心地笑了。

## 第十五兵团司令部

邓华："我们登上海南岛的兵力已近一个师，如果能再送上去5000至8000人，加上琼崖纵队，接应登陆的力量就充足了……"

韩先楚："司令员……"

邓华："你讲。"

韩先楚："我不同意邓司令员的意见呀！我以为，海南岛上，我军接应登陆的力量已经足够了，我们不能再等人了，大规模登陆应该抓紧实施。"

邓华:“我倒以为,采取这种偷渡的办法,比强行登陆的办法要好得多,这会让我们的部队减少一些牺牲……”

李作鹏:“司令员,您要知道,目前岛上的敌人已经停止了对琼崖纵队的清剿,开始重点加强海边布防。敌人有了几次的教训,以后不可能再轻易让我军小规模地偷渡成功。”

韩先楚:“还有啊,司令员,我们现在偷渡过去的船,那是去的多、回来的少。如果这样逐步添油,就会使主力部队的最后登陆因船只不足而难以形成重拳……”

邓华:“其他同志有什么意见?”

## 山野里

衣衫褴褛的李光明和程露步履蹒跚地走着。

两人一边走,一边掏吃着棉衣里的棉花。

程露一个踉跄,李光明上前去扶,两人一起摔倒,滚下山坡。

## 医院里

从昏睡中醒来的李光明,一眼看见了面带关切的谭冠三。

李光明:“冠三,你……”

谭冠三:“躺着别动!”

李光明挣扎着:“不! 进藏先遣队,快给他们送粮食……”

谭冠三:“放心吧,已经给他们空投了粮食。”坐到李光明的床边:“你呀,昏迷当中,也是这几句话:‘先遣队,粮食。’我就知道你们是遇到难题了。我们将你们的困难电告了刘、邓、贺首长,刘、邓、贺首长马上派飞机给他们空投了粮食和其他食品、药品。”

李光明:“我们怎么到了这里?”

谭冠三:“算你们幸运,一位采药的老大爷在山沟里发现了你们,一看你们都穿着军装,还佩着枪,马上就报告了附近的部队……”

谭冠三爱抚着妻子的头发。

## 北京中南海紫光阁

毛泽东、刘少奇、周恩来、朱德及聂荣臻正在开会。

刘少奇:“看来,进军西藏的问题,不是那么简单的,以前,我们对困难估计得不足啊。”

朱德:“是啊! 这次刘、邓、贺来电报说,准备从二野部队中抽调汽车四五百辆,充实第十八军急需。另从重庆制作二十万斤以上的饼干供进藏部队食用。”

周恩来:“只怕这样做,也还是不够啊! 主席啊,是不是电告在莫斯科的刘亚楼,让他从苏方购买30架高空运输机,以支持进军西藏的需要呢?”

毛泽东:“恩来这个意见我赞成。告诉刘亚楼,让他抓紧时间和苏方谈判购买事宜,至于资金问题,我看就先从向苏方的贷款当中支出。”

聂荣臻:“另外,四野林彪和华南军区叶剑英同志都转来第十五兵团邓华、赖传珠的电报,说渡海作战的各项准备工作已经就绪,考虑到谷雨前后仍有偏北风可资利用,因此,渡海兵团确定4月16日19时起航,强攻海南岛。”

毛泽东:“准备好了就打嘛。告诉邓华他们,我是早就等得着急了。”

## 海口薛岳司令部

薛岳正在看地图。

副司令余汉谋站在一边。

过了好一会儿,薛岳转过身来:“共军的小部队偷渡将结束,而大兵团渡海可能马上开始。”

余汉谋:“是这样。”

薛岳苦笑了一下:“你说这仗怎么打?”

余汉谋没有正面回答:“你是司令,副司令听司令的。”

薛岳:“真正的司令在台湾。”

## 台北蒋介石官邸

蒋介石在门前的池塘边钓鱼。

身边站着蒋经国。

蒋介石:“薛岳有消息吗?”

蒋经国:“他们发来电报说,匪军可能有大兵团行动。”

蒋介石:“薛岳是能打仗的,他说得对。”

蒋经国:“父亲,您认为能成功吗?”

蒋介石反问道:“你认为能成功吗?”

蒋经国:“能。海南岛离大陆太近了。”

蒋介石:“薛岳保住海南岛,我给他记功,保不住海南岛我也不处分他,但是要有一个条件。”

## 海口薛岳司令部

电话响了。

薛岳抓起电话,听了一会儿,又放下了,十分平静地说:“他们开始了。”

## 北京中央军委作战室

毛泽东在大沙盘上又放了一条船。

……

## 海口薛岳司令部

余汉谋:“司令,让第三十二军和第五十军进到一线。”

薛岳:“为什么?”

余汉谋:“用上第三十二军、第五十军,蒋委员长一定会增援海南,这样海南岛也许会保住。”

薛岳:“委员长不会动台湾的一兵一卒的。”

余汉谋:“他就眼看着海南岛就这么丢了?”

薛岳:“共产党第三野战军一直对金门之役耿耿于怀,而毛泽东结束苏联访问,也许拿到了斯大林的承诺,即使苏联没有承诺,在军事装备上得到了他们的订单,这对台湾也将是巨大的威胁。

海南岛在蒋委员长那早已经没了,但是他可是记着他的第三十二军、第五十军……”

一个参谋来报:“报告司令官,海军报告‘太康’附近海域发现共军大批木船。”

薛岳:“四野,不是东北时的四野了,打得好……”

又一参谋来报:“‘太康’号向我们发出最后信号,第三舰队司令官王恩华在木船的炮击中重伤,身亡……”

**海南岛滩头**

渡海兵团第一梯队的船只抵近海岸,战士们纷纷跳下船,潮水般向海滩冲去。

韩先楚等第四十军军部的首长登上滩头。

韩先楚:“立即建立前线指挥部。”

一个参谋:“是!”

一个背着步话机的参谋:“报告军长,我军已拿下临高山,正在向临高县城进攻……第一一八师报告,在美台地区包围了敌第六十四军第一五六师的师部和一个团,第一一九师已经进至加来地区……”

韩先楚:“立即向兵团首长报告!”

**海南岛防卫司令部**

薛岳在听战况介绍。

余汉谋:“第二五二师两个团被共军包围了?”走到地图前。

参谋长指着地图上的澄迈县城以北地区道:“在这儿。”

薛岳:“命令第六十二军和暂编第十三师、教导师及第二十五师扑上去,包围这股共军。”

余汉谋:“司令,你想决战?”

薛岳:“给第三十二军、第五十军撤退换点时间。”

**澄迈县城以北**

第一二八师正对敌第二五二师两个团发动攻击。

参谋来到孙干卿身后:“报告副师长,我们的后面出现了敌人。”

一个参谋跑过来:“副师长,第三八三团和第三八四团报告,敌人从外围向我们压过来。”

孙干卿皱起眉头:“敌人这是要对我实施反包围啊! 给我接师长。”

参谋摇着电话机:“喂! 请接师长。”对孙干卿道:“副师长,通了。”

孙干卿:“师长,我是孙干卿,敌人的增援部队正对我实施反包围,请求师长指示。”

画外音:“老孙,敌人的增援部队已经到了你们的身后,现在撤只怕来不及了。他要包围,你就让他围去,你们组织少量兵力阻击外围敌人,主力放在内线,尽快消灭第二五二师的残敌。我马上向兵团首长报告你部情况,请求上级支援。”

孙干卿:“是!”

**第十五兵团司令部**

邓华:“好啊! 这仗打到现在,才真正打出点味道! 薛岳老小子还真给面子……那咱就陪他把这出戏唱好。”

洪学智:“司令员的意思,是不是要在这儿跟薛岳决战啊?”

邓华:“薛岳跟我决战?他可得有那个本钱!老子要在这里打一个大规模的歼灭战!在这里消灭了薛岳的主力,后面的仗,咱们根本就不用再费力!告诉第一二八师师长,坚守阵地!命令韩先楚的第四十军,全部给我压上去,把围攻我第一二八师的国民党部队,包围起来!”

赖传珠:“天哪!再围一层?”

洪学智:“咱邓司令是想让薛岳尝尝他包花卷儿的手艺呀!”

## 北京中央军委作战室

大沙盘上。

一个巨大的手,还在往沙盘上摆小木船……

成千上万人、小木船,占据了沙盘……

## 海口薛岳的住处

这里已经能听到炮声了,而且越来越近。

突然一发炮弹落到屋顶上,巨大的震动把挂在墙上的蒋介石像震掉了。

薛岳找来一个板凳站了上去,把蒋介石的像挂好。

然后在蒋介石像前,郑重地敬了个礼。

余汉谋走了进来,见此情景,叹息,摇头:“司令,机场上只留下最后一架飞机了……”

薛岳不语……

## 北京中央军委作战室

可能是天亮了,

毛泽东亲手打开那巨大的窗帘。

一片阳光照在那个大沙盘上。

那里还放着千万艘小船……

(1950 年 4 月 24 日凌晨 1 时至 4 时,我渡海作战兵团第二梯队在海口市以西的天尾港沿岸登陆,至此,参加渡海作战的我 10 万大军全部登上了海南岛。)

## 武汉 100 号

林彪的住处。

门口,一个参谋小声对一个警卫员说:“这是 1 号要的。”

警卫员:“什么东西?”

参谋:“海南岛战役的阵亡人数。”

警卫员:“我跟 1 号几年了,他从来不要伤亡人数……”

林彪从里边走了出来:“最后一仗了,又是在建国后打的,留个纪念。”

参谋把一张纸递了过去:“1 号……”

林彪接过纸,看了好一会儿说:“理发……”

### 海边沙滩

一个警卫员在沙滩上放海螺。

韩先楚问了一句："够吗？"

警卫员回答他："一个不少，826 个"

一排海螺，沿着海湾向远处延伸……

韩先楚眼睛湿了："四十军的弟兄们，韩先楚食言了，从东北带你们出来时，曾向你们的爹妈和老婆孩子说过，全国解放了，一定让你们回家，好好回家过日子，没有想到，你们倒在了全中国解放后的最后一次大战中。不说对不起了，今天送你们上路，辽宁、吉林、黑龙江的弟兄们，朝正北走啊……"

军号响了，这是起床号。

大海在呜咽……

### 台北机场街市

薛岳的飞机在台北降落了。

他走下飞机，

孙立人来接他。

两个人握手无言。

他们上了一辆汽车。

车子外响着歌声：《保卫大台湾》。

保卫大台湾，

保卫大台湾，

我们已无路可退，

只有勇敢向前。

薛岳看了看孙立人："真的有这么严重吗？"

孙立人："共军在华南一带建了十多个机场，看来他们的空军马上要成军了。一些港口停了很多舰船，台湾这一仗早晚要打了。"

### 蒋介石住处

汽车来到了蒋介石住处。

孙立人和薛岳走进蒋介石的客厅。

客厅里无人。

他们在那里站立着。

不一会儿，蒋介石走了出来。

薛岳和孙立人给蒋介石敬了个礼。

蒋介石没有说话，在薛岳肩头拍了两下："辛苦。"

薛岳："'总统'，我愿意为保卫台湾出力。"

蒋介石："你先休息吧，保卫台湾让孙立人他们搞去吧。"

薛岳："是……"

# 第二十三章

**西北高原**

远远传来信天游的歌声。

一个老汉扛着犁、赶着牛走出村落。

远处的高坡上，彭德怀和习仲勋并肩站在高坡上。

**坡上**

彭德怀和习仲勋并肩而立，环视四周。

田野里，随处可见正在春播的农民。

习仲勋："一年之计在于春！"

彭德怀："是啊！春种夏长，秋收冬藏。中国人向来讲，'民以食为天'，咱们农民，有了地，就有了希望了。"

习仲勋："我们不但实行了土地改革，照顾到那么多买不起种子的穷苦人家，还以西北军政委员会的名义，向各县下拨了粮种和棉籽。彭总，这几天，我想到各乡、各村去看一下，看看我们的农民兄弟，还有什么难处，需要我们解决的……"

彭德怀："呵呵，我就知道你老习，这个时候在机关肯定坐不住。没办法，谁叫我们都是农民出身呢。好吧，你就代表我深入下去看看吧……"

**关中某县城操场**

这里是解放不久的一个典型的关中县城。

操场不大，在正中央临时搭建了一个简易舞台，舞台上方挂着标语："热烈欢迎西北军政委员会领导莅临我县视察！"

几个干部模样的男女青年，有的在舞台上布置会议桌，有的拿着白灰水小桶，正在的墙壁上写着标语，也是些欢迎一类的内容。

一些腰鼓队员正在休息。

年纪不大的县长时髦地披着缴获来的国民党军大氅，带着秘书指指点点地走来。最有意思的是他腰间还扎着宽宽的皮带，皮带上还别着手枪套。

一男干部："县长，亲自来检查啦？"

县长："跟你说啊，这次西北军政委员会的首长来我们县视察，这是新中国成立以来我们县第一次接待这么大的领导，要热烈隆重，出了问题，看我不枪毙了你！"

男干部："县长放心，我们保证圆满完成任务！"

县长对腰鼓队里的一个女青年："那个谁……你过来一下……"

女青年应声跑过来："县长……"

县长："小鬼呀，你可把腰鼓队整热闹了啊，让首长一下车，就能感受到我们的热情！要是出了问题……"

女青年："我知道，你要枪毙我！"

县长："你以为我不敢啊？"

女青年调皮地吐吐舌头。

县长："你这个小鬼呀……演习一遍我看看……"

女青年："是！"

女青年对腰鼓队员们说道："起来，起来，县长亲自来视察啦！大家拿出精神头来啊……"

腰鼓队迅速整队，随着女青年一声令下，激昂热烈的安塞腰鼓，顿时铿锵有力地表演起来。

### 街道上

蛤蟆沟村的柳村长骑着一头小毛驴，匆匆赶来。

看得出他万分焦急，手里挥动着一根树枝，不时地抽打着毛驴。

柳村长："驾！驾！"

### 关中某县城操场

威风锣鼓震天响，男女青年神采飞扬地舞蹈着。

县长正满意地看着腰鼓队的表演。

柳村长骑着毛驴，跑进操场。

柳村长："县长，县长……"

柳村长跳下毛驴，连滚带爬地跑了过来。

柳村长："县长，西北军政委员会的习仲勋书记，自己到了我们村啦！"

鼓声太响，县长听不见。

县长："你说什么？"

柳村长："西北军政委员会的习仲勋书记，自己到了我们村啦……"

县长急忙对腰鼓队："停下！都停下！"

腰鼓队停下。

县长："习仲勋书记，自己到了你们村了？"

柳村长："是啊，一大早就到村里了，正挨家挨户地走访呢……"

县长习惯地摸摸腰间的枪："我……我……"

柳村长："你就是枪毙了我，我也没办法……他自己去的……"

县长迅速地跑向毛驴，翻身上驴，疾驰而去。

柳村长："县长，我的驴，我的驴呀……"

### 蛤蟆沟村一座窑洞前

一辆吉普车停在不远处，司机和警卫员正在帮助老乡打扫卫生。

习仲勋正在和一位老年妇女聊天。

老年妇女正在做关中特有的一种食品石子馍，先把石子烧红了，再把揉好的面饼放在上面烘烤。

习仲勋："大娘，我来帮你……"

老年妇女拿起一张石子馍："不用，不用，你们工作同志，哪干过这个？"

习仲勋："哈哈……大娘，我就是陕西人，长这么大，我还没有离开过陕甘宁……"

老年妇女："真的？这么说吃过咱这石子馍？"

习仲勋："吃过，小时候我还跟妈妈学着做过呢……"

老年妇女拿过一张石子馍："那你尝尝……"

习仲勋："好的，我来一块……"

习仲勋有滋有味地吃着："嘎嘣脆，喷喷香啊……咱们关中的农民，能吃上石子馍，就是好年景啦。"

老年妇女："怕是以后吃不上啦……"

习仲勋："怎么了？为什么？"

老年妇女："我们的棉花……"

远处传来一阵粗犷的吼声：

"吃他娘，喝他娘，打开城门迎闯王，闯王来了不交粮……"

习仲勋起身望去……

远处的棉花地里。

一个人正在地里劳作着。

……

习仲勋："大嫂，你说的棉花怎么了？"

老年妇女指指远处长叹一口气："你自己去看吧……"

习仲勋对警卫员说："走……"

三人走向田野。

老农正在对着什么都没长的土地发愁。

习仲勋和警卫员走了过来。

习仲勋："老哥，这一片地棉苗好像一棵都没出来？"

老农："还不是让县上那些当官的给坑的！"

警卫员："请你说话注意点，这是西北军政委员会第二书记习仲勋同志。"

老农看看习仲勋："习仲勋？你怎么不说他是毛主席？"

警卫员："你……"

习仲勋拦住警卫员。

老农："净拿大官唬人。他是习仲勋？习仲勋那是和刘志丹一起创建陕甘边区的大干部。当年和彭德怀一块指挥了保卫党中央、毛主席和陕甘宁边区的战役，青化砭、羊马河、蟠龙镇，那是三战三捷呀！就你这个年纪？”老农摇摇头。

习仲勋：“老哥，不管我是谁，你能告诉我这个棉苗怎么了？看样子……”

老农：“坑死人了。”

习仲勋：“今年的棉籽不都是西北军政委员会农业部发放的吗？”

老农：“就因为是他们发的，才坑了我们老百姓哪……”

县长急匆匆地骑着毛驴赶来，大声地呼喊着：“习书记，习书记……”

习仲勋看了看县长，继续向老农询问着：“老哥，你继续说……”

老农：“你真是习仲勋？……不说了，不说了……”

县长：“习书记，你看，你怎么自己就来了？我们还都在县里等您……”

习仲勋：“你是县长？”

县长：“是……”

习仲勋：“你看看这棉花的出苗率？你们县里上报的出苗率是多少？”

县长：“这个……我还不清楚。我不分管农业，有一个副县长分管，等我了解了解……那个什么……先到县里坐坐吧……”

习仲勋伸手在警卫员的挎包里拿出一个本子，翻看：“你们报了70%的出苗率……”

县长：“还不到时候吧……”

老农：“现在是什么节气了！”

县长不满老农：“多嘴……习书记，棉籽是上级发下来的……再说我也不分管……所以……”

习仲勋：“你是一县之长！共产党的干部坑老百姓？领到了棉籽为什么不认真检查再发放？发现没有出苗率，为什么不及时补救？你知道整个关中发放多少吗？啊？200万斤，播种了17万亩！这给国家造成多大的损失啊？”

县长整整腰间的手枪。

习仲勋：“你一个县长，不好好抓生产，抓经济建设，你别着把枪干什么？”

老农：“威风！”

县长：“你……”又对习仲勋说：“光个枪套……”

县长整整披在肩膀上的大氅。

习仲勋：“还披着个大氅……”

老农：“有派……”

县长气急了：“我……枪毙了你……”

习仲勋：“你呀，小心彭德怀枪毙了你！”

## 彭德怀办公室

“砰”的一声，彭德怀把手枪扔在桌子上。

这里是彭德怀的办公室和卧室，是大楼一个拐角间，空间很狭小。

习仲勋和县长站在彭德怀对面。

彭德怀：“来人！”

一警卫员应声进门：“到！”

彭德怀："拉出去……"

习仲勋："彭老总……"

习仲勋对警卫员挥挥手，警卫员走了出去。

彭德怀对县长："你好大的胆子！官僚主义不说，还敢隐瞒不报，弄虚作假，糊弄上级！耽误了一季棉花，老百姓拿什么养家糊口？还像个共产党的县长吗？老百姓对我们怎么看？我现在就撤了你的县长！你这是严重的犯罪行为，从给革命造成的损失说，应该是砍脑壳的。我们流血打仗为的什么？你打过仗吗？"

县长："我参加过长征……第二次榆林战役负伤才转到地方的。"

彭德怀顿时不言语了，少顷："你参加过第二次榆林战役？"

县长："嗯，中了三枪，我命大……"

县长撩开衣服，露出身上的枪伤。

彭德怀走了过来，看看枪伤，然后小心翼翼地放下县长的衣服。

彭德怀："官僚主义害死人啊……第二次榆林战役就是我彭德怀官僚主义，才牺牲了那么多的同志……首先，出发前准备不充分。其次，对个别纵队内部情况了解不深刻。对四纵队党委中存在严重的自由主义，对干部放任、内部不团结、斗志不坚强等问题没有深刻了解。第三，对敌人估计不足。在敌情判断上，对胡宗南能在短时间内集结 11 个旅增援宝鸡估计不足，对马步芳部实力缺乏充分认识，特别是对胡宗南、马步芳两部能积极配合认识不深刻。由于敌大我小的客观情况，主观上想利用敌人阵营的若干矛盾，过分强调利用敌人矛盾才吃了亏。"

习仲勋："彭老总，榆林战役中央是有结论的，是个别干部执行命令不坚决，你不要过于自责……"

彭德怀用手指着自己的脑门说："彭德怀呀，彭德怀，你的马列主义就是没有学通，一格一格的。只看到胡马闹矛盾的一面，忽视了胡马两军在反共反人民这一基本点上完全一致的一面。打了礼泉应该观望一下再打出去，没停。打了扶风，应该背靠麟游，钳制马军，消灭胡军一部，可是我们又前进了……一个人哪，'悬崖勒马'是不容易的。"

习仲勋对县长："你去吧……"

彭德怀："三天后，我要看你的检讨！"

县长："是！"

县长走出去。

彭德怀："仲勋同志，我有个建议，马上在整个西北军政委员会进行整风！要求各部门、各单位以棉籽事件为训，认真地而不是敷衍地，彻底地而不是表面地检查领导机关和领导干部的官僚主义。"

习仲勋："我完全同意。官僚主义的产生，除了有它的深远的社会根源外，从领导作风来说，首先和最重要的是：工作布置多而检查少；一般号召多而具体指导少；工作拖拉，互相扯皮。"

彭德怀："还有，政府机关的机构设置和人员编制必须以精简和效能为原则，反对滥设机构，增加编制。大区党政系统原计划编制四千多人要砍掉一半。一切政府机关必须厉行廉洁的、朴素的、为人民服务的革命工作作风。严惩贪污，禁止浪费，反对脱离群众的官僚主义。每个政府工作人员都必须把这一条作为格言、作为座右铭，忠实地执行。铺张浪费就是抵抗勤俭建国，本位主义就是抵抗统一领导。游击习气就是抵抗法制法令。一切政府工作人员，都必须无条件地、坚决地、彻底地执行中央的决定、指示和方针政策。绝不允许有令不行、有禁不止、各行其是、自立王国的现象发生。如果有人胆敢铺张浪费、贪污腐化、违法乱纪，那就必须受到党纪国法的严厉制裁，绝不能姑息养奸，心慈手软，损害人民的利益，败坏党的声誉和威望。”

习仲勋：“好的，我这就组织准备去……”

彭德怀：“先不忙，西藏的问题一天不解决，毛主席和朱老总一天睡不着觉啊。我们派出去两个劝和团，都没有下文。现在，青海藏区又组织了一些德高望重的活佛和千户们，他们甚至动员出了十四世达赖喇嘛的胞兄、塔尔寺的当才活佛，准备进藏劝和。你和我送送他们去……”

习仲勋：“是。”

## 北京中南海丰泽园紫云轩毛泽东住处

毛泽东有晚上工作的习惯，虽然夜很深了，但他丝毫没有倦意，把一张巨大的地图摆放在桌子上，俯身在查看着西藏的位置。

毛泽东拿起红色电话：“给我摇西北局彭德怀……好的，抓紧摇过来……我不放电话！”

塔尔寺院。

议事厅内。

众人分宾主落座。

彭德怀：“当才活佛能以国家利益为重，从民族团结和国家统一的大局出发，亲自远赴拉萨劝和，实在令德怀敬佩。”

当才活佛：“哪里，哪里……”

习仲勋：“当才活佛乃达赖喇嘛的胞兄，相信活佛晓以大义，加上手足之情，一定会有好消息的……”

当才活佛：“彭老总，习书记，当才不才，其实这几天，当才心里忐忑不安啊。第一次劝和团入藏，佛学大师、青海省人民政府副主席喜饶嘉措，亲自执笔写的信；而第二次，考得藏传佛教格鲁派最高学位拉让巴格西第七名的高僧密悟法师，虽然和西藏上层关系密切，也没有下文。当才担心辜负了彭老总和习书记的厚望啊……”

彭德怀：“当才活佛，德怀一介武夫，何足挂齿，倒是党中央、毛主席对西藏问题是牵肠挂肚，呕心沥血呀……”

## 北京中南海丰泽园紫云轩毛泽东住处

毛泽东还用肩膀夹住电话，在地图上浏览。

毛泽东：“喂……什么？彭德怀去了塔尔寺？继续摇，我等……”

## 塔尔寺

几个战士在忙着接电话线。

一个班长刚刚接通电话，电话铃响了，吓了他一跳。

班长：“这就来电话了……喂，哪里？这么晚了谁找彭老总？……中南海电话？中南海是哪？党中央，毛主席？你傻呀，你说北京不就行了？秘书同志，北京电话……”

一战士：“班长，毛主席不是在北京吗？他怎么说是中南海？”

## 北京中南海丰泽园紫云轩毛泽东住处

毛泽东：“德怀同志吗？我是毛泽东，你在哪儿啊？”

……

## 塔尔寺

电话从窗户接了进来，彭德怀在接电话。

彭德怀：“主席，我在塔尔寺啊，当才活佛和几位德高望重的活佛千户们，明天一早就出发入藏劝和。我和习仲勋同志来为他们送行啊……”

毛泽东：“好啊，我在出访苏联期间，两次给中央和你、伯承、小平发电报，就一个意思，进军西藏宜早不宜迟。西藏人口虽然不多，但国际地位极重要。现在英国、印度、巴基斯坦均已承认我们，对于进军西藏是有利的。另外，你提出来由青海及新疆向西藏进军，现有很大困难，我同意……我和中央几位领导再商量商量，向西藏进军及经营西藏的任务应确定由西南局担负。不过，劝和的工作你还要抓紧。请转告当才活佛，我期待着他的好消息。”

彭德怀：“是！请主席放心。我一定转告当才活佛……”

彭德怀放下电话。

彭德怀：“当才活佛，你都听见了，毛主席在期待着你的好消息！”

当才活佛：“彭老总，习书记，请转告毛主席，我当才一定以国家利益为重，以民族大团结为己任，一定劝告达赖喇嘛，和平解放西藏！”

彭德怀、习仲勋带头为当才活佛鼓掌。

## 北京中南海丰泽园紫云轩毛泽东住处

毛泽东在奋笔疾书，不时俯身查看地图。

警卫员李银桥敲门走了进来。

毛泽东：“有什么事情？”

李银桥：“主席，天亮了……”

毛泽东：“天亮了？”

毛泽东顺手拉开厚厚的窗帘。

灿烂的阳光洒满了全屋。毛泽东伸伸懒腰。

毛泽东：“一晚上的时间也干不成几件事……”

李银桥：“有的人，用了一生也没干成一件事……”

毛泽东：“呵，蛮有点哲学意味啊，进步了……”

李银桥拿起烟灰缸，看看满满的烟灰：“主席，还是要少抽点烟，你看看……”

毛泽东：“刚表扬你就翘尾巴？今天你都念叨第三次了。”

李银桥：“那两次是昨天……”

毛泽东：“走走走，我要睡觉了。”

李银桥走出办公室。

毛泽东:“对我来说就是一个工作日。”

## 北京中南海丰泽园紫云轩毛泽东住处门外

李银桥坐在一个小马扎上,拿着一本书和一本字典在翻看着,不时对照着字典。

朱德和周恩来走来。

李银桥赶快站起来给朱德和周恩来敬礼:“老总,总理……”

周恩来:“主席在吧?”

李银桥:“刚刚休息……”

屋里传来毛泽东的声音:“请老总和总理进来吧……”

朱德、周恩来进屋。

毛泽东穿着睡衣坐在沙发上。

周恩来和朱德坐在两边。

周恩来:“主席,打扰您休息了……”

毛泽东毫无倦意:“你们不找我,我还要找你们哪,你们看……”

毛泽东拿出一摞纸张,递给朱德。

朱德:“把解放台湾的准备工作作为1950年军事工作的首要任务……”

周恩来:“1949年7月10日,主席就给我写信,提出了渡海作战、建立空军的设想。我还记得信中的主要思想。我们必须准备进攻台湾的条件,除陆军外,主要靠空军。二者有一即可成功,二者俱全,把握更大。我空军要压倒敌人空军,短期内是不可能的。但仍可以考虑选派三四百人去苏联学习六至八个月,同时购买飞机一百架左右,连同现有飞机组成一支攻击部队……”

毛泽东:“听听,我们的总理这是什么脑子?简直赶上美国的‘埃尼阿克’计算机了。”

朱德:“什么‘埃尼阿克’?我怎么没有听说?”

周恩来:“美国发明的一种电子数字积分计算机,这台计算机每秒能运行5000次加法运算。”

朱德:“一秒就5000次?老天哪……”

毛泽东:“哈哈……我们的老总都叫了老天了……将来,人们还会发明每秒5万次、50万次的电子计算机哪。”

朱德:“哈哈……到那个时候,还有没有咱们都不好说了……”

毛泽东:“言归正传,我的想法是,少奇同志在与斯大林会谈中,向斯大林提出帮助我们建立空军的问题,并说明了我们准备在1950年进攻台湾的计划,要求苏联提供200架左右的飞机并请代训飞行员,争取赶上在进攻台湾的战役中使用。斯大林非常痛快地答应了,不过对于我们要求苏联在作战时提供空军和海军援助的要求,斯大林表示难以赞同,他说这样做的结果必定会引起美国的介入,从而诱发美苏之间的冲突乃至战争。此后,在我和他的谈判中,斯大林同意了我们就适当时机解放台湾进行必要的准备。这样,有了苏联援助解放台湾的承诺,我们应该把解放台湾的准备工作作为1950年军事工作的首要任务,紧锣密鼓地开展起来。”

朱德:“我同意。华东军区已把解放台湾列为其工作的首位。我和粟裕谈过,华东第三野战军准备12个军共50万人的兵力,投入对台作战准备。”

毛泽东:“好!在空军建设方面,人民解放军要抓紧从苏联购进作战飞机,突击训练飞行员。适当时间成立以粟裕为总指挥的前线总指挥部。”

朱德：“粟裕还有个想法，成立华东军区海军，现在把缴获国民党的，还有改造的民船，好像能凑起来133艘，不过战斗力就不好说了！”

毛泽东兴奋地说：“有毛就不算秃子！看你蒋介石还往哪跑……”

周恩来：“主席，外交部上报了一个情况……”

毛泽东：“怎么了？”

周恩来：“北朝鲜金日成同志率党政代表团秘密访问苏联。”

毛泽东警觉道：“什么时间？”

周恩来：“3月30日。”

朱德：“可我们还没有接到苏联斯大林同志的任何消息……”

毛泽东挥挥手，点上了一支烟，踱步思考。

毛泽东：“我们办好自家的事，我提议，华东军区海军和空军第一支作战部队，必须在4月底、5月初正式成立。一定要解放台湾！我还是那句话，自力更生，丰衣足食。《国际歌》唱得好哇，从来就没有救世主，也不靠神仙皇帝。台湾问题，还有西藏问题一定要解决。中国一定要统一。”

## 重庆的一条街道

这里是重庆地处朝天门码头的一条街道，

街道两旁有不少火锅店。

这是一间不大的酒馆，人也不多。

刘伯承、邓小平和贺龙正在打牙祭，吃火锅。

看到贺龙狼吞虎咽的样子，刘伯承和邓小平对视了一下，笑了。

贺龙莫名其妙地抬起头：“笑什么？你们笑什么？”

邓小平故意道：“请问贺龙同志，你祖籍是哪里啊？”

贺龙：“你什么意思？你连我是哪里人都不知道？”

邓小平：“看你这么能吃辣，我真怀疑你祖籍也是我们四川人！”

贺龙：“伯承同志，你看小平……今天幸亏是三七二十一均摊，要是他请客，还不让我吃了……”

刘伯承：“呵呵……你们湖南桑植人也这么能吃辣？”

贺龙：“普天下都知道你们四川人能吃辣，可在我们湖南人面前，你们可是小巫见大巫啊……毛主席就是我们湖南人的代表！”

邓小平：“你可真能联系，伯承同志说你们桑植人，又没有说毛主席。”

贺龙：“桑植人怎么了？我们桑植盐豆腐干是誉满三湘，清咸丰年间，就畅销长沙、武汉、广州等地，曾被列为贡品，名噪京城。实践证明，盐豆腐干的营养价值，不低于牛奶，且具有清热、润燥、生津、解毒、补中、宽肠、降浊等功能。因此，爱吃盐豆腐干的人，皮肤一般比较嫩滑、晶莹，很少生暗疮，肠胃功能亦很正常。”

邓小平：“也许还能治疗不孕不育症吧……”

贺龙和刘伯承都笑得喷饭了。

突然，几个荷枪实弹的战士迅速冲了进来，很有素养地站好，并转身向外。

刘伯承:“这是干什么?”

贺龙:“这不是不让我们吃饭吗?”

一个干部走了进来。

干部:“报告首长,保卫好首长的安全,是我们神圣的职责!”

邓小平:“你是怎么找到我们的?”

干部:“军事秘密。”

贺龙:“嗬?! 你还犟上了? 把岗哨撤了!”

干部:“我执行我们警卫连长的命令!”

贺龙:“你……再不撤离,我关你三天禁闭,你信不信?”

干部:“那也比掉脑袋好得多! 我们连长说了,要是敢离开三位首长半步,他要我的脑袋!”

刘伯承:“哈哈……这还说不清楚了……”

干部:“报告首长,还有一位自称王维舟的同志说,有一个叫平措汪杰的人,要见首长……”

三人听后大惊。

刘伯承:“算你记性好,你要是把这件事忘记了,我不光要你的脑袋,还要你们连长的脑袋!”

三人迅速离开。

干部:“快,跟上!”

警卫队迅速撤离。

### 西南军政委员会刘伯承办公室

一身藏族打扮的平措汪杰正坐在椅子上等待着,王维舟正在给他倒水。

刘伯承、邓小平和贺龙三人风风火火地走了进来。

王维舟:“你们可回来了……”

平措汪杰急忙起身:“首长好!”

刘伯承:“平措汪杰同志吗? 辛苦了……”

王维舟:“我来给你介绍一下……这位是……”

平措汪杰:“老王,我来猜一下……您是刘伯承司令员,这是邓小平政委,这是贺龙同志……”

贺龙:“唉,你怎么认识我们?”

平措汪杰:“三位老总的名字,轰动全国呀! 谁人不知,谁人不晓啊?”

王维舟:“哈哈……这位是藏族共产主义革命运动小组创始人,长期在藏区从事革命活动的共产党人平措汪杰同志。他在向毛泽东主席、朱德总司令拍发致敬电后,收到朱德的回电,要他尽快赶赴重庆来的……”

邓小平:“朱老总已经部署过了,要我们好好招待你! 这位是王维舟,中共中央西南局常委,西南军政委员会、西南行政委员会副主席兼西南民族事务委员会主任。”

平措汪杰:“王主任一直让我叫他老王……我还以为就是打杂的。”

众人:“哈哈……”

贺龙:“平措汪杰同志可真年轻啊……”

平措汪杰:“我都 28 岁了,当年老总两把菜刀闹革命的时候,还不到 20 岁呢……”

贺龙:“呵呵,好汉不提当年勇啊……”

刘伯承:“都坐吧,我这里可不卖站票啊。”

众人落座。

平措汪杰:“毛主席和朱老总让我来向三位首长汇报西藏噶厦内部的情况,以便有针对性地开展对西藏的工作……”

刘伯承:“现在就是对当前的情况不了解呀,据中央通报和彭德怀司令员的电报说,已经有三次劝和团进藏,都没有了下文。你可真是及时雨呀,快说!”

平措汪杰:“其实,第一批是从西宁入藏的马帮,他们带去了青海省人民政府副主席、在西藏声望卓著的佛学大师喜饶嘉措亲自执笔的阐释中共关于西藏政策的信件,噶厦当局回复了中央人民政府正式信件。这份千言的文件,称西藏与中国有着悠久的檀越关系,也就是施主与寺院的关系,噶厦当局愿意保持和发展这种传统的关系。”

贺龙:“这是什么屁话?!”

邓小平:“这毕竟表明了一个态度。你继续说。”

平措汪杰:“第二批,曾考得藏传佛教格鲁派最高学位拉让巴格西第七名的高僧密悟法师,虽说与西藏上层人士关系非同一般,但他带领的劝和团被阻在金沙江东,再不得前进一步。”

刘伯承:“好像是现在的上层都没有和密悟法师见面?”

平措汪杰:“嗯。最近,由青海藏区声高望重的活佛、千户们组成的劝和团,甚至动员出了十四世达赖的胞兄、塔尔寺的当才活佛,西北军政委员会主席彭德怀专程到西宁为之送行。他们几经周折最终进入了西藏,可自西藏地方官员告知已将他们带来的劝和信转送拉萨后,便再无下文。并且……”

刘伯承:“说吧,不必顾虑……”

平措汪杰:“据我所知,当才的为人……有些多重性……”

王维舟:“看起来,现在噶厦上层是铁了心地与人民为敌了……”

平措汪杰:“不,在噶厦上层,也有争议。以摄政达扎为首的是主战派,但是,地方财政长官,孜本的阿沛·阿旺晋美,却是一贯主张讲和的。”

邓小平:“说说阿沛·阿旺晋美的情况。”

平措汪杰:“阿沛·阿旺晋美,出生在拉萨以东百余里甲玛沟的一个贵族世家。少年时即受业于佛学大师喜饶嘉措、大苍活佛,晨钟暮鼓,学得满腹经纶。23 岁加入由贵族富户子弟组成的军团,从班长一级级升到营长,可谓兼通韬略。因而,被西藏赫赫有名的阿沛家族看中,招赘为阿沛·才旦卓嘎的夫婿。”

刘伯承:“说说达赖喇嘛的情况。”

平措汪杰:“十四世达赖名丹增嘉措,今年只有 15 岁,还没有亲政,但他和十世班禅确吉坚赞在西藏都有很大的影响。”

贺龙:“你是主张和平解放西藏还是武力解放西藏?”

平措汪杰:“我强烈主张和平解放西藏。”

邓小平:“理由呢?”

平措汪杰："其一，十世班禅主张和平解放，由于他的影响，已经有了一半的可能。其二，噶厦上层，以阿沛·阿旺晋美为首的官员，也主张和平解决西藏问题，这又增加了胜算。其三，广大的农奴急切地盼望吉祥的中国人民解放军能早一天进藏。"

贺龙："我觉得我们还是不能抱有幻想，反对派是不打不老实的！只有打痛他，他才肯讲和！"

刘伯承："如果一定要打一仗，你的意见在哪里合适？"

平措汪杰："如果一定要打一仗，那就在昌都。昌都是目前可以通过大部队的唯一通道，并且现在藏军三分之二都驻扎在昌都。要想逼西藏噶厦讲和，就只有昌都。"

刘伯承对邓小平嘀咕着什么。

邓小平又对贺龙招招手，

贺龙凑了过去。

平措汪杰悄悄对王维舟："王主任，我说错什么了吗？"

王维舟："没有……"

邓小平又对王维舟招招手。

王维舟也凑了过去。

平措汪杰看着四位首长在不住地点头，有点莫名其妙。

刘伯承："平措汪杰同志，我们刚才商量了一下，我们以中共西南军政委员会的名义，任命你为西南军政委员会委员、西南民族事务委员会委员、中共西藏工委委员。"

平措汪杰："首长，这……我还年轻……"

邓小平："毛主席多次命令我们，加紧督促张国华及第十八军做好入藏准备。为了更顺利地实现进藏，毛主席提出：'收集藏民，训练干部。'看起来这个重担就交给你了。"

平措汪杰："我怕辜负了首长的期望……"

贺龙："你刚才不是说了吗，我两把菜刀闹革命才20岁，你现在都老同志了……"

刘伯承对王维舟说道："给第十八军军长张国华发电报，要他到重庆来接平措汪杰同志。"

平措汪杰："不要，不要，我自己去就是了……"

邓小平："一定要让他亲自来接！还有，让他们回到第十八军驻地新津的时候，第十八军总部为平措汪杰召开欢迎大会，还要给平措汪杰同志在第十八军安排相应的职务！"

王维舟："是！"

平措汪杰惊恐地说："首长……"

**新津老君庙门前**

彩旗飘舞，人声鼎沸，锣鼓喧天。

这里是第十八军为平措汪杰召开千人欢迎大会的现场。

各个连队在相互拉歌，很是热闹。

女兵方阵很惹眼。程露在拉歌。

庄大运也坐在自己的连队中，连队正在唱歌，可庄大运扭着脸不眨眼地盯着程露。

李光明站起来，走到程露跟前不知道说了些什么。

程露向庄大运这边望过来。

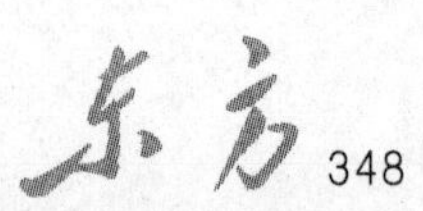

庄大运赶紧转过脸，正襟危坐，唱得更响亮。

一会儿，庄大运扭脸看看，程露正在指挥自己连队唱歌，姿势很优美。

### 新津老君庙门前主席台上

老君庙门前临时搭建的主席台。主席台上坐着张国华、谭冠三等首长，正中间坐着平措汪杰。

穿着新军装的平措汪杰局促不安。

谭冠三："下面，请军长张国华同志宣布命令！"

张国华："我代表第十八军党委，任命平措汪杰同志为进藏南路部队党委副书记、第十八军民运部部长！"

部队一片掌声。

平措汪杰在谭冠三的示意下，站了起来。

谭冠三又示意。

平措汪杰笨拙地给部队敬礼，显得很滑稽。

掌声更响。

### 新津老君庙门前

庄大运看到平措汪杰笨拙的敬礼，起哄地领头鼓掌。

女兵队伍里，程露向庄大运这边看过来。

庄大运这才收敛了一些。

### 部队临时集结地

这里是一个小村子，到处都是战士，有看书的、洗衣服的、练刺杀的。

一块空地上，庄大运光着膀子和一个战士在摔跤，几十个战士在旁边鼓掌起哄。

战士被摔倒了。

庄大运滑稽地学着平措汪杰的样子，敬了个礼。

众人笑得更凶了。

突然，庄大运似乎看到了什么。

### 部队临时集结地的道路上

李光明、程露和平措汪杰说笑着走来，看着哪里都新鲜。

### 部队临时集结地

庄大运扒拉开战士，把平措汪杰拉进摔跤的场地。

庄大运示意大家鼓掌。

庄大运还是那样滑稽地向平措汪杰敬礼："报告部长同志，三连正在练习摔跤，请指示！"

众人大笑。

平措汪杰："什么……大家玩吧，玩吧……"

平措汪杰欲走，庄大运急忙拉住。

庄大运："哎……部长，别走哇，咱们来一跤？"

李光明制止道："庄大运！"

程露："撞大运？还有叫这样名字的？"

一战士："庄大运你不认识？我们连长，第十八军的战斗英雄，一等功臣！"

庄大运看到程露，更加想显示显示。

庄大运："部长，这可不是玩啊，这也是训练体能的一种办法。没有好的体能，没有好的战术，怎么能进藏？怎么能打到拉萨？来吧……"

平措汪杰："我不行，我不行……"

庄大运："部长还不好意思来，大家呱唧呱唧……"

众人鼓掌。

平措汪杰更紧张了："我不行，真的，真的……"

庄大运："部长还真腼腆，怪不得连名字都叫什么王姐是不？"

李光明："庄大运！放尊重点，部长叫平措汪杰！"

庄大运："刚说到王姐，又来个李姐……"

众人大笑。

庄大运："李姐，你别生气，王姐虽然是部长，但也要和我们打成一片不是？来吧，部长……"

庄大运拉开架势，准备着。

程露："庄大运连长，我和你来怎么样？"

众人起哄。

庄大运："别捣乱！来！部长……"

程露挽挽袖子走进摔跤场。

平措汪杰："程露同志……"

庄大运："你叫程露？细皮嫩肉的别把你摔着了……"

程露："你就说你敢不敢吧？"

众人起哄。

庄大运不再和她贫嘴，支开架势摔了起来。

程露也不是好惹的，经过好几个回合，程露把庄大运摔在了地上。

众人起哄。

平措汪杰对李光明："程露她……"

李光明："她武术世家出身。"

庄大运觉得很没脸，爬起来又冲上来。

程露一看庄大运来势汹汹，使一巧劲，庄大运还没有靠近就摔了嘴啃泥。

众人起哄。

庄大运还要再摔。

李光明："庄大运别自讨没趣了，程露是武术世家出身！咱们走吧……"

平措汪杰："同志们，再见。"

三人走了。

庄大运紧盯着走远的程露，若有所思。

## 北京中南海

毛泽东满面春风地站在门口，他身边是朱德、刘少奇、周恩来。

他们谈笑风生，潘汉年等人走来。

走到毛泽东面前，潘汉年高兴地对毛泽东说："主席，您请的客人都到了。"

毛泽东高兴地说："那就给我介绍一下吧。"

潘汉年指着一个高个子的年轻人："这位是荣毅仁先生。"

毛泽东伸出手："你好呀！"

荣毅仁显得十分紧张："主席您好。"

毛泽东："怎么样，令尊德生老可好？"

一句话说得荣毅仁心头一热："好，好。"

潘汉年又给主席介绍另一位："主席，这位是卢作孚先生。"

毛泽东又马上伸出手："早听说过，民生公司有名呀。"

卢作孚："主席好。"

毛泽东："你是从香港过来的？"

卢作孚："是的，主席。"

几个人边说边走进了室内。

## 北京中南海宴会厅

人们都坐下了。

周恩来端起了杯子："同志们，朋友们，中国人民政协全国代表大会第二次会议就要召开了，你们是毛主席请的工商界的特约代表，今天在座的又是代表中的代表。既然是主席的客人，那么还是请主席致辞啰。"

毛泽东站了起来："好，那我就说几句，你们来北京是我请的，但是也是新中国请的，因为新中国建设离不开你们，当然，你们事业的发展也离不开新中国。打个简单的比方，荣氏家族可以说是中国的首富，但是1949年是你们的分水岭，有的去了香港，有的去了巴西，荣毅仁留了下来，你的这份事业要发展，我觉得只有一条路，那就是社会主义。"

人们给他鼓掌。

毛泽东兴致高涨地说："好，为走社会主义道路的干一杯。"

人们举杯。

毛泽东喝下去了。

朱德喝下去了。

周恩来喝下去了。

荣毅仁喝下去了。

卢作孚也喝下去了。

毛泽东又倒了一杯，对潘汉年说："潘老板，给你提个意见。"

潘汉年连忙站起："主席尽管指出。"

毛泽东风趣地说："以后请客，一次只请一个，要不然不知道先敬哪一个好，容易得罪人。

得罪了荣老板我没钱花，得罪了卢作孚我没船坐。”

人们笑了。

毛泽东：“我有一个办法，从年龄大的来。长者为先嘛！”他走到了卢作孚面前：“我们是同年生呀，你是4月14号，我是12月26号，你比我长8个月，我先敬你呀。”

卢作孚惊惶失措地站起：“虚长，虚长。”

毛泽东：“不是虚长，是兄长，卢兄不得了，连蒋介石都坐过你的船。”

卢作孚有点不自然。

毛泽东：“那是哪一年？”

卢作孚还是不自然：“抗战的前一年，1936年。”

毛泽东：“坐的是‘民主号’，可惜呀，蒋委员长没理解你的意思，他如果沿着民主的航线走下去，也不至于漂到一个孤岛上去了。”

其他人笑了。

卢作孚还是很不自然。

毛泽东话锋一转：“所以我们这位兄长，也不买蒋委员长的账，三次请他到台湾去当交通部长都被他拒绝了，来，干了这一杯。”

毛泽东、卢作孚都干了。

朱德站起：“作孚，我也敬你一杯，中国抗战有你一功呀。”

卢作孚：“是应该的。”

朱德：“张自忠在宜昌战死，是你用‘民风号’接他到重庆。听说‘民风号’所到之处，沿江两岸万人空巷……”

朱德把酒喝了。

毛泽东小声地对荣毅仁说：“他们喝他们的，你对我有什么要求，让我帮你干点什么，我有权呢。”

说着，他顽皮地挤了一下眼睛。

荣毅仁：“就一个要求，有时间到上海去，去我那……”

# 第二十四章

## 台湾阳明山别墅

这里是台湾著名的景区阳明山。

别墅建在绿树红花之中。

不协调的是，这里十步一岗，五步一哨。

……

似乎是院内一个游泳池，一个不大的温泉，冒着热气。

蒋介石正在舒服地泡着温泉。

两个勤务兵拿着睡袍和毛巾等站立在温泉边上。

广播正在响着：

日前，蒋“总统”就《为撤出海南、舟山国军告全国同胞书》指出，这个决定是衡量客观情势，估计我们政府所有实力后做出的，若非集中一切兵力与“共匪”作战，我们就无最后胜利的把握，反而要被“共匪”各个消灭。……当有报纸就台湾社会人心慌恐，言解放军已经在台湾对面修了十多个机场，一百多架飞机已经进入场站，还有上千条舰船在各个港口待命，只要六月的台风季一过马上攻台之事询问。陈诚接受了采访，他表示，解放军还没有力量攻台，现在经过整编的军队，战斗力量增强，一个军可打“共匪”三个军，这是有把握的。陈诚院长还乐观地说，明年要到南京欢度国庆……

## 台湾白崇禧家

（广播的声音：“最迟是到南京过圣诞节……”）

白崇禧拿出军装，在吹上边的灰，“噗，噗……”

隔壁传来声音：“刚给你洗过的军装，你吹什么呀？”

白崇禧对着隔壁：“是我在吹吗？”他又“噗，噗”地吹了两声……

隔壁又传来声音：“不就是去打针吗？又不是去打仗，着便装多方便……”

白崇禧对着镜子在穿军装：“打针……”

## 台北陆军中央医院

一排上将在这里接受疫苗注射。

一色的军装。

一色的上将军衔。

其中有白崇禧、胡宗南、薛岳、顾祝同等人……

将军们议论着：

“比开国防会议着装还整齐……”

“穿了一辈子军装，习惯了。”

“听说，张汉卿赋闲时，经常拿军装出来试一下……”

突然，传来一个将军的吼声：“你他妈轻点打……”

有人喊了一句：“老兄，这是护士，共产党在对岸……”

“一群披着狼皮的羊……”

## 台湾阳明山别墅

蒋介石从水里抬起头。

挂了一脸的水珠……

一个夹着公文夹的军官走了进来。

在温泉边停住脚步：“报告蒋总统，美国驻日本国远东军总司令，道格拉斯·麦克阿瑟将军的特使美国太平洋舰队的柯克海军上将求见。”

蒋介石动也不动：“美国人，不是想抛弃我们吗？来找我干什么？不理他，让他等着……”

军官：“是！”军官欲走。

蒋介石：“去年要是美国佬履行诺言，我还能在这台湾岛上泡澡？傲慢、言而无信、盛气凌人……”

军官：“柯克上将说，有机密要事求见委员长，好像是关于南朝鲜……”

蒋介石：“什么?!”

蒋介石像是安了弹簧一样，跳了起来。

两个勤务兵马上用毛巾包裹住蒋介石。

蒋介石湿漉漉地，赤着脚就匆匆走了。

勤务兵赶紧拿着鞋子和物品跟了出去。

## 台湾阳明山别墅客厅

身穿美国海军上将军服的柯克，坐在客厅里焦急地等待着。

门开了，身穿军服、精神焕发的蒋介石走了进来。

柯克向蒋介石敬礼，并伸出手。

蒋介石没有握手，随便地说：“请坐！”

两人落座。

柯克：“总统先生，我此次来台湾，是受麦克阿瑟司令官的委托，来协商有关南北朝鲜的问题……”

蒋介石:“不急,不急……我们中国人有句俗话,有朋自远方来,不亦乐乎。柯克将军此次来台湾,可以先欣赏一下阳明山的美景,当下正值春暖花开的时节,漫山遍野樱花绽放,万紫千红,与苍郁的林木碧草交相辉映,间杂各色杜鹃点染春色,更加绚丽多彩,令人目眩神迷,一年春色尽在此山中,‘大屯春色’是台湾八景之一呀。”

柯克:“公务在身,实在没有赏花游玩的心情,还是请委员长看看麦克阿瑟将军的信吧……不过……”

柯克看看周围的随从们,

蒋介石示意随从们出去。

柯克从公文包拿出一份文件,递给蒋介石。

蒋介石翻看:“麦克阿瑟将军在远东待的时间长了,看来对远东文化也很有研究啊……”

柯克:“蒋总统的意思是……”

蒋介石:“先下手为强啊! 不过,他怎么就知道南北朝鲜一定能打起来?”

柯克:“据可靠情报,北朝鲜有一个高级代表团正在苏联,他们是在说服斯大林,支持他们统一朝鲜,也就是说,东北亚一定会有一仗要打。”

## 刘亚楼办公室兼卧室

电话铃响,刘亚楼打开灯,这时我们才看清,这里是一间宽大的办公室,一角是刘亚楼的床铺,另一边是办公桌。桌子上摆放着好几部电话。一部红色的电话在响。

刘亚楼拿起一部电话,发现不对,这才发现是红色电话在响。

刘亚楼迅速拿起红色电话:“我是刘亚楼……主席好……”

## 北京中南海丰泽园紫云轩毛泽东住处

毛泽东:“刘亚楼同志,我要求你们在四月底五月初,成立中国人民解放军第一支空军部队,筹备得怎么样了?”

## 刘亚楼办公室

刘亚楼:“报告主席,我已经拟定了一个方案,正准备向您汇报呢……情况是这样的,我们准备把人民空军第一支航空兵部队的番号拟定为‘空军第四混成旅’……”

## 北京中南海丰泽园紫云轩毛泽东住处

毛泽东:“等等,为什么叫第四混成旅? 明明是中国人民解放军空军第一旅嘛?!”

## 刘亚楼办公室

刘亚楼:“我已考虑很久了,不能叫‘第一旅’,叫‘第一’容易产生老子天下第一,骄傲自满的情绪。我们要效仿主席的做法。主席在井冈山创建第一支中国工农红军部队时,开始就叫红四军,没有叫红一军嘛。这里有一个继承发扬红军光荣传统的问题,这样有利于这支部队的建设。我还想,应该把空军部队的前几个番号,例如第一师、第一团等,作为荣誉,留给在今后作战中战功卓著的部队使用。”

**北京中南海丰泽园紫云轩毛泽东住处**

毛泽东高兴地说:“哈哈……好！那就叫第四旅。1949年4月23日,我们成立了华东军区海军,现在又有了空军,这样,你这个解放台湾的总指挥打台湾就更有信心啦……哈哈……”

毛泽东高兴地放下电话。

周恩来走了进来。

周恩来:“主席,金日成同志要求访华……”

毛主席:“金日成要来?”

毛主席表情严峻。

**北京中南海丰泽园紫云轩毛泽东住处**

毛泽东深沉地踱步。

周恩来也在思索着。

毛泽东:“来吧,听听他怎么讲……”

**台湾阳明山别墅**

这里是一间豪华的洗漱间。

副官把两杯水放在洗漱台上,把牙膏挤到牙刷上,走了出去。

蒋介石和蒋经国一前一后走了进来。

蒋介石刷牙,蒋经国在旁边看着。

蒋经国:“父亲,昨天我接见了柯克海军上将,他急切地想让我们出兵朝鲜,我跟他说了,出兵容易……”

蒋介石停止了刷牙,看着蒋经国。

蒋经国:“但是,但是至少要给我们提供两个摩托化陆军师的武器装备……”

刷着牙的蒋介石伸出了四个手指头。

蒋经国:“明白,要四个师的装备!”

蒋介石示意蒋经国拿水,蒋经国拿起一杯水,烫得差点把杯子摔了。

蒋介石又指指旁边的杯子,蒋经国递水给蒋介石。蒋介石漱口。

蒋介石:“或者是折合成美金……”

蒋经国:“是!”

蒋介石端起那杯烫手的水,吹着,小呷了一口:“你去请柯克来吧,我请他共进早餐……还有陈诚……我已经告诉他了……不过……”

蒋介石伸出四个手指头:“这个不用告诉他……”

蒋经国:“明白!”

**台湾阳明山的山路上**

两辆黑色轿车行驶在绿树红花掩映的山路上。

## 台湾阳明山别墅院内

蒋介石身穿运动装在跑步。院子里几乎每个角落都有荷枪实弹、目不斜视的士兵。

蒋介石跑到一个平台上，边做操，便吟唱：

当我求主眷顾万民，施恩异域远方，更求顾我最爱之地，即我父母之邦。求主时免战争痛苦，永远和平安乐，省邑城乡昌祥兴旺，田亩收成丰满。求使全国连成一体，爱主永恒真理，求使欢乐自由歌声，充满山河大地。求使真道普及国中，举国拜主谦恭，求使万家虔诚警敬，瞻仰我主光荣。恳求万族万人之王，施恩与我国中，作彼庇荫作彼倚靠，作彼万世良朋……

## 台湾阳明山别墅门外

几辆黑色的轿车驶来。

第一辆车上下来很多荷枪实弹的士兵，士兵们迅速占领有利地形站好。

第二辆车上下来的是蒋经国。

第三辆车上下来的是陈诚和柯克上将。

众人都听见了蒋介石的吟唱。

柯克："蒋'总统'起得好早啊……"

柯克说着就向大门口走。

陈诚拦住："柯克上将，委员长还要晨读……"

柯克不解地问："晨读？"

蒋经国："就是浏览每天的报纸标题。"

柯克："有意思。他只看标题？"

陈诚："一会你就知道了……咱们先看看这阳明山的风景吧……"

三人向花丛小径走去。

## 台湾阳明山别墅

这是一间很大的宴会厅，

当然就餐的只有蒋介石、陈诚、柯克和蒋经国。

勤务兵正在向桌子上摆放食品。

蒋介石吃早餐的习惯是，通常是先吃一片他最爱吃的木瓜，然后是喝鸡汤、吃点心。由于他满口假牙，所以食物以松软为宜。有两样东西是他每餐必吃的，那就是腌笋和芝麻酱，这是他的家乡口味。

蒋介石夹起一根腌笋，放到柯克面前的盘子里："柯克将军，这是我们家乡浙江奉化的特产，腌笋……请慢用……"

柯克："谢谢……"

柯克用筷子夹了几次也没有夹起来，最后用叉子叉起来，放到嘴里，不禁皱眉。

蒋经国："柯克将军怕是吃不惯吧……"

柯克："好吃，好吃……委员长请我共进早餐，柯克荣幸之至……好吃……"

蒋介石头也不回，打一个响指，一个秘书模样的人，夹着报纸走了进来，在桌子不远处的一张小桌子旁坐下，打开报纸，字正腔圆地读起来……

柯克好奇地看着习焉不察的三人。

秘书:"3 月 21 日,中共中央统一战线工作部部长李维汉在第一次全国统一战线工作会议上作题为《人民民主统一战线的新形势与新任务》的报告。报告指出:新中国成立后,我国统一战线已经发生了历史性的变化,党的统一战线工作的总任务,是要在实行共同纲领、巩固工农联盟的基础上,密切团结全国各民族、各民主阶级、各民主党派、各人民团体、广大华侨、各界民主人士及其他爱国分子,争取尽可能多的能够同我们合作的人,为着稳步地实现新时期的历史任务而奋斗。"

蒋介石:"听见了没有?毛泽东正在团结除了我以外的所有人建设他的共产主义呢……柯克将军,吃啊……"

柯克:"蒋'总统',麦克阿瑟将军又催促卑职了……"

蒋介石做了个手势,秘书撤下。

蒋介石:"柯克将军,阳明山的美丽,名不虚传吧?"

柯克:"是的……很美丽……蒋'总统',关于出兵朝鲜的事情……"

蒋介石对陈诚和蒋经国:"经国知道,我牙不好,所以净是些松软的食物……吃啊……"

柯克无奈地摇摇头。

陈诚:"柯克将军,你们的提议,委员长会慎重考虑的……"

蒋介石:"柯克将军,你也不用着急,美利坚合众国和'中华民国'有着共同的利益体系,至于是不是出兵朝鲜,那是另外一回事……"

柯克:"蒋'总统'……"

蒋介石:"经国昨天不是和你谈了吗?"

柯克:"我还没有向麦克阿瑟将军汇报,我估计将军不会同意的,你们要价太高了……"

蒋经国:"四个师。"

柯克惊地掉了筷子:"四个师……经国先生,翻番啦?这不可能,绝不可能!"

蒋介石又打了个响指。

秘书走了进来,还是坐在那个位置上开始了字正腔圆的读报。

蒋介石:"柯克将军,吃啊……"

秘书:"中共中央正把《中华人民共和国婚姻法》,交给广大群众征求意见……其中包括废除包办强迫、男尊女卑、漠视子女利益的封建婚姻制度,实行男女婚姻自由、保护妇女和子女的合法利益的新婚姻制度等内容。《中华人民共和国婚姻法》规定:男女双方必须满 18 岁,才够法定结婚年龄……"

蒋介石把筷子一摔:"娘希屁,老子 14 岁结的婚,你们能把我怎么着!"

蒋介石站起来就走了。

柯克莫名其妙地看着离去的蒋介石,又回身望望蒋经国和陈诚。

两人无可奈何的表情。

**北京中南海丰泽园紫云轩毛泽东住处**

粟裕、萧劲光、刘亚楼三个人以军人的标准站姿,立正站在屋子正中间。

朱德、周恩来、刘少奇三人坐在沙发上,看着眼前的三位将军。

毛泽东围着三个人看了一圈又一圈。

毛泽东:“好！好哇……陆军、海军、空军,朱老总,你这个总司令现在才可以自豪地说是三军总司令啦!”

朱德:“虽然空军只有100来架飞机……”

刘亚楼:“苏联卖给我们的50架苏制雅克—12型军用战斗机,明天就可以抵达哈尔滨机场,这样我们总共就有201架战斗机了。”

朱德:“好！海军虽然加上华东军区海军江防舰队,总共只有133艘……”

萧劲光:“现在没有这个数了。1月25日蒋介石对江南造船厂一次空袭轰炸,炸毁炸伤‘常州号’、‘万寿花号’等26艘舰船。我们虽然报告过它们完全可以修复,但昨天我到江南造船厂去看了看,现在抢修速度很缓慢,什么时候能投入使用还很难说……”

朱德:“你们两个小鬼头啊,诚心欺负我老头子？报告的消息,要不是明天,要不是昨天,弄得我这个总司令好像一点也不了解部队似的……”

周恩来:“朱老总,不是您不了解部队,是形势变化太快了。昨天外交部的同志跟我说,因为英国已经承认了中华人民共和国,所以有意卖给我们旧船48艘,总吨位2.54万吨,主席和少奇同志已经指示外交部和英商继续洽商购买。”

刘少奇:“即使是这样,离建立一支强大的海军,总吨位达到几十万吨位还差得很远哪……”

朱德:“主席,你看看,又来了两个帮腔的……”

三人欲笑又止。

粟裕:“主席,我还有个建议,我们华东军区海军、登陆艇大队成立时,我第五舰队是按新的规定命名的……”

朱德:“说说看。”

粟裕:“舰队所辖炮舰以具有革命意义的县城命名,大型登陆舰以革命根据地的山岭命名,中型登陆舰以河流命名,小型登陆舰以华东小集镇命名。”

毛泽东:“分类命名?”

粟裕:“对。第二大队下属‘井冈山’舰、‘太行山’舰、‘长白山’舰、‘徂徕山’舰、‘沂蒙山’舰、‘大别山’舰。”

周恩来:“革命根据地的山岭名字,这些属于大型登陆舰?”

粟裕:“对。第一大队,下属‘运河’舰、‘滦河’舰、‘辽河’舰、‘汾河’舰、‘黄河’舰、‘沽河’舰、‘淮河’舰。”

刘少奇:“按你说的,这些就是中型登陆舰了?”

粟裕:“对,一听舰名,就知道它属于哪一级了。”

毛泽东:“好,易懂易记,还有历史意义。”

萧劲光:“我不同意,我们海军的舰名,要你们陆军来命名啊!”

毛泽东:“哈哈……你个萧劲光啊,我早就说过,我们熟悉的东西越来越用不上了,可我们要用却是我们越来越不熟悉的东西。萧劲光最有体会吧？全世界也不一定有第二个这样的海军司令,一天海军没当过的旱鸭子,还晕船……”

萧劲光:“那天在码头上我到‘辽河’舰上看了15分钟,差点把胆汁都吐出来……”

众人:“哈哈……”

毛泽东:“刘亚楼、萧劲光……”

两人:“到!”

毛泽东:“中央之所以决定由你们两个来担任空军、海军的司令,不是因为你们会开飞机、会开军舰,是因为你们都是苏联伏龙芝军事学院的留学生,懂俄语,有文化,便于跟苏联专家沟通,能尽快地掌握这些科技玩意。天上飞的,海里跑的,没什么了不起的。我还是那句话,在战争中学习战争!”

两人:“是!”

毛泽东:“好了,粟裕,该你了,解放台湾的事情,你准备怎么办?”

粟裕:“是!”

粟裕打开挎包,拿出一张大地图。

众人帮助他,把地图展开在毛主席的办公桌上。

毛泽东:“哎,还早有准备呀!”

朱德:“粟裕同志历来是不到火候不揭锅呀!”

粟裕:“哪里,我是怕主席熊我……”

众人:“哈哈……”

粟裕对着地图:“解放台湾问题,中央和主席早有指示,但是我认为,要分两步走。第一步,首先必须解放舟山群岛全境。”

毛泽东:“哦,说说看……”

粟裕:“舟山群岛位于长江、钱塘江和甬江口外的东海上,是沪杭甬的海上门户。1390个大小岛屿星罗棋布在2.22万平方公里海域内。从去年八月至今,我军经过几次惨烈的渡海作战,解放了大榭岛、金塘岛、桃花岛和六横岛等岛屿,可是蒋军在舟山已经集结了12万人,要和我们决一雌雄。我的意见是,首先以海空力量给舟山之敌海空军以歼灭性打击,然后以陆军优势兵力攻取舟山。把解放舟山群岛当作解放台湾的一次预演,打一次我军建军以来真正意义上的三军联合作战……”

众人显得更加群情激昂。

毛泽东:“你准备投入多少兵力?”

粟裕:“不包括海军和空军,陆军至少集结四十万。”

毛泽东:“朱老总,该你说话了……”

朱德:“中央军委已经报告中共中央,准备成立解放台湾总指挥部,由粟裕同志担任总指挥……”

粟裕:“不不,这是我军第一次三军联合作战,还是由中央军委直接领导好一些……”

刘亚楼:“嗬,这回谦虚了? 你不干我干!”

萧劲光:“就是……别人想干还捞不着呢……”

毛泽东:“呵呵……别争了,粟裕同志先准备着,把方案拿出来。我的意见是,不打无准备之仗,不打无把握之仗,三军部队先分头训练,然后合练。具体什么时间发起总攻,到七届三中全会的时候,向大会汇报以后,再决定……”

三人:“是!”

**台湾日月潭湖畔**

蒋介石身穿便装,走在湖边,看着湖光山色。

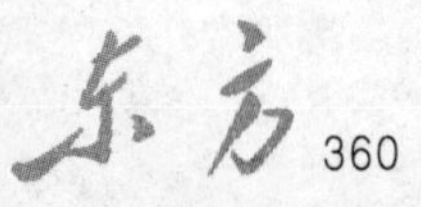

几个身着便装的卫士跟在不远处。

蒋介石向前方望去……

一个上了年纪的老人正在撒网。阳光下，网里的小鱼儿，活蹦乱跳。

蒋介石好像来了兴趣，挥挥手，加快了脚步。

几个卫士也跟着加快脚步。

蒋介石走到老人家身边。

蒋介石："老哥，打鱼呢？"

老人："嗯。"

蒋介石："里边有鱼吗？你打了多少年鱼？"

老人："一辈子啦，现在不行了，都是些小鱼……"

蒋介石："这日月潭的鱼，好吃吗？"

老人："我一辈子没有吃过鱼，不知道……"

蒋介石惊诧地问："你打了一辈子鱼，没有吃过鱼？"

老人："不稀罕，盖了一辈子楼，没有住过楼的有的是；打了一辈子金银首饰，没有戴过金银首饰的也有的是……"

蒋介石不禁感慨万分："人生莫测呀，统治了一辈子大陆，临了，大陆倒没有了立足之地了……"

老人："你说的是国民党，蒋介石吧？"

蒋介石："啊……老人家，你说的有意思……我吃了一辈子鱼，没有打过鱼，今天我能打一网吗？"

老人："随便……"

蒋介石站在一块大石头上，笨拙地拿起了渔网，几个卫士想过来帮忙。蒋介石挥挥手阻止了他们。

老人："你得这样……"

老人刚刚帮助他整理好，不远处传来一阵汽车的刹车声。

"父亲……"

也就在这一瞬间，蒋介石身体摇晃了几下，差点掉到湖里。

手中的渔网，就随意地撒进了湖中。

几个卫士惊恐地上去扶。老人一把抓住了蒋介石。

蒋介石循声望去，

一辆黑色轿车停在路上。

蒋经国匆匆走了下来，向这里走来。

蒋介石不满地问："慌张什么？"

蒋经国："据可靠情报，4 月 23 日，共军在南京的长江江面上举行了舰艇命名仪式，预定担负指挥渡海作战的主要指挥员粟裕、叶飞、宋时轮、王建安、张爱萍、刘道生等参加了仪式。华东海军共有战斗舰艇 51 艘、登陆舰艇 52 艘、辅助船 30 艘，计 4.3 万吨被命名。"

蒋介石："嘿嘿……4.3 万吨……"

蒋经国："可据说他们要集结 50 万人，准备攻打舟山群岛……"

蒋介石："兵来将挡，水来土屯……"

老人突然惊叫起来："看那儿，快看那儿！"

众人向水中望去，一条20多斤重的大鱼在网中挣扎扑腾。

蒋介石："快，快，我打的鱼，我打的鱼……"

众人七手八脚地把渔网和鱼拉了上来。

几个卫士费了好大劲，才把鱼抱了起来。

老人："神了，神了，我已经20多年没有见过这么大的鱼啦……贵人啊，贵人啊……"

蒋介石："哈哈……好兆头，好兆头……自从海南岛失守，我还没有这么高兴过。命令第十九军两个师由金门再次增援舟山，以柳际明、骆振韶在岱山组织指挥所。固守舟山，与共军决一死战。"

说完，蒋介石趾高气扬、得意洋洋地走了。

老人拽住一卫士："这是谁呀……"

卫士："蒋总统！"

老人惊诧地目瞪口呆："他……就是蒋介石？！"

老人吓得直翻白眼，仰面跌倒在地。

### 北京中南海怀仁堂

（金日成同志来到北京。）

中南海跟往日一样，永远是那样宁静。

一辆汽车停在怀仁堂前，

走下几个人。

### 北京中南海怀仁堂一间会客厅里

毛泽东、刘少奇、周恩来三人正在开会。

周恩来："朝鲜同志讲，他和斯大林同志汇报了这个事情。"

毛泽东："我们的情报也说南朝鲜有5万多人在边境上集结……"

刘少奇："北朝鲜到底有多少人？"

周恩来："这确实是值得重视的问题，朝鲜人民军只有3个正规师，可南朝鲜李承晚他们毕竟有着美国装备和训练的6个正规师。力量太悬殊了。"

毛泽东："朝鲜同志自己说人民军现在已经扩充到了9万多人，并且苏联援助包括重型武器在内的武器装备已经抵达平壤。"

周恩来："可是，南朝鲜在美国顾问团的指导下，几乎把所有的警察都扩充成正规军，号称15万人！战斗力可想而知。"

毛泽东："打仗打的是人心哪……"

### 新津老君庙部队临时集结地

整个街道到处是灯笼火把。部队准备向昌都进发了，一片忙乱。

街道上，庄大运正在指挥战士装牦牛车。

庄大运："快点，快点！"

庄大运走进一个院子。

几个战士背着、抱着背包和行李往车上装。

车子已经装得很高了，再也不能装东西了。

一个战士把车上的一袋土豆扔了下来，把自己的行李放在了土豆的位置。

庄大运从院子里出来，他怀里抱着一个麻袋。

庄大运一把把正在装自己行李的战士拽了下车，毫无防备的战士摔倒在地。

战士："找死啊……是连长……"

庄大运指指脚下的麻袋："这是你扔的？"

战士指指车上："装不了了……"

庄大运："这是什么？"

战士胆怯地说："土豆……"

庄大运："你怎么不把你自己的行李扔了?！你想让全连饿死在雪山上?！"

战士："粮食没扔，就是这点土豆……"

庄大运："土豆就不是粮食？告诉你们，把自己的行李拿下来！自己背着！怎么？长征二万五千里都背了，过了两天半解放了的日子，就背不动背包啦?！你去检查一下，一粒粮食，一口能充饥的东西，都不准扔下！"

战士："是！"

庄大运："还有，破棉衣、破棉被，凡是能取暖的都带上！小心过雪山冻掉你们裤裆里的那个家伙！"

众人迅速把自己的背包从车上拿了下来，背在身上。

突然，不远处传来一女声的数板声：

紧打鼓，快敲锣，全国人民好快活。

好快活，庆解放，我们今天要进藏。

新中国，处处新，山南海北一家人。

远的远，近的近，男女老少都起劲。

新中国，事事新，民族团结新精神……

庄大运循声望去。

## 不远处的街道上

一个高台阶上，李光明和程露等女兵正在宣传鼓动。

程露：

不论回，不论藏，大家都是一个样。

信宗教，有自由，彼此不同不强求。

教不同，没关系，人人爱国齐努力。

衣不同，帽不同，五星国旗一样红。

字不同，话不同，齐声赞美毛泽东。

毛泽东，是太阳，太阳出来天下亮。

## 新津老君庙部队临时集结地

庄大运和众人笑眯眯地看着，庄大运看到大家都入迷了。

庄大运:“看什么,没完了? 出发!”

部队列队出发。

## 不远处的街道上

程露还在数板:“山也明,水也亮,光明照遍前后藏。前后藏,真不小,地方宽大人民好。好人民,好弟兄,回到民族大家庭。想当年,恶满清,压迫康藏好弟兄。又来了,英和美,一双侵略老土匪。还有那,蒋流氓,横行霸道坏心肠。……”

庄大运带着队伍走来。

庄大运:“哎,哎,说得好,说得妙,可惜这个闺女没人要。会拳脚,会武术,哪个男人不打怵?”

程露委屈地对李光明说:“中队长……你看他……”

李光明:“庄大运,你胡说什么?!”

庄大运对部队说:“弟兄们,快走啊,小心那姑娘给你们来一个黑狗钻裆啊……”

程露气恼地把手中的竹板扔向庄大运,庄大运用胳膊挡住了,没有打上。

众人:“哈哈……”

程露委屈地哭着跑开了。

李光明气恼地说:“庄大运你……你等着……”

## 北京中南海丰泽园紫云轩毛泽东住处

毛泽东面对着台湾地图在思索着。

(门外传来周恩来的声音:“主席……”)

毛泽东急切地说:“恩来,快请进……”

门开了,周恩来和苏联驻中国大使罗申走了进来。

周恩来:“主席,这是苏联驻我国大使罗申。”

罗申:“主席好。”

毛泽东:“在递交国书的时候,我们见过……请坐,斯大林同志回电了没有?”

罗申掏出一封电报,递给毛泽东:“斯大林同志用他的化名——菲利波夫发来了电报。”

毛泽东急切地接过电报,翻阅。

(斯大林的画外音:“毛泽东同志! 在与朝鲜同志的谈话中,菲利波夫和他的朋友们表示如下意见:由于国际形势已经发生了变化,他们同意朝鲜同志着手重新统一的建议。但有个附带条件,即问题最终应该由中国同志和朝鲜同志共同来决定。如果中国同志有不同意见,那么对问题的解决就应延迟,直到进行一次新的讨论。会谈中的细节,朝鲜同志可能会向您转述。”)

毛泽东神情严肃地坐在沙发上。

毛泽东:“罗申同志你可以走了……谢谢你们……”

罗申:“再见主席。”

罗申走了。

毛泽东用颤抖着的手掏出一支卷烟,叼在嘴上,划火柴却怎么也划不着。

周恩来凑过来,想帮助他,毛泽东把手中的一盒卷烟都捏碎了,扔到了地上。

周恩来此时心情也十分复杂:"主席……"

毛泽东感到了压力:"老大哥在给我们出题目……"

周恩来:"是个难题呀。但愿朝鲜战争的爆发能拖延到我们解放台湾以后……"

毛泽东捡起地上的烟盒,抽出来一根好一点的,捋直了,叼在嘴上。

毛泽东:"恩来,我建议召集在京的政治局常委,连夜召开会议,商讨关于朝鲜问题。"

周恩来站了起来:"我同意。我现在就通知他们。"

## 北京六国饭店

(金日成下榻的地方。)

一辆汽车停毕,

李克农走了进来。

## 北京中南海菊香书屋

毛泽东在看地图。

## 南京华东军区作战室

这里是华东军区作战室。

宽敞的作战室内,悬挂着巨大的舟山群岛地图,地图上密密麻麻画着进攻的线路和兵团位置等。

长条桌子两旁分别坐着空军司令员刘亚楼,海军司令员萧劲光,第七兵团司令员王建安,第九兵团司令员宋时轮,第二十军军长刘飞、政治委员陈时夫,第二十一军军长滕海清、政治委员康志强,第二十二军军长孙继先、政治委员丁秋生,第二十三军军长陶勇、政治委员卢胜,第二十六军军长张仁初、政治委员李耀文等我军著名将领。

门开了,粟裕、张震走了进来。众人有的起立,有的握手,很热情。

粟裕:"大家请坐。"

张仁初:"粟司令,大老远地赶过来开会,也没有个说头啊?"

张震:"张疯子,你又闻见酒香了吧?"

张仁初:"不是,参谋长,我们基层部队这么辛苦,来开次会不容易,军区首长怎么地也得表示表示吧?"

粟裕:"张军长,等解放了舟山群岛,洋河、双沟,我管你够!"

张仁初:"抠门,净些地方酒,茅台,茅台……"

刘亚楼:"就你嘴馋,开会吧……"

粟裕:"根据党中央、中央军委的作战意图,我们在南京召开陆、海、空三军联合作战会议,研究解放舟山群岛的作战方案。大家可不要小瞧了这次会议呀,大家也看到海军司令萧劲光同志、空军司令刘亚楼同志都来了,可以说,这是我军历史上第一次真正意义上的三军联席作战会议。下面,请张震参谋长,介绍一下,军委作战意图和作战方案。"

张震走到地图前:"为了确保这次登陆作战的胜利,中央军委决定,集中华东军区大部分的机动力量。毛主席还决定把原计划准备渡海解放台湾的第九兵团一部,也抽调参加解放舟山的战斗,可见党中央和毛主席的决心。经过慎重研究,总指挥粟裕同志决定,由第七、第九兵团的六个军组成两个登陆突击集团，由第七兵团司令员王建安和第九兵团司令员宋时轮分别担任指挥，在海空军的配合下完成攻占舟山群岛的战役任务。力争全歼舟山12万守敌。具体的任务是，第二十军、第二十六军主要作战方向是攻取岱山；第二十一军主攻方向是攻取舟山本岛东南部岛屿及舟山本岛东部；第二十二军、二十三军主要作战方向是进攻舟山本岛西部及中部。”

## 台湾“国防部”大楼

这里是台湾“国防部”大楼，长长的走廊上站满了荷枪实弹的士兵。

蒋介石在陈诚和蒋经国的陪同下，走了过来。

士兵们不断向走过自己身边的“总统”致礼。

## 台湾“国防部”作战室

这里集合了数十名国民党高级将领。

正面墙上悬挂着巨大的舟山群岛地图，地图上密密麻麻画着进攻的线路和兵团位置等。

突然一声：“立正——”

蒋介石走了进来。

蒋介石挥挥手，众人落座。

蒋介石站在地图前思索着。

蒋经国：“据可靠情报，共军为了进攻舟山群岛，已经做了充分的准备。共军从去年年底开始，从苏南、苏北、安徽和山东等地动员了大批船只和民工南下，支援进攻舟山的战役。”

蒋介石：“这个毛泽东啊，和我打了几十年的仗，他从来就没有正儿八经地按套路出过牌，你们说说，他从江苏、山东调来些个木船，要进攻舟山，也不怕我们出动飞机给他炸喽！”

蒋经国：“他们当然担心了，为避免我空军的轰炸，从苏、皖、鲁等地征调来的船只，都用火车装运到前线。运载渤海湾、胶州湾的船只，要经胶济、津浦、宁沪、沪杭4条铁路线，行程达1000多公里，到达杭州湾北岸后，再翻坝过江入海。现在全部集中在浙江、宁波沿海一线。”

蒋介石：“炸！一刻不停地炸！”

## 宁波沿海的海滩

为解放舟山群岛，整个参战部队，掀起了大练兵的热潮。

这边，一条粗大的绳子拴住十几个战士，站到齐胸的海水里，承受汹涌的海浪冲击。

粟裕和张震走来，身后跟着几个参谋干事和警卫人员。

一行人走到站在海水里的战士面前。

粟裕：“你们这是练习什么？”

一干部：“他们都是旱鸭子，见到海浪就害怕，有‘恐水症’，这样练习，他们在登陆抢滩时就不至于害怕了……”

粟裕对战士们：“大家现在怕不怕海浪了？”

站在海水里的战士们：“不怕——”

张震对干部：“还是要注意安全啊！”

干部:“是！首长!”

……

沙滩上竖着几根竹竿子,战士们一边吃饭,一手抓住竹竿子,围着竹竿子转。

粟裕和张震走来。

粟裕:“你们这是练习什么?”

战士们松了手,一时间还不适应,东摇西晃地回答:“练习不晕船!”

粟裕:“那也不能一边吃饭,一边练啊?”

一战士:“首长,一晕船就想吐,就不能吃饭了,可这样,我们吃了吐,吐了吃,就不晕船了……”

张震:“继续训练。”

战士们:“是!”

## 宁波沿海海滩的一艘渔船上

一艘停靠在沙滩上、摇晃不定的渔船。

一排战士趴在甲板上,练习瞄准,目标是漂浮在海上的竹筒子。

一个年约50岁的船老大,蹲在船头,笑眯眯地看着这些战士们。

粟裕和张震爬上渔船。

一干部:“立正——”

众人都站立起来。

粟裕:“继续训练。”

干部:“是！继续训练!”

战士们继续训练。

粟裕来到船老大身边。

粟裕:“老大,哪里来的?”

船老大一口胶东话:“山东荣成。”

粟裕:“辛苦了,这么大老远的……”

船老大:“不辛苦,俺们刚刚支援解放军解放了海南岛……”

粟裕:“哦,你们参加过海南岛战役?”

船老大:“可不？俺还立了功了呢……”

船老大掏出一枚军功章。

粟裕看了看:“好啊,你们既有海上驾船的经验,又有参加战斗的经验,有了你们,我就放心了。你们牺牲了和家人团聚的时间,牺牲了自己打鱼生产的收入,千里迢迢来支援解放舟山群岛的战役,我代表华东军区感谢你们哪!”

船老大:“别客气,先打老蒋,等解放了舟山群岛,俺再好好打鱼……”

突然,一阵警报声。

几架飞机出现在空中。

张震:“赶快隐蔽……”

粟裕:“船老大,快走……”

船老大:“我不离开我的船!”

粟裕对警卫员:“快撤!”

警卫员拉住船老大跳下船。

船老大:“我不走……”

众人迅速隐蔽。

警卫人员掩护着粟裕,向沙滩上撤离。

飞机扔下了几颗炸弹,剧烈的爆炸声和升腾的浓烟。

一颗炸弹在渔船附近爆炸,渔船上的桅杆倒下了,甲板上也起了火。

正在隐蔽的船老大一看自己的渔船被炸。

船老大呼喊着:“我的船……”

船老大冲了出去。

粟裕:“危险……”

几个战士也冲了出去,把船老大扑倒在沙滩上。

船老大挣扎着爬起来,气得抓起一把沙子,向着飞机的方向甩去。

船老大大骂:“蒋介石——蒋该死……”

# 第二十五章

## 北京中南海怀仁堂一间会客厅里

毛泽东、周恩来、刘少奇、朱德在开会。

毛泽东:“原来我考虑的是应当首先解放台湾,在此之后再解决朝鲜问题,那样中国将会更充分地援助北朝鲜。但既然统一朝鲜的问题已经在莫斯科得到了斯大林同志的同意,我个人同意他们统一朝鲜的方案。”

周恩来:“这回朝鲜的同志放心了。”

毛泽东:“不过,我还是对美国直接干预或者美国驱使日本军队干预的可能性有所担心。一旦有两三万日本军队投入战争,整个战争的过程就可能延长。当然,如果美国军队参加战争,中国会派出军队支援北朝鲜的,因为到那时,苏联出兵是不方便的,它受到与美国签订的协定的限制,而中国则不受这样的限制。”

朱德:“这一点朝鲜同志还是很乐观。他们认为日本军队参战的可能性不大,即使美国人派个两三万日本军队来,也不能改变战局。”

毛泽东:“朱老总的意见我同意,帝国主义的事情,我们做不了主,我们不是他们的参谋长,不能知道他们心里想的是什么,不过准备一下总是必要的。我们打算在鸭绿江边摆上三个军,帝国主义如果不干涉,没有妨碍;帝国主义如果干涉,不越过三八线,我们就不动;如果过了三八线,把战火烧到中朝边境,我们一定打过去。”

## 北京中南海丰泽园紫云轩毛泽东住处门外

屋里还在开会。

李银桥用托盘端着饭在门外徘徊。

一个战士目不转睛地在站岗。

## 北京中南海丰泽园紫云轩毛泽东住处

毛泽东一直在地图前看着。

周恩来:“主席,我的意见,不管朝鲜战争规模多大,我们解放台湾的部队任务不变,部署不变,训练不变,随时准备解放台湾,只是时间推后而已。”

毛泽东点头:“恩来,虽然美国总统杜鲁门和国务卿艾奇逊在去年发表过声明,美国目前无意在台湾获取特别权利,或建立军事基地,并且宣称美国的安全线既不包括台湾,也不包括南朝鲜,美国不会为了保护这些地方采取直接的军事行动。但是,帝国主义就是帝国主义,我们不能对帝国主义抱有任何幻想。我担心朝鲜战争一旦爆发,无论胜负,美国政府都可能会改变对台湾的政策,从而使我们解放台湾的计划很难实现……”

周恩来走到毛泽东面前:“主席,如果真像您预料的那样,舟山群岛的问题也必须尽快解决,只有解决了舟山群岛,我们才有可能争取时间做好解放台湾的准备……”

毛泽东点点头:“我也是这么想的。转告粟裕,解放舟山群岛的准备工作无论如何也要向前赶!随时准备发起总攻!但愿能给我半年的时间……我是不是没有吃饭?怎么好像饿了?……”

周恩来的心情也轻松了一些:“哈哈……李银桥,主席饿啦……”

李银桥端着托盘走了进来。

**空中**

一架国民党军用飞机在舟山群岛上空盘旋。

飞机上,

蒋介石、蒋经国、副总参谋长郭寄峤、海军代副总司令马纪壮、空军副总司令王叔铭以及美国军事代表团成员正在机舱里俯瞰着舟山群岛。

空军副司令王叔铭,轻声地对蒋经国说:“经国兄,我们必须马上降落舟山群岛,现在这里不安全……”

蒋经国稍一思忖,站起来走到蒋介石面前:“父亲,咱们降落吧……”

蒋介石:“不,让我看看这个岛子……多美丽的海岛啊……”

蒋经国望望王叔铭,王叔铭给蒋经国示意,蒋经国:“父亲,为了您的安全……”

蒋介石:“怎么?现在连空中都不安全了?王叔铭!”

王叔铭:“报告总统,据可靠情报,到4月底,共军在华东沿海机场的作战飞机有近200架。4月2日至5月11日,在上海、徐州、杭州等地,击落了我军飞机6架,已经打破了我军的空中封锁,夺取了江浙沪沿海的局部制空权……”

蒋介石:“看来事情严重了……”

**舟山群岛某海滩防御工事前的小路上**

蒋介石、蒋经国和一大群高级将领走了过来。

舟山防卫司令部司令石觉:“立正!”

所有人都立正敬礼。

**舟山群岛某海滩防御工事前**

蒋介石:“海岛再大,毕竟是个四面环海的岛子……如果岛子丢了,谁也别想跑!所以,无论何时何地,岛上的军民都要有同舟共济的意识!就讲现在,共军要是突然发动进攻,咱们都是一样无路可逃的兄弟呀!”

蒋介石提高声音对所有在场人员:“弟兄们,我这次来舟山群岛,主要的任务就是要收复

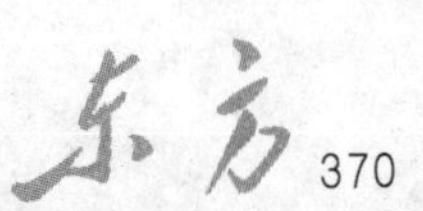

金塘岛和桃花岛！我们守住了舟山群岛，就是守住了江、浙、沪的门户，就掐断了共产党对外海的通道！我们只有在这里站稳脚跟，才有可能反攻大陆！”

石觉：“我明白了。”

蒋介石：“从今天开始，集中所有飞机和远程炮火，对舟山外围，被共军占领的岛屿和江浙一带沿海，实行轮番轰炸和炮击！严密封锁所有航道！弟兄们！请相信我，我蒋某人反攻大陆的决心永远不变！”

海风吹来，站在高处的蒋介石似乎显得很悲壮。

## 蒋介石下榻的宾馆阳台上

清风徐徐，阳台上吊着灯，摆放着一张小小的桌子，桌子上摆放着几样煮好的螃蟹、鲍鱼等海鲜。

蒋介石、蒋经国和石觉坐在小桌旁小酌。

石觉：“校长，今天在岸炮连的讲话真是鼓舞人心，石觉一定不辜负校长的栽培，坚决守住舟山群岛！石觉愿意与阵地共存亡！”

蒋介石和蒋经国对视了一眼。

蒋介石：“石司令，本来想在明天的会议上告诉你，现在，我就先给你通个气……”

石觉：“校长请讲。”

蒋介石：“请你三天内，拿出一个撤退舟山的方案。”

石觉疑惑地说：“校长，我没听清楚……”

蒋介石：“请你三天内，拿出一个撤退舟山的方案……”

石觉吃惊地站起来，他怎么也想不出蒋介石葫芦里卖的什么药，他急切地申辩着：“校长！如果是校长听到了什么，我愿意对天发誓！我石觉忠诚于党国……”

蒋介石：“慌张什么，我什么也没有听到……”

石觉：“那就是校长在考验我，请校长放心，我石觉不是贪生怕死之人，我一定与舟山共存亡……”

蒋介石：“坐下吧……”

石觉：“校长……”

蒋介石：“我说的是真的……”

石觉：“真的？校长，您今天不还慷慨激昂地讲一定要守住舟山群岛吗？……”

蒋介石：“海南岛失守了，3 万多将士以身殉国……”

石觉又站起来，信誓旦旦地说：“校长，现在的舟山群岛有 12 万党国精锐部队，今天的舟山绝不是昨天的海南岛……”

蒋介石：“可我怕明天的台湾要变成昨天的海南岛！……吃螃蟹……吃着说……”

石觉：“校长，你不说明白了我不吃……”

蒋介石：“党国的精锐部队一大半都驻扎在这舟山群岛上，现在，我们已经失去了部分制空权，对面的共军也有了将近 5 万吨位的海军力量……”

石觉：“我们的海军总吨位是他们的一倍！”

蒋介石：“可是民心士气呢？假如共军现在发动总攻呢？更何况华东沿海地区的徐州、南京、杭州、衢州、宁波等地空军机场在苏联的帮助下，大部分竣工，连共军的航空兵部队都进驻上海啦。现在，只要能保住党国最精锐的海军空军和这6万部队，就能够保住台湾，我们就能东山再起!”

石觉:“那……那就撤……”

蒋介石:“不能这样撤!”

蒋介石挥挥手，示意蒋经国，蒋经国放下手中的酒杯。

蒋经国:“第一，整个行动以‘美援及日本赔偿物资运输计划’为代号。严格保密，速战速决，保证三天内，所有部队全部撤离舟山群岛！第二，岛上在押的所有嫌疑犯，全部就地枪决！第三，岛上所有青壮年全部拉壮丁，有多少算多少!”

石觉:“是!”

蒋介石:“副参谋总长郭寄峤、海军代副总司令马纪壮、空军副总司令王叔铭协助你的撤离行动……经国，你也留下!”

蒋经国:“是!”

蒋介石拿着一只螃蟹腿，用钳子夹了几下，没有夹动，石觉要帮忙，蒋介石推开。

蒋介石:“看这螃蟹张牙舞爪的，还真是坚硬啊……你们两个知道谁是第一个吃螃蟹的人吗?”

两人对视了一下。

蒋经国:“好像有一句话说第一个吃螃蟹的人是最勇敢的人，至于是谁……”

石觉也摇摇头。

蒋介石:“关于‘天下第一个吃螃蟹’的人有最早明确记载，东汉郭宪撰的《汉武洞冥记》简称《洞冥记》，共有三卷:‘善苑国尝贡一蟹，长九尺，有百足四螯，因名百足蟹。煮其壳胜于黄胶，亦谓之螯胶，胜凤喙之胶也。’《洞冥记》这本书，净记些怪异之事，内容多半是无稽之谈，但其字句讲究华丽，且有些材料，亦有一定学术价值，后代文人乐于采摭征引。善苑国是西域诸国之一，据《太平御览》引用的《岭南异物志》云:‘尝有行海得州渚，林木甚茂，乃维舟登崖，系于水旁，半炊而林没于水，其缆忽断，乃得去，详视之，大蟹也。’由是可知，中国人第一次吃的螃蟹，可能是海蟹。而百足蟹也许是海蟹的文学形象，至于汉武帝是否是中国第一个吃螃蟹的人，我姑妄言之，你们就不妨姑妄听之了。”

石觉:“总统博闻强记，佩服，佩服……”

蒋介石把那个夹不碎的螃蟹腿朝地下一摔:“他毛泽东总想做第一个吃螃蟹的人，我倒要看看，你怎么夹得碎我固若金汤的台湾！石觉!”

石觉:“到!”

蒋介石:“炸！炸！轮番轰炸!”

石觉:“是!”

**江浙一带沿海**

数架敌机轮番轰炸。

海面上，升腾起无数水柱。

几只准备参加解放舟山群岛的渔船被炸坏起火。

## 北京中南海

毛泽东和朱德，拿着个钓鱼竿，有一搭无一搭地在钓鱼。

毛泽东："朱老总啊，今天咱们俩比赛比赛，谁钓得少谁请客。"

朱德："那不行，本来钓得少的就没有收入，还得请客，不公平……"

毛泽东："那就谁钓得多谁请客？"

朱德："哈哈，看来主席今天是有意请我打牙祭了，谁不知道你石三伢子从小在池塘边上长大的？"

毛泽东："我家那小池塘，怎比得上老总家乡的嘉陵江啊？晚上有好吃的喽……哎，老总，再说一遍，谁钓得多谁请客啊！"

朱德："好！"

朱德甩竿，不远处水面上泛起一阵涟漪。

毛泽东把鱼钩上的诱饵偷偷摘了下来，空着钩抛向水中。

毛泽东："钓钓钓，大鱼不到小鱼到……"

毛主席的秘书叶子龙走了过来。

叶子龙："主席……"

毛主席："嘘……小心把朱老总的鱼吓跑了，他就不请我客啦……"

朱德："我是姜子牙钓鱼，愿者上钩……"

叶子龙："主席，老总，陈毅和粟裕同志来的电报。"

叶子龙把电报交给毛泽东。

毛泽东翻阅，紧皱起眉头。

毛泽东把电报递给朱德。

朱德翻阅后："这几天舟山群岛的敌机轰炸江浙沿海的次数是过去的十几倍？"

毛泽东："有名堂啊……"

朱德："有名堂？"

毛泽东："蒋介石是想……"

"跑！"两位伟人同时说出了这个字。

毛泽东对叶子龙："马上通知陈毅、粟裕，国民党军队有可能要从舟山群岛撤退！要密切监视敌人动向！"

朱德："发起总攻的时间要提前！随时准备采取行动！"

叶子龙："是！"

不知道为什么，毛泽东的鱼竿动了。

叶子龙："主席，鱼上钩了……"

朱德："快！"

毛泽东："不会的，我……"

毛泽东抬起鱼竿，果然钓到了一条鱼。

毛泽东惊喜地说："嘿，没有饵料，你也上钩啊！你可真是急不可待啊……"

## 华东军区前线指挥部

这里是前线指挥部。

指挥部里打电话的、标图的、送文件的一片繁忙。

粟裕站在作战地图前沉思着。

一参谋:“报告副司令员,陈毅电报。”

粟裕接过电报审阅。

粟裕:“高参谋!”

高参谋:“到!”

粟裕:“侦察兵回来了没有?”

高参谋:“还没有……”

“报告!”几个侦察兵湿漉漉地站在了粟裕面前。

粟裕:“报告情况!”

侦察连长:“报告副司令员,军区首长的判断是准确的,国民党军队在各个岛上疯狂抓丁拉夫,三艘登陆舰停靠在沈家门码头,准备运送部队撤退!”

战士甲:“他们还枪杀了所有关押的共产党员!”

粟裕:“我命令!第七、第九兵团,全线出击!”

**我军的炮阵地**

万炮齐发……

部队上岸……

**海面上**

一轮朝阳冉冉升起,

海面上万道霞光。

**沈家门码头**

国民党军队在撤逃前,炸毁的码头及其设施还横七竖八地躺在海边呻吟,冒着熊熊的烈火。

我军的军舰停靠在码头上。

粟裕和空军司令员刘亚楼,海军司令员萧劲光,第七兵团司令员王建安,第九兵团司令员宋时轮,第二十六军军长张仁初、政治委员李耀文等我军著名将领,走下舷梯。

粟裕看着朝阳,心情无比舒畅。

一面鲜艳的中华人民共和国国旗在高高飘扬。

粟裕:“给党中央、毛主席发电报,舟山群岛解放了,现在,只剩下台湾了!”

张仁初:“是!”

萧劲光:“可惜呀,中国人民解放军第一次真正意义上的三军联合作战,没有实现啊……”

粟裕:“放心吧,总体方案不会作废,正好打台湾!”

粟裕自语道:“蒋介石……你等着吧……”

突然,粟裕似乎有些眩晕,瘫倒在地……

众人呼喊着:“司令员,司令员……”

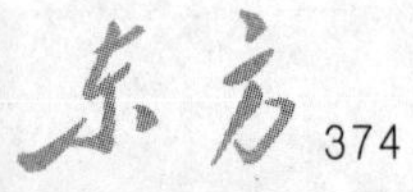

## 北京中南海丰泽园紫云轩毛泽东住处

毛泽东吃惊地看着朱德和周恩来:“什么? 粟裕同志晕倒了? 现在怎么样?”

周恩来:“就是连日操劳,为了打舟山,他已经七天七夜没有休息好,血压高,一直头疼,好像还有美尼尔氏综合征……”

朱德:“这个病很讨嫌!”

周恩来:“就是手指和头部总在颤抖……”

毛泽东:“粟裕同志负了6次伤啊……在武平战斗中,子弹从他右耳上侧头部颞骨穿过。在水南作战中,被炮弹炸伤头部。手臂两次负伤:在硝石与国民党军作战中,他左臂负重伤留下残疾;在浙西遂安向皖赣边的转战中,他右臂中弹,直至建国后才取出子弹。”

朱德:“他们汇报说,这次解放舟山群岛,粟裕同志亲自制订的三军联合作战的方案没有用上,现在粟裕同志在病床上修改方案,要用于解放台湾!”

毛泽东:“老总,命令他马上休息! 不准工作! 不会休息的人就不会工作!”

朱德:“好的……”

朱德拿起毛泽东桌子上的电话:“请接华东军区粟裕司令员……”

毛泽东:“这样,你告诉他,马上离开南京,到青岛疗养一个阶段! 恩来,你来安排!”

周恩来:“好的!”

## 沙鲁里雪山

这里是巴塘境内海拔6000米的高大雪山,

第十八军将士们艰难地行进在崇山峻岭中。

由于缺氧和寒冷,将士们步履艰难。

李光明和程露等女兵们正在休息。

程露气喘吁吁地说:“队长,一会儿……大部队来了,还宣传吗? ……”

李光明同样气喘吁吁地说:“宣传,再告诉部队一个好消息,兄弟部队,已经解放了舟山群岛,这一下子就剩下台湾了,我们要加紧行军。程露,看看情况……身体允许就……就说两句……千万不能唱歌……”

程露:“明白……”

庄大运带领战士们艰难地从女兵面前走过。

庄大运对女兵们说:“走哇! 快走! 不是会武术吗? 运运气就飞到昌都了……”

女兵们谁也不吱声。

庄大运对程露:“会武术的,要不要我背你呀?”

程露:“庄大运,你……”

庄大运:“我可是一片好心啊……不用背啊? 那给我们唱个歌吧!”

李光明:“庄大运,你成心是怎么的? 高山缺氧你不知道啊?”

庄大运:“李大姐,我们现在太需要宣传鼓动了……”

李光明:“高山缺氧,唱歌很容易肺水肿!”

庄大运:“大姐,我们这两条腿像灌了铅似的……让程露同志鼓动鼓动我们吧……”

程露欲站起来,李光明抓住她的胳膊。

李光明:“庄大运,等翻过山去,我让程露给你们唱歌怎么样?”

庄大运回身对部队："同志们，妇女工作队的女兵们要给大家唱歌啦，大家呱唧呱唧……"

战士们还是埋头行进。

程露站了起来。

李光明："程露！"

程露："我豁上了……"

程露刚要唱，传来一阵休息的军号声。

## 山坡上

这里离女兵们休息的地方不远，庄大运连队的许多战士就地坐在雪地里喘息。

还有些男兵背向女兵，站成了一排，准备撒尿。

庄大运也急匆匆地跑到一排队伍里，准备撒尿。

程露急了："不准撒尿！"

庄大运一边解裤子，一边回头："你还管着我们撒尿啊？"

程露："真的，现在不能……不能撒尿！"

庄大运："管天管地，你还管拉屎放屁！"

程露急了，爬起来跑到了男兵对面。

程露："不准撒尿！"

许多尿了一半的男兵一下子慌神了，赶紧收住！

程露也发现自己太莽撞了，急忙捂住眼睛。

庄大运："程露！你，你，你个大姑娘家……三大纪律八项注意不准调戏妇女……你你你调戏夫男，你……"

突然，庄大运身边几个已经撒完尿的战士，"噗通"一声，倒在了雪地里！

庄大运大惊失色，跪在地上，抱起一个战士："张龙，张龙，你这是怎么啦？张龙……"

程露上来，推开庄大运，给张龙进行人工呼吸。

李光明和女兵们，纷纷对倒下的战士进行抢救。

庄大运："这，这是怎么了？怎么了？"

李光明："在这样严重缺氧的条件下，身体下部一旦排空了，血液急速回流，头部就缺血，容易脑缺氧坏死……"

庄大运悲怆地哭喊着："不可能，不可能！张龙，你可不能死啊……你说过了，也找个老婆……咱们一块结婚，将来还要攀亲家……"

李光明对张龙口对口人工呼吸。

程露："都是你的事！我告诉你了不能撒尿……"

庄大运："胡说！撒泡尿就死人啦?！打淮海的时候，他中了两发子弹，淌了有半脸盆子血他都没有死！撒泡尿就他妈死人啦！"

程露："愚昧！"

李光明慢慢地站起来，摇摇头。

庄大运："大姐，大姐……"

李光明还是摇摇头。

庄大运怒了:“不!!”

庄大运冲上去,抓住张龙的领子就把张龙提了起来。

庄大运咆哮道:“张龙,你给我站起来!站起来!你还没有说上媳妇,还没有生娃,你不能死!我不让你倒下!我不让你倒下!”

庄大运站立着拥抱着张龙的遗体:“老天爷!你不公平啊……”

众人拭泪。

## 沙鲁里雪山山坡

几个用石块垒起的坟墓。

在张龙的坟前插着一块木板,木板上书:革命烈士张龙之墓。

众人矗立在坟前,默哀。

旁边一排战士持枪对着天空。

李光明、程露和庄大运都哭了。

庄大运拔出手枪,对着天空打了一个连发。

战士们同时开枪。

滚滚雪崩。

## 台湾阳明山别墅

清晨,蒋介石还在做操,还在吟唱:“当我求主眷顾万民,施恩异域远方,更求顾我最爱之地,即我父母之邦。求主时免战争痛苦,永远和平安乐,省邑城乡昌祥兴旺,田亩收成丰满。求使全国连成一体,爱主永恒真理,求使欢乐自由歌声,充满山河大地。求使真道普及国中,举国拜主谦恭,求使万家虔诚警敬,瞻仰我主光荣。恳求万族万人之王,施恩与我国中,作彼庇荫作彼倚靠,作彼万世良朋……”

## 街市

白崇禧在秘书的陪同下来到了一个小报刊亭。

白崇禧拿一起一份当天的《中央日报》,他轻声地读了起来:“国军已安全从舟山群岛撤出,至此,完成了蒋‘总统’三月一日复职上任以来,从外岛撤军的计划。蒋总统为今后五年台湾发展,又制定了部署,一年准备,二年反攻,三年扫荡,五年成功……”

秘书问报刊亭主人:“多少钱一张?”

报亭主人头也没抬:“四元。”

秘书反问:“报纸不是一元一张吗?”

报亭主人一脸不屑:“蒋‘总统’给我们带来了好生意,他来了后,物价涨一倍了!”

秘书不解地说:“涨一倍也就两元呀?”

报亭主人抬起头看着站在面前这个人:“报纸是两元,看完以后当擦屁股纸,不得多一倍呀?”

秘书看了一眼白崇禧:“你这么说话,不怕有人找你麻烦?”

报亭主人淡淡一笑:“我们一个小人物谁顾得上我们,你们倒是要小心。”说着,他示意了一下不远处。

不远处有两个人，他们装着闲聊，眼睛一直在盯着这边。

白崇禧认出了，他叹了口气："那次打猎时就是这两个人。台湾都快不保了，他们对我盯这么紧干什么？"

说着，他走了过去。

白崇禧走到那两个人面前说了一句："告诉你们的主子，把心思用在别处吧。"

那两个人一怔……

## 台湾阳明山别墅

蒋介石在送孙子上学，他亲切地拉着孙子的手。

两个人在石径上走着。

蒋介石低下头问孙子："你会游泳吗？"

孙子抬起头回答："不会……"

蒋介石用肯定的语气："要学。"

孙子："我不喜欢水。"

蒋介石："这是我孙子……"

孙子："爷爷喜欢什么？"

蒋介石不假思索地说："山，浙江的莫干山，山西的五台山，江西的庐山，当然了，高雄的寿山，桃园角板山也可以……"

孙子："爷爷为什么喜欢山？"

蒋介石思索了一会儿："石取之与山，古人讲仁者爱山……"

孙子不知懂没懂，不语了……

蒋介石自语道："我也不喜欢水，滴水穿石，水克我，可是还是到了这四边是水的地方。学游泳吧，一旦爷爷带你跳海，你可以游回浙江奉化……"

孙子看着爷爷……

送孙子上学的车走远了，蒋介石还站在那里，他满目无光……

蒋介石无力地走回了书房，

在那个硕大的地球仪面前坐了下来。

电话铃声响了。

蒋介石抓起电话："是你吗！亲爱的？"

电话里："是的……"

## 美国纽约长岛宋子文公馆

宋美龄在打电话："达令，刚才我打过一遍了。"

电话里："我送孙子上学出门。"

宋美龄："这么长时间？"

蒋介石："和孙儿说了一会儿话，他也懂事了……"

电话里："达令，我知道你懂得教育孩子，但是千万不要把你的情绪影响了孙子……"

蒋介石："但是我真希望你的情绪能影响那些浑身是毛的孙子们。"

宋美龄："孙子也好，祖宗也好，现在看来都影响不了。他们是想放弃我们，仅仅是我们……你明白吗?"

电话里:"我明白……"

宋美龄:"一些朋友告诉我,他们想立一个人来取代你,你明白吗?"

蒋介石苦笑了一下:"明白,也是个孙子……"

电话里:"当然了,这个人还是说了你好多好话,对你表现了忠诚。但是,中国有一句古话,谗言三至,慈母不亲,何况他现在是羽毛未丰……要是一旦翅膀硬了……"

蒋介石不停地点头,在记事本上写下三个字:孙立人。

宋美龄:"看来想从杜鲁门荷包里掏钱是不容易了,听朋友说,他说一毛钱也不会给你。他还打了比方,拿你和波拿巴比,他说波拿巴晚上做出决定白天行动;你不一样,不是晚上做出决定白天行动的人,而是白天做出决定晚上行动的人……"

电话里蒋介石大笑起来:"美国人还是有眼力的。"

宋美龄:"但是他们说错了,你也是晚上做出决定晚上就行动的人。"

电话里"怎么讲?"

宋美龄:"你和陈小姐,不就是晚上做出决定晚上就行动的吗?"

电话里:"……"

宋美龄:"怎么了,达令不高兴了? 没关系的,其实,那点小风流不该影响我们什么。现在是要战胜大风大浪的时候,我会和你同舟共济的,你信吗?"

电话里:"我信……"

宋美龄:"我很快就要回去了,但回去前,有一个记者见面会,我要和美国人好好谈谈心……"

公馆的门铃响了。

少顷,印度男佣带进来一个金发女郎。

宋美龄平静地迎了上去,有分寸地亲吻着对方,落座……

### 蒋介石书房

不知什么时候,毛人凤来了。

毛人凤:"总统……"

蒋介石:"这么早就来了,是抓人的事,还是杀人的事? 别抓了,也别杀了,天堂里都住满了共产党,到时候,我去哪呀,你去哪呀?"

毛人凤:"'共匪'只能下地狱。"

蒋介石:"不一定吧,'共匪'能人多,你想呀,他们都能打入我的'国防部'里,万一他们买通了看天堂大门的,只放'共匪'进,还能有我们位置吗?"

毛人凤:"总统真会开玩笑,您这么伟大的人,就该去天堂。"

蒋介石:"毛局长是盼我死?"

毛人凤:"不,不! 你不会去天堂。"

蒋介石:"我下地狱?"

毛人凤满头大汗:"都不是……"他不敢再说了。

蒋介石笑了:"毛局长,别紧张,你是忠于我的,你说什么我都不在意,我是看你有没有幽默感。说吧,是不是为了我那个小老乡?"

毛人凤："是的，什么办法都用了，不起作用，再说了，已经几个月了，是不是可以结案了？"

蒋介石："什么办法都用了？"

毛人凤："是的。也不是，没打没骂。"

蒋介石："那不是办法，也是最笨的办法，我给你出个主意，试一下……别动她了，说不定哪天你被共产党抓了，我还能用她把你换回来。"

**台北延平路的一个小楼里**

黄露被人领进了一个客厅，

这里空无一人。

她十分自然地四下看了看，便平静地在一个沙发上坐了下来。

不一会儿，传来轻轻的脚步声，一个人出现了。

黄露看着来人，她略略一怔，过了好一会儿，最后还是站了起来，艰难地叫了一声："老曾。"

走进来的是老曾，看得出他心情十分复杂，脸上挂着无奈和几分强装出来的安定，但他的目光与黄露相遇时，又是那么无地自容。

他站在那里好一会儿，不知话从哪里说起。

黄露镇静了一下自己后，站起，为老曾倒了杯水，并轻声地叫了一句对方的代号："老曾。"

老曾连忙说："黄露同志……"他又停下，"实在对不起，我已经没有资格这样叫你同志了。"

黄露："不，国民党里也叫同志……"

老曾摇着头："对不起，让你吃苦头了。"

黄露淡然地说："没有啊，听说蒋'总统'关照过，半年了，我过得很好。你呢，你怎么样？噢，对不起，今天是毛人凤请你来做我工作的，该你问，老曾你说吧。"

老曾的脑子像被什么撞了一下："不，不是做什么工作，只是他们让我来找你，找你聊聊天。"

黄露："好啊。"

老曾又找不到话题了，刚要说什么，他又看了看屋外。

黄露淡淡一笑，她在等待着。

老曾长出了一口气："我在想，有些事情就在一反掌、一转念之中，改写了历史。"

黄露："老曾，这是你说到了历史，你的过去我真的不知道，也不便问。如果你想说，我还真想听。"她又一次掌握了话语主动。

老曾又长出了一口气："本来是满纸光荣……满眼光明……"

黄露不语，目光一直在老曾的脸上寻着什么，也一直在听着。

老曾的话题打开了："如果长征还能被后人称之为伟大的话，我该是这台湾岛上第一个人……全台湾只有我参加了长征。"

黄露："我没参加过长征，听说很不容易。"

老曾长叹一声，他把脸面向天空："太难了，三十万人出发，到了陕北不到三万，十个人只有一个人能活下来，那时是十分之一。我活了下来。后来又是八年抗战，也不容易……”

黄露：“你去过前线吗？”

老曾：“去过，抗战胜利后我又是第一个从延安来这里的。领导过二·二八……有一个时期，觉得自己很伟大。”

黄露：“你确实有过伟大的过去……”

老曾抬头看着黄露：“你现在是不是特看不起我？”

黄露：“怎么说呢？我不能理解是，正如你说的，怎么一夜之间就改写了自己的历史？”

老曾又叹了口气：“也不是一夜之间改写的，刚上岛时，觉得开展工作容易些，一下子党员的队伍就发展起来了。但是蒋家到了台湾后，他们加强对台湾的经营，特别是蒋经国主抓特务机关，我们活动难度加大，再加上，台湾地理环境限制，这里没有回旋余地。年初的时候，我派人回华东局请示，可不可以买些船，加强交通线建设，同时多买些武器，加强武装队伍，但是华东局不知出于何种考虑，没有同意……还有，金门一战，我们全军覆灭，我以为解放台湾不是一天两天的事，有些没信心了，虽然被捕两次却顽强地逃走，但是绝望了，又一次被抓回，我感到我们的对手太不一般了……”

黄露把身体向前移了一下：“这都应该成为理由，但是又不是理由，因为到现在我也不知道共产主义哪天能实现，但是我坚信，坚信才会坚持，也许你会想到我们这一代人坚持了，而且是苦苦的坚持有何意义？……”

老曾：“是呀，你今年44岁，我比你大3岁，土埋一半了。更何况大陆已经解放，进城的进城，当官的当官，不要说我这样的长征干部，就连抗战的也该有个很好的位置，我呢……还要战斗?!”

黄露：“不平衡?”

老曾：“不，是非常不平衡。”

黄露：“可是你没想过吗？你害了多少人，四百多名共产党员，两百多名游击队员，更对不起的是，你害了很多无辜的人，还有我们党在台湾的工作基础，被你毁于一旦。”

老曾：“我对不起他们……”

黄露：“一句对不起，洗不清你的罪恶……”

老曾：“是……黄露，我能问你个问题吗?”

黄露：“不客气。”

老曾：“你为什么要坚持呢?”

黄露：“我还信。”

老曾：“为什么还信?”

黄露：“我们成功了，我们的信仰在一步步实现。现在除了台湾和西藏，大好山河都已经回到了人民手中，我有不信的理由吗?”

老曾：“我是说……”

黄露：“你可能会说，你再看看我们的现实，身陷囹圄，我们必须面对，而面对现实所做出的选择，又好像十分理所当然。这种理所当然，又变成合情合理。其实不对，因为我们都说过一句话，为这个信仰，我们要奋斗终生，这是承诺，承诺是需要付出代价的。对个人而言，这个代价太重了，可是对我们的承诺而言又太轻了。你刚才还在说，三十万和三万的关系，我想你会自圆其说……其实我不可能原谅你，但是理解你，你生的愿望太强烈了，好好生的愿望也很强烈。为了这些，你忘了对爱情的承诺，你为了一个女人，赔上几百个人鲜活的生命。不说你是不是共产党人，就离一个男人的资格，你也差得太多。对不起，老曾，我说得太重了。我也渴望爱情，我也渴望家庭，当我在武汉接到让我来台湾执行任务时，我也犹豫过，因为还有几站我就到北京了，那里有我的亲人在等我，一个很大很大的幸福在等我。看着那南来北往的列车，我真的徘徊了……”

黄露：“这时我往北走就是我个人的幸福星空，往南走依然是刀丛剑树……其实这时想到的就是承诺，而且我认死理儿，承诺就必须兑现。”

老曾：“承诺必须兑现……”

黄露：“对，就像今天，你承诺蒋介石、毛人凤，也许还有那个古正文要说服我，那你就必须兑现。”

老曾：“也可能我轻诺了……”

黄露笑了，这次是胜利的笑容：“你们男人很让人看不起的就是你们轻诺，记住吧，轻诺是万恶之首。”

老曾：“……”

古正文走了出来。

他看着老曾，许久不语：“本来想让你们谈下去，因为一个共产党员和一个曾经的共产党员，一个经常谆谆教育别人的上级和一个严格执行上级命令的下级，怎样对话。但是我真的看到了一个问题，境界不取决于职位。又怕你，不但没有说服这位女士，反而又让这个女士说服了。那可不是我的愿望。”

黄露：“也不对，有时站的角度不一样，得出的结论就不一样，其实你们这一招虽然很小儿科，但让我曾经的上级来劝降，这实在不是一般人想得出来，也许是我同乡蒋‘总统’想出来的。你怎么能说，职务不决定境界呢？总统有总统的境界。”

古正文：“我是越来越感到你的智商是如此之高，真的，你的所作所为如果让华东局你的上级知道了，他们会为你高兴的。”

黄露：“可能是这样。”

古正文：“可是你有没有想到另一个可能。”

黄露不语。

老曾站起：“你们谈，我没完成任务，我走了。”

古正文挡住了老曾：“别，你一直是我们这场伟大剧作中的主角，你不能走。比方说，有架照相机把你和黄露女士谈话的场面拍成照片，然后发表在明天的《中央日报》上，配上一些必要的文字，是不是两个共产党人握手言欢的证明？”

老曾站起：“不，你们不能这样做！”

古正文：“曾先生，这事不是让你做主，得问黄露女士。”

黄露：“那句话是对的，卑鄙是卑鄙者的通行证。”

古正文：“高贵是高贵者的墓志铭。我也十分喜欢这两句话，有哲理，有味道。但是什么是卑鄙？什么是高贵？你认为我的卑鄙正是我忠于我的主人的高贵，你认为你忠于你的主人的高贵，在我看来恰恰相反，是一种卑鄙。你们用孙悟空钻进铁扇公主肚子里的办法取得情报，这是高贵的吗？不择手段拉我方人员下水，这是高贵的吗？你也可以说，你们是代表进步的，我们是代表落后的，落后的我们动用手段达到我们也变成进步的目的，就一定要受到指责么？不用说了，高贵和卑鄙只有一个解释者，那就是成功的人。在今天就是我，也许将来有一天，是别人。但我敢自信地说，不是你，因为高贵的人，活不过卑鄙的人……”

黄露：“其实，你很男人，知道为什么吗？”

古正文：“我说了实话，但是还有一句实话，你如果和卑鄙者合作，其实不影响你高贵的心灵。”

黄露：“你错了，我修养我的心灵，但是我更注重名声。”

古正文：“正因为你很看重名节，我才在没征得你同意前，不把你已经愿意和我们合作，并和你的前领导人握手言欢的照片发表在《中央日报》上，你看这很卑鄙吗？”

老曾跳了起来：“你们不能这样做！”

古正文十分轻蔑地说：“曾先生，我没有征求你的意见。”

黄露：“我是很看重名节，古人讲雁过留声，人过留名，但是一旦名节和我的承诺发生矛盾，也就是说，我太重视的名节，将会伤害到别人，我的名节真的微不足道，你们也不必用这个问题来达到你们要达到的目的，那不但徒劳，而将又一次证明，这是我一直向往的高贵。大半辈子脚踩在污泥之中，带出一脚泥水，何足挂齿。在为中国人民争取解放的今天，在漫长的历史长河中，肉体和名节一起牺牲的志士仁人，我不是第一个，也不会是最后一个。”

古正文：“好，其实，你的名声是传给后人的，他们将背着你的名声。”

黄露：“你们又错了，被你们关进来的几个月里，你们不是动用了很多人来说服我。我的回答，你们是知道的，他们也是知道的，只有一个办法说明你们成功了。”

古正文：“说说看。”

黄露：“把我放了，让我回到祖国大陆，那样你编造的谣言可能会起一点作用，你们敢吗？”

古正文不语……

黄露：“你们不敢，所以，你们只有把我枪毙。我流尽了的鲜血就是洗涤任何不实之词的滂沱大雨，我倒下的土地就是再一次生长新生命的沃土。更让我欣然的是，台湾也是我祖国的土地，在这里长眠也是我的幸运……”

### 大海上

海燕在波浪翻卷的大海上起舞……

一只只多了起来，它们在一同起舞，一同歌唱……

（1950年的初夏，黄露同志英勇就义。1950年上海市政府、1983年中华人民共和国民政部向其家属颁发革命烈士证书。）

### 蒋介石办公室

蒋介石在打电话。

### 美国纽约长岛宋美龄住处

电话铃声一直在响着……

宋美龄没有去接，她依然在和女记者交谈着：“我和你们美国政府打了多年的交道，我得出一个结论，你们的一切行为，都是围绕着你们的利益。一旦你们的利益需要，你们可以出卖任何人。这一点我们过去没有看清，但是现在看清了，而且越来越清晰。”

女记者:“你真的看不到希望?”

宋美龄:“但也没有绝望,我将回到台湾。这个地方也许会成为我们的坟场,但是我的丈夫向我表示了,台湾被共产党攻下,最后看到两个躺在这个岛上的人也许是我和我的总统。”

女记者一直在记。

电话还在响着,把屋子里气氛搞得十分烦闷。

宋美龄:“本人已经极度疲倦了,要求和平与休息之心,较为要求米饭和面包更为迫切,美国的对华援助,应出自美国人的良知和理智的判断……”

女记者:“你真的认为,台湾和美国的蜜月结束了?”

宋美龄:“也不一定,到了美国的利益特别需要台湾的时候……”

女记者:“这应当是什么时候?”

宋美龄:“美国人点了火,一个自己不能收拾的时候……”

# 第二十六章

## 台湾蒋介石别墅前

一只小船在风雨中不时地撞击着礁石……

小船时刻都有被巨浪打翻的可能。

蒋介石站在岸边的一个台阶上，

海风把他的衣服吹得十分零乱。

蒋经国和陈诚走过来。

陈诚:“校长,美国远东军总司令麦克阿瑟将军的特使,柯克海军上将请求今日来访……”

蒋经国:“其实他和我驻南朝鲜特命全权大使邵毓麟已经上了飞机了,那个意思就是让来他来,不让来他也来……”

蒋介石没有说话。

蒋经国:“父亲,你看……”

蒋介石突然问陈诚:“你叫什么名字?”

陈诚一怔,马上立正回答:“字辞修,乳名德馨,别号石叟!”

蒋介石:“孙总理倡导的三民主义是什么?”

陈诚不假思索:“民族、民权、民生!”

蒋介石:“你记得黄埔军校开学时总理对本校师生的训词吗?”

陈诚:“三民主义,吾党所宗,以建民国,以进大同,咨尔多士,为民前锋,夙夜匪懈,主义是从,矢勤矢勇,必信必忠,一心一德,贯彻始终。要从今天起,立一个志愿,一生一世,都不存升官发财的心理,只知道做救国救民的事业!”

蒋介石笑了,大声笑着:“哈哈……”

蒋经国:“父亲,你们这是……”

蒋介石:“这就是我和陈诚副总统第一次见面的情形啊……”

陈诚:“校长当时还拍着我的肩膀说:‘好的,好的。诗曰:风雨如晦,鸡鸣不已。你努力吧!”

蒋介石:“哈哈……转眼快30年了……其实那天我早知道,你是和邓演达会朋友,违反了纪律，喝酒喝到天快亮了才回学校，睡不着了，才在院子里读书的。”

陈诚：“校长明察秋毫，什么也逃不过校长的眼睛……”

蒋经国：“违反纪律，不受追究受表扬，副总统年轻的时候就会做人哪，佩服，佩服……”

蒋介石：“世间许多事情不都是这样吗？我那个老对手，不早就说过，坏事变好事，好事变坏事嘛！辞修啊，正像刚才经国说的，让来他来，不让来他也来……咱们上次不冷不热地把柯克将军差点惹恼了，这回又来了，说不定就是坏事变好事啊……哈哈……”

两个人也跟着笑起来，尽管不是那么自然。

## 台湾阳明山别墅

蒋介石、蒋经国、陈诚、邵毓麟和柯克分宾主坐在会见室里。

蒋介石：“柯克将军，咱们都是老朋友了，不必拘礼，请喝茶……”

邵毓麟：“请喝茶……”

（邵毓麟　国民党驻南朝鲜特命全权大使）

柯克：“总统阁下，我这次来主要是通报一下情况……”

蒋介石一摆手：“不急，不急……”

柯克：“情况是这样的，在未来不长的时间里，总统阁下会看到美国式的一场闪电战！”

蒋介石、陈诚和蒋经国都警觉起来。

蒋介石：“你是说，哪里又要有战争？”

柯克：“既然总统已经意会，那就算我把意图讲清了，告辞……”

邵毓麟：“柯克将军！”

柯克站起来欲走，三人目瞪口呆。

蒋介石：“柯克将军……请留步，请留步……”

柯克止步。

蒋介石：“柯克将军，能告诉我，这场战争是谁发动的？在哪里？用得上我们吗？”

柯克：“东北亚！”

蒋介石：“是你们发动的？”

柯克：“现在不是！”

蒋介石：“我明白了。”

柯克：“总统阁下，作为战争爆发的时间，谁知道得最准确、最详细，谁无疑就是发动战争者！明白？”

蒋介石：“那是，那是……”

柯克：“告辞！”

蒋介石：“毓麟，你送送柯克将军……”

柯克和邵毓麟走了，剩下三个人呆若木鸡。

蒋经国：“父亲，他这是……”

陈诚自言自语道：“这到底是坏事？是好事？”

蒋介石突然高声道：“天佑我蒋某啊——”

蒋经国：“父亲……”

蒋介石兴奋地在地上踱来踱去。

蒋介石:“第三次世界大战就要爆发啦!”

陈诚:“柯克只是说,闪电战……”

蒋介石:“妇人之见,朝鲜战争一爆发,不管谁赢谁输,都会有第三方介入,明白吗?”

陈诚:“我明白了,李承晚要是输了,美国会介入;北朝鲜要是输了,共军和苏联会介入……”

蒋介石:“像我的学生!”

蒋经国:“那我们……”

蒋介石:“知道什么叫螳螂捕蝉,黄雀在后吗?知道什么叫鹬蚌相争,渔翁得利吗?北朝鲜要是输了,我们就可以趁机反攻大陆!李承晚要是输了,我们将和美国结成更加紧密的同盟!因为南朝鲜一旦失手,我台湾就是美利坚在东亚最后的桥头堡!”

陈诚:“总统高见!”

蒋介石:“通知所有部队,迅速进入一级战备状态!”

蒋经国:“是!”

## 美国白宫

宽敞的办公室,宽大的写字台。

杜鲁门端坐在写字台后面,身后是一幅巨大的东亚地图。

艾奇逊和麦克阿瑟坐在办公桌对面。

杜鲁门:“道格拉斯·麦克阿瑟,你曾经担任过西点军校校长,还记得军校的校训吗?”

麦克阿瑟:“责任,荣誉,国家。”

杜鲁门:“将军,你觉得现在捍卫美利坚合众国的责任,荣誉,国家,最高任务是什么?”

麦克阿瑟自信地说:“是西太平洋集体防务体系!这是美利坚合众国全球战略的重要组成部分,是遏制远东地区共产主义势力的扩张、适应远东地区战后形势发展需要,以及维护远东地区国际政治力量平衡的考虑而建立的防务体系。”

艾奇逊:“总统阁下一年前就说过,远东的局势一向古里古怪,它老像一场赛马中的情景——我们挑了一匹劣马!……历史已经证明,中国国民党政府是试图治理一个国家的迄今为止最腐败无能的政府之一。”

杜鲁门:“在第二次世界大战结束后仅仅维持了对中国大陆几年的统治就撤退到了台湾,而信奉马克思列宁主义的中国共产党建立了政权。红色中国的建立对战后远东政治格局所产生的影响是不言而喻的!最重要的一点是,它打破了第二次世界大战之后远东地区资本主义力量与共产主义力量之间的平衡格局。从地缘政治的角度看,红色中国的建立把东北亚的北朝鲜和东南亚由越盟领导的越南民主共和国等共产主义力量连成了一片,共产主义的力量得到了加强,苏联可以利用这种地缘优势向远东地区扩张它的影响。于是,远东地区的政治天平开始向有利于苏联扩张的方向倾斜。”

艾奇逊:“假如印度和巴基斯坦也变成共产主义国家,美国及其友邦将失去在亚洲大陆的立足之地。苏联在亚洲的力量将改变世界的均势,这对美国十分不利。美国国家安全委员会认为,从军事角度来说,美国必须在亚洲保持‘最低限度的地位’。”

麦克阿瑟:“总统和国务卿所言极是。国务卿在年初,曾经谈及西太平洋集体防务的问题时说过,这条环形防务线从阿留申群岛到日本,然后到琉球群岛,再从琉球群岛到菲律宾群岛……”

麦克阿瑟说着，走到杜鲁门身后，指指地图，开始了演讲。

杜鲁门没有办法，只好站起来，走到麦克阿瑟刚才的位置，站着听他讲述。

麦克阿瑟：“苏联正在发展军事能力，支持它统治世界的计划。苏联实际上拥有的武装部队，已经远远超过保卫本国领土的需要量。这种超过需要的力量，现在加上原子弹，为苏联提供了在和平时期使用的巨大的强制力量……”

麦克阿瑟说着，坐在了杜鲁门的位置上。

艾奇逊看看杜鲁门，杜鲁门无意识地坐在了麦克阿瑟的位置上。

杜鲁门：“接着说……”

麦克阿瑟：“共产党在中国的成功，加上南亚、东南亚其余地区的政治经济形势，为苏联进一步入侵这个麻烦地区提供了跳板！为此，美利坚的有效措施是：更迅速地建立自由世界的政治、经济和军事力量，从而增强信心……”

杜鲁门：“具体点！”

麦克阿瑟：“其中包括加强苏联以外国家的亲美倾向，帮助那些能够并愿意对美国安全做出重要贡献的国家，增强其政治和经济稳定，提高其军事能力。”

杜鲁门：“再具体点！”

麦克阿瑟：“说白了就是南韩和蒋总统的台湾！决不能让苏联以朝鲜半岛为跳板向太平洋地区扩张，要把重新武装日本、南朝鲜和台湾作为我们远东安全战略的重要一环。还需要更具体吗？”

杜鲁门：“看来，你是有一套成熟的想法了？”

麦克阿瑟：“第一，必须改变两位的幼稚想法！如果我没有记错的话，今年的1月5日和10日，两位分别发表过声明和讲话，声称‘美国目前无意在台湾获取特别权利或特权，或建立军事基地，宣称美国的安全线既不包括台湾，也不包括南朝鲜，美国不会为了保护这些地方采取直接的军事行动’，是这样吧？”

杜鲁门和艾奇逊面对麦克阿瑟的直言不讳，似乎有些尴尬。

麦克阿瑟：“第二，李承晚早就有意收复北朝鲜，我们要敦促他迅速实施，并且帮助他打赢这场战争，统一朝鲜！这样，就撤掉了苏联向东南亚扩张的跳板！第三，迅速派第七舰队开进台湾海峡，我们从来也没有指望蒋介石能反攻大陆，但是，至少要让台湾成为美利坚一艘永远炸不沉的航空母舰！”

得意的麦克阿瑟指手画脚，雄心勃勃。

正在这时，副官一声“报告”打断了麦克阿瑟的演讲。

麦克阿瑟：“进来！”

副官走了进来，这才看见坐在总统位置上的是麦克阿瑟。

副官对杜鲁门：“总统……”

麦克阿瑟这才尴尬地站起来。

麦克阿瑟：“对不起，总统阁下……”

杜鲁门回到自己的位置上。

翻阅副官递过来的电报。

杜鲁门：“据李承晚报告，又一批苏联支援北朝鲜的新式武器装备，包括喀秋莎火箭炮和

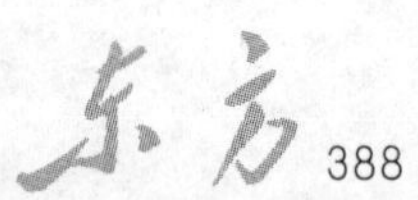

T—34坦克，运抵平壤……"

杜鲁门随手把电报递给艾奇逊，麦克阿瑟急不可耐地抢先接过。

麦克阿瑟看后说道："李承晚是仅次于蒋介石的第二匹劣马！我现在必须返回东京！"

杜鲁门："等一等，麦克阿瑟将军，我想提醒你们，加强大陆中国的情报研究，我最想知道毛泽东在想什么……"

**北京中南海丰泽园紫云轩毛泽东住处**

毛泽东背身站在地图前，他在不停地抽着烟。

过了好一会儿，他突然转身，抓起电话："接西南军区刘伯承、邓小平……伯承同志，你在干什么？"

**西南军区司令部**

刘伯承和邓小平也站在地图前。

刘伯承："我在看地图……"

电话里毛泽东的声音："也许我们的眼睛都盯在了一个地方。"

刘伯承："主席，我和小平同志在看朝鲜方向……"

**北京中南海丰泽园紫云轩毛泽东住处**

毛泽东："我在看我的东北……好呀，我知道你和小平同志都是关注全局的人，你有一句名言，叫什么：看一个，吃一个，挟一个。"

**西南军区司令部**

刘伯承："主席的意思我明白，我和小平研究了，我们尽快解决西藏问题，不让中央因为这里牵涉更多精力。"

电话里毛泽东的声音："让小平同志听电话……"

刘伯承把电话给了邓小平。

邓小平："主席，我是邓小平，请主席指示。"

**北京中南海丰泽园紫云轩毛泽东住处**

毛泽东："小平呀，在打黄伯韬时，你们是，看一个，吃一个，挟一个，这句话现在也有用。我们已经成立了新中国，就是加入了世界大家庭，本想安心自己过日子，可是不行，左邻右舍总要关照一下，要不然这个日子也过不好。"

**西南军区司令部**

邓小平："主席的意思我们明白了，全党全军这盘棋在你的办公桌上，西南就是一个棋子，主席让我们吃掉谁，我们当炮，主席要关照左邻右舍，我们就当车。尽快解决西藏问题，我和刘司令员再一次向中央表态，西南军区时刻听主席的。"

## 甘孜县白利寺庭院里

一个藏民骑着一匹骏马，飞驰而来，他一边扬鞭策马，一边呼喊："格达活佛……"

藏民飞奔到院子里，翻身下马，众人围拢上来。

藏民推开众人，连滚带爬地向楼上格达活佛住处跑去。

门"咣当"就被推开了，

藏民一下子跪倒在地。

藏民气喘吁吁："活佛，活佛……佛祖显灵啦，红军回来啦……"

格达活佛："快说，怎么回事？"

藏民："中国人民解放军，就是当年的红军……"

格达活佛："我知道，你快说……"

藏民："第十八军北路先遣支队，已经到达咱们甘孜啦！领头的叫师长吴忠，前敌天宝，这都什么名字？……"

格达活佛："哈哈……是第五十二师吴忠师长和前敌委员天宝同志！"

藏民："嘿嘿……可能吧……"

格达活佛激动地说："回来了，回来了……"

格达活佛激动地拿起佛龛，把里边的藏币都倒了出来，一枚一枚地数："1、2、3、4……14……真是15年！朱德总司令神啦！15年，红军真回来啦……"

格达活佛激动地冲出门外。

格达活佛大喊："红军回来啦——"

庭院里所有的喇嘛虔诚地祈祷着。

## 山路上

格达活佛在藏民，以及好几个喇嘛的陪同下，骑着马，背着藏族特有的长枪，行进在山路上。

格达活佛放声歌唱："高高的山坡上，红艳的鲜花怒放，你跨上骏马背上枪，穿过荆棘的小路，攀到山那边去了，啥时再回这地方……"

藏民："活佛，再来一个！"

格达活佛："等见了红军再唱！驾！"

一行人疾驰而去！

## 甘孜第十八军妇女工作队临时驻地门前

这里就是一幢普通的农舍，只不过在农舍四周临时搭建了一道篱笆墙。在那个称作门的地方，一块木板上书：第十八军妇女工作队。

篱笆墙上贴满了标语："全世界人民团结起来！""打倒美帝国主义！"

两个女兵在站岗，庄大运身穿军装，斜挎着盒子枪，雄赳赳地走来。

女兵拦住了他。

女兵甲："同志，哪个部队的？干什么？"

庄大运："我是庄大运！"

庄大运说罢，径直向里边走，女兵一看，急忙走过来拦住。

女兵乙："站住，你到这撞大运来了？"

庄大运:"庄大运,你都不知道?!"
女兵乙:"你到别的地方撞大运去吧?"
女兵甲:"这是第十八军妇女工作队,知道吗?"
庄大运:"要不是妇女工作队,我还不来呢!"
女兵甲:"你什么意思? 流氓!"
庄大运:"嘿,敢骂我?"
女兵乙:"你就是流氓……"
庄大运要拔枪。两个女兵一起上,和庄大运厮打在一起。
端着脸盆,刚刚洗完头的李光明和程露走过来。
程露发现门口有人吵闹:"中队长,你看……"
李光明看看:"像是庄大运……走……"
程露:"我不见他……"
她嘴上说着,可还是跟着李光明向大门走去。
庄大运他们正在吵闹着,中队长李光明和程露跑了过来。
李光明:"住手!"
三人住手。
女兵甲:"中队长,我告诉他这里是妇女工作队,他说不是妇女工作队还不来呢……"
女兵乙:"他还说他跑到这里来撞大运来了……"
李光明和程露已经笑得直不起腰来了。
李光明:"庄大运,你可真行啊! 和女兵打架,有出息啊!"
庄大运:"不是我,是她们……"
李光明:"你来干什么?"
庄大运指指程露:"我来找她……"
程露:"找我?"
庄大运:"就是找你……"
程露:"找我干什么?"
庄大运:"你得给我当老婆!"
李光明:"你说什么?"
庄大运:"她得给我当老婆!"
众人哈哈大笑。
程露:"你有病啊?!"
李光明:"她凭什么得给你当老婆?"
庄大运:"她……就是得给我当老婆!"
程露对李光明:"大姐……他调戏妇女……"
李光明:"庄大运,你今天不说清楚了,你就别想走出这个门,来人!"
两个站岗的女兵:"到!"
李光明:"把住大门!"
两女兵:"是!"
庄大运:"大姐……她……在沙鲁里雪山上,她……她看见我尿尿了!"

众人："哈哈……"

李光明："你这是什么逻辑？"

庄大运："我……我是处男！长这么大，除了我妈妈，还没有一个女人看见我的……那个……"

李光明："来人，赶出去！简直就是无赖！"

两个女兵向外推庄大运。

女兵："出去！出去！再不出去报告纠察队了！"

庄大运："大姐，大姐……"

女兵把庄大运架了出去。

不知道为什么，程露默默地向院子里走去。

李光明莫名其妙道："程露……"

**甘孜第十八军临时驻地一块不大的空地上**

庄大运连队的战士们正在空地上练习刺杀。

一干部："防右——刺！"

战士们："杀！"

一干部："突刺——刺！"

战士们："杀！"

一干部："防左——刺！"

战士们："杀！"

战士们练习得很认真。

干部给一个战士纠正错误。

干部："注意，'突刺——刺'的时候，左手的虎口一定要向下压，虎口不能在左边，敌人要是向你的右边一打，那枪还不飞了？"

战士："明白！"

庄大运垂头丧气地从远处走来。

干部发现了庄大运的情绪不对："连长，怎么了？和霜打了茄子似的……"

庄大运没好气地说："没你的事，好好训练！"

格达活佛和随行人员策马赶到。

一战士："看，喇嘛……"

战士们都发现了格达活佛他们。

格达活佛看到战士们，也感到新鲜，就下马观看。

干部："集中精力！预备……突刺——刺！"

战士们动作很不整齐！口号也不响亮了。

庄大运本来情绪就不好，这下恼了："死了没埋呀！"

庄大运严厉地亲自下口令："稍息，立正，向右看齐——"

所有战士们紧张起来了。

庄大运："预备用——枪！突刺——刺！"

众人:“杀!”

一个喇嘛取下身上的长枪,跟着比划。

几乎所有的喇嘛都取下长枪跟着比划。

庄大运看见这么多喇嘛持枪对着自己的部队,急了,拔出手枪,大喝一声:“干什么的?”

众战士回身一看也大吃一惊,急忙端枪对峙。

庄大运:“你们干什么的?从哪来?到哪去?”

格达活佛:“我们是喇嘛,从西边来的……”

庄大运:“为什么拿枪对着我们?放下武器!缴枪不杀!”

战士们呼喊着:“缴枪不杀——”

“住手——”

众人循声望去。

平措汪杰策马赶来。

格达活佛惊喜道:“平措汪杰?”

平措汪杰喊道:“立正——”

所有战士都随口令立正了。

平措汪杰以不标准的军人姿态跑向格达活佛。

平措汪杰敬礼报告:“报告西南军政委员会委员、西康省人民政府副主席,部队正在操练,请指示!”

格达活佛不知所措了:“平措汪杰,是我,格达活佛!”

平措汪杰严肃地对庄大运说:“这是西南军政委员会委员、西康省人民政府副主席格达活佛!”

庄大运:“大水冲了龙王庙,一家人不认识一家人了……对不起了,首长!”

平措汪杰这才高兴地和格达活佛以藏族礼节相见。

格达活佛:“平措汪杰,你怎么在这?”

庄大运:“现在是我们民运部长!大官!”

平措汪杰:“听他说!走,见见吴忠师长和天宝同志去……”

众人走了。

**甘孜第十八军北路先遣支队司令部临时住处**

吴忠、天宝等领导同志,热情、亲切地和格达活佛在交谈。

吴忠:“格达活佛,西南军政委员会的首长刘伯承、邓小平和贺龙同志都非常惦记你呀!”

格达活佛:“谢谢,谢谢……”

天宝:“真有意思,西康省成立一个月了,你这个西南军政委员会委员、西康省人民政府副主席,到现在自己还不知道……”

格达活佛:“可不是吗,刚才平措汪杰一报告,吓我一跳!”

众人:“哈哈哈……”

格达活佛:“我格达何德何能?人微言轻,才疏学浅,难当重任,只怕辜负了刘、邓首长的一片好心啊!”

吴忠:“活佛过谦了,朱老总早就说过,你是‘红军朋友,藏人领袖’,谁不知道您在红军最艰难的时候，救治了200多名伤员，您是长征胜利的大功臣啊！"

格达活佛："红军们这次……看我总也改不过来……"

众人："哈哈……"

吴忠："叫红军更亲切……"

格达活佛："解放军这次进藏，不知道我能帮上什么忙？"

平措汪杰："毛主席、党中央多次向西藏噶厦伸出友好之手，希望能和平解放西藏，可西藏噶厦现在的形势您知道……"

格达活佛："达赖喇嘛年纪太小，还没有亲政，摄政扎达在印度人和英国人的怂恿下，总想独立门户，达赖也总是左摇右摆……"

平措汪杰："十世班禅倒很开明，今年年初，班禅及堪布厅就致电中央人民政府，'谨代表西藏人民，恭请速发义师，解放西藏，肃清反动分子，驱逐在藏帝国主义势力，巩固西南国防，解放西藏人民'。他旗帜鲜明地拥护中央人民政府。"

格达活佛："但是班禅和达赖失和不是一天两天了……而西藏噶厦政府和班禅堪布厅的关系，你们也是知道的，紧张得很，而且噶厦里的官员因为担心自身的利益会受到损害，所以大部分人主张依靠英国和印度，搞一个'缓冲国'！解放军再向前走就难了，特别是有金沙江天险横亘在群山中间，还有重镇昌都……"

格达活佛的一随行人员："昌都府长官基巧拉鲁·才旺多吉和格达活佛是多年的老朋友……"

格达活佛轻轻地咳嗽了一声，其意思很明显是在暗示随行人员。

吴忠解围道："呵呵……茶都没有喝一口，这就谋划起工作来了。今天先不谈工作，我带活佛去见见前进指挥部的指挥员，第十八军副政委王其梅、第二参谋长李觉同志……"

## 雅砻江边的空地上

熊熊的篝火燃烧起来了。

解放军战士和藏族同胞围在篝火旁，载歌载舞。

在吴忠、格达活佛、天宝的跟前，一张小桌子上摆放着糌粑、酥油、牛奶、酸奶、牛肉、奶渣等食品。

人群中，人们正在跳格达弦子，男女两队轮歌共舞，围成圆圈，相对而立，男演员抬头，女演员低头，沿着弧线，先慢后快，边歌边舞，舞蹈的脚步动作矫健，带有"夏卓"的风韵。

平措汪杰、程露和李光明等都在和藏胞一起舞蹈。

庄大运和战士们坐在一边观看。

一战士看见了程露，他碰碰庄大运："连长，你看……"

庄大运也看见了程露。

战士："连长，上！"

众战士起哄，庄大运挽挽袖子站立起来，走进了跳舞的行列，笨拙的舞姿，令人发笑。

格达活佛默默走出了欢乐圈子。

吴忠和天宝对视一眼，思忖着。

天宝拍拍吴忠的肩膀，也跟着走了。

篝火更旺，歌声更响。

格达活佛站在岩石上，晚风吹来，更显得他心事重重。

天宝走来。

天宝："这滔滔的雅砻江水，从尼彦纳克山与冬拉冈岭雪山奔来，由涓涓细流融会成滔滔江水，势不可挡地奔向长江，真伟大！"

格达活佛："仁者乐山，智者乐水，从小就生活在这群山之豁，江水之畔，生于斯，长于斯，我们应该既作仁者，也做智者啊……"

天宝："活佛有想法了？"

格达活佛："做仁者，要爱藏胞，爱西藏，爱人民，爱中国，格达虽爱芸芸众生、世间万物，可毕竟只有拳拳之心。做智者，要博学、睿智、聪颖、善辩，格达虽有其名但自知愚钝，怎么才能尽心尽力，不辜负毛主席、朱德总司令的期望呢？"

天宝："活佛没有必要如此焦虑……"

格达活佛："不，自从我认识了朱德，就认识了红军，认识了共产党。虽说我是活佛，是有神论者，可我信服无神论的共产党。现在，解放军就像展翅的孔雀，要给西藏人民送来吉祥，可征程险恶，人心叵测。如果噶厦真的要动武，多少生灵要遭涂炭，可我能做些什么？天宝主任，我有个请求，我想先行一步，渡金沙，走昌都，到拉萨，用我的现身说法去说服他们！"

天宝："可现在西藏的局势还很严峻，主战派还占上风，藏军部队都在向昌都集结……"

格达活佛："昌都府长官基巧拉鲁·才旺多吉是我的朋友，西藏噶厦和堪布厅许多高官都是我的朋友，只是……我真怕辜负了毛主席、朱德总司令啊……"

天宝："格达活佛，您的远见卓识和阔大胸怀，我很佩服。不过，要去说服他们，我做不了主，要请示毛主席和朱德总司令……"

格达活佛："那就有劳天宝主任了……"

天宝："好！怎么样，咱们去参加篝火晚会吧？"

格达活佛："好！我要唱一支我刚刚写好的格达弦子……"

格达活佛面对着青山绿水，晴空朗月，引吭高歌："彩云是红军的旗帜，高山是红军的臂膀。红军啊，你们给我留下了金玉良言。赶走草原上的豺狼，羊群才能兴旺。赶走衙门里的坏本波(官老爷)，人民才有吉祥。"

### 北京中南海丰泽园紫云轩毛泽东住处

朱德向这里走来。

朱德："主席，伯承、小平和贺龙同志来了封电报，说是西康省副主席、白利寺格达活佛请求进藏说服达赖和噶厦上层，可因为西藏局势太紧，他们担心格达活佛的安全……"

毛泽东："格达是个深明大义的活佛啊！当年红军长征的时候，在甘孜白利寺你老总和格达可是留下了一段藏汉团结、军民鱼水的佳话呀！"

朱德："格达活佛这个人我信得过！当年红军路过甘孜，他不但为红军筹集了大量的粮草，在红军走了以后，他还冒着生命危险救治了200多名红军的伤病员。现在他急于去拉萨，他是期盼着和平解放西藏，不愿意看到生灵涂炭的场面啊……"

毛泽东："路途遥远，山高水险，加上噶厦上层主战派和外国的间谍分子，格达活佛此行危险重重啊，我的意见是不要现在去……"

周恩来走了进来："主席，老总也在这？"

毛泽东:“恩来,有事?”

周恩来:“全国政协一届二次会议,有关情况我想向主席汇报一下……”

毛泽东:“等等,等等,老总,给刘、邓发电报,请格达活佛先到北京来,参加全国政协一届二次会议,你们再叙叙旧,参观参观北京,等形势好转点再去拉萨!”

朱德:“这倒是个好主意。”

毛泽东:“就这么定了!”

**白利寺**

白利寺彩旗飞扬,旗幡招展,一派新气象。

经堂内,众僧人聚精会神地在听格达活佛讲解《中央人民政府与西藏地方政府关于和平解放西藏办法的协议》内容要点。

格达活佛:“中央人民政府与西藏地方政府关于和平解放西藏办法的协议共17条,其要点是:驱逐帝国主义势力出西藏,西藏人民回到中华人民共和国大家庭中来。西藏地方政府积极协助人民解放军进入西藏,巩固国防,西藏军队逐步改编为人民解放军,在中央人民政府统一领导之下,西藏实行民族区域自治。对于西藏现行的政治制度,中央不予变更。达赖喇嘛和班禅额尔德尼的固有地位及职权应予尊重。尊重西藏人民的宗教信仰和风俗习惯,保护寺庙。依据西藏的实际情况,逐步发展西藏的农牧工商业、语言、文字和学校教育。改善人民生活……”

一高僧:“共产党的经是好经,只怕有人给念歪了……”

格达活佛:“我们应该充分相信共产党、解放军,他们是仁义之师、吉祥之师,他们有菩萨心肠,宽宏大量。大家看协议里还规定:过去亲帝和亲国民党的官员,只要坚决脱离与帝国主义和国民党的关系,不进行破坏和反抗,仍可继续供职,不咎既往。入藏的人民解放军遵守上列各项政策,同时买卖公平,不妄取人民一针一线。大家可以想一下,从清朝到民国,英国人、印度人,有谁像共产党解放军这样仁义……”

一个小喇嘛走到格达活佛耳边耳语。

格达活佛:“天降吉祥啊,最高礼遇迎接贵宾……”

旗幡招展,鼓号齐鸣。

格达活佛和高僧们手捧哈达和青稞酒,等候在大门口。

吴忠、天宝和平措汪杰等解放军首长和警卫人员,骑着马来到白利寺。

吴忠:“下马!”

众人下马列队。

僧人们齐声吟唱。

格达活佛等迎上前去,献上哈达和青稞酒。

格达活佛:“今天吉祥的彩霞从雪山飘过,报喜的鸟儿从蓝天飞过,我就知道有贵客要来呀……”

吴忠:“但愿这许多兵马没有打扰活佛这神圣的殿堂啊……”

格达活佛:“请都请不到的贵客呀!请……”

吴忠:“活佛请……”

格达活佛小声地对吴忠说:“我的请求,朱德总司令批准了吗?”

吴忠:“有好消息啊……”

格达活佛:“请……”

格达活佛和吴忠、天宝等人,谦让着走进经堂。

几位高僧和吴忠、天宝、平措汪杰分别落座。

格达活佛:“有什么好消息,快说呀,我都等不及了……”

吴忠:“据张国华军长讲,副主席的请求,西南军政委员会刘、邓首长已经上呈给党中央、毛主席和朱德总司令,目前尚未批复……”

格达活佛:“这是什么好消息呀?”

天宝:“活佛不要着急……”

吴忠:“今天张国华军长转来党中央、毛主席和朱德总司令的电报,邀请格达活佛去北京,参加6月14日到23日举行的全国政治协商会议一届二次会议。朱德总司令也很迫切地想和活佛叙叙旧啊……”

格达活佛:“毛主席、朱德总司令邀请我去北京?”

吴忠:“是啊,这是党中央和毛主席对您的信任!”

一高僧:“也是我们白利寺的光荣啊!”

格达活佛:“这是多大的荣誉啊,党中央、毛主席,没有忘记我们西藏僧侣,这是给予我们至高无上的地位呀……6月几号开?”

吴忠:“6月14日开幕,6月23日结束。”

一高僧:“那就该出发了,到北京,怎么也得十几天吧……”

吴忠:“格达活佛,今天晚上,我们为您送行!”

众人一片欢呼:“好啊! 我们白利寺的活佛要到北京去啦……”

格达活佛思忖着说:“谢谢,谢谢毛主席,谢谢总司令,也谢谢你们大家……我很想去北京,我没有见过毛主席,和总司令也是15年没见了……能以当家做主人的姿态,去和毛主席商议国事,那是多高的荣誉啊! 可西藏还在水深火热之中,人民还在泣血呻吟,我是一个活佛,不能为解放西藏做点什么,怎么好意思自己先去北京,去见毛主席,去领取这份荣誉哪?”

吴忠:“活佛,这是毛主席和朱德总司令亲自邀请的,您还是多考虑考虑……”

格达活佛:“不,我要进藏,尽早进藏,走遍拉萨,走遍三大寺,我要用我的亲身体会,用我的所见所闻,告诉噶厦上层共产党是吉祥的佛光,毛主席是藏民的救星!”

## 北京中南海丰泽园紫云轩毛泽东住处

罗瑞卿、李克农急步向毛泽东房子走去。

毛泽东早已等在了那里。

毛泽东指了一下座位:“坐吧,你们哪个先讲?”

李克农:“根据各方面情报,我们得出结论……”

## 美国加利福尼亚圣莫尼关克

高尔夫球场。

绿色的草地上,一个中年男人手持球杆正在果岭上的一球洞前目测着球和球洞的距离。

（弗兰克　兰德公司创始人）

一个金发女郎从远处急急地走来，她轻声地说道："弗兰克先生，你要的时间我们有了结论。"

弗兰克："请等一下，十分重要的是，我能不能一杆入洞。"说着，他又一次目测着。

白色的高尔夫球和黑色的球洞不断地变化着焦距……

弗兰克下决心了，他轻轻地挥杆，白色的球向前滚动，在绿茵茵的草地上带起一串水珠……

### 华盛顿

第五大道的一间咖啡馆。

金发女郎坐在咖啡馆里。

一个戴礼帽的男人走了进来，他四下看了看，确认了金发女郎，他走了过来。

刚一落座，男人有些急不可待地问："听说你们想出卖一个情报？"

金发女郎盯着来人："是的。"

戴礼帽的男人不屑地说："听说是有关东北亚一场战争的问题？"

金发女郎肯定地说："是的。"

戴礼帽的男人有些不悦："你只会说'是'吗？"

金发女郎把身子向前凑了一下，两个巨大的乳房几乎要从衣服里面掉了出来："是的，因为兰德公司向合作方只提供'是'。"

戴礼帽的男子目光闪了一下："战争爆发的日期？"

金发女郎又向前凑了一下："八天以后……"说着她用手蘸了一下咖啡，在桌子上写了一下。

男人的目光又闪了一下。

金发女郎："看这儿……"

男人看了一眼桌子："这个情报值多少钱？"

金发女郎："这个情报不收费，但是还有一个要收费。"

男人感兴趣道："关于哪个方面？"

金发女郎："中国是否出兵……"

男人："你们的结论是？"

金发女郎："结论得在交付了200万美金之后。"

男人："是吗？"

金发女郎："兰德公司只说'是'……"

### 华盛顿的又一家咖啡馆里

戴礼帽的男人正在向一个光头男人汇报着。

光头男人看着一份报告。

（中情局谍报人员）

戴礼帽的男人："兰德公司总部设在加利福尼亚，在华盛顿有办事处，1948年11月份成立，旗下有各国各方面的专家200人。他们的成功之作是促成了美国陆军航空队与道格拉斯飞机制造公司签了一笔1000万美金的飞机合同，这个合同又促成了美国陆军航空队独立为空军。之后，兰德公司得到了福特基金会的100万美金的赞助，从此成为身份独立、价值中立、研究专业、决策科学的智库。”

光头看了一眼戴礼帽的男人：“她要多少钱？”

“200万美金。”

光头：“太贵，一架战斗机的价格，他们不会同意……对了，她说什么时候发生东北亚战争？”

“八天后，不，过了一天了，是七天后……”

# 第二十七章

**朝鲜半岛**

北纬三十八度线上发生了战斗……

**北京中南海丰泽园紫云轩毛泽东住处**

朱德、周恩来、刘少奇坐在沙发上。

毛泽东显得很平静，他吸着烟，轻轻地弹着烟灰，烟灰缓缓地落下……

朱德和周恩来一直看着他。

毛泽东语调不高但是很重："我的意见是，立即召开中央军委常委会议，主要研究三个问题：第一，调防三个军驻扎中朝边界，城门失火还殃及池鱼呢，更何况是一江之隔的邻居！一旦美帝国主义插手，他李承晚打到鸭绿江边，你不想打都不行！第二，密切关注台湾动向，特别是美国对台湾的态度！这牵扯到我们什么时间解放台湾的问题！第三，密切关注国际社会舆论，中国有句俗话，恶人先告状啊！"

刘少奇："我同意。"

周恩来："主席说得完全正确，我同意。"

朱德："我也同意，但是请主席现在就思考一下我军的指挥人选，省得临阵换将。"

毛泽东："是啊，好几天前我就想见见林彪同志了……"

**北京林彪住处院内**

这是一个古老的四合院，院子里寂静无声。

正房门开了，林彪穿戴整齐，轻轻地走了出来。

他走到厢房准备敲门，稍一犹豫，又停下来。

就这样，林彪一个人在院子里溜达。

突然，厢房的门开了，两名战士全副武装走了出来。

林彪走出了大门。

一辆美式吉普车亮着大灯行驶在颠簸的土路上。

战士甲开车，战士乙坐在副驾驶位置上。

后座上,林彪盖着呢子军大衣,戴着特制的眼罩。

## 密苏里州独立城

这里是密苏里城,是杜鲁门的故乡。绚丽的灯光把草坪映照得如同白昼。

在一块碧绿的草坪上,铺着波斯地毯,摆放着成套的烧烤设备。

一身休闲装束的杜鲁门和妻子伊丽莎白正在度周末。

伊丽莎白:“哈里,怎么布朗老师还没有来?”

杜鲁门:“我已经派出三个小分队去寻找了,一定会来的……”

一辆吉普车开了过来。

杜鲁门:“看看,我说过,学生哈里请自己的语文老师,老师能不来吗?”

女教师布朗从车上下来。

杜鲁门迎了上去:“布朗老师……”

布朗:“哈里……”

两人拥抱。

伊丽莎白:“哈哈……不行,不行……哈里,你请布朗老师来,拥抱一下就完了?”

杜鲁门:“呵呵……”

布朗:“那……还要怎么……”

伊丽莎白:“他呀,是跟你要账来了……”

布朗:“要账?哈里,我欠你账?”

杜鲁门:“哈哈哈……布朗老师,来……请坐……”

杜鲁门把酒杯递给布朗。

杜鲁门:“布朗老师,要说欠账,你还真欠我的账啊……”

布朗莫名其妙:“嗬,还真是要账来了?”

杜鲁门:“你还记得我们班上的李斯吗?”

布朗:“当然记得,那个聪明英俊的小伙子,是我们班上学习最好的学生。”

杜鲁门:“还记得毕业典礼上,是你让李斯代表毕业班同学发言的吗?”

布朗:“那是我最荣幸的时刻,全校师生都在夸奖李斯,这是我当老师的骄傲啊!”

杜鲁门:“他发言完毕,你还上台吻了他。”

布朗:“记得,全场都为我们鼓掌。”

杜鲁门:“可典礼结束后呢?”

布朗:“典礼结束?记不得了……”

伊丽莎白:“布朗老师不会是有意回避吧?”

布朗:“没有可回避的……”

杜鲁门:“典礼一结束,我们20多个男孩子,团团围住了您,一定要你说清楚为什么只吻李斯一个人……”

布朗。“是吗?”

杜鲁门:“您当时是怎么说的?”

布朗:“我还说过什么吗?”

杜鲁门:“你对我说,哈里,如果以前你像李斯那样努力,我今天也会给你一个吻。如果以后你能干出一番事业，我一定给你补上这个吻！”

布朗：“哈哈哈……不会吧……”

杜鲁门：“现在，我以美利坚合众国总统的身份，不知道有没有资格得到您欠我的那个吻？”

布朗：“哈里……”

伊丽莎白：“他是当真的……”

布朗：“那是师生之间开的玩笑……”

杜鲁门：“不，这是我的荣誉问题！”

布朗：“哈里……”

杜鲁门：“我要证明，在我们班、在独立城、在密苏里州、在全美利坚，我是最棒的！”

布朗：“哈里……”

杜鲁门：“来吧，布朗……”

杜鲁门和布朗接吻。

伊丽莎白在鼓掌。

突然一声：“报告！”

秘书拿着一个硕大的通信设备走来，打断了两人的接吻。

秘书：“总统阁下，负责联合国事务的助理国务卿约翰·希克森请求和您通话。”

杜鲁门：“约翰是负责美国和联合国事务的助理国务卿，他更应该懂得尊重人权，你告诉他，总统让他回去看看日历，今天是周末……”

秘书：“可是助理国务卿说是有重大国际问题要向您汇报！”

杜鲁门：“让他向国务卿艾奇逊汇报！”

秘书：“是……”

秘书对着通话器：“喂，约翰·希克森先生，总统让你回家看看日历，今天是周末……别说是朝鲜战争爆发，就是苏联袭击华盛顿，今天也是周末……”

杜鲁门像上了发条似的，一下子跳了起来，抢过通话器。

杜鲁门：“我是杜鲁门，说，怎么回事……”

**公路上**

一辆轿车疾驶而来。

轿车不停地晃动灯光。

战士乙：“停车，停车……好像是咱们的车……”。

战士甲刚刚把汽车停下，林彪就醒了。

秘书急匆匆地跑过来打开车门。

秘书：“林总，毛主席紧急约见。”

林彪：“哦，回去洗把脸……”

秘书：“朝鲜战争爆发了。”

林彪：“好……”

还没有出车门的林彪又坐了进去！

## 北京王府井大街上

几个报童在川流不息的人群中穿行。

他们不断地挥舞着报纸："卖报，卖报，朝鲜战争爆发啦！朝鲜战争爆发啦！"

路人争相购报，议论纷纷。

## 林彪乘坐的吉普车内

林彪对司机："你下来，我开。"

司机："林总，你睡一会儿吧，我开。"

林彪："我醒了。"

司机停下车，

他们交换了位置。

## 北京中南海丰泽园紫云轩毛泽东住处

毛泽东和林彪隔着茶几坐在沙发上。

毛泽东："林彪同志，请喝茶。"

林彪："吃过了……"

毛泽东："我是让你喝茶。"

林彪："不习惯……"

毛泽东："林彪同志，我记得你好像是1907年生的吧？"

林彪："是的，今年43岁了。"

毛泽东："年轻有为呀。23岁当军长，25岁当上了军团长，42岁就当军委副主席了……"

林彪："那还不是革命需要吗！古人都知道贤者居世，会当履义蹈仁，以德自显，区区外名何足传邪？"

毛泽东："读过《资治通鉴》？"

林彪："向主席学习，读一点历史。"

毛泽东："司马光是伟大的，一部《资治通鉴》，'鉴于往事，资以治道'，成为中华民族的宝贵的文化遗产，但是他可是保守派哟，'先王之法，不可变也'。王安石变法在他的眼睛里那可是弃'先王之礼'，废'祖宗之法'呀，可我们共产党人就是要善于砸烂一个旧世界，建设一个新世界！"

林彪："明白！主席，我的拳头一直握着，没敢松开过！"

毛泽东："好，闻到硝烟味道了？"

林彪："主席和中央军委把我的四野，作为……"

林彪似乎发现自己说错了什么，他停顿了一下，看看毛泽东。

毛泽东站起来走到办公桌旁边正在找地图，似乎没在意。

毛泽东："说……"

林彪："主席和中央军委把第四野战军作为机动部队集结在中原，组成了军委战略机动兵团，不就是为了东南西北，哪里需要哪里去嘛！"

毛泽东摊开地图："说说第十三兵团的具体位置。"

林彪:“第三十八军驻扎信阳、第三十九军驻扎漯河、第四十军驻扎洛阳。”

毛泽东:“如果把第十三兵团调防到东北,有什么困难没有?”

林彪:“没有。”

毛泽东:“你的四野,这可是中国人民解放军的精锐之师啊!近五年时间歼灭杜聿明、陈诚、卫立煌三员国民党名将麾下108万兵力。10万人马变魔术般涨到100多万。入关后,84万四野子弟兵荡平京津、攻占武汉、迫降程潜、击破桂系、直下海南……”

林彪:“这都是主席指挥的英明。”

毛泽东:“我是说让四野主力回师东北。”

林彪:“主席,这个棋子动得好。四野长期驰骋在东北的白山黑水之间,熟悉那里的沟沟坎坎。朝鲜与东北相邻,地形以及气候条件极其相似,打起仗来前方兵力部署、国内后勤保障驾轻路熟。总之,主席的决定是英明的!”

毛泽东:“我和朱老总、恩来、少奇同志商量了一下,初步意向是调第三十八军、第三十九军、第四十军开进东北!已经驻扎在东北的第四十二军也归第十三兵团指挥!你有什么意见?”

林彪:“可就是……”

毛泽东:“说。”

林彪:“没有意见……”

毛泽东:“哈哈哈……刚才还说到司马光呢,司马光可是秉性刚直,坚持原则,宁死直谏啊!当初宋仁宗得病了,可皇位继承人还没确定下来,司马光三次上奏提及此事,又当面跟宋仁宗说起:‘我从前给您的建议,应该马上实行,现在有些小人恭维陛下正当壮年,那是想在您死后拥立一个和他们关系好的王子当继承人,这样大权旁落的灾祸,真是说都说不完。’仁宗大为感动,不久就立英宗为皇子。宋仁宗感慨地说:‘像司马光这样的人,如果常在我的左右,我就可以不犯错误了。’刚才说到你的四野,眉飞色舞,怎么现在吞吞吐吐的了?”

林彪:“主席,不是……恕我直言,第十三兵团代司令员黄永胜有点弱……”

毛泽东:“你的建议呢?”

林彪:“把第十五兵团司令员邓华和黄永胜换一换。邓华能打!”

毛泽东:“那么,如果真的要入朝作战,你看看谁来带这个头啊?”

林彪:“主席,恕我直言,中华人民共和国现在就是不缺指挥打仗的将领。陈毅、贺龙、刘伯承、彭德怀、聂荣臻、邓小平、叶剑英、粟裕哪一个不是世界级的兵团指挥员?各大军区司令员都可以胜任。因为四个野战军的领导,都组织和指挥过解放中国具有战略意义的大战役。醉里挑灯看剑,梦回吹角连营。八百里分麾下炙,五十弦翻塞外声。沙场秋点兵,看您主席点谁的将了!”

毛泽东:“好一个沙场秋点兵啊,只是我们共产党人可不是为了‘了却君王天下事,赢得生前身后名’,更不必‘可怜白发生’啊……呵呵……好,你有这样一个态度就很好……当然,具体谁来指挥,要由中央军委集体研究决定!”

林彪:“我听主席的,点将,点兵!”

**北京中南海丰泽园紫云轩毛泽东住处**

林彪走了。

毛泽东站在窗前。

## 北京中南海甬道上

周恩来走来。

## 北京中南海丰泽园紫云轩毛泽东住处

毛岸英走了进来："爸爸，听说朝鲜……"

毛泽东挥了一下手："岸英啊，你们北京机器总厂怎么样？"

毛岸英："爸爸，工人们干劲可高了。工厂在组织学习七届三中全会你作的《为争取国家财政经济状况的基本好转而斗争》的报告，工人们建设社会主义新中国的热情很高！我们的生产任务，月月超额完成！"

毛泽东："噢……"

## 中南海甬道上一个石凳处

周恩来陪毛泽东走着。

周恩来："第十三兵团已经集结完毕，正待命出征！"

毛泽东："你负责抓紧召开国防会议，把部队的集结、开进、展开、战争准备和后勤保障，一一扎实落实！"

周恩来："好的！"

毛泽东："粟裕同志的身体怎么样了？"

周恩来："还在青岛静养，主席的意思……"

毛泽东："有备无患，现在就请粟裕同志做出入朝作战的详细方案来……"

周恩来："主席不是想让林彪同志带领入朝部队吗？他要是当司令，你让粟裕搞方案……"

毛泽东："运筹帷幄，指挥大兵团作战，我信得过粟裕！我现在最担心的是林彪和粟裕两个身体都不好……"

周恩来："那林彪同志……"

毛泽东："可以在适当时机任命粟裕同志为东北边防军司令员嘛。再说，就算出兵，谁挂帅还没有定呢！现在就顾忌人事之间的矛盾，那还怎么开展工作！"

周恩来："还是主席考虑周全。"

## 青岛某海滩

这里是一望无际的海滩，风景秀美。

身穿疗养服装的粟裕，赤着脚，挽着裤腿，指挥着几个警卫人员在退了潮的海滩上用沙子做了个巨大的沙盘。

粟裕坐在小马扎上，两手有些颤抖，看得出，他身体很孱弱。

## 林彪住处

林彪躺在一张沙发上。

一个参谋在给他读一份资料:“美国第七舰队作战序列……”

## 美国驻日本远东军司令部

东京第一大厦,原来是一家保险公司总部的办公大楼,一座位于日本天皇皇宫护城河旁边的巨大建筑,装修得豪华典雅。

小放映厅里正在放电影是查尔顿·赫斯顿主演的《危机四伏》。

看电影的人并不多,只有杜勒斯、麦克阿瑟和几个随行人员。

一角的大沙发上,麦克阿瑟抽着极有个性的“玉米芯”烟斗,端着一杯红酒,吞云吐雾,谈笑风生。

一只巨大的白熊犬,依偎在他身边。

杜勒斯却显得心事重重。

杜勒斯:“麦克阿瑟将军……”

麦克阿瑟:“哈哈……好啊……快看啊,查尔顿·赫斯顿不愧是参加过二战的美利坚士兵,看他的军事动作多么标准,多么潇洒……”

杜勒斯看看夜光表:“朝鲜战争已经爆发了十几个小时了……”

麦克阿瑟:“哈哈……那也叫战争?只不过是北朝鲜的一次火力试探而已……看电影……”

杜勒斯:“怕没有那么简单吧……”

麦克阿瑟:“他们的进攻目的并不明确……哈哈哈……查尔顿·赫斯顿这小子……”

一参谋急匆匆拿着一份电报摸黑走到麦克阿瑟跟前。

参谋慌张地说:“司令官,给你带来不好的消息,瓮津也失守了……”

杜勒斯惊慌地说:“瓮津失守了?”

麦克阿瑟对参谋说:“慌什么?!”

参谋:“是!报告司令官,美国驻韩国大使穆乔报告,朝鲜人民军又攻克了瓮津,韩国军队军心涣散,无心恋战,在损失了一个营之后,韩国部队从海上撤离瓮津。同时,总统李承晚流露出迁都大邱的意向!”

麦克阿瑟:“一城一地的失利就如此惊慌?还要迁都?告诉穆乔大使,我已经报告总统,远东军司令部已下令向韩国紧急运送武器弹药了!让他坚持住!”

参谋:“是!”

麦克阿瑟:“不要妨碍我们看电影,有事情报告参谋长!”

参谋:“是!”

麦克阿瑟:“看电影,看电影……”

## 东京机场

一架美式军用飞机正在机场停候,

麦克阿瑟正在飞机前为杜勒斯送行。

麦克阿瑟:“杜勒斯特使,请您转告杜鲁门总统,我建议集结在菲律宾的第七舰队主力开赴朝鲜,以防万一。”

杜勒斯:“我一定转达。”

麦克阿瑟："请转告总统，这是我麦克阿瑟的第四次战争。远东军司令部将组织有效的抵抗，同时组织韩国部队大举反攻，打回三八线……不，打到鸭绿江边！"

杜勒斯："有您坐镇，总统会满意的！"

麦克阿瑟："如果三五个月还不结束，韩国军队还不能收复失地，我将把远东军司令部搬到朝鲜去！"

## 停机坪不远处

警卫人员戒备森严。

一辆吉普车飞驰而来。

参谋跳下车，向麦克阿瑟走去。

警卫拦住了他。

警卫："对不起……"

参谋："我是远东军司令部作战参谋……"参谋亮出身份证："我有重要情况要向麦克阿瑟将军汇报！"

警卫："将军有吩咐，有事情请报告参谋长……"

参谋气恼地说："耽误了战机，你要负责！"

## 东京机场

杜勒斯看看表："将军，整个东亚，有将军坐镇指挥，我相信杜鲁门总统和全美国人民都可以放心了……"

麦克阿瑟："哈哈……应该说是整个亚洲！我不是吹嘘……"

杜勒斯打断他："飞机要起飞了，再见！"

麦克阿瑟："再见！请转告总统，请他放心！"

杜勒斯阴沉着脸登上舷梯，自言自语道："一头狂妄的难以驾驭的公牛！"

## 美国白宫杜鲁门办公室

室内的装饰几乎和原来一模一样，那张大东亚地图还挂在杜鲁门办公桌后面，只不过朝鲜人民军和李承晚的部队，位置标图有所变化。

杜鲁门、艾奇逊、杜勒斯正在围着地图查看。

杜勒斯："就目前这个态势，汉城肯定保不住了！可是麦克阿瑟这头桀骜不驯、捉摸不定、狂妄的、难以驾驭的公牛，还在吹嘘，要组织韩国军队打到鸭绿江！"

杜鲁门："李承晚有15万军队，全副美式装备，还是我们美国顾问团训练的，怎么一点战斗力都没有？"

艾奇逊："麦克阿瑟将军还没有来电报，局势也许不像咱们听到的那么严重……"

杜勒斯："从人民军进攻的性质和发动这次进攻的方式看来，这似乎是对韩国的一场全面攻击，怕是比我们听到的还严重啊……我建议先撤了麦克阿瑟的远东军司令的职务！"

一秘书走了进来："报告总统，麦克阿瑟将军电报！"

杜鲁门："快念！"

秘书："参谋长联席会议的军事情报处收到麦克阿瑟司令部发来的一份情况综述，综述说，从25日凌晨开始，北朝鲜的参战部队只有3个师，而南朝鲜的参战部队有4个师，另有第5师正在开赴前线。报告认为所丢失的一些土地都在应急的防御计划的意料之中，算不得一回事。麦克阿瑟将军认为，尽管'从北朝鲜投入的力量和战略意图来看'，他们的进攻是'猛烈的'，战术上也造成了突然性，但无论如何其最终目标尚不明确。远东司令部已下令向南朝鲜运送弹药，并建议集结在菲律宾的第七舰队主力开赴朝鲜，以防万一。"

艾奇逊："我说呢，李承晚的部队也不会一点战斗力都没有吧……总统，那就按照麦克阿瑟将军的想法办？"

杜勒斯："总统，麦克阿瑟的话不能听！"

杜鲁门："麦克阿瑟这个人，好大喜功，说话总带着些许水分，一切要等联合国开完会议再说。如果还是不能停火，第七舰队开到那里还不好说……"

艾奇逊："但愿李承晚不是蒋介石……"

杜鲁门："蒋介石好歹坚持了三年哪，李承晚不到一天，就溃不成军了……"

### 美国驻日本远东军司令部

麦克阿瑟还在玩弄他那"玉米芯"烟斗。

一参谋："报告将军，联合国已经通过了一项要求北朝鲜从南朝鲜撤军的决议。同时，安理会号召所有的联合国成员国：'对联合国执行该项决议随时给予帮助，并制止向北朝鲜政府提供援助。'"

麦克阿瑟："晚啦，马后炮！"

一参谋："杜鲁门总统命令远东军的空军和海军部队即刻采取行动帮助南朝鲜。但是，飞机和军舰只能在三八线以南活动……"

麦克阿瑟："那些个坐在办公室里的家伙们，最大的乐趣就是在闲极无聊的时候，发号施令！传我的命令，从现在开始，出动'空中堡垒'B－29战略轰炸机，不间断地对北朝鲜机场、桥梁、油库、炮群及一切感觉应该炸毁的目标，轮番轰炸！"

参谋："司令，总统命令是在三八线以南……"

麦克阿瑟："他总是在干涉我的战争！你听他的，还是听我的？"

参谋："是！"

麦克阿瑟："执行吧！"

参谋："是！"

参谋转身欲走。

参谋："司令……"

麦克阿瑟："你想听他的？"

参谋："不是，不是……杜鲁门总统还宣布台湾在朝鲜战争期间要保持中立。第七舰队奉命开往台湾海峡，阻止共产党军队解放台湾，同时也遏制国民党对中国大陆的军事进攻。"

麦克阿瑟思忖着说："这条听他的！"

参谋："是！"

### 台湾阳明山别墅

蒋介石倚在躺椅上似睡非睡。

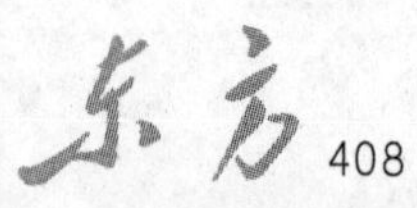

蒋经国在读着电报。

陈诚在认真地听着。

蒋经国兴奋地说:"杜鲁门总统认为,台湾未来地位的决定,必须等待太平洋安全的恢复,对日本的和平解决或须有联合国的考虑,所以,命令驻菲律宾的美国第七舰队,迅速开往台湾海峡,以阻止大陆对台湾的军事行动……"

陈诚兴奋地一拍茶几:"好!有了第七舰队,看大陆能奈我何!"

蒋介石还是似睡非睡,但语气却不容置疑:"以中华民国政府的名义,向美国发出最最强烈的抗议!"

两人以为听错了:"什么?"

蒋介石:"以中华民国政府的名义,向美国发出最最强烈的抗议!什么台湾未来地位的决定,必须等待太平洋安全的恢复,对日本的和平解决或须有联合国的考虑?台湾的地位还要他们去考虑?还用他们去决定?无知!《开罗宣言》中,'被日本背信弃义地所窃取的中国之领土,例如满洲和台湾,应理所当然地归还中国'。就是他们美国总统特别助理霍普金斯受罗斯福总统之命起草的!外交部要发表一个'保证中国主权完整的声明'!声明台湾系中国领土之一部分,乃为各国所公认。美国政府的建议和政策,只是针对共产侵略威胁之紧急措施,自不影响中国维护主权领土完整之立场。"

陈诚:"是!"

蒋介石:"台湾过去是、现在是、永远都是中国的台湾!我们不能短视,台湾省独立,我们反攻大陆的依据在那里;台湾省独立,我们这些来自大陆的人就永远成了孤魂野鬼;台湾省独立,对不起开疆拓土的列祖列宗。不管中共怎么看我,我毕竟是抗日英雄,如果台湾省在我手中独立出去,我就是千古罪人。你们当,我不当。"

两人站立起来:"是!"

蒋介石摆摆手,两人坐下。

蒋介石:"当然,我们还是要感谢美国政府,感谢杜鲁门,就在毛泽东紧锣密鼓地要进攻我台湾的时候,来了第七舰队,至少暂时台湾是安全的!朝鲜战争如果能引发第三次世界大战……"

蒋介石似乎兴奋了,他坐了起来。

蒋介石:"我们借助美国的力量,反攻大陆也不是不可能的!"

陈诚和蒋经国也兴奋起来。

陈诚:"第七舰队的到来,也是鼓舞台湾军民坚定反攻大陆信心的最好兴奋剂。这一年多,简直令人沮丧到极点,孔祥熙去南美洲经营橡胶园,宋子文去美国当了寓公。我们的李宗仁'代总统'更是在美国称病不归。就连校长的得意门生,徐州'剿总'司令官刘峙竟不顾自己的上将之尊,跑到印度尼西亚一个华侨中学当了教员。"

蒋介石:"鼠目寸光!"

## 北京中南海一个会议休息室内

毛泽东、朱德、刘少奇等中央领导正在休息室准备开会。

毛泽东正在看手中的文件。

周恩来开门走了进来。

周恩来:“主席,老总,人都到齐了,开会吧?”

毛泽东把手中的材料拍到茶几上:“强盗逻辑!全世界各国的事务要由各国人民自己来管,亚洲的事务要由亚洲人民自己来管!你美国有什么权利和义务来粗暴干涉别国内政?你杜鲁门不管好你自己国家的事务,还公开发表声明,妄图派遣美国海空军直接参与侵朝战争,命令第七舰队迅速开往中国台湾海峡……”

朱德:“最无耻的是还公然声称:台湾未来地位的决定,必须等待太平洋安全的恢复,对日本的和平解决或须有联合国的考虑……《开罗宣言》、《波茨坦宣言》、日本投降都已经明确了台湾的归属!真是些出尔反尔的小人!”

周恩来:“联合国所谓的决议也明显不合法!《联合国宪章》明确规定,表决程序分为程序性事项表决和非程序性事务(包括全体常任理事国在内九国同意,也就是五大国一致原则)表决。可现在,第一在他们五个常任理事国中,中国合法代表和苏联代表空缺的情况下通过决议,违反了《联合国宪章》的第 27 条规定。第二是公然违反了《联合国宪章》关于不得授权联合国干涉在本质上属于任何国家内部事务的原则。”

朱德:“主席,有备才能无患,成立东北边防军,紧急调防第十三兵团进东北的问题应该马上进入议事日程了!”

毛泽东:“我同意。恩来,中央军委可以再召开一次军委委员会议,决定集结和开进时间。我建议由粟裕同志任边防军司令员兼政委。”

朱德:“粟裕?粟裕可从来没有在东北战斗过……”

毛泽东:“但是粟裕同志善于组织大兵团作战!虽然他还在青岛养病,但是,搞搞方案还是可以的。至于将来是不是带兵亲征,看他身体吧。不过恩来呀,你得通知粟裕,养病只能到 8 月份,要随时准备接受新的任务!”

朱德:“陈毅同志曾经说过,‘我党二十多年来创造的杰出军事家并不多。最近粟裕、陈赓等先后脱颖而出,前程远大,将与彭(德怀)、刘(伯承)、林(彪)并肩前进,这是我党与人民的伟大收获’。粟裕同志的指挥才能是历史证明过的,可是他一直在三野,调到东北的部队,大部分是四野的部队,主席,我建议给粟裕同志配两个四野出来的副手!”

毛泽东:“好!诸葛亮说,‘夫兵权者,是三军之司命,主将之威势。将能执兵之权,操兵之要势,而临群下,譬如猛虎,加之羽翼’。司令员、政委就让粟裕身兼两职。可以把萧劲光调边防军副司令,把萧华同志调边防军副政委。”

周恩来:“这下子边防军的规格可高了,海军司令员、总政治部副主任担任副手啊!”

朱德:“好,这个班子这样配备好!”

刘少奇:“主席,我建议,中央人民政府应该发表一个严正声明!对这种赤裸裸的侵略行径,不能听之任之!”

毛泽东:“一定要申明我们的观点,全中国人民的同情和全世界人民的同情都站在被侵略的一方,而决不会站在美帝国主义方面。美国对亚洲的侵略,只能引起全亚洲人民更加广泛的反抗。我们将既不受帝国主义的利诱,也不怕帝国主义的威胁!全国和全世界人民团结起来,打倒美帝国主义!”

周恩来激动了,他唱起了《国际歌》:起来饥寒交迫的奴隶,起来全世界受苦的人,满腔的热血已经沸腾,要为真理而斗争……

众人群情激昂,合唱……

震荡天地……

### 歌声中

农村墙壁上写着大标语:“全世界人民团结起来,打倒美帝国主义!”

工厂的车间里挂着大标语:“全世界人民团结起来,打倒美帝国主义!”

学校的黑板上写着:“全世界人民团结起来,打倒美帝国主义!”

隆隆开进,装满了坦克大炮的军列上,挂着大标语,写着“全世界人民团结起来,打倒美帝国主义!”

铺天盖地的标语:“全世界人民团结起来,打倒美帝国主义!”

### 白利寺格达活佛住处

烛光通明,香烟缭绕。

几个藏族妇女在帮助格达活佛修制一面汉、藏两种语言的蓝底白字的大旗,大旗上的字已基本绣好了,我们可以清楚地看到是“西南军政委员会委员、西康省政府副主席”。

益西批群和向巴泽仁两个年轻的喇嘛正在帮助格达活佛收拾行囊。

益西批群:“活佛,我就不明白,你一定要绣这么面大旗干什么?”

格达活佛:“怎么了?”

益西批群:“本来你去拉萨,都担心你的安全。你打着一面大旗,还绣上职务,那些藏兵和闹独立的人,不一眼就看出你是共产党的人啦?”

向巴泽仁:“就是要让他们看出来!”

格达活佛:“怎么? 担心了?”

向巴泽仁:“你要是害怕了,就别跟活佛去!”

益西批群:“你才是胆小鬼呢! 我是担心活佛的安全!”

格达活佛:“我打着大旗,就是要让他们知道,我是代表西南军政委员会和西康省政府去劝和的,两国交战不斩来使! 他们也不敢轻举妄动,要是不亮明身份,那才危险呢!”

一妇女:“活佛有神灵保佑,不会有事的……”

格达活佛:“谢谢!”

一妇女:“我们现在就求佛祖保佑活佛……”

众人放下手中的活计,虔诚地跪倒在神龛前。

格达活佛也跪倒在最前面。

格达活佛:“佛祖,明天弟子将踏上进藏的征程。我知道山高水险,兵恶匪残,但是格达自投身佛门那日起,就以弘扬佛法、利乐众生为己任,能帮助西藏芸芸众生早日脱离苦海,我格达纵然粉身碎骨,肝脑涂地,在所不辞!”

众人眼含热泪长跪不起……

### 白利寺大门口

白利寺的大门缓缓开启。

铁棒喇嘛带领着仪仗队,缓缓地走出大门,列队两旁。

数支大号从楼上伸出,一时间鼓乐齐鸣。

格达活佛身穿崭新的黄缎子袈裟在高僧、管家的陪同下走出大殿。

身后跟着益西批群和向巴泽仁等五六个牵着马的僧人。

几百名藏族群众拥挤在道路两旁。

吴忠、天宝等军队领导排在队伍最后，每个人手中都牵着马。

格达活佛看到这么多老百姓来为自己送行，激动地加快了脚步。

许多藏民为格达活佛献上洁白的哈达。

有的老奶奶痛哭不已。

格达活佛不停地说："谢谢，谢谢……"

格达活佛走到吴忠跟前。

格达活佛："吴师长，天宝主任，你们也来啦？"

吴忠为格达活佛献上哈达。

吴忠："活佛，中央要求您一定要在安全有保障的前提下，才可以前行，出发后如果遇到问题，要立即返回，切不可冒险，勉为其难……"

格达活佛："党中央、毛主席和朱德总司令的话，格达记下了……"

益西批群牵来一匹马。

天宝："活佛，出发吧，我们送您一程……"

格达活佛骑上马，向藏民们挥挥手："大家等着我的好消息吧……"

藏民们一齐跪倒在地。

藏民们："佛祖保佑，活佛平安……"

益西批群高举着昨晚做好的大旗，骑马在最前面。

格达活佛眼含热泪，转身扬鞭策马。

吴忠和天宝等军人也紧随其后。

**江边的小路上**

吴忠、格达和天宝并肩而行。

马匹由战士们牵着，跟在后面。

格达活佛："吴忠师长，天宝主任，送君千里总有一别，你们请回吧……"

吴忠："活佛此行，路途遥远，困难重重，不但要说服噶厦上层和三大寺的人们，还要和帝国主义分子作斗争，真叫人揪心哪……"

天宝："所以邓小平同志说，我们一定做好军事斗争准备，用强大的武装力量来震慑帝国主义分子，以强大的军事压力来促使噶厦上层迷途知返，及早接受中共中央的和平协议。"

格达活佛："请你们转告西南局和中央，此次去拉萨，无论有多大困难多少风险，我绝不后悔！能为西藏的和平解放做点事情，我格达就知足了……"

吴忠："现在，我军从邓柯、德格的岗托和巴塘等地，分几路兵发金沙江。北边还有西北军区的队伍从青海进藏，只要中央一声令下，我们马上就可以向拉萨进发！您的身后可是有十几万军队做后盾！"

天宝："但愿活佛能化险为夷，化难呈祥啊！"

格达活佛："西藏和平解放是民心所向，众望所归。看见大旗了吧，我是和平的使者，又是活佛，西藏当局不敢把我怎么样，而帝国主义分子也不敢轻举妄动，更不敢明目张胆地对我下手。就算有什么不测,我是为西藏和平解放牺牲的,重如泰山啊!”

众人:“活佛有一颗金子般的心啊……”

格达活佛:“吴忠师长,天宝主任,止步吧,请回吧……”

吴忠:“那好,再见吧!”

格达活佛和吴忠、天宝及送行的解放军一一拥抱告别。

格达一行,疾驰而去。

## 江边的小路上

吴忠和天宝还在不断地招手。

## 北京中南海岸畔

28 岁的毛岸英、20 岁的刘思齐、14 岁的李敏和 10 岁的李讷挽着裤腿,拿着小笊篱、小网兜和竹篮子在湖边抓小鱼小虾。

李讷:“岸英哥哥,岸英哥哥……快呀! 这里有一条小鱼……”

毛岸英急忙跑过来:“你站在那里别动! 哥哥来了……”

毛岸英涉水跑了过来。

兄妹两个一阵忙活,抓住了小鱼。

李讷高兴地说:“岸英哥哥真棒!”

毛岸英疼爱地刮了一下李讷的鼻子。

毛岸英:“哥哥抓的鱼,晚上你可不能吃啊!”

李讷:“我先看见的! 嫂子,哥哥赖皮……”

一边的刘思齐和李敏都笑了。

刘思齐:“你告诉爸爸,让爸爸批评哥哥!”

李敏:“嫂子,我哥哥好吗?”

刘思齐:“岸英是个好人。”

李敏掀开一个小石头,看见一个小螃蟹。

李敏:“小螃蟹……”

说着伸手就捉,一下子被螃蟹夹到手了。

李敏疼痛难忍:“哎呀……”

刘思齐:“快扔了,快扔了!”

李敏哭泣着说:“疼死我了,它不松手啊……”

毛岸英跑了过来:“把手放到水里!”

李敏把手放到水里,螃蟹见水,松开了要跑,毛岸英一把抓住了它。

毛岸英:“你夹了我妹妹还想跑!”

李讷:“打死它! 打死它!”

刘思齐看看李敏的手:“哟,都出血了。”

刘思齐掏出小手绢帮李敏包扎。

毛岸英:“今晚上,谁也不准吃这个螃蟹,留给我们的伤员补补身子,大家说好不好?”

三人一阵欢呼,李敏破涕为笑。

## 北京中南海菊香书屋毛泽东住处

桌子上摆了几个家常菜，最显眼的是几只螃蟹和一碗河虾炒辣子。

江青的姐姐李云露扎着围裙在忙活。

刘思齐和毛岸英也在帮忙准备开饭。

江青走出房间。

江青："这么香啊？"

李云露："岸英他们抓了点小鱼小虾，我给主席炒了个辣子……"

江青："岸英、思齐，你们一回来，这个家就充满了生气和活力。"

刘思齐："阿姨，也就是到家里，岸英才像个青年，在工厂里，小老头似的……"

江青："那才像个成熟老练的领导干部嘛！"

毛岸英："什么领导干部，就是个召集人。"

江青："哎，那两个丫头呢？"

毛岸英："在爸爸书房里。李敏、李讷，叫爸爸吃饭啦……"

爷仨一阵爽朗的笑声，毛泽东一手拉着一个女儿走了出来。

毛泽东："今天这是什么日子，一家子都回来了？"

李敏："爸爸，7 月 7 日，是周末……"

毛泽东："我说呢……开饭！"

众人坐下，准备吃饭。

门外传来周恩来的声音："主席……我是恩来……"

周恩来走了进来。

毛泽东："来得早不如来得巧啊……来，一块吃！"

周恩来："都回来啦，主席，难得这么热闹啊，好，我就蹭一顿！"

周恩来也坐下。

李讷："叔叔，什么菜都可以吃，这个大螃蟹不准吃！"

周恩来："李讷，为什么？"

李讷："它是个坏蛋，它夹了姐姐，岸英哥哥说给伤员补补身子……"

众人哈哈大笑。

毛泽东："恩来，有事情吗？"

周恩来："嗯……也没什么大事，吃了饭再说，难得这么热闹……"

毛泽东："好几年都没聚得这么齐了。"

江青："就差岸青了。"

"爸爸……爸爸……"毛岸青喊着就走了进来。

周恩来："看看，说曹操曹操就到！"

毛岸青："周叔叔，谁说曹操来了？"

众人又笑了。

李云露："快洗洗手吃饭吧。"

毛岸青："爸爸，我又翻译了一本斯大林同志的《论批评与自我批评》。"

毛岸青拿出刚刚出版的新书给毛泽东看。

毛泽东翻阅着。

周恩来："岸青可是多产的翻译家呀，这几年就翻译了列宁的《我们究竟拒绝什么遗产》、《俄国工人报刊的历史》和斯大林的《马克思主义和语言学问题》、《反对把自我批评口号庸俗化》、《民族问题与列宁主义》、《在苏联列宁共产主义青年团第八次代表大会上的演说》等著作。特别是《马克思主义和语言学问题》，大量发行，广泛传播，成为广大干部和理论工作者学习和研究马克思主义理论的必读著作。这些著作的翻译和传播对我们党的马克思主义理论建设和哲学社会科学的发展起了重要作用啊。"

毛泽东："还在《人民日报》等报刊上发表了 20 多篇介绍苏联政治理论和文学的文章。我读过了几篇，理论水平不敢说，至少还严谨……"

李讷："爸爸，我饿了……"

毛泽东："哈哈……你们这些大人真是的，快吃饭，快吃饭……"

## 北京中南海菊香书屋毛泽东住处

毛泽东来回踱步。

周恩来："刚才，我看孩子们都回来了，不忍心破坏了那么和谐的气氛，所以……"

毛泽东："可美帝国主义在破坏我们国家、破坏我们亚洲、破坏全世界的和谐气氛！先是强制联合国安理会通过了诽谤朝鲜民主主义人民共和国为'侵略者'的决议，现在，又操纵联合国安理会通过成立侵朝'联合国军'司令部的决议，还纠集了那么多国家……"

周恩来："是打着联合国的旗子。"

毛泽东："我相信许多国家都是象征性的，出兵不出兵挂个名吓唬人的！现在看来，狼真的来了，我们必须采取必要的防范措施了！虽然朝鲜人民军长驱直入汉城，向洛东江三角洲全速前进，但是所有战斗多是击溃战，歼灭战很少，敌人的有生力量还没有完全被击溃。总想成为世界霸主的美国决不会轻易认输，早晚他们要出兵朝鲜的！另一方面，东北是我们最重要的重工业基地和重要战略区，假如不做好最坏情况的准备，后果难以想像！"

周恩来："我已经通知了各军委委员，明天召开新中国第一次保卫国防会议，正式通过一个决定！"

毛泽东："好！第十三兵团北上，屯兵鸭绿江！"

# 第二十八章

**美国加州海滨钱学森家**

一辆汽车开来，

停在了门口，钱学森没有下车。

他呆呆地坐在车上。

夫人蒋英走出房门，向汽车走去："学森，出什么事了？"

钱学森："他们取消了我参加机密研究的资格。"

蒋英："我想到了，上个月你说，有几个联邦调查局的人到你办公室，我就想到了，想到这一天一定会来临。"

钱学森："除了我个人原因外，可能还会有大事发生。"

蒋英："你指什么？"

钱学森："一时还不清楚。"

蒋英："那你为什么这么说？"

钱学森："他们驱逐我出境了。"

蒋英愣住了，半天说了一句："好事。我们该走了，我们有我们的祖国……"

**台北公路上**

几辆军用吉普车在行驶。

**台湾"总统府"会见厅**

这里是装饰豪华的"总统府"会见厅。

蒋介石、陈诚、蒋经国等台湾军政要员坐在一边。

麦克阿瑟自己坐在一边。

蒋介石："很高兴，麦克阿瑟将军能在坐镇指挥朝鲜战争繁忙的运筹间隙亲临宝岛，蒋某人一贯对贵国的支持和援助表示感谢，对麦克阿瑟将军高超的指挥艺术表示钦佩……"

麦克阿瑟："我建议从现在开始，咱们互称校长。你是远东最著名的黄埔军校校长，我是美洲甚至世界最著名的西点军校校长，所以，互称校长，阁下不介意吧？"

蒋介石:“好,好……更亲切。”

麦克阿瑟旁若无人地开始了演讲:“人类的发展史证明,任何一个国家,要想兴旺发达,必须要有一支强大的军队,而军队的战斗力,取决于对战争有着独到见解、独特个性、独立思考,甚至于痴迷、疯狂的军事指挥员!而这样的指挥员都源自于有着先进军事理论和教学经验的军事院校!”

蒋介石:“很好。但是将军此次来台湾,可能不是和我商量军校建设问题吧?”

麦克阿瑟:“不,我是说,军校关乎一支军队的综合素质,而军队的综合素质又决定着战争的胜负,而战争的胜负又决定着国家的安危!所以,我时刻把‘责任,荣誉,国家’作为治校的座右铭。现在西点军校体育馆的上方,还镌刻着我的一句话:今天,在友好场地上撒播下的种子;明天,在战场上将收获胜利的果实!”

麦克阿瑟在地上走来走去,根本没有把蒋介石看在眼里。

麦克阿瑟:“你也是校长,我也是校长,可据我所知你的学生都比你能打仗……”

蒋介石似乎想站立起来,但是他还是控制了自己,只是欠欠身子。

蒋介石:“你说得好极了,如果校长培养的学生,一代比一代差,还办军校吗?那是孵小鸡……”

麦克阿瑟似乎毫不理会:“但是孵出的小鸡,到别人家下鸡蛋,也是很可怕的。”

蒋介石笑着说:“你说的共产党的周恩来、徐向前、聂荣臻、林彪、叶剑英、陈赓、许光达,是的,他们是到共产党的窝里下蛋了,但是他们没到外国下蛋。在中国抗日战争最需要将才的时候,他们都发挥了作用,后来大家分道扬镳,各分主义,虽然是我蒋某人的耻辱,但是是我们民族的骄傲。”

陈诚和蒋经国的脸色越来越难看。

蒋经国:“麦克阿瑟将军,不知道你到台湾来真正的目的是什么。如果借题发挥,羞辱家父,这是不礼貌的,也不会有什么好结果。不信你可以回国问问史迪威将军,听听他说,他和当年的中国战区总司令作对,下场是什么?”

麦克阿瑟一时语塞。

蒋介石:“哈哈哈……经国呀,你当真了,这是麦克阿瑟将军的幽默,美国人的幽默,西方人的幽默。刚才麦克阿瑟将军,不!麦克阿瑟校长讲到了他们的校训,‘责任,荣誉,国家’。我们的黄埔军校校训,叫‘亲爱精诚’。这个‘亲爱’就包括了那些离不开中国人,又经常用西方人的小聪明,或者说是小幽默来向中国人指手画脚的人……我的校训比你少了两个字,但是这‘亲爱精诚’的内涵,可以讲上20年,但是怕耽搁了你们的朝鲜战争。说吧,你到台湾来有何贵干……”

麦克阿瑟将军仍十分不经意地说:“没什么,我只是想看一下当年统帅中国战区的总统,今天在台湾过得怎么样?”

陈诚:“麦克阿瑟将军,据我所知,西点军校曾经培养出德怀特·艾森豪威尔、尤里西斯·辛普森·格兰特、威廉·提康普赛·谢尔曼、小乔治·史密斯·巴顿等著名军事指挥家,不知道哪一位是您的学生?”

麦克阿瑟:“哈哈哈……也许我的学生至今还没有世界知名将领,那只能说他们还不如我,指挥战争需要机遇加天赋加准备,不是上过军校就能成为将军的!现在指挥联合国军的麦克阿瑟就是上帝给了他机会!”

蒋介石睁开眼，嘲讽地对麦克阿瑟说："请问您贵庚？"

蒋经国："就是多大岁数？"

麦克阿瑟："今年70岁！"

蒋介石："依您这个年纪，怕是今生当不上总统了吧？开饭，就在'总统府'吃！"

蒋介石起身就向外走。

陈诚和蒋经国为蒋介石的回答喝彩。

麦克阿瑟明白了他们为什么得意，但是他没有在意，他提出了一个相反的建议："尊敬的'总统'先生，十分感谢你的好意，接下来，我还有一个约会，可能我的朋友已经在等着我了。"

说完起身，走出蒋介石官邸……

出于礼貌，陈诚、蒋经国等人送客去了，蒋介石站在了大门口。

宋美龄从蒋介石的身后走了出来："达令，你知道他去哪了吗？"

蒋介石回头看着宋美龄："去哪？"

宋美龄："他们的大使馆，见孙立人。"

蒋介石："会吗？"

**美国驻台湾"大使馆"**

在一个风景幽静的环境里，有一个日式建筑。

在建筑的前边，有一片开阔而平坦的草坪。

草坪深处的一长椅子上坐着麦克阿瑟和孙立人，他们用英语交谈，时而发出会心的笑声。

**蒋介石官邸前**

也是一片草坪，

蒋介石和宋美龄坐在这里。

宋美龄："1950年初，包括美国在内的几个国家认为亚洲有三大危机：一南北韩交火，二中共犯台，三……"

蒋介石："三什么？"

宋美龄："台湾政变。"

蒋介石："……"

宋美龄："并一致认有一件将在六月份爆发，这一点被证明了。"

**美国驻台湾"大使馆"**

麦克阿瑟："南北韩交火联合国介入，但是想不到是，韩战的爆发，却迟滞了中共的犯台。这是我们没想到，不知战争是帮了蒋还是帮了中共。"

**蒋介石官邸**

宋美龄："三大危机两个有了下文，而这第三个，也就是台湾政变还没结果，这就是麦克阿瑟在战争打得难分难解的时候来台湾的真正目的。"

蒋介石不语……

宋美龄："想听细节吗？主导对台政策的是他们的国务卿鲁斯克，他与孙立人是在二战时缅甸相识的，为了反共弃蒋保台，鲁克斯派人来过台湾。他们的计划是，美国国防部让孙立人担任总司令，再由胡适号召曾受西方吹捧的学者组阁，宋子文也是同意这个计划的。"

蒋介石突然冒出一句："我呢？"

宋美龄："你，没你了！"

蒋介石："他呢？"

宋美龄："谁呀？"

蒋介石："孙立人呀？"

……

## 美国驻台湾"大使馆"

孙立人："说心里话，我只想当参谋总长，现在的军队全是黄埔的在掌握着，什么黄埔呀！一共才学了几个月，就是一个训练班嘛！我要用我在美国学到的知识改变现在的军队……"

麦克阿瑟："我的朋友，我希望尽快改变的是你自己，你时刻都不要忘记，我们支持你。我们需要的是一个民主自由的台湾，而不是中世纪的蒋家小朝廷……"

孙立人笑了……

## 蒋介石官邸

蒋介石："孙立人自视很高，能力也确实过人，三月份任命他陆军总司令、训练司令、防卫司令以来，还潜心用命。至于你说的这些，年初他去日本东京，麦克阿瑟和他说的话，他回来都对我说了。"

宋美龄："你觉得他对你忠诚吗？"

蒋介石："有时候有用就行，美国人越看重他，他越有用……"

宋美龄："就一点不防他吗？"

蒋介石："世上没绝对的事，你不是也防着我么，和什么陈小姐、王小姐的……"

宋美龄："再防你，在紧要关头还是会回来帮助你。"

蒋介石："那就在紧要关头发挥你的作用吧。"他向远处的侍从招了一下手。

侍从走来："'总统'？"

蒋介石："叫毛人凤……"

## 孙立人官邸

孙立人把副官叫了进来："叫新七军军长李鸿来见我，不了，备车去'总统府'。"

## 蒋介石官邸

蒋介石、宋美龄在和孙立人谈话。

侍从走进："老先生，准备好了。"

蒋介石："好，立人，在我这里吃西餐吧。"

孙立人："不了，我来就是想把麦克阿瑟与我谈话的情况向'总统'报告一下。如果'总统'和夫人没事，我就回去了。"

蒋介石："不，这个西餐是夫人亲自安排的，很有特色。"

宋美龄："孙司令，'总统'信任你，你又和'总统'很交心，你们多聊一会儿。"

蒋介石："立人是个很讲义气的人，那年长春告急时，立人亲自给我写信，请示我把他空投在长春，他要带新七军突围。我真爱他，没让他去，要是你真去了，说不定东北战局会改写。孙立人，你是一个可以改写历史的人，缅甸作战就是你改写了历史。"

孙立人："是总统指挥有方。"

蒋介石："是你们打得好，但要是没有美国人瞎指挥，也许会更好，我真的讨厌美国人……"

孙立人不说话了。

蒋介石又想起了什么："新七军军长也到台湾了吧，什么时候见一下？"

孙立人："好……"

### 孙立人官邸

孙立人刚一下车，

毛人凤已经等在那里了。

孙立人："毛局长有事？"

毛人凤："有，我们在外边走走，我向你报告……"

两个人在院子里走着。

毛人凤："一个不是很愉快的消息，原新七军军长李鸿通匪。"

孙立人没有很强烈的反应，只是他的脚步放慢了。

毛人凤继续说着："这要从长春战役说起，10月17日曾泽生反水，20日李鸿经吉林去哈尔滨，在共军医院里就医，这期间共军策反了他，6月共军给了他返乡证，1950年2月3日与夫人来台，这都是共产党情报部门安排好的。今天晚上我们拘捕了他，他没有反抗。"

孙立人："这件事，蒋'总统'知道吗？"

毛人凤："不知道，因为他是你的部下，我们先通知你，不知你有什么要说的吗？"

孙立人几乎没有思索："没有。"

毛人凤走了……

孙立人站在那里……

### 加州海滨钱学森家

孩子的哭声。

钱学森的女儿永真出生了。

门铃响了，蒋英："学森，你去看一下，是不是给我们送票来了。"

钱学森去开门，少顷，他返回，背着手。

蒋英："是送票的吧？"

钱学森开玩笑地说："是收税的。"

蒋英将信将疑："税？"

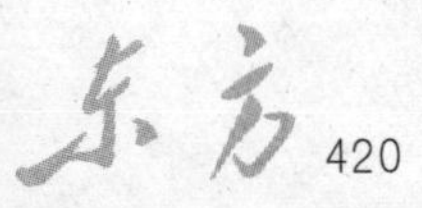

钱学森从背后拿出票："飞机票三张。"

他抱起女儿永真："我们回家了，回中国了！"

门铃再一次响起。

蒋英和钱学森对视了一下。

钱学森去开门，

站在门口的是冯·卡门。

冯·卡门显得不是那么高兴："都收拾好了？"

钱学森："蒋英雇了一家包装公司把行李都托运了，现在在码头上，我们也订了飞香港的加拿大太平洋航空公司的机票。"

冯·卡门："可是我怎么觉得你们走不了？"

钱学森："教授，你可不是爱开玩笑的人。"

冯·卡门："可是我多希望我下面的话是玩笑……"

钱学森看了蒋英一眼："教授你说……"

冯·卡门："你的事情搞大了，美国国防部知道美国移民局驱逐你出境的消息，出面干涉了，理由是你价值太大了。海军副部长，你是知道他的名字的，他对司法部说，无论如何不能让钱学森回国，他太有价值了，在任何情况下，都抵得上3到5个师。我宁愿枪毙他，也不要放他回共产党中国……"

蒋英："这是为什么？"

冯·卡门："近的说，也许会有一场战争；远的说，因为在他们看来共产党中国是一个威胁，不能让它强大。"

钱学森不语。

冯·卡门："做最坏准备吧，不过不管到了什么时候，我都站在你们一边。"

**阳明山甬道上**

麦克阿瑟和蒋介石并肩走在前面，

陈诚、蒋经国和警卫员跟在后面。

麦克阿瑟："难道'总统'还看不出来，朝鲜战争是一次千载难逢的机会吗？"

蒋介石头也不回，摆摆手。

陈诚等人停下脚步。

蒋介石和麦克阿瑟向甬道深处走去。

**阳明山甬道上**

蒋经国和警卫员都等待在这里。

蒋经国望着麦克阿瑟的背影："狂妄自大，自以为是的家伙！既然是来动员家父出兵的，何必跟我们来这一套。"

陈诚："'总统'一句话戳到他心窝子上了！"

蒋经国："今天我才感到家父的老辣。"

陈诚："是呀。"

## 甬道深处

麦克阿瑟:"'总统'阁下,这可是一次绝佳的机会呀……"

蒋介石:"尽管我仗打得不够好,但我是曾经领导过几百万军队的最高统帅,我还是能看出来,朝鲜战争是'中华民国'的一次机会。只要我们派兵参战,李承晚……"

麦克阿瑟:"将来绝对不能指望李承晚……"

蒋介石:"他就是王承晚、刘承晚,也是我的盟国,只要我帮了他,有一天我就有可能从朝鲜渡过鸭绿江,反攻大陆!"

麦克阿瑟:"有战略家的眼光!"

蒋介石:"还有,只要我的军队参加了联合国军,那就证明了'中华民国'还是中国的政府。"

麦克阿瑟:"不过,我可要能打仗,能打胜仗的部队!"

蒋介石:"参加过抗战长城北古口、血战台儿庄、淮海战役的王牌,32000 多人的精锐之师——第五十二军!"

麦克阿瑟:"好!我将马上向杜鲁门'总统'汇报!"

## 从甘孜到昌都的路上

早晨,初升的太阳给雪山峰顶染上一层金红的霞光。

古老的江达县城小镇还笼罩在一层灰暗的曙色之中。

一条宽敞的骡马道上,格达一行缓缓走来。

## 藏军哨卡

一个简易的哨卡,两个藏军在站岗。

格达活佛一行走来。

藏兵用英式步枪一横,冲着走在前面的益西批群喝道:"站住!"

益西批群冷冷地说:"干什么?"

哨兵甲:"干什么的?从哪来到哪去?"

益西批群:"老百姓,从来的地方来,到去的地方去!"

哨兵甲:"6 个人……你们是从甘孜来的吧?"

向巴泽仁:"不是……我们就是前面江达县的……"

哨兵甲:"还江达县的?看看,西康省政府副主席、西南军政委员会委员格达活佛……"

格达活佛:"我就是,既然知道我是谁了,为什么还不放行?"

哨兵乙:"对不起了活佛,总管有令,等的就是你。"

格达活佛:"我不认识你们总管,我还有事情,走!"

两个哨兵把子弹上膛:"站住!"

益西批群和向巴泽仁急忙抽出腰刀。

哨兵甲:"今天你们要是不去见总管本波啦,谁也别想好过!"

格达想了想,平静地说:"那好!我正有事要去找他呢!"

向巴泽仁担心地说:"活佛!你不能去!谁知道他们安的什么心!"

格达摇摇头:"我心里有数,益西批群,咱们走,其他人在这里喝茶放马,等我们回来!"

## 江达总管官邸院子里

江达总管的官邸坐落在小镇西北的一座大院里。

这里戒备森严。格达和益西批群昂首挺胸走来。

藏军如临大敌，三步一岗，五步一哨。他们一个个睁大眼睛盯着这位气度不凡的活佛。格达刚一走过，他们就纷纷交头接耳，不知将有什么重大的事要发生。

一个藏军军官迎了上来。

军官："格达活佛，请！"

军官领着格达活佛上了二楼。

## 江达总管官邸

格达活佛走进客厅坐下。

一个侍从走来为他斟上酽酽的酥油茶。

一个身着军官服的中年男子走进来，同他礼节性地点头打了个招呼，坐下来后，自我介绍道："格达活佛，久仰，久仰，我就是这里的总管。昨天接到金沙江边属下报告，知道你要去昌都，不知所为何事？"

格达淡淡一笑说："我是中央人民政府派来的，不仅要去昌都，而且还要去拉萨。"

总管微微一惊："拉萨？"

格达活佛："是的。去拉萨劝说噶厦政府，希望他们尽早派出和谈代表，争取西藏和平解放。"

总管抿嘴一笑："你……一个喇嘛？"

格达淡淡地说："怎么，不行吗？我想对你说的是：西藏解放在即，中央人民政府的方针是争取和平解放。我此次去拉萨，就是劝说我的朋友并通过他们向噶厦陈述，希望噶厦政府能够顺应民心，走和平解放西藏的道路。"

总管说："我是军人，以服从命令为天职，一切都听噶厦的。噶厦派我来这里，是为阻止共产党进入西藏，保这一方的平安。我们都是吃糌粑的人，何必谁跟谁过不去呢？"

格达反驳道："总管的话很动听，但是没有道理。有句谚语说：狂风可以刮走沙子，但却刮不走巨石。我爱我的民族，但一个民族只是一粒沙子，整个中华民族才是一块巨石。没有巨石，哪来沙粒；没有整个中华民族的平安和兴旺发达，又哪来我藏民族之安宁与繁荣昌盛？"

总管："哈哈……活佛说得动听，也有道理，但是，你说的这些，与我个人又有什么关系？"

格达活佛："关系大着呢！比如说，根据《共同纲领》和中央关于解决西藏问题的十项政策规定，实现和平解放西藏后，像你这样的藏军军官，只要不继续与人民为敌，还可以照常供职。这一点，你不能不关心吧？还有，解放军何时进藏，你不想知道？"

总管狂妄地说："知道有何用？大概不会是明天就来吧？我统率的数千人早已在金沙江一线布防，严阵以待，想必你过金沙江时早已见识过了……"

格达不屑地说："可你那些军队只能像是纸糊的风筝，不堪一击！"

总管气急败坏地说："你……你完全是在为'加玛'说话，不知'加玛'给了你多大好处！来人——"

几个全副武装的藏兵冲了进来，用枪抵住格达活佛和益西批群。

格达活佛："哈哈哈……你说对了。自打丙子年同共产党接触以来，共产党给了我最大好处是，使我渐渐地懂得了一个道理，那就是，一个人的一生，要尽最大努力去做对人民有利的事。这也是我投身佛门整整追求了大半生'弘扬佛法、利益众生'的终极目标。"

总管恼火地说："你就不怕我把你抓起来？"

格达活佛："这我相信。不过，抓我一个格达算不上你有多大本事。我一个手无寸铁的活佛，你就这样如临大敌。面对江对岸几万解放军，不知道您说话的底气是否还能这样足？你是个聪明人，聪明的人总是以智慧来保卫自己。眼看中国人民解放军进军西藏在即，要面对现实，多为自己的命运和前途着想，良机不可错过，以免今后悔恨一生……"

一藏军："总管，不要听他胡言乱语，杀了他……"

总管："格达活佛，虽然我不服你的理论，也看不出解放军马上就能进藏，但是，你是代表共产党来劝和的，两国交战不斩来使，你走吧，只当你没有来过……"

一藏军："总管?!"

总管："放行!"

格达活佛："我没有说错，你是聪明人……"

众藏军让开一条路，格达活佛和益西批群昂首挺胸走出总管官邸。

## 昌都

一栋两层小楼前。

一个身穿藏装、头戴狐皮帽的黄头发、蓝眼睛的外国人走出住所，他就是英国人福特。

几个小孩看见了，跟在他身后不时喊着："鬼，鬼，黄头发，蓝眼睛……"

福特完全没有心思理他们，加快脚步直奔昌都最高首领拉鲁噶伦府。

这里是昌都拉鲁噶伦府，气派豪华，戒备森严。

两个站岗的藏兵，看见福特，立即热情地微笑着向他立正敬礼。

福特不屑一顾，趾高气扬地朝官邸里走去。

福特从兜里掏出一份电报，递给拉鲁。

拉鲁示意福特喝茶，自己阅看电报。

福特："根据我们掌握的情报，格达此次来昌都，这里不是他的目的地，他可能要去拉萨。"

拉鲁："格达所在的白利寺，在甘孜地区虽然算不上大寺庙，但格达在当地，乃至整个康北一带都是一个极具影响的人物。当年，红军长征路过甘孜时，他同红军总司令朱德关系密切，现在，他又是以西南军政委员会委员、西康省人民政府副主席的身份来的。在共产党的解放军已经兵临金沙江一线的时候，他来到昌都，不好办哪……"

福特："格达此行必有不可告人的目的。拉鲁噶伦，作为噶厦政府派到昌都的最高长官，你可不能无动于衷啊？"

拉鲁："我能有什么办法呢？"

福特："至少应当阻止他，绝不能让他去拉萨。你要知道，共产主义就像瘟疫，一瞬间就会蔓延开来……"

拉鲁："他是活佛！只能等他来见我再做处置了……"

这时，一个侍从官走进来报告说：“本波啦，甘孜的格达活佛在大门外等候求见。”

两人同时一惊。

拉鲁：“这么快……让他进来吧！”说罢，旋即示意福特回避。福特不甚情愿地朝一旁的房间走去。

## 拉鲁噶伦官邸客厅外

身着拉让巴格西黄缎袈裟的格达和益西批群在管家的陪同下走上长廊。

来到客厅门口，益西批群被让进另外一个房间。

管家：“格达活佛请……”

格达活佛走进藏式会客厅。

格达走进客厅，拉鲁坐在那里，并不起身让座。

气宇轩昂的格达不卑不亢：“白利寺格达祝福拉鲁噶伦像雪山一样长寿吉祥。”

格达给拉鲁礼节性地献上一条长长的哈达后，拉鲁这才示意让他在一旁坐下来。

佣人走来给格达斟上酥油茶。

拉鲁欠了欠身说：“活佛远道而来，一路风尘，多有辛苦，不知此来？”

格达直言不讳地说：“为共产党争取和平解放西藏、完成祖国统一大业的主张能得以顺利实现而来……”

拉鲁吃惊地看着直率的格达说：“嗯……你还记得自己是哪个民族的人吗？”

格达：“我当然是藏族人，但不管是藏族还是汉族，都是一个阿妈的儿女，就像月亮和星星都是太阳的儿女一样……”

拉鲁：“听说是红色汉人派你来的？”

格达：“不，准确地说是我自己向毛主席、朱德总司令提出申请的，是他们批准我来的……”

拉鲁：“你来的目的？”

格达：“众所周知，西藏自元朝以来，就统一于祖国和萨迦地方政权，这是无可辩驳的事实。解放西藏，统一祖国，这是历史发展的必然，也是大势所趋，人心所向。共产党和平解放西藏的主张，是按照历史的实际和人民的愿望提出来的。在中央政府的领导下，为佛教的昌盛，为发展西藏人民悠久的文化，为保护好历史文物和古老的建筑，促进藏汉人民的亲密团结，格达不辞万难，前来昌都，就是为了上述诸事能得到顺利、圆满的解决。作为噶厦政府的噶伦，相信你能深明大义，在这决定西藏命运和前途的重要时刻，以祖国统一和民族振兴的大局为重，做出恰当的选择……”

总管苦笑了一下说：“选择？你也是知道我的处境……”

格达抿嘴一笑：“非常理解。”

总管：“但是不管怎么说，噶厦政府还拥有一支强大的军队，噶厦将全藏兵力的三分之一计七个代本全部和三个代本的一部等共8000多人布防金沙江一线，而且，是用英式最新武器装备起来的……”

格达淡淡一笑道：“噶伦大人，西藏的天空虽然高远，而你却是站在雪山沟里说话，现在奢谈什么强大，未免为时过早，只有你同共产党领导的人民解放军交过手，进行过较量，你才能从真正意义上懂得什么叫强大。”

拉鲁："是吗？"

格达肯定地说："当然！据我所知，藏军这些年来，打过几仗？战争的规模有多大？有没有成功的战例，有的只是一次又一次失败的纪录。更不用说现在的藏军拖儿带女、年龄不轻、军事素质低、缺乏战斗力、纪律松弛、军心涣散……而中国人民解放军则是一支训练有素、骁勇善战、纪律严明的队伍，国民党几百万军队都被共产党领导的中国人民解放军打败了，你们几个藏军又算得了什么呢？"

拉鲁不语……

格达步步紧逼："我这是箭在弦上，不得不发。我可以告诉你，由云南方向向西藏开进的解放军第四十二师4月初在丽江完成集结后开始进藏，7月初进驻云南德钦。西北野战军第一军组建骑兵支队，已经于6月18日从青海西宁出发，行程900公里，即将抵达玉树地区。新疆军区第二军组建独立骑兵师，6月13日开始进军阿里。作为一个藏族人，我不愿意看到我的同胞生灵涂炭哪！"

拉鲁："照你这么说，即使达赖和西藏噶厦不同意和平解放西藏，也阻挡不了解放军进藏的步伐了？"

格达："请你相信，不久的将来，铁的事实必将证明，我对你说的这一切，都是千真万确的，望你三思。最后，我想请噶伦本波拉将我此行之目的转告噶厦政府。如果你有所不便，我决定亲自去拉萨，面见达赖喇嘛，向噶厦陈述。"

拉鲁语气缓和下来："共产党和平解放西藏的主张，本人过去虽有所闻，但今天听了您的一席话，才使我知道了许多。不过你要亲自去拉萨之事，我不能擅作主张，要请示噶厦才能做出答复，请你等候消息……就住在这里，好好休息一下。"

格达："谢谢噶伦。"

格达转身走出会客厅。

福特走了出来。

福特阴险地说："瘟疫呀，瘟疫……决不能听之任之……"

拉鲁不高兴地说："让我听你的？"

## 青岛海滩

阳光灿烂，碧波无垠的大海，一望无际的金色沙滩。

许多孩子和大人在追逐、戏嬉。

粟裕静静地坐在一把躺椅上，盖着毛巾被小憩。他膝盖上放着笔记本，手中还拿着一张报纸。

两个警卫员在不远处警戒着。

突然一阵警笛声，

警卫员循声望去。

两辆警车开道，后面跟着一辆轿车。

车队在离粟裕不远处，停了下来。

罗瑞卿从轿车上走下来。

警卫员甲："这是谁呀？"

警卫员乙："官不小吧，比咱们司令都牛！"

罗瑞卿走了过来。

警卫员甲:“首长好!”

警卫员乙:“我们首长正在休息……”

罗瑞卿:“首长,别装睡了……”

其实粟裕根本没有睡觉:“公安部长就是牛啊,两辆警车开道。在北京,毛主席也就一辆警车吧?”

罗瑞卿:“哪赶上你呀,东北边防军大司令啊,你这家伙,在长白山上跺跺脚,旅顺口无风也得三尺浪啊!”

两人:“哈哈哈……”

罗瑞卿:“病养得怎么样?”

粟裕:“你还知道来看我?”

罗瑞卿:“别没有良心啊,我昨晚到的青岛,今天第一件事情就是来看你,会议都推迟了两小时,不过什么也没买啊……”

粟裕对两位警卫员挥挥手,警卫员知趣地走开了。

粟裕:“真着急呀,朝鲜战争已经打了一个多月了,东北边防军部队都开进了,可我这个司令员还在这里晒太阳……”

罗瑞卿:“不能着急,越急越不行,越急躁内分泌越失调……”

粟裕:“毛主席该失望了……”

罗瑞卿:“主席倒不至于失望,只是听说林彪身体也不好,有些忧虑倒是可能的……”

粟裕:“你什么时候回北京?”

罗瑞卿:“今天晚上就回去。”

粟裕:“我给主席写封信吧,实在是太着急了……”

罗瑞卿:“好的。我一定争取面呈毛主席。”

粟裕:“在这里休息期间,除两手比在南京时颤抖得轻些以外,头晕头痛症并没有好转,文件书籍都不能阅读,每日只能看看报纸,还不能超过二十分钟,出外游览超过一小时,也经常头晕目眩不能支持。这马上就有新任务,而自己病症一点不见好,更是焦虑,现在是恶性循环……在这个用人之际,可我却……真感觉对不起毛主席……”

### 毛泽东住处

毛泽东正在灯下看一封电报。

他放下电报,拿起毛笔,笔走龙蛇,几个大字写就。

一警卫员走了进来。

警卫员:“主席,周恩来总理和罗瑞卿部长来了。”

毛泽东擦擦眼睛:“请进来吧……”

周恩来:“主席,罗瑞卿同志有事向你汇报……”

周恩来发现毛泽东神情不对:“主席,您怎么了?”

罗瑞卿:“主席,我没有打扰您吧?”

毛泽东:“没有,没有,你看看,这是安徽曾希圣同志转来皖北行署关于前几天安徽淮河发大水的报告……”

毛泽东把手中的报告递给罗瑞卿，

罗瑞卿在翻阅。

毛泽东："报告中说，当洪水猛扑之际，灾民未及逃避，哭声喊声不停，少壮者攀登大树，老弱者攀登小树，有的爬上房屋，有的将小孩吊在树上，有的因屋塌树倒被淹死、压死，甚至有个别灾民在树上被毒蛇咬死。这真让人落泪呀……"

周恩来："我看了，也难过了好一阵子……"

毛泽东："恩来呀，除目前抗洪救治以外，需要考虑根治的办法，现在开始准备，秋起即组织大规模导淮工程，争取一年完成导淮，免去明年水患。你邀集有关人员讨论两个问题：第一，目前抗洪救治；第二，根本导淮。一定要把淮河的事情办好！"

说着，他展开了刚刚写好的大字：一定要把淮河的事情办好。

周恩来看着这几个字，不停地点头："我明天就和曾希圣同志通电话落实！"

罗瑞卿："我们的老百姓真难哪……"

毛泽东："哎，我的公安部长，你来干什么了？"

罗瑞卿："粟裕同志让我给主席转交一封信。"

毛泽东："你去青岛了？来，坐坐……"

周恩来和罗瑞卿坐在沙发上。

毛泽东在看粟裕的信。

毛泽东（念信）："据医生及一些患神经衰弱症之同志谈，此种病非短期所能治愈，愈重则治疗愈费时日，职以为依目前局势发展似有一时期之间隙，因此请求能批准职给予较长的休息时间，以便于专心休息，以期早日恢复工作……"

罗瑞卿："我这次到青岛开会，去看了看，粟裕同志的病情确实有些严重。吃饭的时候，要把菜摆在一条直线上，这样来回转头，时间长了都晕……"

毛泽东："都是战争年代留下的后遗症啊，他脑袋还负过伤……"

罗瑞卿："我估计粟裕同志病情不见好转，与他现在焦躁不安有很大关系，他总怕主席因为东北边防军的事情而失望，而着急……其实我跟他说了，就算是入朝作战，不还有林彪同志和其他军委副主席嘛……"

毛泽东："林彪和粟裕都是1907年生人，今年都是43岁，按说正是一个军事指挥家、一个国家领导人的最佳年龄段，可惜他们的身体……"

罗瑞卿："主席，粟裕同志请假养病的事情……"

毛泽东："我给他回封信……"

毛泽东走到写字台前，铺开纸，伏案疾书。

周恩来："主席，这几天我也很焦虑。我和代总参谋长聂荣臻交流过了，原来军委确定的边防军指挥机构，虽从作战上来说较为有利，但目前看来有困难。一、边防军粟裕司令员需要休养，副司令员萧劲光、副政委萧华一时还难以离京北去。二、东北军区高（岗）司令员等感到层次太多，有所不便。三、边防军的供应需要强有力的后勤组织方能胜任，而中南只能组织轻便的后勤机构，刚到东北恐亦有困难。基于以上情况，请主席考虑边防军目前先归东北军区高岗司令员兼政治委员指挥并统一一切供应，将来粟裕、萧劲光、萧华同志去后，再成立新的边防军司令部。"

毛泽东写完信，对罗瑞卿说："你把这封信转给粟裕同志，我的意见是，目前新任务不甚迫切，他可以安心休养，直至病愈。休养地点，如青岛合适则在青岛，如青岛不甚合适可以来北京，让他自己酌定吧。”

罗瑞卿：“谢谢主席……”

毛泽东：“恩来呀，我同意你和聂荣臻同志的意见，东北边防军暂归东北军区司令员兼政委高岗同志指挥，并统由东北军区供应，边防军后勤司令员李聚奎可以改任东北军区后勤部长。边防军的日常训练工作暂由第十三兵团统一组织，看来我还要和林彪同志谈谈……彭德怀同志比他们都大呀……”

周恩来、罗瑞卿：“彭德怀同志？”

两人明白了毛泽东是在为谁统帅东北军而忧虑。

# 第二十九章

**美国加州海滨钱学森家**

钱学森在书房里看书。

蒋英在照顾孩子。

传来敲门声，

蒋英去开门。

两个陌生人站在了门口："我们找钱学森。"

蒋英回过身对着书房："学森，找你的。"说完，又去忙别的。

钱学森来到了门前。

其中一人亮出了一张纸："这是逮捕令。"

钱学森没有说话。

他转身走到蒋英身边："他们让我跟着他们走……"

蒋英没有说话，她默默地走进卫生间，拿出了早已准备好的洗漱用具。

钱学森想和蒋英说什么，又止。

钱学森跟着他们走了。

汽车声远去，

两个孩子哭了起来。

蒋英站在那里一动不动。

孩子哭得更厉害了，

蒋英还是一动不动。

过了好一会儿，她冷静地走到电话机前，抓起电话："冯·卡门教授……"

电话里："……不用说了，我猜到了……我马上去……"

**美国普渡大学**

毕业典礼结束了。

人们笑逐颜开地走出礼堂。

身着博士礼服的邓稼先比别人走得更急，他一边走一边脱着礼服。

## 学生宿舍

邓稼先把礼服放进箱子。

传来一个声音:“你就不能再考虑一下我的意见吗?”

邓稼先抬头:“是您……感谢您,德尔·哈尔教授,想带我去英国深造,那一定是在最前沿的冲锋,原谅我,我不想再犹豫了,我一定要回到祖国。”

德尔·哈尔:“在礼堂的时候,我就看到你的心已经走了。”

(德尔·哈尔　美国普渡大学物理系教授)

邓稼先点头:“其实比我更急的是我的新中国。”

德尔·哈尔:“我不劝你了,因为这是毫无意义的,我只是担心你的安全。”

邓稼先:“我们同行的有一百多人,赵忠饶您是认识的,他也和我同行。”

德尔苦笑了一下:“我不是指这个,钱学森的事你听说了。”

邓稼先:“我知道,他一家人回国的行李被扣了。这个行为与美国文明国度不相称。”

德尔:“他们说他的行李里面有美国秘密资料。”

邓稼先:“这是不负责的说法。行李打包前,联邦调查局的人就在现场一样一样地检查。”

德尔:“你在场?”

邓稼先:“我的好多同学去帮忙,他们亲眼所见。”

德尔:“我不是和你争吵,我是想告诉你,还有比这更严重的。”

邓稼先急切地问:“又怎么了?”

德尔:“昨天他被联邦调查局的人带走了,今天这个消息在美国各个大学传开了,很多人加入了营救他的行列。”

邓稼先:“这是怎么了?”

德尔:“要走,你就快走吧,晚了也许你也走不成……”

邓稼先:“这是为什么?”

德尔:“因为东北亚的局势……”

## 林彪住处房间内

一张偌大的地图前,坐着林彪。

他一动不动。

叶群在一个电炉子上熬着中草药。

林彪眼睛看着地图:“明天换个方子……”

叶群急忙拿过一个本子,准备记录。

叶群:“叫我说,还是请傅连暲他们来看看吧,你这都吃了多少付了……”

林彪:“我的病我自己知道……胸痹膻中左胸区,憋闷疼痛心脉痹。寒凝当归气柴胡,痰浊瓜蒌韭白宜。血府逐淤淤血阻,保元肝脉补心气。天王补心心阴亏,参附桂甘心阳岌……你记就是了……当归三钱,柴胡三钱,瓜蒌二钱……”

林彪说一句,叶群重复一句。

林彪:“第三十八军通化,第三十九军大石桥……”

叶群："第三十八军通化……你说的什么呀？"

## 美国加州海滨钱学森家

一个老人正在教两个孩子唱儿歌，

她是奥拉里·马勃。

"孩子们你们真乖，我的歌儿好听吗？这是我小时候，外婆教给我的。你们见过你们的外婆吗？对了，你们的外婆在中国，你们肯定没见过。不过有一点我是可以想像出来的，那就是爱唠叨，我相信全世界的外婆都有这个特点……"

## 美国通往洛杉矶的公路上

弗兰克·马勃在开车，

副驾驶的位置上坐着蒋英。

她一言不发，眼睛一直盯着前方。

马勃出于好心，他一直在说话安慰蒋英："其实孩子交给我的太太，你完全可以放心。她照顾孩子的能力，就如同我给我的学生讲课一样精彩。我的几个孩子你不是见过了吗？一个个，男的像男的，女的像女的。"

蒋英苦笑了一下。

马勃："这一次我可真是佩服我们的校长李·杜布里奇，你说他能说服司法部让我们去探监，其实他平时，口才一点也不如我。他有些口吃，不知你发现没有？"

蒋英再一次苦笑。

一个建筑群出现在他们面前。

（特米诺岛　联邦调查局监狱）

建筑群的四周是高高的岗楼，

哨兵牵着狼狗在高墙上游动。

马勃看了一眼蒋英："你怕吗？"

蒋英："外国的监狱没见过，中国监狱很早就去过。"

## 牢房

在一阵"叮叮当当"的声响中，牢房的大门被打开了。

里边坐着脸色苍白、神情木然的钱学森。

蒋英极力地控制着自己，小声地呼着丈夫名字："学森！"

钱学森没有回答，只是点点头。

蒋英："你放心，孩子很好，是马勃的太太帮我们照看……"

钱学森还是没有说话。

蒋英："你这是怎么了，为什么不说话？"

钱学森不语。

蒋英明白了什么，她不再问了："学森你放心，该办的事情我都在办。"

钱学森点点头……

### 美国加州海滨钱学森家

院子里，海滩上到处停满了车。

客厅里坐满了人。

一个律师模样的人："他们这样对待一位知名的科学家，在美国主流社会中引起很大反响。迫于这种压力，他们决定可以保释。"

不知谁鼓起掌来，

蒋英脸上流露出一缕笑意。

律师："但是他们要的保金有点出格。"

马勃："多少？"

律师："两万。"

人们议论起来："怎么会这样？"

有人大声地质问："不会吧，在这里一个绑架案的赎金也不过两千。怎么这么高？"

"你以为这不是绑架？"

"这是麦卡锡主义的祸水。"

蒋英脸上笑容消失了。

马勃看出了蒋英的态度，安慰道："夫人，你放心，我们会帮助你。"

蒋英："不，你们已经帮得够多了。我自己想办法吧。"

人们纷纷出门。

马勃又转身对蒋英说："我们会帮助你，我们相信七天之内会搞到赎金。如果搞不到，这一院子的汽车也值这些钱。"

蒋英被感动了，她一一和来人握手："谢谢你，马勃教授，谢谢你，米尔斯教授，真的太感谢了，西尔斯，我们会记住你，邓肯·兰尼……"

### 昌都强巴林寺大殿内

香烟缭绕，油灯通明，

众喇嘛正在念经。

只有10岁的帕巴拉·格列朗杰是强巴林寺最大的活佛，他正坐在最高处打坐。

一喇嘛走了进来。

喇嘛："活佛，甘孜白利寺格达活佛来访……"

帕巴拉·格列朗杰："请……"

一时间鼓钵齐鸣，格达活佛手捧哈达走了进来。

帕巴拉·格列朗杰走下来迎接。

帕巴拉·格列朗杰："是达玛拉山的风把活佛给吹来的吧？一路辛苦了！"

格达活佛："格达拜见活佛，祝活佛如意吉祥！"

格达献上哈达，两人执手入座。

帕巴拉·格列朗杰："格达活佛，请你实话告诉我，共产党究竟怎么样？"

格达说："帕巴拉活佛，说句心里话，我已经是年近半百的人，却从来没有见过那么好的军队、那么好的人。共产党领导的解放军就是当年的红军。怎么比喻呢？共产党就像早晨初升的太阳……"

帕巴拉·格列朗杰："可昌都城里却把共产党说得一无是处，闹得人心惶惶！"

格达活佛："共产党实行宗教信仰自由政策，尊重少数民族的风俗习惯，这不仅写进了《共同纲领》，而且他们也是这么做的。我担任西康省人民政府副主席，同时，仍是白利寺的活佛呀！"

帕巴拉·格列朗杰："解放军肯定要进军西藏？"

格达活佛："完成祖国统一大业，这是共产党的既定方针，如同水流千转归大海，这是谁也阻挡不住的。"

帕巴拉·格列朗杰："真要打起仗来，又将会有多少生灵要遭到涂炭！唵嘛呢叭咪吽！"说着，快速地摇起转经筒来。

格达说："这主要取决于噶厦政府。本来，早在今年初中央人民政府命令人民解放军进军西藏时，就确定了和平解放西藏的方针，并通过各种途径向西藏地方当局传达信息，晓以大义，希望他们当中某些坚持分裂主义立场的人迅速改变立场，尽快派出和谈代表，以便经过谈判，使西藏得以和平解放。如果噶厦政府一意孤行，听任帝国主义分子的教唆，那他们当然是要付出惨重代价的。这种结局也是共产党和我们广大藏族人民都不愿意看到的……"

突然，一喇嘛急匆匆走来，附耳在帕巴拉·格列朗杰耳边说了些什么。

帕巴拉·格列朗杰："不行，让他们走……"

话音未落，进来一群藏兵。

军官："活佛吉祥……"

帕巴拉·格列朗杰："有事情吗？"

军官："奉总管府之命，为了格达活佛的安全，请他搬到江卡去住。"

格达一愣。

帕巴拉·格列朗杰："你的意思是格达活佛在我强巴林寺不安全？"

军官："不，不，不，这完全是总管府的一片好意。江卡那地方，一般闲杂人等还住不进去呢，这你并不是不知道。"

帕巴拉·格列朗杰："你回去告诉拉鲁噶伦，格达活佛今天住在强巴林寺。"

格达活佛看看荷枪实弹的藏兵。

格达泰然自若地对帕巴拉·格列朗杰说："明白了！帕巴拉活佛，既然这样，那就客随主便吧！"

**江卡庄园**

这是一栋两层的小楼，大门前，两个荷枪实弹的藏军守在那里，而且还在庄园周围布置了流动岗哨，引来过往行人奇异的目光。

格达活佛撩开窗帘，看着大门口。

益西批群正在收拾床铺。

向巴泽仁要倒水，发现水壶里没有水了。

向巴泽仁："我去找点水。"

格达活佛："看来你想出去不容易了……"

向巴泽仁："我就不信，他敢软禁咱们！"

说着，向巴泽仁把写有“西康省政府副主席、西南军政委员会委员，格达活佛”的大旗，插到了门口。

向巴泽仁提着壶走了出去。

## 江卡庄园厨房内

炉膛里烧着牛粪，牛粪上烧着水壶。

一个穿着藏族服装的人，正站在炉子前。

向巴泽仁走了过去：“干什么的？”

那人慌乱地一回身，竟然是福特。

福特的黄头发、蓝眼睛、高鼻子也把向巴泽仁吓了一跳！

向巴泽仁根本没有发现福特把一张纸慌张地藏进裤兜里。

向巴泽仁：“你……你是人是鬼？”

向巴泽仁一直向后退：“你是干什么的？！”

福特：“请不要害怕，我是拉萨噶厦政府的电报员福特……就住在这个楼上……”

向巴泽仁：“你是拉萨噶厦政府的？”

福特：“我来帮助拉鲁噶伦联系噶厦政府……咱们是邻居……欢迎你们……”

向巴泽仁：“那你怎么长得……这样？”

福特：“我是英国人……再见……”

福特走出去了。

向巴泽仁把炉子上的水倒在了自己的壶里。

## 江卡庄园格达活佛住处

向巴泽仁在给格达活佛倒水。

向巴泽仁：“你们不知道，吓我一跳，黄头发，蓝眼睛，这么高的鼻子……”

向巴泽仁把水端给格达活佛。

格达活佛：“你们也喝口水吧。”

益西批群：“我们不喝热水。”

益西批群舀了一瓢凉水，咕嘟咕嘟喝了几口，又递给了向巴泽仁。

向巴泽仁：“他说他是噶厦政府的电报员，还说是咱们邻居……”

向巴泽仁喝水。

格达活佛：“噶厦政府的电报员？那可能是外国人。”

向巴泽仁：“他说他是英国人。”

益西批群：“英国人？英国在哪？”

格达活佛：“追着落日走，就会走到英伦三岛。”

向巴泽仁：“海岛啊……”

格达活佛：“那是目前世界上经济最发达的一个国家，工业最先进……”

格达活佛皱皱眉头。

向巴泽仁：“活佛，怎么了？”

格达活佛：“好像肚子有点疼……”

益西批群："这一路上鞍马劳顿，跋山涉水的，别说您这么大年纪，就我们也感觉浑身散了架似的，快躺下休息休息……"

向巴泽仁："再喝点热水……"

### 西藏拉萨布达拉宫

蓝天白云，阳光灿烂。

雄伟的布达拉宫在阳光下，显得更加巍峨壮丽。

### 阿沛·阿旺晋美住处

这里是阿沛的住处，豪华气派，一看就是上层人家。

门窗紧闭，拉上了窗帘。

阿沛和索康·旺钦格勒趴在桌子上，对着一部电台在倾听。

电台里传来喜饶嘉措大师的声音："西藏同胞们，我是喜饶嘉措。现在共产党领导的人民解放军，犹如高山的巨河奔腾而下，歼灭了国民党领导的强大军队，基本上解放了全中国，西藏的解放也势在必行。但人民的领袖毛主席和共产党胸怀博大，高瞻远瞩，决定通过谈判，争取和平解放，使人民和地方免遭战争之苦，希望你们认真地思考和商讨，以尽快派出代表进行和平解放的谈判为好。我以前在佛教兴盛的西藏长期进行学习和修持，深得色(拉)、哲(蚌)、噶(丹)三大寺，扎什伦布寺和政府噶丹颇章的教诲和扶持。这一深情厚谊我怎能忘怀，我喜饶嘉措尽管不肖，但还不至于是异教徒。因之我出此肺腑之言，以供噶厦政府和广大同胞参考和商酌……"

两人对视了一下，若有所思，但是谁也不说什么。

门外传来藏军司令凯墨的声音："师弟，在家干什么呢？"

阿沛急忙关掉电台，用一块布把电台遮盖起来。

凯墨闯了进来。

凯墨："嗬，索康也在啊，大白天的你们拉上窗帘干什么？"

阿沛急忙拉开窗帘："早上起来就没有拉开……凯墨司令，我不是听说你到昌都去了吗？怎么又回来了？"

索康："我的大司令，现在共产党领导的人民解放军，犹如高山的巨河奔腾而下……"

阿沛咳嗽了一声。

索康："我是说，解放军屯兵金沙江，昌都眼看打起来了，你这当司令的怎么还在拉萨啊？"

凯墨："真是越热越穿棉，越渴越吃盐哪……昌都的拉鲁噶伦任期满了，他请求退休回拉萨。"

阿沛："解放军也许马上就攻打昌都了，这时候临阵换将……"

索康："噶厦议事厅只有四位噶伦，各自有各自的分工。现在拉鲁任期已满……"

阿沛："不会轮到你头上吧？"

索康："可不敢胡说，现在的昌都那就是一座地狱，无论解放军是文攻还是武进，昌都都是必经之路。谁这个时候去接替拉鲁，那可真是糌粑放到了碗里……"

凯墨："什么意思？"

索康:“那是要被人捏的!”

阿沛:“我倒是想去见见解放军到底什么样,可惜咱不是噶伦……”

索康对凯墨道:“哎,凯墨,你来干什么?”

凯墨:“瞧瞧,我把正事给忘了,扎达摄政请你们两位去一趟……”

两人狐疑地说:“摄政请我们……”

**西藏拉萨布达拉宫堪布厅内**

这里是西藏噶厦议事的地方,

宽敞阔大,佛香缭绕,神秘而肃穆。

这里站了好多人。

摄政扎达呼图克图坐在一侧。

摄政扎达对阿沛说道:“解放军屯兵金沙江,正在伺机进犯昌都,需要一个得力的人选啊。拉鲁噶伦任期已满,按正理说应该派一个噶伦去接替拉鲁镇守昌都,特别是在这样一个非常时期……可是你看,在座的三位噶伦,都是重任在身,也没有当过兵的经历,所以……”

阿沛:“谢谢摄政的信任,虽说是大难当头,不应该推辞。但是第一,阿旺晋美才疏学浅,没有带兵打仗的经历,此时镇守西藏门户昌都,怕是要耽误了整个西藏的大事!第二,阿旺晋美天生愚钝,履历浅薄,声望低微,很难和在座的噶伦相比,怕是要辜负了活佛的厚望……”

摄政扎达:“你虽然不是噶伦,噶厦可以提拔你为增补噶伦。”

阿沛:“恕我直言,要同共产党打仗,实在是用鸡蛋往石头上撞。据说国民党有几百万军队,还有美国的精良武器,同共产党打了十几年,非但没有打赢,反而被共产党消灭了。西藏男女老幼齐上阵也不过一百万,又没有精良武器,怎么打?我看只有和谈,不能打。”

站在一边的理查逊:“阿沛如此懦弱,根本就不配做噶伦!”

阿沛:“那就另请高明吧。”

扎达:“不,就这样吧,你准备准备,早日启程。”

阿沛无奈地说道:“是!大家抬举我,委以重任,我愿从命。但是现在人民解放军已向昌都方面前进,也许指日可到。我们迟早总是要同解放军接触,总是要谈判的。请上司给我权力,我去昌都后暂时不接任总管,而是直接去找解放军谈判。‘找水源,去雪山。’我一路东行,找到解放军为止。”

噶伦:“扎达摄政,阿沛这样的思想很危险。共产党那是青面獠牙的吃人魔鬼,让他去守护昌都,可却要和共产党接触,此时派他去昌都万万不可呀……”

扎达:“那你去昌都?”

那噶伦不语了。

阿沛:“我相信共产党也是人,而不是魔鬼。反过来讲,如果共产党真的像有些人说的那个样子,又假设他们有一亿人,那么四亿五千万中国人还有三亿五千万人不是共产党。我们常说:‘针能过去的,线也能过去。’三亿五千万人同共产党相处,能过得去,我们西藏一百多万人也能过得去。”

索康:“既然扎达是代表活佛定下了的事情,你们有必要再争论吗?你们有权力再商议吗?”

众人不语。

凯墨："扎达摄政，还有一事，白利寺的格达活佛，已经从甘孜到达昌都，三番五次要求来拉萨面见活佛，要敦促噶厦政府放弃战争，走和平解放道路，其意志相当坚决。拉鲁噶伦实在经不住格达的纠缠，请示活佛如何处理……"

理查逊："至于格达活佛，大家就不用操心了……"

阿沛："你什么意思？"

理查逊："格达活佛已经生病了。"

阿沛："你怎么知道他生病了？"

理查逊："不是……福特从昌都发来电报，说是格达活佛生病了。再说了，从昌都到拉萨，千山万水，路途遥远，格达活佛已经50岁的人了，你就是让他来，还不知道什么年月才能来到呢。"

扎达："他是活佛，如果真能来拉萨，我们一定见他……"

**江卡庄园格达活佛住处**

格达活佛已经病入膏肓，他虚弱地躺在床上，脸色苍白。

益西批群正在炉子上熬药。

向巴泽仁从暖壶里倒水。

**江卡庄园格达活佛住处窗外**

福特用手指沾着口水，沾破了纸糊的窗户，

蹑手蹑脚地趴在窗户上向屋内偷窥。

**美国加州海滨钱学森家**

一辆汽车停了下来。

先是走下蒋英，她把钱学森扶下。

最后走下一个司法部的人。

那个人开口了："对不起，钱先生，联邦调查局和移民局委托我向你宣布'麦卡锡法案'。"

钱学森脸朝着大海。

那人："你要明白，五年内你没有自由，每个月的30日要到移民局报到一次，以证明你还在美国。你人在美国，但是你活动半径是洛杉矶。同时为了查清你是不是共产党，我们随时可能传讯你，希望你配合。"

钱学森没有说话。

那人走了，

走了好远了，

钱学森还是站在那里没动。

蒋英陪在身边。

大海在涌动，

发出"哗哗"的响声……

蒋英："学森，你刚出狱，身体还很弱，不能站太久了。"

钱学森不语，

只有大海在涌动……

蒋英："学森，我知道你在狱中一直不讲话，但是现在你要讲话。"

钱学森仍然不语。

蒋英："学森，我们回家吧。"

钱学森终于开口了："咱们家，在对面……"

他哭了……

蒋英也哭了……

## 江卡庄园格达活佛住处

益西批群和向巴泽仁一人端着药、一人端着水走到格达床前。

益西批群："活佛，吃药吧……"

格达活佛虚弱地问："拉鲁噶伦还没有回话吗？什么时候我们才能去拉萨？"

向巴泽仁："还不是那句老话，等等，等等……"

格达："他这是想囚禁我们……"

益西批群："活佛，先不想这些了，就是让咱们走，你的身体怎么能经得起这千山万水、风雨兼程啊……"

格达喝药。

格达活佛："益西批群……扶我起来……"

两人："活佛，你要干什么？"

格达活佛："我去问问那个英国人福特……拉鲁噶伦有没有让他给拉萨噶厦政府发电报……请示咱们要去拉萨的事情……"

益西批群："活佛，你就先别考虑去拉萨了……"

格达活佛："胡说！如果不去拉萨，我怎么回白利寺？怎么向吴忠师长、天宝主任交代？怎么对得起毛主席、朱德总司令的关怀？"

格达活佛剧烈咳嗽起来。

向巴泽仁："活佛，喝点水……"

格达活佛喝水。

格达活佛："这水总好像有种味道。"

益西批群："长病的人口苦……"

格达活佛："扶我起来，我要亲自去问问福特，他到底向拉萨发电报了没有？"

益西批群："是！"

## 江卡庄园格达活佛住处窗外

福特急忙溜走了。

## 江卡庄园福特房间

这里是福特的房间，

福特正在搅拌着一杯咖啡。

敲门声，福特开门。

格达活佛在两人的搀扶下，走了进来。

福特："是格达活佛啊，这么晚了……"

格达活佛："我想问问福特先生，拉鲁噶伦到底给没给西藏噶厦发电报，请示我们去拉萨的事情……"

福特："活佛请坐，活佛请坐……请喝咖啡。"

格达活佛："我刚刚吃药了，口苦得很……那我就不客气了……"

格达活佛喝咖啡。

福特："发了，发了，已经发了好几天了。"

格达活佛："这咖啡也有股子味道……"

剩下的半杯咖啡还在冒着热气……

**北京中南海毛泽东住处**

毛泽东书房灯亮着。

朱德和周恩来急匆匆走来。

**北京中南海毛泽东住处**

毛泽东："什么？格达活佛被害了……"

朱德："张国华和谭冠三的电报说，格达活佛的遗体很快就被昌都的分裂主义分子焚烧灭迹了，其身体呈黑褐色，七窍出血，皮肤一块一块地掉……"

周恩来："被人陷害是肯定的！"

朱德："据随行人员讲，格达活佛临死前，再三念叨没有完成毛主席交给的任务，没有为西藏的和平解放做出自己应有的贡献，没有亲眼看到西藏的和平解放，死不瞑目……"

毛泽东："多难得的一个民族同志啊……这是帝国主义和西藏分裂主义分子欠下的又一笔血债！"

周恩来："我已经通知张国华和谭冠三同志，以您的名义送一个花圈……"

毛泽东："不，我要亲自为格达活佛写一副挽联，格达活佛是我们建国一年来牺牲的第一位省部级干部……"

说罢，毛泽东伏案疾书。

周恩来为毛泽东研墨，准备纸张。

朱德在一旁念："为真理，身披袈裟入虎穴，纵出师未捷身先死，堪称高原完人。求解放，手擎巨桨渡金江，虽长使英雄泪满襟，终庆康藏新生。"

毛泽东："告诉张国华和谭冠三同志，要按照藏族风俗举行隆重的葬礼！还有，等解放了昌都，一定要追查出毒害格达活佛的元凶，绳之以法！"

朱德："主席，我代表我的老朋友格达活佛，谢谢您……还有一点主席，昌都这一仗是一定要打了。"

毛泽东斩钉截铁地说："如果我军能于10月份占领昌都，有可能促使西藏代表团来京谈判，求得和平解决，当然了，还有别的可能。现我们正采取西藏代表团来京并使尼赫鲁减少恐惧的方针……以打促和。"

（西南军区根据毛泽东的指示，于8月26日下达昌都战役基本命令。）

# 第三十章

## 毛岸英所在工厂

一条长长的走廊，分别挂着调度科、计划科、厂长、副厂长等小牌子。

各科室人员陆续上班来了，走廊上很热闹。

毛岸英从走廊的另一头提着 4 个暖瓶走了过来。

一干部："哎哟，毛书记，怎么好意思劳驾你给我们打水……"

毛岸英："跟我还客气？明天你再给我打嘛。"

干部接过一瓶水，走进了办公室。

另一干部："毛书记，您的报纸。"

毛岸英："给我夹胳肢窝里吧。"

另一干部把报纸夹到毛岸英的胳肢窝里，也接过一瓶水走了。

在挂着"副书记"的牌子前，毛岸英把暖壶放在地上，掏出钥匙要开门，胳肢窝里的报纸掉在地上。

毛岸英被报纸的大题目吸引住了：

"美军在仁川登陆……"

"小毛，你干什么呢？"

毛岸英抬头一看厂长，他抖抖报纸："厂长，你看……"

厂长："美帝国主义到底等不及了……亲自上阵了……这仗有打头了……"

毛岸英思忖地念着报纸："麦克阿瑟叫嚣要'饮马鸭绿江'……"

## 某医院病房

刘思齐正躺在病床上，打吊瓶。

毛岸英穿着工作服就走了进来。

刘思齐："岸英……"

毛岸英："怎么打上吊瓶了？"

刘思齐："上午把阑尾割掉了……"

毛岸英："你做过手术了？你怎么不告诉我？"

刘思齐:“你工作忙,这里有医生护士照顾我。手术很顺利,放心吧!”

毛岸英:“那也得家属签字啊。”

刘思齐:“我自己签的……”

毛岸英:“今天早上我看见邓颖超妈妈和康克清妈妈,她们还说,告诉思齐,要坚强,做手术不要哭鼻子……你这……真长大了……”

毛岸英轻轻地在刘思齐的脸颊上吻了一下。

刘思齐娇嗔道:“让医生看见……”

毛岸英:“贴个脸儿就害羞了?这要是在欧洲,在苏联,那一天不得和异性贴个十回八回的脸儿……”

刘思齐:“这是在中国……”

毛岸英:“这人真有意思,我们中国人的爱就像是饺子,把内容都包在里头。而欧洲人的爱呢,就像是比萨,把馅都撒在外头。”

刘思齐:“嘿嘿……净些歪理……”

毛岸英:“好了,不开玩笑了……思齐,我告诉你个事情……”

毛岸英掏出那张报纸。

刘思齐突然一动,手上的针头回血了。

刘思齐:“哎呀,回血了……”

毛岸英着急地扔下报纸:“护士!快来呀!护士……”

## 毛泽东住处门外值班室

毛岸英骑着自行车过来。

毛岸英对着值班室的小窗户:“李叔叔……”

李银桥:“是岸英啊,今天好像不是星期天嘛……”

毛岸英:“不是,我找爸爸有点事情……”

李银桥:“主席正在颐年堂开会呢,你进去等会儿吧……”

## 颐年堂小会议室

小厅一般是中央书记处和后来的政治局常委开会的地方,那里有十二张沙发围成一圈。

毛泽东、朱德、周恩来、刘少奇等人在开会。

周恩来:“大家都知道,昨天夜里美军在仁川登陆了,也就是说,美帝国主义真正插手朝鲜战争,这才刚刚开始。朝鲜同志通过我驻朝大使倪志亮转来一份请求我国出兵援助的电报,前天斯大林同志也发来了急电,询问中国能否出兵,助朝鲜人民一臂之力。下面就出兵朝鲜的问题讨论一下,请大家各抒己见。我个人的意见,是赞成派一部分军队援助朝鲜的。理由嘛,很简单,如果美国侵略者占领了朝鲜,他们将更加猖獗,对整个东亚尤其是我国都是很不利的。”

毛泽东:“在此之前,朝鲜人民军解放了包括汉城在内的南部90%以上的土地和92%的人民,并在解放的地区迅速实行土地改革和建立民主政权。侵朝美军和南朝鲜李承晚军节节败退,被压缩到朝鲜东南部的大丘、釜山地带。5月份我就跟朝鲜同志说,只要美李军队不越过三八线以北,我们就不管他……可是现在美国一出兵,战局会发生很大变化。”

朱德:“我记得当时毛主席就提醒朝鲜同志,美帝国主义和日本都有可能插手,不幸言中。如果决定出兵援助朝鲜,那就必须在朝鲜解决问题,其结果就等于我们公开宣布与美国进入战争状态。因此,我们必须准备美国空军轰炸我们的大中城市,美国海军攻击我们的沿海地带。”

刘少奇:“一旦与美国公开交战,从军事、经济等方面对我进行封锁的就不单单是退居孤岛的蒋介石了,而是以美国为首的所有在朝参战的西方国家了。这样一来,我们不仅要在朝鲜战场上做出重大牺牲,而且还可能在我们的国土上燃起战火,使国民经济的恢复遭受巨大损失。”

毛泽东:“也许情况比这还要糟糕……但是,支援朝鲜人民反抗侵略,不仅是政治上、道义上的责任,也是我国人民切身利益所必需的。救邻就是自救,卫国必须援朝。”

毛泽东把手中的半截烟蒂狠狠地扔在地上!

刘少奇:“主席,我的意见是给斯大林同志发一封电报,讲明我们如果出兵朝鲜,请求苏联出动空军、海军来帮助我们。作为社会主义阵营的老大哥,这个忙不会不帮吧?”

毛泽东微微摇了摇头:“我已经和恩来分析过了,斯大林如果肯出空军、海军帮助我们,朝鲜同志就不会请求我们出兵了。”

朱德:“但是,和美国这样的军事强国对垒。如果我们没有制空权,就像头顶上没有了钢盔,参战的部队肯定是要吃大亏的。”

毛泽东沉默一段时间:“看来是没得办法了,只好横下一条心,再打上一仗。我们可否先作这样一个结论:一、同意派一部分军队去朝鲜,但要征询斯大林同志的意见。二、通知有关同志立即赶来北京,召开政治局扩大会议,做出决定。同时,由周恩来总理复电朝鲜同志,说明中国政府的立场。由我亲自下令调动入朝部队,以及给斯大林通报有关情况。大家看怎么样?”

众人:“同意。”

## 毛泽东住处

屋内,毛岸英倚在沙发上睡着了。

毛泽东开门走了进来。

毛岸英醒来:“爸爸,开完会了?……呀,都凌晨 3 点了……”

毛泽东好像还没有从会议的思考里走出来,只顾念叨:“邻家着火了,岂能安之若素!朝鲜处境十分危机,我国的安全也受到严重威胁。日本侵略者曾经说过:要征服世界,必先征服亚洲。要征服亚洲,必先征服中国……”

毛岸英:“要征服中国,必先征服满蒙。要征服满蒙,必先征服朝鲜与台湾。我知道,这是 1927 年‘田中奏折’中说的,前几天我从一份资料上看到过这段话。”

毛泽东:“他们不但是这样说的,事实上也是这样做的。自 19 世纪末,日本军国主义者就是按照这一程序进行侵略的。”毛泽东吐出一口烟雾:“1895 年他们侵略了朝鲜与台湾,1931 年完全占领了我国的东北地区,1937 年发动了全面侵华战争,1941 年更发动了太平洋战争。现在美帝国主义又侵略朝鲜与台湾,他们正是在重走日本军国主义的侵略老路啊!”

毛岸英:“爸爸,我们要出兵援朝吗?”

毛泽东:“哎,你怎么回来了?”

毛岸英:“我就是想问问,我们出兵援朝吗?”

毛泽东:“先休息吧……中央还没有做出最后的决定。”

毛岸英:“爸爸您也早休息吧……我刚才从《东周列国志》上看到这样一句话:‘假吾道以伐虢,虢无虞救必灭,虢亡,虞不独存……’”

毛岸英走了出去。

毛泽东若有所思地看着儿子的背影:“假吾道以伐虢,虢无虞救必灭,虢亡,虞不独存……”

**周恩来住处**

邓颖超往脸盆里倒点热水:“恩来,洗洗早休息吧……”

周恩来洗脸:“小超,主席会有电话来。咱们打个赌吧……”

邓颖超:“你不是刚从主席那儿回来吗?”

周恩来:“不出20分钟,毛主席肯定来电话。”

邓颖超:“你们不是刚刚开完会吗?”

周恩来:“就是因为刚刚开完会,主席才会来电话。”

话音未落,电话铃声响了。

邓颖超:“哈哈……幸亏没有跟你打赌……”

周恩来:“算你输了啊……”

周恩来接电话:“我是周恩来……主席……主席不也没有睡觉嘛……”

**毛泽东住处**

毛泽东:“我怎么能睡得着呢……一着不慎,全盘皆输。搞得不好,就可能走李自成的道路,退出北京城,再上井冈山啊。”

**周恩来住处**

周恩来:“主席多虑是有道理的,因为我们的对手太强大。”

电话里毛泽东:“不,主要是我们不强大。”

周恩来:“主席说得对。”

电话里:“也许要在与强大对手较量时把自己变强大……”

**毛泽东住处**

毛泽东:“刚才岸英跟我说,‘假吾道以伐虢,虢无虞救必灭,虢亡,虞不独存……’你看一个普通党员都想到了要出兵啊……但是出兵问题太重大,我考虑是否近几天就召开政治局扩大会议,把东北的高岗和西北的彭德怀请来,在京的高级将领们都参加,让大家尽情地发表意见,好好讨论一下,最后再作决定……”

**周恩来住处**

周恩来:“好,我同意主席的意见。我现在就通知有关同志……”

周恩来挂上电话对邓颖超:“我再工作一会儿,不用等我了。”

邓颖超:“做革命家的妻子,等候、担心也是革命……”

周恩来不言语,用手轻轻地拨弄着妻子的头发:“小超,谢谢……”

**北京街道**

林彪的吉普车在行驶,

邓华坐在副驾驶位置上,

洪学智背着个黄挎包坐在后排。

邓华:“还好,火车没有晚点。洪副司令,从广州到北京,跑了多少小时?”

洪学智:“两天两夜。”

邓华:“叶剑英同志好吗?”

洪学智:“叶总座好着呢……邓华同志,你这是拉我到哪里去呀?”

邓华:“到了你就知道了……”

洪学智:“第十三兵团都已经到了东北了,你这司令兼政委怎么还在北京泡蘑菇?”

邓华:“有事情呗!”

洪学智:“你不会是专门来接我的吧?”

邓华:“哈哈哈……别问了,到了就知道了。”

**林彪住处门口**

一个警卫员站在门口站岗。

吉普车开来,

邓华、洪学智从车上下来。

邓华:“到了……”

洪学智四处看看:“这是什么地方?”

邓华:“走吧……”

两人走进院里。

**林彪住处**

一张八仙桌上,摆放着几盘小菜和米饭。

邓华和洪学智走了进来。

邓华:“林总,我把洪学智请来了……”

洪学智:“林总……”

林彪拿着筷子和碗走了出来。

洪学智:“林总好!”

林彪:“来得正好,先吃饭……”

洪学智:“林总,叶剑英同志让我来北京,向军委汇报关于第十五兵团要不要和广东军区合并的事情……”

邓华:“快洗手吃饭吧……”

洪学智:“吃饭就不用洗手了,又不用手抓……”

洪学智坐下就吃。

林彪："洪学智同志啊，东北边防工作需要你，已经确定了，你到东北去。"

洪学智："到东北？叶剑英同志可是让我来……再说了，我去能干啥？"

林彪："你去给邓华同志当副手，第十三兵团已经在鸭绿江一线布防了，部队你都熟悉，都是四野的老部队。你们得赶快过去指挥、管理部队！吃完饭就走，票都买好了，下午1点的火车……"

洪学智："这么急呀，我是不是先回去和叶剑英同志汇报一下……要不，不好交代……"

邓华："你去东北是请示了毛主席、周总理和朱德总司令的，叶剑英同志那里，就不用你交代了。"

洪学智："肯定是你的主意……我在火车上坐了两天，这怎么变化这么大？我连件换洗的衣服也没带……"

林彪："现在朝鲜战局很紧张，加强东北边防的任务很紧急。你到东北那边去找几件衣服吧……"

叶群端着一锅汤走出来。

叶群："哟，洪学智同志来了？101（林彪代号）也没说你来，你看这里，我让他们再加几个菜……"

洪学智："叶群同志，不客气，加菜我们也吃不上了，走了，去东北！"

**西北军政委员会彭德怀办公室**

彭德怀和习仲勋正坐在地上，对着一袋袋种子仔细端详。

习仲勋："关于三秋生产的那些材料你看了吗？"

彭德怀："看了，那份《三北地区经济恢复规划》写得还不错，但是关键在落实！"

习仲勋："你看，这些玉米种子看起来还不错……"

习仲勋把自己手中的种子递给彭德怀。

习仲勋："我给机关各部门都说了，今年秋种一定要接受今年春天棉籽的教训，所有的干部都要下去，包乡、包村、包户！"

彭德怀："还有，所有的种子都要经过住乡干部验收签字，再发放给老百姓，干得好的有奖，弄虚作假的要罚！干工作就是要奖牌挂在脖子上，板子打在屁股上！再不杀杀浮夸风，那是要出大事的！"

门外传来一声："报告！"

彭德怀："进来！"

秘书领着两个陌生人走了进来。

秘书："彭老总，这两位是中共中央办公厅的同志……"

彭德怀和习仲勋急忙站起来："哟，你看看……"

习仲勋："我和彭老总正在商量秋种的事情呢……"

一干部："彭老总、习书记，毛主席派我们来接彭老总进京开会。"

彭德怀："进京开会还要人来接？"

习仲勋："什么会？"

一干部："我们也不清楚……"

彭德怀:“什么时间走?”

一干部:“必须现在走,要不坐飞机就来不及了。”

彭德怀:“那走……老习,你可抓好了秋种的事情啊,我估计中央是要强调经济恢复计划……”

习仲勋:“他们写的这些材料,你得拿着……”

秘书帮助彭德怀收拾东西。

彭德怀:“我回宿舍换件衣服……”

## 彭德怀宿舍

这里是机关内,新城大楼会议室东侧的由一个过道连接起来的两间休息室内。彭德怀会客、用餐、寝室都在其中。

浦安修同志正在补着彭德怀的一件上衣。

彭德怀风风火火地开门进来。

彭德怀:“阿拉,赶快给我收拾几件衣服,我要到北京开会去!”

浦安修有点上海口音:“哎呀,那件新军装刚刚洗了,还没有干哎……”

彭德怀:“这件就行。”

浦安修:“这件有个补丁哎……”

彭德怀撩开床单,向外拖出一个旧皮箱:“补丁就补丁呗,又不是娶媳妇。”

浦安修一边收拾一边说:“你娶媳妇就是穿着补丁衣服哎,可你现在是去见毛主席哎……”

彭德怀学浦安修:“他老毛也穿补丁衣服哎……什么,快点!”

浦安修拿出一瓶果子露:“把这瓶果子露带上,你胃不好,冲水喝……”

彭德怀严肃地说:“哪来的?”

浦安修:“秘书长叫后勤的同志买的……”

彭德怀:“买了你就收啊?! 你这不是多吃多占嘛?!”

浦安修:“医生说你胃不好,要冲点水喝喝的……”

彭德怀:“没脑子,今后不准再买了! 听见没有?”

浦安修:“嗯。”

彭德怀:“还有,那个抽水马桶不要换,蹲坑也不是没有水冲,非得换什么坐便器。后勤的同志再来问你,你就说……”

浦安修:“说你蹲着拉不出巴巴来……”

彭德怀:“哈哈哈……阿拉挺聪明嘛……”

彭德怀一把把妻子拥进了怀里。

浦安修还是偷偷地把那瓶果子露放进了箱子。

浦安修:“早去早回来……”

彭德怀:“估计一天的会……”

习仲勋敲门走了进来。

习仲勋:“彭老总……干什么,都老夫老妻了……快走……”

彭德怀和妻子握别。

**北京中南海颐年堂内**

殿堂由中央一个大厅和东西两个小厅组成,均以紫檀木雕刻装饰。大厅约70平方米,正面是一个镏金的大屏风,中间摆放着足够二三十人开会的大长桌,桌面上铺着墨绿色的绒呢桌布。

毛泽东、朱德、刘少奇、周恩来、陈云、康生、高岗、彭真、董必武、林伯渠、聂荣臻、林彪等都在座。

周恩来轻声地对毛泽东说:“彭德怀同志还没有到,不等了吧……”

毛泽东:“先开始吧……”

周恩来:“同志们,前天朝鲜内务相朴一禹同志亲自送给毛主席一封求援信。这封求援信是经朝鲜劳动党正副委员长金日成、朴宪永联合签名的,我给大家读一读——敬爱的毛泽东同志:敌人在连战连败的情况下,被我们挤入于朝鲜南端狭小的地区里,我们有可能争取最后决战的胜利。美帝军事威信极度地降低了,于是美帝国主义为挽回其威信,为实现其将朝鲜殖民地化与军事基地化之目的,即调动了驻太平洋方面陆海空军的差不多全部兵力,遂于九月十六日以优势兵力,在仁川登陆后继续占领了京城。……在目前敌人趁着我们严重的危机,不予我们时间,如要继续进攻三八线以北地区,则只靠我们自己的力量,是难以克服此危机的。因此我们不得不请求您给予我们以特别的帮助,即在敌人进攻三八线以北地区的情况下,急盼中国人民解放军直接出动援助我军作战!”

这时,大家才明白要开什么会。

会场一下子静了下来。

毛泽东四下看了看:“大家谈谈吧,着重摆一摆出兵的不利条件。大家要好好考虑一下,唇亡齿寒哪,如果朝鲜要亡国了,我们眼看着就要难过嘛,总该拉人家一把吧!”

众人沉默。会场上寂静无声,只有电风扇在“嗡嗡”作响。

毛泽东把目光移向林彪:“林彪同志,你的身体最近怎么样?”

林彪:“谢谢主席关心……快一年了,老是睡不着觉,怕风、怕光,身体莫名其妙地出虚汗……前几天傅连暲同志要我去苏联治病……我琢磨着朝鲜战争,所以拖到现在……不过主席,第十三兵团的班子我已经调整完毕,洪学智同志担任副司令,已经到位了。”

毛泽东:“很好……”

门口传来彭德怀的声音:“报告!”

毛泽东:“彭老总来了,请进!”

彭德怀走了进来。

彭德怀:“下了飞机我就往这里赶,还是起了个大早,赶了个晚集呀……”

毛泽东:“不晚,还都没有发言呢……”

康生:“彭老总转战南北,骁勇善战,就请彭老总谈谈吧……”

彭德怀一头雾水:“谈什么?”

康生:“抗美援朝啊……”

彭德怀:“军事会议呀,我还以为是开会讨论恢复国民经济呢……”

众人一阵讪笑。

彭德怀:“真的,我把西北局的国民经济恢复计划都带来了……我还是先听听吧……”

毛泽东看看正在得意的康生:“康生同志,你已经开始发言了,就继续下去吧……”

康生不得不发言了:“毛主席曾经多次强调全党都要‘实事求是’,并且指出‘实事’就是客观存在着的一切事物,‘是’就是客观事物的内部联系,即规律性,‘求’就是我们去研究。我们要从国内外、省内外、县内外、区内外的实际情况出发,从其中引出其固有的而不是臆造的规律性,即找出周围事变的内部联系,作为我们行动的向导。现在的事实是,美国军队已经从仁川登陆了。而‘是’是什么呢?那就是美帝国主义向北朝鲜发起挑衅,就是对我们新中国发起挑衅,继而就是对以苏联为首的社会主义阵营发起挑衅。而‘求’就要求我们根据我国的实际,做出我们的切合实际的行动!”

毛泽东等了一会:“完了?”

康生:“完了。”

毛泽东:“高岗,你说点实在的……”

高岗:“说心里话,我不赞成出兵。或者说对出兵心存疑虑,理由是,其一,共和国刚刚成立,由于连续的八年抗战和三年的解放战争,国民经济十分困难,特别是重工业亟待恢复。东北三省是我国的重工业基地,光是沈阳一地,就有工厂 2000 家,鞍钢,钢产量占全国的一半,本溪钢铁,抚顺煤都,我说的这几个地方,离鸭绿江都不到 200 公里,一旦战争打起来,美国出动 500 架 B—29 轰炸机,一夜就可以把这几个城市夷为平地。这绝不是骇人听闻!其二,蒋介石还盘踞在台湾,没有一天不叫嚣反攻大陆的。而西藏尚未解放,国内匪特尚未肃清,土地改革尚未完成。所以,面对这重重困难,这个时候,国力不支,怎么出兵朝鲜?所以我的意见是,在鸭绿江一线展开积极防御,假如美国胆敢侵犯我国边境,还是坚决把他们消灭在人民战争的汪洋大海之中……”

周恩来摇摇头:“鸭绿江边境有 1000 多公里呀,得多少部队?年复一年又得多少军费支出。总守着这样一个不知道哪天就爆炸的炸药包,我们的社会主义建设怎么能快速地发展?”

毛泽东:“高岗同志的发言说的是实话,困难可远不止这两条。林彪同志,你说说两军间的差距吧……”

林彪:“是的,我军的武器装备远远落后于美国军队。美军一个装甲步兵师,拥有榴弹炮 72 门,迫击炮 160 门,其他炮 234 门,坦克 154 辆,各种战车 3718 辆,相当于我军一个军火炮拥有量的 3 倍。相比之下我军更没有制空权和制海权,美军 1000 多架飞机,200 艘战舰支援陆军作战,所以,相比之下,力量悬殊啊……”

### 毛泽东住处院内

毛岸英扶着刘思齐在慢慢散步。

毛岸英不时焦急地向大门口张望。

刘思齐:“岸英,你找爸爸有事情?”

毛岸英:“啊……没有,我就是考虑你住院这么长时间,没回来看看爸爸,平时爸爸那么关心你,对你比对李敏、李讷还好呢……”

刘思齐:“也不知道爸爸什么时候能开完会……”

毛岸英:“这么重要的会议,怕是要开到半夜了……”

## 北京街景

灯火通明的北京饭店。

## 彭德怀宿舍

彭德怀睡在沙发床上，翻来覆去睡不着。

在他的眼前不时浮现康生发言的情形，

高岗发言的情形，

林彪发言的情形。

烦躁的彭德怀坐了起来，他使劲颠了颠沙发床，然后拖着毯子，把毯子铺在地毯上，拿过被子和枕头，睡到了地毯上。

## 北京饭店走廊

邓小平和彭德怀的秘书走了过来。

邓小平："不知道彭老总起床了没有？"

秘书："在西北，他天天起来跑操……"

"你们两个在嘀咕什么哪？"彭德怀满头大汗站在他们的身后。

邓小平："我还琢磨你起床了没有……彭老总还坚持跑操啊？"

彭德怀："你不跑了？"

邓小平："老了，一点不愿意动弹……"

彭德怀："嘿，小孩丫丫的，在我面前装老……我比你大6岁，知道吗？"

邓小平："嘿嘿……我知道……"

彭德怀开门，

三人进屋。

秘书："彭老总，你睡在地上？"

彭德怀："穷命，享受不了这沙发床啊……"

邓小平："彭老总，主席让你会前去见他一趟。"

彭德怀："我正想问问主席让不让我放一炮呢！我洗洗脸就走……"

## 北京中南海颐年堂内

参加会议的还是政治局的常委和林彪、聂荣臻等人。

彭德怀站了起来："主席，我来说两句。如果美国已经占领了朝鲜，怎么着？它想既同我们隔江相望，威胁我东北；又控制我台湾，威胁我上海、华东？它要发动侵华战争，随时都可以找到借口。老虎是要吃人的，什么时候吃，决定于它，向它让步是不行的！"

毛泽东向彭德怀微笑着，笑容里洋溢着鼓励与支持。

彭德怀："美国既要来侵略，我们就要反侵略。不同美帝国主义见高低，我们要建设社会主义是困难的。如果美国决心同我作战，它利速决，我利长期。它利正规战，我利对付日本的那一套。我们有全国人民、有苏联援助，比抗日战争时期要有利得多。为本国建设前途着想，也应当出兵。东北是重工业基地，钢铁煤炭，机械加工，还是电力重心。历史早就告诉我们，东北不安，全国不安！”

会场还是很安静，很多人专心地听他讲话。

林彪一直在纸上画着什么。

见大家都不言语，彭德怀“咕嘟咕嘟”一连喝了几口水，顺着自己的思路继续说下去：“常说，以苏联为首的社会主义阵营，要比资本主义阵营强大得多，我们不出兵救援朝鲜，那又怎样显示得出它的强大呢？为了鼓励殖民地、半殖民地人民反对帝国主义、反对侵略的民族民主革命，我们也要出兵。为了扩大社会主义阵营威力，也要出兵！出兵援朝是必要的，没什么了不起的，打烂了，等于解放战争晚胜利几年嘛！”

毛泽东带头为彭德怀的气魄鼓掌，众人也仿佛受到了鼓舞，掌声更响了。

毛泽东：“彭老总说得好啊……我们打了这么多年仗，迫切需要休养生息。建国才一年，困难重重，不到万不得已的时候，最好不打这一仗。这种观点不是没有道理的。但是，美帝国主义已控制了我们的台湾，又把战火烧到了鸭绿江边，还用飞机轰炸我国东北，严重威胁了我国人民的安全。德怀同志讲得好啊，美帝国主义一旦完全占领朝鲜，将来要发动侵华战争随时都可以找到借口，不要忘记老虎是要吃人的哟！现在人民的最大愿望就是抗击美国侵略者，维护我国的和平与安宁。道理有大道理，有小道理，人民的利益有两种：一是当前的利益，一是长远的利益。没有了长远的利益，当前的利益就不能保证。从人民的长远利益着想，就要抗美援朝，牺牲一些当前的利益。”

会场出现了一点骚动。

毛泽东见大家都在默默地点头，趁热打铁道：“出兵朝鲜，对我国、对朝鲜、对东方、对世界都极为有利。而我们不出兵，让敌人压到鸭绿江边，国内、国际反动气焰增高，则对各方面都不利，首先是对东北不利，整个东北边防军将被吸住，南满电力将被控制。总之，我认为应该参战，必须参战！参战利益极大，不参战损害极大。我提议：出兵朝鲜，抗美援朝，保家卫国！”

在雷鸣般的掌声中，毛泽东把目光移向彭德怀，用他那缓慢而爽朗的湖南乡音说：“彭老总，林彪同志有病不能去，我和恩来、少奇、朱总等同志商量了一下，大家也都有这个想法，这副担子就由你彭老总担起来吧！谁敢横刀立马，唯我彭大将军！我谢谢你，中国人民谢谢你，你是临危受命啊！”

军人的铁血在彭德怀胸中激荡：“主席，国家有难，军人理应挺身而出。我彭德怀坚决服从中央的命令！”

林彪没有什么表情，只顾在纸上画着。

在掌声中，人们离开会场。

桌子上只留下林彪画了许久的那张纸和一支笔。

纸上什么也没有，

因为笔是秃的……

## 毛泽东住处

毛岸英规规矩矩地站在爸爸面前。

也许是由于会议开得很成功，也许是由于彭德怀的光明磊落，毛主席很兴奋：“岸英啊，你对你工厂的工作还满意吗？”

毛岸英："满意！最令我满意的是工人们对我都很好，他们非常关心我，支持我的工作。"

毛泽东："工人满意就好！岸英啊，你回国以后，在陕北当过农民，而今又当了一段工人，就是没有当过兵、打过仗！"

毛岸英："我也感到很遗憾！没想到，蒋介石竟然这样不经打，很快就溃退到台湾去了，害得我这一生没有在国内当成兵。"

毛泽东："今天，我让你回来，就是想和你谈谈当兵的事。"

毛岸英："当兵？爸爸，是不是决定出兵援助朝鲜了？"

毛泽东："你猜对了。"

毛岸英："我早就想跟您说了，就怕您不同意，我参加过二战，我和德国鬼子较量过了，现在再和美国大兵较量较量。"

毛泽东："好，这才像我的儿子！岸英啊，爸爸是极力主张派兵出国的，因为这是一场保家卫国的战争。我的这个动议，在中央政治局的会上，最后得到了党中央的赞同，做出了抗美援朝的决定……要抗美援朝，我们不止是物资的援助，金日成同志的告急电报是写明的'急盼中国人民解放军直接出动援助我军作战'，要作战，我要有人，派谁去呢？我作为党中央的主席，作为一个领导人，自己有儿子，不派他去抗美援朝，保家卫国，又派谁的儿子去呢？人心都是肉长的，不管是哪个父亲，疼爱儿子的心都是一样。如果我不派我的儿子去，而别人又人人都像我一样，自己有儿子也不派他去上战场，先派别人的儿子去上前线打仗，这还算是什么领导人呢？只是你们刚刚结婚，思齐还在住院，爸爸让你到朝鲜去是不是太不近人情了？"

毛岸英："爸爸，看您说到哪儿去了！请爸爸放心，我打过仗，而且是在国外战场和洋鬼子打过仗。美国大兵没有什么可怕的，我会像斯大林的儿子那样，绝不给您、给我们的祖国丢脸！"

毛泽东："有你这句话，我就不需要再说什么了！记住：共产党人平常吃苦在先，战时牺牲在前。你是共产党员，又是中共主席毛泽东的儿子，到了朝鲜战场上，就更要吃苦在先，牺牲在前！"

毛岸英给爸爸行了一个军礼："爸爸，您的话我全记下了，我懂得这个道理，我知道我该怎么做。"

毛泽东："还要求老彭，给个方便啊……"

### 毛泽东住处

一张餐桌上摆了几样小菜，毛泽东和彭德怀对酌。

毛岸英在忙活做菜。

毛岸英端着一盘子蔬菜沙拉："来啦……彭叔叔，尝尝我的手艺……"

彭德怀："这拌的是什么，黏糊糊的，把这黄瓜弄点大蒜，加上点醋一拌多爽口……"

毛泽东："哈哈哈……老土啦，这叫沙拉，你尝尝……"

彭德怀夹起一块放到嘴里："嗯……还行啊……"

毛泽东："不愿意吃这些洋家伙，就吃咱们老家的……苦瓜炒腊肉、辣子火焙鱼、肉末酸豆角，湖南风味！"

彭德怀："主席，你们爷俩陪我一个人吃饭，不会有什么事情吧？"

毛泽东:“什么事情？明天你就要去东北走马上任了,今天晚上有时间,咱们吃个便饭。”

彭德怀:“就这么简单？那今天不过年不过节不是星期礼拜的,岸英也休息?”

毛岸英:“彭叔叔,我刚刚回了一趟韶山……”

毛泽东:“这些都是岸英探亲时从家乡带回来的,好多年没吃到这么地道的湘菜了!”

彭德怀:“那就好，我可是很长时间没吃过湖南的腊肉、腊鱼、辣椒了。”

毛岸英为彭德怀和毛泽东斟满酒,刚要说话。

彭德怀端起酒杯:“主席,我借花献佛,借你的酒敬您一杯……但是什么时候还就不知道了啊……”

彭德怀一饮而尽，

毛泽东也一饮而尽。

毛泽东又倒上一杯酒:“老彭,来我敬你一杯……”

彭德怀:“主席,你那酒量不行,就算了吧!”

毛泽东一饮而尽。

彭德怀:“哈哈哈……老毛啊,有话你就说呗,别拐弯抹角的啦!”

毛泽东:“哈哈哈……还是老战友知根知底呀,老彭,我还真有事情要求你。”

彭德怀:“我说嘛……喝一杯再说。”

毛泽东:“我刚刚喝了……”

彭德怀:“那不算……”

毛泽东:“可算我求你了。”

毛泽东又喝了一杯。

彭德怀:“主席,说!”

毛岸英:“彭叔叔,我要当兵!”

彭德怀:“你爸爸是军委主席,他说了算!”

毛泽东:“不是,他不想在工厂干了,想跟你到朝鲜打仗去！报名想当志愿军是他自己选择的,他要我批准,我可没得这个权力哟！你是司令员,看你要不要收这个兵呢?”

彭德怀:“岸英,你在单位负有重要责任,恐怕离不开吧？去朝鲜可有危险呢,美国飞机到处扔炸弹,你还是在后方吧,在国内搞好社会主义建设也是对抗美援朝的支持嘛!”

毛岸英有些着急:“彭叔叔,这不是开玩笑,我考虑好几天了,你就让我去吧,我要亲眼看看美国鬼子这只纸老虎是个啥样子！我在苏联的时候,进过军事院校,当过坦克兵,和德国鬼子打过仗,参加过苏联的大反攻,还一直打到柏林呢!”

彭德怀:“好,有勇气！你这位参加过二战、打败过希特勒的坦克中尉,人不大,现代化作战经验还是满丰富的嘛!”

毛岸英给彭德怀斟上满满一杯酒:“彭叔叔,你答应啦？我敬您老人家一杯,这可是您喜欢喝的茅台酒啊!”

彭德怀:“对了,岸英,你小子结婚快一年了,我还没喝过你的喜酒呢!”

毛泽东:“正好补上,补上!”毛泽东一边用筷子往彭德怀碗里夹菜,一边笑着说:“抗美援朝我是积极分子,你老彭百分之百地支持我。不过这个决心可不容易下哟！一声令下,三军出动,那就关系到数十万人的性命。打得好没得说,打不好,危及国内政局,甚至丢了江山,那我毛泽东对历史、对人民都没法子交代哟!”

彭德怀："请主席放心，既然我们要出兵，就一定要打赢这一仗。"

毛泽东沉默一会儿，接着说，"打仗就是打钢铁、打国力，我国钢产量只有 65 万吨，而美国的钢产量为 9800 万吨，是我们的 151 倍。美国有 85 年没有受到战争的破坏，而我们连续打了 11 年……武器装备上也比我们强得多，美国一个军有各种炮 1500 门，我们一个军才 36 门，差距太大了"。

彭德怀虎目圆睁："差距确实很大，风险也确实存在。但朝鲜有难，不论就国际主义来说，还是就爱国主义来说，我们都不能坐视不管。"

毛泽东赞许地点点头："但是帝国主义从来就是欺软怕硬，美帝国主义也不例外。你今天那个老虎吃人的理论很好，但美帝国主义是纸老虎！我看捅他一下子也没什么了不起的！"

彭德怀："关键是能不能打赢？打赢了，风险就小；打不赢，风险就大。我看最多无非是他们进来了，我们再回山沟去，就当我们晚胜利几年，有什么了不起！"

毛泽东："我那天还跟恩来同志说，大不了回井冈山，回延安去！不过老彭啊，这是一场比保卫延安更艰苦复杂的战争，如何能战胜敌人，你想过没有？"

彭德怀："据了解，麦克阿瑟这个人恃强骄横，目空一切。我们就以骄而乘之，正如主席您说过的，'你打你的原子弹，我打我的手榴弹'，发挥我军的优势，最终是能够打败敌人的。另外，还有世界人民，包括美国人民在内，他们在道义上、精神上会支援我们的。"

毛泽东："说得好，说得好！老彭啊，我看第一仗先把恐美病打掉。你的小名叫石穿，我叫石三伢子，我这块石头投向杜鲁门，你那块石头投向麦克阿瑟，我看即使不把他揍扁，也能吓得他尿了裤子！"

彭德怀听得开心，哈哈大笑说："主席，有你这块金刚石领头，我这块冥顽不灵的顽石也就跟着一块打过鸭绿江去了！"

毛岸英端着两碗稀饭走过来："彭叔叔，现在可以批准了吧！"

彭德怀见事已至此，只好依从："那好吧！我就收下你这位第一个报名入朝参战的志愿军战士。"

毛泽东："岸英，跟这个老总打仗可非比一般，他是不钻地洞的，哪里打得激烈他就在哪里露面。"

彭德怀："是啊，打仗钻地洞心里就不宽敞了，听不到炸弹声心里就别扭。指挥员的眼光盯在战士的刺刀尖上，心里才踏实。不过，你得听从我的安排。"

毛岸英："行，保证服从您的命令，干什么都行，只要能去朝鲜！"

彭德怀："你不是会俄语吗？那你就留在我的身边当翻译官吧，将来少不了和苏联方面打交道。"

毛岸英："谢谢彭叔叔！"

彭德怀："哎——以后不要再叫叔叔了，我是你的司令员，你是我的参谋。你要再叫我彭叔叔，我就不带你去朝鲜了。"

毛岸英举手敬了一个标准的军礼："是，彭总！"

彭德怀站起刚要出门，他回头看了看毛泽东，深情地说了一句："这个时候决定出兵你是英明的，这个时候让你儿子当兵你更英明，彭德怀服你。"

说着，给毛泽东敬了个军礼。

# 第三十一章

## 台北蒋介石住处

蒋介石的会客厅里坐满了陆海空三军将领。

其中有参谋总长周至柔、海军司令桂永清、空军司令王叔铭、陆军司令孙立人、‘行政院’长陈诚、‘国防部’政治部主任蒋经国、情治局局长毛人凤。

还有白崇禧、何应钦、阎锡山等人。

蒋介石:“召集大家来,讨论两件事,一、请参谋总长向大家介绍一下大陆的战事;二、讨论一下‘共匪’是否会卷入韩战,也就是说他们会不会出兵。下边先说第一个问题。”

周至柔站起:“诸位,大陆目前小的战事,可以用星星之火来形容,新疆、湘西、云南都有战事,但是目前最大的战事,可能是即将展开的昌都战役,‘匪十八军’攻战昌都只是时间问题……”

## 甘孜第五十二师师部

一座西藏常见的土筑二层楼。

昏暗的灯光下,吴忠、天宝、平措汪杰等人在查看地图。

机要员报告:“报告师长,第十八军前指急电!”

吴忠:“念!”

机要员:“西南军区转发毛泽东主席对昌都战役的重要指示:集中绝对优势兵力,四面包围敌人,力求全歼,不使漏网。关于补给运输问题,毛主席的批示是:一、甘孜至昌都是否能随军队进攻速为修路通车。二、昌都能否修建飞机场?是否适于空投?西南军区关于昌都战役作战计划是,南北两线合围,兵分五路出击。”

吴忠:“好!看样子毛主席要给咱们进藏部队买飞机了!”

天宝:“两线合围,五路出击!有气魄!”

吴忠:“刘参谋……”

参谋:“到!”

吴忠:“马上和第一五四团联系,他们迂回穿插走到哪里了?告诉他们!务必在10月6日13时以前抢占恩达,彻底切断昌都藏军的西退之路。”

参谋:“是!”

一阵“滴滴答答”的电波声。

## 台北蒋介石住处

周至柔:“我们从各个方向得到的情报是,‘匪军’一定要在10月前后结束这一战役。从北京这一急切心理判断,毛泽东可能要出更大的棋子,这个问题我想在讨论下一个问题时具体讲一下我的想法。还有一个情况,美国中央情报局也介入昌都这一行动,这些也许会迟缓匪军的行动……”

## 昌都妇女工作团驻地

一排低矮的土房,在一扇破旧不堪的窗户前,庄大运悄悄走来。

庄大运紧贴着窗户,低声地叫着:“程露,程露……我是庄大运……”

程露和李光明分别睡在两张破旧的木板床上。

窗户外传来庄大运的喊声:“程露,我是庄大运……”

李光明:“程露,你听……”

程露:“我听见了。”

李光明:“这个庄大运,找媳妇还拿出打仗的劲头来了。”

程露:“这些大龄干部也真够可怜的。”

李光明:“怎么?真想给他做媳妇啊?”

程露:“大姐,说什么呢……”

程露害羞地用被子盖住了头。

李光明:“跟他谈谈吧,明天一早就打昌都了……我去查岗去。”

李光明穿好衣服,点着了酥油灯,对着窗户:“庄大运,从门进来。”

程露也急忙穿衣服。

窗户外的庄大运高兴地说:“谢谢大姐……”

接着,他屁颠屁颠地就跑了进来。

庄大运和程露分别坐在两张床上。

昏暗的酥油灯下,程露披着棉衣,更显得楚楚动人。

庄大运直勾勾地看着程露。

程露羞涩地说:“你看什么呢?”

庄大运:“嘿嘿……你真好看……”

程露娇羞道:“你就不能说点正经的?”

庄大运:“对,说正经的……我们连是全师的突击队!要用羊皮筏子强渡金沙江!我给大家动员了,叫他们今晚做个娶媳妇的好梦,明天一早拿下昌都!”

程露:“听说那些藏军很野蛮,你可要小心。”

庄大运:“哎!嘿嘿,嘿嘿……”

程露:“你笑什么?”

庄大运:“嘿嘿……有老婆真好……老婆……”

程露又羞又急:“谁是你老婆?”

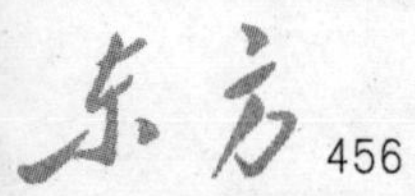

庄大运:“你呀,要不你叫我进来干什么?你叫我进来了,就……就是说你同意当我老婆了……老婆……”

程露急了:“你……是我叫你进来的,我现在叫你出去!”

庄大运:“老婆,你别……”

程露真生气了:“你……你出去!”

程露下床,向外推搡庄大运。

庄大运拉住程露的手,一把把程露拉进怀里。

程露挣扎,但是越挣扎,庄大运抱得越紧。

庄大运:“老婆……老婆……”

庄大运不管三七二十一,亲吻程露。

程露被堵住了嘴,喊不出来,也似乎停止了挣扎。

得寸进尺的庄大运抱住程露,躺倒在程露的床上。

木板床塌了,连同两人坍塌在地上。

庄大运要解程露的衣服,程露急了,打了庄大运一巴掌!

两人都愣住了。

程露一脚把庄大运蹬得老远:“流氓!”

庄大运坐在地上:“你打吧,打吧,你打呀!我不甘心,我不甘心!从14岁我就参加革命,爬雪山过草地,把脑袋别在裤腰带上,打仗,打仗,打仗!我30多岁了没见过女人!和日本鬼子打,和国民党打,和平了,解放了,该娶媳妇了,又要和藏军打……明天我要带突击队强渡金沙江,我不怕死!我就是不甘心!”

庄大运忽地撕开了上衣扣子:“看看我这些伤疤……打吧,你往这打!每一次负伤我都想,等伤好了,我再也不打仗了……我要回家,娶媳妇,过日子……可部队一声命令,我又上了前线……”

程露眼含热泪缓缓地站了起来,神情肃穆地解着自己的衣服。

庄大运傻眼了。

突然,庄大运狠狠地抽打着自己的嘴巴。

程露:“庄大运……”

庄大运爬起来,又羞又愧地跑了。

## 台北蒋介石住处

毛人凤站起道:“我们掌握的情况是,美国中央情报局一直在西藏活动,而且还有空投行动。”

蒋介石:“我们讨论一下‘匪军’会不会出兵朝鲜的问题。”

周至柔:“我们得到情报,‘匪’在海南岛的几个军日前已经北上,现在的位置是在满洲一带集结……我个人认为,不是出兵不出兵的问题,而是什么时间出兵的问题。”

蒋介石:“你认为‘匪军’会在什么时间出动?”

周至柔:“我认为就在近期。”

他的话引来议论。

有人点头,有人不屑……

蒋介石："你的理由？"

周至柔："美军已经在仁川登陆，我想这是一次给这场战争带来转机的行动。"

**日本美国远东军司令部阳台上**

麦克阿瑟呷着红酒，叼着"玉米芯"烟斗，悠闲自得地在晒太阳。

秘书甲走来："司令官，今天的报纸……"

麦克阿瑟："美国国内对联合国军在仁川成功登陆有何评论？"

秘书甲："《纽约时报》和《新闻周刊》只是报道了消息而已，《时代周刊》有一篇小评论，大体意思是，杜鲁门总统在朝鲜问题上的做法显示了天才的外交才能……"

麦克阿瑟："他们甚至没有提到我？"

秘书甲："我……可能我还没有看见……"

麦克阿瑟把烟斗狠狠地摔在茶几上："混蛋！"

秘书乙走来："司令官，华盛顿急电。"

麦克阿瑟："念！"

秘书乙："麦克阿瑟将军，只有作为统帅的总统才有权命令或批准采取预防措施抗御大陆的军事集结行动，国家利益至关重要，我们不要做出任何导致全面战争爆发的行动，或者是给别人发动全面战争以口实。同时杜鲁门总统希望能在适当地点，太平洋上的某个地方召见将军。"

麦克阿瑟："我早就说过了，那些坐在办公室里的家伙，在闲极无聊的时候，最大的乐趣就是发号施令！要不是我麦克阿瑟，北朝鲜的劳动党早就在南朝鲜完成他的土改了！"

秘书丙走来："报告司令官，中国军队大规模的铁路运输已经开始了，并且在满洲边境发现了大量的战斗机。"

秘书甲："中国军队要介入朝鲜战争？"

麦克阿瑟对秘书甲："嘿嘿……你们谁能借一个儿子给我？"

秘书甲："我刚刚结婚……怎么可能？"

麦克阿瑟："一个打了 11 年仗，不，现在还在打仗，成立不到一年的国家，千疮百孔，百废待兴，他的老百姓还吃不饱，他的领导人还不知道该怎样掌握一个政权。这样的国家，会派出军队和联合国军作战？"

三人："明白了！"

麦克阿瑟："传我的命令，立即向北朝鲜发出敦促投降的最后通牒！为了以最少的生命和财产的损失贯彻联合国决议，我麦克阿瑟，作为联合国军总司令最后一次要求你们，以及你们指挥的军队，不管你们位于朝鲜的什么地方，都要放下武器，停止敌对行动！同时，命令美军骑兵第一师、第二十四师，英军第二十七旅，南朝鲜第一师所属部队，迅速越过三八线，一路向北！打到新义州，饮马鸭绿江！"

三人："是！"

秘书乙："那……杜鲁门总统召见的事情……"

麦克阿瑟："告诉华盛顿，我十分愉快地于 15 日上午在威克岛与总统会面。"

三位秘书不相信自己的耳朵。

麦克阿瑟："没听清楚？"

秘书甲："司令官大概不知道，从东京距离威克岛 1900 英里，可华盛顿距离威克岛 4700 英里。总统召见您，却让总统飞这么远……"

秘书乙："是啊，一般的总统召见都是部下不管在哪，都要赶到总统身边……"

麦克阿瑟冷峻地、不可置疑地说："我十分愉快地于 15 日上午在威克岛与总统会面。"

三人："是——"

## 华盛顿杜鲁门办公室

艾奇逊："不可能！这绝不可能！"

杜鲁门冷静地在看着电报。

艾奇逊："傲慢！狂妄！让总统飞行 4700 英里去见他？这简直就是谋杀，就是对一条狗也不能这样！"

杜鲁门咳嗽了一声。

艾奇逊自知言辞过激："总统，我实在是看不惯这个混蛋……"

杜鲁门："我想召见麦克阿瑟将军的原因很简单，我们始终没有过任何个人的接触，我认为他应该认识他的统帅，而我作为统帅也应该认识在远东地区的高级指挥官。"

艾奇逊："我们已经对他够谦让的了！在太平洋上某个地方会面都行，可他却认为威克岛最合适，这不明摆着没有把您这个总统放在眼里吗？这是无视美国总统的权威，是在向美国的政体挑战！"

杜鲁门："从 6 月以来，他盲目自信，迟迟不肯出动地面部队，致使李承晚一溃千里，战局恶化，被我批评了。他擅自访问台湾，邀请蒋介石出兵参战，被我否定了。擅自决定轰炸北朝鲜，有意把战争扩大化，被我指责了。他把残酷的战争当成了自我表现的舞台。种种迹象表明，他出国多年，他自己和他的祖国、他的人民在某种程度上失去了联系。"

艾奇逊："我的意见，再给他发一份电报，您哪里也不去，就在华盛顿，就在这里接见那个狂妄的家伙！"

杜鲁门："不，我去威克岛。还要授予他一枚勋章……他什么勋章最多？"

艾奇逊："最多？"

杜鲁门："或者说他最不以为然的。"

艾奇逊："我记得是'优异服务勋章'，好像他已经有五枚了……"

杜鲁门："那就'优异服务勋章'了。还有，一定要给我们的麦帅带一包布隆糖果。"

艾奇逊："好像不是什么高级食品……"

杜鲁门："我打听过了，他喜欢。"

## 台北蒋介石住处会客厅

会议还在进行。

孙立人发言："我们也得到了情报，'匪十三兵团'没有北上，理由是他们邓华司令员昨天还在海南岛出席什么庆祝大会。再说他们就是有增援朝鲜的意图，也无须把一个在大南边的兵团往北调。他们完全可以动用华北部队。"

周至柔："谁都知道，华北兵团是匪军军委会战略机动部队，他们一般不会用这个部队。"

孙立人当仁不让道："朝鲜发生战争，这还是一般事情吗？"

周至柔:“也许是我的情报出了问题。”

孙立人:“我们的情报也不一定有把握,我相信最准确的情报来源是蒋主任那里。”

蒋经国没有说话。

蒋介石:“我们不说情报,我们凭对共产党多年的了解,我们分析他们会做出什么动作?建生说说。”

白崇禧:“让我再想想……”

蒋介石:“今天很晚了,会就开到这里,但是请大家想一想,‘匪军’是否出兵,关系重大,我们必须要有一个准确判断。”

**威克岛上**

这里是太平洋上一个很小的岛屿,

几栋兵营孤零零地屹立在岛上高处。

一个很小的机场,杜鲁门的飞机停靠在停机坪上,

麦克阿瑟带着他的助手和高级军官列队迎接。

杜鲁门带着高级官员走下舷梯。

两个人像接待来访一样,握手、拥抱,一起走向等待的汽车。

**威克岛上兵营内**

一个不大的房间,简陋的会议桌。

杜鲁门和随员们坐一边,麦克阿瑟和随员们坐一边。

杜鲁门把一包布隆糖果放到桌子上:“麦克阿瑟将军,请!”

麦克阿瑟惊奇地说:“总统也知道我的喜好?谢谢了……”

麦克阿瑟扒开一块糖果放进了嘴里。

杜鲁门:“麦克阿瑟将军,你认为接下来的朝鲜战争,我们应该如何行动?”

麦克阿瑟:“总统阁下,从联合国军在仁川成功登陆,作为联合国军最高统帅,我就没有考虑过战争应该怎么打……”

众人吃惊地看着麦克阿瑟。

麦克阿瑟站起来,把嘴里的糖果吐得老远:“我考虑的是胜利后美国军队的调度和战后朝鲜的体制问题。现在是10月,我希望能够在圣诞节前后,把第八集团军撤回日本!尽力在明年年初由联合国派出监察员,进行全朝鲜的民主选举。”

杜鲁门似乎被麦克阿瑟震住了。

杜鲁门:“我没有听错吧?你说的几个月时间是圣诞节前后,明年年初?”

麦克阿瑟:“完全正确。”

杜鲁门:“我很佩服麦帅的自信,但是你认为苏联和大陆中国干涉朝鲜战争的可能性如何?”

麦克阿瑟激动地来回踱步,似乎是在演讲:“可能性几乎为零。如果战争一开始,苏联和中国在不知道联合国军将登陆仁川的情况下,他们出兵帮助金日成,那我和总统阁下就不会在这威克岛上讨论朝鲜战争了,因为金日成肯定已经开始在全朝鲜进行土地改革了!那个时候,美国决不会派兵和三个国家对抗,更何况还有苏联。如果美国真要参战,那就是总统

脑子进水了!”

有人讪笑,杜鲁门镇静地看着他表演。

麦克阿瑟:“当然,那肯定不是我们杜鲁门总统之所为。”

杜鲁门:“可是据可靠情报,中国在鸭绿江边集结了大量军队。”

麦克阿瑟:“中国人在满洲有30万军队,部署在鸭绿江边的也就是12万左右,而真正能够越过鸭绿江作战的也就是五六万而已。大家可以设想一下,一支没有空军掩护的6万人的陆军部队,深入一个完全陌生的国度,去对抗一支有着1200架飞机支援的15万现代化装备的大军团,应该说是他们的领导人脑子进水了吧?”

众人大笑。

## 北京中南海颐年堂会议室

毛泽东、周恩来、朱德、刘少奇、高岗、彭德怀等人正在开会。

毛泽东把手中的材料往桌子上一放:“我就不信邪,无非就是打第三次世界大战嘛!而且是打原子弹,长期地打,比第一次、第二次世界大战打的时间都长!我们中国人是打惯了仗的!我们的愿望是不要打仗,但是你一定要打,就只好让你打!你打你的,我打我的,你打原子弹,我打手榴弹!抓住你的弱点,就跟你打,最后消灭你!”

周恩来:“毛主席前几天还跟我说过,大不了再上井冈山!”

毛泽东:“中国有句俗话,软的怕硬的,硬的怕愣的,愣的怕不要命的!世界上许多事情也是这样。我还是那句话,美帝国主义如果干涉,不过三八线,我们不管,过了三八线,我们一定过去打!我同意彭德怀同志的看法,美帝国主义是老虎,一只老虎蹲在你家门口,总是一种威胁吧?但是我必须指出,美帝国主义是纸老虎!”

## 威克岛上兵营内

麦克阿瑟还在侃侃而谈。

麦克阿瑟:“中国军队如果真的跨过鸭绿江南下平壤,面对联合国军强大的攻势,他们将血流成河!”

杜鲁门:“假如苏联出动飞机,支援中国参战呢?”

麦克阿瑟:“无论是中途岛战役,还是鄙人发明的越岛战术,我,麦克阿瑟指挥过多少次海陆空联合作战,取得过多少次伟大的胜利?可是在座的诸位,有谁知道大陆中国,哪一位将领指挥过两个兵种以上的联合作战?苏联飞机支援中国陆军作战,这是一个愚蠢的问题……”

众人都看着杜鲁门,杜鲁门脸色阴沉。

麦克阿瑟:“我敢预言,苏联空军轰炸中国人的机会,不会少于轰炸联合国军的机会!现在,我已经命令美军第八集团军从陆地向北推进,命令美军第十军,从元山登陆,两支部队在平壤—元山蜂腰部汇合,切断人民军退路,然后继续北上!总统阁下,诸位将军,麦克阿瑟只要求你们,在今年的圣诞节,为他准备好勋章、火鸡和美酒!”

众人热烈鼓掌。

杜鲁门:“作为总统,我为麦克阿瑟将军和三军指战员的卓越贡献感到骄傲,联合国要求我们为联合国军提供第一位司令官,这是我们美国莫大的光荣,有这么一个合适的人选来完成这个使命真是世界的幸运！这个合适的人选就是道格拉斯·麦克阿瑟将军，一个伟大的战士！”

众人热烈鼓掌。

杜鲁门掏出“优异服务勋章”，给麦克阿瑟戴上：“我代表美利坚合众国政府和伟大的人民，授予麦克阿瑟将军‘优异服务勋章’，希望能在华盛顿和您共度圣诞节！”

众人又热烈鼓掌。

麦克阿瑟：“在这里我还有一个十分有力的佐证，我想请总统先生看一部电影。”

一行人进入电影厅。

麦克阿瑟一挥手，电影开始了，这是一部中国1950年的国庆纪录片。

“保卫世界和平，捍卫我们神圣的祖国”字样。

（中文解说开始：“10月1日全国各地都举行盛大的游行示威，庆祝我们的第一个国庆节。大连12万劳动人民举行示威游行，在沈阳市有30万人民和百炼成钢的东北人民解放军一起接受东北军区司令员高岗将军的检阅。哈尔滨街道上有毛主席像和庆祝中华人民共和国国庆节的大幅标语，游行队伍扛着巨大国徽在标语下通过，在哈尔滨有16万人游行示威，这是我们东北人民热爱祖国的写照，这是东北人民给胆敢侵犯我东北边区的美国侵略者及其走狗的有力警告！”）

杜鲁门：“你这是什么意思？”

麦克阿瑟：“我只想进一步说明，警告是没有力量的，他们所有的力量只停留在口号上，而他们是不能出兵的，这就是我放映这部电影的用意。”

### 台北蒋介石住处的会客厅

这里也在放映电影，也是北京国庆的纪录片：

（解说画面：“在南方广州市，16万劳动人民举行盛大集会，和叶剑英一起高呼着：‘毛主席万岁。’在重庆15万人的大游行，翻身的人民欢欣鼓舞，庆祝自己的国庆节，他们决心在刘伯承、邓小平、贺龙等将军的领导下，为了西南各族人民的幸福与繁荣去进军西藏，巩固我祖国的西南边疆。迪化广场上群众举着毛主席、朱德等领导人的画像，中国人民解放军第一兵团司令员王震将军在庆祝大会上讲话，到会的有各民族人民4万多人，他们用各种不同语言，喊出了一句话：‘中华人民共和国万岁。’”）

会客厅里灯亮了，

屋子里一片死静，

传出掌声，

这是蒋介石鼓的……

白崇禧：“‘总统’，还是讨论共产党能不能出兵的问题吗？”

蒋介石：“讨论呀！”

白崇禧：“我想不用讨论了，毛泽东已经下决心了，而且这个决心是大陆四万万人帮他下的……”

### 重庆一座普通的房子里

看得出这是一个设计室，里边挂着各种设计图，显著的位置上挂了一个标语，“西南是交

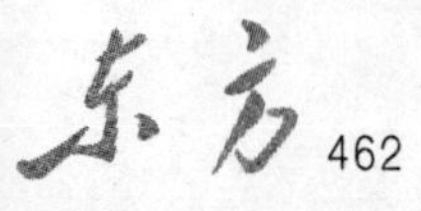

通第一”。

邓小平听完了汇报后，在一片掌声中讲话：“听了你们的汇报，我很高兴，特别是听了1952年成渝铁路全线通车的设想，这是一个十分让人震撼的好消息。在西南是交通第一，道理大家不言自明。在这里我给大家通报一个消息，最近很多同志进北京开会，听了毛主席、朱德、刘少奇和周恩来同志的一些讲话，都觉得是上了一课，都觉得这是很好的老师，但是他们还想到了另一个‘老师’，那个老师是谁呢？那就是帝国主义，他们要发动战争，不仅是侵略我们的邻居，主要是想侵略我们，侵略已经站起来的中国人民，还想侵略正在谋求解放的亚洲人民。毛主席在抗日战争中说过，我们革命人民、我们共产党、我们共产党的干部和革命战士，历来就有两个‘老师’，这两个‘老师’一个是日本帝国主义，一个就是蒋介石。这两个老师经常给我们打气。当我们斗志松懈的时候，他就给我们上课。当我们某些问题没有解决的时候，他就给我们想办法。帝国主义给我们上课，就是明白地告诉我们，我要来侵略你们。你们站起来，我要打倒你们，不要你们站起来。毛主席说我们要站起来，不倒下去，就要加强国防建设和经济建设。有了强大的国防，再有经济建设的基础，任何帝国主义想侵略我们都是做梦，失败的一定是帝国主义而不是我们。同志们，我们用加快修通成渝铁路的实际行动来支持毛主席下这个决心……”

（1952年7月1日成渝铁路通车，邓小平发表讲话，题目是《西南是交通第一》。几个月后，毛泽东把邓小平调到中央工作。）

### 北京中南海颐年堂会议室内

毛泽东：“现在，美国军队兵分东西两路，长驱直入，已经直逼平壤了，朝鲜同志再三请求中国出兵。这几天美国人又轰炸了新义州，炮弹片都落到我们国土上了，不能不管了！恩来他们搞了军委主席令，大家听听，提提意见……”

周恩来：“命令是这样的……《关于组成中国人民志愿军的命令》：一、为了援助朝鲜人民解放战争，反对美帝国主义及其走狗们的进攻，借以保卫朝鲜人民、中国人民及东方各国人民的利益，将东北边防军改为中国人民志愿军，迅即向朝鲜境内出动，协同朝鲜同志向侵略者作战并争取光荣的胜利。二、中国人民志愿军辖第十三兵团及所属之第三十八军、三十九军、四十军、四十二军，及边防炮兵司令部与所属之炮兵一师、二师、八师。上述各部须立即准备完毕，待令出动。三、任命彭德怀同志为中国人民志愿军司令员兼政治委员……”

### 东北丹东市第十三兵团驻地

这里是一个简易指挥所，邓华正在念电报，洪学智在倾听。

洪学智：“彭老总还真给我们当头了啊，我看看，我看看……”

洪学智抢过电报：

“四、中国人民志愿军以东北行政区为总后方基础，所有一切后方工作供应事宜，以及有关援助朝鲜同志的事务，统由东北军区司令员兼政治委员高岗同志调度指挥并负责保证之……”

### 东北的小村庄

东北的初冬，

层林尽染。

中央电报：

“五、我中国人民志愿军进入朝鲜境内，必须对朝鲜人民、朝鲜人民军、朝鲜民主政府、朝鲜劳动党、其他民主党派及朝鲜人民的领袖金日成同志表示友爱和尊重，严格地遵守军事纪律和政治纪律，这是保证完成军事任务的一个极重要的政治基础……”

一个首长在几个警卫员的陪同下来到了村庄前的一个山冈上。

小村庄，炊烟升腾，狗叫鸡鸣，一片田园风光。

一个警卫员对首长说：“首长，这个村子一共有四十军的同志12个，当地政府都分给了他们最好的土地，有的还分到了牛和马。”

不远处，一个老农在扶犁耕地，牛在前边奋力地拉着……

那个首长跪了下来对着村子，默默地说着：“四十军的弟兄们，你们到家了吗？我韩先楚还愿来了。陪着你们的爹妈，好好过生活吧！有四十军在，有志愿军在，你们的家门就不允许侵略者打开……”

东北大地上一派生机。

……

“六、必须深刻地估计到各种可能遇到和必然会遇到的困难情况，并准备用高度的热情、勇气、细心和刻苦耐劳的精神去克服这些困难。目前总的国际形势和国内形势于我们有利，于侵略者不利，只要同志们坚决勇敢，善于团结当地人民，善于和侵略者作战，最后胜利就是我们的。”

韩先楚站了起来深情地说：“弟兄们，还有愿意去和我打仗的吗？走……”

山静静的，

河静静的，

突然大地上响起了脚步，越来越响……

**北京中南海毛泽东书房**

周恩来、林彪、彭德怀在聆听毛泽东讲话。

毛泽东：“帝国主义者低估了我，也低估了你们，更低估了解放了的中国人民，特别是那些千百年来一直没有土地的人民。中国人民进行了二十几年的战争，但是我们没有厌倦战争，因为这个战争是他们强加给我们，我们奉陪到底。你们也陪同我奉陪到底。”

彭德怀：“请主席放心，我今天就和高岗同志飞回沈阳，保证在十天之内，做好一切出国作战的准备!”

毛泽东：“我相信彭老总……”

林彪：“主席，不能出国参战，可能是我人生的一个很大遗憾，但是我希望能在其他工作中补上这个遗憾。”

毛泽东：“你另有任务。恩来同志，马上到苏联去一趟，代表中共中央，把我们出国作战的打算向斯大林同志通报一声，你也去。”

周恩来：“中国参战是一件大事，必须向斯大林同志报告。事情急了点，没有给林总更多的准备时间。”

林彪：“我只有去朝鲜的准备，没有去苏联的准备……”

毛泽东没有在乎林彪的反应:“关于志愿军出国作战的问题,我已经给斯大林同志发了一封长电,把我们的想法都说得一清二楚了,现在的关键是请求斯大林同志给予志愿军武器装备和空军支援。”

彭德怀:“那就烦劳总理和林总在斯大林面前多美言几句!”他又转向林彪:“我要把你的三只虎带走了。”

林彪:“三只虎,和我这个彪,都是毛主席的……”

毛泽东:“林彪同志,你主要任务是去苏联养病休息……”

林彪:“养病休息是小事,我愿意和总理去会会斯大林同志!谢谢主席关心……”

毛泽东:“要谢你就谢谢恩来同志吧,是他安排的。”

林彪淡淡一笑:“让我想起一件事,当年和蒋介石谈判要八路军的编制时也是恩来点我的名,现在见斯大林又是恩来点的我。我在想我是个什么角色,像药中甘草……”

毛泽东:“不是甘草,是党参……你知道为什么吗?因为蒋介石和斯大林都有一个特点,他们都看中了你能打仗,在打仗方面,你是天才。”

林彪笑了:“争取向主席学点打仗以外的东西。”

毛泽东:“我一定教。”

周恩来:“我们该出发了。”

林彪给毛主席敬了个礼。

## 南苑机场

一架飞机腾空而起。

彭德怀望着舷窗外的云层在沉思。

毛岸英坐在不远处,看着报纸。

彭德怀回身对毛岸英说:“毛岸英,你过来一下……”

毛岸英走到彭德怀身边坐下。

毛岸英:“彭老总……”

彭德怀:“你见过斯大林吗?”

毛岸英:“见过。”

彭德怀:“是个什么类型的人?好说话吗?”

毛岸英:“很威严,不苟言笑,原则性很强……”

彭德怀:“明白了。”

毛岸英:“不过有时候也挺和蔼的……你看我这块金表,就是他送给我的……”

毛岸英把手表递给彭德怀。

彭德怀看看:“是块好表……这还是不锈钢的表带。”

毛岸英:“彭总,你在想什么吧?”

彭德怀:“毛岸英,你说要是苏联不给我们提供空中援助,也就是说,我们没有空中掩护,这仗我们还打不打?”

毛岸英:“当然打,开弓没有回头箭!”

彭德怀欢喜地看着毛岸英:“好,像你老子!”

**北京中南海毛泽东住处**

毛主席正在伏案疾书。

秘书田家英走了进来："主席，朱老总和少奇同志要见您……"

毛泽东："快请进……"

朱德爽朗地笑着："哈哈哈……你就说不请进，我们也得见你呀！"

朱德和刘少奇走了进来。

毛泽东："听这笑声，两位一定有什么喜讯吧？"

朱德："主席，大喜讯啊！昌都拿下来啦！"

毛泽东："昌都拿下来了？好啊……"

朱德："经过18天的浴血奋战，吴忠他们共计歼敌5700余人，占藏军总数的三分之一，俘虏团级以上文武官员18名，英、印特务福特等4人。昌都全境全部解放！部队正在打扫战场……"

**昌都城内**

只有零星的枪声在响着，

部队在打扫战场。

一队队俘虏被押解到集结地。

庄大运一手端着轻机枪，一边在指挥着部队清点战利品。

一个隐蔽处，福特阴险地思索了一下，划了个十字，把子弹上膛，悄悄瞄准了庄大运。

庄大运指挥战士们："把枪支捆起来，让马匹驮着，把他们押回去！"

一声枪响。

庄大运捂住胸口，鲜血从指缝流了出来。

庄大运拄着机枪跪倒在血泊里。

众人："连长——"

**山坡上**

一座新坟，坟前立着一块木牌。

木牌上写着："烈士——庄大运之墓"

程露整理着一个花圈，花圈的挽联上写着：烈士庄大运千古——妻子程露。

程露孤零零地一个人默默地坐在坟前，任凭眼泪流淌。

不远处，李光明和妇女工作团的姐妹们也在默默流泪。

群山低首……

（西昌战役1950年10月6日开始至24日结束。）

（1951年5月23日，《中央人民政府和西藏地方政府关于和平解放西藏办法协议》签字仪式在北京举行。）

**北京中南海毛泽东住处**

毛泽东："城楼四望出风尘，见尽关西渭北春。百二山河雄上国，一双旌旆委名臣。这个吴忠，吴忠者，有忠也！”

刘少奇：“昌都战役可是西藏解放的淮海战役呀！整个西藏解除了心理和实力上的抵抗，只有一条路可走，那就是和平谈判。”

毛泽东：“比喻得好，淮海战役以后，蒋介石基本就失去信心，而我军却信心大增，势如破竹！现在，拿下昌都，拉萨就得琢磨琢磨了……”

朱德：“我和张国华通过电话了，据他讲，率部起义的阿沛·阿旺晋美对共产党、解放军还是有正确看法的，对和平解放西藏也是有诚意的……”

毛泽东：“用阿沛·阿旺晋美这根线头，用他把达赖和班禅连起来，尽早实现西藏的和平解放！”

刘少奇：“好，这样西边的问题就解决了，只剩下东边的问题了……”

田家英走了进来：“主席，周恩来总理的电报……”

毛泽东：“你这个田家英啊，成心扫兴……”

田家英：“可这是斯大林同志和周恩来总理联合签名的电报……”

朱德：“说不上是好消息……”

毛泽东：“我了解斯大林同志，念吧……”

田家英：“苏联完全可以满足中国提出的飞机、坦克、大炮等各项装备，但是苏联空军尚未准备好，要在两个月或者两个半月后才能出动……”

刘少奇：“什么？如果现在美帝国主义发动侵略苏联的战争，我们伟大的苏联红军也要准备两个半月？”

毛泽东：“斯大林同志是怕出动苏联空军在朝鲜境内同美国作战，把自己陷进战争的泥潭，对苏美关系造成严重后果。”

朱德：“他们怕，我们不怕！打！开弓没有回头箭！”

毛泽东：“第一，通知高岗、彭德怀，第十三兵团各部仍在原地进行训练。第二，电告周恩来，在莫斯科多待几天，和斯大林同志商定两个问题：一、苏联同意满足我们的武器装备，是用租借的办法，还是花钱买？”

刘少奇：“主席考虑得周全……这是关系到用于国内建设和一般军费的资金能否保证，从而影响国内经济是否稳定的问题。”

毛泽东：“二、苏联能否真正做到在两个月或者两个半月之内提供空军支援？”

朱德：“对，两个半月之内，我们可以专打李承晚军队，在平壤以北大块山区打开朝鲜根据地，振奋朝鲜人民和重组人民军。两个半月以后，我们再开始大规模兵团作战！”

毛泽东：“现在就看恩来同志的了……”

## 莫斯科克里姆林宫走廊上

空荡荡的走廊上，周恩来和林彪在莫洛托夫的带领下向斯大林的办公室走去。

## 斯大林办公室

宽大的办公室，俄罗斯风格的装饰。

斯大林叼着烟斗对着墙上的朝鲜地图在打量。

莫洛托夫敲门。

斯大林："进来！"

莫洛托夫走了进来。

莫洛托夫："斯大林同志，周恩来和林彪同志到了。"

斯大林："请进，快请进……"

周恩来和林彪走了进来，

斯大林和周恩来握手。

斯大林："恩来同志，昨天晚上休息得还好吧？"

周恩来："大战在即，睡眠效果总是打折扣的，斯大林同志，我和林彪同志一起来看你……"

林彪向斯大林敬礼："斯大林同志，您好……"

斯大林："我们又见面了，身体好吧？"

林彪："谢谢关心……"

周恩来："斯大林同志，中共中央和毛泽东主席的意见，还是希望苏联方面能够出动空军给予支援。这样，不但能够支持在朝鲜国土上作战的地面部队，同时，还可以在京、津、沈、沪、宁、青等地，拦截美国空军的空袭。希望斯大林同志能给予支持和谅解。"

斯大林："我考虑了很多，目前苏联空军尚不能出动。飞机到了天上，很难划出个界限来。如果苏美真的冲突起来，朝鲜战争很容易让人联想到是苏联在和美国打仗。仗打大了，对中国的和平建设也很不利，毕竟你们还处于战后恢复阶段……"

林彪："可以让苏联飞行员穿我们志愿军的服装，飞机也喷涂上中国军徽……"

斯大林看了林彪一眼："这是一个办法，但是如果飞行员被对方抓了俘虏呢？穿志愿军服装又有什么用？"

林彪："可以下一个死命令，苏联飞机只在中朝边境作战，一旦被击落，他们也可以落到中方一边。"

斯大林："可以试一下。"

林彪："两个月后，这个命令就可以解除了。"

斯大林："为什么？"

林彪："因为你说两个月后苏联飞机可以正式参战了。"

斯大林："看来，你不光会打仗，也会谈判。苏联空军可以到中国境内驻防，两个月或两个半月后，视情况而定。"

周恩来："斯大林同志改变主意了？"

斯大林："不是改变……我是说视情况而定。"

林彪："斯大林同志，中国有句古话，凡事运筹帷幄，决胜千里，战争应该操在你的手里，而不是美国总统手里，应该让他视情况而不是你。正像你指挥卫国战争一样，希特勒的命运是操在你手中的。"

斯大林："林彪同志的话让人真是很高兴，但是我们面对的不是希特勒，而是杜鲁门……"

周恩来："斯大林同志，如果我没有记错的话，金日成同志是得到了您的同意，才到北京征求中共中央的意见。可现在，刚刚建国的中国人民准备舍生忘死履行伟大的国际主义的时候，您却忧虑起苏美冲突来了。当初我和毛泽东主席，访问苏联期间，您也同意在适当机会派空军帮助中国人民解放台湾，难道您就没有想过苏美冲突？还有，莫洛托夫同志本来已经同意了我们的请求，可现在您让我们怎么接受这样的现实？”

莫洛托夫：“恩来同志，别激动……”

斯大林：“恩来同志的激动，我能够理解，既然都是同志，我就实话实说吧。昨天夜里，美国两架喷气式飞机，不但越过了中朝边境，竟然飞到了苏联境内的苏哈亚，袭击了附近的一个机场……”

周恩来和林彪对视了一下。

林彪：“其实这在意料之中。”

斯大林：“林彪同志说得对，虽然美国方面已经表示了歉意，说是领航的错误，负有责任的飞行大队长已经撤职，表示愿意赔偿苏联方面的一切损失，但是，这一事件至少说明，一旦战争升级，战场的大小、战争的规模，不是我们可以预见和掌握的。我想爱好和平的中国人民也不希望第三次世界大战爆发吧？所以，我不得不谨慎行事，请中共中央，请毛泽东同志谅解……”

周恩来：“斯大林同志的担心，我们能够理解……但是中国共产党人不能看着朝鲜劳动党和人民军，看着北朝鲜人民失去自己的家园；不能看着金日成同志在外国建立流亡政府！中国人民热爱和平，但为了保卫和平，从不也永远不怕反抗侵略的战争！我们也不能听任帝国主义对自己的邻里肆行侵略而置之不理！毛泽东同志已经下定决心了，为了社会主义阵营、为了国际主义、为了世界和平、为了保家卫国，即使苏联方面不出兵，我们也要打！”

斯大林激动地站立起来，来回踱步。

周恩来：“可能我的话说重了，但是这是我们中国共产党人的一贯作风，坦荡磊落，斯大林同志，您要批评，就批评吧……”

斯大林不语。

林彪也站了起来，他盯着斯大林。

一个元帅走了进来，他神情紧张地走到斯大林面前，低声地说着什么。

斯大林的脸部一点点紧张起来。

林彪看了周恩来一眼。

元帅走了。

斯大林想了一会儿。

周恩来感觉到一定有重大事情发生。

斯大林：“发生了一件事情，还在证实之中。不管这件事的真实性如何，但是他起码可以证明，还是中国同志好，还是中国同志好……我向伟大的中国共产党，向伟大的中国人民致敬！”

斯大林眼含泪花，庄重地敬礼！

周恩来和林彪激动地敬礼。

# 第三十二章

**朝鲜半岛仁川**

海面上有无数舰艇开来，

排山倒海。

登陆艇靠岸。

一辆辆两栖坦克冲出舱口,加足马力驶向岸边。

潮水般的士兵登陆。

上百架飞机向朝鲜纵深飞去。

**日本美国远东军司令部**

麦克阿瑟正在接电话。

电话里:“祝贺你成功了。”

麦克阿瑟:“应当说这仅仅是成功的开始。”

**苏联克里姆林宫**

一份报告放在斯大林的办公桌上:

美军在仁川登陆。

斯大林一直注视着这个报告。

他身边站了十多个元帅。

人们屏住呼吸。

众人的目光一直看着斯大林。

过了好一会儿,

斯大林把那份报告放进抽屉,又小心地把抽屉锁好。

**北京中南海颐年堂会议室内**

这里是政治局会议,几乎所有的政治局委员都在场。

毛泽东站在那里，他仿佛看到了那块战火纷飞的土地，思考了许久，又扫视一下会场，最后低声说了一句：

“动吧……”

**鸭绿江大桥上**

月色下，

志愿军战士似滚滚洪流，秩序良好地分几路，静悄悄地在开进。

跟随队伍行动的还有汽车、骡马和大炮。

**东沟**

星空里，

鸭绿江的浅水区，

部队在趟水过河。

**鸭绿江大桥上行进的队伍中**

部队正在行军，

后面跟着一辆中型吉普车，是电台车。

彭德怀的吉普车只开着小灯，开了过来。

一战士：“让开，让开，来车了……”

又一个战士：“小点声，让天上的美国飞机听见……”

一战士小声地说：“是个大官，还有电台车来……”

彭德怀的车开过去了，部队又恢复了正常的行军。

**日本美国远东军司令部**

麦克阿瑟端着红酒，站在阳台上眺望着东京的夜景。

门外传来：“报告！”

麦克阿瑟：“进来！”

参谋：“司令官，总统电报……”

麦克阿瑟：“你过来。”

参谋走到阳台上。

麦克阿瑟：“你看东京的夜色美吧？”

**东京夜景**

远处霓虹闪烁，车水马龙，

不时有浪漫的日本音乐传来。

**日本美国远东军司令部**

参谋摸不着头脑：“司令官，美！”

麦克阿瑟："如果我现在放你假，7 天，不，10 天。让你融入这灯红酒绿之中，你先去干什么？"

参谋不好意思地笑道："嘿嘿……"

麦克阿瑟："到区役街（红灯区）？"

参谋："嘿嘿……"

麦克阿瑟："说，去不去？"

参谋："报告司令官，去！"

麦克阿瑟："呵呵……好，像个男人！传我的命令，所有参加朝鲜战争的部队，无论官阶高低，无论皮肤颜色，立功者将获得回日本东京自由休假 10 天的奖励！那将是美酒、美女加美味神仙般的日子！"

参谋："是！"

麦克阿瑟："杜鲁门又说什么了？"

参谋："杜鲁门总统电报：根据远东司令部第 202 号作战计划中'远东军已经做好了战事减少后部队行动的安排计划，以便让某些联合国部队撤出朝鲜'的部署，美国政府决定将停止向朝鲜运送补充人员。"

麦克阿瑟："告诉他，今天我们将拿下平壤，不久战争即将结束，现在远东军的弹药和物资绰绰有余。为避免朝鲜战区军用物资的积压，战争结束后，凡是从美国本土运来的武器装备都要运回到日本去。远东军司令部取消所有需要付现款的武器弹药订货单。如果那些该死的东西已经在旧金山装了船，就卸下去！"

参谋："是！"

麦克阿瑟："还有，给第八集团军沃克司令发电报，占领平壤以后，给我来电，我要在平壤举行阅兵式！"

参谋："是！"

**大榆洞志愿军指挥部内**

一片繁忙景象。

彭德怀、洪学智和邓华在看地图。

毛岸英："报告彭老总！第一二〇师电报……"

彭德怀："念！"

毛岸英："今天 7 时许，伪军一师先头部队在 10 多辆坦克装甲车的掩护下，沿云山至温井公路北犯，遭到我第一二〇师第三六〇团的迎头痛击！"

彭德怀："好！我们的战争从第四十军打响了，告诉第四十军，歼灭他们有生力量，打好入朝第一仗。"

参谋乙："报告，第一一八师师长邓岳电话！"

洪学智接过电话："我是洪学智……什么？好！好！继续向温井进发，切断他们的退路！"

洪学智放下电话，走到地图前："彭老总，好消息呀，第一一八师三五四团、三五三团在丰中洞、凉水洞……在这之间，歼灭了伪军第六师加强步兵营 325 人，活捉了 160 多人，还有 3 个美军顾问，缴获汽车 38 辆，火炮 12 门。"

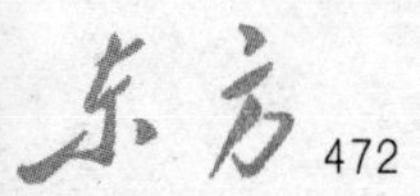

彭德怀:“好! 毛岸英,所有战场详细资料都由你来负责记录!”

毛岸英:“是!”

彭德怀:“特别要记住今天,1950 年 10 月 25 日,抗美援朝战争正式开始啦!”

(中国人民志愿军成功地发动了第一次战役。)

## 北京中南海居仁堂

这里是总参作战部,

人们在忙碌着。

毛泽东走了进来。

朱德和聂荣臻走了进来。

朱德:“主席。”

毛泽东开门见山:“麦克阿瑟有没有发现志愿军入朝?”

聂荣臻:“现在还没有。”

(聂荣臻　中国人民解放军代总参谋长)

## 美第八集团军总部

美第八集团军司令官沃克将军正在听取情报部长的报告。

情报部长詹姆斯:“我们对东北亚战场评估是:目前在朝鲜的中国人兵力可能仅仅为一些志愿军组成的几个师;在朝鲜不存在有组织的中共军队,中共军队首次干涉的主要动机是中国人想保护鸭绿江南岸的小丰满水电站,中国将不会参战……”

## 北京中南海居仁堂

毛泽东:“你确定?”

聂荣臻果断地说:“确定。麦克阿瑟命令美军和李承晚部队,分东、西两路一直向北,美第八集团军推进速度极快,装甲部队按照目前的速度,两天半就有可能到达鸭绿江边。而步兵快速跟进,把一些辎重都扔了。种种迹象表明,麦克阿瑟没有发现我军已经进入朝鲜……”

毛泽东:“好! 朱老总、聂荣臻同志,我考虑:一、能否利用敌人完全没有料到的突然性,全歼两三个甚至是四个伪军师!”

朱德:“如果能打一个大胜仗,敌人将被迫做出重新部署。”

毛泽东:“二、敌人的飞机,杀伤我人员,妨碍我活动,究竟有多大? 如果我们能够利用夜间行军作战,可以先进行运动战打击孤立据点。如果敌人的飞机对我们的伤亡和妨碍大得使我们无法作战,而我们的飞机半年到一年内无法参战,我军将处于很困难的地位。三、如果敌人再调三五个师来朝鲜,而我军还没有在运动战中歼灭几个美军师和伪军师,形势也将对我们不利……”

朱德:“聂荣臻同志,把主席的思考发给彭德怀同志。我的意见是,趁敌人没有发现我军入朝,麻痹大意之际,把他们放进来,然后出其不意,打他们一家伙!”

毛泽东:“按朱老总的意见办,诱敌深入,以逸待劳!”

**美国远东军司令部**

远东司令部情报部部长拿着一份电报，兴奋地走进了麦克阿瑟的办公室：“麦克阿瑟将军，志愿军已经离开了朝鲜。我早看穿他们的手法，我也预感到他们会这样做，我早说过，北京无非是虚张声势。”

麦克阿瑟：“太好了，那么就看第八集团军和第十集团军哪个前进得更快些，哪个先到鸭绿江边。”

（1950年11月2日，志愿军第三十九军包围和歼灭美第八骑兵团和南朝鲜第十五团。）

**大榆洞志愿军总司令部**

彭德怀在打电话：“祝贺你们第三十九军的同志们，毛主席也向你们表示祝贺。下一步这样做……听说这一次你们抓了27名美国人……”

电话里：“还有73名南朝鲜战俘……”

彭德怀：“你们这样做……”

**美第八集团军司令部**

沃克正在听情报部部长的报告。

詹姆斯：“所有27名我们的人，还有73名南韩人全都放回了。”

沃克不解地问：“为什么？”

詹姆斯：“我亲自考查了这些人，他们的一个共同感觉是，志愿军是在大撤退时碰上我们的，不得不打，以保大部队安全。志愿军真正的目的，是想撤退，因为他们的食物是仅有的炒面，加上朝鲜土地上的雪……”

沃克笑了：“这正如麦克阿瑟将军估计的一样，共产党军队败得这样惨，主要是他们错过了最佳入朝作战的时机。”

**大榆洞志愿军总司令部**

彭德怀：“第三十八军吗？敌人上钩了，抓住敌人的历史性错误，狠狠地敲他们几下，把他们打痛……毛主席在等你们的消息，全国人民在等你们的消息。”

炮火……

防空战……

运输线的战斗……

**天津工商业界捐款大会**

这里是一个很古老的礼堂，舞台上方悬挂着横幅：“天津工商业同仁抗美援朝捐献大会。”

台上坐着天津市市委书记兼市长黄敬和工商业协会的领导。

台下坐着大部分穿着崭新中山装的工商业主们，穿长袍马褂的很少了。

黄敬慷慨激昂地说：“各位大老板们，我们现在坐在这里安心地开会，平静地生活，可彭德怀同志正带领中国人民志愿军，为了保卫我们，保卫我们的企业和财产，保卫我们家人的

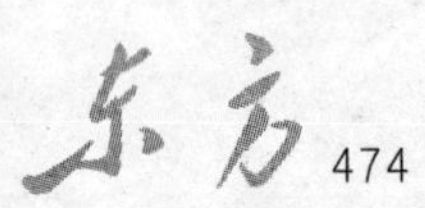

生命安全，在朝鲜和美帝国主义浴血奋战。他们是我们的守护神啊！”

一领导高呼口号：“向志愿军学习！向志愿军致敬！”

众人高呼口号：“向志愿军学习！向志愿军致敬！”

一领导高呼口号：“打倒美帝国主义！”

众人高呼口号：“打倒美帝国主义！”

黄敬：“可是我们的志愿军需要大量的飞机、大炮、坦克、汽车！需要大量的棉衣、棉被和鞋袜！需要你们每一个老板的帮助。帮助他们就是帮助你们自己！毛主席号召你们，有钱的出钱，有力的出力，举全国之力打败美帝国主义！”

仁立公司总经理朱继圣跳上舞台：“我们仁立公司积极响应黄敬书记同志的号召，现在，我代表仁立公司全体员工，决定捐献一架飞机！”

众人鼓掌。

朱继圣：“同时，捐献6个月超产部分产品15%的利润……”

众人鼓掌。

朱继圣：“黄敬书记，我还有一个请求……”

黄敬：“说！”

朱继圣：“就是……我们捐献的飞机，能不能叫‘仁立号’？”

黄敬：“能！就叫‘仁立号’！”

朱继圣兴奋地挥舞着双手：“‘仁立号’——”

李烛尘走上舞台：“各位同仁，黄敬书记，我代表永利、久大两个公司，捐献‘永利号’飞机一架！”

孙冰如走上台：“我们寿丰面粉公司捐献飞机一架。”

毕鸣岐：“我们进出口公司捐献飞机五架！”

众人热烈鼓掌。

黄敬和每一个捐献者握手。

## 西安常香玉家

一间不大的卧室里，豫剧演员常香玉和丈夫陈宪章正在睡觉，常香玉翻来覆去睡不着。

常香玉：“宪章，宪章，你醒醒……”

陈宪章：“你怎么还没睡？”

常香玉：“今天西北局召开的抗美援朝群众动员大会上，我突然有一个想法……”

陈宪章：“什么想法？”

常香玉：“咱们香玉剧社捐一架飞机吧……”

陈宪章瞪大了眼睛：“你没有发烧吧？一架飞机要15亿呀！”

常香玉：“咱们把汽车卖了，把我的金银首饰都卖了……”

陈宪章：“那才几个钱……快睡觉吧……”

常香玉：“你起来，起来……志愿军在朝鲜和美帝国主义拼死拼活地打仗，咱们捐点钱还不行？”

陈宪章：“这不是一点两点钱……”

常香玉：“发动全剧社的演职人员都来捐。你再写个好本子，排练好了，到全国巡回演出！一年不行两年，两年不行三年，我就不信攒不够一架飞机钱！”

陈宪章：“这还行……写个什么本子呢？”

常香玉：“志愿军在朝鲜打仗，咱也写个打仗的……要是能写个女的打仗的就好了……”

夫妻二人几乎同时说：“花木兰！”

陈宪章激动地说：“好，好……就写花木兰！”

陈宪章起床穿衣。

常香玉：“你干什么去……”

陈宪章：“现在就开始写！”

**大榆洞志愿军总司令部门外的大树下**

彭德怀站在大树下沉思。

毛岸英轻轻走过来，把大衣披在彭德怀肩上。

彭德怀：“岸英啊……”

毛岸英：“天冷了……”

彭德怀：“来，坐坐，咱爷俩聊聊……”

两人并肩坐下。

彭德怀：“入朝多少天了？”

毛岸英：“33 天了。”

彭德怀：“想爸爸了吗？”

毛岸英：“他老人家这些天作息时间肯定是乱套了……”

彭德怀：“他呀，长征那会儿，就不按套数来，跟小孩睡觉似的，晚上工作，白天睡觉。”

毛岸英：“这对他的身体损害会很大……现在还年轻，只有 57 岁，以后会慢慢看出来的……”

彭德怀：“岸英啊，这一刹，我好像后悔带你到朝鲜来了……”

毛岸英：“为什么？我不后悔，永远不后悔！看到我们的指挥员在这么艰苦的条件下，面对着完全陌生的战场、完全陌生的强大对手，能够运筹帷幄，决胜千里，这是怎样的智慧呀……看到我们的战士，在这样残酷的战斗中，舍生忘死，义无反顾，这是怎样的忠诚呀……我真想自己亲自去参加战斗！”

彭德怀：“要说起运筹帷幄来，我还真佩服你爸爸。他指挥起战争来，特别是大规模作战，那简直就是天才！缜密的逻辑、合理的推演、丰富的经验、哲学的思考、艺术的想像……学不来呀……”

毛岸英：“我研究过爸爸在三大战役中的往来电报，事实证明，他对战争确实很敏锐。”

彭德怀：“未来的历史会证明，他是个伟大的领袖！岸英，好好学，记住战争的每一步……”

毛岸英：“嗯，我每天都整理出将近 3000 字的战场记录……”

彭德怀：“等我们回国了，你就是抗美援朝最权威的专家了。共和国需要你们这样有知识、有文化的年轻人啊……”

毛岸英看了一下表：“谢谢彭叔叔。我一会儿要到前边去送棉衣，回来我们再聊。”

## 阵地上

大雪在下着……

整个三千里江山好像都在下雪。

山冈和平原都变成了白色，

只有一面红旗在雪中飘舞……

毛岸英和一个志司后勤部的同志来到了阵地上，他们高声喊着："同志们，祖国人民给你们送棉衣来了！"

阵地上没有声音。

毛岸英又喊了一遍："同志们，祖国人民给你们送棉衣来了！"

还是没有回答。

毛岸英感到了什么，他扒开积雪，露出一个个冻僵了战士……

满山遍野埋着雪中的战士……

毛岸英哭了……

## 志愿军总司令部

滴滴答答的电波在传向各个战场，传向中南海。

突然，4架美军战斗机飞临志愿军总司令部的上空，飞机飞得很低，呼啸声震耳欲聋。

作战室附近，

众人正在忙碌。

飞机的呼啸声传来，

洪学智高喊："隐蔽，快隐蔽……"

众人就地卧倒。

敌机扔了两枚炸弹飞走了。

毛岸英怒目看着天空……

众人回到自己的岗位，

只有洪学智若有所思地看着天空。

## 彭德怀住处

这是一间小木板房，只有简单的一张床铺和一张小桌子。

洪学智和几个参谋在拾掇东西。

洪学智："高参谋，把彭老总的地图收拾好，别给他折了啊……"

高瑞欣："知道了，洪副司令……"

程普："洪副司令，彭老总能同意吗？"

洪学智："他同意也得同意，不同意也得同意……"

彭德怀走了进来："谁这么霸道啊？"

众人："彭老总……"

洪学智："彭老总，是我让他们把你的东西……"

彭德怀看看空荡荡的屋子："你个洪大个子，这是干什么？我的地图呢？"

洪学智："老总啊，我们准备都拿到上边防空洞去，那里火也点着了，邓华他们都在等着你去开会呢……”

彭德怀:“去防空洞跟机关就远了! 就在这!”

洪学智:“这里不安全。搬到上边是为了防空,是我们大家商量的。机关的大部分同志也都搬进去……”

彭德怀:“你们要是把我的地图弄折了,看我怎么收拾你们!”

洪学智:“程普,把彭老总的铺盖抱着……”

彭德怀:“那不要弄,还回来呢……”

洪学智:“等回来你再抱回来不就完了嘛……走走……高瑞欣,你通知毛岸英都到防空洞去。”

高瑞欣:“是!”

洪学智推着不情愿的彭德怀走了。

程普和高瑞欣抱着彭德怀的行李、地图和电话等用品向防空洞走去

有人对着正在写东西的毛岸英:“毛参谋,你也快走吧。”

毛岸英:“你们先走,我还有一点没写完……”

程普:“你快点呀!”

人们都走了,毛岸英在记日记:“几天过去了,但是那场大雪还一直在我脑海里不停地下着,那雪底下9000名士兵一个都没有死,他们还在战斗,为了和平,为了祖国在战斗。出国一个多月了,直到那天我才真正感到,一个志愿军战士的伟大,无论是战死的、饿死的、冻死的,他们都是毛泽东的儿子……亲爱的父亲,你该为有这样的儿女而骄傲和自豪……我们的祖国该为有这样的儿女而骄傲和自豪。愿这些死去的儿女,为祖国母亲换回和平的天空……”

又有几架飞机临空,

敌机的呼啸声。

有人喊了一声:“毛参谋——”

几颗炸弹在志愿军总司令部附近爆炸。

几颗燃烧弹在木板房里爆炸了。

浓烟滚滚,火光冲天。

彭德怀正要坐下,突然洞口一参谋高喊:“不好,作战室有人值班呢!”

彭德怀忙问:“都是谁? 怎么不疏散?”

洪学智:“好像毛岸英和几个参谋还在搬东西……”

彭德怀:“毛岸英……”

彭德怀一边说着就往外跑。

“这时出去太危险了!”警卫员景希珍死命抱住彭德怀,不让他跑出去。

彭德怀火了,大声骂道:“放开! 快放开,再不放老子毙了你!”

景希珍哭着,死也不肯放手。

彭德怀用力挣脱后,就直冲下山,边跑边喊:“岸英,快跑出来,听见了没有? 快跑出来……”

火焰升腾,“噼啪”作响。

彭德怀气得直跺脚,立刻掏出手枪来,面对敌机逃跑的方向,对着天空“砰砰”地放了

两枪。

彭德怀怔怔地坐在废墟上，手里拿着毛岸英的手表。

洪学智、邓华、解方、杜平等人都围在旁边。

洪学智："彭老总……"

彭德怀："为什么偏偏是岸英呢……"

解方："彭总，你要保重身体……"

彭德怀慢慢站起来，把手中的手表递给洪学智："这是斯大林给岸英的手表，你暂时保管一下……"

彭德怀："怎么会是岸英？邓华，给毛主席和中央军委发电报，报告一下毛岸英同志牺牲的经过……责任由我来负，我签字……不，还是先给周总理发吧……"

彭德怀仿佛衰老了许多，缓缓地走了。

## 北京中南海毛泽东书房

毛泽东在一个电文上批示：《关于修筑进入西藏的公路问题》，落款是西南军区副司令员张宗逊。

毛泽东在电报上写着："一、照西南意见，玉树、黑河、拉萨线的公路较容易修，而西南则只修甘孜、昌都线，以西不修，请再研究，是否令西北负责修玉树、黑河、拉萨公路？二、由新入藏。据王震称，修路由部队负责，不另向中央支经费，只要 500 辆汽车。5000 名骑兵亦不是 1951 年一次都去，今年只去千余。请周恩来、聂荣臻酌议……"

## 北京中南海周恩来住处

天已经黑了，可屋子里没有开灯，周恩来拿着电报怔怔地坐在沙发上。

门开了，邓颖超走了进来。

邓颖超打开灯："哟，你在家呀……"

邓颖超脱下外套，亢奋的她没有发现丈夫那悲伤的神情。

邓颖超："恩来，你不知道，我们全国妇联召开了抗美援朝动员大会，那叫热烈呀……多少同志当场把新婚的金银首饰捐献了出来。还有一位老同志，把攒了几十年的棺材本钱都捐献了出来，可感人了……"

邓颖超终于发现丈夫神情不对："你怎么了？不舒服……"

邓颖超关切地摸摸丈夫的额头，突然，她发现了周恩来眼角上的泪花。

邓颖超："你哭了，恩来……怎么了？发生了什么？"

周恩来悲伤地说："岸英牺牲了……"

邓颖超："谁？"

周恩来："毛岸英……"

邓颖超："毛岸英？没有确切的消息可不敢胡说……"

周恩来把手中的电报递给了妻子。

邓颖超看着电报，眼泪扑簌簌地落下来。

邓颖超："岸英这孩子命苦啊……8 岁就跟着妈妈进了国民党的监狱，9 岁就没有了亲娘，弟兄三个就流浪街头……留过学，打过仗，学过农，做过工……多全面的一个孩子呀……

和思齐结婚不到一年……主席知道吗?”

周恩来摇摇头。

邓颖超:“那思齐呢? 思齐知道吗?”

周恩来还是摇摇头。

邓颖超哭泣着:“这可怎么办? 怎么跟主席说呀?”

**北京中南海毛泽东住处**

毛泽东还是穿着睡衣在翻阅文件和地图。

门外传来周恩来的声音:“主席睡了吗?”

警卫回答:“这十几天就没见主席正儿八经地睡过……”

毛泽东:“谁在说我的坏话呀? 恩来,快来呀……”

周恩来开门进来。

毛泽东兴奋地说:“你看看,你看看这个彭德怀……”

毛泽东把一封电报交给了周恩来。

毛泽东:“第三十八军先歼灭了伪军第七师,继而冲破土耳其旅和美军第一师的阻击,顽强地插到三所里,随后又插到龙源里,阻止了后撤部队和增援部队的汇合,取得了辉煌的胜利呀……”

周恩来念电报:“梁、刘并转第三十八军全体同志。此战役克服了上次战役中个别同志的顾虑,发挥了第三十八军优良的战斗作风,尤以第一一三师行动迅速,先敌占领三所里、龙源里,阻敌南逃北援。百余架敌机坦克,终日轰炸,反复突围,终未得逞,止 30 日计缴获坦克、汽车近千辆……1000 多辆,真是大胜利呀!”

毛泽东:“你看看最后……”

周恩来念电报:“中国人民解放军万岁,第三十八军万岁! 第三十八军万岁?”

毛泽东:“这下梁兴初高兴了,第三十八军成了万岁军了……”

周恩来犹豫地说:“主席……”

毛泽东:“好,老彭他们打得好啊! 这个万岁军会给所有入朝部队很大的鼓舞啊!”

周恩来欲言又止:“主席……”

毛泽东:“哎,恩来,你来干什么?”

周恩来:“嗯……对了,驻印度大使袁仲贤通知转来了达赖喇嘛的一封亲笔信……”

周恩来从兜里拿出两封信,把彭德怀的信装进兜里。

毛泽东看达赖的信:“尊敬的毛泽东主席,我接受西藏僧俗人民的信任和委托,于吉祥的 10 月 8 日担任了政教重任。过去,在我年幼未掌权期间,藏汉之间的友好关系屡遭破坏,对此深感遗憾。(时下)汉政府军队已遍及西藏东部、西部及中心地带,西藏僧俗人民深感不安,郑重请求将政府分为留守和外出两部分。谈判一事,此前已由昌都阿沛·阿旺晋美和从拉萨政府派出的堪穷两位为助手,前往昌都进行谈判。近日已通知阿沛及随员从速启程赴北京,但因路途遥远,不易及时赶到。为争取时间,我们将再给阿沛派去助手,经印度前往北京……请你袁仲贤大使将增进藏汉友好关系的纯正善良愿望,向尊敬的毛主席及时转呈。”

看完了,毛泽东心情不错:“他说得不错……”

周恩来:“看起来,达赖回心转意了……”

毛泽东："不管他是真心诚意的还是走投无路，只要有这么个态度，我们就欢迎啊！告诉他，我毛泽东祝贺他执政，中央政府欢迎他派代表来北京，驻印度大使馆将给予一切旅行上的便利和帮助。"

周恩来："嗯……"

毛泽东："恩来呀，我还考虑，老彭他们的伤亡也很大，长期作战，战士们体力也跟不上，他们需要补充兵源哪……"

周恩来："我考虑了，今年的征兵工作是不是提前搞，现在就动员！"

毛泽东："对！要挑选一些优秀的青年，充实到抗美援朝第一线！"

周恩来："主席放心，一定挑选最优秀的青年！主席……"

毛泽东："好了，你回去睡觉，我今天可要睡个好觉啦……"

周恩来犹豫再三："那……主席休息吧……"

## 北京中南海毛泽东住处

毛泽东正在沙发上看报纸，

叶子龙敲门走了进来。

叶子龙："主席……"

毛泽东："子龙啊……有事情……"

叶子龙："主席你可要多保重啊……我……"

毛泽东："此子龙非彼子龙也……黏黏糊糊的……"

叶子龙："彭老总电报……"

毛泽东："念。"

叶子龙："主席……你自己看吧……"

毛泽东诧异地看看叶子龙，接过电报。

毛泽东："奇怪……"

叶子龙掩饰着转身就走了。

毛泽东在看电报。

毛泽东脸上露出了震惊、哀痛、心碎的表情。

毛泽东无力地把电报放下，又拿起来仔细地查看。

他想点支烟，可手颤抖得厉害，连续三次都没有点着，他把烟扔到了桌子上。

毛泽东站起来，可身体摇晃了一晃，他扶着沙发扶手，镇静了一下，才站起来。

他又拿起烟，可是没有点，径直向门口走去。

毛泽东打开了门，他愣住了。

毛岸英就站在面前……

回忆：

毛岸英："爸爸，苏联比中国冷，出门时要把大衣穿上。"

毛泽东："好。"

毛岸英："苏联人不喝开水，你让服务人员给你烧。"

毛泽东："好。"

毛岸英:“我教你的几句日常用语你要大胆地说,外语要敢说才行。”

毛泽东:“好……”

毛岸英:“你不用惦记我们,我会照顾弟弟妹妹……”

毛泽东:“好……”

毛岸英:“我们等你回来……我大了,还要好好地孝敬你……”

**北京中南海毛泽东住处门外**

门外站满了人。

有朱德、刘少奇、周恩来、杨尚昆、陈云、邓小平、聂荣臻等,

还有所有的秘书和工作人员。

众人:“主席……”

人群中有抽泣的声音,

毛泽东再一次不语。

回忆:

满洲里站台上,

毛泽东在和站台上的人握手,他走到毛岸英面前,亲了儿子一下。

毛岸英伸出手,把毛泽东大衣的领子拉了拉。

毛泽东上苏联的专列。

列车开动了。

高岗和毛岸英站在月台上。

毛岸英突然跟着列车跑了起来,

一边跑,一边拍打着毛泽东的窗子:“爸爸保重,爸爸保重……”

车子已经开了很远了。

毛岸英又在铁路上跑了起来:

“爸爸保重……”

朱德叫了一声:“主席……”

毛泽东摇动一下头,铿锵地说:“战争嘛,总会有牺牲……毛泽东的孩子牺牲了,朝鲜战场上,千千万万个老百姓孩子不也在奋斗牺牲嘛……”

毛岸英站在他面前,他身后是白雪中的三千里江山和冻死的几千志愿军战士。

毛岸英:“爸爸,他们都是你的儿子,毛泽东的儿子——”

(杨根思,曾被评为“华东一级战斗英雄”、“全国战斗英雄”。中国人民志愿军领导机关为杨根思追记特等功,并追授“特级英雄”称号,命名他生前所在连为“杨根思连”。朝鲜民主主义人民共和国最高人民会议常任委员会追授他“朝鲜民主主义人民共和国英雄”称号和金星奖章、一级国旗勋章。中国人民志愿军司令员彭德怀题词赞誉他是“中国人民的优秀儿子、国际主义的伟大战士、志愿军的模范指挥员”。

罗盛教,志愿军领导机关为罗盛教追记特等功,同时授予“一级模范”、“特等功臣”的称号。同年4月1日,中国新民主主义青年团中央委员会决定追认罗盛教为“模范青年团员”。

1953年6月25日，朝鲜民主主义人民共和国最高人民会议常任委员会授予他一级国旗勋章及一级战士荣誉勋章。

黄继光，令人遗憾的是，由于黄继光从小家境贫寒，从来没有去照过一次相。直到今天，宣传黄继光烈士，只有一幅舍身堵枪眼的素描画。战后，黄继光被追认为中国共产党党员，中国人民志愿军领导机关给他追记特等功，并追授"特级英雄"称号。朝鲜民主主义人民共和国最高人民会议常任委员会追授他"朝鲜民主主义人民共和国英雄"称号和金星奖章、一级国旗勋章。）

朝鲜战争的场景……

水库建设的工地……

鞍山钢铁公司里奔流的铁水……

## 志愿军总司令部空寺洞内

洞内点着蜡烛，

彭德怀正在伏案疾书。

洪学智急匆匆走了进来。

洪学智："彭老总，你叫我回来干什么？"

彭德怀："老洪啊，你马上回国！"

洪学智："回国？"

彭德怀在地上踱步，烛光把他的身影投射到了洞壁上。

彭德怀："你回去一趟，向周副主席汇报一下我们第五战役的作战情况和后方供应问题。"

洪学智："嗯，让党中央、中央军委了解一下前线作战和后方供应的实际情况太有必要了……"

彭德怀："快走啊！"

洪学智："现在？是！"

## 北京中南海周恩来住处

周恩来正在等候。

洪学智在聂荣臻的陪同下走了过来。

周恩来迎了上去："洪学智同志，一路上辛苦了。"

洪学智："看我这灰头土脸的……"

周恩来："这才是亲临战场的感觉嘛……快请进……"

## 北京中南海周恩来住处

周恩来一边倒水，一边："前线情况怎么样啊？"

洪学智："总理，我自己来……"

周恩来："你是客人，是抗美援朝的功臣……"

聂荣臻："总理，我来吧……"

周恩来："前线情况怎么样？"

洪学智:“几次战役打下来,我们吃亏就吃亏在没有制空权,敌机的轰炸使我军遭受到了极大的损失。那飞机经常一折腾就是一天,见到人就猛冲下来,嘎嘎地扫射,扔汽油弹、化学地雷、定时炸弹……晚上是夜航轰炸机,战士们叫它‘黑寡妇’,那炸弹雨点似的,到处是大火……”

周恩来:“美帝国主义欺负我们,疯狂到了极点,但是他们没有想到,在他们的海空优势下,我们还是打到了三八线,美军这是第一次在世界上吃了败仗!”

洪学智:“志愿军总司令部现在增加了高炮部队,在许多关键的点上,设置了防空哨……志愿军都盼望着咱们能早出动飞机……”

周恩来:“中央军委考虑要尽快出动飞机,当然我们的飞机有限,只能给敌人制造一点混乱,震慑一下子,不能让他们再这么肆无忌惮了!”

## 北京中南海毛泽东住处

毛泽东、周恩来、刘亚楼正在商讨出动飞机的事情。

毛泽东:“好,恩来说得好!尽管我们的飞机有限,但是要给他们制造点混乱,能打下来更好,震慑他们一下子,不能这么肆无忌惮!”

刘亚楼:“不鸣则已,一鸣惊人!”

毛泽东:“不,一鸣则已,不必惊人。”

刘亚楼:“明白!”

毛泽东:“恩来呀,现在美军已经被赶到三八线了,两军在一段时间内会呈现一种对峙状态,战争的形态也会改变为防御作战,战局稳定多了。我想趁这个机会把《毛选》搞出来。这个东西也许对现在的中国有一点用,苏联斯大林也催着要。要集中突击一下,在北京事情太多,要找个地方,离北京不要太远,不占老百姓的房子,也不住招待所,你看行吗?”

周恩来:“从前年中央就决定出版《毛选》,可事情太多,至今也没有付梓,苏联的马列理论专家尤金为了《毛选》已经来中国好几个月了,主席您总也没有时间……我看行,找个地方突击一下,我们党现在很需要理论指导……”

## 朝鲜战场上空

100 多架敌机肆无忌惮地飞往大同江附近。

## 北京空军司令部

一片紧张的战斗气氛,

刘亚楼正在指挥战斗。

参谋报告:“报告司令员,志愿军前线雷达发现 100 多架敌机正飞往大同江和永柔地区,妄图轰炸我运输线!”

刘亚楼:“准确数字是多少架?”

参谋:“184 架!”

刘亚楼:“是闹动静的时候了……”

刘亚楼拿起通话器:“空四师、空三师注意,我是刘亚楼,大同江和永柔空域发现敌机大机群,命令你们起飞迎敌!”

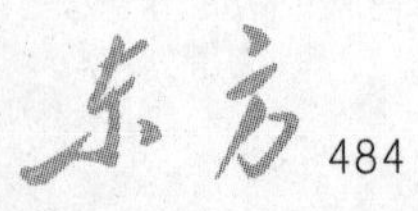

## 朝鲜战场

一大队大队长王海带领6架战鹰奉命赶往战区。

王海清楚地看到低空中五六十架敌机正疯狂地对着江桥俯冲轰炸，江面上腾起一股股浓烟。

王海："102，102！在前方发现小狼！跟我攻击！"

王海一声令下，6架战鹰闪电般向敌机冲去。

敌机一下子失去了刚才的傲慢劲儿，慌忙把炸弹扔到沙滩上，仓促应战。双方战机顿时缠斗在一起，一片混战。

不过，敌人毕竟是有实战经验的飞行老手，且训练有素，很快就稳住阵脚，重新集结编队。只见敌8架飞机首尾相接，排成一个大圆圈。这是一个十分厉害的空战队形，当攻击圆圈中的前一架敌机时，后一架马上就跟了上来，进行掩护。

王海灵机一动："爬高占位！"

6架战鹰"唰"地一下拉上了高空，然后，掉过头猛冲下来，再拉上去，再冲下来…… 几个反复，"螺圈阵"终于被砸开了！王海趁机咬住一架敌机，把它稳稳地套进光环，在500米距离上，一个长射，敌机翻滚着掉了下去。

与此同时，僚机焦景文一串炮弹把企图攻击王海的一架敌机打得东倒西歪栽到了地上。

两人越战越勇，乘胜追击，又各击落一架敌机。

不远处，飞行员孙生禄也首尝胜果，他在300米的距离上发炮，把一架敌机打得凌空爆炸。

60多架敌机被一大队6架战鹰勇猛的攻击打晕了，惊恐万状，四下逃散。

王海没有恋战，他果断地下达了命令："集合返航！"

5比0！一场干脆利落的漂亮仗结束了。

## 北京中南海毛泽东住处

毛泽东正在看着一个刚刚从朝鲜拿回来的毛岸英用过的箱子。

他一言不发。

周恩来走了进来。

毛泽东指了一下沙发，继续翻着毛岸英的东西，他翻出一个纸条，他看了起来，良久不语，然后把纸条递给周恩来。

周恩来读了起来："借条，今借到王首道叔叔人民币200元，毛岸英，1950年5月29日……"

毛泽东："钱是我毛泽东借的，儿子去替我还了……当年岸英、岸青流落街头，是党组织找到了他们，是党给了他们第二次生命，现在岸英把生命献给了党，账清了……"

周恩来："主席，你要出去修改选集，地方找好了……"

毛泽东点头……

## 石家庄西郊一所住宅

这是一个宽敞的四合院，

毛泽东的临时住处，办公桌上放着一摞稿纸。

毛泽东在修改一个章节，他读出声来："无数革命先烈在我们的前头英勇牺牲了，让我们每个活着的人一想起他们就心里难过，我们还有什么个人利益不能牺牲，还有什么困难不能战胜……"

毛泽东放下稿子，想了想，拿起一张宣纸，四四方方地叠了起来，装进了口袋，出门。

警卫员跟了出来。

毛泽东："不要跟我。"

警卫员还是悄悄地跟在后面。

毛泽东发现了他，大声地说："不要跟我！"

警卫员停步了。

毛泽东走进了晨曦……

雾像纱一样，飘荡在大地上……

毛泽东来到了一个十字路口，他拾起地上一根树枝，在地上划了一个十字，然后蹲了下来，拿出那张宣纸，又拿出火柴，点燃……

这时候我们才明白他要干什么。

火光映红了他的脸……

毛泽东："岸英儿……你现在走到了哪里？朝鲜离湖南可是很远呀，路上好走吗？回到湖南见到你开慧妈妈，跟她说，我对不起她，我没有照顾好你……"

毛泽东说不下去了，他抬起头，看着天，他愠怒了："老天爷，你对我们家不公呀，我们家已经死了五口了，你为什么还要我的儿子，让一个白发人送黑发人，为什么？"

他放声哭了……

大地在低吟……

白雾在飘荡……

**美国华盛顿第五大道咖啡馆**

中情局戴礼帽的男人正在和兰德公司的女郎交谈。

男人："今天请你来，不是为了买情报。"

女郎："是的，我想到了。"

男人："主要是想告诉你，你们情报很准确。"

女郎："更正一下，兰德公司是智库，不是情报贩子。我们提供的是信息，你们可以不信。但从中国志愿军在月光下涉过鸭绿江那个夜晚起，全世界都知道了兰德公司。"

男人："但是也许没多少人知道现在的战争进展？"

女郎："我们只研讨结果，就是谁可以在战争中最后胜利。"

男人："谁？"

女郎："谁发动的战争谁失败。"

男人："为什么？"

女郎："因为这场战争是在错误时间，错误地点，发动的错误的战争。记住，如果哪一位华府官员引用了这句话，兰德公司将有版权……"

男人："好，太好了。"

女郎："什么太好了？"

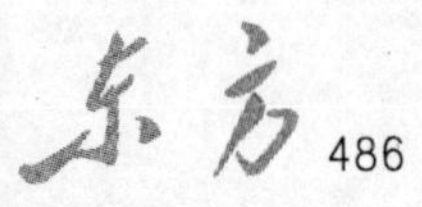

男人:“你的身材。”

女郎:“说对了,可惜不是你第一个说的。”

男人:“可以再约你吗?”

女郎:“可以。”

男人:“太好了。”

女郎:“你想到别处去了。”

男人:“怎么?”

女郎:“因为我还有信息。”

男人:“关于战争的?”

女郎:“关于和平。”

男人无语……

女郎:“1957年苏联人造卫星上天……那一年毛泽东将再一次访问苏联。”

男人:“……”

(朝鲜战争结束后,华盛顿发出感慨:朝鲜战争,是他们在错误时间,错误地点,发动的一场错误战争……

1957年苏联发射人造卫星,发射时间和兰德公司的推断的时间只差两周……)

## 台北蒋介石官邸

蒋经国走进了蒋介石的房子。

像往常一样,蒋经国来向蒋介石道晚安:“父亲,如果没什么事,你就早点休息吧。父亲晚安!”

蒋介石指了一下一边的沙发:“坐一会儿吧。”

蒋经国:“好的。”蒋经国坐了下来。

蒋介石半天没开口。

蒋经国一直盯着蒋介石。

蒋介石:“有个消息,你听说没有?”

蒋经国:“父亲,什么消息?”

蒋介石:“听说毛泽东的儿子到朝鲜参战,被美军飞机炸死了。”“死”字说得很轻,蒋经国几乎没听清。

蒋经国有些怀疑:“是吗?”

蒋介石嘲笑地说:“西方人,正经情报,都是八卦,八卦的情报,都很正经……”

蒋经国:“也是……”

时钟敲了12下,

屋子里又静了下来,蒋介石突然问道:“你和毛岸英在苏联见过吗?”

蒋经国回忆着:“没有,我是1937年回来的,他可能刚去。听说他吃了不少苦,还参加了苏联的卫国战争。”

蒋介石:“中华民族历史悠久,文化博大精深,怎么都把孩子送到苏联去?学了一生都很难改的毛病……不管怎么讲,毛泽东对你回国,在斯大林那里是出了力的,在他失去儿子的时候,幸灾乐祸不是君子,兔死狐悲,又没到那个情分,但是白发人送黑发人的感觉我是有的，我不会把你送到朝鲜战场，但是你要记住，我们父子一直都在战场之上，因为官场就是战场，也会死人……”

宋美龄走了进来，她看了看这对父子：“谈什么呢？”

蒋介石：“听说毛泽东的儿子在朝鲜殉难……”

宋美龄不以为然地说：“噢……经国少了个对手。”

蒋介石不语。

蒋经国不语。

宋美龄：“都睡吧，应该睡得好才对。”

蒋经国没动。

蒋介石对蒋经国说：“睡吧……”

蒋经国站起：“父亲，我去了，美龄母亲，我睡了，晚安……”

蒋经国走了。

宋美龄看着蒋介石：“你也睡吧。”

蒋介石：“你先休息吧。”

宋美龄：“睡吧，你的儿子孙子都好好的呢！”

蒋介石淡淡一笑，

宋美龄走了。

蒋介石起身，来到蒋经国的房间，蒋经国不在，蒋介石来到院子里，发现蒋经国在院子的台阶上坐着，看着天上的星星。

蒋介石悄悄地坐下。

蒋经国见父亲来了，刚要站起，

蒋介石示意他不要出声，然后指着天空，小声地问：“哪颗最大？”

蒋经国：“最亮的吧。”

蒋介石：“不一定，为什么亮，因为它离我们近……”

蒋经国：“噢。”

蒋介石：“记住我的一句话，儿子，好好活着。因为蒋‘总统’，人们听习惯了，改人可以，改姓不可以……”

宋美龄在她的房间里看着这对父子。

一张淡淡的脸……

**小路上**

院子外边的一条小路上，

毛泽东在走着……

胡乔木领着苏联专家尤金走来。

胡乔木远远地说：“主席，苏联专家尤金同志要见你……”

尤金热情地说：“毛主席……”

毛泽东伸出他的大手：“尤金同志……”

尤金：“毛主席，我看了您的《实践论》俄译本，简直是经典，马克思列宁主义的经典，我就推荐给了斯大林同志，斯大林同志看后也是大加赞赏。苏联的《布尔什维克》杂志全文刊登了您的文章,《真理报》还发表了编辑部文章《论毛泽东的著作〈实践论〉》……"

说着,尤金把报纸递给了毛泽东。

毛泽东:"嗬,《实践论》在中国还没有发表呢。尤金同志,你是苏联当代理论家,我为什么向斯大林同志提出邀请你来看我的文章?是不是我那样没有信心,连文章都要请你们来看了?没有事情干了吗?"

尤金没明白毛泽东的意思。

毛泽东激动地说:"不是的,是请你们来中国看看,看看中国是真的马克思主义,还是半真半假的马克思主义!《毛选》里的这些文章,不是我毛泽东自己的,是群众教给我们的,是中国革命实践的结晶!是中国共产党28年的历史,是中国共产党人集体智慧的结晶!是付出了流血的代价的!为了新中国,我们死了几千万人,我必须要很好地总结。"

远方,一轮太阳东升。

阳光灿烂!

(《毛泽东选集》的出版,标志着毛泽东时代的到来,中国人民在毛泽东思想的指引下,在社会主义的大道上阔步前进。)

# 第三十三章

**北京中南海毛泽东住处**

毛泽东在写批示："中共中央政治局扩大会议决议要点：要使省、市级以上的干部都明白，有一个思想，三年准备，十年建设，准备时间从现在起，还有 22 个月……"

**新疆军区王震办公室**

王震正在读党内通报："……必须从各个方面加紧进行工作，并指出在城市工作中，要明确以工人阶级的思想为中心，在工厂以生产计划为中心……"

**一个工地上**

这里挂着各种各样的设计图和计划表。

王一亭正在给王震讲解着，在座的有王恩茂和师里的领导。

（王一亭　水利工程师）

王一亭："这是胜利渠的草图，全图月底前能够完成。现在看来，如果这个渠能在今年四五月前完成，那么对于五师今年的大生产是十分有利的，可以解决 3 万到 3.5 万亩地的灌溉问题。"

……

王震在认真地听着，情绪一直在兴奋中。

在一边的王恩茂问了一句："全长是多少？"

王一亭回他的话："120 里。"

王恩茂满意地点点头："那就是说，这 120 里的沿线部队和老百姓都可以受益？"

王一亭肯定地说："是这样。"

王恩茂："怎么样？你又做了一件功德无量的事，不亚于南泥湾，还有什么困难吗？"

王一亭挥了一下手："诸位首长，我的话还没说完。我初步计算了一下，光土石方就要 14000 方。从采石场到工地，要用汽车 100 辆，按 24 小时计算，这就要 1 个月。我也算了一下，光是汽油就要 20000 加仑……"

在场的人再也不说话了。

好一会儿之后，王震开口："这就是说，我们的大专家用了半个月时间给我出了一个马歇尔计划，这是个根本不能实现的计划以。你说呢，老徐？"

徐师长沉吟了一会儿没说话。

王恩茂指着他说："你徐大个子，不说话，那可就是没问题，到时候你完不成，王司令员和我可不会放过你。"

徐师长摇了摇头："恐怕真是运输问题……"

人们又一次沉默不语了。

王震点着后勤部副部长甘祖昌的名字："甘祖昌，你这个后勤部长，有什么办法？"

甘祖昌是个不愿张扬的人，他缓慢地走到了王震面前小声地说了一阵子……

王震听着听着，脸上有了笑容……

王震笑着对徐师长说："你不就是缺汽车吗？这回我给你拖拉机。"

王恩茂笑了："我们司令员要草船借箭了。"

王震神秘地说："我明天给你1000台拖拉机……好了，你们这个问题就这样。甘祖昌，拖拉机的事你去办。徐师长，你去给我动员部队，你要保证到时候给我开上去。"

甘祖昌和徐师长他们走了。

王震："你们工程处的同志讲一下开采煤矿的事情。"

一个人拿出了一个本子："是这样的。根据你的指示，我们和李四光同志取得了联系，他给我们介绍了一个人。"

王震高兴地说："那好啊！"

工程处的人："可是不能用……"

王震开玩笑地说："你和我说相声呢？"

"不是……"

"不是，是什么？"

"他现在监狱里服刑……"

一下把王震的话给撞了回去，半天他没有说话。

工程处的干部："但是，这个人是个人才，在瑞士学习了几年，后又到德国考察。"

王震在想着，他又问身边的王一亭："你了解他吗？"

王一亭郑重地说："了解，很了解，他是原来建设厅的地质研究所所长，不可多得，有用。"

王震开了一句玩笑："你可不能姓王的偏向姓王的。"

王一亭反应很快："司令员，你也姓王。"

王震又指了一下王恩茂："那还有一个姓王的。"

……

## 王震住处

甘祖昌笑眯眯地把王震叫了出去，

王震指着地上那个爬犁："就是这。"

甘祖昌："是的。你看这里钉上两根铁条，很光滑，拉起来省力多了。"

王震："哪来的铁条？"

甘祖昌："这里附近有一个盛世才的监狱，窗子上都是铁条……"

王震又幽默地说："盛世才怎么知道我们要在这里开展大生产？"

甘祖昌："可能是早想到咱们会来……"

王震高兴道："咱们试试。"

甘祖昌："你上来。"

王震上了爬犁。

甘祖昌在前边拉着他。

王震像孩子一样地在上边叫着：

"好，好，快点……"

这时徐师长陪着王恩茂从这里走过。

徐师长奇怪地说："老旅长今天可是真开心，他还是对老部队亲。"

王恩茂看出了其中的奥秘："不是吧。"

徐师长："那他这是……"

王恩茂指着他们："他们俩给你找到拖拉机了。"

徐师长这才恍然大悟："啊，这就是拖拉机？"

……

徐师长陪着王震、王恩茂在看部队。

战士在热火朝天地制作爬犁……

徐师长对王震说："两位首长，你们明天就要走了，我们也要上工地了，你给大家作个动员。"

王震没有说话……

徐师长动情地说："老旅长，大家好久都没有听你讲话了。"

王震看看王恩茂。

王恩茂："满足他们吧。"

王震还是没说话……

田野……

军号把南疆这个美丽的土地吹醒了……

战士拉着爬犁上工了。

他们唱着歌。

他们打着旗。

突然，他们的歌声停止了。

远远的一行人也拉着爬犁，爬犁上装着满满的石片。

这一行人的第一个是王震，他的后面是王恩茂、甘祖昌、王一亭……

当这些人从部队面前走过时，一时间战士们不知说什么好，片刻之后，他们发出了震天的喊声：

"老旅长……"

声音在天山回响。

声音化成一条长龙。

## 汽车上

王震要走了，

徐师长坐在王震和王恩茂的车上在为他们送行。

王恩茂对徐师长开玩笑地说："司令员没作动员，你就放他走了。"

徐师长心悦诚服地说："怎么说呢？这是于无声处听惊雷，你们知道部队怎么说？"

王恩茂："学学……"

徐师长："战士们说，他们见你们来这里，想起了南泥湾……"

王震点头："战士们认识问题比我们高。是啊，你们是老部队，要发扬老部队的传统，一定要把部队的生产搞上去，一定要把水利搞上去。我们是一边保卫新疆，一边建设新疆，这两条都要抓。"

徐师长充满信心："请首长放心，我们一定按计划通水。"

王震："到时，我来。"

徐师长："我们等你们。"

王恩茂："你就别送了，一会儿到迪化了。哎，司令员给你们写的哪几句话？"

徐师长叫司机停下了车，他指了一下一个小山头。

王震他们顺势看去，

一个壮观的景象又一次出现。

小山上一行在雪地里写下的大字：

生在井冈山，

长在南泥湾。

转战数万里，

扎根在天山。

大地上那个爬犁"长龙"还在走……

大地上红旗还在飘，

大地上响着战士的歌声……

王震的眼睛湿了，

他许久地看着那里……

## 城里一个不大的浴室里

一个人正在洗澡，

"哗哗"的水声……

一个人正在理发，

一堆头发已经被扔在了他的脚下……

一个人在换衣服，

一堆破衣服也被扔在了他的脚下……

那个人系好了鞋带站起身来，我们看清了，他就是王恒声。

王恒声转过身来对站在他面前的那个干部说：

"我还有最后一个要求。"

那个干部面无表情地说："说。"

王恒声:“我想吃顿饱饭……”

那个干部:“这个没有告诉我。”

王恒声脸上流露出一种绝望,少顷,他口气中带着一种愠怒:“让吃饱饭再枪毙,这是常规……”

那个干部没有说话,只是做了个停的手势。

王恒声不再说话了。

车子来到了一个大院子前停了下来,

那个干部说了一声:“到了。”

闭着眼睛的王恒声慢慢睁开眼睛。

他下了车,

车下站着王震。

王恒声不认识王震,他没有理会。

王震热情地伸出手:“我是王震,是中国人民解放军新疆军区代司令员。我欢迎你回来。”

王恒声一时间被这突如其来的场面搞糊涂了,他手足无措地站在那里,身边的王季青提醒了一句:“快让客人进屋吧。”

这一下提醒了王震:“走,走,进屋。”

王恒声跟着走了进来。

王震亲自端着水走到王恒声面前:“来喝点水。”

王恒声连忙站起:“谢谢政府!”

王震挥了一下手:“不要那样叫,那是监狱的叫法,今天这是我的家。你就叫我老王,我们家那口子也姓王,她不老,起码在我心中她不老,你不能叫她老王,就叫小王,你不是也姓王吗,咱们就是新疆王。哈哈……”

这一个玩笑把王恒声的思想放松了,他端起水,一直捧在手里。

王震:“先喝点水,一会儿在我这吃饭,家里饭,小王做的。”

王恒声还在努力让自己适应这个如此天上人间的感觉。

王震:“新疆解放的消息,你知道了吧?”

王恒声:“知道。因为,看监狱的人换了……”

王震开玩笑道:“改朝换代了,你高兴吗?”

王恒声:“高兴谈不上,但是觉得可能是有点盼头了。”

王震感兴趣地说:“为什么?”

王恒声:“因为我知道毛泽民。”

对于这个回答,王震十分高兴,他也感到十分的欣慰,因为那也是共产党人。他一边点着头,一边说:“我们都是共产党,哎,有没有想到过你会出来?”

王恒声苦笑着:“没有。”

王震也笑了:“为什么?”

王恒声小声地说:“我是罪犯……”

王震:“什么罪?”

王恒声不假思索地说:“莫须有……”

王震点头:“你明白我们为什么要放你出来吗?”

王恒声摇头……

王震:“我们要建设新疆,我们需要煤,需要人才。”

王恒声:“你们怎么知道我的?”

王震:“李四光。”

王恒声低下了头:“那是我老师,可他不是在国外吗?”

王震:“可以和你说,新中国的成立将为一切愿意为新中国、为人民出力的人提供一个机会,有很多人回来了,你老师就是一个。”

王恒声不语了……

过了一会儿他说:“可我是个罪犯,你敢用?”

王震:“我是个天不怕地不怕的人,但是这种事我还遇到的不多,你也许是第一个。我请示了我们政务院的总理,他说可以放你。你一没杀人,二没反对共产党,就是反对过共产党,我们很多人也把他转变了。”

王恒声低下头,他哭了……

王季青走了进来,想招呼人吃饭。

王震和她摆了摆手……

王恒声抬起头,他摸了一下脸:“你让我干点什么?”

王震:“你不是要先吃顿饱饭吗?”

王恒声:“是……是……”

王震认真地说:“对,吃完了好上路……”

王震拿起了酒杯,用十分真诚的目光看着王恒声:“我只有一个要求,新疆人民冻得太久了,我们给他们点儿热……”

王恒声的嘴动了好几下,但是他什么也没说出来。

两个杯子碰到了一起。

……

## 六道湾子

一个大标语:

“六道湾子露天煤矿开工大会”。

王恩茂、陶峙岳等人坐在主席台上。

台上还有刘明寰、王一亭和王恒声。

王震在讲话:“我和王恒声同志说,新疆人民冻得太久了,我们得给他们一点热;我们新疆人民太渴了,我们要大兴水利;我们新疆人民太穷了,我们得有我们的工业;我们新疆的路太难走了,我们要在这里修路架桥。新疆百废待兴,我们共产党人就要让新疆变个样,百废俱兴……”

人们为他鼓掌……

王震:“下面我来宣布,由王恒声担任六道湾煤矿总指挥。”

台下雷鸣般的掌声。

王震走到王恒声面前,他把一个写有总指挥的袖标戴在了王恒声的胳膊上。

王恒声深深地给王震鞠躬，

又给台下鞠躬。

他有些泣不成声了："几天前，我还不是人，是共产党让我成了人，别的不说了，咱们大家一心，半年后我们让这里出煤……"

（新疆六道湾子露天煤矿四个月后出煤，七个月后八一面粉工厂开始生产，钢厂奠基……）

### 黄埔江边

刚刚解放的上海已经有了生机，江上时而有大大小小的船舶驶过，江两岸霓虹灯闪耀着五彩缤纷的光芒，这里已初显繁荣。

陈毅陪着王震在走着。

王震多年没有进大城市，他的精神一直处在亢奋之中，他的眼神也有点不够用，一副见什么都高兴的感觉。

陈毅时而向王震介绍着城市的建设情况，时而又发些感慨："这些帝国主义分子简直是坏到了家，他们哄抬物价，炒买炒卖，妄图从经济上打垮我们，那阵子真是不容易。所以你们在新疆是对的，不管有多少困难，首先要抓好生产，取得那里人民的信任，要不然你是站不住脚的。"

王震："我们那么多部队一下要转变过来还是难的，他们宁愿打仗也不想去做群众工作，我是狠狠地批评了他们。"

陈毅："我们打下了一个旧世界，我们还要建设它。西方世界说了，共产党红着进来，会黑着出去。"

王震："他们真的是不了解共产党。"

陈毅："可以说，不是那么简单呀，这里是花花绿绿的。"

王震向四下看了看。

陈毅："这里还是很复杂呀！"

王震："可是我那里是另外的一个问题了，我真是怕我们黄着进去，又黄着出来。"

陈毅不解："你王胡子就会发明词，什么叫'黄着进去，黄着出来'？"

王震："我们是一身黄衣服，那里是一片黄沙，过了几年一张黄脸，那儿不要说花，连草都少啊。"

陈毅："对，春风不度玉门关。"

王震："所以这次到你这大上海来，还想从你这里引一点春风。"

陈毅一时还没有明白他的意思。

"我明白了，我这里是花花绿绿的，你那里全是光头。"

王震："对了，你还给我动员点学生娃、女娃，我那连陶峙岳的部队加一起有20万单身汉，他们打了那么多年的仗，我们给人家成个家，让他们在那里安心。"

陈毅感到了王震这话的分量："是啊，左宗棠都明白这个道理，我们得让他们安居乐业……好吧，我给布置一下，开几个大会布置一下。"

王震："来的时候他们给我出主意了，让我带了一些新疆土特产，这里有哈密瓜、葡萄干，还带来了唱新疆的文工团，让人们感到新疆也是个很好的地方。"

## 上海一个小礼堂

这里挤满了人,

台上一个文工团员正在唱着:

“在那遥远的地方,有位好姑娘;人们走过她的帐房,都要回头留恋地张望……”

歌声一完,台下一片掌声。

王震得意地看着陈毅,

陈毅满意地拍着手掌:“这个人唱得不错,谁写的歌?”

王震自得地说:“新疆军区文工团的,我的本家王洛宾。”

陈毅也想起来了:“他好像去过延安。”

王震:“对……”

这时,台上又上来一群维吾尔族的姑娘,也许是上海人第一次看这个歌舞,他们一下子被迷住了。

这一下子,王震更得意了。

陈毅看了他一眼,拉他出来。

他们边走边说:“王胡子,你那里是缺男的还是缺女的?”

王震一扎嘴:“缺女的,我不早就和你说了吗?”

陈毅抓着头皮,开玩笑地说:“我以为你缺男的呢。”

王震一扎嘴:“你怎么看着我缺男的?”

陈毅回头指了一下礼堂:“你看你台上演的,在遥远地方有位好姑娘,这是和男的说的吧?”

王震也抓了抓头皮……

陈毅唠叨着:“接着又上来一群天仙一样的美女,你看那衣服、那裙子……不都是吸引男的意思吗?”

王震脸色不对了:“这我怎么没想到啊,这是谁出的主意?”

陈毅讽刺道:“这也就是个狗头军师。”

王震突然笑了:“陈老总你还别气我,我是宣传新疆是个好地方,那里人杰地灵,那里山美水美,你认为好你就去,只要你想去建功立业,男的我也要。”

陈毅笑了:“这个思想就对了。王震同志,我亲自到各个大学动员去。”

王震狡黠一笑:“老总,你光去女校就行了。”

陈毅笑了:“哎!王胡子很幽默么?”

两个人笑了。

……

## 上海国际饭店

王震正和一个专家在谈话,

秘书走了进来,他小声地说:

“司令员,你请的钢铁专家也到了。”

客人一看表:“真是对不起,我们谈话的时间超了,不过你放心,新疆我是要去的。”

王震兴奋地说:“好,那么说,新疆没有纺织工业的历史就要结束了。”

那位客人兴奋地说:“让我们共同改写这个历史。”

王震送走了这个客人。

秘书把另一个客人带到了房子里。

王震热情地伸出双手:“你好,余铭钰先生!”

余铭钰意外地说:“我们不曾谋面?”

(余铭钰　钢铁专家)

王震举着手里的一本书:“我看过你的书——《贝氏炉炼钢》。”

余铭钰看着王震手里的书:“这个书你也看?”

王震:“过去不用看,现在必须看,再说不看怎么会知道你?不过上面的照片没你本人利落。快坐,快坐……”

余铭钰开门见山:“听说王将军要在新疆搞钢铁?”

王震:“是的,中央已经同意了我们的意见。”

余铭钰:“可是我知道新疆的钢铁是零。”

王震:“先生去过新疆?”

余铭钰苦笑:“是盛世才请我去的,但是我是怎么去又怎么回来了。”

王震:“这一次我要是请你去,那里建不成钢铁厂,我绝不放你走。”

余铭钰:“你真的想建钢厂?”

王震:“我王震没有戏言。新疆是好地方,但是太落后了,道路不平,路灯不亮,那里工业只能生产砍土镘……铁路一寸都没有……我们给新疆人民修铁路、造工厂,但是没有钢铁不行。”

余铭钰从这个军人身上看到了一种力量,他正在被感染着……

时钟在走着,

秘书几次想进去提醒他们,但是还是没有推开那道门……

余铭钰:“……说实话,回国后我也搞了几个工厂,但是国民党的税让我的工厂都是死不死活不活的。解放军进上海后,各方面都有了改变,可是我债台高筑………”

王震:“那就到我们那办去,我买你工厂,连人也一起去。”

余铭钰:“你真是这么想的?”

王震:“那儿虽然还没铁厂,但是我这个心早铁了。”

从黄浦江上传来海关的钟声……

余铭钰:“好了,什么也不说了,我决定举家西迁,我还有个儿子,也是搞冶金的。”

王震兴奋地说:“那我就等着你。”

……

天已经亮了,

他们谈了一夜……

送走了余铭钰,秘书忙说:

“司令员,你睡一会儿吧。”

王震:“不睡了,今天还有更大的事。”

……

## 上海徐家汇

一片小洋房，有欧洲各国的建筑，楼房并不高大，但是有着不同的风格，每家院子里开满鲜花，有的还有私家游泳池，这是上海有钱有地位的人集中居住的地方。在这条街上行走的人，你都会感到他的不同。

但是今天走在街上的还有两个特别的人，他们穿着黄军装。

前边那个人一手拿着一个信封，一手对着门牌号数着。

这是王震和他的警卫员在找一个地址。

警卫员指着一个游泳池对王震说："这大上海还缺水吗？"

王震："不会吧？"

警卫员："这家门口储了这么水。"

王震看了游泳池一眼："妈的，囤积……"

走着走着，王震脸上露出了惊喜。

这是一个三层的西班牙式建筑，有很大一个院子，王震在大门上找着，好不容易找到了门铃。

"呤……"

门铃响了好一阵子后，出来个女人，看年纪也不到20岁。她很客气地说：

"请问你们是……"

王震扬了一下手中信封："我们是从新疆来，我叫王震，请问这是沈飞丽家吗？"

那个女青年立即露出了笑容："是王司令员吧？我收到了我姐姐的电报，这不，我专门在家等你们。"

王震："你是……"

女青年："我是飞丽的妹妹，我叫沈飞鸽，和平鸽的鸽，快进来吧。"

王震走了进去。

沈飞鸽让警卫员小李也进来。

警卫员小李指了一下门口："我就站在这儿。"

沈飞鸽不解地看着王震，

王震："就让他站那儿吧。"

王震被带进了屋子。

沈飞鸽让座："司令员你坐，我给你倒水。"

王震被一张照片吸引住了，他走了过去："爸爸妈妈还在美国？"

沈飞鸽倒好了茶："是的，这不也是我姐姐写的信，动员他们回国，爸爸答应了。"

王震："现在祖国建设需要大量的人才。"

沈飞鸽坐在了王震的旁边："昨天在学校听陈毅同志的报告，大家都很兴奋，有不少的同学要去新疆呢。"

王震高兴道："真的？"

沈飞鸽："可是热烈呢。"

王震又想到什么："有女生吗？"

沈飞鸽："怪了，还就是女生多。不过也不奇怪，女生要比男生更布尔乔亚一点。"

其实王震没有明白沈飞鸽的话，但是他懂了这个意思，他端起水，一边喝着一边想着：

“你想去吗？”

沈飞鸽：“想啊！我和我的同学们说了，我可能是第一个进疆的。她们都还很羡慕呢。是啊，我有好多年没见到姐姐他们了。”

王震心里总是装着另一件事：“你姐在信里没有和你说那个事吧？”

沈飞鸽直率地说：“你是说给我介绍男朋友的事？”

王震不好意思地笑了……

沈飞鸽“格格”笑了起来。

“这个小丽，她们参军了，也非得让我也找一个当兵的。”

王震：“其实当兵的还是不错的……”

沈飞鸽：“过去对你们真是不了解，但是上海解放的那几天让我开了眼界了。有一天我刚起来要去街上买点早点，那天下着雨，我一推门愣住了，他们就睡在当街，连院子都没进。当时我想了很多，给在美国的爸爸妈妈写信时我就说，我明白了，姐姐和姐夫为什么当兵。而且一年多过去了，上海各方面都很好，这真是了不起，所以我的决心也下定了。”

一番话着实让王震感动了，但是此时王震又想到了另一个问题：这些女娃娃是不是把新疆想得太好了。这一点她们必须要搞清楚，问明白。

“鸽子。”

沈飞鸽兴奋地说：“我爸爸也这么叫我。”

王震：“鸽子，我要说实话，新疆可不是你想像中那么好。”

沈飞鸽歪着头问：“怎么个不好？”

王震：“那里没有上海这么亮，这儿晚上还到处亮灯，我们那里只有一个 380 千瓦的小发电厂，就连我们的军事机关有的时候还要点蜡烛。”

沈飞鸽没有说话……

王震：“那里没有多少树木，冬天是零下 30 多度，夏天是 50 多度，我们很多部队住的是地窨子，也就是在地上挖一个洞，上边盖点草。”

沈飞鸽问：“那下雨呢？”

王震摇着头：“那里几乎不下雨。”

沈飞鸽不语了……

王震看着这个年轻的姑娘，但是他没有感到这个女孩子的惊奇，她一直坐在那里，眼睛也一直没有离开过王震的脸，她也许在判断着这位解放军大官的话的真实性。

王震继续说着：“没有雨，就很少有水，在那里的人一生也就洗两次澡，一次是生，一次是死……”

沈飞鸽笑了。

这一笑到把王震搞糊涂了。

沈飞鸽：“王司令员，你说这些是想让我去呢，还是不想让我去？”

王震直截了当：“想让你去，但是我不能骗你去。”

沈飞鸽眼睛一亮。

“你们解放军都这么诚实？”

王震：“是的。”

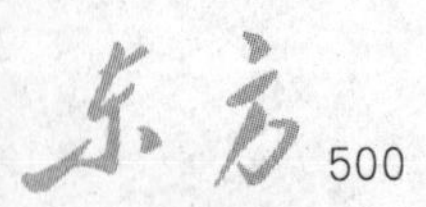

沈飞鸽不语了，少顷，她突然发问："他也这样吗？"

王震一时还没明白："谁呀？"

沈飞鸽笑着说："给我介绍的那个男朋友？"

王震一拍脑袋："他跟我一样，就是官比我现在小一点。"

沈飞鸽："人好吗？"

王震想了想："和我差不多，就是比我年轻一点。"

沈飞鸽调皮地说："我要是看不上他呢。"

王震一拍胸脯："你保证满意，要是不满意，我那还有十多万官兵呢。"

沈飞鸽哈哈地大笑起来："还很有诱惑力嘛！"

## 空中

一架飞机在空中飞行。

飞机里，王震指着一座山峰对身边的沈飞鸽说："看到没有，那就是天山的主峰——博格达峰。"

沈飞鸽兴奋地说："这也不高嘛。"

王震："哪里，这是因为你是在山上，过了这个山就到迪化了。"

沈飞鸽不以为然道："这么快就到了，我姐说她走了一个多月。"

王震："我说大学生，你是坐飞机，她是走路……"

沈飞鸽："反正我觉得新疆不可怕。"

王震："不要现在说得好，到时打退堂鼓。和你姐说，过两天我去看你们。"

沈飞鸽调皮地说："是啊，我还得见我那个男朋友呢。"

王震："你呀，直爽的性格我喜欢。"

……

王震下了飞机和沈飞鸽告别后上了自己的专车。

刚一开车，王震便问了起来："家里没什么事吧？"

徐立清："土改工作好像有点什么事，这个问题可能邓力群同志会专门向你汇报。"

王震又问："生产情况怎么样？"

徐立清："这还都很顺利。"

王震感到了什么："这么说还是有不顺利的？"

徐立清："是啊，司令员同志，有一个情况，得向你报告一下。"

王震发现徐立清脸色有点不对："你就这么急？"

徐立刻苦笑了一下："那个水利专家王一亭出了点事？"

王震警觉起来："嗯？"

徐立清："他来到水利厅报到时，让他组织一个研究所，给他的经费，他全贪污了。"

王震为之一震："有证据吗？"

徐立清："有人证明。"

王震想了想："那么他自己的态度呢？"

徐立清："他说，他委屈……"

王震不再说什么了，他闭上眼睛……

不一会儿，车子到了军区大院。

司机停下了车，来给他开门。

王震对徐立清说："老徐呀，你先忙去吧，我有点事。"

徐立清："常委们都在等着你，有很多事要研究。"

王震："不是等了这么多天了，天也没塌下来。开车。"

车子又开动了……

**一座不大的屋子**

里边挤了好多人，

一个阿肯正在唱着古老的民歌，那哀婉的乐曲、那低回的旋律着实让听客们为之动容。

屋子里很静。

王一亭也坐在里边，看得出，他的心情不太好，他是到这里来解闷的……

不知是谁从后边轻轻地拍了他一下，

王一亭回身，他一脸惊奇："你……"

拍他的人是王震。

这完全出乎王一亭意料，他显得有些手足无措……

王震为了不影响到别人，把王一亭叫了出来。

他们来到了一个巴扎(市场)，找了一个角落，蹲了下来。

警卫员小李远远地站在一个地方。

王一亭不解地问："你怎么知道我在这儿？"

王震反问："这奇怪吗？第一次见你不就是在这里吗？"

王一亭想了想："对。"他不说话了，等着对方先说。

王震好像很悠闲地看着这人来人往的巴扎，眉宇间透着一种喜悦。他像自语又像是对王一亭说："人们开始做生意了，看来我们完全可以把这里再扩大一点，这里好像还有俄罗斯人吧……"

王一亭有点被他情绪感染了："是啊！想到这里还有这么多人，这说明人心开始安定了。"

王震："这是民间的，将来我们还可以搞大的，政府的，中央已经同意我们和苏联进行一些贸易，发展这里的经济。"

王一亭仿佛完全忘了烦恼一样："如果能和苏联搞贸易，那我们新疆可是得天独厚……"

王震突然小声地问了一句："那事你有没有？"

王一亭被这突如其来的问话愣了一下，他清醒了一下自己，然后刚想回答王震的问话。

王震却摆手道："你不用这么快回答我，我让你考虑三天，三天后你认为你没有问题，你到石河子去找陶司令员，我们要在那里建一个新城，将来作为第二十二兵团的司令部。"

王一亭站了起来。

王震问着："你去哪？"

王一亭："先回家，准备一下去石河子。"

王震站了起来，他看着面前这个人，他的目光中充满着信任。

……

## 军区会议室

这里坐着很多人。

王震在讲话："这个会，本来是我一回来就要开的，但是晚了几天，原因只有一个，大家都知道，我是到陈毅同志那里搬兵去了、取经去了。孙悟空是到西天取经，我王震是到东边，就是大上海，我这次去可以说是大开眼界。有一天陈毅同志请我吃饭，他问我喝酒不，我说来一点，他们上来一个东西我喝了一口，又吐了出来，我说怎么像马尿，陈老总说，王胡子你老土了吧，这叫啤酒，外国人叫它液体面包。我说，这外国人也真是没有见识，我说就是马尿。"

陶峙岳笑着说："我喝过，喝不习惯。"

邓力群："俄罗斯人最喜欢了。"

王震："我听说那东西是大麦做的，咱们以后也可以搞一个这样的厂子。我们喝不习惯这个马尿，我们可以让外国人喝嘛。"

人们乐了。

王震："再一个，就是大有收获。说到大有收获，我国最著名的转炉专家被我们请到了，他带他的全部设备和300多名技术人员进疆，建设我们的八一钢厂。我们还请了刘仲奇先生担任七一纺织厂厂长和总工程师，纤维专家任副厂长。这一次是大有收获，可是我们不能熊瞎子掰棒子，到头来只有一个。我一下飞机就有人和我说，水利专家出事了，说他是贪污金条，说得是有声有色。我去了他那一趟，和他谈了谈，他送来了他们开展筹建工作的账目，然后什么也没说就走了……我想，他现在可能是在石河子的工地上……"

## 石河子

这里只有几间低矮的土房。

水利所的工作人员把从老乡那里借来的一个空房子作为办公室。

王一亭正在和技术人员趴在一堆图纸上计算着。

一个人说："所长，看来这里的水质没有问题。"

王一亭："是呀，下一步我们还要探明这里水的分布和总量，这里要住那么多部队，我们搞的东西得对历史负责……"

## 军区会议室

军区的会还在开着。

王震："我们也得向他们负责，向这些知识分子负责。这是关系到他们的一生啊。"

陶峙岳："这个人不错，临走的那个晚上又找到了我，问了我好多很细的东西。"

这时，参谋长张希钦走了进来。

他脚步走得很急，

他走到王震面前小声地说了一句，

王震的脸一下子变了。

与会的人知道，又发生严重的情况了，大家把目光向他投去。

王震小声道："你和大家说说。"

张希钦："北部发生了暴乱，赵长龙同志在侦察的路上遭到匪徒们的袭击，十几个人全部……他们还把我们的同志暴尸街头。”

人们议论了起来。

“太疯狂了!”

“是哪一股土匪?”

“是从境外过来的。”

张希钦:“和同志们说一下,北线部队再一次把他们打垮了,他们只有少数人逃走了。”

陶峙岳:“有没抓到匪首?”

张希钦:“没有。”

王震站了起来。

“我们在建设新中国、建设新疆,国内外反动派不会甘心,给北线的部队下命令,要时刻做好边建设、边打仗的准备……”

张希钦:“是!北线指挥部请示,赵师长是不是运回来……”

王震不假思索地说:“运回来,将来我们要在迪化建个大的烈士陵园,让他们睡在一起……不,老赵好像是和我说过,他死在哪就埋在哪,他说这样托生的时间就早……”

他的眼睛湿了……

在座的人的眼睛都湿了……

**王震家**

走下汽车的王震好像丢了魂一样,他像是踩在云里,走起路来有点打飘,他慢慢地推开了家门。

王季青走过来接过他的皮包,

见他无精打采的样子便问:“累了?”

王震不愿说话。

王季青:“那就先吃东西,早点休息……”

王震没说什么,他静静地来到饭厅,对王季青说:“我想喝点……”

王季青拿来一个杯子。

王震:“再加一个。”

王季青往外看着:“还有人?”

王震没说什么……

王季青又回身取来一副碗筷放在了对面。

王震挥了一下手:“你去吧。”

王季青觉得今天他有点怪,但还是悄然地走了。

王震呆呆地坐了一会儿……

他打开酒瓶子,把两个杯子全倒满了,然后举起一个杯子,举了许久之后,他把杯子撞向了那个杯子。

一直在门口看着的王季青终于明白了,从她多年的战争生涯里总结,这是有人走了。她知道王震的为人,他是不会轻易伤感的,而今天这个举动,证明这是他的好朋友……

她悄然地走了过来,小声地安慰着他。

## 刘明寰家

一家人把王震迎进了门。

刘明寰不好意思道："司令员那么忙，还总是想着我们。"

王震说不出是一种什么感觉，但是他还是极力地掩饰着自己的真实情绪："没什么大事，来看看你们。"

沈飞鸽倒是显得不那么局促："司令员同志，咱们可是说好了的，说好了你来看我。"

王震："这不是来了。"

沈飞丽对飞鸽说道："你没大没小……"

沈飞鸽："哎……司令员说了，在革命队伍中大家平等，再说了我可是司令员用飞机请来的客人。"

王震："对。"

沈飞鸽直爽地说："司令员，我那个对象呢，什么时候让我看看？"

王震身上的血往上涌着，他一下子不知说什么好……

刘明寰："我们这个小妹好，多主动呀。不像你姐，当年我是费了多大工夫，赵师长可真是好命。"

王震觉得这些话都在扎他的心，他很想说出真相，可是他又怕伤了沈飞鸽的心，他不得不编了个理由："小鸽子，你不要着急，赵师长又跑到南疆修水库去了，我已经通知他，让他马上回来。"

沈飞鸽："他要是回不来，我去看看他。"

王震："这……不用了，他马上就回来，再说南疆现在还没通飞机……"说完他对刘明寰说："我找你有个事。"

刘明寰："好。"

王震："我们出去谈谈……"

## 军区作战室

张希钦指着地图，正在汇报剿匪的工作。

"乌斯满和尧乐博斯分开后，被北线部队分别在纸房和黑山前山子一带打了几个伏击，现在他们分别进入甘肃境内。7 月 11 日，乌拉孜拜拉起了保卫哈族人民革命军的大旗，他们妄图和乌斯满合为一股，乌斯满被重创后，逃向格尔大阪，我军紧紧咬住了他们。现在我先头部队的位置应该是戈壁滩上……"

王震："我们一定要在 1952 年年底前消灭新疆境内外的匪帮。"

王恩茂："司令员的话就是个界线，我们已经建国两年了，新疆还不能安定下来，这说不过去。"

有人说了一句："东北剿匪和湖南的剿匪也没有完。"

王震不高兴了："他们是他们，我们是我们。"

王恩茂："我一直在想一个问题，土匪常常是和老百姓们掺在一起，可是老百姓为什么这么轻易跟他们走？这就是说他们还没有看到共产党的好处，解放区的老百姓为什么就好？因为他们看到了好处，他们分了地，有了房子。所以我建议，我们的土改工作要加快速度，成熟了的地方可以先搞起来。"

邓力群："我倒是有个想法，我们剿匪任务完成后部队可以转入工作队，推动土改进行。"

王震："这是个好办法。我们得在老百姓心中扎根，要不然一会儿出一个什么满，什么孜，就又是一股土匪。那什么时候是个头？"

徐立清："可是西北局发了个文件，他们还是强调不要过快。"

王震想了想后："上级的指示我们坚决照办，毛主席常讲实事求是，我们都下去，亲自搞点调查，看看我们这里土改和牧改究竟怎么进行。"

王恩茂同意："好，那我们就都下去。"

大家都走了，

王震在收拾东西。

秘书走了过来和他说了一句什么。

王震向门外看了一眼后："那就让她进来吧。"

少顷，门开了。

沈飞鸽走了进来。

王震慢慢地站了起来，他把一个椅子拉了过去示意让她坐下。

沈飞鸽好像一下子成熟了，脸上的稚气一下就消失了。她没有坐下，而是用从没有过的语气说：

"姐夫和我谈了……"她的声音有些哽咽："我一直想像他是个什么样子，倒不是我急于想见到我的对象，而是想证实一下自己在你们军人的天平上是个什么分量。他走了，他是作为英雄走了，我心里很感激他。他是英雄，他让我也感到十分光荣。我没见过他，作为一个少女，总有自己的崇拜，哪怕不是什么白马王子，而就是一个普通的人。他也是高大的，他高大得我就是站在天山上也摸不到、够不着……姐夫问我是留下，还是回上海。记得决定来时，我问过你一句话，你知道布尔乔亚吗？你说你不懂，我说你这么大的官都不懂布尔乔亚，你说比你官更大的也不懂。但是，现在我明白了，我有我的布尔乔亚，你们有你们的布尔乔亚……我决定留下来，不为别的，为的还是我的布尔乔亚……"

王震几乎被这行云流水般的语言震慑了，可以说他从没有听到这样的表述，也从没有见过这样的坦诚。他从心里喜欢这个孩子，他又为赵长龙感到可惜，但是他确实为新疆建设者的行列中有了这样一个青年而感到高兴。

"你想干点什么？"

沈飞鸽："听说你们有很多人要下到土改工作队，我想了解一下这里的牧民……"

王震没有说话……

**迪化机场**

一架飞机刚刚停稳，

王震便迎了上来。

余铭钰走下飞机，

两个人拉住了手。

王震有点激动："你没有食言。"

余铭钰："但是你也不能让我失望！"

王震："你是怕我搞不成这个钢厂？"

说着,他把客人请上自己的小汽车。

汽车开了。

## 车里

余铭钰:“我听接我的人说你想搞一个日产 250 吨的钢厂,你搞这么大何用?”

王震斩钉截铁道:“修铁路,我们要让欧亚大陆连起来。”

余铭钰看着面前这个军人,他的眼光是怀疑的……

王震:“中国穷,西边最穷,没有一条连接国内外的铁路不行。”

余铭钰:“你知道这要多少钱吗?”

王震:“卖裤子我也要干。”

余铭钰又一次不说话了。

王震:“再说我现在还不用。我准备动军费,和你交个底,我这里有 20 万人,国家有军费。”

余铭钰一怔:“军费……如果不保密的话我想问一句,那军队用什么费?”

王震:“那是我的事……”

汽车到了一幢大楼前停下。

余铭钰下车:“这是盛世才时盖的。”

王震:“现在是物是人非,主人换了……”

余铭钰仿佛明白了王震话里的意思,他点了点头。

王震:“我就不上楼了,我也有个要求,你也别下楼。我们分头行动,你搞设计,我搞钱。咱们都成了,我请吃饭。”

余铭钰已经很喜欢这个人了,他哈哈地笑了起来。

## 迪化市最破旧的地方

低矮的房屋,

脏乱的街道,

衣衫褴褛的孩子和老人……

王震带着军区的主要领导在这个街上走着……

里边有陶峙岳等。

王震在一个地方停下来。

“同志们,到现在你们可能明白了我请大家到这里走一走的目的了,新疆人民太穷了……所以说我们要搞工业,要发展生产,农业我们有十几万军队在开荒生产,而且成就很大,工业我们也有了点眉目,我们煤矿可以出煤了……但是我们必须有我们的钢厂,我们必须有我们的铁路,所以我要动用军费,也就是说把军费腾出来搞新疆的工业,军队走自力更生的道路……”

陶峙岳第一个表态:“我同意!”

徐立清:“我同意!”

## 军区王震办公室

甘祖昌站在王震的办公室里,

他把几件军装拿给王震看。

“这是战士的服装，过去是四个口袋，现在改成两个口袋……这是干部的军装，过去是翻领，现在改成立领。这样从每件衣服上省出一些布来……”

王震不停点头，看来他十分满意。

“行啊，你总算没让我卖裤子。我们就这么一点点抠吧。”

甘祖昌：“还准备从菜金里扣一些。”

王震连忙摆手：“就是这个不能扣，部队的劳动量多大呀，得让他们吃饱才能劳动……从下月起不用发我津贴了。”

甘祖昌：“首长？”

王震：“祖昌啊，就这样吧，咱们再艰苦也比过去好……”

甘祖昌走了。

陶峙岳走了进来，

他把一个东西放在了王震的桌子上。

王震：“你这是什么？”

陶峙岳：“金子。”

王震：“你干什么？”

陶峙岳：“交给党。”

王震一时间没说出话：“我们怎么能要你的东西……”

陶峙岳：“司令员，你们是谁？我们是谁？”

王震：“对不起，我不是这个意思，我是说你对革命做出了这么大贡献，你就不要……”

陶峙岳：“你对革命没贡献？”

王震不说什么。

秘书走了进来。

“首长，包尔汉主席派人送来的，说本来想自己来，怕你不要，就……”

王震：“什么东西？”

秘书：“是金条……”

王震打开那个包，

金灿灿的……

王震看了许久，

都是金子……

**公路上**

一辆小吉普车在公路上行驶，

司机旁边坐着王震，

后面是王季青和他们三个儿子。

小吉普车后面有一辆大汽车，

上边坐着警卫员和秘书。

车子向群山深处开着。

## 山脚下

车子在一个山脚下停下，

王震向一个小山包走去。

警卫员和秘书要上来，

王震向他们摆摆手，

一群人站在了原地。

王震走了上去，

后边跟着三个儿子和王季青。

大老远我们看见了一个小木牌立在那里。

王震的视线开始模糊了，他想叫，可是一股气顶在了喉咙处，他没叫出来。过了一会儿，他才喊出了声：

“长龙啊！王震来看你来了。”

他一下子扑在了赵长龙的墓上，他哭了……

风在呜咽……

草在呜咽……

三个儿子和王季青也走了上来，

他们跪在墓前。

王季青把事先准备好的酒倒在墓地的四周。

王震：“长龙，我不该让你再来。你知道不，我还给你找了个对象，是上海人，大学生，人很好，现在也是解放军，可你就……”他说不下去了。

……

## 车内

汽车又开始上路了，

汽车在公路上颠簸着。

大漠的尽头，

又是一轮太阳挂在了天上。

红红的……

圆圆的……

王震看着那落日。

王季青提议：“谁给爸爸背首诗？”

一个孩子：

单车欲问边，

属国过居延。

征蓬出汉塞，

归雁入胡天。

大漠孤烟直，

长河落日圆。

……

那太阳快下去了。

汽车还在向前开着……

又是一个秋天。

一个金灿灿的秋天……

**某大院**

在一阵锣鼓喧天中，一个牌子挂在大院落的门口：八一农庄四连。

王震和团里干部赶来祝贺。

战士们高兴地和维吾尔族姑娘们跳起了舞。

人们尽情地庆祝这丰收的时刻。

几个维吾尔老汉在帮助部队杀羊。

王震在团里领导陪同下走了过来。

连长跑向王震："司令员同志，四连正在杀羊，庆祝丰收。"

王震笑了："你们看，部队搞生产，这报告词都变了，我都不知怎么往下接了，那就继续杀吧。"

人们都笑了。

连长："首长，我们这还有一个喜事。"

王震："什么喜事？"

连长："四班长刘五十四家属生了个儿子。"

王震："就是那个甘肃兵？"

连长："是的。"

王震："好啊！叫什么名字？"

刘五十四挤了过来，

他后面跟着甘肃女人。

刘五十四："我的意思叫刘地窝子。"

他的话音刚一落，就有人大笑起来。

"哈哈……"

"这哪是名字？"

王震笑着对刘五十四说："为什么这么叫？"

刘五十四："报告首长，我的名字四个字，儿子的名字也该四个字。再说他就是从地窝里生的。"

连长："这个名字不好听，让司令员起个名。"

团长："对让司令员起一个。"

王震想了想："好……"

**王震办公室**

王震站在日历前，过去的"日子"都被他小心地用一个小夹子夹了起来。此时他翻到了这一年的最后的一张，他用深情的目光看着这最后的日历，他表现得很平静，看了一会儿后，他放开了小夹子，所有的"日子"都缓慢地落了下来……

他一张一张地翻着，每一张都记着一个不平凡的经历……

## 路上

王震问秘书："我们这是去哪？"

秘书回答了一句……

其实王震没有听清，这并不重要，他突然想到了另一个事。

"刘五十四的小孩，不是让我重新起名吗？我的意思不改了，就叫刘地窝子……地窝子，戈壁滩，胡杨树，石河子，都应当成为我们后人的名字。我们新疆很多东西都是从那里出来的……"

车子向前开着，

前边是一轮太阳，

太阳红极了……

（人民解放军进入新疆，从1949年到1952年，共建农场80个，垦荒160万亩，工业产值是1949年的30倍。新疆有了机场、公路、铁路，有了自己的大学……在这片辽阔的大地上留下了那一代人的身影，在天山南北新疆各族人民心中永远耸立着一座光荣的丰碑……）

# 第三十四章

### 北京中南海菊香书屋

月色，在中南海这片古老的建筑群上撒下了一片银光。

静谧的门，静谧的窗，静静地等待着又一天的来临，可是毛泽东的房子的灯依然亮着，光线在窗前的小院里留下了一小块金辉。

毛泽东正在看着一份报告。

“主席，现送上东北局关于开展增产节约的报告。您在政治局扩大会议上提出，‘战争必须胜利，物价不许波动，生产仍须发展’的方针，我们进一步开展了反贪污，反浪费、反官僚主义的斗争，运动揭露出来的问题，触目惊心。仅沈阳市的部分单位就揭发出 3629 人有贪污行为，一个东北贸易部就有人贪污五亿人民币……”

毛泽东站起身来，他有些激动了。

（内心独白：敌人的武力是不能征服我们了，这一点已经得到了证明，资产阶级的捧场则可能征服我们队伍中意志薄弱者，可能有这样一些共产党人，他们不曾被拿枪的敌人征服过，他们在这些敌人面前不愧英雄的称号，但是经不起人们用糖衣裹着炮弹的攻击，他们在糖弹面前是要打败仗的……）

周恩来走进来，他看了一眼还亮着的灯。“主席，又是一夜没睡？”

毛泽东伸手请他坐下，说：“对不起，这么早叫你来。恩来呀，昨天我看了高岗的报告，想了一个晚上，我们必须像抓抗美援朝和镇压反革命一样，抓好这次的‘三反’斗争。”

周恩来：“我同意，我们用几千万人的牺牲换来的江山不能让这些人给断送了。”

毛泽东重复了一句：“决不能。”

### 天津地委刘青山家

这是一个十分显眼的小洋楼，

门开了，一个中年妇女开门，她问道：“请问你找……”

来人：“我是地委的副专员，有事情向刘书记汇报。”

中年妇女：“进来吧，不过你得等一会儿”

说着引导来人进楼，中年妇女把来人让进客厅，又递上茶，然后出去了。

客厅里的时钟在走着，

不知不觉三十分钟过去了。

来人有些着急，他正要起身，中年妇女进来给他续茶：“首长知道你来了，让你等一会儿。”

来人：“你和书记说，我有急事。”

中年妇女：“我和他说了。”

说完，她走了。

来人继续等。

时钟又在走着，又是三十分钟过去了。

来人急了，他上楼一个一个房间地找着，他终于在一个房间找到了刘青山，让他吃惊的是，一个少女正在给他点烟泡。

来人意外地说：“书记你……”

刘青山不在意地说：“享受几口，想不到这东西这么好……”

来人不解地说：“书记，这是大烟吧，这可是违法的。”

刘青山放下烟枪：“扯淡。老子打了十几年的江山，抽几口大烟，犯法？你给我滚！”

少女起身要走。

刘青山拉住女孩子：“不是说你……”

来人忍无可忍，他还是走了。

刘青山见来人走了，他一把拉过少女，顺手把灯关了……

## 北京中南海菊香书屋

“啪！”毛泽东气愤地在桌子的文件上重重拍了一下。

看得出他动怒了。

他抓起电话：“给我接邓小平。”

电话通了。

毛泽东：“是小平吗？你们西南局打来的报告我看了，你们抓得很紧，一定要认识这场斗争的重要性。军事系统各部门，特别后勤部门贪污浪费和官僚主义情况极为严重，一些人甚至是干部沉埋于事务工作，政治思想不发展，党内生活不健全，一些人陷入了泥坑，必须在军事系统特别是后勤部门开展整党整风，展开‘三反’运动。要把‘三反’斗争当作一场无产阶级和资产阶级之间的大战争，务必取得胜利，并务必于1952年1月取得显著成绩，下半月取得更大成绩。”

电话里：“我们西南军区一定照办。”

毛泽东放下了电话，

他按了一下桌子上的铃，

叶子龙走了进来。

毛泽东没等他开口：“几个大区的报告我看了，就是没有中南军区的，他们在干什么，告诉谭政，‘三反’是中心，给他发个电报。”

叶子龙：“好。”

他走了。

李银桥走了进来，他手里拿着几份文件。

刚放桌子上，毛泽东发现了一份，他拿起，是中南军区发来的。

毛泽东："快叫叶子龙回来。"

李银桥："好。"

毛泽东继续看文件。

叶子龙回来了："主席有事?"

毛泽东："给中南军区的电报发了吗?"

叶子龙："写好了，没发呢。"

毛泽东："那就不发了，真悬，谭政差点成了窦娥。"说着他提笔给中南军区写信，嘴里不停地念着："你们 11 月 29 日关于开展'反贪污、反浪费、反对官僚主义'情况反映收到了，此件很好，你们对整编和'三反'结合进行的矛盾大体解决了，你们就有了主动权。对各军区以电话、电报加以督促，勤加指导，务使每天都有收获，盼你们的捷报。"

信写完，毛泽东对身边的叶子龙说："告诉尚昆同志，飞送武汉。"

叶子龙："专机吗?"

毛泽东："不行吗?"

叶子龙："当然，当然。"

叶子龙走了，毛泽东坐了下来，又在一份文件上批示着：

华北天津地委前书记刘青山及现书记张子善均是大贪污犯，已经华北局发现并着手处理，我们认为华北局的方针是正确的。这件事给中央、中央局、分局、省市区党委提出了警告，必须严重地注意干部被资产阶级腐蚀发生严重贪污行为这一事实，注意发现、揭露和惩处，并须当作一场大斗争来处理。

毛泽东

11 月 30 日

## 北京中南海颐年堂

1952 年 1 月 1 日下午六点半，毛泽东代表中央人民政府举行民主人士元旦团拜会。

很多人很早就来到了这里，

他们是张澜、李济深、黄炎培、陈叔通、章伯钧、马寅初、傅作义、朱德、董必武等。

他们带着一脸的喜气，相互问候，其乐融融。

六点半，毛泽东走进会场，掌声响起。

毛泽东向人们招手、握手，一派和气。

毛泽东致辞："……1951 年，我们走过来了，这里有艰辛有喜悦，艰辛是大家付出的，所以喜悦也一定要大家一起共享。我们又一起迎来了 1952 年，这一年还将有艰辛，我相信只要我们舍得付出，我们在 1952 年一定将收获喜悦。在这里我想告诉大家的是，我们要在向帝国主义和反革命发起战争外，我们还将向自己开战……"

人们惊奇，议论着……

毛泽东："我们将开辟一个新的战线，这就是号召我国全体人民和一切工作人员一致起来，大张旗鼓、雷厉风行地开展一个大规模的'反对贪污、反对浪费、反对官僚主义'的斗争，将这些旧社会遗留下来的污毒清洗干净!"

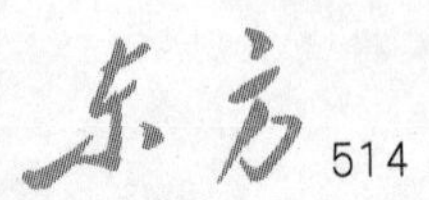

雷鸣般的掌声……

## 天津火车站

一列火车缓缓驶进天津站。

软席车厢的服务员像以往一样，列车一停稳，她第一个下车，用毛巾擦拭了一下车梯上的扶手，然后站在下车门的一边。因为不是终点站，加上这节车厢里坐的是参加国际活动的一个代表团，所以没人下车。

这时从列车的另一边走来两个人，他们小声地和服务员说了句什么，就上了软席车厢。

两个年轻人来到了刘青山面前："你是刘团长？"

刘青山："我是。你们是？"

其中一个人很客气地说："刘团长，请你在天津下车。"

刘青山看了看两个人，笑着说："不会吧，我得和代表团一起回北京，还得向中央汇报呢。"

那个人还是很客气地说："请刘团长在天津下车也是组织上决定的。"

刘青山不以为然地说："好吧，我收拾一下行李。"

## 天津街市

一辆中吉普车在街上行驶。

刘青山看了一眼窗外："我家在杨柳青。"

其中一个人："可能先不能回家。"

刘青山有点摸不着头脑："那这是去哪？"

一个人回他的话："去哪都是组织定的。"

说着，吉普车开进了天津市公安局的一个招待所。

刘青山向外看了一眼，再也不说话了。

## 天津杨柳青

一座普通的民房。

一个七八岁的男孩儿和一个更小一点的小男孩儿在门口张望着，一个抱着孩子的青年女人走了出来。

"回去吃饭吧。"

"我们等爸爸。"

"不一定今天回来。"

"要是今天回来呢？"

"好吧，再等一会儿，你们就回来……"

"好的，妈妈……"

## 天津公安局刘青山房间

一排平房。

两个人带着刘青山走进房间。

刘青山推开门，没有立即进去。

房间不大，但是很干净，洗脸盆上放了一条新毛巾，脸盆架上放着肥皂、香皂各一块。

一个人对刘青山说：“刘团长，你就住这儿，是组织安排的。”

刘青山没有说话。

这时他感到隔壁有人，他问了一句：“旁边住什么人？”

一个人可能是有意地说道：“张子善。”

刘青山几乎不敢相信：“是地委那个……”

那个人肯定地说：“是。”

刘青山再一次沉默了，他坐了下来，半天说了一句话：“你们去忙吧，我想休息。”

两个人走了，把门带上了。

刘青山从窗子往外看着，

有一个警察站在门口……

**北京街头**

商店、街道的墙上贴满红红绿绿的标语：

“反对贪污！反对浪费！反对官僚主义！”

“增产节约，勤俭建国！”

“用实际行动支援中国人民志愿军！”

……

**北京天安门红墙**

红墙下，一群扎红领巾的小学生，打着竹板，跳着皮筋唱着：

一分钱，不算少，
积攒起来是个宝。
反贪污，反浪费，
官僚主义也在内。
钱是宝来钱是祸，
贪污来的是罪过。
一粒米呀一度电，
都是人民的血汗。
三反五反搞得好，
人民江山坐得牢。
三反五反快快搞，
社会主义向前跑。

过路的行人停下来，围观，给他们鼓掌，叫好……

## 天津公安局张子善房间

还是那排平房。

那两个年轻人走进了张子善的房间。

张子善立即站了起来："同志，我今天又想起来一些。"

一个年轻人拿起桌子上的纸，他读了起来："11 月 21 日请刘青山洗澡用了 90 元，过年时给他买了一张钢丝床用了 200 元，一共买了两床，我自己用了一床。"

张子善："你们看我写的行吗？"

一个年轻人："行。"

## 天津公安局刘青山房间

还是那排平房，

这是刘青山的房间。

两个年轻人进来时，刘青山正躺在床上，他看了一眼来人，并没有起来，也没说话。

一个年轻人往桌子上看了一眼，

几张白纸原封不动。

两个年轻人什么也没说，出去了。

他们走过平房，议论了起来：

"都是大干部，还真不一样。他一言不发，一字不写。"

"你没听说刘青山在日本人的牢房都没说。"

"你再看看那个，大到从香港进口 3 辆汽车，小到一次洗澡花了 90 多元都说了，可是他洗个澡怎么能花那么多钱？我洗澡才花 5 分钱。"

"你是什么身子？……"

## 北京中南海菊香书屋

中共中央节约委员会主任薄一波在向毛泽东汇报。

薄一波："从'三反'工作中反映上来的大量情况看，不法商人往往是和一些严重的贪污腐败分子勾结在一起的，他们大肆行贿、偷税漏税、盗骗国家财产、偷工减料、盗窃国家经济情报，已经到了丧尽天良的程度……"

（薄一波　中共中央节约委员会主任）

毛泽东："这话怎么说？"

薄一波："汇报材料上说，上海的奸商为国营公司代购军用罐头的牛肉的时候，竟敢掺进臭牛肉、死牛肉，盗骗了国家 20 多亿元。武汉一家药棉厂，把从国家领来的 10000 斤好棉花全部换成废棉花，其中包括 1000 斤拣来的烂棉花……这批急救包中有 12 万个根本没消毒，就运往前线了……"

毛泽东站起来，摆手让他不要说下去了。

毛泽东："可怜我们的志愿军战士啊！他们在异国他乡，爬冰卧雪，每一天都在流血牺牲，还要为后方这些贪官污吏和不法商人的罪恶勾当付出沉重的生命代价……是可忍，孰不可忍啊！"

薄一波："我明白，我们马上研究处理意见。"

**天津公安局刘青山房间**

屋子里除了两个年轻人，又多了一个年纪大一点的人，看来他是主审人。

主审人对刘青山说："刘青山，现在向你核实几个问题，开设民工供应点的事情有没有？"

刘青山："有。"

年纪大一点的人："这个民工供应点具体是干什么的？"

刘青山："具体我不清楚。"

**天津公安局张子善房间**

张子善正在回答那两个年轻人的话："民工供应点，具体是向修水利的民工供应粮食和食品。"

一个年轻人："你们是不是把高价买来的好米换成次米再卖给民工？"

张子善："是的。"

**天津公安局刘青山房间**

主审人："你们得了多少钱？"

刘青山："这个我不知道，我管大事。"

主审人淡淡一笑："对，你管大事。"

**天津公安局张子善房间**

张子善在回年轻人的话："一共有 20 多亿零一点。"说着指了一下桌子："我都写在材料上了。"

年轻人："你知道很多人吃了变质的粮食，一病不起，宝坻县黑狼口村的王金发、王玉英因为挖河时吃食不当而吐血，落了终生残疾。"

张子善不语……

**天津公安局刘青山房间**

刘青山："吃五谷杂粮，哪有不生病的？"

年纪大一点的人："这么说，这和你无关了？"

刘青山："你们说有关就有关。"

**天津公安局张子善房间**

张子善："我估计，刘书记，不，刘青山贪污各种钱款有 170 多亿元。"

年轻人问了一句："张子善，你自己有没有想一下，你们贪污这么多钱，应当受到什么样的惩罚？"

张子善不语了……

**天津公安局刘青山房间**

刘青山："为了教育全党，我可以当个典型，在党内给我任何处分，我都接受。"说着他看了一眼年纪大一点的主审人,想从他的脸上找到答案。

年纪大的主审人一点表情没有,屋子里静静的。

刘青山补充了一句:“一撸到底也行,大不了回家种地。”

主审人还是不语,

刘青山的嘴张着……

## 天津市委

一个人张大嘴巴:“什么! 极刑?”

(黄敬　天津市委书记)

薄一波点头:“是的,中央已经定了。”

黄敬十分意外地说:“什么,不行呀,刀下留人呢。”

薄一波不语。

黄敬:“刘、张的错误是严重的,罪有应得,当判重刑,但是考虑到他们在战争年代出生入死有过功劳,在干部中影响较大,是否可以向毛主席说说,不要枪毙,给他们一个改过的机会。”

薄一波:“可是我知道中央已经定了,我们不好再提了。”

黄敬:“人命关天呀,你还是说一说吧。”

薄一波:“那我们一起去见主席。”

黄敬:“你是华北局书记,我去不合适。”

薄一波不语……

## 平房前边的一条小路上

一个年轻人的问主审人:“老李,你说,真的能判他们死刑?”

老李:“不会。”

年轻人:“为什么?”

老李:“因为大小他们也是个共产党……”

## 北京中南海菊香书屋

毛泽东给薄一波让了个位子。

毛泽东:“你是为刘、张的案子?”

薄一波:“是的,主席。”

毛泽东:“那就说说吧。”

薄一波:“刘、张的案件,河北和最高人民法院的同志,做了大量取证、核实的工作,量刑也没有什么困难。为了慎重起见,华北局和河北省委责成天津地委和所属部门,征求对刘、张两人量刑的意见。结果,参加讨论的552名干部,同意对刘青山判处死刑的535人,同意对张子善判处死刑的536人。其他十几个同志也大多主张判死缓或无期徒刑。倒是有一些党外民主人士,一方面佩服我们党严于律己,另则姑念刘、张两人在战争年代作过一些贡献,在敌人的严刑拷打面前也没变节……”

毛泽东:“他们是有过功呀……”

薄一波："天津市委书记黄敬同志也找到我，他让我再和主席说说，是不是给他们一个机会。"

毛泽东："材料我看了，我也睡不好觉啊！老百姓也罢，民主人士也罢，他们对共产党有感情，爱护共产党的名誉，我们心领了。可是，作为执政党，我们不能这样看问题。"说着他走到日历前，翻开一页，说："一波呀，我们进城多久了？"

薄一波："有两年多了。"

毛泽东："准确地说，现在我们共产党执政刚刚28个月，比李自成强多了，但是这不是我们的目的。我可以给他们一个机会，可是台湾的蒋介石不会给我们机会。他们说了，一年准备，二年反攻，三年成功……帝国主义不会给我们机会，东北亚正在打着。反革命分子不会给我们机会，他们每分钟都在希望新中国垮台，他们上台。'三反'运动刚刚拉开大幕，就这两个角色上来了，很多人看着我们怎么演下去。我毛泽东不想做恶人，可是为新中国的大局，总得有人做恶人。北京市各机关已经发现贪污犯650人，企业部门402人，公安部门112人，共产党员105人，老干部79人，这是在中央眼皮底下。天津市12个公安局，仅一个公安局就因受贿而将674名反革命分子释放，其中有19名是特务分子，公安局的干部，警士收受过3514户商家贿赂。江西有一个区区长、区委书记、派出所所长集体嫖娼。老百姓说我们比国民党还坏，这些人不以为耻，反以为荣，把保持艰苦奋斗的人叫'牛列主义'。"

薄一波坐不住了，他站了起来。

毛泽东："刘、张有人说他们功劳大……正因为他们两人功劳大、地位高、影响大，所以才要下决心处决他们。只有处决他们，才对得起全国的老百姓。只有处决他们两个，才可能挽救20个、200个、2000个、20000个犯有各种不同程度错误的干部……"

### 天津公安局张子善房间

主审人和两个年轻人来到张子善住的小平房。

正在写交代材料的张子善连忙站了起来。

主审人："张子善。省委决定……"他倒有些说不下去了。

张子善："我在听，你说吧。"

主审人："省委决定，并报华北局批准，开除你党籍。"

张子善："我想到，像我这样的人，不配做党员。我想到了，想到了……"

主审人又继续说着："还有……"

张子善睁大眼睛："还有……"

主审人再一次语哽："还有……判处死刑，立即执行。"

张子善像被电击着，一下子要倒了下来，他紧紧地抓住桌子，他想大声喊，可是他什么也没喊出来。他慢慢地转过身来，抓起一把桌子上的材料，终于喊了一句："我说了，什么都说了……"他的视线又回到那些材料上，他拿起一张开始撕，一张一张地撕……

主审人和两个年轻人对视了一下，无语。

过了好一会儿，张子善坐了下，他冷静了许多："出事以后，我真的认为我错了，我对不起党，对不起和我战斗过、已经死在我前头的人们，所以我拼命回忆我所犯的错误，目的是让党给我一个机会，让我再为党工作几年，我毕竟才37岁，我不想死呀！现在看来，让我死就是党给我的机会，所以，好了，我对判我死刑没有意见，这也许对党有好处，只有这样才能教育全党，因为我罪恶深重，我没什么挂念了。我有一个弟弟在我家乡任村支部书记，他和区里的同志关系很紧张，我和党说一下，这样对党的工作没好处。真的，我没什么意见了，这样处理是对的，请告诉省委、华北局、中央，这样处理我同意，执行枪决时，我一不骂共产党，死一千次都不骂，不管党对我怎么样，我爱这个党。当然了，执行枪决时，我也不会喊'共产党万岁'，因为我不配。说真的，从入党那天起我就准备好，无论是国民党枪毙我，还是日本帝国主义、美帝国主义枪毙我，我都要喊一声'共产党万岁'。没用上……最后还有一条，把我枪毙，留下青山吧……"

## 天津公安局刘青山房间

关押刘青山的房间。

主审人和两个年轻人走了进来。

刘青山已经坐在那里了，穿得很整齐，主审人进来的一刹那，刘青山还在擦皮鞋。

主审人平静地说："刘青山。"

刘青山平静地看了他们一眼，没有答应。

主审人没有计较刘青山的态度："现在代表省委向你宣布。"

刘青山没有表情。

主审人："省委决定，并报华北局批准，开除你的党籍。"

刘青山没有表情，过了一会儿："还有呢？"

主审人："判处……"

刘青山还是很平静。

主审人："判处你死刑，立即执行。"

刘青山身体略略一抖。顺口说了一句："重了点……"说完他坐了下来，他把皮鞋脱了下来，自言自语地说："新鞋，还没穿合脚……"

他在穿鞋，不语，屋子里很静，半天他说了一句话："大孩子才七岁，该上学了，老二四岁，老三才几个月，他们……"

主审人："你有罪，孩子们没罪，他们由政府管，一直到参加工作。"

这时，这个高大汉子第一次哭了，泪水涌了出来……

过了好久，他说了一句："死前不给点吃的？……"

## 天津公安局招待所

这是一个很普通的招待所，一个火炉旁边有一张圆桌，桌子上铺着白布，上面是五副碗筷，菜已经上齐了。

刘青山被带到了这个房间里。

接着张子善也进来了，他一直在发抖，有些难以控制。

张子善见到刘青山还是很习惯地叫了声："刘书记。"

刘青山倒是很知趣，他没有回答，也没有表情，一下子就坐到了位置上。

张子善坐了一下又起来了。

主审人坐了下来，

两个年轻人也坐下了。

主审人拿起酒杯:"刘青山、张子善。"

张子善一下子站了起来,

刘青山没有动。

主审人示意张坐下,

张子善身上抖得更厉害了。

主审人:"明天就要开公审大会了,组织上希望你们表现好一点。"

张子善:"怎么算好?"

主审人:"你自己清楚。"

刘青山问了一句:"这是什么意思?"

主审人:"你们理解。"

刘青山拿起杯子:"老张我们喝吧,放心地喝,只有这个酒席,你不用再写交代材料了。"

张子善:"也只有这个酒席最干净。"

刘青山对张子善说:"老张,我们俩一起敬这几位公安一杯吧。"

张子善举起杯。

刘青山:"关进来 67 天了,你们没动我们一个手指头,没骂我们一句。除了没有大烟,你们都想到了,你们也不容易,谢谢你们。"

主审人:"这是组织交代的。"

刘青山:"67 天里我犯过横,骂过人,别记着,我就这样,习惯了。我没写过材料,也没留下什么话,但是有一句可以告诉我认识的天南地北的同事和战友们,脚上起泡不能怨鞋。干……"

主审人没有举杯。

张子善和刘青山把酒喝了。

## 天津公安局刘青山房间

主审人走进了刘青山的房间。

刘青山早有准备,他看了一眼身后的刑警,小声地对主审人说了一句:"行了,真的要死了,看来没有必要求饶了。死了还有什么价值,和我弟弟说,来给我们收尸,另外在天津市局有几个皮包,都是党的财产,交给党。"

主审人点头:"好的。"

刘青山:"还有一件事,你进来……"

## 保定市体育场

能容纳两万人多人的看台和中心广场渐渐被挤满了。

主席台正中央悬挂着中共中央主席、中华人民共和国主席毛泽东的巨幅画像。两边各斜插一面五星国旗和直立的四面红旗,庄严,肃穆。

主席台上方,一条蓝布、白纸、黑字的标题赫然写着:河北省人民公审大贪污犯刘青山、张子善大会。

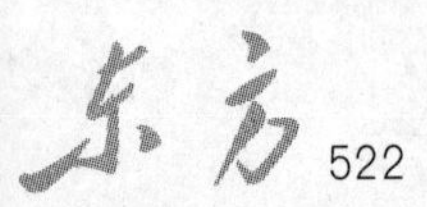

## 天津公安局刘青山房间

显然，刘青山被带走了，

屋子里只有主审人。

他打开刘青山交给他的一个小包，里边是两把玩具手枪……

（刘青山的画外音：我给他们取名铁骑、铁甲、铁兵，他们都喜欢枪，这是我从国外带回来的，算是礼物吧……）

窗外从会场传来声音："今天参加大会的人都是怀着愤怒的心情，代表着全省人民的意见来参加的。我们要彻底地控诉与公正地审判刘青山、张子善的罪行，使两个大贪污犯得到应得的判处，同时要表达我们打退资产阶级猖狂进攻的雄伟力量，和彻底剿灭一切贪污分子的决心！临时法庭现在开庭！将被告人刘青山、张子善押上来！"

……

主审人又拿出三个写着名字的本子。

主审人打开写有铁骑名字的本子……

（刘青山的画外音："他们要上学了，要做人了，我的嘱咐全在里边……"）

## 杨柳青刘青山家

这里静静的。

主审人对面坐着刘青山的妻子。

两个孩子在外边玩耍……

刘青山的妻子在翻动着那几个写着儿子名字的本子，她希望在本子里看到什么话，但是一个字没有。

刘青山的妻子："什么话都没留？"

主审人："留了。"他从刘妻手中拿本子，翻开一页，说："孩子是一张白纸，好画最新最美图画，好写最新最美文字，他们的历史由他们自己写……"

刘妻点头……

两个孩子在外边玩着爸爸留给他们的玩具枪，两个孩子在对射，他们嘴里还学着枪击的声音。

"啪啪……"

乌云笼罩的保定上空，传来两声沉闷的枪声……

## 重庆白公馆看守所

沈醉在看报。

也许他正在看这个消息。

他自言自语地说："共产党开始杀共产党了……"

## 台北蒋介石官邸

蒋介石在看报。

他一言不发……

## 新疆军区王震办公室

王震一拍桌子："好，两粒子弹，能在中国管20年……"

## 北京中南海菊香书屋

周恩来、薄一波和最高人民法院院长董必武，在向毛泽东汇报。

董必武："公审大会组织得很好，参加的群众比预想的多得多。还有，根据中央的精神，法院的同志在刘、张两人临刑前，向他们宣布，姑念他们两人在战争年代为革命做过一些好事，省委经中央人民政府同意，决定行刑的时候子弹不打头部，只打后心。枪决后殓尸安葬，棺木由公费购置。亲属不按反革命家属对待，子女由国家抚养成人……"

毛泽东："他们两个怎么说？"

董必武："两人伏在地上号啕大哭……"

毛泽东默默地点点头，说："河北的同志做得对、做得好啊。中央做出的决定也是对的。这件事情要大张旗鼓地宣传。"

董必武："说到宣传了，宣传的同志有顾虑。"

毛泽东："什么顾虑？"

董必武："刘青山是刚从匈牙利国际会议上回来，而且在大会上还当选为常务理事。如果在我们的《人民日报》上登出这个消息，在国际上是不是影响不好？"

毛泽东："那他们的意见呢？不报了！"

董必武："报还是报，变一个字。"

毛泽东："怎么个变法？"

董必武："只是把刘青山的'青'字加个三点水，这样外国朋友就以为是另一个刘青山呢。"

毛泽东笑了："出这个主意的人聪明，恩来你说呢？"

周恩来："顶多是小聪明，中国有个成语叫掩耳盗铃，可能就是说这个人的。"

毛泽东："对，给刘青山这样的贪官加个'清'，他玷污了这个字。这个三点水不能加，我们就是要向国内外广泛宣布，我们枪毙的这个刘青山就是出席匈牙利会议的那个刘青山，并且就是那个当选为常务理事的刘青山，是货真价实的刘青山，是不加三点水的刘青山，是不要水分的刘青山。"

周恩来："各地发来许多报告，反应相当强烈。老百姓看了报纸，听了广播，都说大快人心，共产党不护短，王子犯法，与民同罪，老百姓放心哪。"

毛泽东随手拿过一张香港报纸："你们看，香港报纸怎么说的：《共产党杀了共产党》，通栏大标题呀！说它不是好话，也是好话，我们共产党要是不能惩办我们内部的坏人坏事，那就不是真共产党呢！"

三人传看香港报纸……

周恩来："看得出来，他们的惊讶也有一层恐惧的意味。据反映，这段时间，也有一些工商界的资本家心情不大一样，他们认为共产党的这把火迟早要烧到他们头上……"

毛泽东："说对了。打牌有个上家、下家，走路有个左腿、右腿。大量事实证明，党内、政府内的贪污腐败分子正在和不法资本家勾结起来，上下其手啊。前几天，我在北京市关于'三反'工作的报告上批了一段话。昨天夜里，我又代中央起草了一个关于运动深入发展的指示,你们看看。什么意思呢?看来,我们只在共产党的队伍里搞‘三反’还不行,还要在社会上,特别是工商界反行贿、反偷税漏税、反盗骗国家财产和经济情报等一切不法行为……‘三反’加‘五反’!”

“在土地改革中,我们是保护工商业的,现在也要保护,但是要严加区别,对不法商人的行为必须斗争,借以给资产阶级三年以来在此问题上对我党的猖狂进攻——这种进攻比战争还要危险和严重——以一个坚决的反攻。”

中央人民政府主席毛泽东令:《中华人民共和国惩治贪污条例》公布施行。

中共中央文件:《关于在城市中限期展开大规模的坚决彻底的“五反”斗争的指示》。

## 重庆民生公司会堂

会场里挂着一条横幅:民生公司“五反”动员大会。

卢作孚走进了会场,

有人指定他坐在第一排的中央位置。

卢作孚莫名其妙地坐了下来。

大会开始。

主诗人:“今天大会的中心内容是,揭发资产阶级如何拉拢腐蚀干部。谁发言……”

还没等主持人说完,

一个年轻人跳上了台:“我来揭发卢作孚。”

卢作孚完全惊呆了。

人们议论着:

“这是谁呀。”

“公私合营后进来给卢总当通信员的。”

“他怎么能?……”

那个人发言:“卢作孚资产阶级本性不改,到了北京请我吃饭下馆子,还去听戏。最不能让人容忍的,还请我洗澡,洗就洗吧,还让人帮着搓背……”

卢作孚一下子栽倒了……

## 北京天安门广场

红墙下,戴红领巾的小学生们,脸蛋儿冻得红红的,但还在打着竹板,唱道:

反贪污,
反浪费,
官僚主义也在内。
反对行贿和受贿,
反对偷税和漏税,
盗骗国家财产、经济情报、偷工减料全在内。
要把敌人的一切进攻全打退,
建设繁荣幸福的新社会!

## 北京空军司令部的操场上

一夜春雪过后，北京城成了一片银色的世界，屋脊、草坪和小径，满目皆白，一尘不染，清新宜人。

雪地上走来两个人，

他们是毛泽东和刘亚楼。

毛泽东的声音："真是他们的空军王牌戴维斯？"

刘亚楼："是的，我们已经从他的名牌及他的飞机型号上证明了，是他，美国空军王牌戴维斯。"

毛泽东："怎么能证明就是我们空军打下来的呢？"

刘亚楼："那个空域没有老大哥的飞机，我反复查过了，是张积慧。"

毛泽东笑了："别看我反复问，我还真怕不是我们打下的。好呀，刘亚楼，你没让我失望，没让中央失望，成军不到两年，干得好。"

刘亚楼："是主席领导得好。"

毛泽东："不错，没有中央支持你，不行；没有全国人民的支持你，不行。想不到中国老百姓一下子捐了那么多飞机。"

刘亚楼："是呀！"

毛泽东："那是老百姓的血汗钱……亚楼呀，你一年要花上多少钱？"

刘亚楼："几百亿……主席，空军坚决执行中央的号召，一级一级、一个一个地查找问题，全空认真进行'三反'运动，到现在为止没发现大的问题。"

毛泽东站住了："亚楼呀，你是不是以为我在查你呀？掏心地讲，对你刘亚楼，我一百个放心。今天你们打下美国王牌我高兴，来看看我的空军，来看看我的刘亚楼，同时还要办一件事。"

刘亚楼眼睛盯着毛泽东："主席有什么事您说，我一定办，空军一定办。"

毛泽东："一定办就好。你向我敬个礼。"

刘亚楼一时摸不到头脑。

毛泽东重复一遍："给我敬个礼。"

刘亚楼给毛泽东敬礼。

毛泽东一下子抓住了刘亚楼胳膊，指着已经破了的衣衫袖子："上次我就看到了，衣服穿了几年了？"

刘亚楼眼圈红了："主席，没几年，我穿衣服费……"

毛泽东有些激动，他的声音有些发抖："一个一年花掉几百个亿的人，没往自己身上花一分钱……裁两件衣服吧，就算中央军委主席给空军司令的奖励。"

刘亚楼流泪了："好，主席，我照办。"

毛泽东笑了："我相信中国共产党人大多数都是刘亚楼，刘青山是少数的……我有能力枪毙刘青山，我一定要有能力保护刘亚楼……"

刘亚楼说不出话来。

毛泽东："你爱人翟云英好吗？听罗荣桓讲，不是让她上上海军医大学吗？"

刘亚楼："是的，她听了很高兴，后来又改主意了。"

毛泽东："为什么呀？"

刘亚楼:“她说,没有人照顾我。”

毛泽东:“也对呀,她离不开你呀!”

刘亚楼:“我和她说:你还年轻,要珍惜这个时光学点本事,将来用得上,不该因为我影响你。”

毛泽东:“这样也对。”

刘亚楼:“送她上学时我和她说,有本事才有饭吃。要知道我这个空军司令是空的,可是靠不住的,哪一天我提前见马克思了,你得靠本事吃饭了。”

毛泽东:“这句话不好,什么叫提前?在我没去见马克思之前,你们都不许去,以后不许说这样的话。你们打下戴维斯,今年又是美国大选年,我有一个估计,美国人要停战了,我考虑了一下,我们成立一个停战委员会,你是其中一个。仗停了,你不能停,把空军建设好,建设一个强大的空军。”

刘亚楼:“是!”

毛泽东:“走,和我一起去看看萧劲光,为了空军建设,海军做出了贡献。本来是买舰艇的钱,为了制空权,海军做了牺牲。当然了,以后我们有了条件,两个军都优先发展……只是大家谁也不要提前见马克思……”

(刘亚楼没有听毛泽东的话,于1965年5月7日下午3时45分逝世,年仅55岁。)

### 北京中南海菊香书屋

恩来急促地走了进来。

“主席!”

毛泽东:“恩来,有事?”

周恩来:“有,你让我了解卢作孚公私合营的情况,下边打来电话说,他在重庆家里自杀了……”

毛泽东怔了一下,半天不知说什么好:“为什么呀?”

# 第三十五章

**北京中南海菊香书屋**

毛泽东听完了周恩来的讲述，他坐了下来，心情无比沉重，过了好久说了一句："我要去上海，听说那里有48个资本家在'五反'中自杀，不能过火，得救救这些资产阶级……"

**上海荣毅仁家**

电话响了，

荣毅仁正在和同仁们聊天。

管家去接，

荣毅仁没有理会。

管家走了过来，小声地说："是上海市陈丕显书记打来的。"

荣毅仁一怔，站起，急忙走到电话机边："陈书记，我是荣毅仁。"

电话里："荣先生，你马上赶到申新九厂，我一会儿就到。"

荣毅仁还要问什么，对方电话已经放下了。

荣毅仁愣了一会儿，对同仁们："今天对不起了，改天再聊。你们的担心不无道理，但是我还是相信共产党会处理好这些事情的。"转身对管家："备车。"

**上海申新九厂**

荣毅仁的车刚开进工厂里，陈丕显已经等在那里了。

荣毅仁下车，走到陈丕显身边："陈书记，有什么事让你亲自到厂里？"

陈丕显神秘地笑了："不止是我亲自。"

荣毅仁摸不到头脑地说："怎么回事呀？"

陈丕显眼睛一直盯着大门的方向："一会儿你就知道了。"

话音没落，几辆小汽车依次开进了厂里。

从一辆车里走下一个人，他朝荣毅仁走来，边走边说："我来了。"

荣毅仁一下认出了他："毛主席……您……"

毛泽东："你不是让我到上海看你吗？我说话算数，来了。"

荣毅仁一时不知说什么好……

毛泽东："怎么样，看看你的工厂，看看我们工人。"

## 上海申新九厂车间

荣毅仁陪毛泽东走进了车间，

机器在转动，

女工在工作。

毛泽东十分认真地看着，不时地问些什么，

荣毅仁认真解答。

毛泽东显然很高兴，走出车间他说了一句："荣老板，这里有这么多织女呀！"

大家笑了。

毛泽东："她们都有牛郎了吗？不会在天上吧？"

荣毅仁："这些女工还很年轻，有的是学校刚毕业的学生，有的家在农村，现在算学徒。"

毛泽东感慨地说："新中国成立我们做了一件好事，那就是妇女解放了。陈丕显，你们上海有多少妇女就业？"

陈丕显："百分之二十吧。"

毛泽东："要百分之三十、四十，妇女要顶起半边天。"

陈丕显："主席这句话好，妇女顶起半边天，我们争取做到。"

毛泽东："荣老板，到北京我请你了，到上海，是不是你请我呀？"

陈丕显："主席，市里已经安排了。"

毛泽东："我就吃荣毅仁的饭。"

## 上海市接待处

这是一间不大的会客厅，里边坐满了人。

毛泽东在讲话："昨天大家也许看报纸了，把我在申新九厂的事情报道了，这是我同意的。事前荣毅仁先生问我，是不是第一次来上海，肯定不是，只是上一次来时没有报道。我来上海只有一个目的，看看荣毅仁，看看工商界的朋友。众所周知，我们国家经过三年经济恢复时期和'三反五反'运动之后，全国各地兴起了一场社会主义三大改造的高潮，处在对资本主义工商业实行社会主义改造大潮中的中国工商业者，既有愿意接受改造的积极性，又有自觉不自觉的抵制倾向和悲观情绪，我来给你们打打气。"

荣毅仁坐在座位上认真听着，

陈丕显坐在毛主席身边。

人们屏气而听。

毛泽东："给大家吃个定心丸，大家要把心安下来，不要十五个吊桶打水七上八下，要减少吊桶，增加抽水机，如果全部改用抽水机就更好，这样才好睡觉。"

会场里终于有了笑声。

毛泽东："坦白地说，社会主义我们没搞过，社会主义改造我们也没搞过，但是在新民主主义时期我搞过社会各阶级的分析。当时我就说，民族资产阶级有其两面性，又可以联合，又可以斗争，所以基于这个思想，我们的方针政策是利用、限制、改造。你们不是社会负担，是财富，你们当中的有些人不断进步，已经坚定了走社会主义道路的自觉性。”

会场第一次响起掌声。

毛泽东：“看来大家是赞成我这个说法的。有的人对我们的赎买政策还有顾虑，我可以和大家说，利息一定是七年，我们说话算数。当然，我们工人中有些还不理解，但是他们要明白，我们刚刚建国，百废待兴，帝国主义又封锁我们，我们没有钱，只有向你们借，哪有借钱不给利息的？听说你们当中，有些人白天敲锣打鼓，晚上关门痛哭，现在不用了，有毛泽东的讲话，你们白天敲锣打鼓，晚上照样跳舞。”

有些人大笑起来。

毛泽东更加激动了：“各位先生们，跟着共产党走吧，这是一条幸福大道。”

大家起立，为毛泽东鼓掌。

**上海毛泽东住处**

毛泽东和荣毅仁在院子里漫步。

毛泽东：“卢作孚的悲剧不能重演，在现在中国的条件下，资产阶级的利益必须得到保护。”

荣毅仁：“主席，我斗胆地问一个问题。”

毛泽东：“不用斗胆，抖一抖肩膀就行了。”

荣毅仁：“我国进入社会主义时期后，工人阶级和资产阶级之间对抗性矛盾成为主要矛盾，但是经过社会主义改造运动后，阶级关系有了调整。由于中国的历史条件，这个对抗性矛盾，可以发展成非对抗性矛盾，既然不是非对抗性的矛盾，可不可以用不同方法来解决这种矛盾？”

毛泽东站住了。

荣毅仁：“主席，要是问错了，你不要见怪，我毕竟不是政治家。”

毛泽东：“不，你是政治家，你可以当主席，起码当个副主席。”

（荣毅仁在第九次全国人民代表大会上当选国家副主席。）

毛泽东：“你问了一个很好的问题，这个问题我想了很久，一直没有正式提出。卢作孚的死和现在工商业者的担心，我感到，这是一个一定要回答的问题。在我们国家里，工人阶级和民族资产阶级的矛盾是人民内部矛盾，工人阶级和资产阶级之间存在着剥削和被剥削的矛盾，这本来是对抗性的，但是在我国的条件下，这两个阶级的矛盾处理好，可以转化成为非对抗性矛盾，可以用和平的方法来解决。两个阶级的利益都必须得到保护，谁来保护，不是大事小事必须由毛泽东出马、周恩来出面，那靠什么，是宪法。”

……

（毛泽东在解决了过渡时期总路线之后，又着手了另一个伟大工程，准备召开全国第一次全国人民代表大会，这次大会的首要任务就是通过宪法。）

（1953年12月24日，毛泽东带着陈伯达、胡乔木、田家英乘专列离开北京，27日到达杭州，开始了中国法制建设奠定千秋基业的大事。）

**欢迎毛泽东的宴会**

毛泽东端起杯子：“怎么样，盛宴必散，大家喝完杯中酒吧。王芳同志你面前怎么这么多

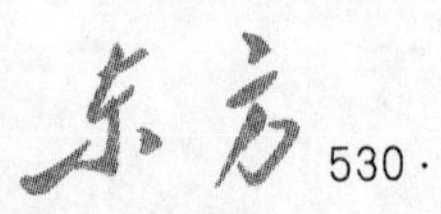

酒？要我帮你喝吗？”

王芳赶忙道：“不，不，主席我喝。”说着，一下子自己他面前的四个杯子全喝完了。

罗瑞卿：“这才像个男子汉。王芳，王芳，知道你是个男的，不知道的还以为你是女的呢。”

王芳：“我也想改，不知改什么好！”

罗瑞卿：“把草字头去掉就行了。”

毛泽东：“草字头不能去，你们老家是新泰吧，绿化那么差，山头都是光光的，好不容易你王芳头上有了一点草，还要除掉，我不同意。什么时候你们山东绿化好了，你再把头上的草去掉。”

人们笑了。

王芳：“我听主席的。”

毛泽东：“听我的，谭老板说了，只要你陪我，这样好呀，不要前呼后应的，那样不好。”

谭启龙：“主席还没来，我们就知道了，你对省委要求，主席来，不接不送，不叫不到，不送不要，还有不鸣警笛，不闪警灯，不张扬，不扰民。我一定照办。”

罗瑞卿：“你们知道主席为什么昨天在火车上住了一晚上，因为昨天是主席的生日，怕给你们增加麻烦。”

谭启龙怔了一下，他的嘴张了几下，显然他被感动了。

王芳也不知说什么好……

毛泽东：“好，不是要看戏吗？什么戏呀？”

王芳：“几个折子戏，《苏三起解》、《空城计》。”

毛泽东：“这出戏有句唱词不对。”

谭启龙：“是吗？”

毛泽东：“你们听，‘苏三离了洪洞县，将身来在大街前，未曾开言我心好惨，过往君子听我言，哪一位去往南京转，与我那三郎把信传，就说我苏三把命断，来生变犬马我当报还’。‘苏三离了洪洞县，将身来在大街前’，既然离开了，怎么又到了大街前，应该是苏三离了洪洞监，或者说苏三要离开洪洞县。”

谭启龙感叹地说：“真是的。”

戏散了。

谭启龙陪毛泽东走在长廊里：“主席，《空城计》里边没错吧？”

毛泽东：“有呀，你听，‘城外的街道打扫净，准备着司马好屯兵。诸葛无有别的敬，早买定羊羔美酒，犒赏你的三军。到此就该把城进，为什么犹疑不定？进退两难为的是何情？左右琴童人两个，我是又无埋伏又无兵’。其实，‘埋伏’和‘兵’是一个意思，有埋伏就是有兵，不能说又无埋伏又无兵，这句不通。”

谭启龙：“真是的……”

毛泽东话锋一转：“谭老板，我们来杭州写宪法，就要写得叫人无可挑剔。”

谭启龙还没开口，

毛泽东：“真是的……”

谭启龙笑了。

毛泽东：“怎么样，明天怎么安排的？”

谭启龙："在湖上转转吧，这里最著名的是三潭印月。"

毛泽东："不是二谭吗？"

谭启龙认真地说："三潭……"

毛泽东："我说是'二谭'，第一任书记是谭震林，第二任书记谭启龙，哪里的三呀？除非你哪天调走了，然后哪年再回来，那可就是三谭了……"

（1973 年谭启龙又一次回到浙江省任书记。）

**杭州西湖刘庄 84 号**

毛泽东在浙江省委第一书记谭启龙陪同下，走在西子湖畔。

看得出毛泽东心情很好，他一边走着，一边四下看着。

远山近水，渔火点点。

毛泽东："好地方……"

谭启龙："主席是第一次来吧？"

毛泽东："不是。"

谭启龙："主席是什么时候来的？"

毛泽东："哪一年我也忘了，反正是夜里。"

谭启龙："那主席是旧地重游？"

毛泽东："不是旧地，是圆了我一个梦。"

谭启龙恍然大悟："主席是梦里来过？"

毛泽东笑了："让你说对了，我没有你谭启龙有福气，和苏东坡一样在这梦境一样的地方当太守。"

谭启龙："别人是看好一亩三分地，我只为主席看好这一泓清池。"

毛泽东："好，管好了，我年年来。"

谭启龙："那我年年陪主席……"

**杭州苏堤**

静静的堤，静静的柳，

静静的月，天上一个，湖中一个。

毛泽东："浙江是一个好地方，湖光山色，人杰地灵，是吴越文化的发源地。近代这里出的两个人物，我最敬重：一个是秋瑾，自号'鉴湖女侠'；另一个是文化新军的最伟大和最英勇的旗手鲁迅。鲁迅最著名的话，你以为是哪两句？"

谭启龙："是不是'横眉冷对千夫指，俯首甘为孺子牛'？"

毛泽东点头……

**断桥**

毛泽东："我想我们民族的词汇中再也找不出像鲁迅形容如何对待敌人和朋友这么精到的比喻。"

谭启龙："鲁迅的《闰土》我读过，每一次读都好像又回到了童年。"

毛泽东："这就是不朽……我们共产党人就是要有对人民甘做牛马的精神。"

谭启龙:“我一定做到。”

毛泽东:“不仅是你,我也一样。这次来杭州,我们就是想为我们的人民干一件大事,写一部宪法。”

谭启龙:“其实我觉得,有毛泽东思想就行了,宪法有没有都一样。”

毛泽东看了一眼谭启龙:“咱们俩想到一起去了。”

谭启龙一时被毛泽东搞糊涂了,他不知道怎么回答好。

毛泽东:“是呀,‘七大’上你们提出了毛泽东思想,开始我自己都不习惯,现在也舒服了,用了几年,看来也管用。刚开始搞宪法时,有人也这么说,认为没有必要,有毛泽东思想就行了,但是,我毛泽东在,毛泽东思想还行,我不在,那就是刘泽东、谭泽东,也搞一个思想吗?同志们还有一个概念没有搞清楚,宪法是一个大法,这个法也要管毛泽东思想。一个团体要有一个章程,一个国家也要有一个章程,宪法就是这个章程,是根本大法。用宪法这样的形式把人民民主和社会主义原则固定下来,使全国人民有一条清楚的轨道,使全国人民感到有一条清楚的、明确的和正确的奋斗目标。”

谭启龙点头:“主席是对的。”

毛泽东幽默地说:“不是主席是对的,是主席亲自写宪法是对的……”

**杭州西湖刘庄 84 号**

一场瑞雪,一夜间把西湖装扮得分外妖娆。

曙色辉映着刘庄 84 号的屋宇和院落。

毛泽东住处的窗子里的灯还在亮着。

毛泽东在写信。

(心声:少奇同志,宪法小组的宪法起草工作已于一月九日开始,计划如下:一、争取在一月三十一日完成宪法初稿,并随时将此项初稿送中央各同志阅看……)

**北京中南海刘少奇住处**

刘少奇在看信。

**杭州西湖刘庄 84 号**

毛泽东的住处。

毛泽东仍在写信。

(心声:二、准备在二月上半月将初稿复议一次,请小平、李维汉两位同志参加,然后提交政治局,讨论作初步通过……)

**北京邓小平住处**

邓小平在看信。

**杭州西湖刘庄 84 号**

毛泽东住处。

毛泽东仍在写信。

（心声：三、三月初提交宪法起草委员会讨论，在三月份内讨论完毕并初步通过。四、四月内再由宪法小组修正，再提交政治局讨论，再交宪法起草委员会通过。五、五月一日由宪法起草委员会将宪法草案公布，交全国人民讨论四个月，以便九月间根据人民的意见做必要修正后提交全国人民代表大会通过。）

**刘庄的小院子里**

毛泽东推门走了出来，

这是一个银色的世界，一下子让毛泽东心绪好了起来。

已经站在雪地中的侯波和汪东兴，兴奋地叫了起来："主席照个相吧，今天的天气真是太好了。"

谭启龙也显得十分开心："是呀，主席，这样的好天气我这半个杭州人也不是常赶上的。"

毛泽东："好，支持一下侯波同志的工作。来吧，怎么照？"

侯波："主席，我们往外走走，可能会有更好的景致。"

毛泽东显得十分情愿："好，瑞雪丰年，一个好的开端。但愿1954年我们不但收获五谷，我们还能收获一部大法……"

"嚓——"

一张毛泽东在杭州雪地的照片定格……

**杭州西湖刘庄84号**

春到杭州，柳绿花红。

吃过中午饭的毛泽东走出书房，汪东兴、罗瑞卿等人已经站在院子中。

毛泽东对着院子里的人们说："今天爬哪座山？"

罗瑞卿："听主席的。"

毛泽东转身对汪东兴说："东兴啊，我们爬了多少山了？"

罗瑞卿："这里的山，主席差不多都爬过了。"

毛泽东："你这个罗长子从来不大而化之，今天也来个差不多。"

一行人走出了小院。

江南大地，一片生机。

**北高峰**

一行人谈笑风生。

汪东兴："主席，罗部长中间好长一段没有在杭州。"

毛泽东："对呀，他去抓反革命去了，第三次全国公安会议召开，全国的镇压反革命斗也取得了很大胜利。我们又爬了很多山，其实，我比你们爬得还多呀。"

汪东兴："主席，不对呀，哪一座山都是我们一起爬的，你怎么会比我们多呢？"

毛泽东："我们白天一起爬山不假，可是我夜里来爬山呀，爬宪法这座大山。这其中我看过1936年的苏联宪法，看过1918年的苏俄宪法，还有罗马尼亚、德国、捷克各国的宪法，也有1923年民国的宪法，也有蒋介石1946年的宪法。这些都是一座又一座山头。"

罗瑞卿点头:“这些山有时候比大自然的山头更难爬。”

有人说了一句:“蒋介石的宪法,肯定不是什么好玩意儿。”

毛泽东摆手:“不能这么讲,外国的宪法也好,中国的宪法也好,蒋介石的什么法也好,清政府的也好,都应成为制定新中国宪法的参考。国家有大小,制度有好坏,但是宪法对国家发挥的作用是一样的。你还别说,我还真从老蒋的宪法中学到了些东西,那就是,已经被实践证明是错了的东西,我们无论如何不要写进去,更不能去做。”

人们向山上爬着,四处静静的,只有毛泽东的声音在山谷间回响……

毛泽东第一个上了山,他大气不喘,用手中的杆子指着远山近水:“我问过你们,从哪里看杭州最美,今天北高峰可以告诉你们了,就是这里。”

罗瑞卿紧跟着毛泽东上了山,接着汪东兴也上来了。

不知谁感叹地说:“真是太美了。”

毛泽东:“中国有一句老话,脚力尽时山更好,就是说,不要怕苦,要坚持,总有美好的前程在等着我们。爬山和搞宪法都很苦,从陈伯达的第一稿到现在已经是八稿了,恐怕还要改,改不动也要改,因为只有上了山才会有大好前程……我们中国的大好前程……”

汪东兴和罗瑞卿小声地说着:“看来主席的宪法写好了。”

罗瑞卿:“对,一部毛泽东的宪法写好了。”

毛泽东:“你们在说什么?”

罗瑞卿看了一眼汪东兴:“主席,我们为你高兴。”

毛泽东明白了他们的意思:“我和你们不一样,我是为我们的大好山河高兴……”

他轻轻地吟诵起来:

三上北高峰,杭州一望空。
飞凤亭边树,桃花岭上风。
热来寻扇子,冷去对佳人。
一片飘飘下,欢迎有晚鹰。

**杭州西湖刘庄84号**

毛泽东拿起笔,略一思忖。

他身边站着谭启龙。

笔落字出:

五云山上五云飞,远接群峰近拂堤。
若问杭州何处好,此中听得野莺啼。

谭启龙带头鼓起掌来,

在场的人一起鼓起掌。

毛泽东:“这首小诗就留在你们刘庄了,算是我付了房钱、菜金、茶水钱。”

人们笑了。

谭启龙:“主席不仅给我们留下一首小诗,更是给我们留下了一部大作——新中国第一部宪法。将来人们再问起杭州有什么好的时候,我们,可以自豪地告诉他们,‘五云山上五云飞,远接群峰近拂堤。若问杭州何处好,此中听得野莺啼’;更可以告诉他们,新中国的第一部宪法就在杭州西子湖畔刘庄诞生的。”

人们鼓掌。

毛泽东风趣地说："谭老板不得了，经他这么一说，杭州了得，不仅出产龙井茶，还出产宪法……"

谭启龙："主席，有一个朋友问我，我们宪法叫什么名字？"

毛泽东："当然叫中华人民共和国宪法，还有别的叫法吗？"

谭启龙："也有人说，叫毛泽东宪法怎么样？"

毛泽东斩钉截铁地说："不行。"

谭启龙："我也和这个朋友说了，毛泽东是一个谦虚的人，怎么允许这么叫呢？"

毛泽东："我不谦虚！在蒋介石面前我不谦虚，在帝国主义面前我不谦虚，但是也不许这么叫。"

谭启龙点头："就是。"

毛泽东有些不悦："这不是谦虚的问题，是不能这样叫，这样叫不合适、不合理、不科学。在我们这样的人民共和国的国家里，不应当叫，这样叫不适当。科学没有什么谦虚不谦虚的问题，搞宪法就是搞科学。我们除了科学之外什么都不要信，不要迷信。中国人也好，外国人也好，死人也好，活着的人也好，对的就是对的，不对就是不对的，不然就叫迷信。要破除迷信，不论古代也好，现代也好，正确的就信，不正确的就不信，不仅不信而且还要批评，这才是科学的态度。"

谭启龙："是，主席。"

毛泽东缓和气氛地说道："谭老板，好在你的那个朋友不在，不然，他可要吃板子了。"

人们又笑了。

毛泽东走出了小院。

他四下看了许久，最后十分激动地说："走了，回北京，通过宪法，准备召开第一次全国人民代表大会。"

西子湖上堤听到了他的声音……

西子湖上柳听到了他的声音……

**杭州西湖刘庄84号**

毛泽东从屋子里走了出来。

毛泽东对身边的谭启龙说："怎么样，就到这里吧。"

谭启龙："我送主席到车站。"

毛泽东："你口口声声要听毛主席的话，可是我还没有走，你就不听了，我们不是说好了吗？"

谭启龙："我一直记着，你对省委的要求，你来，不接不送，不叫不到，不送不要。还有不鸣警笛，不闪警灯，不张扬，不扰民。"

毛泽东点头又对谭启龙说："谭老板，我到你这里，不要这样，你到别处也不许这样，你知道什么叫宪法吗？"

谭启龙："我听主席的。"

毛泽东："宪法，是一张写满人民权利的纸。"

谭启龙："说得真好。"

毛泽东："真好？"

谭启龙："是，主席，您说得真好！"

毛泽东："列宁说的。"

谭启龙一怔。

……

列车发出长长的嘶鸣，行驶在江南的土地上，行驶在社会主义的大道上……

## 北京中南海勤政殿

毛泽东在主持会议。

毛泽东："全国人民代表大会，顾名思义就是要全国各民族人民一起参加，不能少哪一个。当然了，内蒙古、新疆都没有什么大问题，我最关心的还是西藏。"

毛泽东看了一眼邓小平："小平呀，和西藏的同志们说一声，一定要动员班禅和达赖来北京，来开全国人民代表大会。"

刘少奇："班禅可能问题不太大，1951 年时就来过北京；达赖就不一样了，一是从来没来过，再有就是对我们了解得太少。"

邓小平："那就把任务交给中央政府代表，让他们做工作。"

周恩来："第十八军的同志也要支持。"

朱德："工作量不小哟……"

## 西藏拉萨中央工作委员会驻地

中央驻西藏代表张经武，第十八军军长张国华、政委谭冠三及副政委范明、王其海，西藏军区联络部长徐淡庐在开会。

张经武："看来，中央对西藏的情况非常了解，正如中央所说，班禅的工作没什么问题，但是达赖就不同了。"

张国华："那就一个一个地来吧，总之，要落实毛主席的指示，一定要争取班禅、达赖如期到北京参加全国人民代表大会。"

张经武："我们分一下工，我和梁选贤负责向达赖传达中央指示。徐淡庐同志负责他们的家属。"

谭冠三："这样好，其实做了家属工作，再由家属做他们本人的工作就好多了。"

张国华："那就动起来吧，召开全国人民代表大会，是 1954 年的大事。召开一个团结的大会，对我们这个多民族的国家十分重要。重中之重就是做好这两个人的工作，完成中央的战略部署。"

## 日喀则扎什伦布寺

梁选贤在客厅里等待主人的到来。

不一会儿，班禅堪布会议厅委员会主任詹东·计晋美陪着班禅走了出来。

梁选贤连忙站起，用西藏的礼节向班禅行礼："大师，扎西德勒。"

16 岁的班禅眉清目秀，意气风发，十分热情地回礼："大军，扎西德勒。"

几个人谦让着，落座。

梁选贤开诚布公："大师，这次我来扎什布伦寺见您，主要是向您传达一个消息，中央决定今年九月在北京召开第一次全国人民代表大会。"

班禅："全国各地都有代表？"

梁选贤："是的，中央十分关心我们西藏地区，分配给我们9个名额。这9个代表我们是这样分配的，达赖方面是4个，班禅大师方面是2个，入藏干部中汉族2个，藏族1个，具体人选，已经通知给各个方面。大师这方面，除了大师外，还有詹东·计晋美。"

说着，他向计晋美示意了一下。

计晋美轻声地说了声："谢谢。"

班禅听后显得很高兴："谢谢毛主席。四月时，毛主席还给我来了一封信。"说着他走进里屋取出一个精致的小盒子，从中取出毛主席的信。他高兴地背诵起毛主席给他的信："班禅·额尔德尼先生，感谢你一九五三年八月的来信和礼物，知道你身体很好并经常为团结努力，我很高兴。西藏每年有些人来内地参观是很好的，此外，每年还可以选送一些青年来内地学习，长期或短期学习都好，因为这样可以更多地培养一些建设西藏的民族干部。随函附上牛奶分离机一部，扩大机一部，两用无线收音机一台，顺祝健康，毛泽东，一九五四年四月。"

梁选贤十分意外："大师已经把主席的信背下了？"

计晋美眯着眼睛："不但背下了，现在还可以用毛笔写了。"

班禅显得很兴奋，他走到收音机旁边，打开，里边传出歌声："……嘿啦啦，嘿啦啦，天空出彩霞呀，地上开红花呀，全国人民开口笑，建设社会主义新国家……"

梁选贤："太好了，这么说，这次大师一定会如期参加大会了？"

班禅十分痛快："去！毛主席让我去我就去，一定去！"

梁选贤一听这话，高兴极了："大师这么愉快地接受了中央的邀请，让我们很高兴。我们马上给中央发电报，把这一好消息告诉他们。"

梁选贤的声音刚落。计晋美开口说道："中央通知大师到北京开会，是件好事，只是西藏离北京太远，加上他还年轻，身体还在发育时期，怕是路上劳累，一旦有个三长两短，作为议会委员会主任，不好向西藏人民交代。如果康藏公路通车，可能会好一些……"

班禅见计晋美这么说，脸上露出难色。

梁选贤见计晋美这么一讲，心中十分不悦，但是还是和颜悦色地说："堪布说得有道理，要是康藏公路修好，那真是太好不过了，筑路大军和当地军民日以继夜战斗在修路一线，也是为了早日打通康藏公路，但是还有短短几个月，公路修到拉萨是不可能的，但是我们有决心，能修一尺是一尺，能修一寸是一寸，一切以大师为是……"

（切入画外：筑路大军在修路……

歌声：二呀么二郎山，高呀么高万丈……筑路大军被它拦呀么，被它拦，解放军英雄汉，修公路不怕难，一定要把红旗插上二郎山……）

梁选贤："班禅是我的朋友，和朋友说句实话吧，康藏公路修了几百里了，我们算了一下，每修一里，我们就有一名战士倒下……他们永远留在了康藏公路上，他们有的比大师年龄还小，现在修了500多里了……"

班禅被感动了："那就是500多名战士已经……共产党一片诚心，解放军一片诚心，让我再想想……"

梁选贤站起："大师，毛主席在等你的消息……"

班禅："我知道……"

说完，他看了一眼计晋美。

计晋美不语。

班禅对梁选贤："那首歌叫什么名字？"

梁选贤："歌唱二郎山。"

班禅自语道："二郎山……"

## 拉萨罗布林卡

位于拉萨西郊的一个园林，西藏同胞称它为宝贝园林。

这里的 4 月，已是春意盎然。

大门口早已经有人等在了那里。

中央代表张经武在翻译和工作人员的陪同下，走下了汽车，向大门口走来。

达赖的总管家迎了上来，并引导一行人进了罗布林卡。

院子里曲径通幽，鸟语花香。

人们走了好一会儿才到了达赖的住处。

## 日喀则班禅住处

班禅对计晋美很是不悦："你为什么不同意我去北京？"

计晋美："不是不同意，我是为你的身体着想……再说，我们是不是等一下拉萨罗布林卡那边的消息？"

班禅不悦："为什么要等他，他是他，我是我……"

## 拉萨罗布林卡

管家在送张经武出门，张经武边走边说："你一定再做达赖先生的工作，我今天的话，是中央人民政府和毛主席的意思。"

管家："张代表，你传达中央人民政府和毛主席的讲话，我们都听明白了，也深知此事重大。作为我个人，我希望他到北京去，他不是还给中央政府写过信吗？但是这只是他个人的意见，还得征得噶厦和三大寺喇嘛的意见，商量后才能决定是否能去北京。这里一有消息我一定派人告诉张代表。"

## 拉萨的一处民宅

西藏军区联络部长徐淡庐来到达赖的姐姐泽仁卓玛家里，达赖的姐夫也在座。

（徐淡庐　西藏军区联络部长）

达赖的姐姐显得十分热情："上一次，毛主席送给我弟弟的礼品都是你亲自送到我弟弟家的，这一点他很是感激，我们还说要专门请你到家里来做客。今天是贵客临门，一定又是给我们送来吉祥。"

（泽仁卓玛　达赖的姐姐）

徐淡庐:“上次给达赖先生转送毛主席的礼品,那是毛主席给你们带来的吉祥,今天到你们家来,还是转达毛主席的吉祥。”

泽仁卓玛:“感谢毛主席给我们家带来的吉祥,也感谢大军部长的心意。”

徐淡庐:“卓玛姐姐,事情是这样的。中央和毛主席已决定在今年9月份召开全国人民代表大会,并在这个大会上通过新中国的第一部宪法。毛主席请达赖先生到北京开会,拉萨的噶厦还有三个人要去,班禅方面也有两个人同去。”

泽仁卓玛高兴地说:“毛主席让我弟弟到北京,这真是一件大好事。去年我从北京回来,他还向我问北京有多远,北京有多大。他还说,他有时间会去的,这真是梦想成真了。”

徐淡庐:“是呀,这确实是一件大事。因为卓玛姐姐去过北京,到时候你给他出出主意,其他方面,我们会安排好,请达赖先生放心。”

泽仁卓玛:“解放军、中央政府办事,每一件都想到了我们的心里。请放心,我一定到罗布林卡劝他去北京。”

徐淡庐见泽仁卓玛是这个态度,心里很高兴:“好,那我们就等你的好消息。”

他刚要站起身,一直没说话的彭措扎西开腔了:“也不一定会是好消息,去不去北京不是我们能说了算。再说,达赖已经是一头雪山的狮子,已经不是待在姐姐身边的小山羊了。”

徐淡庐:“那就请卓玛姐姐费心了。”

**西藏军区联络部**

中央代表张经武、西藏军区联络部长徐淡庐、日喀则地委书记梁选贤在军区联络部开会。

看得出,几个人情绪都不是很高。

张经武:“看来这里的情况和中央分析的差不多,达赖和班禅进京还是有一定难度。”

徐淡庐:“泽仁卓玛倒是答应帮助说服弟弟,但是我相信还会有不少人做相反的工作。”

梁选贤:“虽然班禅的情况好一些,也怕他们之间相互影响。”

张经武:“梁书记,必要的时候你可以再到班禅家去一次,一定要巩固已有的成果,坚定班禅的信心。达赖先生那面,会有一场不小的争论……”

**拉萨噶厦一个会议室里**

关于达赖是否去京,这里进行着激烈的争论。

支持达赖去北京的噶伦阿沛·阿旺晋美正在讲话:“我认为先生还是要去北京,一、因为这毕竟是毛主席发出的邀请,我们得对毛主席有个交代。二、这不是一般的到内地观光或者说是请客吃饭,这是开会,开全国人民代表大会。三、是全国人民代表大会,就是五十六个民族的代表全去,我们西藏不能缺席。四、这个大会上还要通过新宪法,我们是新中国的一员了,我们有选举权,我们应当有神圣的一票。”

噶伦夏苏·居多美站了起来:“我以为阿沛·阿旺晋美说出了很全面的理由,而且这些理由中哪一条都是不可曲解的。我同意达赖先生早日回复中央政府、回复毛主席。”

居多美的话说完后,好一阵子没有人发言。

冷场一会儿后,大喇嘛开腔了:“道理有小道理服从大道理之说,什么是大道理,一切服从宗教,这是大道理,重要之事。还有重中之重,什么是重中之重,佛事就重中之重。我想这些道理三大寺的噶厦都心知肚明，人民代表大会和宗教怎么可同日而语。宗教是高山，人民代表大会是什么，我一时找不到比喻的东西，也许是沙粒……”

阿沛·阿旺晋美急得站了起来：

“不能这么比，人民代表大会也是国家的大事。”

大喇嘛挥了一下手：“我只是这么一比。再说了，达赖正在学经的关键时期，他今年20岁，再有两年就可以考格西了（一种学衔，相当于教授）。如果一两年回不来，学业误了不说，考格西又落空，回来后又在宗教界失去了威望，我觉得这是前功尽弃。”

有人说了一句：“可是毛主席确实是一片真情。”

曲比土登：“他的一片真情，达赖可以用其他方式回报。”

阿沛·阿旺晋美着急了：“达赖是代表西藏去行使权利，不仅仅是回报感情。”

曲比土登：“也不必把汉人的什么大会看得那么神圣，我当过达赖在南京的办事处主任，他们的‘国大’是个什么东西，我心里有数。”

阿沛·阿旺晋美：“你错了，这是新中国，这是毛泽东。”

曲比土登：“新中国是个什么样子，我不知道，毛泽东是什么样，我也不知道。但是我想达赖非要去北京，我只想提醒大家，不要忘了，1950年达赖喇嘛去亚东，三大寺出来两千多个喇嘛劝阻，还有一个小喇嘛跳河身死，以死相阻。诸位想一想，那只是去亚东，这次是去北京，难道你们不怕闹出更大的事吗？”

阿沛·阿旺晋美：“1950年解放军还没有进西藏，这里还是天下大乱，而今解放军进驻西藏，如今天下太平，怎么能同日而语？”

曲比土登：“好呀，你们坚持达赖去北京，那我也告诉你，我坚决不同意。”

说完，他离开了会场。

接着又有人离开会场。

阿沛·阿旺晋美眼见人们离去，无奈地对身边的译仓说：“把两种意见全写下来，让达赖先生自定吧。”

### 拉萨罗布林卡

管家又一次把张经武引了进来。

张经武：“先生可好？”

管家：“很好，读经学习，当然，他还一直思索着去北京见毛主席的事。虽然在噶厦内部还有不同意见，他还是想去，但又怕噶厦内部……他犹豫不决。但是我想这次去北京，无论在政治上和宗教上都是有好处的。”

张经武：“达赖先生该去呀，开人民代表大会，讨论宪法也有宗教部分，在这样的场所，应当有你们大师的声音，我想毛主席也想听听你们的声音。所以中央特别欢迎你们去，或者说是等着你们去呀。当然了，中央和西藏军区在他的健康和生活方面做了特别的安排，还有，为了保持西藏局势，不使在你们走后发生动乱，最后决定权还是在他自己。中国共产党人办事的原则是一切为了西藏，一切为了西藏人民。”

管家：“好吧，这件事情我一定说服他。”

张经武：“好。”

管家突然想起了什么：“张代表，不知道康藏公路修得怎么样了？”

张经武:“现在已经修到昌都了。”

管家惊喜地说:“这么快?”

张经武:“说不定你们真要动身去北京的时候,路可能离我们更近了。”

管家:“那可是太好了。很多人反对,这也是一条,他们说路远,难走,怕他身体受不了。”

张经武:“中央政府想到了,还是那句话,中央人民政府一切为了西藏人民。”

(1954 年 5 月 30 日,中国政府和印度政府签订了《中印双方和平共处互不侵犯五项条约》和《关于西藏地方与印度之间通商及交通问题协定》。)

### 北京中南海

邓小平来到了毛泽东办公室。

邓小平:“主席叫我?”

毛泽东:“第十八军那面有什么消息? 我关心西藏的名单能不能最后定下。”

邓小平:“军队和地方及西藏方面名单都定下了,只差达赖了,但是,听说我们和印度的五条一签对西藏上层有所震动。”

毛泽东:“要让西藏人民感到我们是真心实意地为他们谋利益,他们会拥护我们的。达赖现在也是两难,难为他了,他还年轻,就是这次来不了,我们也不会怪他,我五十七,他才十七,不会怪他。”

### 拉萨罗布林卡

张经武再一次来到达赖的住处。

管家老远走来,面带喜色:“张代表,我告诉你,他同意去北京了。他在这个名单上签字了。”

张接过名单:“好,我马上回去告诉中央。”

说完施礼告别,走了。

### 拉萨河

拉萨河在奔腾。

河边的路上,张经武快马加鞭地往军区赶。

……

### 拉萨罗布林卡

这里聚了好多人。

院子里站满噶厦、译仓和喇嘛等僧侣。

突然有人喊了起来:“达赖喇嘛要以西藏人民为重,千万不能去北京。”

又有人喊了起来:“为了西藏,达赖喇嘛一定要去北京!”

场面一下子乱了。

大管家:“大家不要吵,大喇嘛在习经。”

人们又开始高喊起来："要是大喇嘛回不来怎么办？"
阿沛·阿旺晋美："我保证大喇嘛一年后回到西藏。"
"又有谁能保证大喇嘛的安全？"
阿沛·阿旺晋美高声地回答："我……"
不知谁说了一句："大喇嘛自己怎么想？"
人们在喊着："大喇嘛去还是不去？"
一个小管家走了出来在大管家前小声说了些什么。
大管家："你们不要争了，他决定打卦而定。"
人们一下子静了下来。
人们一起跪下，面朝黄土。

**大殿**

高大宗喀巴像，
四处香烟弥漫。
院子里，
人们同样虔诚地跪在院子里。
人们的期待不同，表情不同。
不知过了多久，大管家走了出来，他面无表情。
跪在地上的人们站起，
他们注视着大管家。
大管家还是没有表情，
人们紧张地注视着他。
大管家从衣袖中缓缓地抽出一个签，他把签子举向了空中……

# 第三十六章

**拉萨罗布林卡**

大管家:“神的旨意,出行东方……”

院子里一下沸腾起来。

支持者在地上磕着响头。

反对者呆若木鸡……

**拉萨河**

拉萨河奔腾而下。

河边的路上,一匹马在飞驰。

**西藏军区**

西藏军区司令员张国华又问了一句。“你再说一遍!”

张经武:“他……已经同意去北京了。”

张国华一屁股坐了下来。

在场的人也长出了一口气。

张国华:“马上告诉北京。”

**北京中南海**

毛泽东正在写东西。

汪东兴走了进来,在他耳边低语。

毛泽东不动声色。

**西藏工委**

西藏工委的客厅里来了一群客人。

他们是噶厦的官员和三大寺堪布。

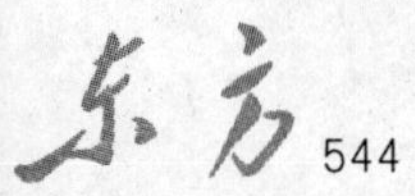

中央代表张经武，军区联络部长徐淡庐也在座。

索康·旺钦格勒："神意难违，天意必从，所以我代表噶厦、译仓和三大寺的僧俗官员同意达赖喇嘛赴京参加全国人民代表大会，现在正式通知中央代表。"

张经武："我代表中央政府，对于达赖先生的态度，真诚地表示欢迎，对于噶厦、译仓和三大寺的态度表示赞赏。我一定电告中央政府，我相信他们也一定会热切欢迎，我希望达赖先生做好准备早日成行。"

索康·旺钦格勒支吾了一下……

张经武："先生是不是还有什么话要讲？"

索康·旺钦格勒："看在中央代表一片真心份上，我们有话也就全说了。"

张经武："一家人不说两家话，有话请尽讲出。"

索康·旺钦格勒用眼睛扫了一下其他官员："我们有三点要求。"

张经武："请讲。"

索康·旺钦格勒措辞简明，语气很重："第一，要保证达赖的绝对安全。"

张经武："好。我正好把我们的准备情况向你们汇报一下。首先向大家宣读一下毛泽东主席关于达赖、班禅进京向我们发出的指示：'达赖、班禅等藏族代表应尽早启程，九月五日前赶到北京，请即作部署。'毛主席又指示，'对达赖、班禅来京问题，应立即着手部署，交通和其他一切必要的准备，并指定专人负责，随时检查，以保证途中绝对安全为原则。'这是毛泽东主席的特别关照。"

西藏噶厦官员沉默了。

张经武用目光扫了下会场，对一个解放军干部："李参谋，把我们的具体方案向噶厦官员介绍一下。"

李参谋站起，拉开左边的布幔，现出一幅地图，他开始介绍起来："我们已经电告中央、西南局、西北局并请西南局、西北局转告设在青海省格尔木的西藏运输总队，请他们事先做好如下准备：一、格尔木西藏运输总队于7月底前在五道梁子一带准备马料32000斤，面粉10000斤，分别存在五道梁子、可可西里到纳赤台沿线，并设若干粮、料接济站。二、由西北局告青海省委，在香日德抽调精壮马骡150匹，由格尔木西藏运输总队抽调现有精壮马骡60匹和骆驼500峰于7月底前或8月初赶到可可西里、五道梁子一带前250公里，纳西台西南150公里以接替班禅大师一行疲惫的驼队。"

（切入车队物资调动的画面。）

噶厦官员开始窃窃私语，

张经武注意着他们的表情。

李参谋继续着："遵照中央、西北局的指示精神，西北行政委员会对迎接和接待达赖、班禅大师一行的工作作了周密的部署：一、西北行政委员会按秘书、宣传、交通、保卫等事务，成立小组指定专人进行工作，并抓紧抢修青海省香日德到纳木洪段公路150公里，纳木洪到格尔木150公里。为了达赖先生的安全，中央指示西南局四川省委、西康、青海省委和西藏工委，周密部署沿途各地迎送和接待达赖一行的各项准备工作，要求沿路担任警卫、招待、炊事、卫生及参加迎送的人员，均需经过挑选和审查，并进行民族教育，要求人人做到机警灵活，热情诚恳，有礼貌，懂政策，对于沿途便道、桥梁和险要路段，派干部技术人员检查后方能使用。二、筑路部队和所属各团妥善修好，要求路面宽1.5米，险隘处要求达到2米，要保证负重驮畜通过时不为泥石阻路。凡是道路边坡容易滚落滑坡之石及树木一律清除，并在重点部位设流动哨。达赖驻地10米内清除一切秽物，水源一律进行消毒，并由负责人员先行试尝。达赖到达交接地点两天内，备卡车200台，吉普车10台，即到即用。”

（切入筑路大军在调动，人员办学习班，道路在清理的画面。）

李参谋讲完了，一片沉静。

不知谁用藏语讲了一句：

“无微不至……”

有人更正了一句：

“无可厚非……”

接着就是一片掌声。

张经武：“索康·旺钦格勒来先生，你不是还有第二条吗？”

索康·旺钦格勒：“中央政府和解放军想得如此周到，我们再提要求，那就是无理取闹了。”

人们又是一片掌声……

**拉萨城**

朵朵白云触手可及。

万里蓝天清澈如洗。

街头巷尾到处贴着五彩的标语。

“欢送中央人民政府代表出席全国人民代表大会！”

“欢送西藏地区全体代表出席全国人民代表大会！”

中心会场，一条标语十分醒目：

“在中央人民政府和毛主席领导下，发展西藏民族的政治、经济和文化事业。”

**拉萨罗布林卡**

1954年7月11日达赖一行183人启程，其中四品官员32人，四品以下官员52人，随员69人，马匹数百……

**日喀则**

1954年7月16日班禅启程。

**原始森林**

远远的一支队伍在行进，

心情悠然。

远处的雪山。

近处的绿草。

野羊奔跑而过。

身边河水咆哮。

传出张经武和达赖的画外音：

“张代表，我为什么当初还犹豫呢？”

“先生，您犹豫过吗？”

“对，是他们犹豫。”

“您这是刚刚上路。”

“我争取走下去……”

## 藏北羌塘草原

一望无边的草原上走来一支队伍。

醒目的幡旗下，班禅骑在马上。

看得出他兴致盎然。

西藏军区副政委范明陪在他的身边。

（范明　西藏军区副政委）

班禅侧身问了一句：“藏北草原是不是中国最大的？”

范明：“不是，咱们内蒙古草原、新疆巴里坤草原都很大，我们祖国大得很。”

班禅：“天外有天……”

范明：“等开完了代表大会后，我陪着您到东边去看大海。常言讲，比地大的是海，比海大的是天。”

班禅：“还有比天大的吗？”

范明：“有。”

班禅：“是什么？”

范明：“人心。”

班禅：“人心，我懂了，这是毛泽东的心。”

说着他唱了起来，我们不知道他唱的什么词，但是，知道他内心洒满了阳光……

## 甘丹寺

这是明朝永乐年间修建的寺院，

远远看去犹如仙阁。

法号齐鸣，

众僧伏地。

班禅一一摸顶，

众僧感激涕零。

一一做完，又一齐送出山门。

寺外的帐篷门口站着范明，见班禅做完法事，远远地迎了过去：“大师劳累了！”

班禅：“哪里，让代表久等了。我想了一下，沿途僧俗要求膜拜很多，我收到很多电报，为了不误行程，我只打算在大寺院停留，不会误了进北京。”

范明：“谢谢大师理解，我们主要任务是进北京开会，法事膜拜，来日方长。”

班禅：“好，我听范代表的。”

队伍浩荡前行。

两支队伍在前行。

达赖路线：昌都、格林、丹孜、炉霍、道孚……

班禅路线：羊八井、藏北、唐古拉山……

## 格林某地

人烟罕至的地方，突然有了生机。

从一条河里传来姑娘的说话声。

岸上整齐地放着军装和枪械等物品，这些物品有八堆，我们明白了这里有8个女兵。

“真是个好地方，一年没洗澡了。”

“都说女人是水做的，第十八军的女兵都成了泥做的了。”

“不，我们军长说了，我们是铁打的。”

“那是比喻，我可不愿是铁打的，哪个男人愿意和一个铁人睡觉。”

“死丫头，你丢人不，第十八军的女兵一辈子不嫁人，我们只嫁给西藏。”

“只嫁给西藏——”

“只嫁给西藏——”

声音在山谷里回响……

漫山遍野的格桑花……

## 北京西郊

三辆小汽车开进了一个欧式的小院落，

邓小平、习仲勋、李维汉依次从车上走下。

工作人员：“邓副总理、习秘书长、李部长……”

邓小平第一句话就问：“准备得怎么样了？”

工作人员：“等首长检查。”

习仲勋：“不仅是首长，我们是代表毛主席来检查的。”

工作人员不语了……

李维汉对邓小平说：“听说这是北京城里最好的了。”

习仲勋：“这里有个名字没有？”

工作人员：“有，叫畅观楼，九世班禅在这里住过。”

邓小平一直没有说话，他一处处地看着。

工作人员也显得很紧张，

楼上楼下转遍了。

邓小平说了一句：“这房子就是在欧洲，也是数得上的。”

习仲勋：“看来我们的副总理满意了。”

邓小平：“得班禅满意才作数……”

## 格林某地

山坡上，

一片树丛后。

8 名女战士已经进入潜伏地带。

我们看不到她们美丽的面庞，只能看到她们头上用树枝和鲜花织成的帽圈。

步话机响了：

“格桑花，格桑花，我是雪山，你们怎么样？”

一个美丽的姑娘对着步话机吹了两下，

步话机不响了。

一个女战士：“班长，这个班禅是神吗？”

班长：“现在不是，是想做神的人。”

另一个女战士：“班禅，班长，只和我们班长差一个字，班长你是不是也想做神？”

班长：“别胡说。”

一个女战士：“你胡说什么，班长是想做女神。”

一串笑声飞出了山谷……

**北京御河桥**

几辆小汽车停在了一座日式建筑前。

工作人员向邓小平、习仲勋、李维汉介绍着：“这座小楼是 1901 年建成的，原先是日本的一个领事馆，现在让市政府接管了。”

工作人员又把几个人引到一个花园里。

假山，亭榭。

小桥，流水。

习仲勋对李维汉说：“这个园子不错。”

李维汉：“小平，你看呢？”

邓小平：“和畅观楼比，规模一样吧？”

工作人员：“差不多，只是特色不一样。”

邓小平点头，又仔细看了起来，边走边自语：“达赖、班禅进北京出席全国人民代表大会，是西藏进一步靠近祖国和中央政府的表现，在政治上有很重要的意义。但是汉藏间的民族问题隔阂仍然很深，帝国主义和蒋介石匪帮仍在竭力挑拨西藏同中央的关系，其中很重要的一点就是捏造中央扶班禅压达赖，并且以班禅代替达赖。而班禅和达赖两个集团又很不和，并且彼此都怀疑中央有偏袒。因此，在达赖和班禅之间的关系上我们必须十分慎重，尽可能地做得恰当，避免刺激任何一方，避免引起他们的猜疑，并且适当地促进他们的团结。这包括看来是小事的事情，比方走路时谁先谁后，坐下时谁左谁右。”

工作人员点头。

邓小平：“看房子的事多小，你们知道我从不管小事，可是今天就是大事。”

**北京公安部会议室**

公安部长罗瑞卿在做动员，

台下坐满了人。

罗瑞卿：“为什么说这是个大事呢？因为没有任何事情比中华民族的大团结更大，因为没有中华民族的团结，就不会有一个新中国。毛主席说中华民族要置于世界东方的民族之林，搞不好这件事，都是扯淡。什么叫搞不好？邓小平说了，在达赖和班禅住的房子里飞进来一只苍蝇就是搞不好。”

台下静极了。

罗瑞卿：“我们公安工作，什么叫搞不好？在不该出声的时候谁要是放个屁，就是没搞好，更不要说，什么冷枪呀、炸弹呀……”

台下有人紧张，咳了一声。

人们一下回过头。

罗瑞卿：“就是这个动静也不行。”

人们更紧张了。

罗瑞卿：“当然，今天除外……”

人们认真听着。

罗瑞卿：“出了事能怎么办？你们出事你们掉脑袋，你们掉完之后我再掉。大家只要做好，不必紧张，把这次做好了，我们有了经验，今后在保卫毛主席、保卫祖国上、保卫人民上我们就有了经验。我们那时候可以自豪地说，我们公安战士是人民的忠诚卫士……”

下边终于有动静了，那是掌声……

**格林某地**

天空的最后一缕彩霞被收进了雪山。

漫长的黑夜就要降临。

白日里壮丽的景色已经消失。

不知哪个女兵发出感叹：“我的娘哟，白天还能洗澡，晚上怎么这么冷。”

又一个姑娘发话：“会不会冻死人哟？”

一个姑娘接话：“冻死就女神了。”

班长的步话机又响了：“格桑花，格桑花，我是雪山，大雁已经北飞，希望你们注意天上地上……”

没有见班长的面庞，只听见吹步话机的声音：“呼……呼……”

一个女战士说：“班长也不回话，首长能明白吗？”

另一个女兵说：“这是暗语，是平安的意思。没事了，那个班禅，就是班长的亲戚，就可以安全通过了。”

大地又静了下来，

天空开始飘雪了……

**筑路工棚**

这里在下雨，雨很大。

一段修好的公路上不断有泥土从山上滚下。

一个连长模样的人在向团里打电话：

“雨没有停，路段没问题，但是有泥土从山上滚下。”

电话里：“要防止有更大的泥沙，要防止泥石流。”

连长：“什么是泥石流？”

电话里："不说了，你给我坚持三个小时，我带着全团增援你……"

连长："团长，多大个事，不用你来。"

电话里："同志，我告诉你，'雄鹰'就要到了，飞的就是你的地方……"

连长放下电话："'雄鹰'？这又是什么鸟，不是说是什么……"

## 格林某地

这里的雪越下越大。

一个女兵："班长，冻死了。"

又一个女兵："班长，我们生堆火吧？"

众人："班长——"

班长低声地说一句："不行！"

雪还在下……

## 太昭地

看得出这是一段刚修好的路。

吉普车在行进，

传出对话。

达赖的声音："我出发时不是刚到昌都吗？"

张经武的声音："部队赶修了150公里。"

达赖的声音："为了我？"

张经武的声音："为了西藏人民。"

车里没有动静了，只有远处传来的歌声。

吉普车在前行。

达赖的声音："我想看看修路的大军。"

张经武的声音："他们不在，他们休息了……"

达赖的声音："噢……"

雨还在下，

路面很平整，山上也没有泥沙往下流。

突然，一个场面让人们震撼了，在一条几百米的道路旁，背身站着一道人墙，他们肩膀靠着肩膀……

山坡上，战士一个挨一个地趴在地上，只有水在流，没有泥沙下……

张经武从帘子缝隙看到了这一切，他哭了……

## 格林某地

大雪在下，

班禅的队伍在前行。

队伍好像走过女兵潜伏的地方。

范明在回望，他好像看到了什么……

从天空传来声音："格桑花，格桑花，大雁飞了……"

再也没听到"呼……呼……"的声音，一个东西缓缓地落了下来。
那是步话机。
步话机缓缓落在一个雕塑前，那是8个女兵，她们冻在了一起……
不知为什么，班禅突然唱起歌来："二呀么二郎山，高呀么高万丈……"
歌声惊天动地……

两支队伍在前行，浩荡的队伍化成车队。
车队化成奔驰的火车。
火车又化成飞机……
主题歌声《我们去东方》起：
云在走，
风在行，
大军正向东。
山依然，
地不动，
江山已变红。

问一声天上的云，
你可知道军旗在哪映日月？
问一声地上的风，
你可听到炮声在哪震苍穹？

云遮树间的月，
风打窗上的棂。
笔走风雷起，
那是开国领袖毛泽东，
正为共和国起姓名。

风呜咽，
云不动，
长夜待天明。
山巍峨，
地无声，
大野飞蛟龙。

喊一声倒在雪山下的姐妹，
叫一声睡在戈壁滩的弟兄，
起来，快起来，
天安门广场正点名，

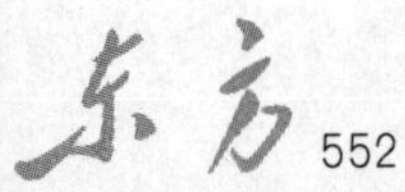

建设的大军要出征。

送一面红旗上蓝天，
挂一个太阳正东升。
我用军礼向你承诺，
只要你的儿女们在，
祖国天天东方红。

(1954 年 9 月 4 日，达赖喇嘛和班禅的专列到达北京，中央人民政府副主席朱德、政务院总理周恩来、中央统战部长李维汉到车站迎接。)

(1954 年 9 月 15 日下午三时，中华人民共和国第一届全国人民代表大会第一次会议在北京中南海隆重开幕。到会 1141 名代表，代表五十六个民族的儿女。)

**北京中南海**

大会会场。

毛泽东在致辞："中华人民共和国第一届全国人民代表大会第一次会议负有重大的任务。这个任务就是：制定宪法，制定几个重要的法律；通过政协委员会政府工作报告；选举新的国家领导工作人员。"

代表们鼓掌。

西藏代表团在其中。

班禅在其中。

达赖也在其中。

毛泽东继续讲着："我们这次会议具有伟大的历史意义。这次会议是标志着我国人民从 1949 年新中国成立以来的新胜利和新发展的里程碑，这次会议所制定的宪法将大大地促进我国的社会主义事业。我们的总任务是，团结全国人民，争取一切国际朋友们的支援，为了建设一个伟大的社会主义国家而奋斗，为了保卫国际和平和发展人类进步事业而奋斗。"

**西藏格林**

秋日高原有着她特殊的美丽。

让这里美丽的还有一个特别的场景：

8 座新坟，坟头的木牌上都用藏文写着：格桑花。

**朝鲜志愿军烈士陵园**

一排排志愿军烈士墓，

毛岸英的墓……

**青藏康藏公路**

人们在庆祝通车……

## 北京中南海

毛泽东还在讲着："我们准备在几个五年计划之内，将我们这样一个在经济上、文化上落后的国家建设成为一个工业化的，具有高度现代文明的伟大国家。"

代表们在鼓掌。

毛泽东："我们的事业是正义的，正义事业是任何敌人也攻不破的。领导我们事业的核心力量是中国共产党，指导我们思想的理论基础是马克思列宁主义。我们有充分的信心，克服一切困难，将我国建设成一个伟大的社会主义的共和国。"

掌声。

毛泽东："我们正在前进，我们正在做着前人从来没做过的极其光荣伟大的事业，我们的目的一定要达到，我们的目的一定能够达到。全中国六万万人民团结起来，为我们共同的事业而努力奋斗。"

（在全国人民代表大会上，达赖喇嘛当选为全国人民代表大会常务委员会副委员长，班禅当选为全国人民代表大会常务委员会委员、第二届政协副主席。）

（会议以后，他们分别到全国各地参观，受到了热烈的欢迎。）

## 北京御河桥

1955年3月8日，

达赖下榻的地方。

门口站着汪东兴和罗瑞卿。

他们能听到里边的讲话。

达赖："对不起，他们没说主席来。"

毛泽东："你要走了，今天我来看看你，你们走的事情都办好了吧？"

达赖："都办好了。"

毛泽东："这次你去学习参观，中国也一样，我们要向先进的国家和民族学习，学习对本民族有用的东西。但是不是所有的东西都要学，要保持民族的特色，比如，我们的中国文工团到外国去演戏，演我们民族的戏剧、歌舞，大受别国人民欢迎。如果我们全学外国的戏剧、歌舞，人家就不欢迎了。一个民族能在世界上在很长的时间保存下来，是有理由的，就是因为有其长处和特点。"

汪东兴小声对罗瑞卿说："他的汉语讲得不错。"

罗瑞卿声音也很小："听说他有好几个老师。英语他也会。"

毛泽东："我们国家是很落后的，落后于先进国家约一百年。帝国主义如此欺侮我们，就是因为我们还没有大量的钢，没有大量的机器，自己还只能造很少的汽车，飞机只能造一两架教练机，但是经过三个五年计划之后，我们就能打下一个底子。听说你到东北去了。"

达赖："是的，那里已经有了很多工业。"

毛泽东："好，这一下你眼光大了，不光看到西藏，要看到全中国。你是很有希望的，比我年轻。我们要将全中国都搞好，佛教的教义也有这个思想。佛教的创始人释迦牟尼是代表当时在印度受压迫的人讲话的，他主张普度众生，为了免除众生痛苦，他不当王子，创立了佛教。因此，你们信佛教的和我们共产党人合作，在为众生，也就是人民，解除受压迫的痛苦，这一点上是有共同之处的。"

达赖:“主席说的是对的。”

毛泽东:“在内地有一个观音菩萨,人们将她的像雕得很美丽、庄严,人们对她十分敬仰,认为她是大慈大悲、救苦救难的神,西藏也有观音菩萨吗?汉传佛教和藏传佛教在本质上没有很大区别,不同点表现在非本质方面,最大区别在于显宗、密宗之别。显宗持戒外,多选定适合的一方面经典以禅定、诵经、念佛等修行;密宗则以结印持咒为主,因口传,所以上师为重。密宗所以以结印持咒为主,系高寒之地肉食为主,魔怨偏重故。佛教分宗不分派,与西方宗教的宗派概念是两码事。佛教经典浩如烟海,学人分不同经典修学,是为分宗,如切蛋糕,虽分食而味道一样。西方的宗派则是对同一部经典,或说烧饼,或说馒头,甚至土豆等。”

达赖:“西藏有观度母雕得也很美丽,是一个十五六岁的少女。”

毛泽东笑了:“关于那天你所提的把西藏工作的汉族干部当自己的干部是对的,在西藏工作的干部是给你们帮忙的,不是代替的。实行区域自治,主要是依靠西藏自己的干部。但是为了取得汉民族的帮助,我们可以向自治区内派少数干部去全心全意地帮助。为了帮助,性命也可以放弃。”

达赖:“我听说了很多,筑路的解放军就是这样,我们在这里的人是很满意的,但是噶厦由于对情况不了解,还有些怀疑。”

毛泽东:“你们回去要和他们讲清楚,将来自治区成立了,他们可能还会有怀疑,要解释。好了,你要走了,我来看看你。”

达赖:“主席突然到这里,我好像做梦一样。经过和主席几次见面,我内心起了很大变化,我回去之后,一定把这些指示变成实际行动,有什么事情向主席直接报告,同时也请主席给我们各方面指示。回去有张国华等同志,我们一定打开新的工作局面。”

汪东兴敏锐地说:“他们谈完了。”

(毛泽东的声音:“我们对西藏民族寄予很大希望,将来会对我们有很大帮助。这点要说清楚,民族之间的帮助是相互帮助的,西藏民族在政治上给我们很大帮助,民族团结搞好了,事情就好办了。这次你们来北京,到各地参观,汉族人民对你们很重视,在招待欢迎方面都表现了我们是很团结的。西藏过去是一片大海,这是几千万年以前的事,现在我们用的石油是由几千万年以前海、湖泊里动物死后慢慢变化的,因此,在你们那里可能有大量的石油,同时还有各种矿藏,将来开采对国家建设很有用。我相信西藏大有前途。”)

毛泽东的车从这里开出,
远远地站着送行的西藏代表团的很多人。
一个人在深深地鞠躬,他一直没有抬头,他也许是达赖……
车走远了,他还站在那里……

**北京畅观楼。**

1955年3月9日,

毛泽东正和班禅谈话:“你身体怎么样,听说前期你身体不太好?”

张经武在座。

班禅:“现在好多了。”

毛泽东:“听说你还要到上海参观?”

班禅:“计划中去上海,听了主席的意见,先去广州。”

毛泽东:“去广州好,那里有一个地方一定要去,虎门,那里很有意义……有中国共产党人在,有各族人民大团结,我们的历史上再不能出第二个虎门。”

班禅:“我去,主席特意来看我,我很高兴。”

毛泽东:“你要走了,我来看看你。”

班禅:“其实我是几年没有回西藏了,这是因为有了主席的领导我才能回去。”

毛泽东:“不是我个人,是共产党、解放军的帮助。”

班禅:“解放军,对……主席我会唱一支歌儿,叫《二郎山》……”

毛泽东:“这支歌好,你和达赖的问题解决得不错。”

班禅:“是达赖大师对我帮助很大,这一次在北京我们相处得很好。”

毛泽东:“这就对了,你们以前有个认识,以为我们只要前藏,不要你们。你们主动拥护他们,让他当主任,你当副的,这就很好,也许你们还有很多困难,慢慢来。”

班禅:“我们过去受了反动派的宣传,我们不了解真实情况。”

毛泽东:“是的,昨天我和达赖谈话时他还说,怕他哥哥在外国不回来怎么办?不回来也可以,他害怕了,回来也好。有些人对我们不了解,他们还得十年八年地看我们,需要我们做好工作,而且是长期地做工作。你们十二号离开北京,要回到西藏,还得很长时间吧,你们回去路上收礼收不收钱?”

身边的计晋美插了一句:“过去来时,沿路老百姓送了礼,有的退还了,有的给了寺院。”

毛泽东:“是不是收一点,表示一下,还是采取收两块赏三块好。你们今后的开支国家出,如果老百姓见了你们这些佛爷,又不收钱,不是更好吗?”

班禅:“好。”

毛泽东:“你们是国家领导人了,这一回路也通了,你们要四年来一次。开会,不用再劳累了,三个月打一个来回,将来我们还要给你们修机场。”

班禅:“我坐过飞机了,比雄鹰还高。”

毛泽东:“哈,我不愿意坐,你第一次来是多大?”

班禅:“十四。”

毛泽东:“那你今年十八了,你们家在哪里?”

班禅:“循化县。”

毛泽东:“是拉卜楞寺?”

班禅:“不是,离得很近。”

毛泽东:“这次回去看看吧。”

班禅:“会的。”

毛泽东站起来:“西藏小学课本是用什么文字?”

张经武:“是西藏文,汉字和英文都是选修。”

毛泽东:“好,拉敏·益喜楚臣这次没有来,以后有机会让他来,向他问好。”

**中南海毛泽东书房**

毛泽东在读达赖写给他的诗:

毛主席啊!您的光辉和事业犹如创造世界的大梵天和众敬国王(印度传说中的古国国王)。

聚积了无量数的福气才产生了这样的领袖，
好像大地上有了照耀一切的太阳。
您的著作珍贵如宝珠，
丰富有力如同海潮一直达到天空的边际。
荣誉无比的毛主席呀！愿您万寿无疆！

毛泽东笑了，小声地说了一句：

“写得不错……”

# 第三十七章

**北京中南海西花厅**

周恩来的办公室，

李四光和钱三强走了进来。

周恩来的秘书早已经在门口等候："总理正在接见外宾，请你们等一下。"说着，忙给客人倒茶。

李四光："好，你去忙吧。"

周恩来的秘书："我先过去一下，总理那边完了事，我就请他过来。"

李四光："好。"

钱三强站起，来回走了几步，用新奇的目光看着周恩来办公室的陈设和办公用具，感叹道："室雅何需大……"

李四光点头笑了："花香不在多……你是第一次来吧，听总理说，他选西花厅，一是喜欢这里的海棠花，还有就是这里有一个亭子，叫不染亭，提醒自己永远洁身自好。"

李四光点头。

传来脚步声，

周恩来走了进来，

后边还跟着两个人。

一个是国务院副总理薄一波，一个是地质部副部长刘杰。

周恩来和他们两个人握手，开门见山道："今天请你们来，专门讨论一下原子能科学和核工业问题。"

钱三强："我想到了。"

周恩来："三强的老师约里奥・居里先生早就给毛主席捎话：你们要反对原子弹就必须拥有原子弹。这是国际友人的忠告。前几年这件事情一直没提到日程上，有些条件还没达到，但是我们一定要做。你们知道朝鲜战争以来，美国一直搞核讹诈，麦克阿瑟扬言要把原子弹投到中国的空军基地和其他敏感地点，还说，要沿鸭绿江设置发射地带。美国参谋长联席会议上还就有可能使用原子弹的数量、目标以及时间、运输方式提出了方案。在朝鲜战争相持阶段时，他们又提议直接向中国采取空中和海上行动包括使用原子弹。最近他们又和蒋介石集团勾结搞什么共同防御，并说必要时为了保卫金门，他们有权使用核武器。”

李四光：“有些欺负人了！”

周恩来：“所以说，居里的话是对的，要想反对原子弹就必须拥有原子弹。毛主席和党中央对居里的建议很重视，现在这个事情提到日程上了。”

李四光兴奋地说：“太好了！”

周恩来：“先请四光同志谈谈铀矿的情况。”

李四光：“总理，去年秋天地质部便在广西地区发现了铀矿，但是从标本看，那是一个开采价值不大的次生矿。地质部派出27个地质队，在全国各地继续找。”

## 四川某地

一辆解放牌汽车在行驶，

上边站着刘涛和她的地质队员。

《地质队员之歌》的歌声同汽车一起飞驰……

## 北京中南海西花厅

李四光：“在这里我还要给大家讲一个故事：我们的副部长何长工同志，到松辽平原检查工作，因为没有买到大飞机的票，就坐一架运输机去了。他在飞机上直不起身，到沈阳加油时，服务员知道了这个消息，抬来一个沙发绑在飞机上……我们任务就是找石油，找铀……”

在座的人感动了。

周恩来：“我等你们的好消息。三强，你是原子能专家，你给我们讲一讲，但是要通俗一点。”

钱三强拿出了一些资料：“我向总理及各位领导汇报的第一个问题，现在哪些国家掌握了原子能技术，第一，众所周知是美国，第二，是苏联，再有就是法国……”

各国的核工业的图片，

核设施，

军事基地。

## 北京中南海西花厅

钱三强：“关于核技术人员，我这里有一个名单。”说着，他把一个册子递给了周恩来。

钱三强：“总之，我感觉是，做好这件事困难很多，但是这些困难可以克服。”

周恩来：“这句话最关键。”

钱三强：“还有一个问题，我们原子弹搞出来，还要搞导弹，这是相连的。这方面我们有专家，但是不在中国。”

周恩来敏感地说：“你是说钱学森？”

钱三强：“对。”

周恩来：“这个问题我们和有关当局交涉过，他们以种种理由推脱。最后一张王牌便是他们是自由国度，钱学森没有提出要求回中国的证据，他们不会驱逐他。”

李四光：“我听那边的朋友说，他好像被监视居住已经五年了，实际上没有自由了。”

周恩来语气沉重：“中国政府一定要帮助他。”

钱三强："我知道这些民主国家所要的证据，钱学森哪怕只有几个字的要求回国的信，都可以作为证据。"

周恩来看着钱三强，又看看李四光："所以，我非常清楚你们是怎么回来的。好了，今天就谈到这里，明天给毛主席和中央其他领导同志汇报，你们准备一下，简明扼要，还要通俗。四光啊，可以搞一点标本，这样形象生动。"

李四光："好。"

**美国加州海滨钱学森家**

钱学森走出家门。

一直走到自家门前的信筒旁边，若无其事地把一封信投到信筒里，然后又悠闲地走了回来。

钱学森和蒋英站在百页窗子后，观察着外边的动静。

不一会儿，一个黑影走到信筒边，四下看了一下，把那封信取出。

钱学森和蒋英对视了一下，

他们淡淡地笑了……

**北京中南海西花厅**

周恩来伏案写信：

主席，今日下午已约李四光、钱三强两位，一波、刘杰同志参加，时间谈得较长。李四光因治牙痛先走，故今晚不可能续谈，现将有关情况送上，请先阅。最好能在明日下午3时后约李四光、钱三强一谈，除书记处外，彭真、彭德怀、邓小平、富春、一波、刘杰均可参加。下午3时前李四光午睡，晚了李四光身体支持不了，请主席明日起床通知后，我可先来汇报，以便节省时间。明日下午谈时，他们带仪器，以便说明。

周恩来

1月14日晚

**北京中南海丰泽园**

毛泽东、刘少奇、周恩来、朱德、陈云、邓小平、彭德怀、彭真、李富春、陈毅、薄一波出席会议。

李四光、钱三强也在座。

毛泽东显得兴致很高："今天领导人来得很全，来干什么？来当学生，就原子能问题，请李四光、钱三强给我们上一课。怎么样，四光同志你先讲？"

李四光："发展原子能，必须先有发展原子能的矿藏，这个东西叫铀。"说着，他拿出一个红中带黑的矿石标本给毛主席看。

毛泽东接过来在手里掂了一下："这个东西的重量和它的体积有点不相称呀。"

钱三强对毛主席解释道："这是天然的，里边就含有放射性很强的物质，这是发展原子能必不可少的。但是这里边的含量极少，得提纯，这就需要技术和设备，要经过熔解、蒸发、分离等复杂的程序。居里夫人用了四年多时间，才从几十吨的矿石中提炼出十分之一克的镭。"

说着，他走向仪器。

钱三强："我给主席做个试验。"

他把盖革计数器的电源接通，并靠近矿石，扬声器里发出响声。

大家惊奇地看着仪器。

钱三强把仪器拿开了，扬声器不响了。

人们乐了。

毛泽东开心地对李四光说："四光，你的一篇文章我看了，就是《关于地质构造的三重概念》。你说得对，小到一块矿石、大到一座山岳，它们的内部都是有联系的。我们有丰富的矿藏，我们一定要找，找到更多的矿藏。外国人说我们是个贫油的国家，他们也是在概念上出了毛病。我们是贫，但不是什么都贫。你说得对，中国的石油资源也是有希望的，所以，地质工作成了我们社会主义建设的一个关键的问题，这块骨头你一定要啃。当然了，听恩来说你的牙不好，我们在座的牙有好的，我的就好，我帮助你……"

大家都笑了。

### 美国加州钱学森家附近的咖啡馆

钱学森和蒋英悠闲走来。

钱学森发现了站在门口的特务，他上前搭讪。

蒋英四下打量着，突然发现地上有一个烟盒，她麻利地把烟盒拾起、展平，又从柜台上拿了一支笔，写了几下不出水。柜台后面的老板，把自己的一支笔给了蒋英，蒋英报以感激的一笑，迅速地写了起来：

蒋华，收信后，把此信转给陈叔通先生。

写完后，她四下看了看。

门口，钱学森还在和特务聊着。

蒋英把烟盒放进事先准备好的钱学森亲笔信中。

她走了出来，在特务没注意的时候把信放进了咖啡馆门前的信筒里。

她长长地出了一口气。

她捂着胸口……

### 北京中南海丰泽园

毛泽东在宴请李四光、钱三强。

宴会前，他们在聊天。

毛泽东："今天是 1 月 15 日，三强同志，还有十天，你的预备期就到了吧？"

朱德："主席的记忆力真好。"

彭德怀："什么预备期？"

钱三强："是入党，科学院提前给我转正了，谢谢主席关心。"

毛泽东幽默地说："连马克思都关心了，我敢不关心。马克思在钱三强同志入党那天说，在科学领域，没有平坦道路可走，只有在那崎岖小路上攀登、不怕劳苦的人，才有希望达到光辉的顶点。"

彭德怀："我不会吧。"

人们笑了。

周恩来："知道三强入党，郭沫若欣然提笔，在钱三强入党后题词。"

毛泽东："提得好。"

彭德怀："科学家入党，是一件大事，是他本人的光荣，也是我们党强大的象征。"

李四光一直不语。

周恩来看了李四光一眼。

毛泽东对李四光："怎么样？四光同志什么时候能有你的好消息？"

李四光淡淡一笑，没有回答。

周恩来："四光同志，正在准备加入中国共产党。"

毛泽东："怎么讲？"

周恩来："1951 年，中国国民党委员会主席李济深曾向四光提出请他参加'民革'，后来又有人请他参加'民盟'和'九三'学社，他都婉言谢绝了。我在想，四光是想加入中国共产党。"

毛泽东："好呀，当然了，'民革'也好，'民盟'也好，都是我们的朋友，你加入哪一个我都高兴，但是，我更希望你加入到我们共产党来，因为我们共产党缺你们这样的人。"

李四光："谢谢主席。我觉得我不够，你们在长征的时候，我还在沙发上看书，我差得太多了。革命胜利了，多做点事就行了。"

毛泽东："你要是参加了长征，你会入我们的党吗？"

李四光："我要是长征过，那还用说。"

毛泽东机敏地说："我在七届二中全会上说，中国革命的胜利只是万里长征走完了第一步，今后的路更长，工作更伟大，我们今天谈第一个五年计划，谈中国核工业，谈中国地质事业的发展，这就是第二次长征，而且这个长征，你李四光是走在第一排的……"

李四光深情地看着毛泽东。

毛泽东意味深长地说："四光、三强，这个长征的路走着你们，我就放心了，我就可以躺在沙发上看书了……"

人们会心地笑了。

汪兴东走到了毛泽东身边：

"主席，可以开始了。"

**宴会厅**

毛泽东："原子弹这件事还是要抓的，过去几年其他事情太多，还来不及抓这件事，现在到时候了，该抓了，要排上日程，认真抓一下，一定可以搞起来。自从盘古开天地，我们不晓得造飞机、造火车，现在我们开始造了，我们不但要造更好的飞机大炮，还要造原子弹。我们一定要搞好，自己干，我们只要有人，又有资源，加上几个牙好的，什么奇迹都可以创造出来。"

李四光为毛主席鼓掌。

毛泽东更加兴奋："来吧，预祝新中国的原子能事业顺利发展，大家干杯！"

## 比利时的一个小城

宁静而美丽的小城。

古老而有生机的小路。

一个女人急促地走着。

蒋华——蒋英的妹妹

她双手抱着前胸,面无表情。

一个信筒前,她站住了。

她小心地从贴身衣服里取出那封信。

收信人赫然地写着“中华人民共和国北京……陈叔通”几个字。

她认真检查着,小声地读了起来:“中华人民共和国北京……陈叔通。”

她又看了看封口,

然后小心放进了信筒。

她在信筒前站了一会儿,

然后转身走开了。

走了不知有多远,她又不放心,转身回来。这一次她跑了起来,跑到信筒前,把手伸进了递信口又摸了摸,最后放心地走了。

这一次,她走得很慢……

## 北京中南海西花厅

周恩来正在读一封信。

陈叔通太老师先生:自 1947 年 9 月拜别之后,久未通信,至今已 5 年,然学生无一日一时一刻不思归国,参加祖国的伟大建设高潮。学生这几年在惟一可能的范围内,努力思考学问,准备他日归国之用,但是美国政府一直不肯放回,除学生外,尚有多少同胞欲归不得者,希望中国政府能够营救我们。

周恩来站起,他的眼睛红了。

过了好一会儿,他拿起这封信,向外走去。

他走在中南海的曲径回廊中,

他走得那样急。

## 北京中南海丰泽园

那封信又在毛泽东手里。

钱学森的声音又一次在毛泽东的书房里响起:陈叔通太老师先生:自 1947 年 9 月拜别之后,久未通信,至今已 5 年,然学生无一日一时一刻不思归国,参加祖国的伟大建设高潮。学生这几年在惟一可能的范围内,努力思考学问,准备他日归国之用,但是美国政府一直不肯放回,除学生外,尚有多少同胞欲归不得者,希望中国政府能够营救我们。

毛泽东放下信:“恩来呀,这是我们海外儿女发出的呼救。八个字:想尽办法,办成此事。”

周恩来没有说话,他只是重重地点了点头。

**北京中南海西花厅**

周恩来的办公室。

坐着外交部副部长章汉夫、乔冠华等人，他们个个脸上神情严肃。

周恩来读信：陈叔通太老师先生：自1947年9月拜别之后，久未通信，至今已5年，然学生无一日一时一刻不思归国，参加祖国的伟大建设高潮。学生这几年在惟一可能的范围内，努力思考学问，准备他日归国之用，但是美国政府一直不肯放回，除学生外，尚有多少同胞欲归不得者，希望中国政府能够营救我们。

周恩来："乔冠华同志，请你记录，我们成立中美和谈领导小组，我直接负责，组长章汉夫，副组长乔冠华，会谈由领事级上升为大使级。一、他们一直说我们没有证据，把钱学森的信给他们。二、他们给我们开了一份美方在华人员名单，我们同意放人，放14个美国飞行员，但是他们必须放钱学森回国。"

这声音在天空中回响。

**美国华盛顿**

白宫。

美国总统艾森豪威尔说：让他回去吧。

**美国冯·卡门家**

这是一幢独立的别墅，

花木葱茏。

一个老人坐在家门口的台阶上，眺望远处。

他是冯·卡门，也许知道钱学森一家人会来道别，他早早地坐在了这里。

钱学森的汽车刚一停下，他便走下了台阶。

钱学森急忙走下车，向冯·卡门走去："教授您好，我们全家来看您。"

冯·卡门："知道你们要回国了……票买了？"

钱学森一家人一边跟着冯·卡门进屋，一边说着："买了，三等舱，三等就三等吧。"

冯·卡门："对你们来讲，这种等待太漫长了，可是对我而言又是那么的短暂……对不起，在你们最困难的时候，我在欧洲，没能帮上你们，真是对不起。"

蒋英："教授不能这么说，学森一到美国就跟着您，20年当中，你教会了他很多东西……终生受益。"

钱学森："教授，我新出了本书，送您留个纪念吧。"

冯·卡门："不只是留念，我要认真看，你在学术上已经超过了我，我为你骄傲。来，孩子们，我也给你们一个礼物。"说着，他拿出一张自己在欧洲照的照片，写下四个汉字：不久再见。

他吻着两个孩子："记住，在太平洋的这边，还住着一个既没老婆也没孩子的老人。"

两个孩子懂事地叫着："爷爷——"

冯·卡门："今天就在我这里吃吧，我可是准备了好多吃的东西。"

……

### 公路上

公路上，汽车在飞驰。

钱学森一家人默不作声，

只有风儿在歌唱……

### 码头上

站满了来送行的人们。

冯·卡门、马勃和他的太太也站在其中。

钱学森和蒋英一一和他们告别。

一个记者凑了过来："钱先生，能问两个问题吗？"

钱学森不语，只是淡淡一笑。

记者："你是怎么被关押的？"

钱学森："这个问题，你可以去问你们的政府。"

又一个记者问："你是共产党员吗？"

钱学森："我知道，共产党员是无产阶级先进分子，我不够格。"

记者还是穷追猛打地问："你回国想干些什么？"

钱学森："我和我的一家，很高兴回到我们的祖国，我不打算再来你们这个国家，我已经被这里的政府刻意地延误了很多的时间。今后，我将竭尽全力，和我的人民一道建设我的国家，使我的同胞能过上有尊严的幸福生活。"

冯·卡门为钱学森鼓掌。

马勃为钱学森鼓掌。

只有马勃夫人伏下身来对钱学森的小儿子钱永刚和女儿钱永真说："看在我们曾有过那么多快乐时光的份上，你们一定要来看我。"

永刚认真地说："等我们有了尊严，你可以去我们那。"

马勃夫人："那也好。可是你懂得什么叫尊严吗？"

永刚天真地说："不懂，你可以告诉我，马勃夫人。"

马勃夫人想了想："怎么跟你说呢？"

永刚："我懂了，是不是和汽车、别墅一样的东西，只是我们家现在没有？"

马勃夫人："不是这种东西。"

女儿永真说了一句："是不是更高级的？"

马勃夫人乐了："还是我们的女儿说得对，是更高级的……"

### "克里夫兰总统号"

甲板上，

钱学森一家站在船舷上，向送行的人招手。

这个国度的海岸线渐渐地远去……

钱学森站在船舷上，聚精会神地看着远方的地平线。

钱学森看着蒋英："亲爱的，有些对不起你，这些年，让你为我操了很多心。"

蒋英认真地看着钱学森："我们该说对不起吗？"

钱学森觉得用语不当，带着歉意："急不择言。"

蒋英："你应该为这句话说对不起。"

钱学森："也许。"

蒋英笑了："这一点其实我很像妈妈。她选择爸爸，不管家里人谁反对，她只说了一句，非爸爸不嫁，外婆家无望了，只好同意了。但是没想到爸爸家也不同意，爸爸说非妈妈不娶，爸爸家也同意了。后来妈妈知道了，我爷爷怕中国传统会在我们身上失传，所以不同意让一个外国人介入这个世袭传统的家庭，妈妈做到了，没把日本传统带到我们家。最让爷爷放心的，日语是妈妈的母语，但是在家里她没说过一句日语，也没教我们五个孩子一句日语，特别中日交恶时，她的心像铁一样，爱着这个家，爱着坚决主张抗战的她的爱人——蒋百里。"

两只海鸥在船边飞舞。

蒋英："记住，你的选择也是我的选择，我也不教孩子一句日语，你知道为什么？"

钱学森："向妈妈学习！"

蒋英："不，是因为我不会。"

两个人笑了……

近了，

属于这一家人的国度的地平线渐渐地近了……

## 珠江宾馆

一辆小汽车把一家人接到了宾馆。

车还没停下，远远地看着有很多人等在了那里。

朱兆祥第一个迎了上来，亲自为钱学森打开车门。

钱学森下车，

朱兆祥把一个人介绍给钱学森。

（朱兆祥　中国科学院代表）

朱兆祥："这是广东省委书记陶铸同志。"

陶铸伸出手："我代表周恩来同志欢迎你回国，欢迎你们一家人回国。"

（陶铸　广东省委第一书记）

钱学森激动地说："谢谢你，谢谢周总理。"

陶铸又和蒋英握手："欢迎你。"

人们向宴会厅走去。

陶铸指着桌子上的菜："怎么样？我们开始吧。广东人的习惯是先喝汤，所以请大家先用一点汤，我再敬酒。"

钱学森："客从主便。"

陶铸："怎么样，汤好喝吧？"

钱学森："好。"

蒋英："好。"

陶铸："我是从东北过来的，开始不习惯先喝汤，听了他们的介绍，觉得有道理。汤里有很多中草药，南方湿度大，喝汤可以调理身体，中医也是这么说。你们从那么远的地方回来，也有个适应水土的问题，所以用用中草药没有坏处。"

钱学森:“你懂得中医?”

陶铸:“皮毛。”

朱兆祥:“陶书记可不是皮毛,他有大学问。”

陶铸:“来吧,举杯。朱德总司令说了一句名言:锦绣山河收拾起,万众皆是主人翁。刚才钱学森同志说客从主便,你可不是客,钱学森同志带着一家人回来是做主人的。为了主人翁干杯。”

钱学森眼睛湿了……

人们把酒干了。

钱学森放下杯子:“陶书记,以前没有接触过共产党干部,你们都这样吗?”

陶铸:“不,都不一样,他们比我水平高,如陈毅、周恩来、朱德、毛泽东……”

**北京西单新华书店**

钱学森正在购书。

服务员热情给他把书包上。

朱兆祥急急忙忙走来:

“学森,快走吧。”

钱学森:“怎么了?”

朱兆祥:“到家再说。”

**北京中关村钱学森家**

汽车开到了门前,

门口站着陈毅。

蒋英和孩子站在他的身后。

钱学森下车。

陈毅上前一见如故地说:“钱学森先生,知道的,这是你家;不知道的,还以为这是我家呢。你看我带着蒋英和孩子们,像是我在欢迎你呢。”

钱学森还真是第一次见陈毅:“你是?”

朱兆祥刚要介绍,

陈毅自我介绍:“我是陈毅,毛主席让我当管科技的副总理。我说我搞不了,我不懂科学,毛主席说,你当副总理搞不好,你当个管科学家生活的副总经理还搞不好吗?我说这可以。”

(陈毅 国务院副总理)

人们笑了。

钱学森也觉得轻松了许多。

人们进屋,落座。

陈毅:“怎么样?我先来看看你,周总理还要来看你。怎么样,北京都转了转?”

钱学森:“转了转,无论北京、上海,还是广州,用四个字来形容:日新月异。”

陈毅:“我们再搞上它几十年,让中国翻天覆地。”

钱学森:“能!”

陈毅："听说你上街买书去了？"

钱学森："对。"

陈毅："不对！听说，你从国外带回来五大箱书，你还缺书？"

钱学森："缺，就缺这两本。"

陈毅："我倒是要看看，你这是两本什么书？"

钱学森打开那个纸包，

从里边拿出两本书——

《中华人民共和国发展国民经济的第一个五年计划》、《中华人民共和国宪法》。

陈毅接过书，看了许久，深沉地说："你说得对，这两本书你是没有，因为中国几千年了，没出过……共产党打下江山，赶走蒋介石，本来想好好建设这个来之不易的江山，可是有人不让我们搞建设，他们硬是要发动战争，我们只好奉陪，我们胜利了。这场战争胜利的意义就在于，从美国人在谈判桌子上签字那一天起，帝国主义者再想在我们的周围架上几门大炮就想把中国人吓住的日子一去不复返了。"

钱学森："说得好。"

蒋英："早听说，陈毅副总理就是大诗人，战将。"

陈毅："诗人？是，战将也是，但是要看和谁比。我和你父亲比，我可是差得远了。蒋英呀，你知道，你父亲为什么叫蒋百里吗？"

蒋英笑了，摇头。

陈毅："百里挑一呀。"

人们笑了。

陈毅："这话一点不假，文有《西方文艺复兴史》，武有《国防论》。青年时创办了《浙江潮》，那可是和《新青年》、《湘江评论》齐名的。在日本士官学校留学时，学校有个规定，当年毕业第一名，日本天皇赐刀。他们同学就是那个荒木贞夫，以为志在必得，结果成绩一出，朝野震惊。第一名蒋百里，第二名蔡锷，第三名是个张姓中国学生，日本脸面尽失，后来做了手脚，把张姓学生换成荒木贞夫。所以，日本在第二次世界大战中失败，早已注定。蒋百里先生是一个有骨气的中国人，他主张长期抗战，并留下千古名言：'胜也罢，败也罢，就是不同它讲和。'"

蒋英："想不到，陈副总理知道这么多。"

陈毅："有些是毛主席讲给我听的，有些是周总理说的，有些是路人皆知的。只是他没有活到今天，如果他还在，我还要向他讨教一下如何治国。"

蒋英："可他是国民党……"

陈毅："蒋英呀！你可能还有所不知，在我们政府里，有多少国民党呀？很多人都是他的学生，但是今天我们也满足了，因为百里挑一的女婿钱学森和女儿回到了祖国，这一定是他在天有灵……"

钱学森："是的，尽管没能见到泰山大人，但是从我夫人身上，已经看到了这种传承。"

蒋英不语……

陈毅有些动情："是新中国的感召把我们集合在一起，我们一起干……"他又拿起那本《第一个五年计划》："就干第一个五年计划，然后再干它第二个、第三个……完成社会主义建设，一直干到共产主义。"

钱学森郑重点头。

陈毅站起:“好了,就是来看看你,看看你有没有汽车,有没有房子,有没有厨师……看看还缺什么?看看我们的小朋友上学还有什么问题?”

钱学森刚要说话……

儿子钱永刚抢先发话了:“我们家还缺个尊严,你帮我们搞一个吧。”

陈毅一怔。

钱学森也一怔。

蒋英:“永刚,不能乱讲。”

陈毅:“不,听他说,你们家为什么要尊严。”

钱永刚看看爸爸妈妈没说话。

陈毅:“听伯伯的。为什么要尊严?”

钱学森:“说吧。”

钱永刚:“在离开加州时,爸爸对记者说,回国要做个有尊严的人。我想尊严可能很值钱,一时我们买不起,可能回国就买得起了。”

陈毅想笑,但没笑出来:“永刚呀,你为什么以为尊严是个东西呢?”

钱永真:“是马勃夫人亲口说的,比汽车和别墅都贵。中国人在那儿根本搞不到。”

陈毅站起身,他明白了:“孩子,我懂了。你说得对,尊严比世上的什么东西都贵,特别是被人欺侮了一百多年的民族,我们站起来就是为了有尊严地活着,但是这个尊严我们还想向你爸爸要……”

钱永真一张天真的脸……

## 北京中南海

毛泽东和陈毅在散步。

毛泽东:“你回答得好,钱学森说得好。我们就是要向科学要尊严,向社会主义建设要尊严,向世界要中国的尊严。”

雄伟的北京城。

## 北京中南海

一辆伏尔加轿车驶入中南海。

## 北京中南海西花厅

伏尔加轿车在门前停下,陈毅下了车。

邓颖超从房间里迎出来,与陈毅握手。

陈毅:“小超同志,好久没见喽,你可好啊?”

邓颖超:“我好!陈老总也好?”

陈毅:“好!好!我好得很,可就是让国务院的事情把我忙得团团转。早就想过来看你呀,苦于腾不出时间。我现在才知道,恩来同志这个总理当得辛苦哟,你看我一个副总理,就忙成这个样子喽……哎!总理在吗?”

邓颖超:“在,正在跟彭老总通电话呢。”

陈毅随着邓颖超手指的方向望去，但见窗子上映出周恩来打电话的身影。

（周恩来的画外音：“彭老总啊，就你们解放一江山岛的战役方案，主席征求了我、少奇同志和朱老总的意见，决定授权于你，由你来下这个决心……”）

陈毅满怀敬意地望着窗口。

周恩来在打电话：“前几天中央政治局会议，你也参加了，主席和我们几个都十分赞成你和粟裕同志以及张爱萍同志的意见，解放大陈岛的战役不能拖，必须尽快解决！一江山岛是大陈岛的门户啊，这一次又是‘杀鸡用牛刀’，可以说这是我军第一次立体战争，这一仗一定要打得干净利索，人民解放军的建设这是一个转折点……好吧，那就18日早晨8时，准时发起进攻，请你电告张爱萍同志，中央期待他们胜利的消息……好的，好的，我还有重要事情找主席汇报，有什么情况，晚上咱们再电话联系……再见。”

**前线部队**

机场……

炮群……

**北京中南海西花厅**

周恩来放下电话，冲门外喊道：“是陈毅同志吧？让你久等了。”

周恩来向门外走去。

陈毅：“总理叫我了……”

陈毅快步向周恩来办公室门口走去，周恩来恰好走出来。

周恩来：“走吧！”

陈毅冲房内喊：“小超同志，我走了。”

邓颖超端着茶杯走出来：“陈老总好不容易来一趟，连茶都没喝上一口。”

陈毅打趣道：“我哪里敢喝你的茶水哟，小超同志的茶水是专门用来送客的！端茶送客，端茶送客嘛。”

邓颖超看了看手中的茶杯，歉意地说：“真是不好意思。”

陈毅：“没啥子不好意思的嘛！按道理讲，小超同志沏好了茶水，我是应该喝一口，可是，主席急着要见总理和我，实在耽搁不得。好在主席那边，也有茶喝的……”

一辆轿车驶来，在周恩来、陈毅面前停下，周恩来和陈毅上了车。

轿车缓缓地行驶而去。

**北京中南海菊香书屋**

院子里，毛泽东由女儿李讷挽着在散步。

隐隐传来时密时疏的鞭炮声。

李讷纳闷地说：“怎么这么早就放鞭炮了？离春节还有好几天呢。”

毛泽东掐着手指算着：“今天是腊月二十三小年，是家家户户送灶的日子。”

李讷：“什么是送灶啊？”

毛泽东：“送灶王爷上天呢。这灶王爷也是一个神明，号称一家之主，每年的腊月二十三这天，要上天向玉皇大帝汇报工作，除夕的时候再回到人间；这民间呢，就把腊月二十三称作

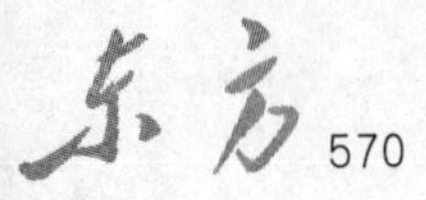

小年，俗称‘辞灶’，为了不让他上天说人的坏话，家家户户都备下糖瓜，让灶王爷吃了，到了天上就光说好听的了，这就叫……”

（陈毅的画外音：“‘上天言好事，下界保平安’……”）

毛泽东：“一听就是你陈毅到了！”

周恩来和陈毅走进来。

周恩来：“主席！”

陈毅：“主席，好一个‘天伦之乐’哟。这是李讷吧？都长成大姑娘了，记得那年我去延安开会的时候，碰到她，还是个小女娃娃……”

周恩来：“人家李讷，现在可是高中生了呢。”

毛泽东对李讷说：“快叫周叔叔、陈叔叔。”

李讷大方地叫道：“周叔叔好！陈毅叔叔好！”

陈毅：“好！好！女娃娃，嘴甜得很么。你咋知道我是陈毅叔叔啊？你咋认得我呀？”

李讷：“陈毅叔叔最好认，说话一口的四川话，特别豪爽。”

陈毅大笑：“哈哈哈哈！我那是口无遮拦。”他疼爱地抚摸着李讷的头：“不过，你这话说得我呀，感觉要飘起来喽。都说女孩大了知道疼父亲，主席真是好福气哟。”

毛泽东：“陈毅同志啊，你要是羡慕，可以把张茜和孩子们都接到北京来呀。”

陈毅：“这要等我的工作安顿下来再说。不然，万一哪天主席、总理再把我打回上海，我不是来回折腾了？”

毛泽东：“你陈毅净想好事啊，上海的事情，你就不要再惦记了。”

周恩来：“陈毅同志啊，主席发话了，你这个外交部长是当定了。”

毛泽东：“恩来，陈毅同志啊，今天找你们来，主要是关于亚非会议的事啊。”对李讷道：“李讷，你先出去吧，我和你周叔叔、陈叔叔有事要商量。对了，你到门口，看看李敏、思齐和岸青、邵华他们来了没有，刚才我让银桥给他们打过电话了，让他们一块过来吃饭，过小年……”

李讷：“是！”

李讷转身而去。

周恩来：“主席，怎么没见江青同志啊？”

毛泽东：“她这几天感冒，身体不好，医生让她卧床休息呢。恩来昨天送来的印度尼西亚总理的邀请电，我已经看过了……”

三人交谈着向毛泽东的书房走去。

毛泽东回头吩咐：“银桥啊，给总理和陈毅同志上茶……”

## 毛泽东书房

毛泽东和周恩来、陈毅在书房内坐定，李银桥为三人端上茶来。

毛泽东：“陈毅同志啊，我和恩来把你这个一方诸侯从上海市长的位子上调出来，你没什么意见吧？”

陈毅：“意见是没有，我就是有些担心，怕完不成主席交给我的任务。”

毛泽东：“你这样想我能理解呀，外交工作，跟你当那个华野司令不同，跟你当上海市长不同。当司令也好，当市长也好，每天面对的都是自己的同志，说错什么、做错什么，大家都能谅解，可外交工作都是跟外国人打交道，一不小心，那可是要出国际洋相的……”

陈毅："我担心的就是这个，国际玩笑可是开不得的。"

周恩来："咱们那，国际玩笑不开，国际洋相更不要出，我们就是以诚交友啊。"

毛泽东："是啊！去年的日内瓦国际会议，不但恢复了印度支那的和平，恩来提出的'和平共处五项原则'，得到了世界上许多国家的共鸣啊，我们的朋友一下子就多起来了。"

周恩来："我们是以心换心嘛，这样一来呀，不仅是社会主义阵营，许多过去敌视我们的国家，也改变态度，主动与我们交往啊。"

毛泽东："我看最大的成绩，是我们在亚非国家当中广交了朋友啊。"

周恩来："是啊，昨天，印度尼西亚总理阿里・沙斯特罗阿米佐约代表缅甸、锡兰、印度和巴基斯坦五国总理，致电邀请我们参加亚非会议，就是一个例证啊。"

毛泽东："这一次的亚非会议，共有 29 个亚非国家参加。这 29 个国家，没有一个是帝国主义和殖民主义国家，把他们都排除在外了。这下，远在美国有艾森豪威尔和杜勒斯老爷们，只怕鼻子都要气歪喽……"

三人大笑。

# 第三十八章

## 台北毛人凤家

一阵电话铃声过后，刚刚起床的毛人凤接起电话，他很专心听着电话："是，是，一定……"

他把电话放下了，突然剧烈地咳嗽起来，他拿起手帕揩嘴，白白的手绢上留下一点血迹。他看着手绢，无力地靠在椅子上，眼睛看着天花板，许久无语。

古正文走了进来。他看到他从来没见过的毛人凤，他觉得他苍老了许多，心中升起一阵阵悲悯："局长……"

毛人凤有气无力地看了一眼古正文，没有说话，也许是没力气说话了，他指了一下椅子示意他坐下。

古正文："局长是不是太累了？"

毛人凤有气无力地说："身体不行了，蒋'总统'批我假了，让我去美国看病。"

古正文："太好了，那就早点动身吧。"

毛人凤叹息道："早不了，'总统'又发话了，问'老妹子'的事办得如何了？"

古正文："老先生怎么一直盯着白崇禧不放，他都是一只死老虎了。"

毛人凤："这些我们不管，我们只管完成任务。"

古正文："任务我们完成多少了，暗杀、密派、印假钞破坏大陆金融秩序，我们完成多少了？"

毛人凤："这你该懂，多少任务完成了没用，关键是最后一件如何，没完成，前功尽弃……"说着，又剧烈地咳嗽起来。

古正文："局长，你放心，今天'老妹子'躲不过去了。"

毛人凤："那就好，那我就可以安心去美国看病了。"

古正文："密报说，白崇禧昨天和花莲寿丰乡长约好了去打猎，我们侦查了，山上有两条小路：一条是山路，需步行；还有一条是手动轨道车。我们在轨道上做手脚……到时候'老妹子'会和轨道车一起掉进山谷里，可以说万无一失。"

毛人凤没有说话……

## 街市上

古正文叫车停了下来，他到一个小亭子前买香烟。

前边有个人也在买香烟。

那个人一回头，差点把古正文吓个半死，此人是白崇禧。

古正文："你……"

白崇禧轻视地说："白崇禧，你们送的外号'老妹子'，我活着，不是鬼……"

古正文清醒了："那就好好活！"

（白崇禧躲过两次暗杀，多少年后，突然死于家中，这是不是保密局的第三次行动，已成了一个不解的谜团……）

**台北毛人凤家**

毛人凤再一次接起电话："哪位？"

电话里："我是古正文……"

毛人凤："不用说了，看来没成功，因为报喜你从不用电话，当面表扬总比当面教训好受……"

说着，他把电话放下了……

**古正文办公室**

古正文拿着一直响着忙音的电话，不知如何是好，他苦笑了一下："说得真对，败一次，就是前功尽弃……"说着，气急败坏地把桌上的东西扫到地上……

**台北毛人凤家**

正在吃药的毛人凤听到脚步声。

进来的人让毛人凤一怔："赵斌丞……从香港来？"

赵斌丞点头。

（赵斌丞　保密局香港工作站负责人）

毛人凤敏感地问："有大事？"

赵斌丞："得到确切密报，也已通过大陆证实，4月份在印度尼西亚万隆举行会议，中共由周恩来参加。北京方面已租用了印度飞机，一定会经停香港……"

毛人凤："你是说在香港下手？"

赵斌丞："是。"

毛人凤有些兴奋："我没意见，你还有什么要求？"

赵斌丞："我想请古正文介入。"

毛人凤："好，你找古正文谈细节。"

赵斌丞："是。"

**北京中南海毛泽东书房**

毛泽东："陈毅同志啊，你怎么半天不发言？可不能光听我和恩来说哟。"

陈毅："我今天主要是当个小学生，主席和总理讲，我洗耳恭听！"

周恩来："那可不成，从昨天到今天，我们和外交部的同志研究出席亚非会议的事，你的意见都是很好的嘛，说出来，让主席听听嘛。不要怕讲错，讲错了，有主席给你纠正嘛。”

毛泽东：“要说外交工作呀，恩来同志才是真正的大家，我的实践没他多哟。今天，我们先谈个大概，这个问题，还要拿到政治局会议上讨论。我的意见，亚非会议，我们一定要派代表团参加，这叫做盛情难却呀。可是，参加这个会议，我们采取什么样的方针、策略？力争促使会议达成什么样的目的？我们以什么样的态度出现在这么多的亚非国家面前？这些都是值得考虑的问题呀。出席亚非会议的国家，有的是社会主义国家，有的是非社会主义国家，有的还是亲美国的，到了会上，难免要有争论，甚至可能还会有争执、吵架。我们中国代表团，要考虑怎么团结大多数，促使形成世界和平的统一战线……”

陈毅：“我就说嘛，听主席一席话，胜读十年书。我和外交部的几个同志讨论大半天，始终抓不住个头绪，结果，让主席几句话，全部概括了……”

毛泽东：“你陈毅不要拍我的马屁，我今天就想听听你陈毅的意见。”

陈毅：“既然主席考我，那我就不揣冒昧说几句，权作向先生讨教。我以为呀，现在总的国际形势对我们有利，主要是美国人现在孤立得很，现在的世界，和平是大趋势，可他们看不到这一点，一天到晚还在吵着‘打打打’。这一来，不但大多数国家反对它，连它过去的那些盟国也不听它那一套了；可我们呢，是爱好和平、希望和平的。去年的日内瓦会议，由于我们的力促，为达成在印度支那实现和平的协议铺平了道路。特别是总理在会上提出的‘和平共处五项原则’，赢得了大多数国家的赞成，就连英、法这样的国家，都积极响应啊……”

## 台北民生东路波丽露西餐厅

古正文正在和赵斌丞密谋。

古正文：“他们确实要租用印度飞机？”

赵斌丞：“是的，这一点我们的印度大使馆已经得到证实。”

古正文：“一个重要问题就是由什么人来做，要知道香港的特工不是吃素的，他们不亚于美国中央情报局、苏格兰场和军情五处，精英如云，再加上英国政府为了香港的利益，一直急着和大陆建交，英国皇室是不允许香港在这个时候做出伤害大陆的事，特别是周恩来。如果失败了，香港当局不会饶过我们；成功了，更不会饶过我们。再有我们的对手是周恩来，他对情报工作十分精通。”

赵斌丞：“难度是很大，但是这确实是一个千载难逢的好机会，如果搞掉周恩来，对大陆局势是一个很大的破坏，同时对中国的对外影响也是大大地削弱。”

古正文：“如果搞不好呢？”

赵斌丞：“一定会搞好。”

古正文：“这句话我也常说。”

赵斌丞不语……

古正文：“要多少钱？”

赵斌丞：“五十万元。”

古正文不假思索地说：“好，但记住，这个案子要硬做，香港的人参与越少越好。”

## 北京中南海勤政殿

陈毅在发言：

“日内瓦会议不久，英国的工党领袖、前首相艾德礼即率英国工党代表团来我国访问；而法国政府也因这次会议，对我们的对外政策有了了解，开始试探同我们建立某种关系……”

毛泽东、刘少奇、周恩来、朱德、陈云、林伯渠、邓小平、彭真、陈毅、张闻天等人围坐在会议桌前。

中共中央政治局会议正在召开。

陈毅：“其他国家就更不用说了，去年的10月19日至31日，印度总理尼赫鲁来我国访问，11月30日至12月16日，缅甸总理吴努又应邀前来访问。这些都足以说明，我们国家的外交政策深得人心。因此我认为，我们应该乘势而上，扩大战果，努力促成亚非会议取得圆满成功……”

周恩来：“1953年8月，印度尼西亚总理阿里·沙斯特罗阿米佐约向印度尼西亚议会提出了召开亚非会议的构想，并于去年4月28日召开的锡兰、印度、巴基斯坦、印度尼西亚和缅甸南亚五国会议——科伦坡会议上，提出了此建议。本月15日，印度尼西亚总理代表南亚五国，发来了邀请电，请我们出席这个会议……”

刘少奇：“这是大好事啊！孔老夫子说，‘有朋自远方来，不亦乐乎’啊！可我们不能坐在家里等着朋友上门，应该走出去，广交朋友才是……”

周恩来：“亚非会议，我们是一定要参加的。根据主席的指示，我和陈毅同志议定了一个初步的方案，提请政治局审议。关于出席会议的总方针，我们认为，应该是争取扩大世界和平统一战线，促进民族独立运动，并为建立和加强同亚非国家的关系创造条件……”

毛泽东：“这个方针好啊！这次出席会议的亚非国家，大都是一些长期受殖民主义统治、长期遭受侵略和欺凌的国家，这次会议，昭示的是众多弱小国家追求和平、追求民族平等和政治独立的觉醒；我们中国，虽然是一个人口大国，但我们又是一个穷国、弱国，我们国家解放才五六年的时间，新中国成立之前的上百年，我们中华民族饱受凌辱，国家山河破碎，民不聊生啊！所以，对于时下许多弱小国家的处境，我们是感同身受……正是这种相同的经历和相同的意愿，能够使我们与众多的亚非国家站到一起。我们必须用我们的真诚，告诉全世界所有爱好和平的国家和人民，我们新兴的中华人民共和国，愿意同他们和平共处、友好合作……”

**台湾阳明山蒋介石官邸**

蒋介石在宋美龄的陪伴下散步。

蒋经国疾步走来。

蒋经国：“父亲……”

蒋介石：“发生什么事了？”

蒋经国：“大陈岛刘廉一司令来电，一江山岛落入共军之手……”蒋经国呈上电报。

蒋介石：“不到两个小时……不到两个小时，共军就夺占了我的一江山岛……”

蒋经国：“岛上1000多弟兄，500多人战死，还有500多人被俘，上校司令王生明以身殉国……”

蒋介石：“这个刘廉一……”

蒋经国：“共军这次集中了绝对优势的兵力……参战部队达17个兵种、28个战术群。从数量上来看，其动用步兵4个加强营，3600人，3倍于我；炮兵4个营又12个连，火炮119门，高炮6个营60门，5倍于我……”

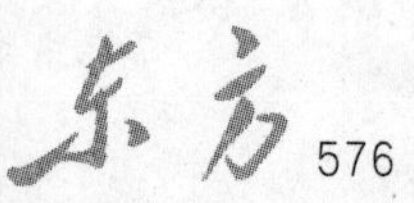

蒋介石："我真不明白，情况搞得这么清楚，怎么还总打败仗？"

蒋经国："这是事后，从共军的战报上了解的。"

蒋介石："都是些事后诸葛亮，岂能不败。"

蒋经国："以经国之见，毛泽东真正的目的是大陈岛。一江山岛是大陈岛的门户，如今共军占据了一江山岛，等于是把大陈岛的退路断掉了。因此，我建议父亲尽快把大陈岛的部队撤回台湾……"

蒋介石："等等看，再等等看……"

一个侍卫跑来："报告'总统'，毛人凤来了……"

蒋经国："毛人凤？他来干什么？"

蒋介石："叫他在客厅等我……"

毛人凤在客厅里徘徊。

门一开，蒋介石走进来，毛人凤赶忙立正。

蒋介石："齐五啊，你来了，是不是有什么好消息告诉我啊？"

毛人凤："总裁！卑职刚刚得到消息，由缅甸、锡兰、印度、印度尼西亚和巴基斯坦五国发起的亚非会议，即将在印度尼西亚召开。本月 15 日，印度尼西亚总理阿里·沙斯特罗阿米佐约已经代表这五个国家，向中共发去了邀请电……"

蒋介石冷笑："马上过春节了，天天都是好消息呀。"

毛人凤惶恐地说："总裁……"

蒋介石："美国人是什么态度啊？"

毛人凤："美国政府成立了一个由国家安全委员会执行秘书莱西为首的'国际工作组'，负责制定对亚非会议的应对策略。另外，美国政府向几个驻亲美国家的使领馆都发了电报，要他们的使领馆人员做这些国家的工作，让他们设法引起无休止的争论，使会议无果而终。"

蒋介石："你们保密局有什么打算？"

毛人凤："保密局敌后部署组组长赵斌丞倒是出了个主意……"

蒋介石："什么主意啊？"

毛人凤："我们估计，参加亚非会议的肯定又是周恩来，由大陆去印度尼西亚首都科伦坡。他们的飞机必然要在香港加油，我们可以……"

蒋介石："又是安放定时炸弹是吗？这让我想起了当年的毛泽东访问苏联，你们说是要在中途炸毛泽东专列的，结果呢？毛泽东安然无恙，你的那些手下，一个一个都落入共党之手。偷鸡不成反蚀把米呀……"

毛人凤："卑职这次一定谨慎从事。"

蒋介石："毛泽东当年说过，他们在是打扫好房子再迎客，六年时间房子可能打扫好了，现在要走出去了。你们搞些偷鸡摸狗的事，起不了大作用，充其量，是往人家一锅好汤里扔几粒老鼠屎……"

毛人凤："是！"

毛人凤小心翼翼地出门而去。

蒋经国从侧门进来："父亲，刘廉一司令来电，大陈岛招致共军 200 余架飞机和无数陆基大炮的猛烈轰炸，请求支援！"

蒋介石："毛泽东这是成心不让我安心过年哪？美国人呢？现在美国人在干什么？娘希

四，他们口口声声协防台湾，我不能让他们袖手旁观……”

## 北京中南海西花厅

周恩来办公室内，周恩来和陈毅正在商量代表团的人选问题。

陈毅：“外贸部部长叶季壮、外交部副部长章汉夫、中国驻印度尼西亚大使黄镇……顾问5人，华侨事务委员会副主任廖承志、外交部副部长乔冠华、外交部部长助理兼第一亚洲司司长陈家康、外交部欧非司司长黄华、中国伊斯兰教副主席达浦生……”

周恩来：“达浦生老先生是国内回族穆斯林中享有盛名的四大阿訇之一。由他参加，对于我们加强对几个伊斯兰国家的沟通，当然有好处，但达老先生毕竟是82岁的老人了，从事如此频繁的外事活动，他的身体吃不吃得消啊？”

陈毅：“没问题，我已经征求过达浦生老先生的意见，他十分乐意与我们同往。”

邓颖超引着李克农和杨奇清急匆匆地走进来。

（李克农　中国人民解放军副总参谋长兼中共中央调查部部长）

周恩来：“克农，奇清，有事？”

李克农：“总理、陈老总……邓大姐，先给点水喝吧。”邓颖超一笑，回头去给李克农和杨奇清沏茶。

陈毅：“李克农和杨奇清双双出马，说明有什么大事情发生了。”

李克农：“倒没什么大事，但最近我们还是发现了一些反常的情况。杨副部长，你先说吧。”

杨奇清：“是这样，最近，台湾保密局与大陆的潜伏特务联系频繁了。昨天，我们破译了他们的电文，毛人凤要潜伏的特务集中搜集我代表团出席亚非会议的人员和行程……”

（杨奇清　公安部副部长）

陈毅：“看来老蒋又坐不住了。”

周恩来：“这是蒋介石的一贯作风，不过也没什么大不了的嘛……”

李克农：“也不能掉以轻心，台湾那边也传来消息说，国民党保密局的敌后部署组组长赵斌丞秘密回到台湾，又急忙回到香港……”

## 香港机场

赵斌丞和陈鸿举走出机场，向一辆白色轿车走去。

白色轿车对面，停着的一辆轿车内，一个中年男子透过车窗举起照相机。

中年男子按下快门，赵斌丞的影像定格。

（赵斌丞　国民党“国防部”保密局敌后部署组组长）

中年男子再次按下快门，陈鸿举的影像定格。

（陈鸿举　国民党“国防部”保密局敌后部署组组员）

载着赵斌丞和陈鸿举的白色轿车扬长而去。

另一辆轿车随后跟了上去。

## 北京中南海西花厅

陈毅：“杨副部长，你参加我们的代表团怎么样？”

杨奇清：“我服从命令。”

李克农："我赞成。虽然我们现在还不能确定国民党特务到香港的目的是什么，但他们的出现，将对我们代表团出席亚非会议构成威胁，这一点是肯定的。因此，我们必须加强防范。杨部长随行也好，这一次代表团的安全就交给你了……"

周恩来走到门口："小超，你让罗青长同志过来一下……"

国务院办公室副主任罗青长走进来："总理。"

周恩来："你负责拟定一个记者团的名单，人员以新华社记者为主，吸收中央人民广播电台和新闻纪录电影制片厂的摄影记者参加，负责亚非会议的报道工作。名单拟好以后，你通知新华社社长吴冷西……"

罗青长："是！"

### 新华社社长办公室

社长吴冷西正在审阅稿件，记者沈建图走进来。

沈建图："吴社长，你找我？"

吴冷西："4 月 18 日，我国代表团将赴印度尼西亚出席亚非会议。刚刚接到周总理指示，要求组成一个中国记者团，由你出任团长，成员有我们新华社的李平、李慎之、钱嗣杰、刘茂俭，香港分社社长黄作梅以及雅加达分社的彭迪、钱行和谭岱生；另外还有中央人民广播电台记者杜宏、中央新闻纪录电影制片厂摄影记者郝凤格……估计这几天总理要找你们开会，这几天你就留在社里待命。"

### 北京中南海西花厅

秘书姚力和四五个精干的年轻人坐在西花厅的小会议室里，周恩来和廖承志、章汉夫和杨奇清走了进来。姚力和几个人赶忙起立。

姚力："总理，先遣队的同志都到齐了。"

（姚力　周恩来办公室秘书　赴亚非会议先遣组组长）

周恩来："好啊，我们又聚在一起了；去年日内瓦会议，也是你们几位同志担负的先遣任务嘛；这次还是姚力同志负责，你们都熟悉，我就不用介绍了。这次呢，我们是去印度尼西亚的万隆市出席亚非会议。与去年不同的是，这次台湾的蒋介石要来捣乱，据我们掌握的情报，国民党的特务已经开始蠢蠢欲动了。今天是 3 月 2 日，距离会期只有一个半月的时间了，你们的任务很重啊。别的我就不多说了，具体的敌情，就由公安部的杨奇清副部长向你们介绍吧。"

杨奇清："根据情报分析，台湾国民党特务机关对周总理参加亚非会议准备破坏，他们正在香港、仰光加紧活动。所以，你们前站工作要把敌人可能进行破坏活动的各个方面充分考虑到……"

廖承志："前站工作，安全第一，要确保代表团的安全，特别要确保周总理的安全，责任重大呀。"

（廖承志　中国华侨事务委员会副主任　参加亚非会议中国代表团顾问）

周恩来："印度尼西亚和我们是友好国家，这次会议他们是东道主，我们代表团的安全，首先要依靠当地政府、治安机关和军警，要和他们密切联系。其次，要和印度尼西亚人民群众搞好关系，他们对新中国还不十分了解，我们的一举一动，要给他们留下良好的印象……"

周恩来突然皱起眉头，一只手不由自主地捂住了肚子。

章汉夫:“总理,你怎么了?”

周恩来:“没什么,就是有些肚子疼。”

章汉夫:“姚秘书,快去喊医生。”

姚力起身,飞快地跑了出去。

章汉夫扶周恩来坐下,倒了杯开水,端到周恩来面前:“总理,先喝杯开水……”

(章汉夫　外交部副部长　参加亚非会议中国代表团代表)

邓颖超和姚力领着背药箱的保健医生周尚珏匆匆而来。

周尚钰仔细地给周恩来作了检查,道:“这好像是阑尾炎的症状,总理,您还是去医院检查一下吧。”

周恩来:“你先帮我开点药吧,我现在工作那么忙,哪顾得上去医院。”

邓颖超:“恩来……”

周恩来:“没事儿,没事儿。”

办公室副主任罗青长走进来:“总理,主席来电话,请你到他那边去一下。”

周恩来:“好的,我马上过去。”对廖承志道:“承志啊,这边的会议由你组织吧,一定要把可能发生的情况想细一些……”

周恩来强撑着坐起身,捂着肚子向外走去。

众人的脸上不禁露出担心之色。

## 北京中南海菊香书屋

毛泽东、刘少奇、邓小平、朱德、陈云等人正在交谈。

刘少奇:“2月24号是藏历木羊年,达赖和班禅在中南海举行盛大宴会,邀请主席和我们共度新年。朱老总你刚好不在北京,我们进门的时候,达赖喇嘛在门口到处找你,恩来知道他是找我们朱老总,于是告诉达赖,朱副主席到外地视察去了,不能同你们一起过节,他要我向你们表示歉意,并向你们祝贺新年。”

邓小平:“当时,班禅还风趣地对达赖说:‘起初我以为朱总司令是位非常厉害的人,一见面才知道,他不像一位统帅几百万大军的将军,倒像一位慈祥的老活佛。’”

毛泽东:“我们这位老活佛可不得了,一声令下,解放了一江山岛不说,连大陈岛的国民党守军都吓得不战而退了……”

朱德:“这可不是我的功劳,这是主席的谋略,是老彭和粟裕、张爱萍他们指挥得好,一江山岛只用了两个小时就解决了战斗,蒋介石一下子就沉不住气了……”

陈云:“这就叫‘不战而屈人之兵’啊!”

毛泽东:“我们可不是不战啊,张爱萍那边的作战命令都下达了,他要是再不撤,我们就消灭他……我们这位蒋先生总算是识相,所以,我让彭老总告诉张爱萍,对于撤退的大陈岛蒋军,不作攻击,也算是给蒋委员长留点面子……”

众人大笑。

刘少奇:“这就是主席的高妙之处啊,这边放大陈岛国民党守军安然撤退,金门那边呢,春节期间停止炮击三天,让他们那边的士兵也过一个没有硝烟的平安年,蒋介石应该感谢主席才是啊!”

朱德:“老蒋才不会,这一生中他最大的不解是既然有了蒋介石为什么又出了个毛泽东。”

毛泽东:“其实中国历史的演变,个人会起一定作用,但是人民的作用更大。即使没有毛泽东,中国共产党人也一定会担负起历史重任。”

邓小平:“所以说他们搞些偷鸡摸狗的勾当,只能是搬起石头砸自己的脚。我听陈毅同志说,台湾的特务机关正在蠢蠢欲动,企图破坏我们参加亚非会议呢。”

周恩来走进来:“这也没啥奇怪的,如果不这样,蒋介石也就不是蒋介石了。”

毛泽东:“恩来,快来坐,就等你了……”突然见周围恩来捂着腹部,忙问:“恩来同志,你怎么了?”

周恩来:“没什么,就是肚子稍微有点痛,过会儿就没事了。”

毛泽东埋怨:“你这个恩来呀,身体不好,就不要过来了嘛,打个电话说一声不就行了?”

周恩来:“没什么大碍,还是开会重要嘛……”

## 北京中南海西花厅

陈颖在周恩来的办公室里踱着步。

邓颖超端上茶来。

陈毅:“你这个小超,不是我说你哟,你不能什么事都由着他,还是身体重要嘛……”

邓颖超苦笑:“有什么办法?国务院一大摊子事,现在又得为出席亚非会议做准备。”

陈毅:“那也不能连命都不要了嘛。”

周恩来满脸痛苦地走进来,一屁股坐在椅子上:“小超,请帮我倒杯水,我把药服了。”

邓颖超为周恩来倒了杯水,递给他:“我看,最好还是去医院查一下。”

周恩来:“过两天再说吧,党的全国代表大会上,要审议通过《关于发展国民经济的第一个五年计划》,这个计划的起草工作是我们国务院的事。”

邓颖超:“可你现在这样……”

周恩来安慰地说:“没事没事,等忙过这几天,我就去医院……”

## 印度尼西亚首都雅加达

汽车驶进中国大使馆。

中国驻印度尼西亚大使黄镇及夫人朱霖和大使馆人员出来迎接沈力等人。

(黄镇　中国驻印度尼西亚大使)

## 北京中南海西花厅

周恩来正在审阅文件,但见他头上直冒虚汗,突然一阵剧痛,周恩来昏倒在桌子上。

邓颖超端着一杯开水走进来,见状大惊。

邓颖超:“罗青长、周尚钰,你们快来呀……”

罗青长等人跑进来,众人扶起痛苦不堪的周恩来。

周尚钰:“快送医院!”

## 北京医院

躺在病床上的周恩来。

医院院长周泽昭和主治医生王励耕走进来。

周泽昭:“总理,你这是急性阑尾炎,再不治疗,可就有大危险了……”

王励耕:“必须马上手术啊,总理。”

周恩来:“泽昭同志、励耕同志,能不能不做手术?比如采取保守疗法……你们知道,马上要召开党的全国代表大会,下个月上中旬,我还有一个重要外事活动……”

周泽昭:“总理,还是请你服从我们医生的意见,尽快地手术治疗,不然,以你现在的病情,什么工作也没法做。”

周恩来:“那好吧。”

周泽昭:“我去通知手术室,立即为总理手术,励耕,总理的手术只能由你亲自做,你也赶紧去准备一下。”

王励耕:“好的!”

周泽昭和王励耕急匆匆而去。

### 手术室外

邓颖超坐在椅子上一声不吭,陈毅在来来回回地踱步。

邓小平急匆匆走来。

邓小平:“陈毅同志,总理的手术怎么样?”

陈毅指了指手术室的门。

邓小平:“陈毅同志,你跟我出去一下……”

陈毅跟随邓小平向楼外走去。

### 北京医院草坪上

邓小平和陈毅边走边谈。

邓小平:“陈毅同志,主席让我来告诉你,因为总理刚刚做了手术,如果 4 月中旬不能率团出席亚非会议,由你接替总理的代表团团长之职……”

陈毅:“这……小平同志,你知道我这个人……能力有限得很,外交工作是个门外汉,加上时间又这么紧迫……这实在是难以接受,难以接受。”

邓小平:“要不,你自己去跟主席解释一下?”

陈毅:“解释啥子么?主席还不是要硬赶鸭子上架?”

邓小平:“你知道就好。谁都明白,替人最难,可我们总不能抬着总理去出席亚非会议吧?”

陈毅:“唉!真是没得办法喽……虽然感觉有些勉为其难,我还是服从中央决定。”

邓小平:“这就对头了。总理这边,你代我问好,我先走了。”

邓小平转身而去。

陈毅:“这是啥子事情么……”

### 手术室门前

陈毅来到手术室门前,恰好几个医生护士推着周恩来出来。陈毅和邓颖超赶忙迎上去。

陈毅:“慢点儿,慢点儿……”

## 中国驻印度尼西亚大使馆

房间内,沈力不停地用扇子扇着风,但脸上和身上依然汗流不止。

黄镇走进来:“怎么?受不了吧?”

沈力:“这地方可真热,3月的北京那天还冷得要命呢,谁知道到了广州就只穿汗衫了,当时还感觉奇怪,谁知道到了这儿,比咱们国家的夏天还热。”

黄镇:“雅加达又叫椰城,正好地处赤道线附近,天当然热了;不过,也不是没办法克服,实在受不了,你就去冲个凉,饭后多吃木瓜,这个方法能够避暑;这地方别看热,可是有个好处,夜里睡觉不用盖被子,感觉凉的时候,就抱个枕头……”

沈力:“是吗?”

黄镇:“好!言归正传,给你介绍介绍印度尼西亚的情况……印度尼西亚是华侨最多的国家之一,在椰城、万隆及各大城市中,华侨人数都在几万人以上。椰城最多,大约30万人以上;由于历史的原因,华侨中形成了两个系统:在各大城市,有新中国的大使馆、领事馆联系的侨团组织;也有台湾直接联系的侨团、学校和报纸……”

## 北京医院周恩来病房

陈毅坐在周恩来的病床前一言不发。

周恩来醒来,微微睁开眼睛:“陈毅同志,陈毅同志啊……”

陈毅:“总理。”

周恩来:“陈毅同志在想什么?”

陈毅:“没想什么。总理,刚才小平同志来过了,留下话,让我代他向您问好。”

周恩来:“你怎么不留小平同志多待一会儿?我有重要事情要跟他讲。”

陈毅:“总理有什么事?我可以代你传达。”

周恩来:“我这一做手术啊,只怕4月中旬出席不了亚非会议了,我想请小平同志向主席报告一下,请你率团出席亚非会议。”

陈毅苦笑:“总理跟主席一样,是要赶着鸭子上架哟……”

## 中国驻印度尼西亚大使馆内

黄镇:“万隆是印度尼西亚繁华的大城市,有人口80万,华侨占十分之一。你们来印度尼西亚之前,印度尼西亚中华侨团总会在椰城聚会,邀请我参加了。会上,侨团主席洪渊源先生传达了印度尼西亚外交部秘书长阿卜杜拉·加尼先生同他的谈话。为了接待好中华人民共和国代表团,并确保代表团中若干重要人物的安全,政府需要中华侨团总会的合作和帮助。因此,决定组成印度尼西亚华侨支援委员会,椰城、万隆设分会。万隆分会由侨团领袖洪载德、房延龄、杨朝春、赵文华、林仁木、关焜先生等兼任正副负责人。”

沈力:“哎!你别说,这个挺有意思的。首长,我明天能不能去见见这些人?”

黄镇:“当然可以。明天我们不但要去见见这些华侨领袖,而且,我们还要去拜会一下印度尼西亚国家警察总监和国家安全局长。”

沈力:“这样一来,我们的安全警卫工作就好做多了……”

### 印度尼西亚国家警察总监署大门口

一辆中国大使馆的汽车在大门前停下。

黄镇和沈力及翻译从车上下来。

翻译向门口站岗的士兵递上名片:“我们是中国大使馆的,我们的黄大使前来拜会你们的总监先生……”

门卫抄起电话。

没过多久,印度尼西亚国家总监小跑着出来:“黄大使,请!”

黄镇和沈力及参谋随总监向大门里走去。

### 香港启德机场

下了班的机场地勤人员邝明匆匆走出机场。

(邝明　香港启德机场地勤人员)

在一边扮作接客的赵斌丞和陈鸿举手里拿着鲜花,一直盯着邝明走出他们的视线。

陈鸿举:“邝明,没有任何不良记录,有一个父亲,生活很一般,收工后,每天准时在他家附近一个小店吃东西,然后买一些小吃给父亲带回。最大的有利条件,他们两个一旦消失,可以说没有任何人会注意。”

赵斌丞:“看来只有硬做,再说美人计、苦肉计,没有时间了。”

### 一个小店里

陈鸿举在吃东西,少顷,他看一下表。

邝明准时走了进来。

他点了一个菜和一些点心,吃了起来,然后又要了一份东西,离开小店。

陈鸿举看了一下表,他在核准时间。

### 邝明家

第二天,

邝明准时回到家里。

陈鸿举远远地看着他,他又看了一下表,他再次核准时间。

### 台北民生东路波丽露西餐厅

赵斌丞在向古正文汇报工作。

赵斌丞:“这是个很有规律的人,真是块搞特工的材料。”

古正文:“不,不抱任何幻想,只做这一单。另外,既然是硬做,一旦他同意,不给他任何反悔的时间。‘克什米尔公主号’在香港加油的时间一定,我立即用电台通知你,频率还用老的行吗?”

赵斌丞:“没事,上次做杨杰时,启用这个频率没问题。”

古正文:“事情做好,这个邝仔马上离开香港。”

赵斌丞:“是……”

## 香港机场出口处

赵斌丞从里面走出。

另一辆不起眼的车子里，一个英国女特工在盯着他。

（米娅 英国苏格兰场特工）

她身边的人刚要动，米娅说道："慢，看看谁来接他。"

赵斌丞一个人上了出租车。

车里的另一个特工说了一句："不到一个星期两次飞台湾，看来有大事要办。"

米娅不语……

男特工："要不要盯上他？"

米娅："路上不跟了，盯着他的窝。"

男特工："是。"

## 香港的一座公寓楼

赵斌丞从车上下来，

又绕到地库，开车从另一个口出。

## 邝明家

邝明回家，

远处，陈鸿举在盯着他。

## 香港苏格兰场米娅办公室

米娅看着男特工送来的一份报告。

米娅眼睛一亮："这个频率出现过。"

男特工："是吗？"

米娅："1949年10月杨杰家枪击案……"

男特工："你怎么记得这么清楚？"

米娅："那是我的滑铁卢。"

男特工："我记得你总是成功的？"

米娅："那是对男人。"

男特工不语……

米娅："盯住这个频率，争取破译。"

男特工："是。"

## 印度尼西亚华侨支援委员会万隆分会

黄镇和沈力及翻译在房延龄的陪同下走进印度尼西亚华侨支援委员会万隆分会。

华侨房延龄边走边向三人介绍："为什么用'支援'二字？考虑到'接待是东道主的任务，'支援'主要为新中国代表团帮忙，东道主若需要，也去帮忙。"

一进大门，房延龄高喊："黄大使来看望我们了，大家都出来……"

一帮人“呼呼啦啦”从房间里涌出来。

房延龄将众人一一介绍给黄镇和沈力：“这位就是洪载德先生……这位是杨朝春先生、赵文华女士、林仁木、关焜……”

黄镇和沈力一一与大家握手致意。

**香港苏格兰场米娅办公室**

男特工把一份电报稿递给了米娅。

米娅不悦地说：“这不是等于一个字都没有破译吗？”

男特工：“也不能这么看，你看，这几组阿拉伯数字是有规律性的，可是你看这一组。”

米娅认真地看着，她轻声地读着：“9782E……”

**小吃店**

邝明走了进来。

陈鸿举待邝明坐定，走了过去。

邝明没在意。

陈鸿举坐了下来：“怎么样？邝先生，交个朋友。”

邝明：“你是什么人。”

陈鸿举：“一个想帮助你，又希望得到你帮助的人。”

邝明：“我能帮你什么？”

陈鸿举：“我们谈谈……”

邝明：“不用了，我还有事。”

陈鸿举：“父亲还等你拿饭回家？”

邝明警惕地说：“你们是什么人？”

陈鸿举：“合作一次，改变你一生。几分钟的事，几个人受益……”

邝明不语。

陈鸿举：“你父亲一直生病，一个姐姐又在大陆。如果与我们合作，你父亲即刻入院看病，我们还可以帮你把你姐姐接回香港，这一切我们来办。”

邝明：“要我干什么？”

陈鸿举：“可能是举手之劳的事……”

邝明：“说话算话吗？”

陈鸿举：“开个价。”

邝明：“20 万元。”

陈鸿举：“30 万元。”

邝明哑言，过了好一会儿，问了一句：“让我干什么？”

陈鸿举把身子向前探了一下……

**香港一个咖啡馆里**

米娅一个人喝着东西，她用手蘸了一下杯中的咖啡，在桌子上写那几个阿拉伯数字：9782E。

她在思索着……

## 印度尼西亚华侨支援委员会万隆分会

洪载德向黄镇和沈力介绍支援委员会的准备情况。

洪载德："黄大使，为了支援中国代表团能顺利进行各项活动并保证安全，我们成立了秘书组、食品采购组、住房组、家具组、车辆组、洗衣组、翻译组和记者组。目前行动最快的是车辆组，虽然采取自愿报名参加的办法，却已经集中起160多辆汽车，本来我们想留下够用的就行了，谁知道，叫谁回去，谁也不回去，没办法，只好分成三班，大家轮流值班……"

黄镇："谢谢！太谢谢了。洪先生，你能不能先派人领我们去选一下房子？只有代表团的房间订好了，其他事情才能按部就班地展开。"

洪载德："这事就让房延龄先生和杨朝春先生陪你们去，只要你们看中的，让他俩出面去跟主人说。"

黄镇："那咱们说去就去。"

众人向房间外走去。

## 万隆大街上

房延龄和杨朝春陪着黄镇和沈力等人从大街上走过，众人边走边左右打量着两旁的房子。

## 香港

小吃店。

陈鸿举把一个纸条递给了邝明："已经给你父亲送去了10万元，这是你父亲给我们的收条。"

邝明接过看了一眼："看来不干都不行了。"

陈鸿举："事成之后给你20万元。"

邝明："你到现在也没告诉我干什么？"

陈鸿举："好，从现在起，你和我一起住。"

邝明："为什么？"

陈鸿举："因为要干事了。"

## 香港某酒店包房里

陈鸿举和邝明两人坐在阳台上喝茶。

城市多彩的夜空。

邝明："究竟要我干什么？我只是一个机场清洁工，太复杂了，我干不了。"

陈鸿举把杯子放下，又让邝明把杯子放下："这是两架飞机，这是'克什米尔公主号'。"

邝明："我知道是印度飞机。"

陈鸿举："停在它旁边的是台湾陈纳德的飞机。"说着，他从皮包里取出一管牙膏："你把这个东西放在'克什米尔公主号'的起落架上固定好，然后你上陈纳德的飞机。"

邝明："有票吗？"

陈鸿举："没有，得辛苦你了。"

邝明点头："我明白了。"他看着牙膏问："这是什么东西？"

陈鸿举："一份重要情报。"他接过牙膏，从里边挤出些牙膏："表面和牙膏一样，情报在里边。"

邝明："知道了。"

**米娅卧室**

房间里很零乱。

米娅在洗澡。

她不时地和外边说着话："亲爱的，你可以先要杯酒……我一会儿就好。"

不一会儿她用毛巾裹着前胸走了出来，发现没人了，她骂了一句："靠，连战场都不打扫就走了。"

她发现床头放了一张纸条，不经意地看了一眼："对不起，我晚上飞新加坡，不骗你，你可以查航班号 9871E，一定有我名字。"开始没注意，一转身她突然想起了什么，脑际里闪过那组数字：9872E。

她愣了一会儿。

**酒店**

门铃响了。

邝明有些紧张。

陈鸿举去开门。

女服务员站在门口："需要开夜床吗？"

陈鸿举："需要。"

女服务员忙碌着，不一会儿她去了洗手间，她十分麻利把一支牙膏放在了一个口杯里。

# 第三十九章

**香港苏格兰场米娅办公室**

一个矫健的身姿，走进一座楼宇，透明的玻璃墙体里，一袭红衣十分抢眼。米娅飞步地来到了办公室，刚一推开门便以命令的口吻说道："马上找到近一个星期出入香港启德机场的所有航班及代号。"

办公室里有秩序地忙碌起来。

不一会儿，几个数据送到了米娅桌子上。

男特工也站在了米娅面前。

米娅在一组数据上重重地划了一下。

"一组、二组去启德机场，三组待命。"

人们风一样吹出了办公室。

又如风一样吹出了这座楼宇……

**香港启德机场**

赵斌丞远远地看着陈鸿举陪着邝明走进机场。

待陈鸿举和邝明进入之后，赵斌丞的视线一直盯着他们的身后，突然，米娅进入他的视线，赵斌丞眉头动了一下。

**机场安检处**

陈鸿举远远地看着邝明拎着清洁工具来到安检处。

邝明显得很自然，他把水桶提得老高，检查人员好像和邝明很熟，例行公事看了一遍，突然，他从桶里拿出那管牙膏开玩笑地说："早上没刷牙？"

邝明十分坦然："不是，有时机身上的污垢用手搞不掉，这个很管用。"

远处的陈鸿举有点紧张，因为他不知道安检处发生了什么。

安检人员："好，我也学了一招。"

说着，他把牙膏放进了桶里。

### 旅客安检处

米娅站在旅客的安检处，四处打量着，他们的“工作人员”也参与了安检，她突然想到了什么。

她向工作人员安检处走去，

刚好和陈鸿举擦肩而过。

一刹那间，米娅觉得陈鸿举很面熟，但一时又想不起来。

陈鸿举也意识到了什么。

米娅放慢了脚步，她在回忆着：

杨杰案件现场，一个男人在撤离……

陈鸿举放慢脚步，他在回忆着：

他撤离现场，一个女人迎面而来……

米娅回头，

陈鸿举已经不在了。

米娅再向安检处望去，那里好像有一个人刚刚进去。

米娅向安检人员亮出身份，并问了一句：“‘克什米尔公主号’进港了吗？”

安检人员：“刚进。”

米娅急忙走了进去。

### 停车场

陈鸿举走向赵斌丞。

赵斌丞：“你马上撤离，在船上等我，苏格兰场的人到了。他们可能认识你，我在这里等。”

陈鸿举：“我们不是坐下一班飞机回台湾吗？”

赵斌丞：“我了解这个米娅，她的父亲就是苏格兰场的名将，在香港执行任务时认识了她的妈妈，这个混血儿聪明绝顶。”

### 停机坪

“克什米尔公主号”停在那里，

旁边停着一架台湾飞机。

邝明走近“克什米尔公主号”。

英军哨兵拦住了他。

邝明亮出身份。

英军哨兵放行。

邝明开始清洁飞机，他在起落架处停了一会儿。

米娅已进入机场停机坪。

她向“克什米尔公主号”跑来……

台湾的飞机发动。

邝明离开“克什米尔公主号”，向台湾飞机走来。他来到起落架前，轻巧地钻了进去。

米娅已经感到不对，她在寻找这个清洁工。

台湾飞机开始滑行。

米娅无奈地看着台湾飞机起飞。

远处,赵斌丞收起望远镜,向一个电话亭走去。

台湾飞机向天空飞去。

赵斌丞对着话筒说道:"鸽子五十分后到家。"

## 台湾古正文办公室

古正文手拿起电话:"明白。"

## 香港启德机场

米娅被英军哨兵拦下,

米娅亮出身份。

英军哨兵:"印度政府和香港总督有交涉,'克什米尔公主号'在香港只是加油,不允许任何人靠近,这其中包括你们。"

米娅无可奈何……

## 机场值班室

米娅正在和什么人通电话:"请你和总督先生说明,这架飞机有安全隐患,我们在机场发现国民党特工。"

电话里:"国民党特工在香港比妓女都多,在机场发现能说明什么!"

米娅:"我和你说过,我们发现他们启用了一个电台。这个电台,只是在暗杀杨杰时启用过。"

电话里:"那个电台就一定与'克什米尔公主号'有关吗?你不要再说了,飞机一定要正常起飞。你要知道,这是中国大陆租用的印度飞机,我们面对的是两个大国。"

米娅:"有一个重要情况,我们查了一下今天当班的机场工作人员,发现有一个人上班了,但是现在这个人失踪了,找不到他。我怀疑他在飞机上做了手脚然后乘另一架飞机走了。如果是机场工作人员作案,我一定要接近飞机才行。"

电话里没有声音了,过了好一会儿,里边传出声音:"我向总督报告一下。"

## 台北松山机场

古正文来到机场一个办公室。

古正文对一个工作人员亮出身份:"我是保密局行动组长古正文,我接一个由香港到达台湾的工作人员。希望你们合作。"

工作人员答应得很好:"好的,古组长,我和保安司令部联系一下。"

说着,走到内间打电话。

古正文看了一下手表:九点整。

## 香港机场

加油管从"克什米尔公主号"上抽出。

飞机加完油了，等待起飞。

## 香港机场办公室

米娅在等电话。

电话响了，

米娅连忙拿起电话："我是米娅。"

电话里："总督办公室还没有回话，但是他们已命令机场，没有总督办公室的电话，'克什米尔号'不能起飞。"

## 台湾松山机场办公室

工作人员从里间走出。

古正文忙问："怎么样？"

工作人员："电话是保安司令接的，保密局的事我们一定合作，但是一定要说明这个工作人员执行什么任务，我们要记录在案。"

古正文："他执行的任务不能说。"

工作人员："为什么？"

古正文："任务还正在进行中，我们不好暴露。"

工作人员："那我就爱莫能助了，这是彭孟缉的亲口命令，必须登记。执行什么任务？"

古正文："不行，人我必须带走，在这里有危险。"

工作人员："在这里你一只苍蝇都带不走。"

古正文："我要告你们，向蒋'总统'告你们！"

工作人员："蒋'总统'要真的传讯我还真的是我的福分，我还没见过他的尊容。"

这时毛人凤走了进来，他径直走到那个工作人员面前，"啪"一记响亮的耳光……

那个工作人员蒙了。

毛人凤："统统带走，现在这个工作点由我们接管。"

古正文带着邝明急忙离开了机场。

## 香港启德机场办公室

米娅又一次接起电话，电话里传出："总督不同意你们进入机场检查。"

电话挂断了，

米娅无可奈何地摇了摇头。

"克什米尔公主号"起飞……

米娅看了一下表：十一点半。

## 北京医院周恩来病房

病床前，邓颖超和医生都在劝说周恩来。

周泽昭："才半个月，时间太短了，你还是多在医院住几天……"

周恩来："再住下去，亚非会议就会耽误了，我不能再在医院住下去了。"

王励耕:“总理,你的伤口刚刚愈合,经不起长途颠簸,更不能太劳累。站在医生的角度,我还是建议您能多住几天。”

周恩来:“你只是建议,也就是说,我是能够出院的。”

邓颖超:“恩来,中央不是指定陈毅同志接替你的代表团团长职务了吗?你怎么还……”

周恩来:“陈毅同志到国务院时间不长,参加外事活动不多,亚非会议这么重大的事情,我怕他一时把握不了啊!”

(陈毅的画外音:“真是知我者总理也。”)

陈毅说着话走进来:“总理你不知道,你住院这半个月,我是天天如坐针毡哪。[illegible]熟悉外交部的工作,可还是感觉呀,就像是十五只吊桶打水,七上八下的……”

邓颖超:“陈老总!总理才住了半个月的院。”

周恩来制止道:“小超!”

陈毅:“总理,虽然说我发自内心地希望您能亲自挂帅,率领我们出席亚非会议,可是鉴于你的身体状况,我陈毅还是劝你留在医院,代表团的事情交给我,请总理尽管放心。”

周恩来:“你陈毅言不由衷啊,从你的眼睛里我看得出啊,一听说我出院,你是最高兴的一个呀。放心吧,我的身体绝对没问题,走吧!”

陈毅边走边回头对邓颖超道:“小超同志,你别怪我,总理的决心下了,恐怕连主席都劝不住的。”

**北京中南海菊香书屋**

毛泽东和周恩来、陈毅边走边谈。

毛泽东:“我就是担心,怕恩来同志吃不消啊,阑尾炎开刀,刚刚住了半个月的院,身体还没有恢复好,我真是于心不忍;本打算让陈毅同志接替恩来当这个代表团团长,可恩来同志一再坚持要去,我也就不加阻拦了。”

周恩来:“主席放心,我的身体没什么大碍了,何况还有陈毅同志嘛,他可以帮我分担一些。”

毛泽东:“那……陈毅同志啊,我就把总理交给你了,你要切实地负责好总理的身体和安全。”

陈毅:“请主席放心,这一次去印度尼西亚,我陈毅亲自做总理的警卫员……”

**北京机场**

停机坪上,一架伊尔—14 飞机前,代表团成员们正在登机。

周恩来、陈毅与前来送行的朱德、刘少奇、邓小平、陈云等人一一握手,转身向飞机走去。

一辆轿车疾驶而来。

车到近前停下,总理办公室副主任罗青长从车上下来。

周恩来停下脚步:“青长,什么事?”

罗青长:“总理,是李克农同志派人送来的急件。”

周恩来接过急件,回身向飞机走去。

一架飞机呼啸着飞上天空。

座舱里,周恩来打开罗青长送来的文件,看了一眼,不禁一拳砸到桌子上。

周恩来:“岂有此理!”

陈毅等人急忙凑过来。

陈毅:“总理,怎么了?”

**台湾阳明山蒋介石官邸的会客室里**

会客室里,毛人凤局促不安地坐在沙发上。

门一开,蒋介石走进来,毛人凤赶忙立正。

蒋介石:“齐五啊,不用说了,你们办得很好。这些年你太累了,好好休息一下。”

宋美龄:“美国的医术还是很发达的,把一切都放下,好好看病。如果医院不方便,就住到长岛的曼哈顿,这是1000美金。听蒋‘总统’讲,你们保密局也很不容易,刚到台湾时连工资都没有,不但没有抱怨,反而越加努力工作,破了那么多大案,巩固了‘总统’的地位,稳定了社会,你们功不可没……”

毛人凤感激涕零:“谢夫人!”

蒋介石:“夫人给了你一份礼,我这里也有一份,我刚才和几位同志研究了,决定晋升你为中将军衔。”

毛人凤:“谢总统!”

蒋介石:“‘克什米尔公主号’确实干得好,炸死了什么人、有多少人都不重要,重要的是,让全世界都知道,对于台湾这样的处境我们要说‘不’……”

**飞机上**

陈毅脸色铁青地看着那份急件:“哼!也只有这些人能想出如此卑劣的手段……”

杨奇清:“是不是立即通知昆明,让那边阻止‘克什米尔公主号’暂缓起飞?”

章汉夫:“来不及了,‘克什米尔公主号’飞机一个小时前就已经从昆明起飞了。”

陈毅:“你就是让‘克什米尔公主号’明天起飞,情况也是一样的。香港是我们从国内飞往雅加达的必经之路,只要飞机在香港落地,遭敌破坏的可能性就存在。”

周恩来:“我看这样,汉夫,到达昆明后,你立即用长途电话紧急指示外交部,采取三项措施:一、把台湾特务的活动计划火速转告新华社香港分社,让他们通过报纸,揭露蒋匪特务的阴谋;二、外交部立即派人在北京与英国驻华大使馆代表进行交涉,要求香港当局保证中国代表团的安全;三、通知已到香港的中国代表团部分人员提高警惕……”

**香港邝明家**

米娅带着一群人来到了邝明家。

几个特工把一个老人带走了。

男特工拿出一纸包:“这是从他们家搜到的,有人送给老人的10万元钱,老人说他儿子一直没有回家。”

**台湾一个咖啡馆里**

古正文把一包东西放到邝明面前:

“到台湾南部买个农场没问题，到时我会到你那里去度假。但是，要记住，这第一桶金子，跟谁都不能说……”

## 古正文办公室

古正文在给赵斌丞和陈鸿举发奖金。

赵斌丞：“对不起，局长，这个奖金我就不领了。”

古正文不解地问：“为什么？”

赵斌丞不语。

陈鸿举：“我也不领了。”

古正文：“这都是怎么了？”

赵斌丞：“局长，今天的报纸你看了吧。香港当天就把邝明的父亲抓了，而且宣布‘克什米尔公主号’是台湾特务所为，英国政府宣布这是一起恐怖事件，永久追究，并且捣毁我十多个办事处。这奖金还有什么意义。”

古正文不语……

（多年之后，古正文回忆说，他一直没到过香港，因为香港警署一直在追捕他……）

## 台北街市

邝明在街上走着。

他来到一个报摊前，拿起一张《大华晚报》，一条新闻跳入他的眼帘：台北松山机场逮捕一名来自香港的难民。

邝明笑了：“说啥呢！谁是难民……”

## 云南省委招待所周恩来房间

陈毅陪着周恩来刚一到房间，

工作人员马上进来：“总理，外交部有紧急电话。”

周恩来：“请把电话接过来。”

工作人员：“是。”他出去了。

不一会儿，电话响了，

周恩来接起：“我是周恩来，你说……”

电话里：“有一个重大情况向总理报告……”

陈毅给周恩来倒了杯水。

周恩来：“什么，‘克什米尔公主号’怎么了？几点？在哪里？”

陈毅把水端在手里。

周恩来放下电话：“陈毅同志，‘克什米尔公主号’出事了……”

陈毅的杯子一下落在了地上。

## 北京中南海西花厅

秘书一边拿着电话一边对邓颖超说：“大姐，昆明接通了……”

邓颖超接过电话，她一时不知说什么好：“恩来……还去吗？”

## 云南省委招待所周恩来房间

周恩来的房间。

周恩来拿着电话：“得去……”

邓颖超：“我……我担心了你一辈子，以为和平了……”

周恩来：“更正你，不是一辈子，我们才活了半辈子，还有半辈子的好日子……小超，再担心我半辈子好么？”

邓颖超的手在抖动：“非得去？”

周恩来：“非得去，这是毛主席交给的任务。”

邓颖超哭了：“恩来……我爱你！”

## 北京中南海西花厅

她先把电话挂了，

秘书站在一边不动，过了好一会儿：“大姐，光美同志，还有江青同志都看你来了……”

邓颖超：“你看看……我去洗把脸……”

## 云南省委招待所周恩来房间

电话又响了。

周恩来接起：“我是，主席……”

毛泽东：“情况我都知道了，我们可以少开一个会，但是我不能少了周恩来，你不要去了。”

周恩来：“主席，我要去，如果少一个周恩来，我们相信会有李恩来、王恩来，但是现在的世界上不应当少了新中国的声音，这是你交给我的任务。”

电话里毛泽东说：“这个任务我撤销了。”

周恩来：“主席，你和我都是在为祖国服务，这是新中国给我的任务。主席，相信周恩来，我会完成任务。”

周恩来把电话挂了。

## 昆明机场

长长的飞机舷梯，

坚定地走来一个人。

这是周恩来。

（周恩来和他的代表团如期登上印度航空公司的“空中霸王号”客机，飞往缅甸。在缅甸会见了缅甸总理吴努、国防军总司令奈温，并会见了印度总理尼赫鲁、埃及总统纳赛尔和阿富汗副首相萨·穆·纳伊姆汗，如期到达印度尼西亚万隆市）

## 万隆塔曼沙里街十号

周恩来等人走进华侨郭贵盛的别墅，

周恩来抬头打量着这座富有东南亚风格的建筑。

**万隆塔曼沙里街十号周恩来房间**

陈毅带着大使黄镇和公安部副部长杨奇清走进来。

黄镇:“总理,大使馆刚刚接到一封一个国民党特务的检举信,揭发国民党特务已经组织起一个28人的敢死暗杀团,伺机在万隆对总理下手……”

周恩来:“真是无所不用其极。想来就让他们来吧,我不怕。”

陈毅:“这些人真是贼心不死哟,我们中途遇上雷雨,在新加坡紧急降落,在新加坡总督麦克唐纳接待我们的贵宾室门前,他们就想对总理下手,可是没有找到机会。想不到,竟然追到了印尼。看来我们得采取些非常措施了……”

**万隆塔曼沙里街十号外面**

警笛呼啸之声。

一队汽车、摩托车组成的车队来到塔曼沙里街十号,十几名警察、宪兵从车上下来,分散于别墅周围。

沈力带着一名上尉向别墅内走去。

**万隆塔曼沙里街十号陈毅房间**

沈力在向陈毅和杨奇清、中南海保卫局副局长李福坤报告。

(李福坤　中南海保卫局副局长)

沈力:“印度尼西亚政府苏加诺总统对我们通报的情况非常重视,已经指示其在万隆的第三军区加强对万隆外围的警戒,对国民党暗杀团成员进行临时性拘留;他们特别派这位陆军上尉担任周总理安全的副官,5名警察为随身警卫,在代表团驻地,配备宪兵和机动警察8名,外加3名便衣警察,调来7辆摩托车进行现场警卫……”

陈毅:“好!这样一来,总理的安全就有了保证;不过,杨奇清和李福坤,你们要告诉我们的警卫人员,不可掉以轻心……”

**万隆豪曼饭店**

阳光灿烂。

大街上,穿着绿军服、戴着白钢盔的印度尼西亚士兵在两边布岗。

周恩来、陈毅及各国代表走出豪曼饭店,步行走向斜对面的独立大厦。

**独立大厦**

周恩来、陈毅等人走进独立大厦。

会议厅的来宾席和记者席上已经坐满了人。举目四望,白色拱形的会议厅布置得朴素而庄严。主席台上挂着紫红色的天鹅绒幕,29个参加国的国旗按照国名的第一个英文字母的次序整齐地排列在幕前。五星红旗挂在左起的第五根旗杆上。

会议厅外传来一阵阵掌声。

各国代表步入会场。各种各样的服饰在人们眼前展现。戴着绣花小帽、用整幅彩色绸缎裹在身上的是利比里亚人或者黄金海岸人。戴着纱帽、穿着马褂的是缅甸人。用金箍罩住白纱头巾、披着黑纱长袍的是沙特阿拉伯人。穿着薄纱绣花衬衣、结着小领结的是菲律宾人。裹着厚厚的紫色毛布长袍、插着腰刀的是也门人。一样是穆斯林,土耳其人的帽子是红的,印度尼西亚人的帽子是黑的,埃及人的帽子是白边红心的。一样是穿着高领的制服,扣子少而比较短的是中国人,扣子多而长到膝盖的是印度人……

门外奏起了印度尼西亚国歌。

印度尼西亚总统苏加诺和副总统哈达和他们的夫人在缅甸、锡兰、印度、印度尼西亚、巴基斯坦 5 个发起国家总理的引导下进入会场,后面是 24 个国家代表团的团长。

印度尼西亚总统苏加诺走上主席台,致开幕词。

苏加诺:"各位代表先生们,在我环顾这个大厅和在此聚会贵宾的时候,心里充满了激动的感情。这是人类有史以来第一次的有色人种的洲际会议。……在我看来,这个大厅不仅容纳了亚洲和非洲国家的领袖们,而且容纳了先我们而去的人们不屈不挠的不可战胜的不朽精神。他们的斗争和牺牲为世界上最大两洲的独立主权国家最高级的代表的这个集会开辟了道路……"

台下,各国代表端坐在座位上,一脸庄重地在倾听。

### 街头

大喇叭里播放着苏加诺的讲话。

行人们纷纷驻足聆听。

(苏加诺的画外音:"许多年以来,我们各国人民一直是世界上无声无息的人民。我们一直不被人注意,一直是由那些自己的利益高于一切的别的国家代为做出决定的人民。……在过去几年中发生了巨大的变化,许多民族和国家从许多世纪的沉睡状态中苏醒过来了,默从的人民已经过去了,表面的平静已让位给斗争和活动,不可抗拒的力量横扫了两个大陆……")

### 塔曼沙里街十号

一阵急促的电话铃声。

沈力赶忙抄起电话。

沈力:"你好,我是沈力……"

(王倬如的画外音:"沈力同志,我是王倬如。总理他们的会还没结束,估计要到下午一点多钟,而下午的会要接着开,所以,代表团的人就不回去吃饭了,你们那边的人自己吃吧,这边印度尼西亚政府已经准备了午餐。")

沈力:"好的。"

### 亚非会议会场

担任大会执行主席的印度尼西亚总理阿里·沙斯特罗阿米佐约宣布:"今天下午最后一个发言的是伊拉克代表法迪尔·贾马利先生。"

贾马利走上主席台:"我认为,当今世界存在着三股扰乱和平的国际性势力。除了帝国主义和种族主义,第三股势力就是共产主义……共产主义是片面的唯物主义的宗教,是一种颠覆性的宗教，在阶级和民族之间培育仇恨。自第二次世界大战结束以来，共产党已经创造了一种新形式的殖民主义。我要提醒大家，我们这些非共产党国家，十分需要认真对待共产主义危险的严重性……”

台下开始议论纷纷，有些国家的代表开始转头观察中国代表团的反应。

陈毅欲起身反驳，被周恩来轻轻拉住。

## 西爪哇省长官邸

印度尼西亚总统苏加诺招待参加亚非会议的各国代表团、观察员和新闻记者的酒会正在进行。

周恩来和陈毅端着酒杯离席，向各国代表一一敬酒。

## 西爪哇省长官邸

偌大的省长官邸花园的围墙外面团团围住了欢腾着的人群。

两个记者模样的人走出官邸，望着大街上载歌载舞的人们。

记者：“真是奇怪了，为什么马尼拉和曼谷的人民对‘东南亚条约组织’的会议那样淡漠，而万隆人民对于亚非会议却表现出这样无穷无尽的热情？别忘了，‘东南亚条约组织’的目的可是为了保卫自由与和平”。

一个万隆市民：“两位先生，你们所不懂得的，人民是懂得的：谁是真正要维护和平的，谁不过是在准备战争。人民懂得真假，人民懂得爱憎……”

## 塔曼沙里街十号周恩来房间

陈毅等人随周恩来走进房间。

周恩来：“今天累了一天了，晚上参加苏加诺总统的招待酒会，大家又都喝了酒，还是早点休息吧。”

陈毅：“那个贾马利简直是一派胡言。我们要予以反驳才对……”

周恩来笑：“既然是一派胡言，我们又何须反驳呢？贾马利才是一个开头，后面的几天，我们可能会天天听到这样的言论，如果我们一一反驳的话，亚非会议就变成吵架会了，而这正是美国人所盼望的……”

## 亚非会议会场记者室

几个记者正在交谈。

记者甲：“毫无新意，早就料到亚非会议不会有好的结果，从上午的会议看，比预料的还糟。”

记者乙打量着记事板上的公告：“埃塞俄比亚、日本、约旦、老挝、黎巴嫩、利比里亚、利比亚、尼泊尔、巴基斯坦、菲律宾和苏丹的代表上午都发了言。除了巴基斯坦代表穆罕默德·阿里和菲律宾代表罗慕洛的发言还有些意味，其他几个国家的代表发言，都毫无针对性……什么和平的愿望、友好的愿望、对殖民主义的憎恨，一点新意都没有。”

记者丙：“这位记者先生所谓的新意，那就是大家一起反对共产主义，是吧？巴基斯坦和菲律宾的代表，一个接过昨天伊拉克代表贾马利的话头，推波助澜向共产主义发起排炮般的攻击，一个则在大讲特讲菲律宾给美国当殖民地的好处，明摆了就是一副亲美的嘴脸，两人的讲话，连语气都跟美国的报纸一模一样，一听就是美国授意的。在这样的会议上，做这样的发言，让人把大牙都笑掉了。”

记者丁：“今天下午就轮到中国代表团发言了，你们说，中国代表团是不是一定讲话？中国代表团会讲些什么呢？”

**独立大厦外面**

暴雨突然袭来，

大街上的人群急忙四处避雨。

一阵汽车喇叭的声音。

有人高喊：“中国代表团来了。”

但见几辆插着中华人民共和国国旗的轿车冒雨驶来。

街两边的群众冒着雨、踏着积水冲向街中心，向着中国代表团的汽车欢呼：“中国，中国……”

**亚非会议会场**

土耳其代表团团长在掌声中走下演讲台。

主席台上，亚非会议执行主席阿里·沙斯特罗阿米佐约宣布：“现在请中华人民共和国的代表发言。”

突然，会场里爆发了一场从来没有过的暴风雨似的掌声。环顾全场，每一个座位现在都坐满了人，过道上也站满了人。当周恩来走上讲坛的时候，水银灯一齐亮起来，照相机一齐动起来。

周恩来：“主席，各位代表：我的主要发言现在已印发给大家了。在听到了许多代表团团长的一些发言之后，我愿补充说几句话。中国代表团是来求团结而不是来吵架的。我们共产党人从不讳言我们相信共产主义和认为社会主义制度是好的。但是，在这个会议上用不着来宣传个人的思想意识和各国的政治制度，虽然这种不同在我们中间显然是存在的……”

**台北蒋介石官邸**

屋檐下坐着蒋介石，他在听广播。

从广播里传出周恩来的声音。

周恩来的声音：“中国代表团是来求同而不是来立异的。在我们中间有无求同的基础呢？有的。那就是亚非绝大多数国家和人民自近代以来都曾经受过，并且现在仍在受着殖民主义所造成的灾难和痛苦。这是我们大家都承认的。从解除殖民主义痛苦和灾难中找共同基础，我们就很容易互相了解和尊重、互相同情和支持，而不是互相疑虑和恐惧、互相排斥和对立。这就是为什么我们同意五国总理茂物会议所宣布的关于亚非会议的四项目的，而不另提建议……”

**美国白宫**

周恩来的声音：“本来，对于某些大国一手造成的台湾地区的紧张局势，我们可以在这里提出如同苏联所提出的召开国际会议谋求解决的议案，请求会议加以讨论。中国人民解放自己的领土——台湾和沿海岛屿的要求是正义的，这完全是内政和行使自己的主权，并得到许多国家的支持。我们也可以提议会议讨论承认和恢复中华人民共和国在联合国的合法地位问题。去年，科伦坡五国总理会议，还有亚非其他国家，都曾经支持中华人民共和国在联合国的地位。而且，中国在联合国所受的不公正待遇，也可以在这里提出批评。但是，我们并没有这样做。因为这样一来，就很容易使我们的会议陷入对这些问题的争论而得不到解决……”

## 万隆市

万隆最古老的饭店——豪曼饭店。

装扮一新，插满彩旗的大街。

周恩来的声音：“我们的会议应该求同而存异。同时，会议应将这些共同愿望和要求肯定下来。这是我们中间的主要问题。我们并不要求各人放弃自己的见解，因为这是实际存在的反映，但是不应该使它妨碍我们在主要问题上达成共同的协议。我们还应在共同的基础上来互相了解和重视彼此间的不同见解……”

## 亚非会议会场

周恩来在发言：“十六万万亚非人民期待着我们的会议成功。全世界愿意和平的国家和人民期待着我们的会议能为扩大和平区域和建立集体和平有所贡献。让我们亚非国家团结起来，为亚非会议的成功努力吧！”

掌声雷动，人们纷纷起立向周恩来致敬。

周恩来走下演讲台。

印度总理尼赫鲁迎上去与周恩来热情拥抱。

尼赫鲁：“这是一个历史性的演说。”

缅甸总理吴努与周恩来拥抱：“这个演讲对抨击中国的人是一个很好的回击。”

菲律宾代表罗慕洛上前握住周恩来的手：“这个演说是出色的，十分和解，充满了民主精神……”

各国代表纷纷向前与周恩来握手。

（1955年4月18日至24日在印度尼西亚万隆市召开的第一次亚非会议，周恩来总理以高瞻远瞩、胸怀博大的伟大政治家风度，高举和平、团结、反帝、反殖、友好合作的旗帜，坚持求同存异、协商一致的原则，化解了矛盾，排除了障碍，赢得了朋友，为会议在极其复杂的形势下取得成功做出了重要贡献。）

（万隆会议一致通过了《亚非会议最后公报》，公报在《促进世界和平和合作宣言》中提出的著名的《万隆会议十项原则》，是‘和平共处五项原则’的引申和发展，它为国际社会确立了处理国际关系的一系列准则。）

## 万隆机场

周恩来、陈毅等中国代表团成员登上“空中霸王号”客机。

登上客机的周恩来站在舷梯上，向前来送行的各国代表团人员、印度尼西亚华侨挥手告别……

# 第四十章

## 北京中南海

毛泽东和朱德在散步。

毛泽东："亚非会议给我们一个启示，做好国内的事情是做好外交工作的基础，而这一切，国防就是一个基础，军队正规化要选一个突破口，我想了一下，就从军衔抓起……"

朱德："巩固的人民民主专政是社会主义的基础，打牢军队的基础又是关键。"

## 北京中南海菊香书屋

毛泽东进屋，周恩来已经坐在那里。

周恩来站起身来："主席，这么早？"

毛泽东："这是大事，千载难逢啊，不怕早，就怕晚。我们当了多少年的'泥腿子兵'、'土八路'，终于有条件正规化了一点，不容易呀。说起来，这是早几年就该做的事，可是美国佬不同意，他说还要在朝鲜打一仗，结果一打就是三年……他这一打，让我们又多出一批将军来……"

周恩来："没关系，我们做将军服的料子还有剩呢！"

刘少奇、邓小平："主席早！"

毛泽东："睡不着呢。全军评衔，在我们这里是开天辟地的事，是喜事，也是一件很不好搞的事呢。常委里面，陈云同志身体不好，不在京，就是我们几个不穿军装的人了。按说，我们是超脱之人，可是人大常委会审议的元帅名单里，偏偏又有在座各位的名字，所以要单独商量一下。先说说看，上次我们碰头以后，评衔的事有什么情况？"

刘少奇："很好，总的来说，很顺利，也很受教育啊。军委总政治部、总干部部工作做得很细致，也很艰苦。个别同志看到一起成长的同志评得比自己高了一点，回到家还偷偷地流了泪呢。不过，对评定的结果还是接受的。"

毛泽东："打仗的时候那么残酷、那么危险，他们可从不流泪。看来是'男儿有泪不轻弹，只是未到评衔时'呀。"

周恩来："自己要求降衔的也不少，粟裕同志一再辞帅，要求降为大将，给主席、也给我们写了报告的嘛。"

刘少奇："报告我也看了，难得呀。抗战时期，1938 年他挑起新四军先遣支队司令员兼政委的担子。解放战争，苏中七战七捷，那是主席当作游击战转向运动战的典范批转各战区的。一年下来，华东野战军歼灭国民党主力 40 多个师，几乎占全国战场的一半……"

邓小平："当年，我就听朱老总说过，粟裕同志是学习毛泽东军事思想的楷模，他在苏中战役消灭的敌人比他自己的兵力还多……"

周恩来："我记得 1945 年，他的华中军区司令员兼政委的命令已经下了，他两次致电中央，推荐张鼎丞同志挂帅……中央又重新下的命令嘛。"

刘少奇："1948 年他又让了华东野战军司令员，甚至说，如果陈毅同志另有重任的话，也请保留他司令员兼政委职务，自己还是当副手……"

毛泽东："现在他又让元帅衔。他可是总参谋长啊！"

**北京中南海居仁堂中国人民解放军总参谋长办公室**

年轻秘书："人大通过的《中国人民解放军军官服役条例》一公布，评衔的事就该开始了吧？"

老秘书："别的我倒没留意，有一条'授予元帅的条件'我记住了：'对创建和领导人民武装力量或领导战役军团作战立有卓越功勋的高级将领，授予中华人民共和国元帅军衔。'我看首长都合格。"

警卫参谋："那当然，毛主席、朱老总、周总理，对首长的评价一向都很高。"

老秘书："我担心的倒不是这个。首长让贤可不止一次了。比方说……"

粟裕推门走进来："好热闹啊，大中午的不休息，讨论什么呢？"

众人："闲聊。"

粟裕："闲聊，怎么好像还说到我呀？是不是在议论评衔的事啊？"

（粟裕　中国人民解放军总参谋长）

老秘书："大家都希望首长能当元帅！"

粟裕："为什么？"

老秘书："首长当元帅，我们都光荣。"

粟裕："看你年纪不大，脑子里封建残余还不少。正好今天大家都在，就利用这个时间说一说吧。"

众人纷纷拿出笔和本子。

粟裕："不用记，听着就行了。实行军衔制是我军的一件大事，关系到每个军人的切身利益，大家平时议论多一些，可以理解。但有几个原则必须记住，包括我在内。第一，要相信军委、相信上级对每个人的评定是负责的、公正的。第二，每个人都要严于律己，评定之前不要向组织伸手要杠要星；评定以后不发牢骚，不哭鼻子，加倍努力工作。第三，这段时间不要多议论——最好不议论。你们能做到吗？"

众人："能！"

粟裕："那就好哇。如今革命胜利了，新中国成立了，党和人民给了我们很高的荣誉，现在还要我们当将军、元帅，当这当那的……可是同我们一起战斗、已经牺牲的许多同志，他们得到了什么呢？连自己的生命都付出了……"

粟裕站起来："顺便跟你们通个气，中央开会的时候，我已经正式向周总理报告了，请中央不要考虑给我授元帅的事，授别的什么都可以。我已经请总理把我的请求报给毛主席。"

众人："首长……"

粟裕："今天给你们说一下，是要求你们不要再议论什么。"

## 北京中南海菊香书屋小会客厅

毛泽东："难得粟裕，壮哉粟裕呀！论历、论功、论才、论德，粟裕都可以领元帅衔，可他竟然三次辞帅。自古少见！"

刘少奇："这在全军是个表率，世界也少有。"

毛泽东："我看，就依了他吧。在大将里面，他是第一将，是一面旗帜！"

毛泽东在李银桥和封耀松的跟随下，漫步来到石桌旁。

彭德怀等敬礼、问候，一一在石凳上落座。

彭德怀："主席，这是总干部部副部长徐立清同志，全军评衔的具体工作，一直是他在负责。"

毛泽东："今天所以请你们到这里来谈，一是换个环境，莫负大好春光啊；二呢，也是希望把这件好事办好，别搞得太沉闷。"

彭德怀："评衔是大好事，可也是一件蛮复杂的事哩。"

（彭德怀　国务院副总理兼国防部长、国防委员会副主席）

毛泽东："所以要你亲自主抓啊，这也叫自作自受。当初，还是你 1951 年国庆节的时候，从朝鲜发电报建议的嘛。七项建议，其中一条就是在全军实行军衔制。对不对呀？"

彭德怀："那是被逼急了，友军、美军、以美国为首的联合国军都有军衔，一到交涉和谈判的时候，就有个资格对等的问题，战场上自己人也有个指挥关系的问题，没有军衔实在是不方便。"

毛泽东："从长远建设看，也是非办不可的一件大事，过去没有条件就是喽。"

彭德怀："按照中央规定，拟授元帅和大将衔的名单，是由中央书记处提名，报政治局。今天我们向主席汇报的是自上将以下将官的方案。事先我们已经初步征求了各位'老总'的意见。请主席过目、指示。"

徐立清递上名册。

（徐立清　解放军总干部部副部长）

毛泽东仔细看着："嗯，不错。你们考虑得很仔细，也很全面，是个好名单。"

少顷，毛泽东放下名册，问："老彭，拟授将官衔的人里面，有多少是'黄埔生'？"

彭德怀："这还没统计过，不过我能大致算出来。"

彭德怀拿起另一份名册，立刻掐指计算……

过了一会儿，彭德怀："主席，据我所知道的，是 81 个。"

毛泽东："啊？蒋校长晓得了要生气呢！"

众人笑。

彭德怀："其实，我们有不少同志，从一开始就是受党的委派进黄埔学习的。而后，又有周恩来同志的军事训练班，又有苏联老大哥的军事学院，加上战场的锻炼，他们有理论又有实战经验，牌子硬得很呢。像许光达同志，就是一个。"

毛泽东："大将里面，许光达是二方面军里面唯一的。"

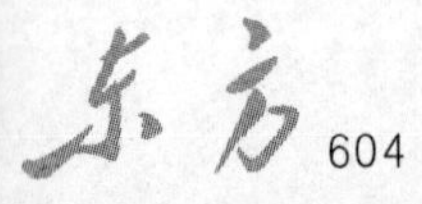

彭德怀叹了口气："本来，二方面军的将才、帅才还有不少……后来在那个'左'倾路线底下，屈死了多少好同志，像段德昌……"

毛泽东点点头："听说此人很会打仗？"

彭德怀："不但会打仗，还很会做群众工作。他也是个黄埔生，还是我的入党介绍人呢。他和许光达一起战斗的时间比较长，两人很知心。"

毛泽东："许光达的脑壳也差了一点啊！贺老总说，他是捡了一条命。"

彭德怀："是啊，不是国民党给了他一枪，还去不得苏联，落到'左'倾路线那些人手里，今天哪还有许光达！"

毛泽东情绪沉重，起身，点起一支烟，一言不发，摆摆手……

彭德怀吩咐几个干事："不念了。"

他走到毛泽东身后，说："主席，我们改日再来汇报吧。"

毛泽东："也好。"

**大礼堂**

横幅：庆祝中国人民解放军建军二十八周年招待会。

大厅里，身着五〇式布料军装的中国人民解放军高级将领们，与应邀出席招待会的各国驻华武官们频频举杯，互道祝贺，愉快地交谈着。

军官甲："马上要挂军衔了，你从暴动开始，几个时期都有大功，这一回，肩牌上的豆豆少不了……"

军官乙："什么豆不豆的，不戴牌牌，革命照干不误！"

军官甲："有个牌牌总比没有好，身份、职级一看就明白，这是一份荣誉。将来打起仗来，也好明确指挥关系嘛……"

军官乙："过去咱有啥牌牌？还不照样打胜仗呀！"

……

贺龙握着烟斗，慢悠悠地走到一位军官旁，说："光达哎，今天是个喜庆日子，你怎么一声不吭啊？好像有心事么。"

（贺龙　中共中央军委副主席）

许光达将杯子换到左手，敬礼，叹了口气："唉，这不是要授衔了嘛。今天一见到过去的老战友，就想起那些牺牲的同志……一将功成万骨枯啊！我们都是幸存者，戴上那个豆豆，恐怕心里不好受啊！"

（许光达　装甲兵司令员）

贺龙："挂不挂豆儿，挂几个豆儿，那是组织上考虑的事，服从就是了。顺便跟你通个气，军委给你评了四颗豆儿……"

许光达："大将？授我大将？……高了！太高了！"

贺龙："怎么叫高了？这是横量竖比比出来的！你是'黄埔五期'的，资格算老的了，又是老党员，又在南昌起义最困难的关头参加战斗。在国民党队伍里搞'兵运'，三番五次差点儿掉脑壳儿。后来在洪湖地区拉队伍，仗没少打，血没少流，差点送了命。要不是组织上七拐八拐送你去了苏联，你的骨头早就当鼓槌敲喽！"

许光达："可是，大家都在打仗，在长征，爬雪山、过草地，革命最艰苦的一段，我却不在……

贺龙:那又不是你自己选的。贡献大小也不能单看啃了多少草根树皮嘛!大仗、恶仗你也没少打嘛,比如说沙家店、宜瓦、兰州……哪一场不是恶仗!再说,去苏联的那么多人,为什么只有你被苏联红军看中?差一点就当了人家的参谋长哩!要不是你在苏联肯学、肯动脑子,能让你当上'抗大'的教育长?全军只有一个'抗大'呀!"

许光达:"好了,我的老总,这些陈芝麻、烂谷子,哪个没得一箩筐么!老总,今天我是正式向您请求降低我的衔级,这样我心里才会好受一点……"

## 大礼堂西门台阶上

贺龙:"我可以把你的意见带上去,结果如何,你听从军委的决定吧!"

许光达:"老总,我是认真的。"

贺龙在他手上拍了拍:"你呀……"

台阶下,贺龙带上车门,轿车驶入夜色中。

台阶上,许光达许久未动……

## 许光达家

许光达推门进来,径直朝书房走去。

儿子:"爸,宴会热闹吗?"

女儿:"爸,外国人多不多?有美国人吗?"

许光达:"热闹。多。没有。"

许光达径直进了书房,随手关上门。

儿子和女儿面面相觑,不解地望着妈妈。

妈妈:"写你们的作业去吧,你爸累了……"

许光达军装未脱,军帽放在桌上,愣愣地坐着不动。

邹靖华轻轻推门进来,把一杯茶放在桌上,默默地在一侧的凳子上坐下。

邹靖华:"光达,你有心事啊?"

许光达:"嗯……"

邹靖华:"什么事,能不能跟我讲一讲呢?"

许光达叹了口气:"中央要给我授大将军衔,我愧得慌啊。"

邹靖华:"风风雨雨几十年,国家给这么一份荣誉,也是鼓励嘛。"

许光达:"太高了!这几十年,多少好同志在我身边牺牲了,没有他们流血拼命,哪有我许光达。可他们什么都没得,有的同志连一堆土包包也找不到……"

许光达忍着泪,转头向着窗外……

繁星点点。

许光达:"有时候我一闭上眼睛,眼前就出现他们的影子,柳克明、段德昌、周逸群、孙一中、李剑如……"

夜幕背景下,几个人的资料照片一一闪过……

邹靖华:"就算是替他们戴这块牌牌吧。"

许光达:"我戴不动啊……"

许光达:“不行,我得给中央军委打份报告!”

邹靖华默默地把桌上的台灯拉近,退出……

## 北京景山三座门中央军委会议室

彭德怀:“像这样的全军评衔工作小组的会议,我也记不清开过多少次了,每次都是老套路,各方提出问题,大家扯来扯去,最后还得我来得罪人。这次换个开法,先来听一封信,再说别的。王处长,你来念。”

处长读信:“军委毛主席、各位副主席……”

彭德怀:“我忘了说,这是装甲兵司令员许光达同志给我们的一封信。念吧。”

处长念:

军委毛主席、各位副主席:

授我以大将衔的消息,我已获悉。这些天,此事小槌似的不停地敲击心鼓。我感谢主席和军委领导对我的高度器重。高兴之余,惶惶难安。我扪心自问:论德、才、资、功,我佩戴四星,心安神静吗?此次,按新民主主义革命时期的功绩授勋。回顾自身历史,1925年参加革命,战绩平平。1932—1937年,在苏联疗伤学习,对中国革命毫无建树。而这一时期是中国革命最艰难困苦的时期,蒋匪军数次血腥的大围剿,三个方面军被迫作战略转移。战友们在敌军层层包围下,艰苦奋战,吃树皮草根,献出鲜血生命。我坐在窗明几净的房间里喝牛奶、吃面包。自苏联返回后,有几年是在后方。在中国人民解放军的行列里,在中国革命的事业中,我究竟为党为人民做了些什么?对中国革命的贡献,实事求是地说,是微不足道的。不要说同大将们比心中有愧,与一些资历较深的上将比,也自愧不如。和我长期共事的王震同志功勋卓著:湘鄂赣竖旗,南泥湾垦荒。南下北返,威震敌胆。进军新疆,战果辉煌……

为了心安,为了公正,我曾向贺副主席面请降衔。现在我诚恳、慎重地向主席、各位副主席申请:授我上将衔。另授功勋卓著者以大将。

许光达

1955年9月10日

会场肃静。

彭德怀起身踱步,走了几个来回,叹了口气:“我早就讲过,军衔这个东西,我不太喜欢。可是,我们这次评定军衔当中,我看见了我喜欢的东西。光达同志我了解他,人不糊涂,而且言必行,行必果!但是这次,我要做他的工作!”

## 装甲兵司令部司令员办公室

桌上的电话铃响起来……

许光达拿起听筒:“喂,我是……”

听筒内:“你是怎么搞的嘛!”

许光达:“啊,是彭总,我……”

听筒内:“你胡来嘛!”

许光达:“彭总,给我定大将,太高了……”

听筒内:“我看不高!”

许光达:“我给主席和军委的报告……”

听筒内:“报告我看了,三个字:不同意!”

许光达："彭总，我是经过深思熟虑的。"

听筒内："中央也是深思熟虑的嘛！是你许光达的深思熟虑大，还是中央和主席的深思熟虑大呀？"

许光达："要是你不答应，我就再给中央和主席写报告。"

听筒内："你用不着写了，你来当面跟我解释！"

许光达："彭总，喂，喂……"

对方把电话挂断了。

**北京中南海菊香书屋**

周恩来："许光达的报告我看了。他总是觉得在苏联治伤那一段，没参加最艰苦的两万五千里长征，好像欠了什么……"

邓小平："其实他哪里是养伤啊，那等于是留学！他撑着病体，一面治疗，一面学习，学通了俄语不说，还钻研了苏军和欧洲不少新东西，这正是我军实现机械化、正规化、现代化所需要的。"

周恩来："所以呀，我曾经打过他的主意，想让他到外交战线工作，可是朱老总、彭老总坚决反对，说军队正需要这样的人才呢，结果让他当了装甲兵司令……"

毛泽东站起身来，边走边说："那是我当的裁判！老实说，是偏向了老总们一点，怪不得别人，怪这样的人才太少啊。你们看，这就是他的降衔申请书！"说完，坐下了。

邓小平："这样的报告，他一连写了三份！"

毛泽东站起来，又来回走着："这是一面明镜，共产党人自身的明镜啊！金钱、地位和荣誉，最容易看出一个人，古来如此。五百年前，大将徐达，二度平西，智勇冠中州。五百年后，大将许光达，几番让衔，英名天下扬！难得呀。"

邓小平："许光达同志让衔不成，就像落了块心病似的，又提出行政级别降一级，给军委打了报告。军委的同志准备同意他的要求，就让他心理平衡一点吧。"

毛泽东："好嘛。还有什么问题呀？"

刘少奇看了周、邓一眼："有啊，还有一个大问题呢。各个方面反映，包括一些民主人士的意见，都认为主席应该评大元帅。这是我党我军几十年的历史形成的，是全国人民的心愿，也是凝聚军心、提高士气的重大因素啊。"

周恩来："也有斯大林成例在先嘛。"

邓小平："从工作需要的角度说，军委主席理应是大元帅！"

毛泽东："这件事就莫谈喽，我们不是说好了的嘛。要说资格，你们哪个没有啊！恩来，领导八一南昌起义，我党武装革命第一枪嘛，多年的中央军委负责人嘛。少奇同志不是新四军政委吗？小平呢，'刘邓大军'，气吞万里如虎，哪个不晓得呀？我还是那个意见，凡是不在军队工作了的，一律不授为好。要说军委主席，那是党内分工嘛。你们看看我这个样子，让我穿上元帅服，多不自由呀！到下面去转转，恐怕路都不会走，话也不好讲了呢。所以，想来想去呀，还是让元帅们去冲锋陷阵，我们呢，给他们搞好后勤，比较划得来呀。"

众人笑……

毛泽东："小平啊，你是第一副总理，又是中央常委会秘书长，你的意见呢？'总政'、总干部部和'人大'报上来的元帅名单里，也有你一个呢！"

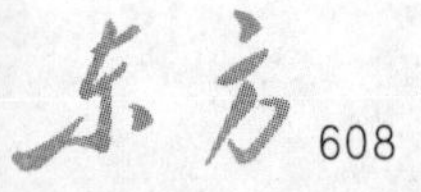

邓小平："不要了，不要了！我还是争取当好各位的'大秘书'和总理的助手吧。"

毛泽东："那好，那咱们就一言为定，此事不再讨论了。请你把我们讨论的意见转告朱老总和陈云同志。"

邓小平："要得。主席，总后勤部可是把您的大元帅服做好了，肩章上的星衔，都是镶金镀银的呢。"

毛泽东："好办，放在博物馆里，权当历史文物吧。"

## 北京国务院礼堂

1955年9月27日，

舞台上方红色横幅：中国人民解放军将官授衔仪式。

舞台中央，悬挂着毛泽东的巨幅画像，两侧各一面中华人民共和国国旗。

在主席台上就座的人：国务院总理周恩来，副总理陈云、彭德怀、邓小平、邓子恢、贺龙、陈毅、李富春、李先念，国防委员会副主席聂荣臻、程潜、张治中、傅作义、龙云。

时针指向14时30分。

全国人民代表大会常务委员会典礼局局长余心清走向台上麦克风前，宣布：

"中华人民共和国国务院总理授予中国人民解放军军官将官军衔典礼，现在开始。"

全体起立。

乐队高奏《中华人民共和国国歌》。

国歌毕，国务院秘书长习仲勋走到麦克风前，宣读中华人民共和国国务院总理授予中国人民解放军军官将官军衔的命令……

（习仲勋　国务院秘书长）

周恩来庄严地走到台前，在雄壮的《中国人民解放军军歌》声中，依次将命令状授予将官们……

第一个走上前来的是总参谋长粟裕。今天，他和所有等待接受军衔的军官们一样，已换上了崭新的"55式"呢料军礼服，以庄严的步伐走到周恩来面前，立定，向左转，敬礼……周恩来双手将命令状交到他的手上，粟裕双手接过，目光与周恩来对视的那一刻，互相都在其中注入了深长的内涵……

接着，一行人依次走上台前受领命令状。

大将黄克诚、大将陈赓、大将谭政、大将萧劲光、大将张云逸、大将罗瑞卿、大将王树声、大将许光达。

余心清局长宣布："徐海东大将因病在外地疗养，命令状将委派专人送达。"

接着，周恩来将命令状分批依次授予：

张宗逊等上将……

徐立清等中将……

解放等少将……

1300多名在京将官受领了命令状，一个个在肃穆中隐含着激动……

一个小时过去了，周恩来显然已有些疲惫，但他还是保持着严谨、周到的风范，朝台下望了一眼……

台下等待授衔的区域，孤零零地还坐着一个人……

周恩来仔细看了一下，是总军事检察院检察长黄火星。

“黄火星同志，你是怎么回事？”

黄火星站起来，立正答道：“报告总理，还没有叫到我的名字。”

周恩来：“没叫到你的名字？”

黄火星：“刚才听到叫过黄火青，不是我……”

周恩来回头对台上：“怎么搞的，赶快查一下！”

少许，余心清局长报告：“有黄火星的名字，中将。”

周恩来：“都站好，重新念！”

周恩来自己首先庄重起来……

工作人员对着大厅，一字一板地念道：“黄火星，中将！”

“到！”黄火星起立，立正，左转，到过道后转身，以标准的行进姿态走上舞台，立定在周恩来面前，敬礼！

周恩来庄严、凝重地把最后一张命令状交到他手上。

黄火星双手接过，敬礼。

周恩来：“黄火星同志，对不起啊……不过，你是个军人，合格的军人！”

泪水从黄火星脸上流下。

余心清局长宣布：“中国人民解放军将官授衔仪式结束。下午五时整，在怀仁堂将举行中华人民共和国主席授予元帅军衔仪式。今天参加授衔的各位将军全体参加，集体入场。”

**北京中南海怀仁堂**

1955年9月27日，16时30分，

舞台上方红色的横幅：中华人民共和国元帅授衔仪式。

舞台上，中央新闻电影制片厂的女摄影师舒世俊正在各个角度测光。

“小舒，小舒！”

舒世俊转过头去……

周恩来从舞台一侧走过来。

舒世俊：“总理！您这么早就来了？”

周恩来：“今天不同往常啊。准备得怎么样了？”

舒世俊：“已经准备好了，我们又检查了一遍，没有问题。”

周恩来径直朝主席台走去。礼堂的灯全部打开了，一片辉煌。

周恩来走到主席台正中央，试坐了一下，看看迎面的灯光，站起来……

周恩来：“灯别太正了，晃眼。毛主席、宋副主席，还有林老、沈老、黄老、李济老年纪大了，怕光，你们年轻人没体会呀……”

周恩来又走到主席台后排。

周恩来：“你们拍电影的，可不要把这里丢了，这里坐的是民主人士。”

卫士长成元功走到周恩来身边。

成元功：“总理，少奇、小平同志已经到了，主席马上就到……”

## 北京中南海怀仁堂门前广场

刚刚受领了军衔和勋章的将军们从一辆辆大轿车上下来，互相间兴奋地打招呼，谈笑风生，陆续入场……

原国民党起义将领陈明仁、董其武、陶峙岳遇到一起，互相打量着崭新的上将肩章，热烈握手。

董其武："没想到，一条共同的路又让我们走到一起了……"

（董其武　原国民党晋绥军司令长官　起义将领　中国人民解放军上将）

陶峙岳："恍如隔世啊，没有共产党、毛主席的宽厚政策，怎么会有我们的今天哟！"

（陶峙岳　原国民党新疆警备司令　起义将领　中国人民解放军上将）

陈明仁："我们都是戴罪之人，如今获此殊荣，终生难以回报啊……"

（陈明仁　原国民党长春警备司令　起义将领　中国人民解放军上将）

陶峙岳："听说董兄给毛主席写过报告，说上将太高了，请求将为中将，毛主席给驳回了，说：照董其武的资历和贡献，上将不能降！"

董其武思索了一下，道："我们选对了毛泽东……"

## 台北毛人凤家

一个吊瓶，高高地挂着。

一只干瘦的手将针头取下。

毛人凤硬撑着站了起来。

站在一边的古正文关切地问："局长，行吗？"

毛人凤："'总统'说我行……"

古正文："是好多了。"

毛人凤无力地笑了一下："回光返照？'总统'说了，最后一次了。不知'总统'这是什么意思，什么是最后一次？是不让我干了，还是他不想再干了……杀了大半生的人，手停下来，能习惯么？"

古正文："这次任务是动谁？"

毛人凤："孙立人……"

## 台北蒋介石官邸

蒋介石走进客厅，孙立人站了起来。

蒋介石挥了一下手："近来看些什么书？"

孙立人回答："南宋史。"

蒋介石停了一下："你没有什么，只是不要和政客们来往。"

另一个房间里，宋美龄和蒋经国坐在那里。

## 一个房子里

一个人被押出。

（郭廷亮　孙立人部下）

## 台北蒋介石官邸

孙立人回答:“是的,我一生最不愿意和政客打交道。”

蒋介石:“是吗? 这一次我要把你孤立起来,你对部队训练很好,但是打仗你不行。”

孙立人站起:“我打仗不行? 窃职结发从军,追随钧座30多年,转战国内外,大小凡百战余,从来不辱钧命,而是攻无不克,守无寸土之失。钧座所言,不知打仗不行何所指也?”

## 另一个房子里

宋美龄:“和蒋公打,就不行……”

蒋经国看着宋美龄……

## 一辆汽车前

几个人被推上汽车。

(江锦云、李成亮、田祥鸿、刘凯英　孙立人部下)

## 台北蒋介石官邸

蒋介石:“往下说……”

孙立人:“如果钧座所言的打仗是指争权夺利,欺世盗名,职不屑也。”站起,敬礼退出。

## 另一个房子里

蒋经国:“他从陆军总司令到参军,已经是个死老虎,有必要这样对他吗?”

宋美龄:“你父亲三次下野,四次上来……死和活是相生的,死是活的开始,活又是死的开始……”

蒋经国:“我有点不了解父亲了。”

宋美龄:“可我越来越了解我丈夫了。”

蒋经国:“你认为父亲是对的吗?”

宋美龄:“我丈夫的错有时是对的,因为错和对也是相生的,这和天、地,日、月一样。”

蒋介石走了进来:“我越来越喜欢我的夫人了。”

宋美龄:“这我信,但要和谁相比?”

蒋经国不解地问:“谁能和你相比?”

宋美龄:“儿子,老蒋家的儿子,你……”

说完,她笑了……

## 北京中南海怀仁堂小休息室

周恩来走进来:“主席,少奇、小平同志,你们比我到得还早啊!”

毛泽东:“你辛苦! 将官们的授衔都结束了?”

周恩来:“刚结束,整整用了一个半小时。大家的情绪都很激动……”

毛泽东:“从大将到少将,1300多人啊,看得出来,你有些疲劳。接下来,元帅们的授衔,晚上的庆祝酒会,你还要再疲劳一场。三天以后的国庆大会和阅兵,我们还要站几个小时,又是一场疲劳战。看来咱们的命运就是打疲劳战!”

周恩来:“有人想打这样的疲劳战,怕是轮不到他喽。”

毛泽东:“你说的该不是蒋介石先生吧?”

周恩来:“怎么会是别人？刚才参加将官授衔仪式的,台上台下,可有不少是他的老部下呢！像台上的程潜、张治中、傅作义、龙云,受领军衔的上将陈明仁、董其武、陶峙岳……”

毛泽东:“那就对不住蒋委员长喽。”

众人笑……

邓小平:“主席,今天将有七位元帅参加授衔仪式。林彪、伯承同志正在青岛养病,剑英同志在前线,我们将派专人送达并拍照。”

**青岛八大关**

林彪住处。

叶群一边照顾林彪吃药,一边说:“元帅服我看了,设计得不错,穿上一定很威风。”

林彪小声地说:“一直在生病,最合适的是病号服。”

……

**青岛八大关**

刘伯承住处前。

海边上。

他在钓鱼。

他好像什么都没看,也什么都没想,

只有大海边稳坐的他……

**北京中南海怀仁堂**

周恩来:“主席,根据将官授衔的情况,为了做到既隆重,又不要让主席和大家太疲劳,接下来的元帅授衔仪式是这样安排的:请元帅们预先换好元帅服。仪式上只请主席授予命令状和勋章,都是预先装好了的。这样既隆重又紧凑,拍电影效果也会好一些,您看……”

毛泽东:“好嘛。少奇、小平,你们看呢?”

刘少奇:“这样好,大家的精神会更集中,更庄重。”

邓小平:“我赞成。”

毛泽东:“恩来呀,你是总导演,就听你的指挥喽!”

周恩来:“那好。我去看看元帅们准备得怎么样了。”

说完走了。

**北京中南海怀仁堂**

彭德怀、贺龙、陈毅、罗荣桓、聂荣臻、徐向前,已经穿上了海蓝色元帅服,佩戴了肩章,神采奕奕,欣喜地互相打量着、问候着……

陈毅:“看,我们的总司令来喽!”

大家起立。

朱德身着元帅服，满面红光，微笑着走进来。

朱德："各位早来了！免礼，免礼了！"

（朱德　中华人民共和国副主席　中国人民解放军总司令）

陈毅走过来："老总哎，穿起这套行头好精神，比南昌起义的时候还年轻嘛！"

（陈毅　中华人民共和国国务院副总理　外交部部长）

众人笑……

陈毅转身向贺龙："贺老总，当初你在南昌打第一枪的时候，想没想过今天会当元帅呀？"

贺龙："莫说当元帅了，连打响的是第一枪也没想过呢！就是一心想把那一枪打好！"

（贺龙　中共中央军委副主席　国家体育委员会主任）

众人皆舒心大笑。少许，大家收住了笑容。

陈毅："要是叶挺军长能活到今天，我一定把这个元帅的位置让给他！"

彭德怀："唉，今天我们本应该有两个叶帅的，可惜呀。"

有人说了声："周副主席来了！"

周恩来："各位好啊？这里真是帅星如云，蓬荜生辉呀！"

贺龙："我们的周副主席是不戴军衔的元帅嘛！"

周恩来："我是政府工作人员，是为诸位元帅当后勤的嘛！"

## 北京中南海怀仁堂礼堂

会场的铃声响了，人们陆续进场入座。

时针指向下午五时整。

毛泽东、刘少奇、周恩来、宋庆龄、邓小平等20余位党和国家领导人依次走上主席台……

全国人大典礼局局长余心清宣布中华人民共和国主席授予共和国元帅军衔典礼开始。

全体起立。

《中华人民共和国国歌》奏响。

全国人大常委会副委员长兼秘书长彭真，宣读中华人民共和国主席授予中华人民共和国元帅军衔的命令……

掌声经久不息。

毛泽东在《中国人民解放军军歌》的雄壮军乐声中，走到台前。

朱德、彭德怀、贺龙、陈毅、罗荣桓、徐向前、聂荣臻迈着沉稳、坚定的步伐，依次走到毛泽东面前，敬以庄严军礼，从毛泽东手中接过授予元帅军衔的命令状，和一级八一勋章、一级独立自由勋章、一级解放勋章……

当他们走到毛泽东面前，立定、敬礼、双方目光对视的一刹那，无不含着无尽的意味……

炮声、枪声……无数人震天撼地的呐喊声和冲锋的脚步声……

毛泽东的神情始终是庄严、凝重的，眼神里倾注着无尽的内涵……

双方都在无言的过程中表达着一切。

台下，将星如云。

第一排，齐刷刷站立着十位大将：粟裕，黄克诚，陈赓、谭政、徐海东、萧劲光、张云逸、罗瑞卿、王树声、许光达。

军乐《中国人民解放军军歌》的旋律回旋在大厅，伴随着庄严的授衔全过程……

## 北京中南海怀仁堂后草坪

夜幕降临，华灯初放。草坪上错错落落地摆着一条条铺着台布的长桌，摆满各色小吃和酒水、饮料。穿着海蓝色元帅服、将军服的高级将领们，还有不少应邀同来的夫人们，兴高采烈，举杯互贺。

扩音器里响起周恩来的声音：光荣的共和国元帅们、将军们，尊敬的来宾们！在这个月光融融的晚上，让我们共同举杯，为中国人民的伟大胜利，为中国共产党领导的武装斗争的胜利，为毛主席，为中国人民解放军全体官兵，为元帅们、将军们和所有荣获勋章的有功人员的健康，干杯！

人们同声欢呼：干杯！干杯！

舞曲再次响起来。

共和国的夜空，星光灿烂……

## 北京天安门广场

两侧红墙悬挂的大字标牌：

“热烈庆祝中华人民共和国成立六周年”。

“伟大的中国共产党万岁”。

“中华人民共和国万岁”。

毛泽东、朱德、刘少奇、宋庆龄、周恩来、陈云、邓小平……依次登上城楼。

广场一片欢腾，欢呼声此起彼伏：“毛主席万岁！中国共产党万岁！中华人民共和国万岁……”

彭德怀元帅在杨成武上将陪同下，站在行驶的指挥车上，检阅陆海空三军受阅部队……

分列式行进开始。前导是星辉耀眼的将军方阵……

受阅部队一律身着“55式”军装，崭新的军衔、肩章在阳光下明亮耀眼，整齐的步伐，伴着“提高警惕，保卫祖国”的号令，震撼大地……

城楼上，毛泽东、刘少奇、周恩来、朱德、宋庆龄、陈云、邓小平……目光深邃地注视着这支整齐威武、星辉闪耀、面目一新、气吞山河的人民军队。

他们在迈向新的里程……

## 台湾海边礁石上

阴云低垂，山雨欲来。

一个人头戴斗笠、身披军用雨衣，坐在礁石上垂钓。

他是孙立人。

（心声：窃职才识庸愚，惟知忠义。自游学归来，预身宿卫以还，念八年间，自排长以迄今职，纯出于钧座一手之栽培，恩深谊重，虽父母之于子女无以过之，对于钧座尽忠效力，不惜贡献其生命，以及一切，冀报万一，为职此生唯一志愿。屡当国家危难，奉命练军，匪祸方深，求效心切，但问事功，未虑得失……抚衷自省，实深咎愧，请赐予去职，听候查处。）

（孙立人，二级上将，但他曾表示，反攻大陆不成，他决不戴此军衔。被蒋介石软禁后，一直希望自由和清白，他没等到这一天……）

# 第四十一章

**哈尔滨街市**

哈尔滨，东北烈士纪念馆。

一脸肃穆的钱学森在纪念碑前放了一个十分精致的小花环。

放好之后，他静静地在纪念碑前默哀了一会儿。

过了好一会儿，钱学森站起身后，他对陪同的朱兆祥小声地说着："抗战胜利和祖国解放，我都在别国的土地上，也正因为是在别人的土地上，才觉得我们的解放来之不易……"

一辆华沙牌小汽车在街市上行驶。

钱学森默默无语，他带着一种渴望看着窗外。

入冬的北方冰城分外俏丽。

过了好久，钱学森对陪同的朱兆祥说："朱同志，我想起个事儿。我在哈尔滨有两个学生：一个叫罗时钧，一个叫庄逢甘，听说在这里的一个军校里教书。不知能不能见到他们？"

朱兆祥点头："好。我和省委联系一下。"

**哈尔滨国际旅行社**

车子停下了，

钱学森向自己的房间走去。

走在后边的朱兆祥小声地对当地的陪同同志说："钱先生要找的人我知道，现在在哈军工。那里是保密单位，能不能见，在哪见，恐怕要请示省委，可能还要请示北京。"

**黑龙江省委大楼**

中国共产党黑龙江省委员会。

**北京中南海**

周恩来办公室。

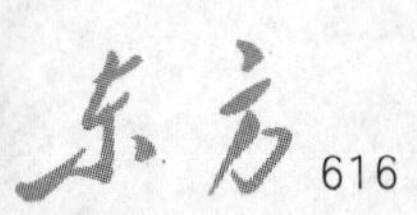

## 北京西郊机场

晨曦里。

一排带有“八一”标志的军机停在那里。

只有一架安—24 飞机正在滑行。

## 哈尔滨街市

那辆华沙牌汽车从哈尔滨国际旅行社开出，前边多了一辆开道车。

钱学森对朱兆祥说：“不是说好了，不麻烦当地官员吗？”

朱兆祥解释道：“钱先生，今天我说了不算了，省委一定要陪同。他们说了，这个哈尔滨军事工程学院院长是大将，兼职总参副总参谋长，在北京办公，省里领导也很少有机会来哈军工，今天啊……”

钱学森点头，其实他没明白朱兆祥的意思。

## 文庙街“王字楼”

哈尔滨军事工程学院。

车子来到文庙街“王字楼”哈军工主楼前停下。

一群将校军官早已等在了那里，

钱学森下车。

陈赓大将迎了上来，热情地伸出手：“欢迎啊，欢迎钱先生来学院参观指导。我是陈赓。”

钱学森一怔：“您好啊，陈大将，您不是在北京吗？”

陈赓：“是啊，三个小时前。听说你要来学院，彭老总、周总理让我立即飞回来接待你。”

钱学森一时不知说什么是好……

陈赓把身边的几位少将介绍给钱学森：“这是副院长刘居英少将，这是副政治委员刘有光少将，这是徐立行大校，这是张衍大校。”

被介绍的人一一向钱学森敬礼。

## 会客厅

宾客走进会客大厅。

大家落座。

陈赓致辞，他从口袋里掏出一张纸，读了起来：“尊敬的钱学森先生，真诚地欢迎你来哈尔滨军事工程学院参观指导，参观也许让你见笑，但是我们相信，你对我们的指导，我们会见效，括号是‘效果’的效。”

人们笑了。

钱学森也笑了。

陈赓继续说：“人们都说，哈尔滨军事工程学院是保密部门，我们也的确有很多保密条条，无非是在美国人面前装蒜，不让他们看是为了不让他们知道我们武器装备到了什么水平。”

正说着，徐立行陪着教授周明溪走了进来。

钱学森见老朋友走进，他连忙站起。

周明溪直向钱学森走来，两个人紧紧地拥抱着，一时不知说什么好。

徐立行小声地说："钱先生，罗时钧和庄逢甘现在有课，下课了就来。"

陈赓："他们一下课就来，中午陪钱老师吃饭。"

哈军工院内，陈赓、徐立行等人陪着钱学森来到学院陈列馆。

陈赓指着陈列的武器："这些东西是从朝鲜拉回来的，你都认识。"

钱学森笑了……

将校军官陪着钱学森来到大操场，

几个系的大楼尽收眼底，气势磅礴。

刘居英介绍着："那是空军工程系，那是海军工程系，这里是装甲兵工程系，那里是体育馆。"

钱学森感慨地说："真是太气派了，在美国也很少有这么气派的建筑。"

陈赓解释道："一开始搞这个建筑时，也有人说，这样的建筑是不是和我们一穷二白的中国不相称。我不这样想，我要让所有进哈军工的人都有一感觉，这就是社会主义，这就是人民军队，让军工人有一种自豪感。这种自豪感，可以生成战斗力。"

钱学森点点头："这种感觉我有了。"

**哈军工空军工程系**

系主任唐泽少将在介绍空军系的情况，他把一个人介绍给钱学森："这是马明德教授，是交大机械系毕业的，是你的师弟。"

钱学森上前和他握手："我们没见过？"

马明德："没有，但是我知道你的大名，大师兄。"

钱学森："听唐主任说，你们的研究已经走在前列了。"

马明德："大师兄过奖。"

这时又走上来一个人："我叫梁守磐，欢迎钱先生指导。"

钱学森想起了什么："你就是梁先生，我早就知道你的名字，你曾给我转过信，对了，蒋英和你妹妹很要好。你的妹夫是林家翘？"

梁守磐："对。"

钱学森："好，你现在搞飞机发动机试验平台？"

唐泽："钱先生，我们可还没给你介绍呢。"

陈赓："你把钱先生当陈赓了，这叫行家瞅一瞅，就知有没有。"

人们笑了。

**哈军工炮兵系**

教员任新民在介绍。

钱学森问道："你们修正炮弹落点是依照什么？"

任新民回答："我们用的是苏联的教材，用正面落点修正。"

钱学森："你们可以研究一下第二次世界大战时德国袭击英伦三岛时它们 V－2 火箭弹的散布。"

几个教员会意地点头。

陈赓："钱先生说得对，德国战败了，但是不一定它的教材都是失败的教材。"

钱学森："对。"

陈赓："除了向苏联学，西方的也要学。"

众人："是，院长。"

任学民："那个大架子，是用来比冲试验的。说着又拿出来一个教材，这里有个固体火箭燃料配方，我想专门向老师请教。"

钱学森看了看面前这个年轻人："你是研究火箭的？"

任新民笑了。

陈赓："钱先生，你看我们能不能搞出自己的火箭？"

钱学森不假思索道："外国人能造出来的，中国人也能造出来。"

陈赓大叫一声："钱先生，我要的就是这句话！上午参观指导结束，开始喝酒。"

这时跑来两个年轻人，他们远远地就叫着："老师！钱老师！"

他们是罗时钧、庄逢甘。

钱学森："是你们……"

两个学生给老师敬礼。

陈赓开玩笑道："你们两个小子，吃饭赶来了。"

罗时钧："不是吃饭……我们……"

陈赓："你们不用解释，有这样一个好老师，你们一辈子都有饭吃。"

人们再一次笑了。

大家向饭堂走去。

人们议论着……

副教授任新民在记着什么……

## 宴会厅

陈赓向洗手间走来，

后边跟着他的秘书。

秘书："院长，上午的欢迎词，政治部要。"

陈赓从口袋里拿出一张纸递给了秘书。

秘书接过："这……一个字也没有？"

陈赓："谁说有字了，是你要的。"

秘书："那个稿子呢？"

陈赓："多大的讲话要用稿子？"

秘书："那你拿那张纸干什么？"

陈赓："这么大个人物，你不拿稿，尊重人吗？"

秘书不语了，半天说了一句："下午你不用陪了。"

陈赓："你说了算？"

秘书："不是，你的腿。"

陈赓："你管好你的腿，我的腿我管……去去。"

秘书无奈地走了。

陈赓在一个坐便器上坐了下来，他挽起裤子，两条粗细不一样的腿，他在用手轻轻地按着。

这时钱学森也走进了卫生间，这一切都看在眼里。

钱学森："陈大将……"

陈赓苦笑着说："你是说腿呀，好坏陈大将还有一条腿，多少战友连命都没了。"

钱学森有些动情："那下午你不用陪我了。"

陈赓摇着头："你是怕我走多路，钱先生，你走了上万里回祖国，中央都敬重你。我的哈军工都敬仰你。"

钱学森不语。

陈赓："什么也不说了，从今天起我们是朋友了，也是同志，更是战友，我们一起搞导弹。"

钱学森："好。"

陈赓："你什么时候回北京?"

钱学森："哈尔滨之后，要到吉林、沈阳、大连，总理让我把东北都转一转。"

陈赓："一回北京，我请你去见彭德怀元帅。"

**北京中南海**

彭德怀正在看一份材料。

秘书带着陈赓走了进来。

陈赓："彭总，你找我?"

彭德怀："是你找我。"

陈赓："没有。"

彭德怀："你们哈军工有个任新民吧？他给我写了个材料。"

陈赓："是不是那个《关于研制火箭武器的报告》?"

彭德怀："看来你是支持的。"

陈赓："当然，钱学森这一次哈尔滨之行，整个学院掀起了钱学森热，连结婚都要学钱学森。"

彭德怀开玩笑地说："为什么，都找蒋百里的女儿?"

陈赓："蒋百里哪有那么多女儿，他们都表示要晚结婚，因为钱学森是36岁才结婚的。"

彭德怀："好，但是这个报告我看了，很有志气，我是支持的。我批给了黄克诚和万毅，他们也非常兴奋，万毅又去钱学森那征求意见。钱学森认为，火箭研究需要大的靶场和专用设备，试验中燃料添加、点火试验、试飞、中途控制都可能有危险，他的意见是不宜在专门从事教学任务的学院搞。"

陈赓想了想："有道理……"

彭德怀："这方面他是专家，你再找几个老帅谈谈，然后听听钱学森的意见。"

**玉门油矿**

茫茫大漠，无边无际，

远远地散布着几个井架。

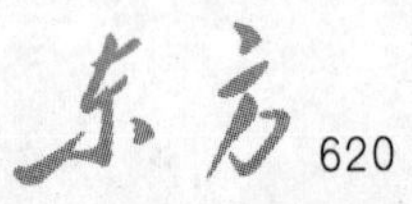

高高的井架上飘扬着一面红旗，上写“乌贝5队”（即后来的1205队）。一辆苏式吉普车开来。

汽车在井架边停下，

走下一个人，那个人下车就喊：“十斤娃！”

（康世恩　玉门油矿军事总代表）

十斤娃跑了过来。

他远远地叫着：“康总代表！”

康世恩：“怎么样？”

十斤娃：“总代表，这个月进尺4500没问题。”

康世恩：“什么意思，你想当全国第一呀！”

十斤娃：“不仅第一，我要月上万米，祁连山立标杆。”

康世恩：“好，我等着你！告诉你个好消息，新疆的黑山油矿也出油了，产量很大，10毫米的油嘴8个半小时喷油6.95吨，是大油田。李四光说对了，新疆真有大油田。”

十斤娃兴奋地说：“这个油矿叫什么？”

康世恩：“克拉玛依。”

十斤娃摇摇头：“克……名字不好记。”

康世恩深情地说：“但是共和国记住了……还有一个好消息，在东北一个叫萨尔图的地方用地震方式震出了大油田。”

十斤娃：“真的？我们国家不贫油了。”

康世恩大声地说：“那是王八蛋说的！”

十斤娃大叫了起来：“中国不贫油了！……”

声音在祁连山脉回响……

康世恩：“还有一个不好的消息……”

十斤娃：“总代表，你说……”

康世恩有些恋恋不舍道：“我被调走了。”

十斤娃意外地问：“调哪？”

康世恩：“石油部任副部长。”

十斤娃吃惊地说：“这怎么是不好的消息呀？”

康世恩打了他一拳：“这意思你高兴我走？”

十斤娃一下动情了，他半天说不出话来：“不，是解放军解放了我们，没有解放军就没有我十斤娃，康代表就是我救命恩人。我有一个请求，东北如果有大会战，别忘记我们‘乌贝5队’，十斤娃跟着你，一辈子搞石油！”

康世恩：“好了，从今天起不叫你十斤娃了，叫大名，叫王进喜。”

（王进喜，石油铁人，1960年带“乌贝5队”参加大庆石油会战。在万人誓师大会上他喊出：宁肯少活20年，誓死拿下大油田。）

## 祁连山

鞭炮声震动着祁连山……

震动着油矿……

这炮声既是对王进喜的庆贺，又好像是对新春的欢迎。

共和国又迎来了新的一年。

**北京叶剑家**

1956 年春节，

叶剑英元帅站在家门口等候着。

陈赓的车走在前边，

他先下了车。

钱学森的车也到了。

叶剑英向前走了几步，走到车门边，陈赓拉开车门。

钱学森下车，后边跟着蒋英和孩子们。

叶剑英高兴地说："欢迎大科学家到我家过年。"

钱学森："真是给你们添麻烦了。"

叶剑英："陈赓向我讲起你们，我说钱先生不熟，但是蒋英的父亲我们是很仰慕的，他当过校长，我也当过教员，说来我们还是同行。"

蒋英："可是你教的学生把他的学生都打败了。"

人们笑了。

**玉门油矿**

井架上，

王进喜上了井架，对司钻说："我替你，进去吃饺子。"

司钻："队长，我吃过饭了。"

王进喜："我说的是饺子，你嫂子送来的。"说着，他抢下了刹把。

他在风中站立。

远方传来鞭炮声……

**北京叶剑英家**

叶剑英："钱先生的意思，这种试验必须有专门的人员、专门的靶场、专门的铁路运输线，出于保密，最好在人烟罕至的地方。"

钱学森："是的。"

叶剑英看了一下表："这样吧，军委正在开联欢会，我们去三座门找总理？"

**北京景山三座门**

俱乐部里，女文工团员正在演唱《革命人永远是年轻》。

周恩来被叫了出来。

叶剑英和陈赓在向他说着什么。

歌声："他不怕风吹雨打，他不怕天寒地冻……"

周恩来："很好，你们的想法很好，那么请学森先拿个设想出来。"

陈赓:“他也来了。”

周恩来:“在哪?”

陈赓:“会客厅。”

周恩来:“走,去看看他。”

几个人来到了会客厅。

一进门,周恩来就开口了:“学森呀,你进入角色很快呀,我们都得跑步了。你的想法很好,现在我郑重地交给你一个任务,请你尽快把你的想法,包括如何组织这个机构、抽调什么专家,写成一个书面材料,以便报中央。”

钱学森:“好。”

## 北京三座门军委办公地

周恩来在主持军委会议。

在座的有彭德怀、聂荣臻、叶剑英、贺龙、刘亚楼等人。

周恩来:“同志们,前不久,钱学森先生给中央写了一个报告,《关于研究和制造火箭武器的报告》。中央很重视,毛主席很重视,今天我们召集大家来就是研究一下组建导弹航空工业委员会的问题。”

元帅们个个显得十分兴奋。

周恩来:“怎么样,谁来抓这项工作。”

聂荣臻举起了手:“我来抓。”

元帅们给聂荣臻报以掌声。

周恩来:“好,我报告毛主席。”

大家又是一阵热烈的掌声。

周恩来:“同志们,毛泽东主席最近说,1956 年春天将是一个科学的春天。在这个春天里我们将筹备党的第八次代表大会,从七大到现在已经是十一个年头了,这个会该开了。从 1949 年到现在我们经过了七个年头的努力,社会主义改造将基本完成,毛泽东主席把注意力转移到经济建设和科学文化教育建设上来。这意味着,毛泽东开始了他一生中又一次重大而艰巨的历史性探索,即在中国怎样建设社会主义。我们要跟上他的伟大步伐。”

众人鼓掌。

## 北京中南海怀仁堂

毛泽东在这里召开会议,

参加会议的有刘少奇、周恩来、邓小平、薄一波等人。

毛泽东:“从 2 月 24 日起到今天,我听取了 34 个部门的汇报。最大的收获是,我白天不办公的习惯也是可以改的。”

众人笑了。

毛泽东:“汇报中有的真叫你兴奋,比方说石油工业部和地质部的何长工,可以说不负众望。看得出,他和李四光配合得很好,他去了地质部挥了几板斧:第一抓干部,第二抓设备,第三抓科研,斧斧砍在正地儿上。现在地质部从 1952 年的 6000 多人,已经发展到几万人了。何长工腿有伤,不宜干地质,他说他爬不了山就望,在山底下望,望山也要下到一线。他们是用心在找矿，现在我们可以说，中国有铁、有铜、有石油。”

周恩来：“松辽石油勘探局在安达县大同一带发现了大油田。”

毛泽东：“石油部说了，这也是大喜事，所以说，听了34个部门汇报，我是信心十足。但是，干社会主义我们是没有经验可循的，必须闯。这其中有很多矛盾要处理，很多关系要理顺。现在我发现了这样几个问题：一是沿海工业与内地工业的关系，就是必须充分利用和发展沿海的工业基地。真想建设重工业，就必须建设轻工业；真想搞好集体所有制，就必须搞好个人所得。现在一个危险是忽视个人利益，基本建设和非生产性建设太多，应该使百分之九十的社员的个人收入每年增加，如果不注意个人收入问题，就可能犯大错误，搞命令主义减少农村副业也是错误的……”

刘少奇：“几个民主人士下去考察后，回来也给我们提意见，反映了这方面的问题。”

毛泽东：“这个醒提得好呀，我在这里喊两个万岁：一是共产党万岁，一是民主党也万岁。他们可以看着我们，这也是一个民主。共产党有两怕：一是怕老百姓，一是怕民主人士。”

周恩来：“这种怕也可以解释为是一种监督。”

毛泽东：“对，长期共存，互相监督。”

周恩来：“主席，航空工业委员会的事，聂荣臻愿意担起这个担子。”

毛泽东：“好，那就是说，我们原子弹、导弹一定要搞。它就是那么大的一个东西，你没有，说话就不算数，人家就看不起你。原子弹一定要搞，我看十年差不多吧。”

人们给他鼓掌。

毛泽东：“过去我们搞没有条件，现在经济好转了，我们就坚决搞。”他突然想起什么：“这就又出现了一个关系，经济建设和国防建设的关系。”

邓小平：“主席，我可是记了五个关系了。”

毛泽东：“也许还会有几个关系，这就是，调查问题，十月怀胎，解决问题，一朝分娩。”

众人为他鼓掌。

**北京同福胡同空军司令部**

一辆小汽车开进了空军大院。

刘亚楼早已站在了门口。

车停，走下了聂荣臻。

刘亚楼上前敬礼：“聂帅，有什么事打个电话，非得要你亲自跑呀？”

聂荣臻：“听说苏联元帅给了你几瓶好酒，今天中午拿出来吧？”

刘亚楼：“没问题。可是聂帅不光是来要酒的吧？”

聂荣臻：“你不要警惕性这么高嘛？”

刘亚楼：“聂帅，我刘亚楼对聂帅不设防，你除了要酒还要什么，我都给。”

聂荣臻停下了脚步：“我的五院成立了，还没地方呢，要你的营房。”

刘亚楼：“听说了，有人到四六六医院去看了，给。”

聂荣臻：“还有你们南苑机场，能不能给我们做导弹安装总厂。”

刘亚楼：“能。”

聂荣臻：“哎，你今天这么痛快？让我有点……”

刘亚楼感慨地说：“当年组建空军时，我两手空空，是你聂帅帮了我，北京军区帮了我，包

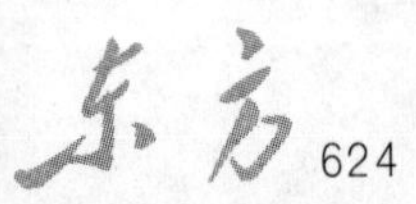

括海军，我知恩图报。”

聂荣臻：“好。事办成了，我可以打道回府了。”

说着，他转身向自己车走去。

刘亚楼：“聂帅，饭都准备了。”

聂荣臻：“不吃了。”

刘亚楼：“还有酒。”

聂荣臻：“搞成导弹再喝。”

车开走了。

刘亚楼在后边跳着叫道：“聂帅你玩赖！”

汽车里，聂荣臻孩子般地笑了，对秘书说：“去总后……”

## 北京三座门军委办公地

这里正在召开航空工业委员会的一次会议。

聂荣臻：“可以跟诸位通报一下，我们航委是白手起家，开会是借总政文工团排练场，办公地点刚刚落实，是空军刘亚楼从四六六医院给我让出一些营房。现在还有一个重要问题，就是人。人从哪里出？”

会场一下子安静下来。

陈赓打破僵局首先发言：“搞导弹需要集中全国优秀的技术骨干，才能攻克难关，才能把研究工作进行下去。我们哈军工有一批从事航空和火箭专业教学的教授，我想可以抽调6名教授，支援航委。”

会场开始活跃起来。

一个人发言：“搞尖端武器是国家急需，我们坚决拥护。可是我们现有人才太少，每年分来几个大学生，往往是一个人顶几个人用，老专家是我们的老母鸡，我们还指望着他们下蛋呢。”

人们发出笑声。

聂荣臻脸上呈现出不悦。

会场又一次出现沉默。

陈赓又一次站起，他环顾一下会场后说：“聂老总，选调技术干部，我们哈军工准备再增加3到4名。至于大学生，再有一年，我们哈军工的第一期学员就毕业了，他们愿意搞航空的我都给你。”

人们为陈赓鼓掌。

散会了，人们向外走着。

聂荣臻和陈赓走到了一起。

聂荣臻什么也没说，拉住陈赓的手向前走着……

陈赓要上车了，陈赓深情地说：“聂总，不要过意不去。四年前，哈尔滨军事工程学院筹建时，是全军、全国人民在支持我们，现在是哈军工回报国家的时候了。”

聂荣臻还是什么也没说，他轻轻地举起右手，给他的老战友敬了个礼。

陈赓还礼……

## 陈赓家

陈赓正在和哈尔滨军事工程学院的领导通电话。

电话里:"……院里认真地研究了聂帅的指示,我们一定全力支持。我们的意见是,任新民、庄逢甘、梁守磐三同志先去报到,罗时钧的课一时还没有人顶得上,他这学期课时一完,就让他到北京报到。"

陈赓:"好,我替聂帅谢谢你们。"

电话里:"院长这是说到哪去了。搞两弹,是国家的大事,是一个民族的大事,这是大局。毛主席下了这么大决心,我们院就是都拼光了,也值。"

陈赓:"这是我军战争年代的制胜法宝,和平年代也不会过时。"

电话里:"对了,院长,访苏任务取消了,任新民和庄逢甘就在北京。"

陈赓:"我知道了,就这样,再一次谢谢同志们。"

陈赓放下电话。

秘书走了进来:"首长,有两个从哈军工来的同志要见您。"

陈赓:"我知道是谁了,请他们进来。"

秘书把任新民和庄逢甘带了进来。

两个青年人惶恐中带着几分兴奋,他们正规地给陈赓敬了个礼:"院长——"

陈赓热情地招呼他们:"坐吧。怎么样,出国出不成了?"

任新民:"是的,出不成了。"

陈赓:"出不成了,还这么高兴?"

庄逢甘:"在哪……都是建设社会主义。"

陈赓:"哎,你们是不是听到点什么风声?"

两个青年对视了一下,不约而同地说:"没听到什么。"

陈赓:"听到听不到,我告诉你们吧,中央决定要搞两弹,钱学森提了个名单,有你们俩。"

两个青年人抑制不住内心的喜悦,从椅子上站了起来。

陈赓:"好好搞吧,这是中国的大事,也是你们的光荣……"

## 北京大华电影院

这里正在放映电影《董存瑞》。

任新民和庄逢甘在看电影。

银幕上,董存瑞已经冲到隆化中学的桥下,他在四处找支撑炸药包的东西,指挥员在看表,情况万分紧急……总攻的号声响了。

任新民紧张的表情……

庄逢甘紧握着拳头……

董存瑞终于举起了炸药包。

"为了新中国,前进——"

一声巨响……

## 长安街

宽敞的大道通向远方。

东方已显曙光。

两个青年向前走着。

“为了新中国，前进——”还在他们的耳边响着。

两个人不约而同地停下了。

任新民：“逢甘，我们不回哈尔滨了，先去报到。”

庄逢甘：“我也是这么想的，去报到。”

## 北京西郊黄带子坟

任新民和庄逢甘正在搭床。

他们搬来砖头垫在木板下。

“床”搭好了，

一个少将走来。

（安东　总参谋部办公厅副主任　少将）

安东：“你们两位是哈军工任教授和庄教授吧？”

任新民：“是的，首长。”

安东：“你们是最先报到的。”他看了一下地上的床说：“你们这是……”

任新民：“我们就住这里了。”

安东连忙说：“不行，聂帅交代了，附近旅馆我已经找好。”

庄逢若：“就在这里了。”

安东：“你们是大教授，不行。”

任新民：“首长，这里真的已经很好了，我们可以工作了。”

## 聂荣臻办公室

聂荣臻正在听安东的汇报：“好啊，这是陈赓带出的好兵，但是你还是要去做工作，他们是人才，我们一定要照顾好。”

## 北京西郊黄带子坟

安东再一次来到任新民和庄逢甘的宿舍。

这里已经多了几张床……

安东见屋里没人，他叹息地摇了摇头……

## 北戴河

烟波浩渺的大海。

毛泽东和刘少奇在谈话：“我总结了一下，有十大关系：重工业和轻工业、农业的关系；沿海工业和内地工业的关系；经济建设和国防建设的关系；国家、生产单位和生产者个人的关系；中央和地方的关系；汉族和少数民族的关系；党和非党的关系；革命和反革命的关系；是非关系；中国和外国的关系。这十大关系不是并列的而是有重点的，在十大关系中，工业和农业，沿海和内地，中央和地方，国家、集体和个人、经济建设和国防建设的关系，这五条是主要的。”

刘少奇：“很好，这完全可以作为党的八次代表大会工作报告的主旨。”

毛泽东：“你们研究一下，报告有了个基础后，要反复征求意见，从七大到现在十多个年头了，有很大变化，这其中最重要的是，我们执政了。七届二中全会时我们说进京赶考，现在人民要给我们打分了。”

毛泽东看着海……

心声：

大雨落幽燕，
白浪滔天，
秦皇岛外打鱼船。
一片汪洋都不见，
知向谁边？
往事越千年，
魏武挥鞭，
东临碣石有遗篇。
萧瑟秋风今又是，
换了人间。

毛泽东转过身小声对刘少奇说：“少奇，我去问问大海，这十大关系如何处理。”

刘少奇笑了……

毛泽东下水了……

他扬起长臂，时而击空，时而搏浪，时而天空在他的眼下，时而他又平躺在大海之巅……

不远处有一群骄傲的海燕，它们好像看到了毛泽东，它们也许什么都没有看到，但它们和毛泽东有一个共同的目的，一起挑战大海……

风来了，浪高了……

毛泽东，海燕，大海，哪一个都没有倦意……

岸边站着一个人，他手拄手杖，迎风而立，如持剑点兵，风吹开他的风衣，犹如战袍在起舞。

（卫立煌，曾做过孙中山的卫兵，后成为蒋介石五虎上将之一，曾任国民党第一、二战区以及远征军司令等职。1949 年 10 月 1 日中华人民共和国成立，他即致电毛泽东，表达对新中国的向往，1955 年 3 月 15 日从拱北回到祖国。）

毛泽东已经换好衣服，一袭灰色衣帽，外边一件黑色大衣，气度如虹。

卫立煌迎了上来：“主席，你让我开了眼界，我想起了一个人。”

毛泽东：“我知道你想起了谁？”

卫立煌：“谁？”

毛泽东：“曹操。”

卫立煌：“是啊，曹操……52 岁统一北方，大胜而归，在这碣石山下观沧海，你毛泽东年过花甲却在游沧海，一观一游，二字千年……”

毛泽东神往地说：“30 多年前，在北大当图书管理员，为了看大海，从北平坐车到天津塘沽。那是个冬天，看到的是冰雪沙滩，后来在上海也看到过海，只能说是看到了海水。今天我面前的是真正的海……”

浩瀚的大海，浊浪拍天……

卫立煌：“仁者爱山，智者喜水……”

毛泽东点头道：“是呀，我毛泽东非仁不智，但是我毛泽东不能没水。毛泽东的泽字有水，毛润之的润字有水，我的家乡湖南的湖字有水，长沙的沙字有水，浏阳河有水，韶山冲有水，湘江有水，赤水河有水，大渡河有水，金沙江有水，发动的三大战役，辽沈战役的沈字有水，淮海战役的淮海二字有水，平津战役的津字有水，渡江战役有水，进北平城住的第一个地方双清别墅还是有水，后来叶剑英动员我进中南海，那里更是有水，将来打台湾还是有水，有水即有运……”

卫立煌许久地看着毛泽东，心中充满敬意，他笑了：“我明白了。蒋介石为什么失败？水能穿石。”

毛泽东：“是的，我的泽字占水，你的煌字占火，我水穿，你火攻，蒋先生岂有不败之理？”

卫立煌点头道：“但，也有水火不能相容之说……”

毛泽东：“其实世间万物，相克相生，水没有火煮怎能沸腾？失了火如果没有水浇，又怎能熄灭？共产党不把国民党赶走，新中国怎能建立？新中国建立，如没有各党派合作，没有人民这个汪洋大海之水，载着我们这艘大船，民族复兴又从何谈起？俊如啊！和你的旧部好友，说一下，包括李宗仁先生，回来吧，用你们那把火，把我毛泽东这壶水烧开、沸腾，让社会主义建设的高潮早一天到来……”

卫立煌点头：“好，这就是毛泽东的水火论。”

毛泽东：“第十一大关系……”

大海……

### 新疆于阗栏杆乡

一片白杨林的后边有一个院子，院子里挂着国旗。

一个老人走了进来。

一群干部模样的人正围在一个广播下，聚精会神地听着。

老人向一个人叫了一声：“沈乡长！”

一个年轻女子站了起来，我们认出来了，她是陈毅从上海带回来的沈飞鸽。

沈飞鸽小声地问：“库尔班大叔，你有事？”

库尔班老人：“有事，出来说。”

沈飞鸽：“好，你快点说，今天有重要的广播。”

库尔班：“这两天人们都在说毛主席毛主席，沈乡长，你和我说，毛主席是一个地方，还是一个人，还是一尊什么神？”

沈飞鸽：“是一个人，一个伟大的人。”

库尔班：“我们家分了巴依的 14 亩地，又有了农具，这事儿毛主席知道吗？”

买卖提：“知道，但具体到你家，毛主席不一定知道。”

库尔班：“那我应当让他知道，我的日子过好了。”

沈飞鸽：“对，你应该告诉毛主席。库尔班大叔就这事吧，我要忙去了。”

说完,她回去听广播。

广播里的声音:"1956 年 9 月 15 日,中国共产党第八次代表大会在北京新建成的全国政协礼堂举行。这次大会是中国共产党在全国执政后召开的第一次全体代表大会。出席会议的代表 1026 人,代表着全党 1073 万党员。50 多个来自其他国家的共产党、工人党、劳动党和人民革命党的代表团以及国内各民主派、人民团体和无党派人士的代表应邀列席会议。"

高高的白杨。

清清的流水。

库尔班又回来了,他大声喊着:"毛主席住哪?"

沈飞鸽再一次跑了出来:"库尔班大叔,毛主席住在北京。"

库尔班:"北京……我要去北京,告诉他,我分了 14 亩地……"

**北京政协礼堂**

毛泽东在讲话,他意气风发,神采奕奕:"我们这次大会的任务是:总结从七次大会以来的经验,团结全党,团结国内外一切可以团结的力量,为了建设一个伟大的社会主义国家而奋斗……"

全场响起雷鸣般的掌声……

王震在鼓掌……

陈赓在鼓掌……

**玉门油矿**

王进喜和他的井队在听广播……

**北京政协礼堂**

刘少奇在讲话:"一个好的党员、一个好的领导的重要标志,在于他熟悉人民的生活状况,关心人民的痛痒,懂得人民的心;他坚持艰苦朴素的作风,同人民同甘共苦、共患难,能够接受人民的批评监督,不在人民面前摆任何架子;他有事找群众商量,群众有话也愿意同他说,只要我们的党是这样组成的,我们就有永远无穷无尽的力量,不可征服的力量。"

张国华、谭冠三在鼓掌……

**西藏拉萨**

成千上万的翻身农奴在听广播……

**北京政协礼堂**

刘少奇在讲话:"……我们国内的主要矛盾,已经是人民对于建立工业国的要求同落后的农业国的现实之间的矛盾,已经是对经济文化迅速发展的需要同当前经济文化不能满足人民需要的状况之间的矛盾……"

李四光、钱学森、钱三强在鼓掌。

地质队员刘涛在鼓掌。

## 北京政协礼堂

八届一中全会。

毛泽东在讲话:“八大酝酿新的中央领导机构也是我们的一个重要内容。我在七届七中全会就说了,党章要修改,设副主席若干人,首先倡议设四个副主席的是少奇同志。”

刘少奇插话:“一个主席,一个副主席太孤单了,搞四个为好。”

毛泽东:“也好,一个主席四个副主席,一个总书记,我这个防风林就有了好几道。天有不测风云,人有旦夕祸福,这样就比较好办了,除非一个原子弹下来,我们几个恰恰在一堆,那就另外选举了。如果只是个别损害,或者因病,或者说因故,要提前见马克思,那么总有人顶着,我们这个国家也不受影响。”

又是掌声……

(八届一中全会选出新的中央领导机构:17 人为中央政治局委员,6 人为中央政治局候补委员。毛泽东任中央委员会主席,刘少奇、周恩来、朱德、陈云为副主席,邓小平为总书记,中央政治局常委由以上 6 人组成。)

## 新疆于阗栏杆乡

沈飞鸽正在摇电话:“要军区王恩茂同志……有一个情况向王书记报告,我们乡一个叫库尔班的老汉非要去北京见毛主席,我们拦了,拦不住,请书记想办法……”

远远的博格达峰,秀丽壮美。

天山脚下一条小路上,库尔班老人骑着毛驴,唱着歌,向东走去。

歌声伴着老人一路向东……

# 第四十二章

**北京聂荣臻家**

深秋的北京。

刚刚上任的总书记邓小平来看聂荣臻。

两个人在院子里散步。

聂荣臻:“总书记同志,你是无事不登三宝殿,怎么样,中央对我有什么要求?”

邓小平:“主席让我当总书记,我说叫秘书长好,主席还是坚持。说实话,我压力大,老兄要帮助哟。”

聂荣臻:“你吩咐吧。”

邓小平:“哪里是吩咐。老兄,对你的工作安排,中央有三个方案:一是,中央决定调陈毅同志专搞外交,他分管的科学技术工作由你来抓;二是,彭真同志因工作太忙,中央想让他不再任北京市长,你过去在彭真之前就当过北京市长,现在让你官复原职;三是,你继续主管军工生产和部队装备工作。三个方案由你选。”

聂荣臻继续往前走着,没有回话。

邓小平看着聂荣臻的背影:“要不,给你个考虑时间,我等你回话,到时我再跑一趟就是了。”

聂荣臻回过头来:“现在就可以答复你。市长这个官就不当了,带了一辈子兵,还是对部队有感情。加上我对科学技术还是很感兴趣,这几年和钱学森、钱三强他们接触久了,悟出一个道理,其实科学技术和部队的装备是分不开的,或者说军工和科学技术是分不开的。”

邓小平:“对呀,哪个国家军队装备好,一定是那个国家的科学技术水平高。”

聂荣臻:“那就这样定了。”

邓小平:“没有什么顾虑吗?比方说,科学技术对我们这些当兵的人是个陌生的领域,还有就是怕知识分子不好相处。”

聂荣臻摇摇头:“可是我见过的钱学森、钱三强、李四光,个个对祖国赤胆忠心,对共产党没有二心。”

邓小平点头:“对头。”

(1956 年 11 月 16 日,全国人民代表大会第五十一次常务委员会决定,任命聂荣臻为国务院副总理。在国务院第四十次会议上，周恩来总理分工，聂荣臻分管自然科学和国防工业及国防科研工作。）

## 西郊机场

一架伊尔－18起飞。

聂荣臻看着窗外，他一言不发。

聂荣臻率领中国政府工业代表团出访。

聂荣臻身边坐着陈赓和宋任穷。

（陈赓　中国政府工业代表团副团长；宋任穷　中国政府工业代表团副团长）

飞机飞起来了。

聂荣臻转过身来："钱先生，我们坐的这架飞机叫伊尔，我们记得你说过苏联有一种导弹也叫伊尔？"

钱学森："是的，叫伊尔—2导弹。"

聂荣臻："都叫伊尔。这次去苏联我们争取去看看这个伊尔。"

人们笑了。

钱学森："我想这可能是以一个科学家命名的研究机构。"

聂荣臻："这个导弹复杂吗？"

钱学森："这是德国的V2导弹演化而来的，不复杂。"

聂荣臻："我们要搞，有把握吗？"

钱学森："要看我们这次谈得如何。"

聂荣臻："如果谈不好，没有外援，我们几年能搞出来？"

钱学森："五到七年。也许不用，在聂老总领导下我们干劲十足。"

聂荣臻："没有困难？"

钱学森幽默地说："困难就是老鼠，听到人的脚步声就跑了。"

陈赓："好，那我们就把步子迈得大大的，重重的。"

人们笑了……

聂荣臻："如果是这样，那就是一个奇迹了。"

钱学森："回国不久，有一个感受，我们社会主义制度能使科研力量高度集中，意志高度统一，这比自由化的国度更适合搞这样的大工程。"

天空，云海茫茫……

## 莫斯科努契科夫国际机场

飞机停毕，苏联部长会议第一副主席别尔乌辛，国防部副部长科涅夫元帅到机场欢迎。

（别尔乌辛　苏联部长会议第一副主席；科涅夫　国防部副部长）

聂荣臻走下舷梯，

握手，拥抱。

车队向城区开去。

## 克里姆林宫

（1957年10月14日苏联成功发射世界第一颗人造卫星，震惊世界。）

美国白宫……

英国唐宁街……

北京中南海……

**苏联国防部大楼**

聂荣臻、别尔乌辛分别代表中国和苏联政府签字。

经毛泽东批准，聂荣臻与苏联政府签字，文件全称《中华人民共和国政府和苏维埃社会主义共和国联盟政府关于生产新式武器和军事技术装备以及在中国建立综合性原子能工业的协定》。

**莫斯科包曼高等工学院**

中国留学生宋健正在读当天的报纸。

一个苏联学生走来，他们用俄语交谈起来。

“宋，听说钱学森来苏联了？”

“我也是在《真理报》上读到的。”

“你应当去见他？”

“不行，我们中国留学生有规定，必须和大使馆联系。再说了，他是世界级的大科学家，我……”

“这有什么，在苏联见什么人只要他愿意。”

“可我是中国人……”

“明白了，但这是相当遗憾的。”

宋健没再说什么……

**学生宿舍**

宋健在写信。

（心声：“中国大使馆并转钱学森老师。我叫宋健，出生在世代无鸿儒，户户近白丁的山东荣城的一个小山村，父亲是没读过书的贫苦农民，我的童年听得最多的一句话是‘鬼子来了！’幸运的是，读小学时遇到一位启蒙老师叫张绍江，读中学时又遇到抗日领导人于州，1948 年是毛泽东的元旦献词《将革命进行到底》将我引上了革命道路，1953 年政府派我出国留学，进入莫斯科包曼高等工学院学炮工专业，很想跟您学习……”）

**莫斯科中国代表团住处**

钱学森正在读信。

“我的专业是飞行器控制，如果国家需要，我将再读博士，以为国家更好地服务……”

**莫斯科中国驻苏联大使馆**

陈赓正在门口等人。

不一会儿，一辆小汽车停在了门口，

从车上走下一个学生模样的人。

陈赓上前拉住学生的手:“是彭士禄吧? 我是陈赓,你爸爸的战友。”

说着,他对身边的工作人员说:“这是彭湃的儿子,是个好学生。”

彭士禄有些激动:“陈叔叔……”他哽咽了。

陈赓把彭士禄搂在怀里:“当年我和你爸爸住上下床。他走得太早了,但是他对中国革命贡献是大的。《毛泽东选集》中多次提到你爸爸的名字。”

彭士禄:“陈叔叔到苏联来访问,中国留学生都传开了,大家都很高兴。”

陈赓:“走,咱们在院里走走。”

这是一个很大的院落,高高白杨,参天而长,曲曲的小径,起起伏伏。

陈赓关切地:“怎么样,在这里生活得怎么样? 咱们祖国代表团的团长聂荣臻,是留学生领导小组组长,他们专门让我来了解你们的生活情况。”

彭士禄:“陈叔叔,近万名留学生,可以说生活得都很好。”

陈赓:“去年有一个统计,说百分之三十的留学生有头疼、神经衰弱、肠胃不适,是这样吗?”

彭士禄:“是的,陈叔叔。”

陈赓:“告诉叔叔,为什么?”

彭士禄:“出来的留学生,明白一个道理,出来学习不容易,压力大,为了取得好成绩,有时一天要学习十四五个小时。”

陈赓点头:“明白了,你呢?”

彭士禄:“我比这还要多。”

陈赓不语,一个人向前走了一会儿,又回到了原地:“是啊,你知道你们一个人的学费,在国内可以养活多少人吗? 一个大学生要由十二个农民一年的收入来养活,一个留学生要有十二个大学生的费用来养活……”

彭士禄:“我们知道,吃的、穿的、用的,我们的手提包和制服都是国家发的,苏联和其他国家的学生都很羡慕中国留学生。”

陈赓:“聂帅说了,毛主席批准,每个人还要多发给你们 10 个卢布,由大使馆每月给你们。”

彭士禄:“谢谢陈叔叔。”

陈赓:“不是我,是毛主席。不过你们也很争气,听说都是 5 分学生。”

彭士禄:“叔叔,我们在莫斯科,中国留学生就是优秀学生的代名词。”

陈赓:“好。还要努力,将来把学到的东西都还给国家。”

彭士禄:“是。”

陈赓突然发问:“你知道核反应堆吗?”

彭士禄:“叔叔,我是学化工机械的。”

陈赓:“孩子,是钱学森提议,中央有一个决定了,批准 50 个学生转学原子能,这是靠前的科学,美国的原子弹、核潜艇都靠这个东西,我们一定要有。我们愿意花本钱,你能改行吗?”

彭士禄:“只要国家需要,让我学什么都行。”

陈赓:“好。”

**北京中南海刘少奇家**

屋子里空气有些凝重……

刘少奇正在看一张照片，看了许久，他像是自语，又像是对刚刚回国的儿子刘允斌说："索尼娅、阿廖沙都这么大了，很可爱……"说着，他在照片上亲了一下。

他放下了照片，认真地看着儿子

刘允斌："爸爸……"

刘少奇："我知道，你们对孩子和玛拉很有感情，我也是父亲。1939年你和爱琴离开我的时候，我也很想念你们，想念了你们整整十年……但是你们现在的父亲是国家主席，我要对全中国父亲负责，对全国的老百姓负责……"

刘允斌："我理解爸爸的心情……"

刘少奇："我也理解你……但是你要知道，你们出国时，中国还在苦难之中。当你们在伊万诺沃国际儿童院生活时，中国的成千上万名反法西斯战士在为你们战斗、流血和牺牲……今天，我们胜利了，建国了。可是，当那些在海外的留学生在温暖的教室里读书，在莫斯科河畔散步，吃的是洋面包，穿的是洋装时，站在他们身后的，是成百上千个脸朝黄土背朝天的农民在劳作……孩子，现在是你们要为他们、为中国老百姓回报的时候了。"

（1957年后，大批中国留学生回国。他们是：林伯渠女儿林莉、林彪女儿林小林、高岗儿子高毅、陈伯达儿子陈小达、瞿秋白女儿瞿独伊、张太雷儿子张芝明、李硕勋儿子李鹏……）

刘允斌："爸爸……我听您的，我的工作已经和光美妈妈谈了，她和聂荣臻叔叔打了招呼，我到二机部工作。"

刘少奇点头，郑重地说："好，把一切献给党。"

刘允斌："是。"

刘少奇："允斌，我感谢你做出回国的选择，我知道你和玛拉都做出了牺牲，你也要做好玛拉与你离婚的准备。但是我的孩子，你记住，在个人利益和党的利益发生冲突时，一定要无条件地牺牲个人利益而服从党和国家的利益。你可能还不知道，与你们一起出国的毛岸英，为了世界和平，已经永远地留在另一块土地上了……"

刘允斌一怔："……岸英比我大，在伊万诺沃时，他就是一个大哥哥……爸爸，我会好好工作。"

刘少奇点头，没有说话。

刘允斌："爸爸，您休息，光美妈妈交代，我回来了，让我在中南海里转转，我想去看看毛伯伯、朱德伯伯……"

刘少奇："好……"

刘允斌走了。

刘少奇叫住了他："允斌。"他缓步走了过来，小声地在儿子耳边说着："见到毛伯伯，别谈岸英的事……"

刘允斌先是一怔。

刘少奇："那是一个父亲永远不能痊愈的伤口……"

刘允斌点头，他哭了……

父子俩抱在了一起……

（刘允斌，中国原子弹专家，1957年10月回国。不久，玛拉与他离婚。刘允斌一直在包头中国原子能研究所第三研究室工作。十年后,1967年11月21日,人们在包头郊外的铁路上发现了他……)

## 北京西苑机场

1957年11月2日,毛泽东第二次访问苏联。

## 莫斯科伏努克机场

苏式图－104客机徐徐降落,滑行到候机楼前。

毛泽东的身影出现在舱门,盛大的欢迎队伍中立刻响起热烈的掌声……

## 莫斯科大学

校园里,

几个中国留学生在收听广播。

他们的脸上充满喜悦和兴奋。

## 莫斯科卢日尼基体育馆

莫斯科卢日尼基体育馆内,人头攒动,座无虚席。

(1957年11月6日,苏联最高苏维埃联盟院、民族院庆祝十月革命40周年联席会议。毛泽东、宋庆龄,在赫鲁晓夫和伏罗希洛夫陪同下最先出现在主席台……)

## 莫斯科大学

几名学生在听着毛泽东的讲话。

这是来自东方中国的声音。

毛泽东:"……全世界的人民都会看到,十月社会主义革命40年来,国家的面貌完全改变了。在革命以前,俄国的经济力量和技术力量是比较落后的。现在苏联已经成为世界上第一等强大的工业国家!……"

## 莫斯科卢日尼基体育宫

毛泽东声音:"……苏联人民的生活水平不断提高,建立了世界上第一个原子能发电站,生产了世界上第一批喷气式客机,发射了世界上第一个人造地球卫星,开辟了人类征服自然界的新纪元……所有这些,不但是苏联人民的骄傲,而且是全世界人民的骄傲。对此感到不高兴的,只是一些反动派……"

## 北京钱学森家

钱学森在收听。

## 新疆

沈飞鸽在收听。

毛泽东:“……中国共产党所领导的人民革命,从来就是十月革命所开始的世界无产阶级社会主义革命的一个组成部分。中国革命有自己民族的特点,估计到这些特点是完全必要的。但是不论在革命事业中和社会主义建设事业中,我们都充分地利用了苏联共产党和苏联人民的丰富经验……”

掌声……

毛泽东:“……我们认为,增强以苏联为首的社会主义各国的团结,是一切社会主义国家的神圣的国际义务……”

掌声……

## 台北蒋介石官邸

蒋介石在听收音机……

## 毛人凤家

毛人凤病入膏肓。

他示意古正文:“就把它当做我的悼词吧……再念一遍。”

古正文念着:“白公馆、杨虎城、杨杰、‘克什米尔号’、段云飞、宋世长、黄露、大陆假钞案、孙立人、吴国祯……”

毛人凤:“还有白崇禧……”

古正文:“他不是还活着吗?”

毛人凤:“慢慢地死也得算……”

(1966年12月1日,白崇禧死于家中,死因不明……)

## 克里姆林宫毛泽东住处

毛泽东亲自打开门。

杨尚昆带着几位将领走进:“主席,彭总率领的军事代表团的几位同志,想过来看望您。来了几次电话,我看你太忙,都代您辞谢了。今天是刘亚楼和萧劲光同志,您看……”

毛泽东:“两位大将军哪,快请他们进来!”

空军司令员刘亚楼上将、海军司令员萧劲光大将,军装笔挺,将星闪烁,一进门齐刷刷一个敬礼:“主席好!”

(刘亚楼　中国人民解放军空军司令员)

(萧劲光　中国人民解放军海军司令员)

毛泽东一一握手:“好威风噢,更年轻了嘛!”

杨尚昆:“主席、两位司令,你们谈。”

说完走了。

毛泽东示意他们落座,说:“自打授衔以后,虽然都在北京,见面也不多呢。怎么样?劲光啊,还晕船吗?”

萧劲光:“早就不晕了……主席还记着哪。”

毛泽东:“亚楼呢?还晕飞机吗?”

刘亚楼:“不晕,也不敢晕了!”

毛泽东笑了,显然他很高兴:“你们看我的眼光,啊?选了个海军司令,晕船。空军司令呢,晕飞机!还不知装甲兵司令许光达晕不晕坦克哩!——这就是我的干部政策!”

三人笑……

毛泽东:“怎么样?这次来苏联,有何感想?”

萧劲光:“总的说来,参加各项庆祝活动,很受教育,也很受触动啊。主席讲话的几次大会,我们都听了,不少重要观点需要我们深入领会。”

刘亚楼:“彭总抓得很紧,通过参观、考察和谈判,感到我们需要加紧努力的地方太多了!睡不好觉啊!”

毛泽东:“是啊,正规化,现代化,我们刚刚起步,时不我待呀!趁着现在局面还好,形势有利,必须抓紧学习,抓紧落实!回去告诉大家,多看,多学,多琢磨,今天能做的,绝不拖到明天。”

萧劲光:“主席,您放心,回国以后,就是想晕,我们也不敢晕了!”

毛泽东:“不止你们,包括我,我们全党,也是一样的……过去我们是照着十月革命的道路走下来的,今后的路怎么走,我想还是那句话,马克思列宁主义与中国实践相结合,走出一条自己的路……一条中国人的路。”

刘亚楼重重地点头:“主席,我明白了,这一次您为什么带了这么大一个代表团来苏联?”

毛泽东:“你说为什么?”

刘亚楼:“学习,实践。”

毛泽东:“学习别人的,实践自己的,走我们中国的路,不虚此行。”

两位司令起立,敬礼,告辞。

## 莫斯科大学

雪后的列宁山银装素裹。

莫斯科大学巍峨壮丽。

## 莫斯科大学礼堂

大礼堂里灯火辉煌。

主席台正面装饰着红旗、镰刀、斧头。

大字标语上写着:

“庆祝苏联社会主义革命胜利 40 周年”。

“庆祝世界各国共产党、工人党代表大会胜利召开”。

“毛主席　我们想念你!”

一张张年轻的脸庞上洋溢着兴奋、期盼的神情……

1957 年 11 月 17 日午后 3 时,莫斯科大学礼堂里坐着来自莫斯科大学、第聂伯河彼得罗夫斯克矿业学院、苏联海军高级专科学校、莫斯科水利工程学院、苏联哈尔克夫矿学院、列宁格勒造船学院、莫斯科动力学院、莫斯科包曼高等工学院、莫斯科铁道运输工程学院、莫斯科化工机械学院的中国留学生。

一个学生高喊着:“毛主席的汽车到了!”

又一个学生高喊:“毛主席在脱大衣呢!”

人群开始涌动。坐在前三排的是军事学院留学生,他们虽然也很兴奋,但还是一动不动地坐在那里。

热烈的掌声中,中国驻苏大使刘晓引导毛泽东等领导人走上主席台。

学生们的掌声、“毛主席万岁”的欢呼声久久不息,一张张脸上闪烁着激动的泪光……

毛泽东身着灰色中山装,满面笑容,频频招手,他从台的这一端走到那一端,走哪里,哪里就是一阵掌声的浪潮。

学生们蹦着、跳着、欢呼着……

刘晓大使走上台前,对着话筒,连喊几声:“同学们……同学们!”

(刘晓　中华人民共和国驻苏联大使)

兴奋的学生们仍静不下来……

毛泽东回到台中央,他挥了一下手,掌声和欢呼声戛然而止。

毛泽东拿起冷水杯向里倒水,举起,说了一句:“同学们好……”

说完,一饮而尽。

大厅里响起了掌声。

刘晓大使:“同学们,毛主席率领中央代表团……”

毛泽东打断:“不是中央,是中华人民共和国代表团,副团长是宋庆龄副主席,今天有别的活动,没有来。”

刘晓继续介绍:“同毛主席、宋副主席一起来的还有邓小平、彭德怀、乌兰夫、胡乔木、杨尚昆等同志。”

台下掌声又起。

毛泽东又插话:“还有一个人没介绍,就是在这里介绍别人的人,他叫刘晓,这位是中华人民共和国代表团成员,驻苏联大使刘晓同志。你们的学费就是他发的。”

台下大笑。

毛泽东指着台下:“头两排的不用问,是军事学院的,第三排中间那几位女学生,你们是哪个学院的,学什么的呀?”

一个女学生:“莫斯科化工机械工程学院,工业自动化。”

毛泽东幽默地说:“这个专业好,学好了,中国工业自动就现代化了。”

台下一片大笑。

毛泽东把烟摁灭,走到前台,

台下一下子静了下来。

毛泽东:“同志们,我向你们问好!”

台下响起暴风雨般的掌声。

毛泽东:“世界是你们的,也是我们的,但归根结底是你们的。”

学生们疯狂了,人们纷纷站起。

毛泽东问身边的刘晓:“‘世界’两个字俄语怎么说?”

刘晓:“‘世界’的俄语发音是米尔。”

毛泽东重复道:“米尔是你们的。当然我们还在,也是我们的,但归根结底是你们的。你们青年人朝气蓬勃,好像早晨八九点钟的太阳,希望寄托在你们身上。中国的前途是你们的，世界的前途是你们的。”

台下再次响起“毛主席万岁”的欢呼声……

毛泽东朝台下摆摆手，

台下又静了下来。

毛泽东：“我们已经老到这个样子了，你们还年轻，我们老，但是我们懂世故，你们年轻有朝气，我们有暮气，但是比你们有经验，这叫各有各的长处，各有各的缺点。”说着，他笑了：“你看我们都老了！”

台下：“毛主席不老！毛主席万岁！”

毛泽东：“这次我来苏联的感觉很好，上次来时，心中是不舒服的。世界的风向变了，去年的气候不好，今年的气候好。现在世界正在大变，‘不是东风压倒西风，就是西风压倒东风’，你们知道这句话是谁说的吗？那是《红楼梦》里的林黛玉说的。我们说‘西风压不倒东风，但是东风一定压倒西风’。”

台下又是掌声。

毛泽东：“苏联的卫星上天了，重量是70公斤，刘晓同志你的体重有没有70公斤？”

刘晓：“不到，差一点。”

毛泽东：“就是说苏联可以把你送上天。”

台下笑了。

毛泽东：“同学们，你们是幸福的。我们像你们这么大时，什么也不懂，哪里知道什么是马克思列宁主义，那时只知道拿破仑。那时候的教育是满脑子帝国主义、资本主义，还有封建主义，你们现在的知识可比我们多多了，知道了什么是马克思、列宁、赫鲁晓夫、杜勒斯。我们那个时候能找到马克思列宁主义可真是不容易呀，那个时候谁知道中国革命怎么个搞法。”

台下又是大笑。

毛泽东：“你们在苏联能看到我们的《人民日报》吗？”

台下回答：“能。”

毛泽东：“那么说，《人民日报》上的文章你们一定看了，‘农业四十条’你们看过了。新的‘农业四十条’我们增加新的内容，我们增加了化学肥料，我们要提高农民生活呀。过几年后，我们贫农要超过中农，你信不，刘晓，刘大使是中农，他不会服气。”

又是笑声……

毛泽东：“还是说点国内的事，国内正在搞除四害，就是蚊子、苍蝇、老鼠、麻雀。为什么要除，你们看苏联有这些东西吗？你们有四川人吗？”

台下：“有。”

毛泽东：“听说四川的老鼠半夜把小孩子耳朵都咬掉了。”他指了一下邓小平：“小平，你怎么不管呢？”

邓小平笑了。

毛泽东：“我的计划是五年。”

台下：“毛主席万岁！”

毛泽东：“怎么，你们让我超额完成任务？”

台下笑了。

毛泽东："人是没有不死的，有哪一个两千年前的人还活到现在？人不断地死亡，一代传一代，这才是马克思列宁主义观点，所以归根到底还是要由你们担负起这个担子。"

台下再一次爆发掌声。

毛泽东："同学们离开家很久了，我今天讲得多了一点，我们国内总的情况怎么样呢？我们1956年改变了所有制……1957年在政治上、思想上取得了社会主义革命的胜利。我们工作中的缺点还是有的……我们要认真地改。"

掌声……

毛泽东："世界上怕就怕认真二字，我们共产党就最讲认真！"

台下鸦雀无声，学生屏住呼吸，他们在掂量其中的分量，等待下文……

毛泽东："总而言之，世界是你们的，也是我们的，但归根结底是你们的。你们青年人朝气蓬勃，正在兴旺时期，好像早晨八九点钟的太阳。"

一个学生的笑脸……

（宋健，莫斯科包曼高等工程学院学生，后转入莫斯科大学，若干年后成为中华人民共和国副总理。）

一个女学生的笑脸……

（胡启恒，莫斯科化工机械学院学生，若干年后成为中国工程院院士。）

一个男学生的笑脸……

（傅志寰，莫斯科铁道学院学生，若干年后成为中华人民共和国铁道部部长。）

"希望寄托在你们身上！"

"世界是属于你们的，中国的前途是属于你们的！"

学生们静默片刻，接着响起雷鸣般的掌声。

毛泽东起身招手，与其他领导人一起向大学生们告别……

### 莫斯科大学礼堂门口

毛泽东看到礼堂前厅里也站满了学生。

毛泽东："他们怎么没进去？"

刘晓："大厅里实在坐不下了，还有不少学生坐在后院俱乐部里，专门拉过线去，通过广播喇叭听呢……"

毛泽东："这怎么行？走，去看看他们！"

……

### 台湾慈湖蒋介石家

蒋介石正在诵经。

孙子孝勇走了进来，想和爷爷问早安，见爷爷在诵经，便站在一边，静静地等待着。

蒋介石回头看见了孙子："孝勇，怎么还没上学呀？"

蒋孝勇："给爷爷道完早安就走。"

蒋介石看着孙子有些怪，他明白了，原来孙子剃了个光头："你的头怎么理成这个样子？"

蒋孝勇："回爷爷，我们老师叫我们大家都理'中正头'，就是理光头的意思，好像全台湾中学生都理这种头了。"

蒋介石不语。

## 台湾某中学

蒋介石正在给学生们讲话，身后站着校长和蒋经国等人。

蒋介石："感谢你们对我的忠诚，但是不能忠诚我的不足，这叫愚忠。感谢你们对我的爱戴，但是不能爱护我的缺点，这叫盲从。光看到我光头，这是片面的，我不是没有头发，而是按时理发，因为我是军人，军人的习惯服从我的理想。你们要学习我的理想，不要学习我的理发。"

孩子们笑了。

蒋介石："我的理想是什么？"

孩子们同声回答："光复大陆，统一中国。"

蒋介石："为什么统一中国？"

孩子们："消灭'共匪'。"

蒋介石："不对……为什么，算是留给你们的作业。"

……

## 台湾慈湖蒋介石住处

这里景色美丽，青山如黛，绿水泛波。

蒋介石的住处前，蒋介石和蒋经国在谈心，语气平缓，但字字掷地有声："检讨在大陆上失败的原因，首要是三民主义信仰不纯，有些党员认为反对共产主义就是反对三民主义，这是他们倒向中共、俄共的主要原因。更可怕的是这些党员，认为我不是三民主义的执行者，好像毛泽东倒成了孙中山的继承人。在这样的思潮下，政治上我被动了，我越反共，他们就认为我越背离三民主义，加之我只注重了军事斗争而轻视了宣传，这就是毛泽东和我成败的转折点。"

蒋经国："和父亲这样的深谈太少，所以更觉得父亲的精辟见解让我心灵震撼。"

蒋介石轻轻一笑："谈何精辟，痛定思痛，虽不能痛改前非，但也不必痛心疾首，但是要做到知败不言败，才是永远立于不败之本。"

蒋经国："父亲，今天说到了这里，你觉得我们在军事上还有什么可……"

蒋介石又是淡然一笑："我接你的话，在军事上我们还有什么可以检讨的？"

蒋经国："父亲……"

蒋介石："首先不是我们，只是我和毛泽东，任何两个军事集团的交战，就是两个集团首脑智慧、才能和人格的比拼。其实我和毛泽东的军事都是一个师傅，都是和孙子学的，后来看了他的《论持久战》，才知道还有一个人在帮助他。"

蒋经国："是列宁？"

蒋介石："不，列宁和马克思的书很多，但都不懂战争，也不是斯大林，因为毛泽东写《论持久战》的时候，苏联的卫国战争还没发生。是《战争论》作者克劳塞维茨，很多洋玩意儿是从那里学来的。两个师傅教了一个徒弟，总比一个师傅教得好。"

说完，蒋介石也笑了。

蒋经国："父亲，刚才，你说到两个集团的交战，就是两个集团首脑智慧、才能和人格的比拼,你觉得人格上,你和毛泽东怎么比?”

蒋介石:“这不是我能回答的问题,是你们,是历史来回答的……”

他站了起来,向湖边走去……

一轮红日正在东升……

蒋介石自语道:“天无二日,世无二主,可是他在东方挂了一个太阳,但愿,毛泽东这轮太阳不落……世界是你们的也是我们的……但归根到底是……”

**台北宋美龄的画室**

宋美龄在画室准备着纸墨及色料。

蒋介石走了进来。

宋美龄:“早上好,达令!”

蒋介石:“早上好,告诉你一个有趣的事情,我昨天在梦里梦到毛泽东了。”

宋美龄:“你们吵架了?”

蒋介石:“吵了。”

宋美龄:“这是意料之中的事,为什么呀?”

蒋介石:“为了他那首诗,《沁园春·雪》……”

宋美龄:“诗还是好诗……”

蒋介石:“是啊,不是好诗还不吵了。我说,你祖宗八代都数落一遍,我挨了一辈子骂,怎么不加上我呀?毛泽东说怎么加?我说,惜秦皇汉武,略输文采,唐宗宋祖,稍逊风骚,一代天骄,成吉思汗,只识弯弓射大雕。后边加上,蒋公介石,一隅台岛,反共大业,永志不抛。毛泽东说,这也不符格律呀?我说,我们交了一辈子手,你何时按格律做过事?他笑了……后来他说,《沁园春·雪》就不改了,可以重为我写一首《临江仙》。我只记住两句:明月依然在,何时彩云归……这是什么意思,想招安我?……”

宋美龄:“别想那么多了,梦是反的……”

蒋介石:“对,梦是反的……是我要招安他……”

宋美龄:“达令,你看我今天画个什么好?梅?松?”

蒋介石轻轻地倚在宋美龄的肩上:“你画什么我都喜欢……”

宋美龄:“你最喜欢的?”

蒋介石声音变得哽咽:“江山如画,江山如画,那你给我画个江山吧,哪管是半壁,也比这孤岛好……”

宋美龄站起,许久地看着蒋介石……

两个人相互看着。

蒋介在背毛泽东的诗:“惜秦皇汉武,略输文采,唐宗宋祖,稍逊风骚,一代天骄,成吉思汗,只识弯弓射大雕。蒋公介石,一隅台岛,反共大业,永志不抛……”

两个人在慢慢变老……

(1975 年 4 月 5 日清明节,蒋介石在台湾逝世。去世时他身边放着中国地图、中国人民解放军和国民党军的军事部署图及调整记录、国民党证、身份证……)

**莫斯科大学礼堂后院俱乐部里**

学生们得到消息,喜出望外,热烈鼓掌……

刘晓陪同毛泽东走到俱乐部的小舞台上。

刘晓:"同学们! 毛主席听说你们在这里,特意过来看看你们!"

又是一阵掌声、欢呼声……

毛泽东走到台前:"对不起呀,让你们只闻楼梯响,不见人下来喽。"

台下笑声……

有一位学生站起来:"毛主席,请您再给我们讲两句吧!"

毛泽东:"好,那我就给你们讲三句——"

笑声,掌声……

毛泽东:"第一,青年人既要勇敢又要谦虚。"

掌声……

毛泽东:"第二,祝你们身体好,学习好,将来工作好!"

掌声……

毛泽东:"第三呢,和苏联朋友要亲密团结!"

掌声更加热烈……

学生们似乎不舍得让毛主席立刻离开,有一个学生站起来,问道:"毛主席,您还游泳吗?"

毛泽东:"游啊,不游泳,我还会做什么? 到苏联本来想游伏尔加河,那是俄罗斯的母亲河,可是他们没安排。有机会我还要到美国去,那里有什么可游的?"

学生一起回答:"密西西比河。"

毛泽东心花怒放:"对,密西西比河……"

笑声,掌声……

又有一个学生站起来:"毛主席,您觉得俄语好懂吗?"

毛泽东:"好懂得很呢,当然要经过翻译。"

台下一片笑声……

毛泽东:"我也能讲几句,可惜没人听得懂。你们晓得为什么他们听不懂?"

学生们:"不晓得——"

毛泽东:"被毛泽东改造了。"

台下笑声、掌声一片……

毛泽东:"所以我说嘛,希望寄托在你们身上,世界的前途寄托在你们身上!"

会场静默片刻,接着响起雷鸣般的掌声……

毛泽东招手告辞,学生们起立鼓掌送行……

不知哪一位起了个头,学生们和着掌声,唱起了《少年先锋队队歌》:

我们是共产主义接班人,
继承革命先辈的光荣传统,
爱祖国,爱人民,
鲜艳的红领巾飘荡在前胸。
不怕困难,不怕敌人……

### 原野

广漠的原野上。

一列火车向东奔驰。

王进喜带着1205钻井队参加大庆石油会战。

一列火车向东奔驰。

10万转业官兵奔赴东北为新中国建设粮食基地，

一路向前，势不可挡。

主题歌《我们迎来东方红》起：

云在走，
风在行，
大军正向东。
山依然，
地不动，
江山已变红。

问一声天上的云，
你可知道军旗在哪映日月？
问一声地上的风，
你可听到炮声在哪震苍穹？

云遮树间的月，
风打窗上的棂，
笔走风雷起。
那是开国领袖毛泽东，
正为共和国起姓名。

风呜咽，
雨轻哼，
长夜待天明。
山巍峨，
地无声，
大野飞蛟龙。

喊一声倒在雪山下的姐妹，
叫一声睡在戈壁滩的弟兄，
起来！快起来！
天安门广场正点名，

建设的大军要出征。

送一群鸽子上蓝天，
挂一个太阳正东升。
我用军礼向你承诺，
只要你的儿女们在，
祖国天天有东方红。

大地渐渐地红了，一轮红日喷薄欲出……
天空和大地之上突然响起雄浑交响曲：
东方红，太阳升。
中国出了个毛泽东……

# 后　记

因为要出书了，又看了一遍稿子，那些书中的人物又跃然眼前，五百多位。有人问我，为什么写了这么多人物，我答非所问，这是记忆的证明……人们常说共和国不会忘记，其实和平年代的人们很容易失忆，作家也一样。为了新中国牺牲几千万人，我才写了几百个，其中还包括那个时代的“坏人”。出书了，我把书中的人物，交给了读者，希望成为你们的朋友……

在这里，我真诚地感谢曾经帮助过我的人们：

于紫菲、刘松、孙希谦、徐云、杨新贵、张田欣、朱彤、袁厚春、殷习华、韩海滨、王强、黄海涛……

感谢周涛、黎国如、秦威。

# 参考文献

《毛泽东选集》(人民出版社)
《毛泽东传》(中央文献出版社)
《毛泽东两次访问苏联》(新华出版社)
《大镇反》(中央党史出版社)
《刘少奇年谱》(中央文献出版社)
《毛泽东与斯大林赫鲁晓夫》(东方出版社)
《开国上将刘亚楼与高层人物》(人民出版社)
《聚焦 1949》(中央文献出版社)
《蒋介石在 1949》(团结出版社)
《蒋介石日记》
《杨尚昆回忆录》(中央文献出版社)
《周恩来传》(中央文献出版社)
《胡乔木回忆》(中央文献出版社)
《叶飞传》(中央文献出版社)
《宋庆龄大传》(团结出版社)
《阎锡山传》(团结出版社)
《李宗仁回忆录》(团结出版社)
《在伟人身边》(人民出版社)
《西藏文献工作选编》(中央文献出版社)
《毛泽东书信选取集》(中央文献出版社)
《毛泽东　斯大林　蒋介石》(湖南人民出版社)
《张震回忆录》(解放军出版社)
《开国第一将粟裕》(中共党史出版社)
《王稼祥传》(安徽人民出版社)
《解放西藏史》(中共党史出版社)
《授衔故事》(解放军出版社)
《麦克阿瑟》(世界知识出版社)
《朝鲜战争》(解放军出版社
《王震传》(中共党史出版社)
《在志愿军司令部里》(解放军出版社)
《枪杆子 1949》(人民出版社)

图书在版编目(CIP)数据

东方/ 刘星著. —杭州：浙江大学出版社，2011. 5
ISBN 978-7-308-08684-4

Ⅰ. ①东… Ⅱ. ①刘… Ⅲ. ①长篇历史小说－中国－当代 Ⅳ. ①I247.5

中国版本图书馆 CIP 数据核字(2011)第 080084 号

东　方
刘　星著

出品人　傅　强　徐有智
策　划　袁亚春　陈华胜
顾　问　李继耐
责任编辑　陈丽霞
装帧设计　俞亚彤
出版发行　浙江大学出版社
(杭州市天目山路 148 号　邮政编码 310007)
(网址：http：//www.zjupress.com)
排　版　浙江时代出版服务有限公司
印　刷　浙江印刷集团有限公司
开　本　787mm×1092mm　1/16
插　页　4
印　张　40.75
字　数　992 千
版印次　2011 年 5 月第 1 版　2011 年 5 月第 1 次印刷
书　号　ISBN 978-7-308-08684-4
定　价　68.00 元



浙江大学出版社发行部邮购电话　(0571)88925591